韓晗主編

歷史與人生

中國大陸純文學三十年

畢光明　著

秀威資訊・台北

「秀威文哲叢書」總序

自秦漢以來，與世界接觸最緊密、聯繫最頻繁的中國學術非當下莫屬，這是全球化與現代性語境下的必然選擇，也是學術史界的共識。一批優秀的中國學人不斷在世界學界發出自己的聲音，促進了世界學術的發展與變革。就這些從理論話語、實證研究與歷史典籍出發的學術成果而言，一方面反映了當代中國學人對於先前中國學術思想與方法的繼承與發展，既是對「五四」以來學術傳統的精神賡續，也是對傳統中國學術的批判吸收；另一方面則反映了當代中國學人借鑒、參與世界學術建設的努力。因此，我們既要正視海外學術給當代中國學界的壓力，也必須認可其為當代中國學人所賦予的靈感。

這裡所說的「當代中國學人」，既包括居住於中國大陸的學者，也包括臺灣、香港的學人，更包括客居海外的華裔學者。他們的共同性在於：從未放棄對中國問題的關注，並致力於提升華人（或漢語）學術研究的層次。他們既有開闊的西學視野，亦有扎實的國學基礎。這種承前啟後的時代共性，為當代中國學術的發展提供了堅實的動力。

「秀威文哲叢書」反映了一批最優秀的當代中國學人在文化、哲學層面的重要思考與艱辛探索，反映了大變革時期當代中國學人的歷史責任感與文化選擇。其中既有前輩學者的皓首之作，也有學界新人的新銳之筆。作為主編，我熱情地向世界各地關心中國學術尤其是中國人文與社會科學發展的人士推薦這些著述。儘管這套書的出版只是一個初步的嘗試，但我相信，它必然會成為展示當代中國學術的一個不可或缺的窗口。

韓晗

2013 年秋於中國科學院

評論與治史應該向著光明前行

丁帆

光明兄囑咐為他的這本書作序，作為一個同時代出生的同道者，回眸我們在共和國文學研究道路上所共同走過的三十多年的風風雨雨，「歷史與人生」恰恰高度概括了我們這一代學人對自己從事的事業的哲學認知：我們的社會生活經驗與人生價值觀已然深深地嵌入了我們對新時期以降的文學研究之中了。

我們懷念上個世紀的八〇年代，因為思想解放給了文學巨大的創作能量，同時也給了文學評論反思和放言的空間，這個幾乎被我們稱之為共和國文學的「黃金時代」同樣也給予畢光明們提供了一個反思和激賞同時代文學作品的契機。我特別贊同作者在對八〇年代文學思潮剖析時的價值定位與定性，因為如果我們沒有這樣的價值立場的呈現，就無法對前三十年的共和國文學進行哲學層面的分析與批判，也就無法對後三十年文學發展變化做出一個基礎性的梳理，在這個文學史的歷史環鏈節點上，如何對八〇年代文學的發生學做出清醒而深刻的準確定位，卻並不是每一個從事這一時段文學研究者都能夠保持深度思考模態的，其中對「文革」的定性是至關重要的一環：「發生在二十世紀六七〇年代的『文化大革命』運動，沒有任何的現代意義，它在本質上是封建主義用觀念褫奪人生，封建文化的反人道、反理性在新的歷史條件下的惡性復發。它是在封建觀念、封建意識還很濃厚的農業社會土壤上栽植集體主義神話所結出的苦果。在社會主義革命取得了全國性勝利的當代社會發生以個人崇拜和文化專制為基本形態的『文革』悲劇，是發人深省的。十年『文革』，它不是孤立的社會現象，而是與幾十年的群眾革命運動，與更久遠的歷史文化有內在的聯繫。確切地說，『文革』是作為某一歷史運動的結局出現的。所以伴隨『文革』收場而到來的政治思想、文學文化的批判性反思，就具有再一次選擇民族出路的意義。」無疑，在過去的二十多年裡，像光明和我這樣的同仁們一再提醒著：我們的文學切切不可忘記「文革」的封建土壤在我們這個充滿著阿Q精神的國度裡是有時時可以萌發和爆發的可能性的，而文學創作如果沒有這種自覺的批判意識，那麼，我們的文學批評家和文學史家就不可放棄這樣的職守了。因此，畢光明對「黃金時代」的反思，其現實意義的凸顯，則是對文學史肌理的掃描與清創，這就是我們文學史寫作的根本立足點，舍此，一切作家作品的分析是表像而空洞的。所以，當我們再次回眸光明兄對八〇年代作家作品分析的時候，雖是舊文重讀，卻也讀出了具有前瞻性價值的況味。我十分佩服光明兄對文本細讀的那種執著與耐心，當然，這些分析總是伴隨著他對某一種文學理論的理解而前行的，雖然我並不是完全同意他的所有分析，但是，回望他當時對路遙、莫言等許多作家作品的分析，其中不乏先見的獨到之處，露出了大手筆的端倪。

光明兄的這部大著是定位在「純文學」的理論框架之中的，這是一個沒有疑義的命題，正是八〇年代末的那場風波，導致了九〇年代我們的社會進入了商品文化的消費時代，光明兄將其歸罪於文化批評和思想史研究衝擊了「黃金時代」的「純文學」創作和研究，我自認為並不全面，在這個因素的背後，更大的文學空洞卻是主流意識形態之外的另一隻手——消費文化的侵蝕幾乎致「純文學」創作於死地！許許多多著名作家都做了「純文學」創作的叛徒，這個風氣一直延續到新世紀已是不爭的事實，畢光明認為：「新世紀形態多樣與價值多元的文化現實，為文學批評實踐提供了較為廣闊的空間。面對消費文化催生的多種文學類型，在不同的利益主體的召喚下，批評主體從不同的文化體認出發，借助相應的文學，表達各自的文化價值觀，文學批評遂形成社會歷史批評、意識形態批評、文化批評、思想（史）批評、道德批評、純文學批評……等共存互補的多元格局。其中文化批評從九〇年代興起以來，產生了更強的輻射力。道德批評則以強烈的自我反省姿態而引人注目，對文學創作與批評自身同時構成一種隱約的壓迫。在八〇年代一度成為主流批評的純文學批評，在純文學遭到質疑後，位置移向邊緣，聲音變得微弱。」這個概括是客觀準確的，但還需更深入地看清楚的問題是：「意識形態批評」和「商品交易批評」已然成為主宰批評界兩隻無形之手，它們才是戕害「純文學」創作與批評的真正罪魁禍首。亦如魯迅先生在他那兩篇著名的《「京派」與「海派」》《「京派」和「海派」》中所言：「北京是明清的帝都，上海乃各國之租界，帝都多官，租界多商，所以文人之在京者近官，沒海者近商，近官者在使官得名，近商者在使商獲利，而自己也賴以糊口。要而言之，不過『京派』是官的幫閑，『海派』則是商的幫忙而已。但從官得食者其情狀隱，對外尚能傲然，從商得食者情狀顯，到處難以掩飾，於是忘其所以者，遂據以有清濁之分。而官之鄙商，固亦中國舊習，就更使『海派』在『京派』的眼中跌落了。」由此來看，新世紀的許多批評文章，分為這兩大類大抵是不錯的。像光明兄這樣尚想扛住「純文學」之閘門者已經不多了，我們應該為之脫帽致敬。

但是，最後還是要提醒光明兄，在肩扛文學閘門的時候，千萬不能忘記文學之魂魄的高揚——讓人性染紅的旗幟高高飄揚在共和國的文學史的研究的陣地上！

是為序。

目次 | CONTENTS

第一章

八〇年代的文學潮流

一、歷史轉折與文學復興

作為意識形態的特殊形式的文學，在毛澤東時代被嚴重地政治化。一種源於二十世紀二〇年代，進入新中國以後愈演愈烈的激進主義社會思潮，脅迫、驅使也抬舉著文學充當帶有烏托邦色彩的理想主義社會實踐的宣言書和辯護詞。文學乃成為一種先驗的鏡像，給了烏托邦政治以虛幻的信心，鼓舞著後者高蹈在反現實的革命高調中。文學被一向重視輿論作用的革命主體高度重視，其宣傳功能被大力強調，最大限度地實現了集體神話對公眾思想的佔有權力，它的另一面就是審美本性的不斷喪失，終至淪為革命功利主義的僕役。這種革命功利主義文學，在「文革」中達到了巔峰也走入了絕境。

1976年中國大陸的政治變動終結了一個務虛時代，文學也適時地起死回生。1978年底掀起的思想解放運動，為新文學的全面復興提供了契機，在一個久未有過的相對寬鬆的政治氣候下，文學平行於政治生活實行了撥亂反正，通過對激進主義文藝思潮的清算，由恢復真實性到追求審美創造，完成了向本體的回歸。作為一場文學復興運動，「新時期文學」以不作宣告的文學革命，否棄了當代政治主體營建的文學規範及表現形式，而與「五四」文學時代遙相呼應，承接起新文學運動前期確立的現實批判精神、生髮於個體體驗的浪漫主義想像力以及人生關懷和心靈自由的藝術品格。

這是一個十分注重價值創造的文學時代。它不盲目否定本民族歷史悠久的文學傳統，但又對域外文學特別是現代西方文學表現出高度熱忱，加以全方位的藝術借鑒。理論上的探討和重建，批評的推波助瀾，創作的競爭與角逐，形成此起彼伏的文學浪潮，現實環境所提供的機遇使純文學得以復興。僅僅著眼於詩歌、小說便足以論斷這十年創造了新文學史上不朽的文學時代和非凡業績。儘管它或許只是一個更從容不迫因而也更有實績、更偉大的文學時代的序曲，但這一先聲奪人的序曲，既縈繞著一個不堪回首的時代的尾音，又喧鬧起新時代主旋律的多個聲部的複雜性，值得一再回味。

（一）謬誤盡頭的變遷

1976年9月，毛澤東主席辭世。同年10月，王洪文、張春橋、江青、姚文元四人幫倒臺。中國當代社會發生了重大的政治變動，中國歷史結束了一個夢魘的時代。

以十年浩劫作為慘重代價的時代轉折，它導致的決不只是某種政治路線和方針政策的修正，而是必然帶來整個社會的政治、經濟和文化的由表及裡、由淺入深的變革、反省與重建。

1、十年一覺「文革」夢

持續十年的「文化大革命」的全國性動亂及其給中國社會造成的巨大創傷，一個明顯的教訓是，在一個封建意識沒有根除，宗法制的人身依附關係還變相存在，個人的存在價值還得不到法律保障的社會裡，越是革命，越是以「人民」的名義出現的口號，越能剝奪大多數人的思想和生存的權利，越能掩蓋少數人借階級鬥爭、無產階級專政和社會主義的理論實行愚民政策，任意奴役和驅使缺乏科學和民主意識的下層民眾，以滿足他們的權力欲和政治野心的真實目的。在「文化大革命」中，個人崇拜登峰造極，整個民族都陷於一種瘋狂狀態。人們戴著紅袖章，擎著紅寶書，向領袖高呼萬歲。到處都是紅旗、紅標語、紅色組織、紅色政權，全國城鄉一片紅海洋。「三忠於」、「四無限」的宗教獻詞遍佈牆頭，觸目皆是，連出工種地、吃飯睡覺都要舉行效忠儀式。參加了「革命」的人們都感到身價百倍，而實際上，文化大革命的參加者早已淪為文化專制的工具和對象。

紅衛兵：悲劇角色

在這場席捲一切的運動中，思想單純、生命衝動勃郁、在一面之詞的教育制度下長大、對「革命」壯舉和建功立業充滿神往和激情的青年學生，最先受到利用，充當了不分青紅皂白地掃蕩一切人類文化和打亂現行社會秩序的先鋒力量。這些青年人在一場聲勢壯闊、如火如荼的革命運動中演出了可歌可泣的悲劇。他們根本沒有意識到他們被蒙蔽或自我欺騙，被利用或自我擴張，因而極其虔誠、極其堅貞也極其狂熱地投入了保衛革命導師、完成世界革命的紅色浪潮，而等待他們的卻是厄運，就像鄭義的小說《楓》裡寫到的那樣：一位美麗單純，學習成績優異，對人生對未來滿懷憧憬的少女——高中生盧丹楓，在「文革」鬥爭中，不幸與同她彼此萌發了初戀之情的男同學李黔剛站到了觀點對立的不同組織裡。在中央首長「文攻武衛」口號的鼓動下，對立的兩派終於兵刃相見。盧丹楓和李黔剛都陷入了深深的矛盾和痛苦當中。一方面，他們不能忘記更不願中斷青春的生命交給他們的戀情，而與此同時，他們對各自認定的紅色組織和革命觀點都堅信不疑，都決心在文化大革命中「誓死保衛毛主席的革命路線」。在愛情與革命、生命與信仰之間，他們面臨著衝突與選擇，而結果，他們選擇的是後者。在一次攻守戰鬥中，盧丹楓從槍口下放過了他的情人，最後他們堅守的教學樓被李黔剛（此時已改名為李紅鋼）帶領的紅衛兵戰鬥隊所攻佔。守樓的紅衛兵除盧丹楓以外，幾乎盡行死傷。當經過一場激戰，李紅鋼帶人攻上了樓頂，而這時的盧丹楓本來可以放棄她的觀點，結束這場毫無意義的對峙。但是，這個被「革命」已經完全浸透了靈魂的女高中生，在「敵人」（實際上是自己生活中熱戀的人）面前，至死不做叛徒，為這場在當時被認為是非常偉大的革命而跳樓殉身。李紅鋼如夢初醒地衝下樓去，在撕心裂肺的哭喊中抱起了他心愛的情人。一個單純透明、美麗無瑕的生命被毀滅了，但她自己卻不知道被毀滅的原因。盧丹楓的形象十分真實且富於代表性地概括了「文革」初期青年學生近乎狂熱地投入紅衛兵運動的目的、動機以及原因。他們完全是建國後片面的革命宣傳、革命教育的犧牲品：思想淨化的結果是可怕的簡單化。囿於年齡和愚民教育所塑形的人格，他們的生命欲和上進心極易被一種堂而皇之、無法驗證的理論預設和社會神話所吸引，所左右。他們胸懷世界革命的崇高目標參加運動，摧毀為革命教條所否定的一切，實際上卻在踐踏理性、毀壞人類文明。他們也許並無惡意地傷害或毀滅了他人，而同時也斷送了自己。這場史無前例的政治運動以紅衛兵運動拉開戰幕，而紅衛兵又在這場歷史活劇中扮演了可悲的替罪羊的角色。《楓》當中的李黔剛，一度為紅色思潮所迷惑而參加了紅衛兵造反、革命大串連乃至持槍武鬥，直到情人的鮮血使他幡然醒悟並痛悔不已，但是一切都晚了。他失去了學業，失去了前程，失去了信仰，失去了所愛的人，最後連自己的性命也一併喪失：

運動後期，他的所有損失不僅沒有得到任何補償，他反而被判為害死盧丹楓的武鬥兇手而被處以槍決！——這泣血的悲劇不是藝術虛構，是濃縮了一個時代和一代人的命運的令人顫慄的真實。

效果：人人自危

「文化大革命」看起來是一場群眾運動，實際上卻是在運動群眾。不只是青年學生，其他各種職業、各種年齡、各個階層的人們也都程度不同地捲入了這場非理性的大動亂中，全社會的人首先根據階級論以出身成分和個人歷史面貌為線，劃作一大一小、黑白分明的兩大類，分別享受不同的政治待遇（物質利益的分配情況卻十分複雜），然後在革命隊伍內部就所謂無產階級同資產階級的立場、思想、路線開展鬥爭。除了抽象的觀念以外，並無客觀標準。人身權利，人的尊嚴完全得不到保障。下自平民百姓，上到國家主席，都可以被一種先驗的教條判處政治死刑，不需要任何法律依據和法定程序就可以被扒掉職務，剝奪發言權，人身遭到凌辱，名譽受到踐踏。雖然出身一無瑕疵的人可以獲得一種與自身修養、能力並不相干的政治優越感，並因此在政治運動中有較大的安全係數，但仍然可能因為路線鬥爭的反復、政治勢力的更迭而莫名其妙地遭到橫禍。鬥人的難保不被鬥。結果人人都如驚弓之鳥，相互提防。一到大亂臨頭，人們為了自保，不惜首先告發或落井下石。社會氣氛極不正常，人們普遍地感到壓抑、惶恐和窒息。沒有人敢於袒露真情，沒有人不曾受到扭曲。就像畫家黃永玉後來在他的詩歌裡以苦味的幽默和荒誕的筆意所描寫的：

他媽的！既不準大聲地笑，
也不準大聲地哭。
如果遇到什麼高興的事，
那就躲到被窩裡去
盡情地
做一百次鬼臉。
如果遇到什麼傷心的事，
就讓眼淚往肚子裡流罷！

那時候，
我們總是那麼安詳，
街上遇見了朋友
就慢慢地、微微地點個頭，
彷彿虔誠得像一個
狡猾的和尚。[1]

也許這正是革命的發動者所冀圖出現的效果。

深淵與高調

以最動聽的革命言詞鼓吹起來的群眾運動，已經把億萬群眾拖進了痛苦的深淵，不容自拔。物質的損失顯而易見。據報紙宣佈，「文革」十年的經濟損失達五千億，要是加上1958年大躍進損失的一千二百億，就超過了建國後三十餘年經濟建設投資的總和。頻繁的革命運動，打亂了生產建設的步伐。教育的耽誤和對「白專道路」——埋頭業務的無休止批判，嚴重阻礙了勞動者技術水準的提高，工業管理也混亂不堪，產值低，產品品質差。農業生產更是停留在相當原始的水準上，吃大鍋飯造成的出工不出力和無視自然規律對生態環境的破壞以及對地力的侵害性掠奪，使得幾億農民在付出牛馬之力後卻換不回溫飽。高曉聲筆下的「漏斗戶主」陳奐生，「力氣不比人家小，勞動不比別人差」，[2]卻落得連年缺糧，以致饑腸轆轆的聲音連路人都清晰可聞。「民以食為天」，在一個社會裡辛勤的勞動者連肚皮都不能填飽，已經可以想見這種社會政治是怎樣的同多數人的生活相悖逆。阿城小說《棋王》中的棋呆子王一生，要是沒有「餓」的慘痛經驗，他就不會在知青下鄉的火車上表現出那樣的吃相，而且發表那一番關於「吃」的哲理見解。他在火車上硬是要把飯吃得一個渣兒也不剩，真有點「慘無人道」，而王一生生活的正是一個不人道的時代。阿城的另一篇小說《會餐》也通過一次看似尋常的生產隊集體「打牙祭」的描

---

1 黃永玉：《不准》，《詩刊》1979年第5期。

2 高曉聲：《「漏斗戶主」》，見《高曉聲小說選》，人民文學出版社1983年10月版，第100頁。

寫，展示了那個時代人民的生存真相以及造成這種狀況的荒誕政治。小說借一些細節如實而又傳神地描繪出勞動人民在貧困線上煎熬的情景，跟一種完全違背生活真相的政治狂想有著內在而又直接的聯繫。小說寫到會餐開始的場面，就隱隱地點出了這種關係：

> 終於隊長第一個進門了，大家穩住氣跟在他身後。到了屋裡，隊長先讓了屯裡幾個極有聲望的老者和旗裡視察的幹部坐小桌，其他自便。牆上用紅紙寫了語錄，貼了四張，又畫了工農兵各持武器。大家都說好，都說歷年沒有手畫的畫兒，知識青年來了，到底不一樣。
>
> 照例是旗裡的幹部先講話。莊稼人不識字，所以都仔細聽，倒也知道了遙遠的大事。幹部講完了，大家鼓掌，老人們笑著邀幹部坐回去。於是隊長講。隊長先用傷了的手捏一本兒語錄，祝福了。大家於是跟著祝福。隊長說，秋耕已勝利完成，今天就請旗裡來的同志給旗裡帶去喜報。大家要注意增產節約，要想著世上還有三分之二受苦人過不上我們的日子。這會餐，大家要感謝著，不然怎麼會有？雖然——可是——吃吧。

隊長的虛應故事既有無奈也是一種反諷，為那個時代與生活相脫節的革命高調提供了一個絕妙的文本。正是這種完全缺乏現實根據，無視社會實際和人民生活起碼要求，純粹出於某種荒謬的政治臆斷和理論拜物教的運動崇拜，把我們的國家拖到了經濟崩潰的邊緣，使人民遭受了不應有的災難。

隱形的遺害

「文革」的歷史倒退，不僅對物質生活造成了大破壞，它也給億萬中國百姓帶來的精神戕害更是創巨痛深，後果嚴重。無數的家庭被離散，無數人美好前程被斷送，命運被意外地改變，不知有多少人心靈上留下了永難癒合的創傷。有一種精神毒害是看不見的，它給當代中國社會留下的惡劣影響在短期內難以根除。「文化大革命」一方面既是人海也是文海戰術，大字報、傳單、標語、報紙、最高指示、領袖著作、宣傳材料鋪天蓋地漫天飛，大批判、鬥爭會、政治演講接連不斷，似乎全國人民在最大限度上享受到了文化活動的權利，但實際上，中國人的文化視野被逼仄到最為狹陋的角落裡。馬列著作早已被肢解，斷章取義地到處功利性地引用。領袖人物隨便說出的一句話，也被奉為金科玉律，賦予超自然的力量，當作解決從政治到生產乃至私人生活的一切問題的萬應靈丹。人們根本用不著去思想，因為經典著作已經為人類以前的或今後的全部歷史活動作了總結、預見、解釋、規定和說明。開會、交談、寫文章，都離不開引經據典。報刊千篇一律地重複陳詞濫調。一種虛矯的、武斷的、雄辯或詭辯的、抽象空泛套話連篇的「社論體」充斥了中國人的閱讀視野，甚至滲入到日常交際活動中，出現在生活用語裡，整個地填塞了人們的思維空間，一代人因語言的僵化而導致思維和思想能力的退化。在這種事實上極端封閉的專制主義的文化環境裡形成的思維習慣和文風，直到後來還可以在很多地方看到它的存在和影響。

總之，發生在二十世紀六、七〇年代的「文化大革命」運動，沒有任何的現代意義，它在本質上是封建主義用觀念褫奪人生，封建文化的反人道、反理性在新的歷史條件下的惡性復發。它是在封建觀念、封建意識還很濃厚的農業社會土壤上栽植集體主義神話所結出的苦果。在社會主義革命取得了全國性勝利的當代社會發生以個人崇拜和文化專制為基本形態的「文革」悲劇，是發人深省的。十年「文革」，它不是孤立的社會現象，而是與幾十年的群眾革命運動，與更久遠的歷史文化有內在的聯繫。確切地說，「文革」是作為某一歷史運動的結局出現的。所以伴隨「文革」收場而到來的政治思想、文學文化的批判性反思，就具有再一次選擇民族出路的意義。

2、撥亂反正

1976年10月的政治變動，首先給了中國人民一個從惡夢中醒來後的喘息機會。在刺目的陽光裡恍惚了片刻，痛定思痛，人們就開始大放悲聲，涕泗滂沱於他們在剛剛結束的那場浩劫裡的失落和受到的摧殘。而這種控訴性的回顧，都是新的黨中央採取撥亂反正政策的結果。撥亂反正意味著對建國後尤其是「四人幫」篡權之後黨的理論主張、社會實踐的否定。儘管這種否定在很多方面都還持保留態度，但是一個重大的歷史轉折的到來已經先聲奪人。時隔兩年，1978年下半年，中國共產黨第十一屆三中全會召開。這次具有偉大歷史意義的會議，更是把對一個政治至上、精神恐怖的務虛時代的否定推向了高潮。十一屆三中全會因此可以作為當代中國歷史轉折的最重要的標誌。

十一屆三中全會確定黨把中心工作由抓階級鬥爭轉移到國家現代化建設上來，以此為軸心，我們國家從政治、經濟，到思想文化各個領域發生了全面而深刻的變革，諸如思想解放運動次第展開，重新評價若干歷史問題，糾正黨在社會主義歷史時期犯下的錯誤，摘除地富帽子，改正錯劃右派，否定文化大革命，實行對外開放政策，在農村推行聯產承包責任制，等等這些，都使中國社會在很短的時間裡出現了新的面貌。首先是政治恐怖時代的結束，使人們產生了一種如釋重負的感覺，形成一種新的心理氣氛；其次是科學技術、生產力的發展受到重視，農村生產方式的改革調動了農民的積極性，發掘了生產潛力，為國民經濟的回升奠定了基礎。隨後的城市改革和對商品經濟的重視，都在提高人民的物質生活水準方面收到了顯著的效果。無論政治上對教條主義的反撥，還是經濟上對那種以照顧弱者、抑制創造性為特徵的吃大鍋飯的做法的衝擊，都是對以前的統治秩序的尖銳的批評和否棄。要是我們把這樣的歷史變遷跟蘇聯在史達林逝世以後，蘇共二十大召開，在非史達林化的旗幟下，出現「解凍」思潮，在經濟、政治和文化生活方面都經歷了徹底的修正聯繫起來看的話，那麼我們就更容易理解我國在「文革」結束後，開始一個歷史新時期的必然性以及它的不可磨滅的功績。

（二）「新時期文學」：未有宣言的革命

同新時期的政治變動、經濟改革相伴隨並且相互作用的，是文化建設的革命性展開。文學作為其中最活躍最生動的形式，在轉折時代人們的精神生活中掀起了一次又一次的浪潮。文學因為它反映生活的敏感，揭露問題的及時，宣洩感情的淋漓盡致，再現人生悲劇的鉅細無遺、形象逼真而為劫後餘生的人們廣泛注目，且牽動著千家萬戶的神經，揉搓著億萬人的心靈。在新時期的文化建設中，文學無疑是成績最為突出的部分。而文學的成功首先在於產生了重大變革。不斷向文學自身回歸的新時期文學運動，相對於建國以來的文學傳統是一場真正意義上的革命。1986年10月，在新時期文學走完了十年（從「粉碎四人幫」算起）的歷程時，中國社會科學院文學研究所組織並主持在北京召開了對十年文學進行全面總結的「新時期文學十年學術討論會」。在這個群賢畢集、盛況空前的大會上，許覺民在開幕詞中就明確肯定新時期文學是「繼『五四』文學革命以後，中國現當代文學中的又一次意義深遠的文學革命」[3]。事實上，新時期的思想解放運動是對反傳統、反封建、追求科學和民主的「五四」「思想革命」的銜接，而新時期的文學運動在規模上、深度上、在其對民族命運的影響以及對文學自身價值創造的決定性作用上，都具有與「五四」文學革命相當的意義，儘管前者沒有像「五四」時代那樣有人公開打出「文學革命」旗幟。區別在於，「五四」文學革命在內容上是要批判封建主義的載道文學，而建立人的文學，在形式上是要背叛文言文，建立白話文學；新時期的文學革命的任務則在於針對文學在當代社會墮落為極左政治的工具而恢復新文學建立起來的文學在民族現代化進程中具有獨特功能的傳統。這兩次文學革命在文化背景和中心意向上卻又是類似的。兩次文學革命都是在中西文化發生撞擊後在因襲舊傳統的文學中發生大的裂變，都是在很短的時間內，匆匆上演了西方文學近百年所走過的歷程：由古典主義、浪漫主義到現代主義（新時期文學延伸到後現代主義）。在一個沒有權威的思想解放時代裡，文學的基本面貌是多元化的、多樣化的。由於這兩次文學革命都發生在中華文化在外來衝擊下暴露出它的致命弱點，中國人重新發現了世界，感到本民族在世界歷史進程中所處的落後地位這樣的大的背景上，因此不論文學的批判和創造怎樣地音響繁複，它的主旋律在很長一段時間內都是與民族文化的自我審視、反顧思考有關。

1、「反思」的貫穿性

同「五四」文學革命一開始就作為文化革命的生力軍，對傳統文化

---

[3] 見《歷史與未來之交：反思 重建 開拓》，《文學評論》1986年第6期。

（主要是舊思想、舊道德）採取激烈的批判態度相比，新時期文學在觸及到「文化」這個命題時，表現的是反思的思想形態（及至劉曉波出，才大有「五四」時抨擊傳統的火藥味，但其激進的姿態既不合時宜，表述的偏頗亦令人難以接受）。時代賦予文學不同的使命，當代社會生活的複雜性及其所掩蓋的文化特性要求思想界從變形了的人文結構中發現它的原型，反過來又要從功能與效果中還原它的結構。另一方面，作為被扭曲和幻惑過的認知主體，對於仍然為一種獨斷的意識形態話語所解釋的已成歷史的社會革命運動，並不能徑情直遂地直逼其要害，甚至並未確切無誤地診斷出它的偏差。當然，我們看到了，對傳統文化無論是宣判式地予以推翻（其實是有具體針對性的），還是透過其展露形式進行深度反思，其出發的立場都是人道主義的，都是要「救救孩子」。「五四」時代抗爭的是吃人的封建制度和封建禮教，而新時期文學讓我們驚覺於「革命」對人的異化。階級革命原本為了爭取普遍性的人的生存權利而砸碎舊制度的鐐銬，孰料不斷向左轉的結果是人這個歷史主體淪為了革命的工具和對象。當革命忽視乃至剝奪人的價值和尊嚴，當平均主義的社會觀犧牲了人類在外部世界中最大限度的對象化的可能，當逃避個我承擔人生風險的心理轉化為對社會救主的依賴，封建文化的專制本質也就借屍還魂了。人道主義思潮成為新時期文學的潛在主題這一事實遂使得文學在一個時期內成了文化反思的載體。

新時期的文學經歷了幾個比較明顯的發展階段，或者說迭現出幾個最引人注目的文學思潮。這就是所謂的「傷痕文學」、「反思文學」、「改革文學」、「（文化）尋根文學」（緊接著才有「先鋒文學」）等等。但我們卻可以把它們籠統稱之為反思的文學，是經由政治歷史的反思進入到民族文化的反思。

「傷痕文學」是對「文化大革命」的揭露和批判，但它已經是反思文學的前奏。劉心武的《班主任》刻畫了「文革」教育所致的畸形兒：野蠻混沌的宋寶琦和思想僵化的謝惠敏，其意義不只在於控訴了極左政治對作為祖國未來一代青少年的毒害與摧殘。它的深刻性在於，當小說把民族的看不見的精神內傷觸目驚心地揭示出來時，它引發人們思考：是什麼造成了這種可怕的創傷？作品已經把它的批判鋒芒指向了封建蒙昧主義。

「傷痕文學」通過不同人的悲劇性遭遇批判、控訴了反人道的十年浩劫，它必然要引起人們對造成這場災難的原因的追尋，所以「反思文學」是「傷痕文學」的自然延伸。它順理成章地把對「文革」的批判延伸到「十七年」中的歷次政治運動，甚至把筆觸伸得更遠，進入到民主革命時期。在當代社會裡，有兩類人以不同的形式受害，所承受的苦難也最為深重，這就是知識份子和農民。它為浩劫過後的文學反思提供了最有吸引力和值得開掘的題材。「反思文學」的兩大題材即知識份子題材和農村題材，就分別以1957年的「反右」和1958年的「大躍進」為轉捩點，刻畫社會政治發生謬誤，歷史錯位而造成無辜人們命運的升降沉浮。小說中魯彥周的《天雲山傳奇》，王蒙的《布禮》，高曉聲的《李順大造屋》，張一弓的《犯人李銅鐘的故事》等等都是屬於這一意義上的作品。王蒙的《蝴蝶》，茹志鵑的《剪輯錯了的故事》，李國文的《月食》等，在時間跨度上則拉得更大（都跨新舊社會兩個時代）。這種寫法在「傷痕小說」如方之的《內奸》即已開始，從幾十年的道路來尋找我們進行社會運動中出現的偏差和失誤，試圖揭示個人在歷史的盲目運動中的脆弱無力（此間個別作品進而通過個人歷史與社會歷史的矛盾和錯疊，生發出對人生命運本身的哲學感悟，把相對主義的生命觀引入了歷史反思，如《蝴蝶》）。

反思意識也體現在經濟改革小說中。蔣子龍以《喬廠長上任記》打頭的一批以改革為題材的小說、柯雲路的《三千萬》、水運憲的《禍起蕭牆》，目的也不只在於宣揚改革的主張，而是憤激於落後的政治因素對改革前進的掣肘。

總之，從「傷痕小說」到「改革小說」，文學的主導意識都是反思。如果說，這一階段的反思，較多的是一種政治歷史的反顧思考的話，那麼，從「文化尋根」口號提出來後，新時期文學就進一步深化，民族文化的自審意識全面覺醒。一些並不標榜文化尋根的創作，尤其是以農民的生存和命運為描寫對象的作品，如王兆軍的《拂曉前的葬禮》，張煒的《秋天的憤怒》、《古船》，朱曉平的《桑樹坪紀事》，李銳的《厚土系列》等，也無不貫注著濃厚的文化意識，即通過對深層文化結構的挖掘來透視中國人的生存之謎，這種透視已經跨越了人道主義的同情而上升到對民族的生存方式和價值選擇的思考與質疑。更不用說王蒙的《活動變人形》明擺著就是一部借用了西方文化參照系，對民族文化進行深切反思和批判的小說。

2、根本上的解放

由於文學能夠最生動真切地保留歷史記憶，以活生生的無法回避的事實說話，社會轉型期對歷史運動和民族文化的審視和評價就首先落到了文學的身上，文學因而走在了時代思潮的前列但也因此擔負了某些在它的基本職能以外的工作。如果說對「人學」的認同使文學猶如擱淺的船兒回到了深水區、籠中的鳥兒飛回了天空中一樣輕快而自由的話，對文化的反思和批評就從另外的方面增加了文學的嚴肅性和沉重感，同時可能會以理性精神削弱文學的感性力量，特別是可能造成對描寫對象的觀念性改制，除非創作者在寫作過程中更忠實於自己的經驗。這是當代覺悟了的文化人跟「五四」文化啟蒙運動中的先驅者取得一致的地方，在他們可貴的為本民族走出鐵屋子和迷途擔任盜火者與嚮導的衝動裡，隱存著遵循「借思想文化以解決問題的途徑」的「唯智論」的價值取向，[4]而這恰恰是這些傳統的叛逆者與他們所要拋棄的文化在某些方面宿命般的耦合的地方。然而，重要的在於歷史和文化（不可能不包括人性）的反思成為一時間文學的共同的貫穿性的主題，這就意味著文學隨著社會的轉型而實行了意義非凡的功能轉換。當代中國文學從此要結束它充當政治的奴婢、配合中心任務、宣傳演繹現行政策、論證現存社會模式和秩序之合理性的歷史了。

文學由工具型向思考型轉換，由粉飾型向批判型轉變，這是新時期文學對建國以來二十七年文學的反動，是新時期文學革命初始階段的重要內容，也是新時期文學發生全域性變革和全方位拓進的契機。時代生活的轉折，帶來了文學觀念的改變，而文學觀念的核心又在於對文學的本質功能、文學的作用的認識和理解。在二十七年裡，文學一再被強調為應當為政治服務，結果文學被限制在一根很危險的平衡木上，不可能充分施展它在人類精神生活中的多層次、多角度的功用和追求。而當政治演變為少數人篡黨奪權的陰謀活動時，文學就更是完全喪失了自身的特性而滑向

[4] 參閱林毓生著：《中國意識的危機》，穆善培譯，貴州人民出版社1986年12月出版，第43頁。

了非文學甚至反文學。新時期文學是對這種狹窄的文學觀的背棄與突破，首先就在於打破了文學本體觀的單一的規範而走向了多元化。正像劉再復在一篇文章裡所概括的，文學的本體是可以從不同的角度加以觀照的。從哲學角度看，文學可以是克服異化，使人性得到暫時復歸的一種手段；從價值學角度看，文學可以是苦悶和歡樂的象徵；從歷史學角度看，在特定時代裡，文學可以是階級鬥爭的工具；從審美的角度看，文學也可以是有缺陷世界的一種理想之光。[5]亦如陳駿濤在新時期文學十年學術討論會論文中歸納文學目的論的多元化狀態所指出的，新時期文學對文學的目標和功能的看法越來越多樣，越來越開闊。如主張文學應是介入生活、干預生活的；主張文學是反映人生、干預靈魂的；主張文學的最高目標和意旨是為了人性的完美，它的靈魂是人道主義的；主張文學應該表現一個民族、一個地域的文學傳統，一種共同的文化心理積澱的；主張文學是一種自我表現，是作家或詩人的情感的外化，心靈的投影，甚至某種心理的宣洩等等。[6]

新時期的人們從根本上，也就是從「文學是什麼」、「文學應當幹什麼」這一基礎上改變了對文學的看法，文學就等於從只能一步一探、歪歪扭扭的鋼絲繩上回到了阡陌縱橫，四通八達，任人選擇，可以奔跑如飛的大地原野上。以此為起點，新時期文學在題材選擇、創作方法、藝術模式、表現手段、語言試驗、文體更新及風格流派等不同層面、不同方向上發動了革命，對固有的文學觀念與創作實踐進行了猛烈的衝擊，雖然這種革命有時是悄悄的或以非正式的形式進行的，並且每當觸及到實質性的部分總要遭到習慣勢力的阻礙和攻訐。如以北島、舒婷等為代表的青年詩人在詩歌領域裡的反傳統，如以王蒙的《春之聲》等六篇小說為信號的小說新寫法的成功嘗試，如分別聚集在北京、華東、四川等地的新生代的詩人群體的現代主義和後現代主義的詩歌運動，如張賢亮、莫言、王安憶、劉恒等人的小說中關於性心理的精細刻畫，等等這些，都使新時期文學呈現出生動的景觀，並且在很多方面進入了人類心靈的隱秘地帶，起到了文

[5] 劉再復：《文學研究思維空間的拓展——近年來我國文學研究的若干發展動態》，《讀書》1985年第2-3期連載。

[6] 陳駿濤：《一個多元的文學時代》，見《當代作家評論》1986年第6期。

學可以揭示並提升人的精神世界，可以創造世界上本來不存在的精神自足體，給予人們在物質生活中所無法滿足無法得到的精神享受的審美作用。把文學看成是對內心生活的表現，承認它對為現實關係所邏輯化了的無奈生存的超越，在創作思維中為潛意識的釋放辟開管道：當代中國文學與世界現代文學的接軌正是從人類思想發展的最新階段上找到發硎之處的。

3、從外部到內部

新時期的文學革命一開始是針對二十七年的單純的配合文學以及瞞和騙的非文學的，由於二十七年的文學基本是政治支配下的文學，因此在某種意義上說，這一階段的文學是突破外部束縛的革命。隨著新時期思想解放運動的深入開展，隨著文學生產力的解放。隨著中外文化的越來越廣泛的交流，隨著人們文化生活的要求日益提高，新時期文學在繼續克服庸俗社會學的文藝觀，非此即彼、線性思維的認識論的惰性影響的同時，也在文學的內部不斷發生革命，而且是一種連鎖反應式的革命。

驚人的速度

這樣的革命，使劫後復甦的中國文學在很短的時間內完成了世界文學歷經百餘年的積累過程，以令人吃驚的速度追上了世界文學的新潮流，在不少部門跟它同步發展。例如，在進入八〇年代以來的文壇上，不僅西方世界在十九世紀末以來的現代主義的關於表現人性失落後的焦灼、痛苦和沉淪，由此尋求一種精神歸宿的主題的文學，諸如象徵主義、表現主義、存在主義、意識流、荒誕派等等，對不少作家的創作產生了影響，相當一部分人因為親歷十年大動亂而產生與西方戰後相類似的精神文明崩潰感，產生深沉的憂患意識和悲觀情緒；而且，西方在二十世紀五〇年代以來，隨著資本主義進入工業化之後的時期，人在高度發展的物質力量的傾軋下更為嚴重地異化，進一步地從自身分離出來，消融在物的世界中，體察不到獨立於物的世界之外的主體意識，因而產生以客觀性取代主體意識的物質性文學，也就是後現代主義文學，在新時期作家尤其是青年作家身上，也引起了強烈的共鳴。並且，從現代主義到後現代主義（當然也包括古典式的現實主義、浪漫主義）的諸種感受，主要是從荒誕感到平淡感，在新時期作家的文學意識裡得到了融會、滲透，化合著作家自我的社會生活經驗和民族文化的原型承傳，而共生成一種既富於超越目前中國社會的物質生活的現代色彩，又具有中國人的生活內容、文化心態和以民族語言為符號物的具有新的風貌新的品格的文學。例如王蒙、宗璞、莫言、殘雪、陳村、劉索拉、扎西達娃、馬原、洪峰等人的小說，高行健等人的戲劇，青年詩人的詩歌。特別是新詩。

新時期詩歌幾乎是始終處在文學革命的先鋒位置，最敏銳地感應著社會思潮的律動，捕捉一切可以改變詩的思維方式的文化資訊和可以改變詩的結構形態的語言組合方式。在十年文學中，給當代詩歌帶來了新的質素的詩人及其創作，幾乎都可以看到歐美自波特萊爾以來的現代詩歌的影響。每譯介或重新譯介一批外國名詩人或詩歌名作進來，都會在新時期中國詩壇引起反響。瓦雷里、里爾克、葉慈、T・S・艾略特、龐德、聖—瓊・佩斯、夸西莫多、洛爾伽、埃利蒂斯、賽弗爾特、羅伯特・洛厄爾、西維亞・普拉斯、艾倫、金斯伯格……都對新時期的詩歌浪潮起了推動作用。北島、舒婷、顧城、芒克、多多、嚴力一代從「文革」中走過來的青年詩人，是以反傳統的浪漫主義的激情和象徵的表現手法沖決著淺白直露的口號詩，使新詩得以復活並大放異彩的。但是，外域文化的湧入，人們思維空間的拓展，使得他們的藝術手段很快顯得不夠用，因而紛紛尋找新的轉機。而比他們更年輕一代的詩人，乾脆打起了造反的旗幟，宣佈要拋棄（pass）北島。新傳統剛剛形成，馬上就遭到了突破。

超越的哲學依據

詩歌新人輩代性增長，詩壇力量的更迭快速進行，給人以「江山代有才人出，各領風騷三五天」的繽紛印象。而這些以如火如荼之勢在各地蔓延起來的詩歌新生代，相互之間又不買帳，而各樹旗幟，自稱流派。據《詩歌報》和《深圳青年報》聯辦的「中國詩壇』86現代詩群體大展」介紹，就有以韓東、于堅、王寅為代表的「他們」詩派（南京），孟浪、陸憶敏為代表的「海上」詩群（上海），周倫佑、藍馬為代表的「非非主義」詩派（四川），胡冬、萬夏為代表的「莽漢主義」詩歌（四川），廖亦武、歐陽江河為代表的「新傳統主義」（四川），以及其他種種令人眼花繚亂的大小詩歌群體，有的則單獨成體，如北京的「西川體」，陝西的「太極詩」（島子）等。這些名目各異的詩，雖然一方面是創新，另一方面也是處在探索時期，但是從總體上看，它在新時期十年詩史上完成了一種超越。如果說北島、舒婷一代在某些情況下是以詩作為生存奮鬥的武器或工具的話，那麼，對於「莽漢主義」、「非非主義」這些年輕人來說，詩就是生存本身。在詩歌藝術地掌握世界的方式上，北島、舒婷他們比較注重主體對客體的感受、體驗，更多一些情感和想像因素，而後來的詩人們則表現出主體對客體的冷漠淡然，而以一種直覺穎悟的狀態客觀化地述說自己的行為。他們也不像比他們早一些的詩人那樣注重詩的意象營造，而傾向於口語化地對世界進行客觀還原，詩歌成了生存狀態的呈示。這些詩人並不熱衷於對生活、對社會、對世界發表看法，而只是一種不太經意的自我關注。這並不是甘願把自己排斥在世界之外，而是因為現代科學和哲學的發展已經告訴人們，世界、人生、歷史、生命這些問題，並不是人所能完全認識和把握得了的，它們並不存在終極答案，既然人對世界以及自身不可能有自信的解答，那麼我們就沒有必要去超越生命現象本身架構的某種形而上的理論框架。

　　這種觀念，在小說的現代化趨向中也得到了反映。有一篇題目叫《形而上學的崩潰與小說的開放性》的文章，就標誌了尋根思潮之後以文藝創作和評論為代表的思想界對包括文化反思在內的理性主義的懷疑和解構。它所表達的新思想似乎走到了新時期文學觀念革命的極地甚至反面，因為它看上去否定了結束蒙昧狀態之後好不容易找回的「五四」新文學追求真理、追求終極價值的傳統，而著上了虛無主義的色調。然而中國純文學的復興也許只有徹底清除了思想遺產的荒穢、灌木和叢林，才能獲得盡情耕種的田野。只有把一切價值都瓦解了，傳統才不再成為創新的阻力。這篇文章談到，自從本世紀上半葉在西方興起了一股分析哲學的洪流之後，過去的傳統哲學對人的本質是什麼、世界的根本意義是什麼等形而上學的命題的確切信念，如今已大大動搖。傳統哲學對人生、世界……一切的一切都了然無遺，似乎提供了一切人生問題的清晰答案。而分析哲學著重考慮的卻是提出這種命題時的認識方式，它要弄明白的是：什麼是人能夠確切知道的，什麼是人不能知道的。認為人類無法如傳統哲學所認為的那樣能夠清楚地知道人的本質、世界的意義等形而上問題的答案，我們很難用一個清晰明白的一元結論去解釋一切。既然如此，文學、小說也就不可能只有確定不移的意義，而只能是開放性的。它不是像以前的小說一樣，總是作者敘述一些人、事（經驗），然後提供從中得出的一個思想旨歸（意義），圍繞著這種小說的作者和讀者都不懷疑意義的純一性，不懷疑存在著關於人、世界、歷史的本質之類的形而上問題的一個答案，現在的一些小說是，作者並不在給出的經驗中提供一個意義，他們知道在小說中大講這些是沒有意義的，因為人根本不可能獲得形而上問題的一個最終答案，因此相反，他們使作品主要地來提供經驗，而把對這些經驗的意義的聯想、詮釋交給讀者去完成，從而使小說保持了一種開放的姿態。甚至作者自己也並不知道他所講述的故事的意義。文章以馬原為例子，說：

> （馬原）在小說中從容地講述著發生在西藏的故事，略帶些神祕，可是卻不提供關於故事的意義的文字，以致好多讀者、批評家問道：到底講什麼？到底是什麼意思？或者乾脆認為馬原是在故弄玄虛、賣弄技巧，這實在是誤會！馬原怎麼能從故事中知道關於人、世界的形而上問題的答案呢！他根本不知道，他根本沒法為你說明意義，若要知道他就根本不可能寫這樣的小說了。實際上，他只是知道他不能夠知道這些問題的答案，因此，不是他故弄玄虛，而是他無可奈何。他的小說沒法給你一個意義、一個答案，而只能由你自己去體味、領悟。這樣，用羅蘭・巴特的術語說，此時的小說就不是一個僅僅被消耗的、「閱讀性的」文本，而是一個向讀者開放的，要求讀者配合的「創造性的」文本。[7]

不管這裡面是否反映了當代藝術頭腦在社會意識中心崩散以後對人類精神現實的迷惘，或者包含有作家面對一個混亂駁雜的令人激動的現實和創作界的競爭局面而採取一種聰明的敘事策略，但是它首先讓我們感到：社會歷史的變遷和新的哲學思潮的播入，給文學帶來了多麼重要的變革！

---

[7] 應雄：《形而上學的崩潰與小說的開放性》，《文論報》1987年10月11日。

新生代的實現方式

新時期的文學新生代，對文學的革命是自覺的，且持有獨特的價值觀。「非非主義」的代表人物周倫佑在《論第二詩界》（第二詩界指的是被正式刊物拒之於門外的青年作者，他們創辦了非正式刊物，給了詩壇以衝擊）中就說到他們跟第一詩界對政治的依附不同，他們的創作「大多是基於一種藝術衝動——包括結構本能，性潛意識和補償需要。它們的創作動機完全是個人的、人性的。在創作之前是一種表達的衝動，在創作過程中更多注意於超原構的新結構的創造。詩人把自已由政治動物——社會動物還原為人，純粹的人。第二詩界的刊物也有審稿程序，但它依據的不是道德標準，不是政治標準，而是藝術標準。實驗性，是第二詩界的一般原則」。這說的是他們的文學觀，接著他講到這些對文學事業充滿獻身精神的人們所持的一種信念，也就是他們所追求的一種內部價值。他說：「重藝術性重實驗性，並不只是一種純藝術的熱情。它根植於一種新的價值觀。」「所有第一詩界的詩人——包括那些久經磨難的老一輩詩人，無一例外都是外部價值的追求者。外部價值是一種現實價值，建立在社會認可的基礎上，它往往和名譽、地位相聯繫。你得到社會的認可，你便可能名利雙收；一旦失去社會認可，便會一無所有。自身價值的增跌取決於外部認可的程度。這種庸俗的價值觀影響了一代代的中國知識份子，形成了一種追名逐利的傳統。」「第二詩界的詩人們也追求價值，但不是向外，而是向內——追求一種內部的即精神的自我價值。這種價值不會因外部（社會）的認可而增添，也不會因為外部（社會）的否認而減少。它是一種精神實體，它自在，它輝耀，給青春以熱情，給肉體以活力，給人生以意義。當然，這種內部價值也企望著自我實現——並把這視為人生的完滿。但它首先得確立！內部價值的確立先於實現。也可能不能實現。但主要的是確立了。縱使不能實現，人生也因此充實起來。而所謂實現，就不再是那種簡單的外部（社會）承認，而是對社會的一種覆蓋和影響。」[8]中國文學久已喪失的、中國知識份子歷來匱缺的自足和自立意識在新一代的文

[8] 見《非非評論》，四川青年作協現代文學資訊研究室主辦，1986年8月20日。

學殉道者身上滋長起來並異常清晰，這一文學歷史主體的脫胎換骨對於新文學建設的意義是不言而喻的。

二、本體重建：文體實驗與文體研究

（一）文體自覺

新時期文學的內部革命一個最值得注意的方面，是文體的自覺。它以小說界的文體實驗和批評界的文體研究作為主要表現形式。

1、1985：二次革命

這一創作和批評的聯袂行動在1985年掀開了文學復興進程中別開生面的一頁。歷史往往選取一個具體的年份來作為某種社會或精神事變的界碑，引人注意並使你無法遺忘。全方位的探索與挺進，多樣化的藝術取向，多元格局的形成，新的創作旗號的亮出或新人新作的屢屢爆響，新的批評和研究方法登場以及由此展開的討論……不僅使1985年呈現為喧嘩而騷動的景象，而且使人們興奮地感受到不可遏止的文學新潮帶來的是不同於以往的文學性格，從他們面目全新的作品中不難發現創造主體的新異的寫作態度。當敏銳的批評家用「新小說」來為1985年出現的《透明的紅蘿蔔》（莫言）、《你別無選擇》（劉索拉）、《小鮑莊》（王安憶）、《爸爸爸》（韓少功）、《山上的小屋》（殘雪）、《岡底斯的誘惑》（馬原）、《西藏：隱秘歲月》（扎西達娃）等一批探索小說命名時，我們對它的理解主要不在於這些作品在選材上的新穎和主題發掘的深入，而無寧是作者已經把表達世界觀感的藝術性放到了突出的位置。1985年因為這一點而可以稱為新時期文學的「二次革命」，它把在此之前就逐步強化起來的技巧意識集中並曝光為壓倒性的文學觀念，也為此後不斷延展的藝術變革作了聲音響亮的預告。

2、過程的魅力

作為標誌和轉捩點，1985年意指著進入八〇年代以來文學上形式探索至此明朗化，人們由對題材和主題的關注轉移到對表達方式和技巧的注意，「怎麼寫」提到了「寫什麼」的前面。對於有抱負的小說家而言，寫作的目的和任務以及所要達到的境界不是，至少不首先是訴諸他人某種「意義」，而是要完成一個具有審美價值的敘述過程。基於這樣的理解，敘述觀念的更新也就成了文學創新的體現。於是敘述方式、結構、語言和作品的氛圍、情調這些以前被看成是形式因素的方面，如今在寫作過程中及作品完成後變得格外重要。人們重新審察了「形式」這個文學理論中的術語，將它從對「內容」的依附地位解放了出來予以提升：形式之於內容不再是主次關係，二者也不可割裂而實為一體：「形式不僅僅是內容的荷載體，它本身就意味著內容。」[9]這一視形式為藝術本體的文學意識的形成，顯然脫胎於馬克・肖勒的形式乃是「完成的內容」，是「藝術品的本身」[10]的著名觀點，也得自於克萊夫・貝爾的藝術是「有意味的形式」[11]的理論的啟示，它使掙脫了機械反映論的當代中國作家和批評家豁然貫通了文學的本質而採取了新的藝術立場。儘管這一深層次的理知和認同在當時過分強調了文學藝術本質關係的某些方面，但是它給新時期文學革命的推進卻是歷史性的和實質性的，它使得當代中國文學從此具有了匯入世界文學格局的可能性。從二十世紀八〇年代初王蒙運用意識流手法來表現作者大容量的人生感受，到二十世紀八〇年代中期馬原以敘述革命來與哲學家抬杠，轉折和對比不能說不明顯，而文體自覺的意義也昭然於此：如果說前者是一種自發的藝術探索的話，那麼後者的出現就是一種有目的的對文學本體的重建了。

1985年前後覺醒的文體意識，如前所述，在小說領域裡是作家把才情馳騁、傾注和物化在敘述過程裡，努力營構陌生化的敘述模式以打擊讀者的自信心，從而增強作品對審美注意的吸引力。效果是明顯的，一批作家以各自的風格刷新了小說這一敘事文體的體性。莫言的多重敘述結構，殘雪的非理性敘述觀念，王安憶的掙脫了習慣的敘述方法，馬原突兀的非邏輯的行文方式，以及一些小說中從全知全能的視角移動開來，任意變幻的

9　李劼：《試論文學形式的本體意味》，見《上海文學》1987年第3期。

10　[美]馬克・肖勒：《技巧的探討》，見《「冰山」理論：對話與潛對話》，工人出版社1987年4月出版，第173頁。

11　[英]克萊夫・貝爾：《藝術》，周金環、馬鐘元譯，中國文聯出版公司1984年9月出版，第4頁。

敘述者，和不少小說家所追求的由統一於語言的情緒氛圍所控制的敘述語調（還應包括何立偉等人的詩化小說、李慶西等人的「新筆記體」），種種藝術形式上的冒險與變革，以貌似混亂的總體敘述體態推動著文學向自身作最後一步到位的回歸。可以觸摸到這些探險者跳動在實驗熱情底裡的決心和願望：讓藝術真正成為藝術，用藝術在文學史上確立自己。

同樣對復興新文學滿懷使命感，委身於新潮文學的批評家，則及時地對小說形式的發展變化加以理論上的總結，一批文體研究的論文在1985年前後相繼發表，以至在1986-1987年，文體問題成為小說研究中的熱點。為了展示其實績並推動研究，1988年中國社會科學出版社文學編輯室還為之編選了《小說文體研究》一書。這些文章，例如《小說文體的自覺》（李國濤）、《小說文體二題》（吳方）、《試論文學形式的本體意味》（李劼）、《論小說藝術模式》（南帆）、《小說敘述觀念與藝術形象構成的實證分析》（羅強烈）、《敘事方法——形式化的小說審美特性》（孟悅、季紅真）、《關於「文學語言學」的研究筆記（二題）》（黃子平）、《在語言的挑戰面前》（王曉明）、《敘述語言的功能及局限：新時期小說變化思考之一》（程德培）、《小說文體的變遷與語言》（於可訓）、《小說技巧十年》（南帆）、《小說的選擇：新時期小說發展的一個側面》（毛時安）、《近年小說創作文體變化散論》（吳秉傑）、《新筆記小說：尋根派也是先鋒派》（李慶西）、《精神分析學與〈紅高粱〉的敘事結構》（李潔非、張陵）等等，或描述小說文體特點，或追索小說藝術思維的新變，或從本體論的角度考察形式，或具體論析小說的結構形態、方式與語言傳達，或闡釋有獨特價值的小說作品的文體特徵，一致肯定了小說界的文體追求乃是一場意義深遠的藝術革命，它以文學形式的本體性演化而成為文學回復到自身建設的歷史標記。

這是當代文學批評第一次以集團形式，深入作為一種現象的時代文學創作的純粹藝術界域，亦即在眾多的批評家那裡共同討論的不再是作品的思想內容而是從經驗到藝術之間的技巧問題。

幾乎這個時代最有才情的批評家，都毫不猶豫地在與批評對象的審美關係上實行了位移，並且把理論色彩和實證方法帶進了批評世界，的確是饒有趣味的。他們以深邃的歷史眼光來為創新的文學測定其藝術水準和價值，在開闊的理論背景上對蘇醒了的小說文體進行多層次的分析和闡說，既談論文體而又不止於文體，例如，既關心形式選擇而又不忽略其動力和意義，把「從內容選擇到形式的選擇」看成是「由強化客體（題材、事件）到強化主體的一種過程」，認為「形式的選擇就是作家創作過程中主體的選擇」，[12]指出「技巧探索不僅由於不同題材的出現，而且還由於人的審美把握方式的改換——後者同樣是一種深刻的變化，它意味著人本身的提高」[13]，或者把「藝術形式的拓展」表述為「實踐上就是人們對藝術地把握世界的方式的探索，追求文學創造生活形態的多種可能性」[14]。這些不僅表明文體批評本身已構成新時期文體自覺的組成部分，而且，由於批評並非僅僅被動反應地感知到了創作新潮中溢濺出的主觀傾向很強的藝術資訊而加以報導式的描述，而是富有主體感地把捉與整理階段藝術流向反映出的內在秩序，把經過複合性直覺反復驗證的理性精神投射到文學現象中，使理論既說明又引導批評對象，新時期探索文學從而因為本體批評的加盟而有了向人類藝術思維發展的新高度挺進的可靠保證。

3、環境的重要性

　　我們不能不把八〇年代的文體自覺歸因於社會歷史的變遷及由此帶來的文化（文學）大開放。多年來，中國文學封閉在階級文化的窄巷裡，審美功能被放逐，代之以宣傳教育的現實任務，愈來愈遠離真實的內心生活，其結果是想像力嚴重枯竭，手法平庸、低下而拙劣，藝術語言極度貧乏。七〇年代末對外的大門得以洞開，中國作家才發現了本國文學與世界文學的巨大落差。而在紛至沓來的現代外國文學流派、大家和傑作面前，一切以藝術創造為己任或在表達內在經驗上苦於難以突破的人們，除了新奇、驚歎、激賞甚至崇拜之外，根本就不會把它們看成是異己的意識形態，當然就談不上抵制。人類的需要、情感方式以及對前景藝術語言的追逐原來是共同的。事實上，一方面作為接受者，一方面作為創造主體的

---

[12] 毛時安：《小說的選擇——新時期小說發展的一個側面》，見《小說文體研究》，中國社會科學出版社1988年8月出版，第297頁。

[13] 南帆：《小說技巧十年：1976-1986年中、短篇小說的一個側面》，見《文藝理論研究》1986年第3期。

[14] 羅強烈：《短篇小說：發展中的文體》，見《北京文學》1987年第5期。

中國文學界的藝人，西方文學、尤其是二十世紀的西方現代文學對他們來說，給予的是醍醐灌頂般的啟悟，可以借鑒、仿效的地方太多了，誰也按捺不住歷史時間差所蓄積的審美張力對於他們的藝術神經的巨大衝激所引起的顫慄的興奮，實際上他們自身的豐富的創造潛力往往在一瞬間被撞擊開來[15]。創作方面，以意識流文學的伍爾芙、喬伊絲、福克納，表現主義的卡夫卡，存在主義的卡繆，新小說的西蒙、羅伯—格里耶，結構現實主義的略薩，魔幻現實主義的博爾赫斯、瑪律克斯為主，由於他們的傑作是以翻譯後的漢語呈示在中國作家面前的，很容易就喚醒了中國作家的類似的內心經驗，並且昭示了表達和完成這些經驗的技巧。於是就有了王蒙的內心獨白、放射性結構和大跨度跳躍，莫言的感覺爆炸、替換性敘事視角和「過去未來完成式」表達法，殘雪的夢幻經驗的荒誕變形即非理性敘述，馬原的敘事迷宮和透明語境，洪峰的情感距離的控制，賈平凹、王安憶對文化表象的對位式組構。略去文學影響過程中不可避免的機械照搬和低級模仿等附生現象，上述作家各有所本、各取所需，有所偏重、重在綜合，合目的地建構起來的風格化的形式，說明了「借鑒」對於從封閉的文學秩序中解放出來的藝術探索者的作用：不僅幫助他們找到了新的起點，而且產生了藝術上的飛躍！在批評理論領域，以俄國形式主義、英美新批評、法國結構主義敘述學為主的西方現代批評理論，也被站在文學革命前線的新潮批評家所發現、接受和挪用，從而更新了傳統的單一狀況的社會學批評，建立起從深層的精神分析到表現層的語言分析的立體批評構架：當代中國文學批評因為對形式的注重和實證精神的獲得而回到了文學自身，且始具科學性。改革開放的人文環境，為科學的文學學的建立提供了

[15] 一個極好的例證是，莫言後來在談到他初讀福克納《喧嘩與騷動》時的感受，說他從書的序言中知道福克納不斷地寫「家鄉的那塊郵票般大小的地方」，終於「創造出自己的一個天地」後，「立刻感受到了巨大的鼓舞，不由自主地在房子裡轉起圈來，恨不得立即為自己『創造一個新天地』。」他不無誇張地形容：「然後讀正文，讀到第四頁最末兩行：『我已經一點也不覺得鐵門冷了，不過我還能聞到耀眼的冷的氣味。』我看到這裡就把書合上了，好像福克納老頭拍著我的肩膀說：行了，不用再讀了，寫吧！」（莫言《說說福克納這個老頭兒》，《當代作家評論》1992年第5期。）我們寧可相信莫言的話不是謊語，它具體而微地道出了中國作家接受外國現代文學時的心理反應，以及外國文學對中國文學所產生的開啟作家藝術感受、幫助他們找到屬於自己的藝術道路的作用。

良機，批評的活躍性格得以站在開闊的理論前沿上指點並推動文學自安其位。黃子平、季紅真、孟悅、吳亮、程德培、李劼、王曉明、毛時安、吳方、南帆、羅強烈、陳曉明、賀紹俊、潘凱雄、程文超、張首映、李國濤、於可訓、陳劍暉、白燁、吳秉傑……這一批一隻眼睛盯著國內文壇，一隻眼睛關注域外理論動態，以銳意進取的姿態追蹤新變、帶領潮頭的評論家，決不是隨機地轉移批評陣地。他們從文學衝擊社會思想道德的潮流中舍筏登岸，立足於文學形式這曾被忽略了的堅實岩層，乃是歷史文化進程中文化啟悟必然帶來的觀念蛻變：一次影響深遠的批評家形象的自認。

新時期文體自覺的源頭的確應追溯到二十世紀八〇年代初王蒙、汪曾祺等人的自發文體實踐或初步理論宣導。王蒙不僅以《春之聲》、《夜的眼》等六篇小說在文壇爆出「小說出現新寫法」的新聞，而且發表了《對一些文學觀念的探討》（《文藝報》1980年第4期）等一系列理論文章，試圖在打破了堅冰的文學莽原上拓開藝術探索多樣化的道路。老作家汪曾祺1980年以一篇別具風神的散文體小說《受戒》開文體形式革新的風氣之先，被李陀譽為創新群體中的一隻領頭雁。李陀本人也是變革小說藝術的積極分子，1980年在《文藝報》上發表《打破傳統手法》的文章，呼籲「新的藝術形式」，且身體力行以自己的創作實踐相印證。1981年，在形式探索還顯得寂寞空曠的天空，放上去了一隻惹人注目的風箏——懂法語、諳熟法國文學的高行健出版了《現代小說技巧初探》。這本文字不多信息量卻很大的小冊子，介紹了世界範圍內現代小說技巧中的敘述語言、人稱、意識流、怪誕、象徵、結構、時間與空間以及真實感、距離感等新型藝術手段，它把這些屬於藝術世界的尖端課題以非常鮮活的語言表述出來，令人大開眼界而又覺得很有實用價值，連馮驥才等著名作家都為之興高采烈，喜不自勝地相互推薦。值得指出的是，這些具有開創性的創作或理論的新風之所以出現，是由於文化轉型，文學功能轉換，寬鬆的社會環境與國際文化背景提供了沉入個人夢境的可能。王蒙從青年時代起就立下了在革命事業和文學事業兩方面實現自我的志向，在歷經坎坷重返文壇之後，他既徹悟了人生也得到完成文學夢的大好機遇，其創作思想的轉軌（由干預生活到塑造靈魂）勾勒出的簡直就是整個當代文學的發展趨向。因而王蒙身上蘊涵的文化資訊就超出了個人而反映著時代。汪曾祺在這個意義上同王蒙一樣，是為開放時代所成全的。要是我們不曾忘記汪曾祺同二、三〇年代的純文學的血緣關係，那麼1980年對於汪曾祺而言，正是他在沉寂多年之後終於有了舊夢重溫的機緣：《受戒》耽迷於筆墨情趣和陶然忘機、天籟一派的境界首先意味著純文學時代的到來。至於先行者的努力要到二十世紀八〇年代中期才會產生廣泛的效果，那是因為藝術生產力有個培養過程，藝術的總體突破需要聚集能量（從另一方面看就是文學自身發展的客觀要求），而且需要有適宜的時機和氛圍。1985年初，中國作家協會第四次會員代表大會在北京閉幕，「創作自由」、「評論自由」的口號又一次給思想界以足夠的寬鬆，豐滿起羽翼的文學新軍早已躍躍欲試，文體自覺也就在這樣的精神氣候下沖決了傳統文學觀念的最後的堤壩。

文體自覺並不是文學向西方現代派靠攏的代名詞。在小說技巧和形式的探求中，倒是有一種取法傳統的傾向給了我們異樣的新鮮和不容懷疑的鼓舞。這就是前面已有提及的汪曾祺、林斤瀾、孫犁、李慶西、阿城、賈平凹、何立偉等人的「新筆記小說」（其中何立偉和汪曾祺的還分別有「詩化小說」和「散文化小說」的別稱）。「新筆記體」小說形制短小，語體簡古，不重情節而重意趣，不事描寫而生氣貫注。它的出現令人耳目一新，在發展中的新時期的小說家族中首先給人的是很強的形式感。

那麼我們能不能把這類小說作法簡單而籠統地說成是向傳統文學回歸呢？真實的情況是，這一派作家在「對於中國文學傳統的審美趣味，作縱的繼承」[16]時，是有選擇地進行開掘、加以發揚的。傳統從來就不是單一的，而包含著多種或者對立的因素。「新筆記小說」作家發掘的是「言志」的傳統而非「載道」的傳統，是審美的傳統而非教化的傳統。前者作為傳統文化精神中時斷時續而又深長堅忍的一脈，時常為封建主流文化所扼抑和防範。由於它維護和突出的是個人感興，因此進入當代後，更是為群體意識占了統治地位的階級文學所湮沒。所以，「新筆記小說」繼承傳統又意味著反傳統——以一種傳統反對另一種傳統，它的革命性也就在這裡。「新筆記小說」為復興純文學所做的努力，是把憤世嫉俗轉化為詩意地看取人生世相，在超然、曠達和淡泊中隱透進文人的智慧和對存在的

---

[16] 何立偉：《美的語言與情調》，見《小說文體研究》，中國社會科學出版社1988年8月出版，第42頁。

領悟，從有意味的形式中追求自由，通過回歸自然狀態完成藝術家的自我。在這裡最重要的是文學從客體回到了主體，即從看重客觀生活的再現到主觀精神的表現。作為個中人的作家（也是理論家）的李慶西，在深入研究了傳統筆記小說的特點（「在對客體的有限描述中，凸出主體的自我體驗與人格意味」）、詩學意識（士大夫「強調自我反省與人格修煉的主體精神」）和美學意味（「昭示著某種完成了自我的無我之境」）後，就指出「『新筆記小說』作家對中國筆記傳統的認同，首先意味著主體精神的復活。在古典的自由境界的映照下，現代人的個性意識昇華了。作家們借助這種隨意的文體，揭示了世界的另一副格局，也完成著自己的心靈構造」。而這種內在審美關係的變化，這種從自己民族文化中尋找內在優勢的「尋根」現象，又是「將中國文學擺到世界文學格局中加以思考的結果」。[17]所以，當我們把「新筆記體」看成是一種文體實驗時，同時就要把這種藝術思維的開放，與開放的時代文化環境聯繫起來。文學的視野只要向世界範圍敞開，就必然產生純文學的要求；只要認同純文學的本質與價值，就要尋求超越的方式：選擇筆記體是由主體條件和客觀情勢所決定的超越方式之一。正像一位青年學者所揭示的：「隨著對外開放以來，在外國文學思潮的撞擊之下，潛藏在民族深層心理中的傳統審美意識獲得了覺醒，試圖在世界文學的大系統中尋找超前發展的可能性和自身獨特的形態特徵……」[18]

（二）語言意識的覺醒

文壇的熱點由文學同生活和讀者的關係，轉移到文學自身，即文學作品確立其「文學性」的材料和手段，表明文學從社會意識形態家族內的替職功能，向作為語言藝術的精神形態的復歸。既然文學是語言的藝術，新時期文體自覺最主要的標誌就不能不是語言意識的覺醒。應當為之悲哀但更應為之欣喜的是，「文學是語言的藝術」這一命題的全部的、美學的含意，竟然要到八〇年代中期才為中國文學界真正認識和理解。還原語言與文學的本質關係，這是新時期文學革命了不起的功績，怎樣估價它的意義

[17] 李慶西：《新筆記小說：尋根派，也是先鋒派》，見《上海文學》1987年第1期。
[18] 宋耀良：《十年文學主潮》，上海文藝出版社1988年7月出版，第250頁。

都不為過。在這裡值得花一些筆墨縷述語言自覺的情況，儘管只是很不全面的攝錄。

它形成一個浪潮是1985年以後的事。經過幾年的理論清算和藝術思維的砥礪，到八〇年代中期，文學主體的靈視已逼近了語言藝術的本體形象。西方形式主義文論的播入又給了一個直接的契機，於是創作與批評理論界不約而同地把視線和話題集中到了語言上。多年來至多放在技巧層面的語言，被提高到文學本體的地位，身價百倍，迎接著一股來勢洶湧的理論激流的洗禮。一些作家在創作中剛剛顯露出一點著意追求語言表現的魅力的苗頭，就被敏銳的青年評論家及時抓住，作為本體論的文學學科和文學時代的論證，把它同二十世紀西方人文科學中的語言革命所起的作用聯繫起來予以宣揚。這一現象，同新文學運動初期先驅者們在語言上打硬仗而開創文學史的新局面，形成意味深長的呼應。

1、語言，本身就是

新時期文學語言意識的覺醒，首先是將語言從工具性的地位拯救了出來，恢復了她在作品中的主角身分。隨著對內容與形式機械切割的撥正，語言不再被看成是一層可以從文學形體上剝下來的皮，而是「本質的東西」。汪曾祺就說：「語言不只是技巧，不只是形式。小說的語言不是純粹外部的東西。語言和內容是同時存在的，不可剝離的。」[19]青年評論家黃子平更為形象地揭示了文學語言的本體特性：「文學語言不是用來撈魚的網，逮兔子的夾，它自身便是魚和兔子。文學語言不是『意義』的衣服，它是『意思』的皮膚連著血肉和骨骼。文學語言不是『意義』歇息打尖的客棧而是『意義』安居樂業生兒育女的家園。文學語言不是把你擺渡到『意義』的對岸去的橋或船，它自身就既是河又是岸。」[20]王曉明和李劼也都表達了類似的觀點，說「語言看上去只是作品的一層表皮，實際上它卻滲透了作品的整個內核」[21]；「文學不僅僅是修辭……文學語言的本

---

[19] 《關於小說語言（札記）》，見《小說文體研究》，中國社會科學出版社1988年8月出版，第1頁。

[20] 《意思和意義》，見《文學的意思》，浙江文藝出版社1988年7月出版，第40頁。

[21] 王曉明：《在語言的挑戰面前》，見《當代作家評論》1986年第5期。

質，就是文學本身」。[22]

傳統的工具論以自信的面孔，掩蓋著思維的某種程度上的貧乏和混沌，不能透過靜態的平面發現立體化的世界圖景。而新觀念必然是以一種深刻的語言哲學為基礎的。「語言是思想的直接現實」這一至理名言，只要換一個角度，就可以兌換為一個同樣正確的命題：「思想是語言的直接現實」。語言與經驗的關係，並不僅僅是前者反映後者，而是前者也制約、決定甚至構成後者。語言研究能夠成為二十世紀哲學和人文科學關注的中心，也就因為語言在人類文化中扮演的角色已經不容輕視。薩丕爾、海德格爾、維特根斯坦、拉康等西方現代語言或哲學大師，都把語言同人的存在聯繫在一起加以看待：語言是存在的家園；想像一種語言就是想像一種完整的生活方式；語言是為一切進入它的人設定主體位置和象徵秩序。這些思想很快就轉化為國內先鋒評論派的語言意識。程文超在清理那種把語言作為工具和媒介的誤會時就說：「其實，語言是一種符號，是人的特徵。作為一種基本結構，語言具有組織新話語的能力，是接近人類心靈的結構。人是在語言中進行獨特的發明和創造的動物，語言本身便構成文化現象。它既是人的創造，又制約著人類。語言制約著人類的思維結構、思維方式、思維模式。」[23]李國濤在論小說文體自覺的文章裡也談到：「語言是一種文化功能。人類的思維模式和文化心理主要靠語言傳遞下來，人們從前代人那裡學習語言的時候也學到了一種思維的模式和對萬物的評價。」[24]程德培則引用法國作家克洛特・西蒙的話，即「詞本身就是現實」，來說明「使用語言的同時也被語言所使用」，「大量意思不是像傳統規則那樣被『表達』出，而是被『創造』出來」的事實。[25]青年評論家用相近的語言表述著對語言重要的一致看法。「說話者學習和使用的語言就決定了說話者的感知和思想框架……與其說是文學家駕馭著語言，毋寧說是語言的魔力驅使著文學家。」（潘凱雄、賀紹俊）「語言是人類存在的始原」，「語言確定了

[22] 《語言・文化・文學——李陀與李劼的一席談》，見《文學角》1988年第3期。
[23] 程文超：《深入理解語言》，見《文學評論》1988年第1期。
[24] 《小說文體自覺》，見《小說評論》1987年第1期。
[25] 程德培：《敘述語言的功能及局限——新時期小說變化思考之一》，《作家》1987年第1期。西蒙原話引自《國外社會科學》1986年第5期。

人們的世界觀」，「語言構成存在世界的『現象之流』」。（陳曉明）「語言表達到什麼程度，世界就呈現出一種什麼樣的面貌。」（星星）傳統語言觀的顛覆，作為根本的前提引起了文學的靜悄悄的也是告別式的革命。既然語言在作品中不是被當作工具來使喚和利用，那麼文學也就可能從「載道」傳統下解放出來、真正同人的生存聯繫起來而獲得獨立自足的精神性。

2、文學語言：偏離與角逐

確認了語言在文學存在中至關重要，與此相關，作家、評論家談論得最多的就是文學語言的特性，即什麼樣的語言才算文學語言。在這方面，西方現代文論，主要是英美新批評和俄國形式主義的觀點，也啟發了我國的理論界。文學語言既是非工具的，就有別於日常語言和科學語言，而具有表現性。瑞恰慈用「偽陳述」加以界定，羅曼・雅各遜說它是「對於普通言語的系統歪曲」。伊格爾頓對俄國形式主義者研究成果作了轉述：「文學語言的特殊之處，即它有別於其他話語的東西是，它以各種方法使普通語言『變形』。在文學手段的壓力下，普通語言被強化、凝聚、扭曲、縮短、拉長、顛倒，這是受到『陌生化』的語言；由於這種疏離，日常世界也突然陌生化了。在日常語言的俗套中，我們對現實的感受和反應變得陳腐、滯鈍，或者——如形式主義者所說——被自動化了。文學則迫使我們對語言產生強烈的意識，從而更新那些習慣反應，而使對象更加『可感』。由於我們必須更努力更自覺地對待語言，這個語言所包容的世界也被生動地更新了。」[26]文學語言的特性和功能溝通了。新潮理論家對這一新鮮理論沒有多少保留地接受了過來，作家則更多地從感性經驗走到了相近的認識。程德培用「對正常思維不恭敬，對常規時空不馴服，對基本邏輯的叛離，對傳統習慣的反悖」[27]來概括文學語言的偏離性。這一有代表性的看法，在伍曉明那裡表述得溫和一些：「文學這種語言活動不僅遵循規範（一般語言的和文學特有的）、確證規範，而且也逾越規範、

[26] [英]特雷・伊格爾頓：《二十世紀西方文學理論》，伍曉明譯，陝西師範大學出版社1986年12月版，第5頁。

[27] 《敘述語言的功能及局限——新時期小說變化思考之一》，《作家》1987年第1期。

破壞規範、產生規範——新的規範。」[28]季紅真也注意到了文學語言生成的二律背反現象：「作品（無論是韻文、還是散文），都會有不同程度地對規範語言的破壞。當然，這破壞的前提是對規範的接受，否則，就沒有被接受的可能；但如果沒有對規範的破壞，個性風格也就無從談起。」[29]張首映亦持此觀點。作家何立偉也明確表白他在使用語言時要「打破一點敘述語言的常規（包括語法），且試將五官的感覺在文字裡有密度和有彈性張力的表現，又使之具有可塑性」[30]。這樣做的目的，是為了在已存在的文學史的背景上，創造出一種富有詩意與個性的「前景語言」，以抵抗時間和習慣對語言刺激力的磨損與軟化。更多的作家是在創作中體現出語言的創新意識，並形成獨特的風格。例如，王蒙用心理語言造成敘述的跳躍，擴展小說的空間，以詞語的超常搭配和自出機杼的命名方式，形成思想、才情與幽默的混合體，無人可與之雷同；何立偉追求小說的詩化，造語奇峭；賈平凹的語言文白夾雜，稚拙厚重；阿城用語出奇制勝而又有大智若愚的風度；孫甘露用長句纏繞回環，創造了小說敘述的新格式；莫言更為典型，他用貌似粗糙彆扭的詞句，氣勢亢奮地表現出他不可遏止的內心騷動，好像不修邊幅，其實精心考究。王曉明給予高度評價，說「莫言的小說是一個突出的標誌，他第一次使我注意到了，中國當代小說似乎正在跨入一個語言意識的覺醒期」[31]。

對於詩人，尤其是先鋒詩人來說，語言的革新更是構成詩歌創作的生命，為要保持個人獨創性和價值自足性，他們不惜採取「反語言」的文學態度，自覺地撕裂固有語言秩序，通過語言的重塑，破除對人的意識佔有支配地位的傳統語言法則的壓抑。楊小濱注意到了這一並不簡單的事實：「反語言的文學態度在先鋒詩人的作品中達到了頂峰。從本體意義上說，詩就是要創造出一種異於現實語言的自為的語言；而先鋒詩歌徹底拋棄了傳統詩歌中對現實語言的內在認同，當它從矯情、盲從和無知的欣快症中逃離出來之後，詩唯一的可能就是用獨特的語象呈現組合成一個嶄新的反

[28] 《表現・創造・模式》，見《文學評論》1988年第1期。
[29] 《回到狹義的語言概念》，見《文學評論》1988年第1期。
[30] 《關於〈白色鳥〉的思考》，見《人民文學》1984年第9期。
[31] 《在語言的挑戰面前》，見《小說文體研究》，中國社會科學出版社1988年8月出版，第215頁。

語言實體。」[32]于堅、韓東、海男、陸憶敏、宋琳、王小龍、車前子等詩人「披著口語化的外衣幹著顛覆傳統語言的勾當」，跟比他們稍早一些的朦朧詩人採用「扭斷文法的脖子」的做法，有異曲同工之妙。

「陌生化」和「反語言」，是被語言惰性逼上梁山的。薩丕爾就已指出語言說明了也限制了作家。詞語的二重性為新潮理論家注意到。語言有構造世界的功能，但它身上也有同藝術格格不入的東西。語言以概括和抽象的方法幫助人類整理自己的主觀感受，這就決定了它勢必以邏輯的普遍性作為自己的基本成分，而排除複雜多變，模糊不清的個別性差異；每一個新的概念的建立，總是以人類無限多樣化的感性領域的逐步喪失為代價。照王曉明的這一理解，作家必然面臨語言的痛苦。一方面要征服語言，馴化語言，改變它的呆板性；另一方面又為語言在表情達意上的有限性而憾恨不已。詩評家野渡還談到語言的邏輯推理的弱點阻礙了詩對人的內在生命的潛入及表達。天然的缺陷，加上因文化積澱而導致的慣性，語言即使在現代也可能仍是一種「歷史語言」，它使得我們生活在語義之網圈定的語言歷史之中，這對詩人和作家不啻是一種殘酷的囚禁。「我們不幸地被語言的咒語捉弄了；真實的世界和人的感官之間被語言築起的冰冷的高牆隔斷了；我們體驗到的世界往往不是真實的世界不是感官觸摸到的世界而是語義堆砌的世界。憑藉語言之舟，我們無法抵達彼岸。流動在人的世界之間的，只是飄浮的聲音和僵死的文字。」[33]語言與存在的分離狀態使得困處語言樊籠的人們產生了瓦解傳統語言模式以回歸生命本體的強烈願望。楊小濱也表達了對語言消極性的意識：「似乎語言在被人創造之後就脫離了人自身而成為獨立的、難以駕馭的自動裝置。在這種情況下，語言和技術可以相類比：它們都是人為創造的，但又反過來成為統治人的異化物。語言的交往性在一體化過程中變成了抽象的，甚至是空洞的外殼，語言反過來統治了自己。人越來越無法控制一體化語言的到處傳播，這種傳播最終成為一種壓抑機能：人通過語言表達不了真實的內在感受。於是，人的意識不是被強權，而是被自己的語言鉗制了。」而「人作為語言的佔有者一旦意識到對虛假的語言囚籠的專制的不可忍受，一場自

---

[32] 楊小濱：《反語言：先鋒文學的形式向度》，見《文論報》1988年7月25日。

[33] 野渡：《語言的困境與詩人的尷尬》，見《當代文學研究資料與資訊》1987年第7期。

內而起的語言暴動便在無法遏制的憤怒下發生了」。因此，他看到了這場文學語言革命的超越文學範圍的意義：「對傳統語言的破壞正是先鋒文學通過反語言的形式顯示出來的社會姿態，它並不應當僅僅是文字玩具，潛心於自身的優越感中超離於現實之上，相反，反語言正是語言自身的辯證要求：這種辯證法體現為自我否定，並在否定中塑造出新的生命。……社會心理革命的基礎恰恰在於對現實語言的革命，這是反語言的先鋒文學的社會意識，也正是處在變革時代的我們不斷否定壓抑，創造新文明的唯一指向。」[34]正如野渡和陳曉明分別所言，「它的意義絕不僅僅限於語言本身，而是指向一種新文化的構建」，[35]「文學語言建立的『反語言』存在形態正是在它的深度性存在對日常生活的卑瑣性的否定」。[36]不少評論家都看到了文學語言的變革是一時代藝術思維走向現代化的最敏銳的要求。這些看法，防止了這場語言革命的偏頗，也足以抵消工具論維護者的誤解。

3、母語的靈光

新時期文學語言自覺又一建設性的努力，是作家們致力於民族語言寶藏的開發，創造漢語的美文學。張承志以詩的激情讚頌母語賦予他以文學生命：「我曾經驚奇：驚奇漢語那變幻不盡的表現力和包容力，驚奇在寫作勞動中自己得到的淨化和改造。」「當詞彙變成了泥土磚石，源源砌上作品的建築時，漢語開始閃爍起不可思議的光。情意和心境像水一樣，使一個個詞彙變化了原來的印象，浸泡在一派新鮮的含義裡。勇敢的突破製造了新詞，牢牢地嵌上了非它不可的那個位置。深沉的體會又發掘了舊義，使普通的常用字突然亮起了一種樸素又強烈的本質之輝。」他甚至把母語對他的吸引提到這樣的高度：「也可能，我只是在些微地感到了它——感到了美文的誘惑之後，才正式滋生了一種祖國意識，才開始有了一種大人氣些的對中華民族及其文明的熱愛和自豪。」[37]表意系統文字，不同於拼音文字的純粹符號性，而保留著圖像特徵，在能指裡面包含著所

---

[34] 楊小濱：《反語言：先鋒文學的形式向度》，見《文論報》1988年7月25日。
[35] 野渡：《語言的困境與詩人的尷尬》，見《當代文學研究資料與資訊》1987年第7期。
[36] 陳曉明：《反語言——文學客體對存在世界的否定形態》，見《文學評論》1988年第1期。
[37] 張承志：《美文的沙漠》，見《文學評論》1985年第6期。

指的意味，這一先天的優勢為作家們所承襲，用於「意象的營造」。李陀就及時總結了汪曾祺等一批作家體現出來的這一美學特徵。汪曾祺自己也說「傳統的語言對我們今天仍然是有用的」，並主張用「超越理智，訴諸直覺的語言」[38]，創作有意境、富於筆墨情趣的寫意的「詩化小說」。他所推舉的何立偉小說，就近似唐人絕句。何立偉正是遺憾於「漢文字在文學的繪事繪物傳情傳神上，它所潛在的無限的表現的可能，則尚未得以應有的發現與發掘」，才著意於古典詩詞的借鑒，用創作苦心經營地「提倡漢語表現層的墾拓，促成文學作品琅琅一派民族氣派的美的語言」[39]。賈平凹、阿城則師法於古典散文的造語技法，於簡淡枯疏中顯示境界，傳達有涵養的文人感情，運用象外生象的文化生成手段。一方面，文學以創新為生命，如王曉明所說，「文學中沒有繼承和延續，每一次動筆都意味著和語言展開了一場新苦戰。」[40]另一方面，作家卻又從傳統中討生活，這似乎是一種矛盾。實際上，它並沒有違反文學的「陌生化」原則。已融入歷史的東西，有選擇地拉出來放在現實背景上同新的發現、新的話語相調和，就成了「置於最近背景上的前景語言」。這同魯迅倡導過的「舊語的復活」和艾略特所論的今天的文學都是過去的作品的復活，在本質上是一脈相通的。

三、人的文學：從「傷痕」到「反思」

1976年10月粉碎「四人幫」的重大政治事件，標誌著把中國人民拖進了災難深淵的烏托邦政治實踐因其製造者的傾覆而急剎車。長達十年的「文化大革命」運動就此結束，多數中國人都有一種噩夢醒來的感覺，同時，伴隨獲得「解放」的喜悅，產生強烈的需要宣洩與傾訴的情感要求。適應新政治的需要，文學率先承擔起了揭批「四人幫」的社會使命，用活生生的事實控訴「極『左』政治」對全國人民犯下的罪行，不用說，「文

[38] 《關於小說語言（札記）》，見《小說文體研究》，中國社會科學出版社1988年8月出版，第7頁～第8頁。
[39] 何立偉：《美的語言與情調》，見《文藝報》1985年12月7日。
[40] 王曉明：《在語言的挑戰面前》，見《當代作家評論》1986年第5期。

革」首先成了這次批判的對象。1977年底，當時還是北京一所中學的語文教師的劉心武，在《人民文學》上發表了引起巨大反響的短篇小說《班主任》。小說把批判的矛頭直接指向了「文革」的文化專制主義。作品的主人公是兩個在學校裡表面看判然有別而在本質上卻驚人相似的中學生，他們都是「文革」政治的受毒害者。小流氓宋寶琦與「好孩子」謝惠敏，一個蠻橫粗魯而內心空虛，一個單純、進步而褊狹、僵化，但在對於人類文化遺產上，卻同樣表現出可怕的無知，實際上，兩人都是專制政治的蒙昧主義與愚民政策造成的畸形兒。這是一篇在「文革」結束後最早揭露極「左」政治給民族造成創傷——更可怕的是看不見的精神內傷的「問題」小說，雖說藝術上比較粗糙，但它第一個把真正的批判精神帶進了新時期小說，且有獨到的發見和嚴肅的思考，還發出了「救救被『四人幫』坑害的孩子」的時代呼聲，[41]就不能不起到引領創作潮流，甚至劃分文學時期[42]的重要作用。

繼劉心武的《班主任》之後，1978年8月，正在復旦大學中文繫念書的盧新華創作的小說《傷痕》，經過周折後在《文匯報》上得以發表。這個短篇同樣受到廣泛的閱讀並引起爭論。小說寫的也是一個中學生在「文革」中所遭受的扭曲和創傷。主人公王曉華，是「文革」中數以百萬計的在紅色教育中長大、極端崇拜毛澤東和他的思想的「革命小將」中的一員，出於狂熱的革命激情，她毅然和定為「叛徒」的母親劃清界線，偷偷地提前畢業，去遼寧農村插隊。離家時給母親留下一個紙條：「我和你，也和這個家庭徹底決裂了，你不用再找我。」母親給她寄去的衣物和信她

[41] 這一呼聲讓人想起六十年前「狂人」的那一聲絕望的吶喊，對於知識界來說，它起到了重提二十世紀中國一個未完成的使命的意義，因而它可以被看作知識界精神復蘇的標誌。不過，《班主任》中以啟蒙姿態出現的知識者，在精神深度上遠不及「五四」那一代啟蒙主體。「狂人」是意識到自己已走不出禮教吃人的暗夜，在普遍吃人的環境裡，自身也難脫干係，只有悲憤而無奈地祈求彌天之夜不要再吞沒下去。而身歷用愚民政策剝奪所有人的思想的「文化大革命」的「當代教師」，他看到了「孩子」的靈魂被扭曲，卻不曾檢討自己也曾被扭曲又扭曲別人的歷史。「狂人」醒悟到自己已無可救藥，而「教師」則以先驗正確的救人者自居，說明後者缺乏前者所具備的自省精神，從中可看出二十世紀一度盛行的蒙昧主義對知識界的嚴重傷害，使得他們已難當歷史和文化批判的重任。

[42] 有一些當代文學史研究者把《班主任》的發表看作是「新時期文學」的開端。

看也不看就退回去。儘管她的「革命」態度如此堅決，但還是因家庭關係影響了入團，甚至不得不和戀人分手（就如同祥林嫂捐過門檻仍不被看作是「乾淨」人）。八年後，她才得知母親的罪名是「四人幫」為達到篡黨奪權目的而強加的，而此時，母親身心受到嚴重創傷，重病纏身。悔恨交加的女兒趕回上海看望母親，母親卻在她趕到前的幾小時與世長辭了。這一切在王曉華的心頭刻下了一道難以彌合的創傷。由於作品觸及到了被長時間的階級鬥爭和政治運動所摧傷的人間的親情，它講述的悲劇故事就喚醒了已經厭倦了緊張的鬥爭與恐怖的政治的中國人內心感情中久遭壓抑的一面，再也不可遏止地要借助文學傾湧而出，於是形成了新時期的第一個小說創作思潮。《班主任》是這一思潮的發端之作，《傷痕》則給它以名稱。

被列入「傷痕文學」，或被稱為「傷痕小說」且影響較大的作品，還有鄭義的《楓》、孔捷生的《姻緣》、《在小河那邊》、陳國凱的《我該怎麼辦》、金河的《重逢》、馮驥才的《啊！》、《鋪花的歧路》、張潔的《從森林裡來的孩子》、從維熙的《大牆下的紅玉蘭》、王亞平的《神聖的使命》、王宗漢的《高潔的青松》、吳強的《靈魂的搏鬥》、陸文夫的《獻身》、竹林的《生活的路》、遇羅錦的《一個冬天的童話》、中傑英的《羅浮山血淚祭》、莫應豐的《將軍吟》、周克芹的《許茂和他的女兒們》等。這些作品，都是把「文化大革命」當作清算對象，直接表現的是十年動亂中的苦難、抗爭和各種人物的悲劇命運，主人公盡是無辜的受害者，而施害者自然是極「左」的政治和政治勢力，或是混進革命隊伍裡的壞人，作品大多充滿感傷、悲切的色彩，作者的情感常因控訴和批判而充滿憤怒。在當代中國，文學從來沒有像這樣有這麼多的作品一起真實地反映「人」（具有自然法權的個體生命）在這個社會（與1949年以前的社會相區別的「新社會」）裡所遭到的摧殘和蹂躪，因而「傷痕」文學的出現意味著中國當代結束了「非人」的文學的歷史，儘管傷痕作品從創作主體方面講採取的往往還是政治視角。在「文革」災難剛剛結束，這些寫人所遭受的不幸的作品，對於所有懷有人的情感的心靈，都不能不引起強烈的共鳴，因為它喚醒了對災難的記憶或人與生俱來的同情心。但這種對社會和政治取批判態度的文學，也引起了激烈的批評，持意識形態立場者認為它們對「傷痕」的暴露太多，「情調低沉」，「影響實現四個現代化的鬥志」；它們是「向後看」的、「用陰暗的心理看待人民的偉大事業」的「缺德」文藝。[43]「傷痕文學」在一開始時就是一個帶有貶斥性的稱謂。這也從另一方面說明了這些創作背離當代文學的一味歌頌的傳統而創造了文學新局面的意義。傷痕小說在藝術上一般比較粗糙、直露，思想上對「文革」的批判尚停留在感性的層次，對受難者受難原因的解釋簡單化，寫到了人而未觸及人性。但是，這些描寫政治動亂下的普通人生活的作品，還是提供了大量可以對某種荒謬的歷史加以闡釋的資訊，只是這些資訊在當時的文學接受環境裡往往被忽視或被誤讀。[44]

「文革」及「文革」前的政治運動給中國人造成的創傷，在「傷痕文學」裡得到了淋漓盡致的展示。但是，劫後的人們並不滿足於文學對於無盡傷痛的撫摸，不滿足於淚水對於苦澀心靈的浸潤。對遭受過的痛苦的回憶，必然伴隨對造成痛苦的根源的追索。事實上，「傷痕文學」作品在描寫無辜而善良的人們被摧殘、凌辱和扭曲時，已經把控訴的對象指向了導演了無數人間悲劇的社會政治。當代生活愈來愈嚴重的政治化，使人們普遍地嘗受了它的苦果，當社會承認我們經歷的是一場全民性的災難，對歷史的反思意識也就隨之覺醒。特別是1978年思想解放運動興起，文學更是可以無顧忌地對由我們所熟悉的政治所決定的生活歷史進行批判性的反思。這一久違了的文學使命，主要是由一批歷經滄桑的中年作家承擔的。王蒙、張賢亮、高曉聲、方之、李國文、從維熙等與共和國一

[43] 見黃安思：《向前看啊！文藝》，1979年4月15日《廣州日報》；李劍：《「歌德」與「缺德」》，《河北文藝》1979年第6期。在關於「傷痕文學」的論爭中，這兩篇文章是屬於對傷痕作品持否定意見的，很有代表性。

[44] 比如《楓》和《傷痕》，雖然作者不一定有意識地反省製造傷痕的歷史，但作品的講述已傳達出許多提醒我們需要進行歷史批判的內容，如當代紅色教育的負面作用，激進政治扼殺親情實乃剿滅人情、扭曲人性，說明它只能走向人類進步理想的反面等。可這類小說的蘊含至今未得到很好的開掘，像《傷痕》，從它發表以來，人們把它看成因政治動亂造成母女離散成永別的悲情故事，重視的是它的激起同情與憤怒，起到批判和控訴「四人幫」作用的社會政治功能，至於它潛藏的思想價值，卻闡發得不夠。王曉華在至愛的母親與毛主席革命路線之間選擇的是後者，不只出於盲目輕信，而有趨利避害的人性因素在起作用。這篇小說的思想內涵比《班主任》更為豐富，也多一些藝術張力，它所揭示的人性被扭曲的程度更深因此本應更能引起震撼，然而它的影響遠不及後者，可見對「傷痕小說」的理解受制於時代的思想興趣。

起歷盡坎坷的作家，[45]憑藉他們特有的人生經歷和對當代社會生活的痛切感知，與「傷痕文學」緊相銜接，創作出了一批用個人命運透視社會歷史的更有思想深度和歷史深度的小說作品。這股創作思潮，被稱為「反思文學」浪潮。

反思文學是傷痕文學的拓展和深化，它體現了當代作家（可以作為具有入世精神和使命感的知識份子的代表）理性精神的甦生。在傷痕文學復活了「問題小說」的基礎上，反思文學描寫人民中的個體的生存上的艱難、困頓或不幸，著意揭示造成這一切的社會政治的原因，它的基本判斷是當代的政治是有過嚴重失誤的，它帶來的災難與社會主義社會的性質正相反。不過，這樣的判斷也反映了反思文學的理想主義色彩：歷史反思的目的是總結教訓，決定現實存在的政治能夠吸取教訓糾正謬誤，使社會歸趨於既定的目標。李國文的《月食》典型地表達了這種「補天」式的願望。小說雖然寫到黨從1957年就開始產生並愈演愈烈地發展起來的背離黨的傳統、脫離群眾、堵塞言路的左傾思潮，使我們的國家走過了22年曲折的道路，但作品要告訴我們的是，正如一次「月食」，黑暗是暫時的，以後黨只要永遠和人民在一起，就仍然有著光輝燦爛的前程。最早問世的反思小說——茹志鵑的《剪輯錯了的故事》，雖說對她意識到的當代社會關係的變異表現了更多的疑慮，但其思考的前提是：所發生的是本不應發生的。這篇小說寫領導幹部老甘和農民老壽，在四〇年代戰爭時期患難與共血肉相連，老壽勒緊褲帶支持老甘的革命鬥爭，而革命勝利後，老甘卻忘記了農民的利益，在1958年的浮誇風中弄虛作假，淘空了倉庫的糧食，使老壽們衣食無著。小說採用時空交錯的方式，展現了近三十年中國農村曲折演變的歷史，切入點也是幹群關係，嚴酷的對比揭示的是嚴酷的現實，但小說題目卻要求人們相信這個故事只是個不該有的錯誤，可見作品不過是在既存政治的視域內來指認政治上的偏差。然而重要的是，反思文學把沉重的思考帶進了文學，恢復了文學質疑生活的職能。這標誌著作家的寫作態度乃至寫作立場有了重大的轉變。茹志鵑在談自己的創作時就說：「經過『文化大革命』以後，我的腦子比較複雜了，社會上的許多事情也

[45] 這批作家被稱為「復出的作家群」，是八〇年代最重要的作家群體。另一與之相當的是「知青作家群」。

複雜了，看問題不能那麼簡單化了……我們要思考問題，對發生在我們周圍的、發生在我們政治生活當中的具體事物進行思考。」[46]不再輕信也不再簡單地認同現實：作家從自身的創作行為吸取歷史的教訓，顯得更有實際意義。從「文革」前到「文革」後，茹志鵑的創作發生從「微笑」到「沉思」的變化，[47]很有代表性，它表明當代文學在功能上有了歷史性的調整，而這正是反思文學興起的意義所在。

七〇年代末思想解放運動得以興起，是政治自我批判的結果。在這一背景上產生的反思文學，它的展開是從逆向的社會政治歷史反思開始的，即從「文革」向前推移至五〇年代的「反右」等造成社會人生悲劇的重大政治運動、歷史事件，或將歷史跨度拉得更遠，通過這些運動與事件當中悲劇承當者歷經不幸或苦難的過程，來揭露政治的悖謬。小說所敘及的災難，主要來自1957年發生的「反右」運動，和1966年爆發的「文革」運動，作品無法追究發動這些運動的意圖，但它們真切地、有時是觸目驚心地描寫不可解釋、不可抗拒的政治運動對社會秩序和生產力以及人際關係的破壞，對人的踐踏和對人性的扭曲，就足以激起讀者對政治運動的惡感，並促使人們反省產生這種運動的社會歷史，思考現實社會問題的性質和根源，警醒悲劇的重演。這些小說，由於大多浸透了血淚人生的感悟，反映的又是苦難已被超越的審美心理，因而具有強烈的藝術感染力。它的悲劇力量中隱含的歷史批判，也給了從集體迷誤中走出來的人們以思想啟迪。除前面提到的作品外，方之的《內奸》[48]，劉真的《黑旗》，高曉聲的《李順大造屋》、《「漏斗戶」主》，陸文夫的《小販世家》，宗璞的《我是誰》，陳世旭的《小鎮上的將軍》，王蒙的《布禮》、《蝴蝶》，魯彥周的《天雲山傳奇》，張弦的《記憶》，馮驥才的《啊！》，諶容的《人到中年》，張一弓的《犯人李銅鐘的故事》，張賢亮的《河的

[46] 茹志鵑：《〈草原上的小路〉的創作及其它》，見《茹志鵑小說選》，四川人民出版社1983版，第366頁。

[47] 作家黃秋耘在評價茹志鵑的作品時說：「從帶著微笑去觀察生活，到帶著沉思的神態去觀察生活，是一個質的變化，也可以說是一個質的飛躍。」（見《黃秋耘文學評論選》，湖南人民出版社1983年版，第17頁。）

[48] 這篇小說又被看作「傷痕文學」的代表作。這說明傷痕文學裡已帶有反思的意向，反思文學乃是傷痕文學的深化。

子孫》、《綠化樹》，韋君宜的《洗禮》，陸文夫的《美食家》，古華的《芙蓉鎮》等，被看作歷史反思小說的代表作。[49]這些小說，在敘述方法上較為接近，通常「以中心人物的生活道路，來連接『新中國』（甚至更長的歷史時間）各個時期的重要社會政治事件」[50]，通過對人物命運的表現，來表達作者對當代社會政治和人生問題的見解。作品中的主人公（往往是一個男性）在當代的坎坷的人生之路，無不與社會政治的重要事件相關，前者是後者的犧牲品又在後者製造的悲劇中確證其人生價值，後者給前者製造了災難也因此而被人類公理所否定。由於小說創作動機是回應反思時代對歷史事件尤其是「文革」的性質及根源的尋究，因此，作品敘述中常出現借助人物或敘述者的議論表現反思的情況。但因為作家的感性體驗十分豐滿，所以作品的藝術價值並未受到多大損害。反思小說作家大多有過淪落到生活底層的經歷，對社會人生有獨特深刻的體驗、認知和發現，這就使得他們的創作在中心意向與藝術風格上還是各有獨造，而並沒有犧牲於統一的敘述框架。

對反映著政治失誤的歷史事件予以清算和否定，意味著反思文學更加有意識地把立足點和關注點移到了「人」的身上。「革命」政治的根本癥結就在於它用社會目標否定了作為個體的人的價值與尊嚴，「文革」後人學的復興正是對它的反動。這一社會思潮與思想史的背景，決定了反思文學恢復了把人當作社會批判和審美創造的主體，使七〇年代末開始的文學復興以人學的復興作為它的旗幟，反過來看，以人為主體、為表現對象，張揚人的價值的反思文學，為歷史變革期的人的普遍覺醒提供了依據，準備了「資源」，給予了最有力的推動。

同傷痕文學一樣，反思小說背棄了當代文學人物塑造的戒律[51]，以平凡人、普通人為表現對象，並且多是由於社會政治的原因而被拋逐出正常

---

[49] 這一時期，還有一批由知青作家創作的反思知青上山下鄉運動的小說，如王安憶的《本次列車終點》，史鐵生的《我的遙遠的清平灣》，梁曉聲的《今夜有暴風雪》，孔捷生的《南方的岸》等，也是「反思文學」潮流中的著名作品。

[50] 洪子誠：《中國當代文學史》，北京大學出版社1999版，第260頁。

[51] 建國初，社會主義文學就確定了它的中心任務——塑造新英雄人物。1953年9月23日至10月6日在北京召開的第二次全國文代會，就把塑造新的英雄人物作為重要問題進行了討論。周恩來在向大會作的政治報告提出，文藝「應該創造我們這個時代的典型人物」，使之「成為人民學習和仿效的對象」。周揚為大會作的報告《為創

生活軌道，受到誤解、委屈、不公正對待或遭受不幸的人。他們來自不同的身分：有農民（《李順大造屋》），有幹部（《蝴蝶》），有知識份子（《我是誰》），有商人（《內奸》），甚至有在新的社會肌體上已無處可棲的無用人（《美食家》）……他們在歷史事變中的沉浮榮辱，折射出社會政治的意向及異變。而值得注意的是，反思文學的表現對象，是相對集中在兩類人，即知識份子和農民身上的。在以建設現代民族國家為目標的當代社會，這兩類人都應當是主體力量，然而在革命時期，他們卻按照某種理論實踐的需要，戲劇性地分別扮演了不同的角色。在三、四十年代，早已從啟蒙位置上退下來的知識份子，投入革命鬥爭後，被要求向工農大眾學習，這種角色的互換延續到革命勝利後的當代社會，情況變得更加嚴重。由於「新社會」的性質被界定為「勞動人民（特指從事體力勞動的工農大眾）當家作主」，知識份子就變得身份不明。實際上，按照階級論的劃分，知識份子在邏輯上是可以看作無產階級的對立面的。1954年，毛澤東寫給中共中央政治局的《關於紅樓夢研究問題的信》裡，就有「俞平伯這一類資產階級知識份子」的提法。這就導致在以「思想鬥爭」為無產階級革命的新形式的社會主義革命運動中，知識份子被看作資產階級思想的主要載體而成為批判打擊的對象。可以說，知識份子是某種理論和權力意志的受害者。

關於階級劃分和歷史主體的理論，也使勞動人民中的農民成為另一種受害者。高蹈、教條主義、脫離現實的激進政治，在新社會制度的實驗中置烏托邦理念於社會生產力發展與農民的實際利益之上，造成了廣大農民社會名份與實際生存狀況的嚴重脫節。這兩類人的命運，最能體現烏托邦政治的反理性、反現實、反現代性的實質。反思文學興起時，雖然尚不具備這樣的理性思考背景，但是深受激進政治之害的這一代作家，作為在特殊的政治社會環境裡歷練過的中國知識份子，他們想要澄清歷史之霧，不能不從自我命運和讓他們最為驚心的農民命運切入。在自我抒寫時，被回

造更多的優秀的文學藝術作品而奮鬥》，也闡述了社會主義文學創造英雄人物的意義，並強調「當前文藝創作的最重要最中心的任務是表現新的人物和新的思想」。到「文化大革命」中，激進主義文藝思潮達到頂峰時，「塑造無產階級英雄人物」不僅是革命文藝的首要任務，也是不可逾越的創作規範。

憶喚起的感情和情緒有時會沖淡理性精神，自我審視中會或多或少地摻雜自憐自愛與自我辯解（如王蒙《布禮》、張賢亮《靈與肉》、從維熙《雪落黃河靜無聲》等）。而在還原農民的真實生存狀況，展現作為他者的農民的真實命運時，作家對於表現對象的複雜感情中，知識份子使命感還是占了上風，這一類反思小說，讓人看到新文學中中斷了的啟蒙精神又一次得到恢復。[52]

反思小說因對民族的現狀和歷史進行理性批判和歷史評價使文學主題得到了深化，適應歷史批判和思想表達的需要，反思文學在藝術上也拓展了審美空間，作品出現大跨度的時空跳躍及客觀生活與主觀思考的交織，使得小說在藝術結構和表現手法方面發生變革，自由聯想、內心獨白、夢境幻化、閃回化出、平行對列、鏡頭切分等意識流、蒙太奇手法及多聲部敘述、多視角聚焦方法被一些作家有意識地採用。在思想解放、開放引進的文化背景上，文學在恢復現實主義精神的同時，開始獲得現代主義的藝術感性。

四、文化對逆中的現代派文學潮流

七〇年代末，中國改變了對西方資本主義世界的敵視態度，打開了向外看的窗戶，這意味著一次和平性的中西文化交流的開始。官方的意圖可能是側重於經濟技術的引進，但是對外開放導致的卻是西方世界從整個文化斷面上向閉目塞聽的中國人展開了它的巨大炫惑力。在這次無聲的文化撞擊中，受益最大的還是中國。不過它反映的是一種文化對逆現象，也就是兩種有著不同源頭、不同歷史、不同性質的文化一旦照面以後，雙方都會從對方那裡發現于自己有意義的東西。我們只有從這樣的角度看問題，才能更清楚地認識新時期的現代派運動對推動中國文學的發展乃至社會前進的重要作用。

---

[52] 對知識份子在當代的命運進行描寫的小說，張賢亮是最不遺餘力的創作者，雖說在題材運用上給人自我重複之感，但他對智勞關係的歷史思考，確實抓住了當代社會問題的癥結。

正像西方現代主義文學在一個總體藝術精神之下有各民族各階段的變異一樣，中國現代派文學當然也不可能同西方現代派作品的任何一種完全重合。但我們樂於承認這樣的事實：西方現代主義、後現代主義思潮給進入創造前沿的中國作家提供了全新的藝術經驗，從而誘發出一大批區別於傳統方式和風格的新型文學。

（一）西方現代派文學的譯介與論爭

1、盛況空前的文化引進

西方現代主義文藝對中國新文學的影響，從「五四」時期就開始了。「五四」新文學的先驅者和代表人物魯迅、郭沫若、茅盾、周作人、郁達夫等，都介紹評論過西方現代派文藝，並且在創作當中滲透了現代主義的藝術觀，借鑒了它們的創作手法。當時介紹進來的現代派流派就有象徵主義、印象派、未來派，稍後又有新感覺派。二〇年代中後期，中國文壇出現了以李金發、戴望舒為代表的真正的象徵派詩派。二〇年代末至三〇年代初，又活躍過以劉吶鷗、穆時英、施蟄存為代表的「新感覺派」小說。直到四〇年代，也還有在藝術上取法於西方現代派大師T・S・艾略特、奧登、里爾克的《中國新詩》派（後來被稱為「九葉」詩人）。但是從1949年以後，除了臺灣在五六十年代以紀弦、余光中、白先勇、歐陽子等人為首掀起過現代派詩歌與小說運動以外，中國大陸上對西方現代派文藝是用階級定性的方法完全加以排斥、拒絕的，致使整整一代人對西方現代主義文學幾乎一無所知。直到「四人幫」倒臺、「文革」結束後1978年下半年，思想解放運動的狂飆掀起，西方現代派文藝才由一些外國文學工作者首先向國內介紹。而這一次的翻譯、介紹、評論，其規模之大、涉獵之全面、影響之廣泛，又是新文學史上前所未見的。當代一體化社會機制建立起來的龐大的文學機構，層層疊疊的文藝刊物，遍佈全國的專職文學工作者，為現代派文學在中國的迅速傳播創造了有利條件。而對新事物最為敏感、慣於追求精神自由的作家、詩人，大學文科尤其是中文系的學生，社會上的文學青年，則是現代派文學在中國得以深深扎根的肥厚土壤。

1978年最先面世並引人注目的現代派譯介文章是朱虹的《荒誕派戲劇述評》，發表在當年的《世界文學》第2期上，緊接著就有湯永寬翻譯的美國當代小說大師索爾・貝婁寫的《略論當代美國小說》和施咸榮翻譯的《薩羅特談「新小說派」》，都發表在當年的《外國文藝》第3期上。從1979年初開始，袁可嘉、陳焜、柳鳴九、馮漢津、趙毅衡、董衡巽、高行健、孫坤榮、葉廷芳、陳光孚等人的譯介文章就相繼發表了。主要陣地除《世界文學》、《外國文學》外，還有《譯林》、《外國文學研究》、《外國文學動態》、《外國文學報導》、《當代外國文學》、《春風譯叢》、《外國文學研究集刊》等外國文藝專刊，以及其他文藝報刊或綜合性社科刊物，如《文藝報》、《文藝研究》、《讀書》、《文藝理論研究》、《人民日報》和《光明日報》文藝副刊、《社會科學戰線》、《國外社會科學》等。一些省級文學刊物和高等院校學報也為之開闢了園地，如《河北文學》、《福建文學》、《甘肅文藝》、《芳草》、《長安》、《飛天》、《北京大學學報》、《復旦學報》、《文史哲》、《華中師院學報》等。

除了單篇文章以外，還有專著或叢書，翻譯介紹作品，或加以評論、研究。較早問世的有袁可嘉等編選的《外國現代派作品選》，1980年便推出了第一冊（該書後出齊四冊，對現代派文學介紹全面且客觀，影響深遠）。還有，柳鳴九編選的《薩特研究》、陳焜著的《西方現代派文學研究》、駱嘉珊編選的《歐美現代派作品選》、高行健的《現代小說技巧初探》等。上海譯文出版社出版的「外國文藝叢書」中就有現代派作品，如卡夫卡的《城堡》、博爾赫斯的《博爾赫斯短篇小說集》等。該社出版的另一套叢書《二十世紀外國文學叢書》，推出的主要是現代派作家代表作，如威廉・福克納的《喧嘩與騷動》、加西亞・瑪律克斯的《百年孤獨》、喬伊絲的《一個青年藝術家的畫像》、蜜雪兒・布托爾的《變》、《梅特林克戲劇選》等，稍後的作品專集有《卡夫卡短篇小說》、《卡繆中短篇小說集》、《荒誕派戲劇選》。研究專著也陸續出現，如袁可嘉的《現代派論・英美詩論》、石昭賢等編寫的《歐美現代派文學三十講》、陳慧的《西方現代派文學簡論》、《論西方現代派及其他》。江蘇人民出版社還出版了一本《外國現代派小說概觀》。

2、論爭的不虞效應與接受的內在需要

這樣大規模的介紹，使西方自十九世紀末以來的革命性文學思潮，從現代主義到後現代主義，在幾年時間內，幾乎無一遺漏地在中國人的文學視野裡得到了展現。形形色色、五花八門的文藝派別或藝術主張，象徵主義、表現主義、印象派、意象派、未來主義、存在主義文學、荒誕派戲劇、意識流文學、達達主義、超現實主義、黑色幽默、新小說、「垮掉的一代」、魔幻現實主義，等等。使長期局限於現實主義、社會主義現實主義和二革[53]結合創作方法的中國作家、評論家、讀者眼界大開，興奮激動或是惶惑疑懼。富於探索精神和創新意識的激進派，不加思索地擁抱了這股文學藝術的實際上也是社會的哲學的美學的新潮。而另一些喜歡按照既定思想原則來看待現實的人，則對這些難以理解的精神現象大為困惑，本能地習慣性地加以否定和抵制，視現代派文學為腐朽墮落的代名詞，批評它的反理性、反傳統和形式至上，認為它沉溺個人苦悶，傳播世紀末的消極頹廢情緒，以夢囈怪誕毀滅藝術，不合國情，甚至有害於社會主義文藝。截然不同的態度引起了一場熱鬧而嚴峻的現代派文藝論爭。

這是一場跟朦朧詩論爭幾乎同時開始，而且兩者相互聯繫的重要的文學論爭。論爭以「清汙」運動的到來而偃旗息鼓，不了了之。爭論的雙方對西方現代派文學的性質以及中國需不需要搞現代派這些主要問題的看法，沒有也不可能取得一致。但一個有趣的現象是，爭論在客觀上擴大了現代派文學的影響，加深了人們對現代派的瞭解。現代派越是被一些人說成具有政治危害性，越是在更大的範圍裡深入人心。也許從理論上論證中國文學可不可以搞現代派是沒有意義的，因為在事實上西方在兩次大戰前後興盛起來的現代派的哲學觀、美學觀、文學觀已經進入了經歷過一場文化浩劫的中國土地上正在思索、反省和尋找的文學主體的意識，並且在他們的意識中共生，激發著他們的反叛欲望與創造熱情。至於西方現代派文學是不是已經走向衰落，能不能成為那個世界的主流文學，這並不重要。西方現代派文學的實質精神是不是就像我們的一些翻譯家、評論家所

---

[53] 革命現實主義與革命浪漫主義。

介紹、所闡釋的那樣，這也不重要。關鍵是中國的作家、讀者、評論家是根據中國的現實需要去拿取現代派文學對我們今天有用的觀念和技巧。我們首先是從現代派那裡受到了啟發，甚至可以說是一次藝術啟蒙以至思想啟蒙。我們的眼睛以前一直是被一扇欺騙性的手掌所蒙蔽著，現在，這道迷幛撤除了，世界的真相，人生的真諦，現象世界的全部豐富性，人的精神領域的詭奇、神祕，人在現代社會中的真實處境，個人與群體、自我與他人的關係，靈與肉、行動與意圖、現實與願望的矛盾，等等這些，驀然間呈現在我們眼前，使我們覺醒、震驚、興奮、喟歎、恍然大悟，好比死而復生，好像換了一個人，重新用一副眼光、一個腦子去看，去思考外界的一切和我們自身。西方現代派文學普遍地表現了一種失落感，而文學的真正作用無非是為人類尋找失落的自我提供一種方式。現代派文學在劫後的中國產生強烈共鳴，就在於它在人的尊嚴和價值普遍喪失的中國社會觸發了尋找做人權利的強烈要求。當代社會的西方和東方，都存在失落感，失落感源於人與社會、自然、世界及他人的脫節。由於文明發展的進程有差距，在東西方造成脫節現象的原因也就各不相同，但是人與世界及自我相脫節帶來的迷惘、焦慮、痛苦，和重新尋找一種彌合方式的願望卻是近似的。現代派與中國新時期文學一拍即合就是屬於文化對逆下的吸收、借鑒。也就是說，中國人是根據自己的現實要求來理解和取捨現代派文學的。

我們自己這樣做的時候，也許不一定意識到了這一點。那麼我們可以從另外一種視角的觀察中明瞭這樣的情況。美國批評家羅伯特・凱利在他的《現代派與中國》一文裡，就揭示了文化對逆現象，他談到西方人是怎樣立足於他們的需要來欣賞中國文化時說：「正如在將一種文化符號轉換成另一種文化符號時經常發生的那樣，西方人從自身的情況出發，根據自己領悟到的目的來閱讀中國的文學作品。中國的歷史悠久而漫長。這對中國人來說是一種負擔，而對美國人甚至歐洲人來說，他們對中國悠久歷史的思考，是為了正確認識他們自身的相比之下要短得多的歷史。」「兩次大戰之間一些美國和歐洲作家試圖從中國藝術中尋找安寧靜謐的藝術模式。」「中國的藝術及其關於悠久歷史的概念並未在紛繁的世事中遭到破壞，正是因為中國不構成任何政治和軍事上的威脅，她在西方作家看來簡直象徵著永恆的寧靜。」「在西方人的眼中，『中國』這一名稱本身就與

『遙遠』同義。」凱利指出西方人的這些看法是過於想像性的，「因為二十世紀前半世紀的中國混亂不堪，絕無半點安寧靜謐可言。」根據同樣的道理，凱利看到了西方現代派在中國會引起的不同反應。由於藝術家「在一定的程度上脫離了大多數男男女女用以指導他們日常生活的那些慣例性的準則」，因此他可以像世界各地的作家一樣，意識到傳統形式無法表現現代主題，因此謀求文學的變革。而一些持正統觀念的人們，則認為「現代派只是少數人的文學，是崇尚自我心理的，是不健康的，反社會的，與國家目的不一致的，是跟中國文化格格不入的外國現象」[54]。

中國新時期文學中的現代派之爭，正印證了上述分析。

3、敏捷的反應

一些有思想和獨創精神的作家，首先對現代派藝術作出敏捷的反應。王蒙率先甩出了一組用新寫法創作的小說，《布禮》、《夜的眼》、《春之聲》、《風箏飄帶》、《海的夢》、《蝴蝶》，以意識的流動為線索，寫人物的印象、感覺、聯想、內心獨白，採用放射性的結構，造成時空交錯和大跨度的跳躍，再現人物的複雜的、變化著的精神狀態。王蒙的意識流手法是為他的「故國八千里，風雲三十年」的生活經驗以及他的超乎常人的才氣決定的。但他的創作風格在八〇年代到來時發生明顯的變化，不能不是現代派的新鮮藝術經驗給了他以啟發的結果。而他在接受外來影響時又做到了為我所用。他採用意識流的方法是為了豐富自己的藝術感覺，如他所說，是為了「使我們的文學創作更豐富、更多樣。使我們的文學創作更雋永一點，也更惟妙惟肖，細膩深刻地去塑造人的靈魂」[55]。王蒙把「意識流」這一非理性的藝術方法作了改造，讓它服務於自己的塑造健康靈魂的理性目的。

跟王蒙用嘗試新寫法來打破過去文學表現上的方法單一一樣，女作家戴厚英也是有意取法現代派，以完成自己的創作目的。她在為她的引起爭議的長篇小說《人啊，人！》所寫的後記中，就明確地說：「我吸收了

---

[54] [美]羅伯特・凱利：《現代派與中國》，張柏然、葛良彥譯，見《中國文學》1987年第1期。

[55] 王蒙：《關於「意識流」的通信》，見《鴨綠江》1980年第2期。

『意識流』的某些表現方法，如寫人物的感覺、幻想、聯想和夢境。我以為這樣更接近人的真實的心理狀態。」同時，她也像王蒙一樣，很謹慎地把自己的藝術探索與西方現代派的反理性精神劃開界限。王蒙一再聲明：「『意識流』中的寫感覺並非荒誕不經，並非一定就頹廢、沒落、唯心以至最後發神經病或者出家做洋和尚。」「我們搞一點『意識流』不是為了發神經，不是為了發洩世紀末的悲哀，而是為了塑造更深沉、更美麗、更豐實也更文明的靈魂。」「我們的『意識流』不是一種叫人們逃避現實，走向內心的意識流，而是一種叫人們既面向客觀世界、也面向主觀世界，既愛生活也愛人的心靈的健康而又充實的自我感覺。」[56]戴厚英在說到她吸收了「意識流」的某些表現方法之後，也趕緊補充：「但是，我並不是非理性的崇拜者。我還是努力在看來跳躍無常的心理活動中體現出內在的邏輯。」[57]但是，戴厚英在這篇「後記」中，明確地表現出一種藝術反叛態度，她向一統化的現實主義創作方法提出了懷疑，而肯定了現代派藝術的合理性。她提問：「只有現實主義的方法才能達到藝術的真實嗎？或者，現實主義的藝術才是最真實的藝術嗎？」她自己回答：「回答不是肯定的。」她說：「現實主義的方法——按生活的原來樣子去反映生活，當然是表現作家對生活的認識和態度的一種方法。但絕對不是唯一的方法，甚至也不是最好的方法。」這篇文章寫於1980年，當時文學界正在為現實主義恢復本來面目並大加推崇，戴厚英卻提出現代派來破除現實主義的迷信。稱西方「嚴肅的現代派藝術家也在追求藝術的真實，他們正是感到現實主義方法束縛了他們對真實的追求，才在藝術上革新的」。從藝術上肯定了現代派藝術興起的必然性。戴厚英的這些觀點，連同她在這篇《後記》中大加謳歌的「人性、人情、人道主義」的思想，後來都受到了批評。但值得我們記住的是，戴厚英是中國新時期文學中較早勇敢地站出來提倡現代派藝術的作家。

另一位因為提倡現代派而受到批評的作家是徐遲。從1980年起，《外國文學研究》這個刊物，發起了「關於西方現代派文學的討論」，1981年討論了整整一年，老作家徐遲為這場討論所吸引，忍不住寫了一篇文章

[56] 王蒙：《關於意識流的通信》。
[57] 戴厚英：《人啊，人！‧後記》，花城出版社1980年11月版。

《現代化與現代派》，發表他對西方現代派文學的肯定意見，文章登在1980年第1期的《外國文學研究》上。他提出跟以前的討論文章不同的看法，認為應該聯繫西方世界的經濟發展來看現代派文學藝術的興發，認為是生產力的發展造成了文學藝術的變化多端。他由此推論，中國將實現社會主義的四個現代化，並且到時候將出現我們現代派思想感情的文學藝術，而且是「建立在革命的現實主義和革命的浪漫主義的兩結合基礎上的現代派文藝」。公平地說，徐遲的文章並沒有準確地把握住西方現代派文學的精神實質，他把現代派與現代化聯繫得也過於牽強，很多觀點語焉不詳，論證欠充分，他提出的「馬克思列寧主義的現代主義」的說法也欠妥，但是，他指出西方現代派藝術沒有阻礙西方經濟的發展，而是相當地適應了它，這給了我們以啟發。作為年近七旬的老作家，他在渴望祖國現代化的同時，贊成有與此相適應的新興文學的出現，這樣的開放態度更是令人敬佩。

現代派藝術在中國創作界引起群起歡呼的，還是圍繞高行健的《現代小說技巧初探》而出現在文壇上的幾篇作家通信。高行健的這本小冊子在1981年9月由花城出版社出版，跟一般的文學論著不同，這本小書以新鮮的內容和新穎的表述方式為當代作家打開了一個全新的藝術視界。它用對比的方法和生動簡練的語言，介紹了對傳統小說藝術有很大發展的現代小說的品格、風貌，表達方式和技巧。像這樣集中性地介紹新的小說技法的書，在此之前不曾有過。乍看起來，它好像差一點學術性，但它的長處正在於它的實踐意義而不是理論色彩。對於那些在創作中苦於難以突破的作家來說，它彷彿突然在你的腳下鋪設出無數條可以通往藝術幽境的神奇道路。無怪乎這部書一問世就為幾位當時最見才具最有名氣的小說家相互推舉、磋磨。馮驥才給李陀寫了信，李陀給劉心武寫了信，劉心武給馮驥才寫了信，王蒙有文章《致高行健》。他們幾個並不是一致對現代派唱讚美詩的，而有人持保留或謹慎態度，但馮驥才表現出來的興奮卻很能說明現代派藝術必將深入中國作家的藝術感覺，並作為一種創作潛能轉化成具有新的品質的文學形態。馮驥才在《中國文學需要「現代派」！——給李陀的信》裡一開頭這樣寫道：「李陀：你好！我急急渴渴地要告訴你，我像喝了一大杯味醇的通化葡萄酒那樣，剛剛讀過高行健的小冊子《現代小說技巧初探》。如果你還沒有見到，就請趕緊去找行健要一本看。我聽說這是一本暢銷書。在目前『現代小說』這塊園地還很少有人涉足的情況下，好像在空曠寂寞的天空，忽然放上去一只漂漂亮亮的風箏，多麼叫人高興！」接著他用了較長的篇幅談論西方現代派文學興起的革命性意義，並且提出跟徐遲說法相同的意見：「社會要現代化，文學何妨出現『現代派』？」

新時期現代派文學論爭持續到1983年。代表贊成和反對的不同觀點的主要文章，後來編成了專集。[58]1983年底的「清汙」和1986年底的反自由化，文壇氣候有變，西方現代派和它在中國的提倡者又被提出來受到來自政治方面的批評。但這個時候，現代主義文學已經在中國作家的創作意識裡得到了一種融合。一些有遠大目標的作家早就開始尋求一種吸收現代藝術的精華，與民族傳統相交融，以建立一種新的文學形態的創作道路，也就是如同希臘、日本、西班牙等國一批文學大家所做過的那樣。

（二）現代派影響的兩個層面

詳細考察西方現代派文藝對中國新時期文學的影響的發生過程及各種表現，是比較文學的任務。這裡我們只想就其主要方面談談現代派藝術對於新時期文學的滲透。前面提到的西方現代主義文藝的各種思潮和流派，其中對新時期中國文學的創作及理論研究影響最大的，大約是意識流小說、存在主義文學、荒誕派戲劇、超現實主義、黑色幽默、垮掉的一代、魔幻現實主義等。這種影響是在兩個層面上發生的，即外在的寫作技巧和內在的思想觀念。但二者又不能截然分開，因為對於作為語言藝術的文學尤其是更重視形式因素的現代派文學來說，新的表現手法本身就是新的藝術觀念的體現，或者是觀念更新的結果。

1、認識現代派：觀念與方法的雙重嬗變

兩次世界大戰，震坍了西方世界的理性主義大廈。在這樣的背景上，出現了以審醜取代傳統藝術的優美的現代派文學。不能說現代派文學比傳

---

[58] 何望賢編選了《西方現代派文學問題論爭集》，分上下兩冊，人民文學出版社1984年出版。山東大學中文系資料室也編了一本《西方現代派文學資料選》。

統文學進步，但可以肯定複雜化了的西方的資本主義的社會生活現實，複雜化了的物質文明和人的精神狀態，致使文學藝術發生了變化。因為世界的簡單化圖像一經打破，人們關於人類自身和世界的認識就必將深入到我們賴以存身的世界的整體結構之中，打破生存意向的幻象，而翻檢出生命「存在」的底蘊。自從波特萊爾鷲鷹般地將醜惡和猥褻銜入詩歌的天空，陰鬱的想像、世紀末的色彩就籠罩了歷時近百年的西方現代派文學。

現代派文學之於傳統文學，總體氛圍上的變異是容易感受出來的，鄙俗、陰鬱、冷怪取代了優美、和諧與崇高。古典式的騎士和淑女，田園牧歌式的抒情，月光、海水、玫瑰、夜鶯的吟唱，被醜陋、骯髒，充滿了兇險、爭奪與不安全的文學圖景擠兌了。文學閱讀很難被當作一種愉快的消遣，更多的是被提醒、被告知，讓你突然發現你和你的同類的可悲處境。認識價值先於審美價值，從這一點上看，文學的基本精神沒有改變，它仍然是現實生活的關注和反映，是人的意願的曲折的達成。所不同的是，因為時代生活的遷衍或遽變，作家從更深的層次上改變了對社會、自我、他人及世界的相互關係的看法——這是觀念的演變；並且運用新的藝術方法表現出他的意識世界——這是方法的更新。二者常常有因果關係，但有時候又是融為一體的。

觀念從根本上說是文學的人的觀點，是文學對人類自身處境的觀照。兩次世界大戰焚毀了數千萬人的生命，更動搖了西方鞏固了幾個世紀的理性主義大廈。科技文明、物欲主義終於把人擠壓得弱小委瑣，醜陋不堪。傳統的價值觀念讓人產生了懷疑，文學作為社會最敏感的觸覺，不能不用非理性主義的態度重新檢討人類自身的生存活動。如果不是為了正視現實，尋找出路，作家就沒有必要振聾發聵地畫出我們的生存景象。奧尼爾的話表露了現代派作家的責任感：「今天的劇作家一定要深挖他所感到的今天的社會的病根——舊的上帝的滅亡以及科學和物質主義的失敗……以便從中發現生命的意義，並用以安慰處於恐懼和滅亡之中的人類。」[59]在一個突然被剝奪了幻想和光明的宇宙裡（卡繆語），作家難道不應該首先從自我體驗出發，揭示人的真實處境以引起人們的注意和思索嗎？

[59] 見《外國現代派作品選》，第一冊，下，上海文藝出版社，1980年，第691頁。

沒有什麼比人異化為「非人」更讓人觸目驚心的了。病態天才卡夫卡的《變形記》最典型地概括了現代人的可悲命運。資本主義上升時期曾對人充滿了自信，把人加冕為「宇宙的精華，萬物的靈長」。而現在，人終於不堪生活的重負而變成了蟲豸，或退縮為一隻關斃在鐵籠中的十足道地的「野毛猿」（奧尼爾《毛猿》）。人遇到了難以戰勝的對立面，這對立面又是人類自己造出來的。由於熱衷於科技，現代人才自食其果，淪落為「機器人」（恰佩克《萬能機器人》）。一整套的組織體系、社會機器，更使人處在一個無能為力、任由宰割的位置上。《城堡》中的那個「土地測量員」永遠也無法接近那個神祕的權力中心卻又處處為它所支配；《審判》中的K無端地被指控終致莫名其妙、無可奈何地引頸就戮；《第二十二條軍規》中誰也逃不脫那條自我循環、自我闡釋的令人啼笑皆非的「軍規」的愚弄和制約。環境是醜惡的，世界是荒誕的，人的處境是尷尬的，人生也就有如《等待戈多》中的那兩個流浪漢一樣卑微、無聊，為希望所欺騙而毫無意義。陌生、孤獨、厭惡、悲觀、絕望、被壓迫和受威脅成了現代人的普遍感受。「尋找自我」、「尋找歸屬」也就成為現代派文學的中心主題：「我是誰？」「我活著有什麼意義？」「我與社會何干？」「我往哪裡去？」現代派作家往往超階級也超社會政治制度地、不是從個體而是把人當作一個類來透視。所以，無論是表現主義的小說還是荒誕派的戲劇，主人公通常缺乏個性特徵，甚至連姓名也沒有，而只是一個作為特定情境中的人類的一個抽象化了的符號和象徵。

在描寫人物同環境相衝突方面，存在主義文學比以往的或其他的文學流派更深刻地發掘到了人類生存悲劇的根柢，它的結論是，人類的一切都只能由自己負責。有一種矛盾彷彿是無法克服的，即人只能通過自由選擇才能確立自己的本質，但每個人都有著自己的思想、意志和主觀性，在一個「主觀性林立」的社會裡，人與人之間必然是爭奪和衝突，充滿了醜惡和罪行，那麼，人在選擇之前就被拋入了一個荒謬而冷酷的境地，選擇必然是不自由的。然而存在主義的積極意義也就在於，人可以在「一定境遇」中自由地選擇和創造自己。人生的意義也許不在於選擇的結果，而在於選擇的本身。薛西弗斯的沒有前途的無止境的努力難道不是悲壯而幸福的？它昭示於人的是：人應當像薛西弗斯一樣，自覺地對待悲劇性的處境，以積極的方式接受自己的生存條件，只有這樣，才能獲得欣慰。《局外人》裡的莫爾索對一切都冷漠，無所謂，在面臨死亡時仍然用離奇的幻想驅趕死的恐懼，這種精神解脫法跟阿Q不同的是，他是意識到了自己的悲劇性處境然後以一種「絕對的情感」戰勝它。

現代派藝術方法的革命性創新，從表面上看是表達新觀念的需要。為了突出現實的荒誕和人的被扭曲，誇張、變形、漫畫化的手法得到極端的運用。表現主義、存在主義、黑色幽默以及魔幻現實主義的小說，荒誕派的戲劇，不是以寓言的方式設置情境、勾勒人物，就是用放大鏡、哈哈鏡看待和反映世界，將陰暗和醜惡的東西擴大、變形為讓人過目難忘的藝術形象或是感覺印象。荒誕派戲劇打破一切傳統戲劇的藝術章法，用「反戲劇」的方式將存在的荒誕性凝固成舞臺形象。但是，文學方法在更多的時候跟它所傳達的精神實質是難以剝離開來的，也就是說觀念與方法相融合，就像池塘的漣漪之於水，岩石的形狀之於山體，樹枝的搖晃之於風的運行。例如詩歌中的象徵主義，小說中的意識流，以及作為前鋒藝術的超現實主義。

象徵主義的強調象徵和暗示，不是純技巧，而首先在於他們對世界有了新的發現：整個可看得見的宇宙不過是形象和符號的倉庫而已，是一座象徵的森林。人的精神、五官與世界萬物是息息相通的，在可見的事物與不可見的精神之間有互相契合的情況。既然現實世界是醜惡的，詩人就可以通過藝術的想像重組世界，建立一個可以使心靈得到憩息的精神天國。主張為思想、情緒尋找「客觀對應物」，運用「通感」表現事物間隱藏的相似性，就是他們由外部世界趨向內心世界、尋找「最高真實」的努力。象徵派的神祕主義色彩，也是他們的生存觀的體現，正如梅特林克所說：「人生真正的意義，不是在我所感知的世界裡，而存在於那個目所不見，耳所不聞，超乎感覺之外的神祕之國中。」艾略特用「荒原」象徵西方文明的衰落，並以基督教作為得救的希望，也是由對現實的悲觀失望和無能為力轉而向神祕的世界尋找精神寄託。

如果說象徵主義更多的是借助外物來顯示主觀精神的獨立價值的話，那麼，意識流文學則標誌著人類開始最真實而確切地認識自我，為人的一切活動找到了最本源的解釋。佛洛伊德的精神分析學說不論有怎樣的片面之處，但潛意識的發現使現代人發現了世界表象的虛假性，而以前的文學將客觀生活有序化其實並沒有揭示出推動生活潮流的最隱秘的動機。因此，意識流的「自由聯想」、「內心獨白」、遵循柏格森的「心理時間」說而採取的時序倒置或相互滲透、淡化情節和人物性格、以及多層次結構等，其意義就不止於寫作技巧上的陌生化，而同時說明了文學描寫對象的轉移，即從以描繪外部生活為主而深入到人的思想現實，隱蔽著的意識內容，這樣一來，文學才真正地到達「真實」。佛吉尼亞•伍爾芙就主張，作家描寫的對象應是主觀的印象和幻想。因為這樣才能表現人物的真實性，並認為傳統小說沒有表現人物的「幻想」，所以對於傳統小說家來說，「生活從他們的筆下溜走了」，因而他們所描寫的則是「不真實的」。意識流小說訴諸讀者的，不再是作家按照一定的意圖斫削過的有雕塑感的人物性格，而是通過人物的內心折射出來的生活的最原初的面貌。這與傳統小說中的心理描寫是有區別的，意識流在小說中有了本體的意義。跟意識流文學同一理論淵源的超現實主義，重視夢境，提倡「自動寫作」，最根本的目的也是為了完成人的精神的徹底解放，雖說從方法上看，它為作家打開了可以任意馳騁的無意識領城。

2、技巧的借用

西方現代派文學對中國新時期文學在技巧方面的影響，比較明顯，也能夠為一般人所認可。像大量運用人物「內心獨白」，注重聯想和幻想，時空倒錯，大跨度跳躍；採用多層次的結構和多角度的敘述；使用第二人稱；藝術形象的變形處理；「變現實為魔態與幻想而不失其真」；敘事文學不注重情節或沒有主要人物；詩歌的意象呈現或口語化；話劇無場次；等等。這些新的藝術手段的借鑒運用，大大增強了文學反映生活，尤其是揭示人的內心世界的能力。它不僅使作品令人耳目一新，激發人們的閱讀興趣，打破了已經僵化了的大眾審美心理，而且把有深刻的歷史蘊涵，複雜多變，斑駁陸離而又連繫著人生命運的生活波流呈現在讀者面前，引起人們的回想和思索。例如王蒙的中篇小說《蝴蝶》，就是採取意識流寫法，通過主人公回憶、閃念、感覺和聯想等內心活動，把幾十年的歷史生活和人物的升降沉浮的命運真切地表現了出來。主人公張思遠在復職五年後重訪當年插隊落戶的山村，無論是驅車在山道上，還是到村子裡，他都不時為眼前的景物或人事勾起聯想或幻覺。而人為眼前景物觸動往事回憶的往往是他最難以忘卻或最害怕想到的事情，這些事情必然與當前的境況形成強烈的對照或對比，正是這種對照或對比，顯現了社會歷史的變化莫測，人生的不可把握和命運的不由自主。張思遠的坎坷崎嶇的遭遇，通過幻覺般的回想方法映現出來，以蒙太奇的效果很好地表達了小說主題（夢醒之後真正體味到浮生若夢，一種悵然的情緒支使主人公去回味和憑弔那個幾十年的夢境）。新的藝術手法給《蝴蝶》帶來了豐滿的生活容量與濃郁的哲理意味。

注重人的內在的精神生活，如實地呈現人的各種心理活動，發掘意識甚至潛意識的內容，是意識流文學的最主要的特點。喬伊絲、福克納、普魯斯特、伍爾芙這些西方意識流大師對中國新時期作家最大的啟發莫過於讓他們發現人的心理世界是文學家最可以自由馳騁的地帶。如果說，文學應當揭示人性，應當描寫世界的真實面目，應當提供實體世界中本來似乎不存在的東西，那麼，細緻逼真地刻畫人物的心理活動，努力捕捉意識、無意識、潛意識的瞬間情況，就是文學由對生活表象的客觀描摹向本質真實的把握的重要推進，也是文學由低級走向高級的一個標誌。新時期文學中人物心理，而且是普通人的心理活動受到重視，產生純粹刻畫意識活動的小說，應該說是受到意識流文學啟發得到的收穫。

類似意識流文學的隨時觸發，自由聯想，打破時空順序，大跨度跳躍，不同畫面隨意剪接、拼綴，內心獨白從不同角度並置，深層感覺和隱秘心理展示裸露，這些手法出現在新時期不少作家的創作中，大大加強了作品表現力，同時也增強了作品的藝術氛圍。「意識流」的引進，乃是新時期小說革命的第一步。它摒棄了過去為印證某種脫離生活實際的理論而編造故事的惡劣做法，承認了人有更真實的內在精神生活，它把藝術的觸覺開始探入到人物的內心世界那隱秘的角落。但它不同於西方意識流小說純粹作為精神現實的復現的本體意味，而更多地被改造為表現技巧納入了理性的軌道。這說明，一開始新時期意識流文學的嘗試者在民族的欣賞習慣以及現存文學環境的壓力下，只能小心翼翼地推進著小說藝術的變革。隨著文學革命的深入和文學創新的普及，意識流小說才漸具本體意味。李陀的《自由落體》和《七奶奶》是一個過渡。李陀是有意識地借鑒西方現代小說而創作這兩篇小說的。如果說前者還較多地停留在方法意義上，那麼，後者則將藝術技巧與國民心理融為一體了。到了張賢亮、莫言，意識流文學的借鑒就達到了融會貫通的境界。張賢亮雖然說過「意識流要流成情節，拼貼畫之間又要有故事的連繫」[60]的話，然而他的《男人的一半是女人》，著重點已經不在故事情節，而是人物的內心衝突，性心理的扭曲和壓抑。大量的心理活動的跌宕多姿的描寫才是這篇小說最為成功最富有魅力的地方。夢境、幻覺、內心獨語、深層苦痛的渲染這些意識流文學的要素，使張賢亮的這篇小說在技巧層次上達到了當今文學的一流水準。及至創作《習慣死亡》，張賢亮用喬伊絲式的詩化的意識流文體從特殊生命個體的深處勾攝出了人類歷史上最可恐怖的社會政治的本質，在戴厚英之後為中國當代長篇小說提供了最富現代品格的範本。

莫言受福克納的影響不止在於從自己的家鄉獲得創作素材，把高密東北鄉變成他筆下的神話世界，就像福克納創造約克納帕塌法縣一樣（莫言的神話模式還受到瑪律克斯的影響，他自己就說他喜歡瑪律克斯，被《百年孤獨》的氛圍所吸引）。更重要的在於，莫言從自己的經驗世界裡喚醒了一種感覺方式，他把自己的形象記憶轉化成一種色彩感很強而且騷動不已的語言。他對人物意識的展現又是多層次，多角度的。他筆下的人物的視覺、聽覺、觸覺、嗅覺、味覺等官感能力都是超乎尋常的敏銳、發達。現代派文學的注重主觀性在莫言的藝術思維裡體現為主觀感覺的放大和膨脹，例如《枯河》把人物的內知覺膨大為一個個特寫鏡頭。莫言的感覺通常是進入了直覺狀態的，他總是全身心地進入想像境界，筆下湧動出始料未及的五彩繽紛的場景、意象，儘管有時缺乏必要的節制，但它只能把文學引向成熟和深刻，而不是使文學變得粗糙和淺陋。莫言的意識流表現是以情緒激射為特徵的，它是作家對掙扎輾轉在政治高壓和經濟貧困下的民族生活的主觀化體寫。慘痛的歷史記憶與痛苦的現實紛擾，使莫言小說很直捷地達到了震懾人心的生活批判力量，借助新形式載寓了苦難的民族之魂。

---

[60] 張賢亮：《心靈和肉體的變化——關於短篇小說〈靈與肉〉》，見《新時期作家談創作》，人民文學出版社1983年版。

3、觀念的滲透

觀念的層次要深隱得多，往往為人淺嘗輒止，拽住皮毛便與西方現代派簡單比附評說，而把作家對生活的獨特發現和理解、對民族生活的藝術掌握給忽略了。

對於中國新時期文學來說，觀念的發展或改變才是有根本意義的文學進步。這裡所說的觀念，既是藝術的，也是哲學的，社會的，它作為一種思潮反映特定歷史時代、一定社會群體的總體精神傾向，它是對生活的一種意念感知。西方現代主義的觀念存在物，概而言之，是社會科技文明得到高速發展，但又經歷了兩次世界大戰的巨大打擊的西方人對於世界、人生、社會，對於人的自我的不同於傳統見解的一種感知、體驗、看法、認識，是精神狀態中帶有普泛性、共同指向的方面。現代主義的觀念集中體現為一種異化感、荒誕感、悲喜劇意識以及存在主義的介入方式。這是西方的一些有思想的頭腦從他們切身境遇中抽象出來的世界觀和人生觀，或者說是一種心態。它並不是對生活實際的無所不包的準確概括。它有時可能把某些個體經驗上升（有時則是由闡釋者放大）為對人類普遍經驗的總結，因而顯得誇大其詞或聳人聽聞，並且這些觀念有過於抽象化的毛病。但是當一些藝術家用形象的方式把這些種種生存感受傳達出來時，卻很有震撼力地喚起許多處在同一生存境況中的人們對自我命運的關注和思考。即使對於處在不同的生存圈中，但也同樣存在著人的喪失的問題的人們來說，它給予的刺激和啟示也是巨大的。現代主義的觀念在結束了一場文化災難的中國新時期文壇很快彌漫開來，就屬於後一種情況。

「文化大革命」結束以後，中國人最慘痛的感受是我們長期以來被欺騙、被愚弄，我們失去了人的尊嚴，我們毫不懷疑地把自己的命運交給了一種並非真正替我們負責的力量去安排，我們被人作踐了，但也有意無意地充當了使他人受到傷害的根源。我們普遍地失落了自我，而且傳統的惰性使我們至今處在一種脫節狀態中，理論闡釋與生活現實相脫節，人的生存要求及創造願望跟社會提供給你的機會脫節，諸如此類。所以現代派文學一下子就觸發了浩劫過後的中國人的異化的生存感受，以及不正常的社會生活給予他們的荒謬感。普通人的生存狀況、生活命運以及相互間的真實關係也受到了關注。然而這裡我們也看到了區別，跟西方作家的異化感、荒誕感相比，新時期作家的這類現代意識很難超出具體的社會、歷史範疇，而總是帶有現實的或政治的指向，在文學表現中也沒有完全抽象化，不太具有人類性，而更多一些現存關係的痕印。悲觀色彩也不至於像西方現代派文學那麼濃厚。

宗璞的短篇小說《我是誰》，明顯取法於卡夫卡的《變形記》，表現被異化為非人的荒誕現象。但它不是以無價值的人為故事起點，寫他被普泛性的生活力量扭歪、吞噬，而是寫有價值的人跌入異態化的環境的毀滅過程，著重批判的是特定的政治環境。[61]張辛欣的《瘋狂的君子蘭》，也是用人的變形來寫社會力量逼使人不得不異化。當全城的人都發瘋般地捲入買賣君子蘭的風潮中，實際是隨波逐流地追求君子蘭所象徵的那種既是實利的但又是人為哄抬起來的虛幻價值時，連一向潔身自好、有自我認定做人標準的盧大夫也被衝擊、擠壓得惶惑恐怖，不能自持，結果在夢中還是變成了一株生出一對對葉片的君子蘭。張辛欣筆下的異化與荒誕形象跟宗璞的有所不同，她不再把造成異化的責任推給某種社會，而是著眼於個體人格。張辛欣經驗到了社會再一次變動時仍然是未經省察的人生目的牽引著人們一窩蜂，一邊倒。那麼多缺乏自我意識的人們形成了使每一個置身其中的個體都不能自主的很有裹挾力的潮水（它叫人想起尤奈斯庫的荒誕劇《犀牛》）。她的諷喻更帶有現實指向，她的感慨也更為令人深長思之。鄧剛的諷喻小說《全是真事》也是用荒誕的想像折射出現實生活中存在的令人啼笑皆非的諸般荒謬。用荒誕手法來反映社會問題的例子還有諶容的《減去十歲》和宗璞的《泥沼中的頭顱》。前者用前提條件的荒誕匯出一組沒有根據的人物行動和心理反應，讓它們跟現實生活秩序構成衝

---

[61] 海外華人作家施叔青曾稱「《我是誰》開大陸現代文學先河」。宗璞談到她由於工作，「在六〇年代就接觸到西洋文學，卡夫卡、喬伊絲的作品都讀過」，而這一影響過程是，「文革前夕，我們正研究卡夫卡，當時是作為批判任務的。但只有經過『文革』的慘痛經驗用這種極度誇張極度扭曲的辦法最好。」至於《我是誰》的直接觸發，是作者看到中國物理學泰斗葉企孫先生在「文革」中慘遭摧折，被折磨得「簡直像一條蟲」。「文革」的殘忍把人變成蟲，作者難受萬分，於是用變形手法寫了《我是誰》，「站在人道立場」，抗議把人變成蟲，呼籲「人是人而不是蟲，不是牛鬼蛇神！」（參見《又現代又古典——與大陸女作家宗璞對話》，《人民文學》1988年第10期。）

突，涉筆成趣地嘲笑和指責了生活中不應有的成分，是一種理性化的社會批評。後者則用超現實的想像虛構了一個具有整體象徵意義的令人發怵的醜惡環境。那一片為周圍的充滿生機的綠色世界所包圍的一場糊塗的渾黃泥沼，顯然是一個虛有悠久文明實際上污濁腐爛的民族的象徵。而那個要從這片泥沼中找到那把能夠改變這種迷糊狀態，使人清醒的鑰匙，因而奮不顧身肉搏在泥濘中，從「下大人」找到「中大人」再到「上大人」，為此磨掉了腳，化掉了身軀仍然九死不悔的頭顱，實際上是這種普遍愚昧麻木的社會中的少數思想先驅的代表。看得出宗璞是懷著魯迅那樣的痛惡和厭恨但又充滿希冀和責任感的心情來寫這篇小說的。她用變形和荒誕的藝術想像再現了一種文化的歷史和現狀，是很有分量的文化批評。

像這樣借現代的感性形式，而發出了「真的惡聲」，形成了獨特的藝術世界與個性化風格的要數殘雪。殘雪彷彿是自然天成的「中國的表現主義天才」。《黃泥街》、《蒼老的浮雲》、《山上的小屋》等一批小說所創造的由惡劣的人際關係結織而成的夢魘世界，一方面可以在作為錯劃右派的子女，經歷過「文革」、生活在溽熱多害的南方的作者自身經驗中找到依據；另一方面我們不能排除充斥異化、荒誕、陰鬱、醜陋的世界感的外國現代派文學對她的浸染：殘雪本人就不諱言她讀過以卡夫卡為代表的一批西方現代小說的譯作。[62]

還有一種小說，談不上有多麼荒誕，但它卻用獨特的藝術構思，令人震驚地揭示出了那些不為人們所注意的普通人被異化了的生命景象。例如陳村的《一天》。《一天》寫了一個平凡人的生活貧乏、機械、單調得一生如同一天的人生悲喜劇。主人公名叫張三，「張三」是個沒有個性的名字，實際上是不定指，泛指，是許許多多這類人的代表，所以張三的人生是很多人的人生。小說是按時間順序來展示張三一天的活動過程的，但結果大大出人意表，在從早到晚、出門歸家的時空順序裡，囊括的竟是張三整整一生！作者巧妙地用了幾次「暗轉」的方法，就把張三幾十年的做工

---

[62] 殘雪曾說：「我的思想感情像從西方傳統中長出的植物，我將它掘出來栽到中國的土壤裡，這株移栽的植物就是我的作品。」「我一直不自覺地吸取西方的營養，直到這幾年才恍然大悟，原來我在用異國的武器對抗我們傳統對我個人的入侵。」「我的作品確實屬於現代主義。」（見殘雪：《殘雪文學觀》，廣西師範大學出版社，2007年版，第19-20頁。）

生涯合乎情理又出人意外地壓縮進一天的活動裡了。陳村從日常生活和精神深處感到了人生的悲劇性。他把社會理論曾經塗在一部分人身上的彩飾剝掉了，有意對人的生存實況即某一類人在社會上，在生活中的實際地位及處境進行「還原」。小說通篇不說張三是一個「工人」。因為「工人」這個詞曾經被人為地外加了一層客體本來不具備的意義和色彩，給人以虛妄的精神上的自滿自足。說「學生意」而不說當工人，就把張三到工廠做工還原到謀生啖飯這一本來意義上，這種還原跟西方後現代主義回到生活的原生狀態的觀念是一致的。小說的主題就是寫人的生存。為吃飯而做工，做工為了吃飯，這就是張三存在的理由，是他生活的最基本也是全部的內容。張三一生的大部分時間都是在車間勞動中度過的，作為一名熟練的衝床工人，從一方面看，他用他的認真而有效的勞動創造了無法計算的價值；而從另一方面看，張三不過是一台有生命的活機器。他為生存而勞作，從事機械的勞動，而在機械的勞動中他也成了機械，他成了機械的一個組成部分，人和機器同化了。然而當人與機器達到了和諧時，機器也就把人淪為了它的奴隸。人是鬥不過機器的，張三終於敗在了機器的手下。這是小說中潛存的異化主題。

小說還暗示了，張三被異化的悲劇不是他一個人的，而屬於很多類似的普通人，且代代相傳。張三開始衝床時坐的已經磨得極光滑的高凳子，是他師傅和師傅的師傅都坐過的，而後來他又把這個更光滑的凳子傳給了他的徒弟。張三機器般的一生又會在他的徒弟身上重演。所以當他的徒弟親手在大門上貼「光榮退休」，「貼好以後好像有一點想哭的樣子，不過沒有哭出來。」也許，人就是這樣打不過物，打不過命運，境況尷尬，叫人哭笑不得。就是在這樣的意義上，這篇小說以獨到的發現和感悟匯入了現代主義的人本主義思潮。

（三）中國土壤上的現代派文學

我們不能簡單地像有些人那樣，把我們新時期文學中出現的具有現代意識和現代色彩的作品，看成是這些作家對西方現代派文學的沒有出息的獵奇、模仿。一種文學對另一種文學能夠發生影響，必然有它生活方面和作家個人藝術特性的原因。美國比較文學學者約瑟夫‧T‧肖曾說：「各種影響的種子都可能降落，然而只有那些落在條件具備的土壤上的種子才能夠發芽。」（《文學借鑒與比較文學研究》）這句話可以幫助我們解釋，作為西方壟斷資本主義病態社會產物的現代派文學，它的影響的「種子」之所以能夠在我國的「土地」上「發芽」，是有其生活背景的，這就是中國歷經動亂的特殊歷史為它提供了機緣。文學影響的另一個原因則是屬於個體方面的。法國象徵主義大詩人瓦雷里在談到波特萊爾受到愛德加·愛倫坡（EdgarAllanPoe）的影響時說過這樣的話：「一個人對於那他覺得如此確實地為他自己而做，而他又不由自主地視為由他所做的東西，總不能不據為己有。……他禁不住要把那些如此密切地適合於他個人的東西侵佔過來；而在財產的名義之下，語言也把那適合某人又完全使他滿足的東西的觀念，和這某人的自己的所有物的觀念混雜不分了……」（《波特萊爾的位置》）瓦雷里的這一發現實際上也是他自己接受外來影響時的感受。它也說出了所有作家在接受外來影響時的情況，即作家總是能夠憑著自己的直感對那些最能激發他本人的藝術感覺的他人作品感興趣，並且一見如故地把它接受過來，融合到自己的創作經驗中，最後產生出可以看得見別人的影響，但究竟還是屬於他自己的作品。（試比較洪峰的《奔喪》與卡繆的《局外人》，不難看出雖然引起心理事件的外在衝突或曰誘因相類同，但小說的推進軌跡及「意向性」有異。）新時期文學的一些很有新意的小說，明顯可以看出受到了近年翻譯進來的西方現代派文學的影響，但如果不是抓住某些外在的相似，比如語言、情調、人物的心態等，而是注意它的具體內容、作者的生活背景、作品的藝術個性，那麼我們就不能不承認，這是一些只有在中國的土壤上誕生、只有中國的作家才寫得出的中國現代派作品。在1985年探索小說大潮中出現的被李澤厚譽為「中國第一部真正的現代派小說」的劉索拉的《你別無選擇》，此外還有徐星的《無主題變奏》，陳村的《少男少女，一共七個》，只要我們將它們同對之產生過影響的外國小說稍作一些比較，就可說明以上的判斷。

文學借鑒首先意味著一種選擇。劉索拉、徐星、陳村這些青年作家跟比他們年齡大一些的作家在接受現代派影響時有不同的側重。如果說王蒙、宗璞、諶容、北島、韓少功這批人更多取法於第二次世界大戰以前的現代主義的觀念和方法的話，那麼劉索拉這一群則對後現代主義更感興趣。中年一代作家生活閱歷豐富，對歷史文化和社會政治給予社會前進造成的阻力有更深切的體驗，因此較多借用現代主義的象徵、隱喻或荒誕變形的藝術手法來反思民族文化，批評現實生活中的醜惡現象。他們的現代派作品總體上說是象徵的，對生活加以變形處理的，並且比較注重文化色彩。青年作家就不一樣，他們更像後現代主義的非文化、非崇高，讓生活的原始形態直接進入作品。

文學借鑒又是一個綜合過程。劉索拉等人受到的影響，不只是單一的流派，存在主義、荒誕派戲劇、黑色幽默小說、美國「垮掉的一代」（如傑克・凱如阿克和他的《在路上》），在他們的作品中投下了恍恍惚惚的影子。然而現代派文學從內在精神到表現技巧在接受主體（也是創造主體）這裡得到了綜合性的改制而具有了新的品質，文學土壤、期待視野和創作者的個體素質都起了作用。

以《你別無選擇》為主的這三部作品可以看成是展現中國當代青年心態的系列小說，的確主要沾溉於西方後現代主義文學。但我覺得這幾部小說能夠為一個時代作證，主要的還是取決於作者對他所經驗到的社會觀念衝突和個人生存焦慮的切膚之感。雖然這三部作品（尤其是後兩部）在外觀上跟翻譯體的《麥田裡的守望者》有諸多相似之處，例如敘述角度是青少年，基本衝突產生於代間隔閡，淡化情節，著重敘寫主人公為環境所刺激的意緒與心態，敘述語言口語化，不避粗話或俚語，但是，重要的在於，儘管同樣寫到一種衝突，寫到上輩人無視下一代人的生命衝動、生活要求，主人公由此產生出煩躁、困倦感，要麼調侃、諷刺循規蹈矩、假作斯文，要麼採取一種貌似輕佻的、玩世不恭的態度……然而所有這一切不僅細節、形式不盡相似，而且形成這種種衝突或情狀的背景也是不同的。東西方現代派小說其實都可以概括為「問題小說」，寫人的生存問題，但由於產生問題的背景不同，因此問題的性質也不同，它們在各自的文學背景上可能產生的社會作用也會不一樣。《守望者》反映的是二十世紀五〇年代初期美國政府奉行杜魯門主義和麥卡錫主義，在國際冷戰和核戰恐怖的籠罩下形成「靜寂的五〇年代」的社會背景，以及在這種背景下「垮掉的一代」的消極生活方式。而《無主題變奏》等幾部小說反映的則是中國結束了十年動亂，實行了開放政策，新的思想觀念和生活方式衝擊了這個長期封閉守舊的大家庭，新的因素在滋長，但傳統的東西又沒有完全退出舞臺，現代化的趨勢不可逆轉，但新與舊、真與假、保守與革新、高尚和庸俗、文明與愚昧又無時無處不在地發生衝突，反復較量，形成歷史變革時期特有的生活氛圍，而小說描寫的人物則是在這樣的文化背景上為一種新的生活所召喚、要求有獨立人格，但又處處感受到傳統價值或流行觀念對自己的束縛禁錮，想要追求創造但又阻力重重，因而焦灼狂悖的一代。由於習慣的難以克服，傳統的難以戰勝，他們有時好像採取一種不嚴肅的、放蕩不羈的生活態度，但不可能像「垮掉的一代」墮入酗酒、吸毒、群居，而是仍然保持著追求探索的姿勢，可以說是追求的一代。《你別無選擇》等三篇小說的主人公從年齡到生活位置正好構成一個梯級，共同組成了一個青年知識階層，面臨著相近的人生問題，折射出當代社會生活相。

《你別無選擇》好像誇大了青年人的煩惱痛苦，作貴族氣的無病呻吟，但實際上是一篇寫得很真實也很嚴肅的小說。作者在回答某些批評者的責難時就說：「有人說，年輕人哪來這麼多的痛苦和呻吟，其實，他們這種痛苦是非個人的，他們在藝術世界同生活世界相交織又相游離的重重矛盾中思辯，在思辯中走向成熟。這些人無所羈絆地在音響世界裡馳騁，無所掩飾地袒露著自己的靈魂，他們求索與奮鬥、痛苦與幸福的心跡，正好為一個開放的時代作證。」[63]《你別無選擇》寫的是藝術院校中為音樂藝術而求索的青年人的奮鬥情景。音樂對於他們來說，就是人生的一種確證方式。小說的哲學主題就是人生必須通過選擇來實現自己。「你別無選擇」首先就肯定了必然要選擇。但「別無選擇」又說明選擇不是完全自由的。人類在漫長的文化創造中已經為你製成了一個準則，一個功能圈，你必須按照它的規則選擇，而也只有依據這個準則才能有所選擇。限制使生命不自由，但限制又使生命獲得必要的形式。人生的實現就面臨這樣一個兩難情景。選擇就意味著一種痛苦而艱辛的追求，追求的阻力既來自於外部社會的傳統勢力，也來自於內部的主觀條件。成功的選擇既要衝破前者的無理扼制，也要跟後者達成一致。生命就在這樣的艱難求索中獲得悲壯的色彩。這種帶有存在主義色彩的積極進取的人生意識，應該說承繼了

[63] 解璽璋：《劉索拉說：我別無選擇》，《中國青年》1985年第10期。

中國「士」階層的傳統性格。這也使小說在內質上有別於西方現代主義觀念，沒有徹底的絕望感，也不是純然的形而上的悲劇。青年人的對立面來自社會上遺留性的封建意識和現實生活中的世俗觀念，來自於窒息創造力的權威。貫穿在中國作家身上的所謂現代意識，其核心只能是反封建求民主的要求。他們所意識到的人的悲劇，是有具體歷史時間和確定的社會根源的活生生的悲劇。

《無主題變奏》和《少男少女，一共七個》，前者抨擊不注重實際的社會風氣、一律化的價值取向和遮蔽人的自然性的虛偽文明，後者揭示代間衝突中父權文化對民族未來的扼抑，既有超制度的文化批判，又有很強的現實針對性。例如，《少男少女，一共七個》中七個高考落第的年輕人，他們已經沒有考大學的興趣，但又不能不來讀複習班，完全是出於父母的壓力，而父母的壓力又來自於社會的流行觀念，也就是《無主題變奏》中抨擊過的世俗的看法，以一種虛幻的價值為價值，價值取向一律化。父母對子女寄予厚望，望子成龍，好像是為下一代著想，其實是極其專制而自私，完全把子女看成自己的私有財產，潛意識裡指靠子女給自己的臉上抹金，通過犧牲子女的自由選擇來實現自己。它暴露的正是中國封建傳統的人倫關係的要害：長輩人自我主體性喪失，又以剝奪晚輩人的人格獨立作為補償。中國社會在長期的超穩定的延遞過程中，保留了氏族時代的重血緣親情的習慣，它給現今的代間關係蒙上了一層溫情脈脈的面紗，從道德觀念上給人一種安全感和穩定感，但它的實際危害又十分嚴重，且不易為人所看見，它使一代又一代人的生命創造力和獨立自主的天性得不到發展，民族的集體素質因此處於低劣水準，社會進展因而遲滯緩慢。小說通過一個少年人之口，把批判的矛頭指向了現實生活中的父權文化，也引人注目地揭示了代間矛盾在轉折時期的激化。

五、《哦，香雪》：以滿足審美需要為創作目的

1982年發表的短篇小說《哦，香雪》無論對於作者鐵凝還是對於當代文學史，都有重要意義：鐵凝因為這篇作品獲得全國優秀短篇小說獎及首屆「青年文學獎」而成為知名作家，她的文學抱負得到了初步的實現，創

作生涯展現出誘人的前景；小說在評獎過程中得到猶豫的肯定[64]，獲獎後迅速產生廣泛而強烈的反響，表明當代文學在二十世紀八○年代初從創作主體那裡自發地開始了由社會性向文學性的重心轉移，作家與讀者的審美意識一起覺醒。雖然鐵凝後來的創作日益豐富，審美品格也隨著作家創作思想的成熟和文學環境的變化而有較大的改變，但這篇風格純淨的抒情小說從未減損它獨有的魅力和獨特的價值，這是經得起時間淘洗的純文學的固有的魅力和價值。《哦，香雪》與它同時代的汪曾祺的《受戒》、王蒙的《海的夢》等作品一起，復活了中國現代文學史上詩化、散文化的抒情小說傳統。縱然作品同它的主人公一樣，身上保留著稚嫩的痕跡，小說的故事敘述中也存在著人性表現對時代話語的迎應，[65]但正是這些或顯或隱的問題，使得《哦，香雪》以「清水出芙蓉」般的自然，映現著變動的時代在人的心靈中攪起的波瀾。抒情小說的特質是主觀化，人物的情感世界代替故事情節而成為主要的表現對象，作品在表現這一情感世界時也灌注了作者的主觀感情，這樣的表現賦予小說以詩性氣質，具有直接的感染力。《哦，香雪》的文學價值能夠與它的文學史價值並存，就在於它從作者的審美經驗世界裡複製出了淳樸天然的女兒心靈圖景，這是比任何生活形態都有美感的精神風景。

《哦，香雪》所描繪的心靈風景，鑲嵌在古老中國的傳統農業文明遭遇到現代工業文明衝擊這一歷史背景上。大山深處的台兒溝，一個只有十

---

[64] 據擔任評委的著名短篇小說專家崔道怡先生介紹，1982年度的全國優秀短篇小說評獎，在第一批提供評 委參考的備選篇目中，沒有《哦，香雪》，第一次評委會（1983年1月29日）也沒有提到這篇小說。第二批的備選篇目中有《哦，香雪》，第二次評委會（1983年2月26日）的最後才被提名，沙汀、馮牧、唐弢、王蒙等幾位評委各自表示了對這篇小說的喜歡和偏愛，並建議在排名上靠前，小說終以第五名的名次獲獎。評獎活動進行中，老作家孫犁寫給鐵凝，對《哦，香雪》表示激賞的信，為《小說選刊》轉載，對這篇小說的獲獎也起了積極作用。崔道怡說他在一篇文章裡對這一情況作過評說：「《香雪》之美能被感知，感知之後敢於表達，存在一個暫短過程。這個過程表明，在評價作品文學性和社會性的含量與交融上，有些人還有些被動與波動。當社會強調對文學的政治需求時，社會性更受重視；當形勢寬鬆了對文學的制約時，藝術的美感才得更好地煥發其魅力。」——參見崔道怡的《從頭到尾都是詩的小說——鐵凝的〈哦，香雪〉》，http://www.gmw.cn/content/2007-01/19/content_539269.htm。

[65] 可參看蔣軍：《重讀鐵凝的〈哦，香雪〉》一文的分析，《文學教育》2007年第11期。

幾戶人家的與世隔絕的小山村，僅僅因為地理的原因，被人類文明進程拋在了後邊，在二十世紀的後半葉，仍然固置在日出而作、日落而息的簡單的生存方式裡。當「現代化」突然膨脹起來，台兒溝的寧靜被打破了。兩根頑強延伸的纖細、閃亮的鐵軌從山外延伸過來，引來「綠色的長龍」——火車，用它威猛的氣勢和視窗內的風景震撼了、吸引了台兒溝的生存主體，開始改變他們的生活。不過，年輕女作者鐵凝，並沒有附和「八〇年代」初的反思文學潮流，去講敘一個文明與愚昧相衝突的故事，而是基於自我感興，將審美的關照，聚焦於農業文明孕育出來的白璧無瑕的處子們——一群單純淳樸的山村姑娘，滿懷善意地觀察這些敏感的姑娘對新鮮事物所做出的心理反應。就如同她的文學宗師沈從文、孫犁等人一樣，鐵凝更關心的不是生活形態，而是生命形態。也許受孫犁影響更深的緣故，也許自身審美個性所致，初涉文壇的鐵凝，歆愛的是具有純淨美的生命形態，這種生命形態的極品，自然是尚未被現代文明驚擾和污染的偏僻山野裡的年輕姑娘。以主人公香雪和鳳嬌為代表的台兒溝的姑娘們，就是這樣的生命形態。她們的美，不只在於外表，更在於心靈——還沒有學會勢利和算計，保留著善良天性的心靈。這種在現代文明世界裡所見無多的生命形態，對於現代人來說，具有極高的審美價值。鐵凝塑造香雪這樣的藝術形象，其動機超越了對社會改革的思考，以滿足審美需要為文學創作的主要目的，這體現出她創作的個人性，《哦，香雪》產生反響和具有持久的藝術魅力，正來自作家和作品的這種純文學品質。

鐵路修到了偏僻閉塞的台兒溝，從首都開往山西的火車，每晚在這裡停留一分鐘，這意味著呼嘯而來的現代文明，以它的速度與力量打破了山鄉的寧靜與停滯，以它的豐富與神奇向貧窮落後顯示了它的無可抗拒的優越性和吸引力。火車經過這裡時，已經在享用現代文明的人們，從車上「發現台兒溝有一群十七、八歲的漂亮姑娘，每逢列車疾駛而過，她們就成幫搭夥地站在村口，翹起下巴，貪婪、專注地仰望著火車。有人朝車廂指點，不時能聽見她們由於互相捶打而發出的一、兩聲嬌嗔的尖叫。」這樣的情景，反映的不是文明的衝突，恰恰是文明的落差帶來的有意味的生活現象。車上與車下的人，雖同處於一個時代，但他們實際上卻生存於不同的文明史階段，他們生活的是兩個世界。現在行駛的火車，把他們的空間界限打破了：通過火車這個工業文明的象徵物本身，以及列車視窗裡的山外城市人的飾物與用品（婦女頭上的金圈圈和她腕上比指甲蓋還要小的手錶，人造革學生書包，能自動開關的鉛筆盒等），台兒溝的姑娘看到了一個對於她們來說陌生而新奇的世界。她們本能地對這個世界感到好奇，並產生瞭解的願望，還滿懷羨慕和憧憬。文明的落差在低處濺起了興奮的水花。這水花就是沒見過世面的山村姑娘窺見到新世界後引起的內心的情感激盪。從前她們跟大人們一樣，吃過晚飯就鑽被窩，有火車開來後，「台兒溝的姑娘們剛把晚飯端上桌就慌了神，她們心不在焉地胡亂吃幾口，扔下碗就開始梳妝打扮。她們洗淨蒙受了一天的黃土、風塵，露出粗糙、紅潤的面色，把頭髮梳得烏亮，然後就比賽著穿出最好的衣裳。有人換上過年時才穿的新鞋，有人還悄悄往臉上塗點胭脂，儘管火車到站時已經天黑，她們還是按照自己的心思，刻意斟酌著服飾和容貌。然後，她們就朝村口，朝火車經過的地方跑去。」與其說火車進山改變了山村人的生活節律，不如說現代文明的衝擊，在靜止的農業文明主體身上引發了一場心理事件。也許對於處在不同進化階段的兩種文明作價值判斷過於冒險，也有困難，但可以肯定，因文明的衝擊而引起的積極向上的心理——何況是花季女子純淨澄明的心靈世界，體現的是生命的價值，故而對它進行藝術表現乃是純文學作家本能的選擇。

台兒溝的姑娘們是一個群體，她們有著山村姑娘共有的純真、樸實和善良，以及對美的熱愛和隱秘的夢想。她們的性格與心靈，在對火車與火車帶來的山外的事物與人表現出強烈興趣，以及在用土產從車上的旅客那裡換回日常生活用品和用於打扮自己的飾物等行為上，得到了淋漓盡致的展現。哪怕是類似「（火車）開到沒路的地方怎麼辦？」、「你們城市裡一天吃幾頓飯？」這樣的真誠而幼稚的發問，都讓人感應到她們美不勝收的心靈世界，不由得到一種精神的澡雪和享受。然而小說對台兒莊姑娘集體性格的描寫，似乎是對主要刻畫對象的必要的鋪墊與烘托，或者說，台兒溝姑娘美麗的心靈世界，在主要角色香雪身上得到了集中的體現。在對現代文明表現出熱愛和追慕上，香雪是台兒溝姑娘的領頭人和傑出的代表，因為看火車「香雪總是第一個出門」。儘管在陌生的事物面前，香雪表現得更膽小，比如當火車停住時「姑娘們心跳著湧上前去，像看電影一樣，挨著視窗觀望。只有香雪躲在後邊，雙手緊緊捂著耳朵」，但是對火車所載來的新的世界，香雪比以好友鳳嬌為代表的其他同村姑娘有更執著的追求。更重要的是，她們所追求的對象很不相同。憑著青春期的敏銳，同樣是從五彩繽紛的車上世界裡捕捉到自己的喜愛之物，鳳嬌們一眼看見的是「婦女頭上的金圈圈和她腕上比指甲蓋還要小的手錶」，香雪發現的卻是「人造革學生書包」，都是山裡人不曾享用的先進的工業產品，但前者是用於美化自己的外表，滿足人對物的需求，後者則用於對知識的學習，幫助人在文化上提升自我。不同的發現，透露了她們精神世界原有的差異，這是自然和文化、感性與理性的差異。這差異來自於香雪受過更高的學校教育，是台兒溝唯一的女初中生。受教育的程度不同，意味著她們的生命品質存在看不見的差異。所以對於每天晚上七點那寶貴的一分鐘，她們有不同的期待，對於火車帶來的山外之物，她們有不同的願望對象。鳳嬌很快暗戀上的，是第三節車廂上的那個「身材高大，頭髮烏黑，說一口漂亮的北京話」，「兩條長腿靈巧地向上一跨就上了車」的「白白淨淨的年輕乘務員」，從第一次接觸到後來的無功利目的的交往，鳳嬌從中得到了難以言傳的情感和心理的滿足。這種連巨大的城鄉差別都阻擋不了的堅決而美好的一廂情願式的愛戀，本質上是一種不需要學習的與生俱來的愛欲。而香雪呢，強烈渴望於火車的，是幫助她得到一個朝思暮想的鉛筆盒——能夠自動開關的鉛筆盒。香雪心裡一直裝著這種鉛筆盒和它的價值：「這是一個寶盒子，誰用上它，就能一切順心如意，就能上大學、坐上火車到處跑，就能要什麼有什麼，就再也不會叫人瞧不起。」可見，鉛筆盒能夠滿足的是比愛的需求更高一個層次的自我實現需求。是這樣的深層需求，驅使著香雪為向車上的旅客打聽能自動開關的鉛筆盒和問它的價錢而追趕火車，當終於從火車上發現了這種鉛筆盒，便想都沒想來不來得及，毫不猶豫地衝上車去，用一籃子雞蛋與鉛筆盒的主人大學生交換，以致被火車帶走……。香雪為了打聽鉛筆盒而去追火車，被鳳嬌們認為「是一件值不當的事」，香雪不同意她們的看法，說明她的精神世界比她們要廣闊。「姑娘們對香雪的發現總是不感興趣」，她們更喜愛的是髮卡、紗布、花色繁多的尼龍襪，而香雪總是利用做買賣的機會向旅客「打聽外面的事，打聽北京的大學要不要台兒溝人，打聽什麼叫『配樂詩朗誦』」。

這表明，火車停站的短暫的一分鐘帶給姑娘們的喜怒哀樂，是有著不同的內容的。小說通過這樣的對照，把香雪心靈世界的內涵渲染了出來。

鉛筆盒這個象徵性的實物，是這篇小說的紐結所在，自始至終也是主人公的情結。小說所描繪的，主要就是這個鉛筆盒所引起的內心波瀾。鉛筆盒作為一個文具，自然可以看成知識的象徵。對知識的追求，正是八〇年代初現代化運動興起的時代背景上最響亮的話語，鄉村中學生香雪的鉛筆盒故事，不能說沒有呼應關於現代化的歷史訴求，故事的講述多多少少也就帶有敘事性。但是鉛筆盒故事裡的道具意義，它所不斷暗示的，還是人性的魅力。在山村姑娘香雪來說，鉛筆盒留給她的，是創傷的記憶。在公社中學裡，她使用的父親親手做給她的木頭鉛筆盒，遭到了同學們的取笑，心地單純的她，自尊受到了嚴重的傷害。造成這種傷害的力量，主要不是同學，而是現代文明：城市裡才有的機器製造的可以自己關上的塑膠鉛筆盒，把她的手工製作的木鉛筆盒比得那樣寒傖。讓她受到傷害的，不只是鉛筆盒，也包括閉塞的台兒溝所保留的一天只吃兩頓飯的落後的生存方式。當老實善良的香雪終於明白她和她的台兒溝是被人恥笑的對象，她的內心也就埋下了對現代文明的嚮往。香雪那個時代的現代文明，也就是由鉛筆盒所代表的工業文明。只要能擁有這種鉛筆盒，她就能理直氣壯地生活在同一種文明裡，失去的自尊就能找回，再也不會被人看不起。所以得到新型鉛筆盒，首先是香雪的個人需要，是獲得尊嚴、實現自我的需要，即使敘事主體受制於開放改革時期的國家話語，但對人物的刻畫只能遵循人性的邏輯。香雪的情結就是要洗雪文明的落差帶給她的屈辱。從首都開來的火車給她帶來了機會。她不惜代價地從女大學生手中換來了自動鉛筆盒。這個鉛筆盒將改變她的身分，使她進入先進文明的行列，與山外的同學平起平坐。這是未曾遭到文明撞擊帶來的屈辱的鳳嬌們所難以理解的。鉛筆盒不僅給了香雪巨大的力量，幫助一向膽子小的她戰勝了走夜路的恐懼，還改變了香雪對這個世界的感受：

> 她站了起來，忽然感到心裡很滿，風也柔和了許多。她發現月亮是這樣明淨，群山被月光籠罩著，像母親莊嚴、神聖的胸脯；那秋風吹幹的一樹樹核桃葉，捲起來像一樹樹金鈴鐺，她第一次聽清

它們在夜晚，在風的慫恿下「豁啷啷」地歌唱。她不再害怕了，在枕木上跨著大步，一直朝前走去。大山原來是這樣的！月亮原來是這樣的！核桃樹原來是這樣的！香雪走著，就像第一次認出養育她成人的山谷。

藉著自然風景的描寫，香雪獲得了自我的心理感覺得到了生動的抒發。自然風景皆「著我之色彩」，也就變成美麗的心靈風景。小說出現大量的擬人化描寫，無不是成長中的主人公內在世界外化的需要。當然，它也是鐵凝藝術才華的顯現。鐵凝用詩的筆墨，給八〇年代耽於歷史反思而過於沉重緊張的文學[66]吹進了一股清新的風。

對香雪精神世界的表現，來自於作者的生活經驗與文學追求的契合[67]所引起的創作衝動，在深層上也是作者的心性、品格和審美理想的藝術外化。鐵凝的文學寫作是一種很本真的寫作。香雪這個北方山村女孩兒美好的形象與美麗的心靈，難道不是鐵凝這個鍾情文學、有才華的北方女子的內在世界的投射？台兒溝和香雪的故事，固然是作家對生活的發現，對歷史足音的感應，但也自然地透露了涉足文學世界的鐵凝對人的一種由衷期待。正是這種期待，使得她發現了香雪這樣的美好的生命，從而充滿深情地唱出了一曲理想的生命之歌。鐵凝筆下的香雪讓我們想起沈從文《邊城》中的翠翠。火車的呼嘯，居然「叫她像只受驚的小鹿那樣不知所措」，這個香雪，多像「邊城」的那個「小獸物」，秉有自然賦予的單純、質樸和靈敏。所不同的是，對於生活和生活的世界，讀書的香雪遠比沒讀過書的翠翠主動。香雪的美與可愛，既在外表，更在心靈，是一個只

---

[66] 洪子誠先生在他的《中國當代文學史》裡，根據黃子平對新時期文學特徵的評價，指出：「作家的意識和題材的狀況，影響了八〇年代文學的內部結構和美感基調。在相當多的作品中，可以感受到一種沉重、緊張的基調。」——見洪子誠：《中國當代文學史》，北京大學出版社1999年8月版，第250頁。

[67] 鐵凝從小就表現出過人的寫作天賦，學生時代就立志當一名作家，為實現這一理想，高中畢業後曾放棄留城和進二炮文工團當演員的機會，主動到農村插隊四年以體驗她所聽說的作為創作基礎的生活，參加工作後，又有過一次短暫的山區生活經歷，房東的女兒夥同女伴晚上梳洗打扮看火車給她留下了深刻印象，這些是《哦，香雪》創作的遠因和觸發點。——參見鐵凝：《從夢想出發》，《護心之心——〈鐵凝散文選〉》，新華出版社2005年1月版。

有在遠離城市文明才能找到的晶瑩剔透的女孩兒。她不僅像她的同伴誇羨的那樣「天生一副好皮子」，心地也十分單純美好，待人格外真誠。這從她跟車上的旅客做買賣就看得出來：

> 香雪平時話不多，膽子又小，但做起買賣卻是姑娘中最順利的一個，旅客們愛買她的貨，因為她是那麼信任地瞧著你，那潔如水晶的眼睛告訴你，站在車窗下的這個女孩子還不知道什麼叫受騙。她還不知道怎麼講價錢，只說：「你看著給吧。」你望著她那潔淨得彷彿一分鐘前才誕生的面孔，望著她那柔軟得宛若紅緞子似的嘴唇，心中會升起一種美好的感情。你不忍心跟這樣的小姑娘耍滑頭，在她面前，再愛計較的人也會變得慷慨大度。

香雪不知道什麼叫受騙，也從來不做騙人的事。一個例子是，「小時候有一回和鳳嬌在河邊的洗衣裳，碰見一個換芝麻糖的老頭。鳳嬌勸香雪拿一件汗衫換幾塊糖吃，還教她對娘說，那件衣裳不小心叫河水給沖走了。香雪很想吃芝麻糖，可她到底沒換。」靈魂也如此一塵不染，稱得上從裡到外潔淨溫潤如玉。由台兒溝的姑娘們烘托出的香雪是一個「這個」。這一幾近聖潔的形象，在八〇年代縈繞著歷史滄桑的文學人物畫廊裡，顯得格外清新宜人，因而在美學形態上為「新時期」文學拓出了新生面，這篇小說因此成為近三十年來給人印象最深刻的作品之一。香雪這一形象的真實性和美質，來自於特殊年齡階段和沒有污染的農業文明環境裡的年輕姑娘身上才有的不會長存的「女兒性」[68]。我們從後來鐵凝塑造的超過了這一年齡段而進入物欲對象化的人生期的女性（如《玫瑰門》裡的司猗紋），顯露出女性生命中卑瑣醜陋的一面，就可以感受到香雪的生命情態其實是一種難以挽留的本真美。《哦，香雪》的不可替代，就在於它

[68] 詩人顧城曾與斯洛伐克學者高利克討論過「女兒性」，將「女兒」與「女人」、「女兒性」與「女兒」相區別，認為女兒性「是通過女兒表現出來的，或者說是女兒固有的那種微妙的天性」，「最重要的一個特點就是淨，那麼乾淨」。（見《墓床——顧城 謝燁海外代表作品集》，作家出版社1993年11月版，第151-160頁）顧城對女兒性的理解有很強的佛教色彩，這裡借用這一概念強調女兒身上天生的純淨美。

的作者以審美的態度觀照了兩種文明撞擊時閃現出來的生命與人性之美，以及工業文明的到來帶給人的現代化焦慮。

由於相對自由的創作環境促進了作家主體性的發揮，小說的敘事焦點始終在主人公找回自我的努力，和這一尋找過程中的心理活動上。小說通過主觀化的敘寫，特別是通過香雪發現了渴望已久的自動鉛筆盒而跳上火車以致被火車帶走，和如願得到鉛筆盒之後一個人走夜路回家的動靜和情景的刻畫，生動地展現了新世界的出現在一個富有自然美的山村女兒身上引發的精神事件，表達了青年女作家鐵凝對人性美的審美取向，為新時期文學提供了新的審美範型。這是新時期文學中較早出現的詩性敘事，[69]它以人格成長的人文內涵和主觀化的表現方式，加入了「文學回到自身」的努力，呼應了再度奏響的二十世紀中國文學「人的覺醒」和「文的自覺」的主旋律。——這就是重讀《哦，香雪》可以感受到的這篇小說在新時期文學中的結構性意義。

[69] 老作家孫犁讀到《哦，香雪》，被深深打動，沉浸在「優美」的享受中。在給鐵凝的信中，稱這篇小說「從頭到尾都是詩，它是一瀉千里的，是始終如一的。這是一首純淨的詩，是清泉。它所經過的地方，也都是純淨的境界」（轉見崔道怡：《從頭到尾都是詩的小說——鐵凝的〈哦，香雪〉》），可見這篇小說對「女兒性」的成功表現（主客融合的心靈化抒寫，包括以細節表現心理以及象徵、隱喻、擬人、對比等手法的運用）所產生的審美效應。

第二章

「歸來作家」的創傷記憶

一、作為人格精神的「歸來」作家群

當代中國註定要發生的一場政治大地震，把一群在二十幾年前的政治災害中無辜被打入煉獄的思想囚徒重新拱出了地表，在一次新的文學造山運動中為歷史的滄桑作證。大詩人艾青，把他重返文壇後的詩集定名為《歸來的歌》，流沙河和梁南也分別有詩叫做《歸來》和《歸來的時刻》。歸來，是多麼令人百感交集的人生際遇。劫後重生的歌唱，語調難免蒼涼、悲慨，有欣喜也有辛酸。然而這一代代民族受過，跟人民一起蒙難的中、老年作家，更急於表達的是他們作為意識到的群體的一員在歷史誤會中的精神歷程。不管是在1957年反右擴大化而被趕下文壇的作家，還是更早一些因批判「胡風反革命集團」而被「連坐」的詩人，在四凶覆滅，黨的十一屆三中全會召開之後的一個時期內，儘管不曾發表過文學宣言，但是，不是單從他們的名字，而是從他們的作品裡，人們可以看到歷史坎坷在他們的人生道路和文學道路上打下的烙印，投下的陰影，以同等的重量和相近的色彩，同時也感受得到跟歷史的發展緊密相契的文學主題。人們因此有理由把他們稱為「歸來的作家群」。

（一）歸來：是文學現象，也是文化現象

歸來的隊伍如此龐大，成就又是如此顯著，以致當今和未來的文學史不能不給以相當的篇幅。僅舉詩人和小說家的名字：艾青、公劉、王蒙、張賢亮、流沙河、周良沛、邵燕祥、牛漢、曾卓、魯藜、陸文夫、高曉聲、從維熙……就可以感到沉甸甸的分量。二十餘年的放逐意味著身心的摧折，人生的苦難，對生命個體來說，損失是難以彌補的。人的一生畢竟是一個有限的長度，且不可逆。流沙河的《人與船》就典型地譬寫了人生失落的傷感。王蒙也在《海的夢》裡借年過半百的繆可言流露出誤了「季節」的惆悵。然而，從文學的角度看，一代作家的人生磨難換來的是當代文學的進步和豐收，儘管誰也不願意以真實的苦痛去換取事後的殊榮。艾青在古稀之年，出現創作的又一個高峰，為中國和世界奉獻了一批以《古羅馬大鬥技場》為代表的深切地關注著人類命運的不可磨滅的詩歌。王

蒙、張賢亮、高曉聲、陸文夫等小說家以扎實的生活內容和爐火純青的藝術概括力，把現實主義精神帶回了文壇。在新時期最重要的文學思潮——「反思文學」中，他們的作品所占的比重最大，具有扛鼎的意義。歸來作家的創作一個明顯的特點，是作家的人生經歷與作品的內容有直接的相關性。作者本人或是同類在當代政治災變和歷史轉折過程中的生活，成了主要的創作題材，自然而然也是作家的一種優勢。歷史戲劇、悲劇的承當者、文學創作活動，猶如三棱鏡，折射出當代人的生存困惑，這大致上就是歸來的文學現象。

將個體命運，而且是悲劇命運，作為表現對象，這是歸來的文學區別於「二十七年」文學的重要之處。文學似乎從政治的附庸的可悲地位解放了出來，面對嚴酷的生活真實，試圖回答人生面臨的問題，獲得了「我」性。但是，當我們發現，無論多麼深重的苦難，無論多麼難於接受的殘害，悲劇的主人公都沒有改變積極的人生態度。這種文學形象塑造的趨同性有著難以否認的生活真實性。因而，歸來的文學包含了太多的文學以外的意義和功能。當作家不只是把厚積薄發的文學上的成功當作人生失落的一種補償，而是將它們所遭受的冤屈、挫折、艱苦和磨難看成是生活的非常態的一種補償，是人生價值的另一種形式的證明時，一種傳統的文化精神也就在這些幸運的當代「屈子」們的身上復活了。事實上，如果不是從深遠的文化背景來看問題，後來人難以理解梁南詩中所表達的對黨和祖國母親的痛苦卻決不更改、虔誠得近乎愚昧的愛，也不會相信範漢儒（《雪落黃河靜無聲》）的情感邏輯和是非標準在生活中確曾發生，自然，也只能把許靈均（《靈與肉》）的選擇看成是一種愚傻。

答案在於，對歸來的一群來說，文學不是無涉功利的，當初因文學而蒙難，其「罪」就在有太強的社會責任感：替人民說真話，當然要觸怒愚弄百姓、違背人民利益的極左勢力。受苦受難並不可怕，只要個人是劃歸在人民的行列裡。作為依附性的階層，中國知識份子的憂國憂民的淑世精神，在當代的新表現形式是投身無產階級的先進政黨所領導的勞動人民的集體事業。中國先秦以後的文學家，沒有不熟讀屈原作品的。在兩千多年的中國歷史上，屈原熱愛祖國矢志不渝，追求真理九死不悔，耿介拔俗，橫而不流，憎惡腐朽勢力，獻身進步的政治理想的執著行為，不僅是一代一代用世知識份子的行動楷模，而且作為一種人格精神沉澱到知識人的靈魂裡。在身陷逆境、報國無門的情境下便會發生放電現象，耀出它的火花。當事實上從以輔佐人主、拯救蒼生為己任的位置上被排擠了出來，流落為空懷才具的邊緣人時，這種人格精神就具有自我論證的緊迫性。屈原用冠絕千古的詩篇《離騷》記錄了他靈魂掙扎的痛苦歷程，也完成了他的人格形象的自我塑造。對於當代有著類似的被貶遭遇的知識人來說，創作也是一種自我表白。被現實所阻遏的理想只有在文學作品裡得到延伸，文學因此具有了生存方式和價值選擇的文化意義。

歸來的作家，留下了為數不少的仿《離騷》。張賢亮的《靈與肉》唯恐人們領悟不了主人公的屈原式的選擇，乾脆給人物冠上「靈均」的雅號，以屈原自許。從一種文化傳統或曰傳統人格來說，許靈均在中國的土地上歷盡凌辱和磨難，卻放棄了跟離散多年的生身父親去美國繼承百萬資產當老闆的令人豔羨的機會，而決意留在哪怕給了他屈辱和苦難，但更有需要他的人民和留下過他的眼淚和汗水的貧瘠而溫馨的土地的祖國，是完全符合他的文化教養和性格邏輯的。對於中國的讀書人來說，重要的不是個人能獲取什麼實利，而是得到個體所依賴的群體的承認（不妨稱作「戀母情結」）。正如王壽南所指出的，「中國傳統知識份子的人生價值取向是為社會人群作奉獻的責任感」，[1]而這樣做是為了實現人生的最高境界——以人格的完成達到精神的滿足從而超越有限的「自然生命」而獲得不朽的「歷史生命」。像許靈均這樣的現代屈原，在當代中國決不是藝術虛構。從維熙的《雪落黃河靜無聲》，主人公也是從名稱上就被賦予了一種文化特性的。他談到他的名字的來歷：「他的父親是歷史系教授，所以給他起了個漢儒的雅號，不外乎想把他塑造成一個具有東方氣質的知識份子。」而他本人，也正是把屈原精神作為人生準則，說：「儘管我們歷盡滄桑，卻沒有做過一件有損於國家的事情。我常想，屈原受了那麼多的冤枉，並沒有離開生養他的楚國土地呀！最後，還是投進了汨羅江，被後代稱之為千古忠魂！」小說中描寫的範漢儒的節操，幾乎可以同屈原媲美。他被無辜地打成右派，關進勞改農場，成為囚徒，但非人的環境改變不了

---

[1] 王壽南：《中國傳統知識份子的歷史責任感》，轉引自劉小楓編《中國文化的特質》，生活・讀書・新知三聯書店，1990年2月版。

他廉正的品質。在嚴重饑荒的年代，他當了勞改農場的「雞倌」，掌管著富足的領地，但他寧可用白菜疙瘩和紅眼耗子填他的轆轆饑腸，也不撈公家的一星蛋花，連被餓瘋了的耗子拖走的四個雞蛋，他也硬是用鐵鍬挖開雞房牆角的老鼠洞，追回交了公。社會不公正地對待了他，剝奪了他正當的生存權利，扣給他一頂恥辱的帽子。然而在漫長的苦難歲月裡，他從未改變過炎黃子孫的信念，把祖國看得高於一切，甘願背著沉重的十字架終生做一個黃河邊的縴夫。

詩人梁南更是把歸來一代的精神戲劇的演展推向了頂點。組詩《我追隨在祖國之後》扒開了殉道者赤誠滾熱的胸腸，讓人們看《我這樣愛過》：「在戀愛中痛苦了一輩子，／一輩子都在痛苦中戀愛……／詛咒她，背棄她麼？不！／我寧肯毀滅於痛苦的愛。／……痛苦是愛的必要補充；愛是痛苦永恆的期待。」「我這樣愛過，真的，我這樣愛過，／祖國會理解我：愛的痛苦，痛苦的愛！」愛，竟然以痛苦為伴生物，痛苦竟然具有吸引力，這真是叫人迷惑的愛，然而又是不可懷疑的愛：它是命運的真實，而後才是心靈的真實。在另外一首詩《我不怨恨》裡，他更是把對人民和祖國的愛表達得觸目驚心。詩人把自己比做「草葉」，當黎明以玫瑰色的手向草地趕來了剽悍的「馬群」，草葉看到了自己的死亡，但仍然親昵地伸向馬的嘴唇，無怨地奉獻自己。他又把自己比作「鮮花」，即使被馬群踏倒，也仍然抱住馬蹄狂吻。這也是痛苦的愛，因為所愛的人正是拋棄了他的人；而又是始終不渝的愛：「我死死追著我愛的人，／哪管脊背上鮮血滴出響聲」。愛的悲劇如此真切，更顯出愛的堅執、苦澀、虔誠。這種無條件的愛，以歷史的繼承性，構成中國知識份子的道德價值。

（二）階段性的主題和手段：歸來文學的誤區

特別地需要通過群體來確立自我價值，特別地渴望抓住有限的人生得到最大限度的實現，而偏偏被社會所拋棄，懷抱利器而荒廢於草野，對於功名欲極強的讀書人來說，這是莫此為大的人生悲劇，精神的灼痛往往可達到極點，內在的燃燒在學富才高的天才那裡可呵噴出充滿了懷疑精神的激越憤懣的《天問》奇篇，而更多的人更多的時候則是利用自我辯解、自我欣賞來求得心理平衡，得以避免精神的最後崩潰。仍然來自屈原的一個原型意象——香草美人以喻德操之高尚，為讀書人的自憐自愛、自珍自重開了先例。作為余緒的周敦頤的《愛蓮說》更加強了知識份子用潔身自好來應對逆境或逃避現實的風氣。這種精神的自我加冕的方式，是現實困頓的無奈之舉，也透露了知識份子強烈的自我實現願望。難怪浩劫過後，那麼多的詩人寫「珍珠」、寫「貝殼」。梁南寫過，白樺寫過，流沙河、周良沛也都寫過。沒有什麼比這曾被埋沒而又不失其價值的珍品更能恰切地作為被漫長的歲月所湮沒的作者的自況了。「常林鑽石」一時成了歸來詩人紛紛詠唱的對象，流沙河有詩，艾青也有詩，這是一種被發現的驚喜和期冀。

周良沛的《珍珠》包含更多的資訊。詩人要肯定的是珍珠的信念價值：「最終，它只能是無價的，／生活的信念，真理的追求，／璀璨純淨的感情——／一顆真的珠，真的心……」但值得我們注意的是持護一種信念時的盲目性和被動性，以及它的心理惰力：

我一直——等，等，等
我總是——信，信，信
相信地上的房子都能打開窗門，
等見到陽光不會眼花頭暈。

像沙在珠蚌裡磨磨磨，
像珠在蚌沙裡滾滾滾，
在等得難熬中，還等，
在信得難以相信中，還信。

在這裡，價值不在於信念的本身，而在於死死抱住信念這一行為。透過這樣的「珍珠」，我們發現了傳統的文化精神遺傳給當代知識份子的非理性的因子，或者說，看到了屈原精神在當今知識份子身上的變異。如果說在屈原那裡執拗於一種政治主張，懷抱著愛國熱忱是伴隨著與腐朽的政治勢力和一種卑賤人格的對抗，因而具有實踐意義和積極性的話，那麼，有些歸來作家筆下的受難者就把一種消極等待和對一種空洞概念（它的實質內容已被抽去）的宗教式膜拜當成是有價值的自我求證了。範漢儒以「中華民族一個腐儒」自居、自矜，他的所作所為，也無非是出於這樣的動機：「我只想管好我自己！在這亂世之秋潔身自重。」這不過是傳統文人的「達則兼濟天下，窮則獨善其身」的現代翻版。他的全部行動（不如說沒有行動）根據和價值標準就是他時刻掛在口頭上的「炎黃子孫」，「黃河」和「祖國」不是實體而只是一個字眼在他的心目中具有崇高的地位和神奇的功用。他一再表白和聲明：

> 無論怎麼說咱們都是炎黃子孫，「祖國」這個字眼對我們來說，永遠是至高無上的。
>
> 我是炎黃子孫，就是拿棒子往外轟我，我也離不開養育我的中國大地！
>
> 我認為無論是男人、女人都有貞操，一個炎黃兒女最大的貞操，莫過於對民族對國家的忠誠。

正是基於這樣的思想邏輯，他武斷地宣稱：「別的錯誤都能犯了再改，唯獨對於祖國，它對我們至高無上，我們對它不能有一次不忠。」他擯絕了最簡單的理性分析，完全不顧陶瑩瑩當初的叛國行動儘管是錯誤的，但事出有因，服法之後她為自己罪孽的深重從未停止過自責和懺悔，而純粹是感情用事地將這個不幸的女性，他的患難中的可愛戀人，一把推進了永難超度永無解脫的深淵。崇高的愛國感情是誰也不能否定，不容褻瀆的，它是一個民族得以凝聚和生存發展的最重要的精神紐帶。但是像範漢儒這樣缺乏理性基礎也缺乏人性基礎的概念崇拜，未免叫人懷疑他的犧牲的價值，而且我們要猜測這是人格被一種極左的政治文化和荒謬的現實所扭曲的結果。這樣的人格面具若是在冤獄叢生的浩劫年代裡也不經見的話，那麼我們就有理由把這樣的文學描寫看成是對「存在」的一種反應，一種自我表現的手段，一種類體形象的安全推銷。

事實上，當歷史總算給予了一個重新估價知識份子的機會，在一段時間裡，歸來的文學擔負起了知識份子自我形象塑造的任務。王蒙的《布禮》、陸文夫的《獻身》、魯彥周的《天雲山傳奇》、林希的長詩《無名河》、張賢亮的落難小說和從維熙的「大牆文學」一起加入了這場文學協奏。與其說再現冤案下的一代人的命運圖景，不如說是一種無端蒙垢的政治人格的自我辯解、自我洗刷。這是同來自外部的組織上的平反相補充的自我平反。也許當事人未曾料及，在這些終究要被他人和自我超越的帶有強烈的自我申辯色彩的文學作品中，留下了在歷史法庭上於受害者並非完全有利的自我證詞。他們要極力表白的是：我們清白無辜。就像「七月派」詩人在編選他們的詩集《白色花》時在扉頁上摘引阿壟的詩句作為對他們的政治和藝術生命的自我判決：「要開作一枝白色花——／因為我要這樣宣告，／我們無罪，然後我們凋謝。」中國知識份子把道德名譽、人格形象看得同生命一樣寶貴。它作為一種價值觀構成了文化傳統的一部分，而且是重要的部分。艾爾弗雷德・克羅伯就指出過「文化的基本核心包括傳統（即由歷史衍生和挑選的）觀念、尤其是價值觀念」[2]。但屈原以後的中國知識份子往往忽視了人格形象的完善並不等同於知識主體對推進歷史發展所作的實質性的努力。強烈依賴群體鑒定的另一面，是過分的自我關注。當「獨善其身」帶有太強的個人性時，執著理想就可能流於形式，對於「信念」的崇奉就容易變成對挺身而出維護真理和正義的更大危險的一種逃避。這就是為什麼屈原之後「一篇之中，三致意焉」者不乏其人，而理想破滅、寧付清流的絕少見到的緣故。或許可以這樣理解，在歷史的曲折處，真理和正義只有靠人心來保存和傳遞；相對於同流合污、助紂為虐者，不介入至少是一種進步。然而，不正是用對抽象的崇高概念（語義在意識中升值）的依附來逃避對社會實體的表態，使惡行得以暢通無阻嗎？歸來的文學中的主人公，很少意識到他們的美德同套在他們身上的枷鎖也有關係。《布禮》裡面的鐘亦成對於黨的忠誠可以說到了毫無瑕疵、蒼天可鑒的地步。可這個跟黨血肉相連，純而又純的「少年布爾什維克」在頃刻之間叫人難以置信地被「分析」成反黨反社會主義的資產階級

---

[2] 轉引自《十月》1983年第5期。

右派分子，被判定為人民的敵人之後，他一方面不改癡誠，一方面還要按照形勢的需要去發掘自己被劃到敵對階級裡去的合理性，從「積極的方面」去接受錯誤路線對他的戕賊，以此表現他對黨的另一種形式上的忠誠。這種盲目的信任跟屈原尚且堅持同圍繞著昏君的「靳尚」、「子蘭」之徒相鬥爭難道不是沒法相比的嗎？我們看到的是封建意識以革命形式在共產主義隊伍中的顯現，對個人名譽的極度關切是以放棄人民的真正利益為代價的。《雪落黃河靜無聲》的敘述者對主人公有這樣一段評價：

> 崇拜廉正，是一切善良人們都具有的天性，而「六點鐘」的行為，正是中國受難知識份子優秀品質的體現。儘管磨盤沉重的精神負荷，壓得人喘息都感到困難；在這塊物質、精神都十分荒蕪的土地上，也還是開放著中華民族的美德之花……

人們不禁要問，當歷史的主體——人民，在物質和精神都十分荒蕪的土地上痛苦輾轉時，這「美德之花」對他們又有多大的救益？

人格形象的膨大，潛伏著人格精神的真正的失落。不難看到在反馬克思主義的極「左」政治的壓力下，當代知識份子的人格變形。鐘亦成之輩是情感的而不是理智的、是盲目的而不是分析的認同一種理念，以致屈服於歷史的挫折。他和凌雪把極「左」行為對他們的無理剝奪，想成是母親錯打了自己的孩子，過後還要抱頭痛哭。這是多麼感人多麼可貴的單純和天真！這種單純和天真讓他們付出了慘重的代價。社會主義革命、新生的共和國，也因這種單純和天真付出了代價。

也不難找到知識份子的脆弱性和依附性形成的歷史和社會根源。直到歷史新時期，知識份子才被宣佈為工人階級的一分子。而在此之前漫長的民族歷史上，知識份子因為既不是權力也不是生產力的掌握者而游離在社會主體之外，他們的人生價值只有在找到一個能依附的實體時才可望得以實現，這就使得他們在經濟實體和概念實體發生混亂時，錯把後者當作畸零人格可歸棲的大樹。

（三）超越感性與皈依大衆：歷史進程中智識人的悖論，也是必由之路

歸來的文學不可能一味地停留在自我澄清的感性層次上。隨著新時期文學反思意識的加強，作為一個藝術群落的歸來作家漸漸消融到多元探索的文學大潮中，作家的題材重心、思想深度和藝術能力拉開了距離。但仍然有人專注地探討所屬階層，即知識份子的歷史命運。以經濟為主要目標的社會改革為這一藝術思考提供了良好的機遇。歸來作家的歷史遭遇、命運悲劇得到了新的角度的解釋，當代知識份子的社會責任感得到了相對健全的表達，人格形象在現代意識和時代反思精神的理性光照下有了一定的矯正。在這方面，張賢亮的小說就代表了歸來文學的應有的自我超越。

張賢亮以《靈與肉》飲譽文壇之後，連連爆出有爭議的作品，在驟然解禁之後冒進和僵固、浮躁和呆板並存的文壇上，張賢亮的有中心意向貫穿的系列作品常常遭到誤解。他為社會思考所找到的載體，他的作品的高層結構，也容易被誤解。[3]《綠化樹》和《男人的一半是女人》甚至招來了物議。而他的「唯物論者的啟示錄」系列中的小說正是他藝術思考更深入更成熟的產物。不用說，一個肉體和靈魂都在煉獄裡痛苦地煎熬過二十幾年的作家，是難以擺脫政治意識和社會責任感的。張賢亮本人也不諱言從開始搞專業創作的第一天起，「就沒有準備當個為藝術而藝術的文學家。」他說得很明白：「二十幾年痛苦的經驗告訴我，中國政治如果偏離了馬克思主義和科學社會主義，便沒有什麼文學家存在的餘地，象牙塔固然美妙，絕不能夠建立在流沙上。不管你在藝術上有什麼追求，都必須先創造一個能使藝術繁榮的社會條件；文學離不開政治，中國當代的文學家更應該首

---

[3] 構成張賢亮小說最重要的美學手段是反諷，也就是他作品中的人物感受、價值認同，跟作品以外的客觀生活、社會公理可能是不相吻合的，或者恰好相反。這就使作品的主題顯得深邃而不易捉摸。張賢亮的政治觀點總是稀釋在主人公的不幸命運和靈魂搏鬥中，往往用肯定的形式表現否定，用否定的形式表示肯定。他的小說多以第一人稱敘述，主人公有明顯的自敘傳色彩，但作家的觀點和人物的觀點卻分處在不同的層次。並且在作品內部，人物的心理反省與他的實際遭遇也構成很大的矛盾。客觀上它反映了作家的社會理性與藝術感性的衝突，但主觀上也可以理解為作家有意為之的藝術處理方式。也正是由於這種撲朔迷離的藝術風格，造成了人們對張賢亮小說闡釋中的諸多歧異。

先是個社會主義改革家。」[4]因此，他的作品也就無不貫穿著對祖國和人民命運的思考，因而躍動著改革願望，帶有現實指向。既然以知識份子的身分參與社會改革，他也就不可能不為知識份子在歷史舞臺上尋找到恰當的位置。張賢亮有很強的知識份子自我意識，這是他跟王蒙等人的不同之處。但值得注意的是，他同時意識到了知識份子的長處和弱點，所以他不把知識份子跌入生活底層看成是沒有意義的懲罰。他的階級出身，決定了他與生俱來就處在革命對象的位置上，濃重的原罪感使他覺得，像他這個階級的人被掃進生活的最底層，正是他們脫胎換骨的必由之路。雖然強加給他的勞動改造是不人道的，非理性的，但餓其體膚、傷其筋骨的體力勞動、非人生活，卻意外地給了他認識生活真理、超越原有自我的機會。在普通勞動者的生存環境中，他發展了資產階級知識份子先天具備的理性精神，因而鍛造成真正的唯物主義者。這正是小說《綠化樹》「題記」中所點明的一個出身資產階級家庭的知識份子的心靈歷程。少共出身的王蒙只需要一個勁兒地申述自己同革命始終融為一體；出身資產階級家庭的張賢亮強調的卻是革命把他改造進革命隊伍裡了，並成為堅定的革命信仰者。他用對改造過程的肯定來證明苦難使他成為有價值的人。他對苦難的崇拜基於一種價值判斷，這種價值判斷在他的短篇小說《肖爾布拉克》裡點了出來：「凡是吃過苦，喝過堿水的人都是咱們國家的寶貝，都有一顆金子般的心。」需要區別的是，苦難經歷在張賢亮這裡既不是人品高潔的證明，也不是索取補償的資本，而是知識份子在通過感性獲取理性的必由之路。張賢亮的知識份子人格形象是感情充盈而又理性堅實的豐滿的整體。

張賢亮小說的主人公（主要是章永璘），在清水裡泡過三次，在血水裡浴過三次，在鹹水裡煮過三次，也是個幸運的受難者，同其他歸來作家的一樣，也帶有自傳色彩。但是作者塑造這一生動的藝術形象，不是為了自我表現，而是在反視自我。張賢亮直面了保留在他的人生道路上的知識份子的精神現實，不回避特定歷史境遇中這一帶有典型性的落難讀書人在苦難生涯及其與勞動者相處的悲喜劇中的靈肉衝突和糾結，展現這一靈肉糾結及其歷史—美學含義的，是一個由個體生命與社會政治生活二重組合

---

[4] 張賢亮：《必須進入自由狀態——寫在專業創作的第三年》，見《文學家》1984年創刊號。

的小說世界，它由一內一外兩個相套合的結構模式借助藝術的象徵構築而成，在其內部又有一個自身的論證的循環，與之相聯繫的，便是歷史進程中的智識人的悖論，即既要超越感性，又須皈依大眾。張賢亮苦心經營的理念色彩很強的小說世界對知識份子歷史角色的辯證，本書後面的章節將結合章永璘形象分析展開討論。在這裡可以給予肯定的是，章永璘這一代知識份子身上，已經打掉了舊式知識份子的迂腐氣、自命清高和高雅的媚俗，而真正地眼睛向下，而這正是「鐵的現實」、社會生活真相使其獲得了唯物主義世界觀和方法論，符合歷史要求地把社會生產力和勞動者經濟地位的提高當作歷史前進的真正標誌，而不再停留於虛幻的自我人格形象的持護。無疑，這是對前述作為階段性的主題和手段的歸來文學的誤區的一種自贖。

至此，歸來的文學自我反省意識的增強和主題上的深化，反映了新的歷史條件下，知識份子積極的價值認同與人格構建，它給影響了中國知識人二千餘年的屈騷傳統注入了嶄新的內容。

二、人生實現與文學實現：王蒙審美意識的張力場

王蒙的人生道路經歷了一個兩頭高中間低的馬鞍形。命運的大起大落，在他的經驗世界裡形成反差極強烈的對比性存在。1957年以前和1979年以後，是其生命的高峰期，也是正常階段。而1957至1978年之間則是一個長而深的低谷，是人生的逆境。這樣的個人人生軌跡，同中國社會主義革命的過程恰相吻合。因此王蒙立足於這一曲線任何一點上的文學表現，都有社會歷史和個人命運雙重透視的意義。而且，王蒙從任何一點上出發，都可以構成複線條的結構方式，即有一個輻射面。在復出以後的小說創作中，王蒙有時以1957、1979年為界點，把他的人生三個階段稱為昨天、今天、明天。這時候，他的透視點是落到低谷的，意在表現陷於逆境的主人公並沒有泯滅革命理想和生活信念，而堅信有一個明天來覆蓋這一段不正常的生活，以銜接已成為昨日的光榮歷史。有時候，王蒙又只以1979年為界線，把在此以前的日子，統稱為「上一個世界」，連熱情勃發的五〇年代也包括了進去，因為儘管那時對他來說，是一段可堪回味的順

境，但在熱情、自信中，不乏幼稚和盲目。作這種處理時，小說的支點是放在歷史新時期的。在這一抒情角度上，王蒙的創作更有利於擺脫政治視角，進入文化和人的視野，更能表現他「故國八千里，風雲三十年」的複雜人生感受。這些作品值得我們分析的是，作者是怎樣把他的人生實現過程和這一過程中的感受轉化為審美的藝術作品的。這種感受主要有追求受阻時的苦悶和獲得轉機以後對更高人生境界的渴求。而在這種人生感的描寫中貫穿著一個對我們來說並不陌生的文學主題，即個人實現與現實環境的衝突。不過這裡的「個人」是較有獨特性的，而這裡的「現實」更多的沉澱著傳統的因素。

（一）作者的人格類型與文化對人格的選擇

王蒙屬於中國人中較少見的一類人。其特色是聰明，有靈性，有較強的自我意識和表現欲望；喜愛變動，追求人生的多姿多彩；不是以佔有而是以創造為最有價值的生命活動；既重視肉的體驗，更注重靈的超越和完成；經常處在一種亢奮與焦躁狀態中，開展而不封閉，動盪而不穩定。王蒙小說中的某些人物，雖不能將之與作者等同，但可以看到他們身上不同側面地投射著作者的性格特質。如《組織部新來的青年人》中的林震、《布禮》中的鐘亦成、《名醫梁有志傳奇》中的梁有志、《活動變人形》中的倪藻、倪吾誠等。這種類型的人格主體，在中國這一等級制、超穩定的文化環境裡，常常是被防範、遏抑的對象。只有在暫時的變動期，他們才如魚得水，意氣風發，顯得格外活躍。

《布禮》中的鐘亦成在推翻國民黨的鬥爭中，小小年紀就發揮出非同尋常的革命性與組織才能。然而一當新政權建立，時局漸趨穩定之後，他就不知不覺中變成了革命所要克服的對象，即無產階級革命的深入，任務就是要剷除他們身上的「個人主義」，說穿了就是某一類人格主體。1950年2月，未滿十八歲，在頭一天轉為正式黨員的鐘亦成聽老魏講黨課，鐘亦成不知道在一大套莊嚴的革命理論中，已經連講話人自己都沒有察覺地被偷換進了封建傳統的鏟平主義思想，它的鋒芒已經指向了像他這樣的富有追求精神和變革願望的個體。老魏的報告使他激動得幾乎喊出聲來——「太好了！太好了！」「個人主義多麼骯髒，多麼可恥，個人主義就像爛瘡，像鼻涕，個人主義就像蟑螂，像蠅蛆……」黨課一結束，他就迫不及待地對未婚妻凌雪說：「支部已經通過了，我轉成正式黨員了。在這個時候聽老魏講課，是多麼有意義啊。給我提提意見吧，我應該怎樣努力？我已經訂好了克服我的——個人英雄主義的計畫，我想用十年時間完全克服我們非無產階級意識，作到布爾什維克化……」他還給凌雪寫過一首詩，題目就叫《給我提提意見吧》。

鍾亦成完全沉浸在自我超越的熱望中，而這種過分關注自我精神性的人格，恰恰是「非自我」的制度文化所要剷除的。因此，積極擁護無產階級革命的鍾亦成在一個早晨被定為「反黨反社會主義的資產階級右派分子」，被看作「帝修反在中國的代理人」，就並不奇怪，乃是一種必然。鍾亦成也還沒有認識到，具體的個體被否定，抽象的類體也就不存在。所以他在被黨清洗出來後，一方面更增加了對黨的崇高敬意和難以言喻的熱愛；另一方面千方百計否定自己，解剖自己，消滅自己，大義凜然地對凌雪說：「我自己想也沒有想到，原來，我是這麼壞！從小，我的靈魂裡就充滿了個人主義，個人英雄主義的毒菌。上學的時候總希望自己作一番轟轟烈烈的事業，名留青史！還有絕對平均主義，自由主義，溫情主義……所有這些……使我成了黨內的黨的敵人！」可見，集體主義的文化取向不僅通過他人來從外部扼制那種開展型的人格，而且還迫使他們自己從內部來撲滅自我生長意志。

在穩定時期的權力結構內部，動態型人格尤其遭受防範和克服。《蝴蝶》中的張思遠一再警告自己早已不是熱情和想像的年紀，「你擔負著黨政要職，熱情、想像和任性對於你不但是不必要的，而且是一種不可原諒的罪過。」似乎當官就只能是四平八穩，漠然處世，只求安定，不思革新。在中篇《風息浪止》裡，需要退下來的地委書記蘇正之，「在由誰接班的問題上他和地委的其他幾個書記存在著嚴重的分歧，他本能地對於頭腦敏捷、口齒伶俐、敢想敢幹的人抱一種懷疑態度。他希望按照自己的模子選擇接班人。」他看不慣有能力的人，他最愛說的一句話就是：「能力強、能力強……栽跟頭的都是能力強的！」最能夠說明文化對人格的選擇的，莫過於《名醫梁有志傳奇》。一對孿生兄弟，梁有志、梁有德，代表著兩種不同的人格類型。不僅生下來時有黑白之分，哭聲和眼睛都迥然不同。上了學以後，更顯出天分的差異。小白梁有志並不好好念書，門門功課100分，期末考試全班第一。小黑梁有德在燈光下吭吭哧哧地念書，雙眼熬得通紅，最後勉強及格。但他們都受到人們的誇獎，這誇獎的內涵是不同的。梁有志是聰明、伶俐；梁有德是仁義、厚道。這種不同正如他們名字的區別：「有志」是主體向外部的伸張、擴展，是積極的；「有德」是自我對他人的順從、適應，是消極的。而傳統文化的主導意向是選擇後者的。他倆不同的人格模式，決定了他們各自的人生實現狀況。多半時候他們自己的努力並不起多大作用，而是文化對他們作自然選擇。在打江山的革命時代，有志自然得到更好的發展。有志由於自己的觀察、閱讀、實踐、思考而主動參加了革命，有德卻是由於弟弟的帶動而參加的。結果弟弟與哥哥成了領導與被領導的關係，在人們眼裡，弟弟比哥哥強。

然而到了坐天下的和平環境，情況便倒了過來。弟弟落到了哥哥的後面。有德被任命為市委組織部一個科的科長，因為他的性格正適合文化機制的要求。他做事慢條斯理，說話結結巴巴，有時候半天說不出一句話，當時人們一致認為這是踏實、穩重、厚道、深沉的表現，適宜作領導工作，特別是組織部門的工作。他因而很快被提升為副處長，接著晉升為處長。上上下下一致認為他是一個可靠的人。

有志也多次被提名晉升。但普遍認為他浮躁、驕傲、小資產，似乎有點氣味不對頭。他說話快，口齒和條理太清楚，一聽就是學生腔；他走路與辦事也快，沒有一種駱駝的沉重與黃牛的篤誠，倒更像一個蹦蹦跳跳的稚子；他太愛看書，還看文藝書和外國書，還聽外國音樂，說話中有不少「字話」，令人覺得腦子裡彎彎太多，思想不純，感情不純，歸根到底是黨性不純。正因為如此，從1949年到1956年，他仍然是一名普通的幹事。

可見，當經過革命確立了新的政權，整個社會又回復到大一統的局面時，它對社會成員的要求是「靜」而不是「動」。在建國後的一段時間裡，有德循規蹈矩，所以，順利、亨通地升為副局長，有志卻因為聰明、不安分反而一再受挫，得不到提拔。

耐人尋味的是，到了新時期這一變革創造時代，有德有志的位置又來了一次掉換。歷史證明有德不過是一個「無能」的好人。所以到了1983年，他五十六歲的時候，被動員退休。有志的情況跟他正相反。多年來他在仕途上屢屢受挫，儘管他自己厭惡談做官，把不談革命而談做官看成是官僚。作為一個有創造潛力的人，他要尋找一個方式來證明自己，在無事可做也不讓他做事的情況下，半路出家自學中醫並漸有名氣。到了1981年，他居然成了中醫學院院長的理想人選。

由於自身遭遇，王蒙對文化選擇人格有很深的感觸。如果一種制度文化對創造型人格造成嚴重壓抑，不能讓他最大限度地發揮潛能，那麼，這樣的文化構成方式是值得懷疑的。王蒙在多數小說中觸及到這樣的文化—人生現象，不是沒有現實意義的。有志在新時期能被派上用場，這固然標誌著歷史在付出沉重的代價之後，朝著以人為本的方向推進了一大步。但有許多志向都未實現的梁有志，卻以「逾天命之年成了中醫學院院長」，這樣的陰差陽錯，這種令人啼笑皆非的人事安排，暴露的不正是今天仍然匿存在政治生活中的傳統舊習慣嗎？而最為合適的院長人選張一德，僅僅因為不結人緣的性格而得不到提拔，則進一步地說明在文化對人格的選擇中，至今還存在重重弊端。

（二）困厄人生裡的焦灼

照顧等級制和平均主義的傳統式文化選擇（實質上是一種上本位的「擇弱機制」），其不良後果，從大的方面講，它造成歷史停滯，社會一潭死水，呈現要死不活的頹靡狀態。從特定時期和環境中的具體個人看，它使許多有開展意向的生命被固置起來，創造力被禁錮，多種實現的可能喪失嘗試的機會，希企有所作為的願望到處碰壁，人格被壓縮而蜷屈，因而帶來極大的精神痛苦。王蒙的很多小說把這種感受抒發得酣暢而淋漓。

《活動變人形》中的倪吾誠，他的機敏而火熱的生命終其一生都沒有找到合適的噴發口，沒抓沒撓，使他備受煎熬，以至無法忍受，喪失理智，由正常走向變態。他好比一頭鎖在鐵籠子裡的困獸，他把自己比做《天方夜譚》漁夫故事中的魔鬼，一次次許諾都沒見效，結果愛變成了怨和恨，希望變成了絕望和憤怒。他激昂慷慨地對兒子講：「冷淡和讓別人白白地等待，是感情的虐殺，這是人類最嚴重的一種罪行，是不人道的……」倪吾誠的激憤來自於他的洶湧的生命活力，在窒息人的文化環境裡一直找不到宣洩的管道。《活動變人形》中出現的這一比喻，在1980年創作的短篇小說《海的夢》裡已經出現過一次。這個比喻，說明人生總是充滿了各種期待的，要是實現願望的每一條道路都被封鎖起來，生命一味空耗，那麼時間越長，痛苦就越是無法忍受。

《名醫梁有志傳奇》裡的有志，也飽受過這樣的折磨。他既有較優越的天賦，又有幹一番事業的進取心，但他滿身的精力卻找不到發洩對象。他進行過多種嘗試，但幾乎每一條自我實現的道路都亮著「紅燈」。他焦急難耐，連做夢也夢見自己一次次都沒有搭上車，生命被拋棄了。最後他只有讀醫書，做氣功，打麻將，一直耗到新時期，戲劇性地被提拔為中醫學院院長，給人提供的仍然是用非所長的社會情景。可見一個凌駕於千百萬人之上的社會總體意向（維護政權的穩定性，治國平天下，實現大同境界）犧牲了、浪費了多少生命力和創造性，這就是社會落後、停滯的根本原因。

在自傳色彩最強的中篇《布禮》中，王蒙也用憤激的語言，指責了冷酷無情的政治把活生生的人給閒置起來的非人道的做法。少年共產主義者鐘亦成被莫名其妙地打成右派，在受到各種嚴酷的批判鬥爭以及自我的反復分析解剖之後，被送往山區勞動，接受體力勞動這種最原始的形式對自己（實際是對文明人）的改造、淨化。開始，鐘亦成對勞動改造還充滿了狂喜和滿足，但當他完全習慣了農村的勞動生活，學會了在農村過日子的本領，成了地地道道的農民，也就是從外形上由文明人退回到原始人以後，他對勞動改造的熱情似乎逐漸冷淡了下來，體力緊張的後面時或出現精神的空虛，因為他發現「他們不要命地改造，可誰又問過他們的改造情況呢？他們想主動彙報思想也沒人聽」。鐘亦成的這種遭遇，不僅反映了「反右」鬥爭的實質，也對那場完全不替活生生的個人負責，隨意虐殺、荒廢社會成員的政治迷誤作了有力的控訴。然而，由於王蒙在這篇小說裡急於表白他身陷逆境，癡誠不改的少共心態，因此沒有能夠更充分地揭示出鐘亦成生命被棄置時的深層苦痛。較好地反映了這種情況下的焦灼感的是另一部中篇《雜色》。

《雜色》顯然是作者王蒙遠放邊疆，有志難展，空有才華而得不到賞識，焦灼苦悶，忿郁難安的遭遇和心境的真實寫照。王蒙以其過人的藝術才能把他的一段難忘的生命體驗，寫得虛實相生，詼諧多趣。

小說的情境與作者人生的低落期相對應，被壓抑的人生本來就脹滿最劇烈的情感活動，而作家在敘述這一段心靈過程是在人生的高峰期，也就是在獲得了超越之後再返身體驗逆境中的感受，這就造成差別中的無差別境界。這樣的審美體驗也比較富於張力。

身世坎坷的曹千里，騎一匹寒磣的灰雜色老馬，在人煙稀少的荒原上踽踽獨行，這勾勒的是特異年代裡某一部分人的生存圖景。馬與人，一對不幸的生靈。馬，有千里之志，但一次次的鞭打，在它的脊樑上留下了血疤，還給了它一個壞得不能再壞，只能是糟蹋它的鞍子，它已經沒有棗紅馬那樣的烈性和活力，鞭打一次使它遲鈍一次，它變得蕭蕭然、噩噩然、吉凶不避、寵辱無驚：它麻木了。人，有不羈的性格，但富有個性、有追求精神被當成「野心家」、「個人英雄主義」和「向上爬思想」嚴加批判，政治運動的無視現實的歪曲結論，在他的心靈上留下了創痕。不甘庸碌的正當願望成了被摧折被虐殺的對象。他不得不離開文化密集的都市到洪荒以來就如此的邊地來，接受與世無爭、心平氣和、謙遜克制的生活哲學。有著共同遭遇的人和馬，成了一對老搭檔。然而他們之間的關係還不止如此。曹千里和灰雜馬，實際是一個生命體的一分為二，是一個人的形骸和精神，是他懷抱的理想和他的現實遭遇。反過來，人與馬合二為一地構成了一個生命體的實現情景。人騎在馬上，他就等於在感知、認識、體察、剖視、思考著自己，人可以在自己的意識裡把作為知識主體的自己當作認識的客體。曹千里感到馬有無邊無涯的痛苦，莫如說他自己有這樣的痛苦。曹千里的心裡充滿著那麼多的對於馬的同情，對於馬的憐憫，對於馬的愛，那實際上是自我同情和憐憫，因為馬是精神的曹千里的外化。所以他才說：「也許，並不是他騎著馬，而是馬騎著他吧⋯⋯」馬和人互相證明，互相詮釋，互相同情，互相安慰，有同樣遭遇的馬和人才能相互對話。所以，在小說中馬終於開口說話了，一點也不令人吃驚。

曹千里和灰雜馬的不幸遭遇來自於某種相似的意圖，馬被一次次鞭打，是因為要滅掉它的靈敏與暴烈，從而騎起來才安全。曹千里遭受挫折，是由於他的人格有異於一般人格，不容易為他人所駕馭，所驅使，不利於統治者建造只聽令一人的天下一般齊的社會。小說裡有一段關於他的履歷介紹，其中「表情分類」部分實際上是介紹了他的人格類型。[5]曹千里不是完人，正如那匹雜色馬，本無可厚非，但恰恰是他這種頗有靈性的幻想型人格，在上本位、群體本位的文化裡是要遭到淘汰的（反淘汰！）。所以小說中只好自我揶揄：「哦，曹千里，聰明而又自信、任性、漫不經心、卻又像一個樂觀的小孩。他從來不考慮後果，想怎麼說就怎麼說，想怎麼做就怎麼做，甚至在他『開小差』『自動脫團』以後，他仍然覺得自己有理，覺得自己照樣可以為革命作出貢獻……『原來是我錯了啊！』」曹千里是一個人，但他的作為人的自然性的人格卻使他付出了慘重的代價，這只說明容不下他的生存環境是一個非人的環境。所以當他在拴馬樁旁看到一隻蜘蛛時，他禁不住從心底呼喊：「他竟然是蜘蛛，不是螞蟻，不是老鼠，他是一個人，一個堂堂正正的中國人，他有幸作為一個人，一個二十世紀的人來到這個世界上，來到中國的這一塊奇妙的土地上。」王蒙大聲提醒人們注意他是一個人，這正是對非人政治的婉曲指責。王蒙的浪漫主義更多地塗上了革命理想主義的色彩，他的主人公不同於張賢亮的在於，前者的環境更多亮色而後者的顯然要嚴峻、陰苦得多。

不過，在《雜色》裡，王蒙還是淋漓盡致地寫出了困厄人生中的憤懣、焦灼以及其他各種複雜心理。

曹千里，因為敏感多情而遭受鞭撻，然後被拋棄，成了多餘的人。他雖然也想使自己消磨得隨緣自適，沒有熱情而有耐性一些。但是生命內部的熱力可以壓抑，卻不可熄滅。因此他處處觸景生情。當他看到那把「被黴鏽吞噬著鋒芒默默地閒置著，消耗著自己的鋼質的鍘刀，扭扭曲曲地斜躺在塵埃和草葉裡」，他就聯想，感歎：「看它那個窩囊樣子，你能想到

---

[5] 這段描寫是：「表情分類。一、通常型：謙卑，帶笑，隨和，漠然中仍然包藏著某種自恃。自負躲在謙卑後面，好像星星躲避在薄雲的後面。二、思索型：他時有思索，並不一定必須在夜靜更深之時，明窗淨几之處，焚香沐浴之後。有時他正在和你說笑，正在斟酒猜拳，正在吃飯拉屎……突然，他兩眼發直，對周圍的一切失去了反應，又似傻呆，又似悲哀，又似蒼老——皺紋剎那間佈滿了全臉，除去下巴依舊光滑；然後又似熱情，呆滯的目光中有光、有火、有浩然之氣。這種表情往往是轉瞬即逝的，別人難以察覺，覺察了也可能以為他是偶犯痴氣。三、快樂型或遊戲型。多半是在喝了酒、吃了肉之後，天真、幽默、達觀、自滿自足、饒舌、歡蹦亂跳，如齊白石老人筆下的小魚小蝦。」（見王蒙：《雜色》，《收穫》1981年第3期。）顯然，這裡展現的是一種未被集體本位文化馴化的有個性、肯思索、富於幻想、單純外露的人格。

它昔日的威風和銳利嗎？你能感到『刷』地一下，把一切都攔腰斬斷，切個整整齊齊的喀蹦俐落的氣概嗎？唉，唉，就是孫悟空的如意金箍棒擱久了不用，也會變成廢鐵的啊……」甚至連遠方的雪山，也使他覺得好像是在笑他沉不住氣。他那麼樣地渴望有所作為、有所創造，但現實裡他卻一無施展，只被允許做一個麻木遲鈍的老馬，他感到生命空耗的灼痛，他想起了李白醉後的詩句：「天生我材必有用，千金散盡還復來……」他想起了林黛玉詠香詩裡的話：「焦首朝朝還暮暮，煎心日日復年年……」這並不是一般的懷才不遇，而是人生實現機會被強行剝奪，但又不肯放棄進取而產生的矛盾、焦慮和難以向外人道的隱痛。

「水比船強」，王蒙在他的小說中說過這樣的話，是說個體在社會面前顯得十分渺小，人生的理想常常抗拒不了社會潮流。曹千里也感到了自我的渺小卑賤，因此只好自嘲自諷、自我挖苦，以此尋找心理的平衡。為了制止馬的扭來扭去的舊習，他在馬上搞出個邪魔歪道的姿勢，往一側偏墜，側懸，使之不聲不響，不偏不倚，忍辱負重的馬受到更多的折磨與傷害，這實際上是他自己自我折磨，自賤自虐自戕。

《雜色》帶有王蒙一貫的樂觀主義的特點，王蒙的樂觀主義情緒建立在不正常的時代畢竟成為了過去，而他自己在中年之境進入了瑰麗多彩的人生期這一基礎上。這一點相對地削弱了他的文學形象的普遍意義和深刻性。但是，放到一個歷史傳統中看，從封建時代的「存天理，滅人欲」，「修身養性」，到新社會批判資產階級個人主義、修正主義，「狠鬥私字一閃念」，《雜色》仍然讓我們強烈地感到群體本位的文化對民族生命力的不見血痕的扼殺。

（三）海的夢：期待的昇華

王蒙曾反對文學干預政治的提法，但這並不意味著王蒙的文學創作與政治內容無涉。相反，集革命家與文學家於一身的王蒙，不可能擺脫政治責任感。他在銳意文學創新的同時，密切地關注著國家的去向、社會的發展，時時保持著參與意識。在他的很多小說中都可以看到社會政治的影子。這裡要說的是，王蒙的創作在以社會歷史傳統文化的反省為內容時，由於他感受的確切性和表達創作意圖的急切性，因此，作品常常採用雜文筆法（政論的抒情），思想表達比較直露，有較強的衝擊力，這一點頗似魯迅的文風。而在另一種內容的創作，即人生志向，或隱秘心懷的抒發時，就要空靈一些，朦朧一些，更富於詩意和抒情性。

作家往往從大自然裡尋找到一個客觀對應物來作自己人生理想的寄託。王蒙尋找的象徵物是海。「迷茫的或者分明的，寧靜的或者衝動的，灰濛濛的或者碧藍藍的大海」，對王蒙有超乎尋常的吸引力。跟有時顯得呆滯、沉重、擁塞的陸地不同，大海有無限的波動和振盪，有無邊的天空，有無阻隔的進軍和無阻擋的目光。置身大海上，靈魂可以獲得解放。如果說陸地好比生活現實，大海就是自由的精神領域。王蒙不止一次運用深情的筆寫到大海：大海是他超越現實人生的理想境界，是他終生渴慕的對象，是他傾注著戀情的母親，是埋藏在心中的夢，是他人生搏擊的場所和生命之旅的歸宿。短篇小說《海的夢》把海與人的精神追求的關係寫得充滿了詩情畫意。

五十二歲的翻譯家繆可言搞了大半輩子的外國文學，卻沒有到過外國，甚至沒有見過大海。儘管他從青年時代就嚮往大海，大海是愛情和事業的象徵，召喚著他的饑渴的靈魂。然而，在他生命的旅程中遇到的是一次又一次的政治風浪，直到五十二歲了，他沒有得到過愛情，沒有成就事業，沒有見過海洋，當他終於來到了海邊，他是怎樣的思緒翩翩、百感交集啊！面對平穩、安謐、像擺拂的綢緞、像顫抖的乳膠的海，海上曇花一現的生生滅滅的雪白的浪花，浪花上的海鷗和天水相接處的船帆，繆可言不由深深喚道：「大海，我終於見到了你！我終於來到了你的身邊，經過了半個多世紀的思戀，經過了許多磨難，你我都白了頭髮——浪花！」回想坎坷的經歷，白白流逝的歲月，沒有實現的愛情和事業，他產生深深的失落感和萬分的惆悵，望海長歎：「晚了，晚了，生命的最好的時光已經過去了。」他強烈地感到自己誤了點，過了站，無法重做少年，「俱往矣，青春，愛情，和海的夢！」

然而，他仍然要到大海裡一試，大海也沒有厭棄他。小說用飽帶感情的筆寫到繆可言被大海擁抱接納時的細膩感受，把海寫得極有靈性，人與海完全融合到了一起，繆可言佇立海邊，看鋪天接海的雲霞，仰視海邊的天空，在巨大的永恆的天空和渺小的有限的生命對比中產生了緊迫感。小說寫道：

> 一到這時，他就有一種強烈的衝動，脫下衣服，游過去，不管風浪，不管水溫，不管鯊魚或是海蜇，不管天正在逐漸地黑下來，黃昏後面無疑是好多個小時的黑夜。就向著天與海連接的地方，就向著由扇面形已經變成了圓錐形的雲霞的尖部所指示的地方游去吧，真正的海，真正的天，真正的無垠就在那裡呢。到了那裡，你才能看到你少年時候夢寐以求的海洋，得到你至今兩手空空的大半生的關於海的夢。星星，太陽，彩雲，自由的風，龍王，美人魚，白鯨，碧波仙子，全在那裡呢，全在那裡呢！
>
> 「啊，我的充滿了焦渴的心靈，激盪的熱情，離奇的幻想和童稚的思戀的夢中的海啊，你在哪裡？」

這無疑是當代抒情小說中一個漂亮的段落。它把人從繁忙而嘈雜的世俗生活中引領出來，朝向一個純淨的有超越意味的永恆境界。王蒙筆下的游海是實寫也是隱喻。他想游得遠遠的，越遠越好，暗示的是他渴望在人生事業中得到最大限度的實現：海在這裡也是人生事業的象徵。

《活動變人形》的結尾，寫「我」在海濱療養地碰見老友倪藻，倆人一起到海邊游泳，五十多歲的倪藻用各種姿勢游，而且非要往遠裡游不可，愈游愈快，愈游愈遠，向著大海的深處，太平洋的深處，直到暮色昏黃時，才返回岸邊。他回到岸上以後，既不顯得疲勞，也不顯得暢快。既沒有做出滿不在乎、遊刃有餘、一條好漢的樣子，也沒有吹噓自己碰到了什麼驚險或是自己游泳的技術多麼好。當因害怕風浪提前上岸的「我」問他為什麼要游這麼遠時，他回答：「我是想，越遠越好。」越遠越好，是王蒙所追求的人生境界。

每個人都有自己多彩的夢，王蒙的夢主要是他的事業，即革命和文學。但作為七情六欲的人，他的夢也有不輕易示人的綺麗部分，這就是青春的愛情。在王蒙的小說中，對於童年的眷戀和對青春時代的光榮及驕傲，都寫得十分動人。《春之聲》寫夏天時，把衣服放在大柳樹下，脫光了衣服的小夥伴們一躍跳進了故鄉的清涼小河，一個猛子扎出幾十米。寫在西北高原的故鄉，摘下碧綠的柳葉，捲成一個小筒，仰望著藍天白雲，吹一聲尖厲的哨子，驚得兩個小黃鸝飛起，挎上小籃，跟著大姐姐去採擷灰灰菜，去擲石塊，去追逐野兔，去撿鵪鶉的斑斕的彩蛋。《蝴蝶》裡寫兒時打棗，「打棗，這就是童年的節日，童年的歡樂的不可逾越的高峰！『劈哩啪啦』，竹竿在上面打，『稀哩嘩啦』，棗子往地上掉。許多相好的和不那麼相好的小朋友都來了，一邊吃，一邊撿，一邊裝，一邊找，一邊喊。有的棗滾到了溝渠裡，草叢裡，瓦片底下，凡是企圖隱藏自己的棗子也正是最甜、最飽滿，又絕對沒有蟲子的棗兒。這樣狡猾的棗子的每一顆的發現都會引起自己和同伴的歡呼。連土都是甜的，連風都是香的，這童年的喧鬧和喧鬧的童年！這滿臉是土，滿臉是汗，滿臉是鼻涕和眼淚，滿臉是帶口水的棗皮和歡笑的童年！……」都極富情致。

對於跟人民革命聯繫在一起的青春時代，王蒙總是十分珍視，給予高度肯定。《雜色》中就用噴湧的詩情回味那已逝的青春時代：「呵，那久已逝去的青春歲月，那時候，每一陣風都給你以撫慰，每一滴水都給你以滋潤，每一片雲都給你以幻惑，每座山都給你以力量。那時候，每一首歌曲都使你落淚，每一面紅旗都使你沸騰，每一聲軍號都在召喚著你，每一個人你都覺得可靠，可愛，而每一天，每一個時刻，你都覺得像歡樂光明的節日！」這種感受源於作者較獨特的人生經歷，不及兒時經驗那樣更具審美的普遍性，但它仍然構成了王蒙小說中的人生感的動人聲部。

我們不知道王蒙是否有過未曾實現的愛情，抑或王蒙在青春時期有過非同尋常的戀愛經歷，他的小說每當寫到青春戀情時，總是忘懷於其中，例如《如歌的行板》開頭那幾段優美的抒情吟唱，就讓我們感到文學完成了作家在現實生活中未能實現的夢境。

三、《活動變人形》的結構藝術

「敘述學」的小說批評有一個觀點，即，小說寫得好不好，動不動人，有沒有藝術水準，關鍵不在於故事，而在於如何敘述；藝術性的不同關鍵在於敘述的不同。[6]這樣的觀點當然也只能是一種「深刻的片面」。但是，敘述學批評所關注的不只是文學創作的終端——作為「文本」的

---

[6] 本文借用的敘述學理論觀點，引自1985春北京大學樂黛雲開設的「小說分析」課的課堂筆記。

小說作品，而是透過平面的凝固的形象系列，還原作品得以完成的操作過程——主要是藝術構築的處理方式，從中發現小說世界與作家意圖之間的諸種關係。這樣做的好處是能夠較一般的批評方法更為準確地揭示出產生於特定時空中的小說作品的潛在意蘊，剔現出小說文本的深層構架。敘述學的批評比傳統的社會歷史批評更容易貼近藝術形式本身，又避免「新批評」的人為切斷藝術成品與其社會背景的聯繫的封閉性，而在作者、作品、讀者之間建立起反射、觀照、溝通的親切關係，環繞著批評對象充盈出一個富有吸引力的審美磁場，同時它也在作家同批評家之間架起一座心心相印、開塞益智的貫通的橋樑。這種批評效果，從敘述學批評一套獨特的操作術語中即可以看出來。不過我認為，敘述學的小說批評的中心意向不妨歸結為對藝術結構的深層透視上，也就是說，它主要是考察作家是如何將他感受到的共時的社會生活、人物事件即「事序結構」，借助小說語言這一媒介，轉化為順時的形象系列，即「敘事結構」，在「有意味的形式」中寄寓作者對生活的深邃思考和獨自的審美情趣。有成就的小說家，對於完成創作意圖的努力，無不體現為對作品藝術結構的苦心經營。尤其是長篇小說的創作，其藝術成就的高低，更是取決於在結構技巧上達到的精巧程度。王蒙的長篇力作《活動變人形》，能夠成為新時期長篇小說的「一座奇峰」，能夠取得震撼人心的藝術效果，其思想蘊涵和藝術魅力值得多維詮測和反復挖掘，跟它的藝術結構的獨出心裁就有很大關係。

《活動變人形》的結構方式，至少可以從外在的敘述塊面措置和內在的思想意義的建構這兩個向度進行分析。從前者來看，《活動變人形》可以叫做盒套式，或曰包孕式結構。就後者而言，它的結構方式又可以稱為退步式，或曰疊層俯瞰式。王蒙精心設計這樣的結構方式，是表達小說思想主題的策略，在某種意義上又是不得已而為之。

（一）多義、多重的小說主題

《活動變人形》的思想主題是多義的、多重的。有關於國家、民族、社會的，也有關於家庭和個人的；有審視已成逝川的歷史存在的，也有針對尚在汗漫遷衍的現實關係的；有可以直接感受到的表層的，也有並非輕易觸及得到的深隱的……關於這些，不少論者已作過較為深入的分析，有的還發表了相當透闢的見解。但是我們也發現，由於囿於特定的闡釋角度和批評方法，因此大多數評論文章只就某一方面談論小說的思想藝術價值，而較少有人更全面系統地把握這部小說的豐富而深刻的思想藝術蘊涵。特別是很少有人揭示它多種思想指向之間的相互關係，因而也就忽略了由獨特的敘述方式所「持載」的作家創作思想的發展以及藝術表現上的進展。批評中的一個共同盲點是忽視了結構也是一種語言。為此，我們才需要借用敘述學的理論，從解剖作品的藝術結構入手進入小說世界，以幫助我們這些跟作家處於同一時空、同一文化、時代背景，面臨著共同生存問題的人們，在最大限度上準確地接近這部當代小說傑作。

產生於文化反思的時代思想背景上的《活動變人形》，是一部文化批判小說，這是為讀者所普遍感受到了的。讀《活動變人形》，你不能不聯想到《醜陋的中國人》和《中國文化的深層結構》這兩部由港臺人士寫成的對中國傳統文化的負面無情撕剝、痛加詛咒的忿激之書。技高一籌的是，作為小說家的王蒙沒有也不需要用直露的語言頓足大罵，而是用歷歷如繪的生活畫面，用活生生血淋淋的人生悲劇，對一種不人道的舊文化作了痛切的針砭，宣判了它的死刑。小說的批判與反省，憤激而不偏激，悲憫深沉而又峭越凌厲，詼諧幽默處亦更淪肌浹髓，典型性格的成功刻畫則增強了無可辯駁的說服力。在東西文化的再度大撞擊大交匯，且因兩種文明的時代落差而出現文化對逆現象這一現實觸發下，作家從自己的記憶中抖騰出「倪家的舊故事」，令人觸目驚心地展現出這一既可以作為封建社會的細胞、封建文化的縮影，但又楔入了異質文化因子的特殊的舊家庭內部發生的生死衝突，並通過描寫舊的生活方式和倫常觀念的承載者、維護者——姜氏母女對於新的價值觀念和生存意志的本能懼恐與拼死拒斥，以及作為舊生活舊文化的叛逆者——倪吾誠在一種先驗存在的無可擺脫的文化環境中四面碰壁、焦頭爛額、無計可施、無路可逃，最終為他所極其痛惡、極力抨擊、亟欲掙脫的愚昧、野蠻的文化力量所吞噬、所虐殺，拯救者為被救者所掣肘，在黑暗慘苦的精神地獄裡一同沉淪，萬劫不復，成為文化傳統的殉葬品、受害人，從而畢露無遺地剖析了本民族在傳統文化的籠罩下的極端低劣的生存品質，抨擊了這種文化扭曲人性、壓抑民族生命力和創造性的嚴重罪惡。這就是《活動變人形》的最顯豁的思想主題，可以簡單概括為對民族文化的痛切反省和對民族生命力的熱切呼喚。

但是，《活動變人形》最震懾人心的，還不是它的現實感，而是歷史滄桑感。作為歷盡世事沉浮、人生坎坷的作家，王蒙的審美意識並沒有停留在對傳統文化的激情批判上，而是在個人命運與歷史文化，人生實現與文學實現這一張力場中，騷動起多種器樂多個聲部，歌奏出一支奪人心魄的命運交響曲。《活動變人形》較為隱蔽一些的主題就是人生主題，或曰命運主題。倪吾誠由抗爭到失敗，由追求到絕望的悲愴歷程，幾乎概括了近百年來在「歷史的夾縫」中無所適從，委曲求全的中國現代知識份子的可悲可泣的命運史。然而命運感並非專指知識人而言。在一種由來已久積垢彌深的文化魔圈裡，多數人都不配有較為體面一些的人生過程。姜趙氏、靜珍靜宜「吃人」，也「被吃」，並且「自吃」。她們的存在是別人的地獄，但她們自己首先已是居於地獄的最底層。她們的落後、愚昧的思想觀念和生活習慣，來自於既定的傳統惰力。由於跳不出祖宗遺留給他們的單質的文化系統，缺乏參照系，無法反省自我及賴以生存的環境，因此可以說，她們的猥劣人生，幾乎是不可改變的宿命的安排。小說的題目「活動變人形」其實就暗含了作家對人的生存的一種哲學感悟，對他的小說世界裡的人物悲劇命運的一種理解和解釋，即：生命對於生存環境的無可選擇性，人生實現的無規定性，命運圖景的無限可能性。

處於文化主題與人生主題的交接點上的，則是性格主題，即人物的資質、稟性、教養等生理、心理因素，決定著他的行動趨向，主要是在現實情境中的擇處，因而呈現為不同的生命姿態，獲得不同的人生結局。同樣是留過洋的知識份子，倪吾誠與趙尚同的活法與際遇大相徑庭，不能說不是性格的悲喜劇。

由性格主題進而又可引申出一個社會主題，也就是在特定的歷史文化環境中，一個對國家和民族負有責任的知識人應該採取怎樣的態度，選擇什麼樣的道路，才算有所作為。倪家的成員之一，也是倪家的舊故事的目擊者倪藻，在意識到他父親倪吾誠的敏於言辭而拙於行動的毛病之後，著意選擇了另一種生活道路，跟父輩的精神抉擇形成了對照，並事實上對後者作了無言的否定。小說在敘述倪吾誠終生期冀卻一事無成的悲劇故事之後，點出了幾個存在於今天的生活中的類似倪吾誠的性格——幾位昔日的友人。這些都無疑表明作家力圖以自我經歷為參照，為再一次面臨文化對逆的八〇年代的知識份子提供一面自我反省的鏡子。——儘管王蒙復出不久就宣佈了告別「干預生活」的文藝觀，但是他的人生經歷和現實地位決定了他不可能放棄對於社會現實與時代脈搏的密切關注和感應。

（二）超越的方式：主題觀念的安排

然而值得我們進一步分析探究的，並不是上述已經或深或淺若隱若現地映現在小說世界中的思想指向的主要方面。王蒙的這部長篇新作，跟他此前創作的也具有相當容量的中篇小說比起來，它更能給歷史與現實以說明，啟迪誘導我們進入深邃莫測的人生底裡的，是作家在藝術地掌握世界時，價值評估具有不確定性。就是說作品通過一系列人物命運的描寫，或通過人物之口，似乎明確告訴了我們一些思想或某種觀點，但若稍加玩味，你就發現在作家真實的價值判斷裡，這些我們開初以為明確無誤的思想觀點卻又很值得懷疑。作品的人物描寫，顯然浸透了作家的主觀情緒，但人物的思維邏輯跟作家的思想傾向常常不統一。反過來，作家站在時代制高點上對歷史生活的認識和宣判，又經常為生活在特定時空中的歷史人物的行動和思想所乖悖，所推翻。這就很有點巴赫金在概括陀思妥耶夫斯基的創作時所提出的複調小說的味道。可以說，王蒙寫作《活動變人形》，不僅在橫向上超越了一批滿足於與生活相同步，做時代的代言人的作家，首先在縱向上完成了對貫穿他以前創作中的基於「少共」經歷的革命理想主義的一定程度的超越。只是由於一定的寫作背景的限制，王蒙通過敘述順序、結構安排上的獨具匠心，不露痕跡地完成了在他的創作道路上的全方位超越。《活動變人形》真正深刻之處，不在於直接作用我們的感知力的多重主題，而在於隱蔽在作品背後的作家對這些主題觀念的安排，通過這種安排構成一種關係，從而暗示出作家的真實評價，同時也給讀者的思考力留下馳騁的餘地。

（三）多重視角與內部結構

多重視角，是《活動變人形》結構藝術最為外在也最重要的特點。王蒙是一個兼革命家與文學家於一身的小說作者，社會責任感與藝術使命感在他的身上同樣強烈，不停歇地糾纏搏鬥。在寫作《活動變人形》時，作家一方面仍然有很強的現實感，另一方面又在經歷幾十年社會反覆、寵辱升沉之後已獲得了一種徹悟。當他以自我家族作為他文化思考和人生思考之所系，來回答文化衝突時期提出的現實課題，他的感情是十分複雜的，態度既明確而又曖昧。在以不無同情但又夾帶著不可扼制的憤怒和厭憎的心情拷問了倪吾誠、姜趙氏、靜珍、靜宜等人的靈魂，嚴厲地審判了他的父輩之後，他又一一赦免了他們，說：「我處決了一大批人，但同時永遠赦免了他們，永不追究，宣佈了對他們的理解。因為，他們已被歷史審判、處決了；要戰勝謬誤，就必須理解謬誤，不理解，就無法戰勝。」[7] 從復出不久即提出「寬容」說，到這裡強調的「理解」，王蒙更著眼於從歷史因緣、文化因緣來解釋人生的實現情況了。他不再對他一貫所持的革命理想主義持不容置疑的決然肯定態度，而通過由多重視角構成的退步式小說結構，對他以前十分珍視的少共熱忱作了含而不露的反省。小說文化反省和性格批判的主要承當者是倪吾誠，作為當事人，他完全在作家要透視的生存圈中，他對他的生存環境的批評對抗是最切近的視角。倪吾誠的兒子倪藻，是倪吾誠悲劇命運的見證者，他的生活道路及精神歷程跟倪吾誠形成對比，是對倪吾誠的價值評判，並且他還直接表達了對倪吾誠的批評責難。倪藻這個形象顯然帶有作家的自敘傳色彩。但他又不完全等同於作家本人。倪藻已經跟陷身於精神地獄中的倪吾誠拉開了一定的距離，他的所思所感構成了家族反省的第二重視角，但他的視點和作者的視點並不完全重合。小說中作家也直接出面了，把自己同倪藻剝離開來，以更溫和的眼光俯瞰著倪藻的憤激之談，他對倪藻的歷史觀多少持了一些保留態度，這就構成作家文化反思和人生詠歎的第三重視角。要是更確切點說，作品中幾度以抒情主體站出來的「我」，也就是「老王」，還只是一個「敘述者」。敘述者並不等於整個的作家。按照敘述學的劃分，在「敘述者」與「作者」之間，還隔著一個「擬想作者」，擬想作者是指寫某一本正在被分析的作品的作者，這和真正的作為一個整體存在的作者並不相同。作為處在特定社會關係中的人，作家的思想遠比借敘述者之口表達的

[7] 見《文藝報》1986年6月7日第2版。

要複雜寬泛得多。創作要受一定的政治氣候、文學背景、讀者審美期待等諸種外部條件的影響和制約，敘述者的觀念不一定就是作家最真實的更不是全面的思想，因此我們說，《活動變人形》至少有四重視角，由這四重視角組成了小說的疊層俯瞰的內部結構。

（四）內在結構的外化及其效應：空隙中的資訊

適應於作家社會思考／審美觀照的需要的內在結構，外化為平面的敘述塊面，就是一種盒套式的安排。為了把兩代人的命運，把相隔幾十年卻似曾相識的兩次時代思潮加以比較對照，以回答中華民族再一次面臨新的選擇機會時，社會和個人所應作的抉擇。小說開篇就出來引導我們走進藝術世界的，是為八〇年代中期寥廓無邊的春天所觸動的作家（實際是「擬想作者」），他是整部小說的「全知」的敘述者。敘述時間的定位是1986年。緊接著出場的是作家的化身，已經當了語言學副教授的四十六歲的倪藻，他正作為中國學者代表團的一員在歐洲一個發達國家北方的著名港口城市H市訪問，規定時間是1980年。訪問期間的倪藻，感受到了本民族現狀與世界先進水準的差距，目睹了中西文化對逆的令人困惑的現象；對他父親的故舊史福崗家的拜訪，更是觸動了那根沉睡了穿行了半個世紀的迷離的弦。於是引出了「倪家的舊故事」——發生在四〇年代初日偽佔據下的北京城的背景上的一個原籍河北偏僻農村的土地主家庭內部的劇烈衝突，姜氏三女性，同留學回來的倪吾誠，因為思想觀念、生活意志、生存方式的不同而爭吵、罵鬥、撕咬，不共戴天，不可終日。倪家的舊故事是小說的主體部分，占小說的絕大篇幅。故事的敘述除了局部採用了倒敘、插敘、補敘等方法外，基本是順序。鏡頭從四〇年代初切入，一直搖到八〇年代初。主要人物的命運一個個有始有終的作了交代。倪家的舊故事終結於新社會解除了姜靜宜同她丈夫的婚姻關係；姜趙氏在文化大革命中壽終正寢；寡婦靜珍在遼遠的西部找到了她的歸宿；曾經滿懷希望和幻想的倪吾誠在「爭取了一輩子幸福，得到了一輩子痛苦」，「一生追求光榮，但只給自己和別人帶來過恥辱」之後，無可奈何地寂寞而終。倪吾誠的死正好是在倪藻從訪問歐洲回國之後，兩個敘述層面在這裡得到了遇合。由於倪藻實乃作家的替身，因此他可以稱為是小說的「次敘述者」。倪藻是倪家上輩人命運的見證者，是見事的眼睛，但作家不讓他充當小說的「旁知」視角，直接敘述故事，而要由一個時而隱身、時而露面的「擬想作者」來作全知敘述，這對小說深層主題的展現來說是意味深長的。跟倪吾誠的遭遇形成對比，組成命運的和絃的倪藻，在寫作《活動變人形》的作者的意識中，他也不過是一個「客觀的自我」了，他也成了作家的審視對象；作家對於社會、歷史、人生的理解比小說世界中的倪藻已經進了一步，高了一個層次。所以小說最後讓「倪藻」同「老王」照面，決不是逗趣之筆。不過，借1985年夏天的「海的夢」，作家再一次透露了他的隱秘的心蹤，他對人生和藝術的更高境界的追求和嚮往。那個「非要往遠裡遊不可」，「直到暮色昏黃」的倪藻，又是作家理想和心靈的象徵、寄託。小說以一個在艱難中不斷獲得轉機，充滿騷動和希望的夏天作結，正好與開頭遙相呼應，形成了一個完整的藝術世界。倪家的舊故事，已經為歷史所埋葬，而作家也親手參加過這一埋葬的革命行動，所以他有理由把這個故事包孕在他歷史感悟和人生理解的思想帷幔之中。在再現那種不堪回首、令人顫慄的舊生活時，他痛苦、憤怒、羞慚，但也感到慶倖和歡欣，所以他忍不住在急管繁弦的敘述過程中，讓扣人心弦的故事作短暫的休止，而插進一段千回百轉的人生慨歎，抒發了他來到曾經為命運所播弄而落難於此度過了一段難忘歲月的四面環山的荒寺，在難得邂逅的溫柔體貼的鼓舞下寫作倪家的家庭故事時的感受，或者以濃郁的滄桑感，記寫他造訪闊別了二十八年神祕而寧靜的充滿陽光和陰影的小山溝時的觸景生情，所憶所思。這些不多的文字，鑲嵌於那些已經過時了的帶有難以置信的宿命的沉重的倪家人的陰慘暗淡的生活畫面中，產生了奇妙的對位效果。作家目睹的家族生活，同他本人的坎坷歷程相互召喚、呼應，相互說明、詮釋，把前面所歸納過的文化、人生（命運）、性格、社會等各向主題貫穿融會起來，使作品具有豐富深邃的思想內涵。

把握了《活動變人形》藝術結構的空間關係，就不難感受到它的美學效應。王蒙在處理敘述系統的各種關係時，從小說主人公那裡一步步拉開距離，從更高的層次上俯視觀照。敘事時間前後照應，作品的敘述塊面富於變化又整然有序，渾然一體，呈一個層層包孕的盒套式。盒套式結構並不是一個封閉性存在，而是一種開放格局。這種開放性存在於各層次之間的空白中。空白意味著含蓄，王蒙這部「扛鼎之作」（曾鎮南語）的某些容易為人忽略的獨造的思想藝術資訊，就暗藏在這樣的結構間隙裡，需要由讀者通過自己的知解力去發現。作品由這樣的結構方式所帶來的思想意義，有些可能是在作家的意識範圍內最活躍最詭譎最有擦邊性的部分。例如小說對知識份子在現代社會中的命運的思考。

（五）例證：結構語言的啓示

知識份子在現代生活中的命運，是作品裡在與其他指向的主題相聯繫中處於軸心地位的主題，也是最不好把握，容易產生歧義的思想主題。倪吾誠在有幸到過歐洲，看到了真正的人的生活以後，越發鄙夷、痛恨自己的國自己的家的骯髒、愚昧、醜陋和野蠻，因而始終對其加以激烈的抨擊，百折不撓地要改變家人的不良生存習慣，希圖實施自己進步的生活理想。但由於封建文化的戕害給他留下了「羅圈腿」「細腳踝」的後遺症，加之中國知識份子與生俱來的劣根性，就招致了他看來好像不可避免的失敗。他的失敗似乎有內在原因可尋。比如他思維敏捷，思路開闊，熱愛真理，酷愛新知，但也因此而飄忽不定，不著邊際，高談闊論，雲山霧罩。他對科學知識一片精誠，「吃魚肝油如注」，但本身對自然科學知之甚少，他的科學崇信帶有某種程度的盲目性。他對愚昧和野蠻習性的深惡痛絕表現了他可貴的道德激情，但也因此過分情緒化，以致常常以偏概全，誇大其詞，顛倒本末（例如他說「中國如此落後衰弱，和國民不肯挺胸絕對有關」），用一種批評的快感代替了對文化的各個方面作具體分析的理性思考以及重造文化的實際努力。他自己意識到自己是受過教育的中國人，對國家民族和個人都負有責任，但他卻怯懦、猶豫、不敢負責，在民族危難的當頭，他作不出勇敢有為的選擇，這都根植於他的「骨子裡充滿了城窪地地主的奴性的髓」……可悲的是，倪吾誠並未意識到自身的弱點，也未曾從主觀上去檢討。他終其一生既沒有追求到個人的幸福，也沒有做出任何有益於社會的建樹，卻自我總結：「我的潛力百分之九十五還沒有發揮出來」，「我的黃金時代還沒有開始呢」。對倪吾誠自身存在的思想與行動、願望與能力之間的不協調，作家王蒙在富於幽默感的描敘中，摻進了揶揄和嘲諷。小說又通過「見事眼睛」——倪藻對乃父的逆反行動（少年即立志尋找「金絲雀」、「活命水」，投身摧毀舊制度的革命運動；對晚年倪吾誠的偏執古怪表示了厭棄與批評），檢討了倪吾誠的性格悲劇。於是，有的論者就據此過分強調倪吾誠遭受挫敗的主觀原因，有的論者則批評作家囿於自身經歷而過於崇拜歷史運動而對為歷史運動所碾軋的現代知識份子缺乏必要的回護。

其實，這是沒有注意到小說的敘述方式即結構特點。倪藻固然對倪吾誠雖有同情但不無批評，然而如前面所提到過的，小說在倪藻之外還有一重視角，這就等於說倪藻也未嘗不是局中人，他的觀點也是值得反省的。況且小說中把倪藻的人生歷程與倪吾誠的不幸命運拉開了一定的距離進行比照，這又意味著什麼呢？倪藻的人生實現自然遠比他的父親要有實績有價值得多，然而少年即滿懷熱忱而投身無產階級革命的倪藻，逃脫過一朝也莫名其妙胡裡胡塗地成為革命對象的厄運嗎？這樣，社會性的命運主題，在這裡就難免要上升為哲理性的人生命運主題：在強大的歷史文化的慣性和群體生存意志的合力面前，個人顯得多麼脆弱和渺小！這就是作家為什麼要用抒情的筆致在作品裡一再地渲染濃厚的宿命色彩和命運感的緣故。如果要強調作家的批評意識的話，那麼，他的批評對象主要不是倪吾誠這樣的性格，而是造成倪吾誠墮為無所作為的「畸零人」的生存環境、文化力量。作家以尖利辛辣、注滿鄙夷之情的筆鋒，刻畫孟官屯一陶村式的「羊巴巴蛋上腳搓」，「打死老婆」「再說個」的愚蠢和野蠻，解剖保留了封建文化形態的舊家庭的腐朽和在這種畸形的社會細胞中人的肉體和精神被扭歪被殘害的慘狀，諷刺甘心認同傳統文化的新道學家趙尚同之流，這都表明作家的根本意圖在於清除民族更生的阻力。小說結構出現的三重說話人——倪吾誠、倪藻、「擬想作者」其對立面都是體現在日常家庭生活中的倫常觀念、生存習慣和人際關係，即舊的文化形態。我們還可以發現，在這幾個結構層次上，都投射了作家的社會理想和人生理想，作家和他的人物處於一種精神同構狀態：對野蠻和愚昧痛心疾首，對文明與科學熱切想往。小說通過這種結構關係所啟示我們的，主要不在於最能適應現代生活方向的知識份子應當考慮如何尊重客觀，否則就應檢討自己主客觀相脫離的錯誤，而是要我們更清醒地認識到民族文化中的陰暗面多麼難以改變，它對新質文化因素具有多麼厲害的排斥力和同化力。進而我們還可以思索，倪吾誠要求改變非人生活卻被視為七十二變的猴子，被斥為「匪類」，因反叛舊秩序而招致慘敗；趙尚同甘心歸順舊道德因而活得洋洋得意；倪藻的靈性在推翻舊政權的行動潮流中可以被接納，而在維護新政體的階段，反而因想像力的不甘寂寞而罹禍，這些是否說明以政權本位為特徵的傳統文化的人格選擇，對聰明而火熱的生命，對不安於現狀而銳意革新的性格最為不利？在小說的結構空白中，我們或許還可以讀出這樣的疑問：倪吾誠這種文化性格的知識份子一直處於歷史的夾縫而多災多難，跟民族文化得不到實質性的更新，國家的現代化進程腳步緩慢，有沒有內在的聯繫？

可見，《活動變人形》不僅通過敘述語言向我們言說，也通過結構向我們言說。它的結構語言對讀者的判斷力是一個考驗，無疑，對我們慣用的批評方法也形成了挑戰。敘述學的理論方法在一定程度上幫我們解決了困境。通過對《活動變人形》疊層俯瞰、盒套式結構空間的實證分析，我們或許嘗試了作者所期待的閱讀行為。

四、張賢亮小說的創作模式

張賢亮的全部小說都可以看成是個體生命和社會政治的二重組合。他以知識份子的敏感多情咀嚼了殘缺人生的痛苦與甘甜，和底層生活的艱辛與美麗。他又以知識份子所具有的認識能力和好沉思好追問的性格，對人民命運和歷史規律進行深刻的剖析和省察，固執地為社會政治提出一個合理的行為模式。他的小說內部有一個自身的論證循環，即，只有通過感性的接觸才能達到正確的理性，而理性的掌握又是為了消除低層次的感性存在，但如果具體感性被省略，理性結論的真實性便無從驗證。他的全部困惑就產生在這裡。正是這樣的二律背反，使他的作品中充滿了激動人心的魅力。理念是構成張賢亮小說的重要內容。理性思考破壞了他的藝術描寫的完美性，但如果抽掉了這些理性內容，小說的靈魂支柱也就要坍塌。理性精神不存在，張賢亮的個性也就喪失了一大半。可以說，社會責任感與理性精神，是我們進入張賢亮小說世界的不可規避的通道。張賢亮的強烈的理性精神與社會責任感是資產階級文化意識與中國知識份子的傳統精神的混合物。在他的創作中，理性與感性相互纏繞，而以感性的強化取得藝術的勝利。

張賢亮的小說本體由一個內在的結構模式和外在模式所構成。

（一）內在結構模式：特點及靈肉衝突的表現形式

張賢亮的思維模式相對局限於十九世紀資產階級人文哲學的靈肉二元論，這是他的文學思想的哲學基礎。靈肉二元在他的作品中衍化為多個兩兩相對的程序：即靈魂與肉體，精神與物質，理智與情感，事業與愛情，精神活動與生理行為，歷史與倫理，理性和感性，經濟學概念和人生，智慧的結晶和激情的衝動，嚴酷的現實和超時空的夢境，赤貧的生活和華麗的想像，一連串的抽象範疇和一個個活生生的美麗的女友……這些相互對立又相互作用的範疇，可以分別發生在我們前面已提到的個人命運與歷史進程這兩個不同層次上，但又往往是由一個層次開始，進入到另一個層次。這是張賢亮小說靈肉二元模式的第一個特點。它的另一個特點是，按照文學是人類對周圍現實的回答的文學本質論，張賢亮小說兩個層次上的靈肉糾結，反映了作家的對抗意識。對抗的方向有兩個：其一，在社會層次上，用「生存欲望」和「精神需求」的糾結對抗非文明。不人道的社會現實，用「改造」的理想把人逼回到純粹生理學意義上的原始人那裡去。而當生存威脅暫時解除了後，人就意識到對推動歷史前進的責任，要投身克服社會倒退的真正的人民革命。這是對非文明的反抗。其二，在個人層次上，用「性本能的滿足」和「對事業的追求」的矛盾對抗文明。男女之愛本來是人性的正常要求，但隨著文明的發展，神聖的情愛不是被不合理的道德所禁錮，就是受過分發達的理性的干擾，很少有自如的、充盈的狀態。事業心成為更高的人生目的，把愛擠得不專心，不穩定，猥瑣畏怯，達不到飽和程度。真實地揭示這樣的內在矛盾，便是對文明的對抗。這兩種對抗，前一種表現得明顯一些，後者較隱蔽。

以上兩個層次的靈肉衝突，在作品中有一個東西把它們貫通起來，這就是藝術的象徵。

靈與肉的糾纏格鬥，貫穿了張賢亮「唯物論者的啟示錄」的第一部《感情的歷程》。在飢餓的1960年，章永璘從勞改農場「自由」了出來，到一個比勞改農場好不了多少的國營農場就業。當他憑藉人類文化傳給他的智慧在處身其中的生活圈子裡搞到吃食，也就是獲准從伙房蒸籠布上刮到一罐頭筒的饃饃渣時，求生本能的勝利使他沾沾自喜。但在夜深人靜的時候，他那被痛苦的、他不理解的現實所粉碎了的精神碎片，都聚集攏來，猶如碎玻璃似的鋒利的碴子碾磨著他。他看到自己的靈魂蒙上了灰塵，因而深深地厭惡自己，詛咒自己。他不甘心人被降低到禽獸的水準，而要追問活著的目的，尋找比活更高的東西。但生的欲望又不能讓精神的力量屈服於物質與力的世界。他就這樣清醒地墮落著，而且不止一次地墮落。也不止一次地感受到文明人的雙重痛苦：「我知道我肚子一脹，心裡就會有一種比飢餓還要深刻的痛苦。餓了也苦，脹了也苦，但肉體的痛苦總比心靈的痛苦好受。」求生本能與精神需求好像兩重不能同時踩踏的階梯，使章永璘感到被撕扯的劇痛。在這一情景中，我們看到了兩方面的意義：第一，一個文明人不能不為起碼的生存艱難掙扎，否則就不能同飢餓的野獸區別開，說明社會對一部分人來說已經退化到前文化階段。第二，能夠意識到靈與肉的不同需要，正是文明人的標誌，說明章永璘高於他的生存環境。

越是意識到人的本質，章永璘就勢必越要超越現存境遇。首先是對自我的超越。而超越的方式是和人類的智慧聯繫起來，在那個好像被世界拋棄了的窮鄉僻野，人類智慧的代表就是他從一個哲學講師那裡得到的《資本論》。在馬纓花的餵養和敦促之下，他夜夜讀《資本論》，終於同標誌人類歷史最大進步的精神文明接通了。從《資本論》中他找到了人類歷史發展規律的解釋，找到了馬克思主義理論對當前社會最有價值的遺產，即它的科學態度和方法論。

章永璘在自我超越的同時，也超越了他人，超越了他的環境，他的時代。連馬纓花也成了他所要超越的對象。他的讀書條件是馬纓花為他創造的。馬纓花用她的女性的全部柔情在她那間奇妙的小屋裡給他營造了親切溫暖的讀書環境。她對章永璘的唯一期望就是：「好好地念書吧。」然而章永璘書讀得越深，就越是意識到了他和馬纓花之間的「一種很難拉齊的差距」。馬纓花只顧要他讀書，但對讀書的作用卻是盲目的。她從讀書的氣氛中得到了一種精神上的享受，但只是沉浸在中國婦女的一個古老的傳統的幻想中。馬纓花開始在章永璘的眼睛裡變得陌生起來。以前他只注意到她的美麗、善良、純真，而現在他發現她終究是一個未脫粗俗的女人。章永璘開始「超越自己」了，然而對馬纓花的感情也開始變化了。靈與肉的衝突的另一種表現形式，即感性和理性的扯不平，通過藝術的象徵，在一個更高的層次上又展開了。章永璘與馬纓花的人生糾葛，已經擴大而為知識份子與勞動者的存在關係了。

（二）當代智勞存在關係的檢討及理性的超越

一旦超離個人生活的真實存在狀態，章永璘和馬纓花就成了知識階級和勞動階級的象徵。在這之間產生的困惑便是理性和感性怎樣才能在社會改革者身上達到平衡。用理性的尺度來衡量，勞動者的世界是一個簡單的世界，但只要匯入其中，就會發現每一個個體，都有相當豐富的內容。這使章永璘慚愧他所接受的教育總是指導把人分成各種類型。在同勞動者的實際接觸中，他才悟到：「理解人和理解事物好像不同，不能用理性去分析，只能用感情去感覺。」張賢亮在小說中不止一處地強調感覺對認識社會真相的重要。這種對感性的強調，從作品本身說，便於為主人公的行為抉擇提供說明。而從外在原因講，張賢亮是要用此救正若許年來社會運動對人民的生存實況的視而不見，而為了印證某種理論框架，將廣大勞苦大眾在話語裡提升為歷史的主人，而實際的生存苦難完全被掩蓋，以致他們付出了沉重的人生代價。張賢亮的唯物論者的世界觀的確立正是建立於這樣的感情基礎上。此外，張賢亮的小說中強調感性，是因為勞動者的可靠就在於一切訴諸感情。勞動者給予人的恩惠是直接的、直觀的，是與付出者的血肉（軀體）相連的（如馬纓花留在白麵饃上的籮紋印），它使任何接受者都無法不感動。它跟知識份子給予勞動者的好處可能是間接的，看不見的迥然不同。

知識階級與勞動階級的區別，主要就在這裡，後者一切都訴諸情感，而這些情感來自於直接經驗。而前者由於能夠間接地從書本上得到人類文明的大量知識財富，因此並不輕信現實，而總是用理智的眼光權衡對象。從精神世界來講，前者遠比後者寬闊豐富得多。勞動者為活著而活，讀書人卻要弄清了活的目的、活的意義才活。馬纓花只知道讀書是件好事，男人應該讀書，所以她要章永璘好好讀書，而根本不會想到書本跟自己有什麼聯繫，章永璘卻從書本中發現出歷史的因果鏈。文化素養上的差距，使他們實際上分處在人類文明進化的不同階段，也就是說從相對時間來說，他們並不處在共同的歷史階段，然而在絕對時間上，他們又處於同一橫斷面。這種由認知主體受教育的機會不均等造成的歷史時空倒錯，對中國現代的知識份子和勞動階級的每一個個體來說，都是頗為尷尬的情境，他們都不能不扮演人生悲喜劇的角色。由於勞動階級的感情至上，容易被欺騙、愚弄、驅策和利用，章永璘這樣的知識份子因而才不得不下地獄，這是他的悲劇。而在馬纓花來說卻是喜劇，她得以充當章永璘的聖母，也實現了她本人的中國婦女的一個傳統的夢——陪伴著一個讀書的男人。章永璘也有喜劇的一面。儘管只有靠馬纓花的施捨與餵養他才生存下來，不至於淪為獸，但當他一旦恢復了人的記憶，意識到自己是知識份子，他馬上就產生了一種優越感。儘管在物質上仍然要依賴、乞憐於馬纓花，但在精神上卻完全可以居高臨下地俯視她。他可以清醒地意識到他與勞動階級有著不可拉平的差距。而馬纓花他們卻不能意識到，只能感到。這就是她的悲劇。在這一悲劇裡，實際上同時也意味著另一個悲劇：即，馬纓花既然意識不到同章永璘的真正差距，那麼也就意識不到章永璘將要為拯救和提升他們所作出的犧牲。不被理解，是章永璘所代表的現代知識份子的最大悲劇。

不過，張賢亮的小說卻並不強調這一點。他要展現的是章永璘這類作為文化雜交的知識份子，在當代中國的特殊政治社會環境中，為完成歷史使命而努力拋棄先天不足，成長為真正的唯物論者的心靈歷程。所以他把當代知識份子個人實現的悲劇都淡化了，而用一個更崇高的目的去燭照知識份子的靈魂底部，不留情面地榨出裡面的「小」來。因此小說中往往拿知識份子的弱點去比勞動者的長處，把前面提到的差距寫得很模糊，而把相反方向上的差距寫得很具體。張賢亮不是從理論上而是通過章永璘這一受難的知識份子同勞動者實際接觸過程，揭示了知識份子的劣根性，即不僅有依賴性的一面，最典型的還是滿足私欲。私欲是人類的共同病症。但知識階層的私欲卻有特殊的表現形式，這就是他一邊釋放私欲，一邊還要為私欲的出籠喬裝改扮，尋找藉口，罩上光環。勞動者的私欲表現多半是無意識的、情感的。知識者的私欲實現卻是理智的、裹在文明的外衣之下的。章永璘為這樣的私欲表現付出了慘痛的代價，在本能滿足與道德的完善，在自我實現與兼顧他人、社會之間，他無休止地感受著被撕裂的痛苦，靈與肉得不到統一，人性與文明在同一生命體內激烈搏鬥。在新時期的知識份子題材的小說中，張賢亮的這種自我反省，可能比其他那些一味替知識份子鳴不平的小說更不抱偏見，更富於人性深度一些。

然而張賢亮以知識人為主角的小說的真正用意，並不在於代表他所屬的階級向既往意義上的歷史主體懺悔（因反諷手法的運用，他的小說在美學品格上多是偽懺悔），而是以尊重客觀事實和對民族命運真正負責的態度來廓清剛剛過去的歷史運動中危害深重的重大政治迷誤。

在「歸來」的群體乃至整個新時期作家中，張賢亮是最有政治頭腦、知識份子自我意識最強、對知識份子的歷史角色和中國社會結構以及社會主體的命運思考最不遺餘力的小說家。中國現代社會革命一個最大的特點或者說問題，是把知識份子與勞動階級對立起來，如果說在開始還可以說是非常時期革命鬥爭的需要的話，那麼到後來就演變成了統治者的一種政治謀略甚至是由個人心理疾患而孳乳起來的以階級虐待狂為症候的社會病變。它不僅使一代知識份子遭受嚴重的身心創傷，喪失了精神創造和引導社會的能力，而且因此嚴重敗壞了一個民族的價值準則且閹割、破壞了國家的生產力。作為從煉獄裡生還的受害者，張賢亮切身體驗並洞穿了當代歷史上故意錯置智勞歷史角色的政治行為的反動本質。與生俱來的社會責任感和理性精神促使他站在知識份子的立場上來反思歷史，以真實的藝術描寫來討還人類歷史的公道，匡正悖謬，啟引新途，為此他不惜犧牲小說藝術本體上的某些特性。

張賢亮從知識份子的視角討論智勞關係，還原生活真相和社會存在狀況，有著特殊的意義，但也因此容易遭到形而上學思維方式的誤解。只有採取同作者相同的方法論，且具有相應的知解力，我們才能感知到張賢亮小說在當代思想史上激濁揚清的先鋒性。一方面，張賢亮如實寫出了社會結構錯動後勞動者與知識階級因文化品質的差異而用不同的態度（前者感情地，後者理智地）對待對方的喜劇性情景，一方面他強調和肯定了知識份子同勞動人民接觸的意外收穫和必要性（即，他們的先天的生命貧弱症在粗礪的勞動中得到了醫治；勞動者身上保留的原始野性，粗獷、強悍的生命力給他們注進了新的氣息。並且他們先前所困惑的社會政治理論，也在他們目睹的勞苦階級的真實生活狀況面前得到了檢驗，顯示了它的荒謬性，他們的理性精神自此在一片豐沃的土地上健康地生長。還有勞動者的純樸的品格，善良的心地，樂觀的性情和為他人著想的獻身精神，都對知識人的因焦慮於自我實現而焦躁不寧的性格起到了清心敗火的作用）。張賢亮從當代社會的嚴峻現實和本人生活道路及深切體驗中認識到正確處理智勞關係是中華民族糾正錯誤，朝世界先進行列看齊所不能不作出的選擇，在目睹知識份子與勞動群眾在當代社會以不同形式受害的政治把戲後，他深感建立尊重社會事實的理性精神的重要。正是從這一唯物史觀出發，他把凌駕在知識人和勞動者之上的權力機構和意識形態摒棄了，而把前者看成是人的世界的社會實體，他確信知識份子擁有的知識理論和理性只有到勞苦大眾的生活實際中加以檢驗才能確定其真理性。重要的是，張賢亮的思想觀點，是在批評了當代政治實踐中的改造政策把「知識份子必須同工農相結合」這一在特定歷史時期帶有真理性的要求衍變為以把知識份子拉平到「筋肉勞動者」的認知水準，讓理性溺死於感性，用野蠻改造文明為皈依的反文明做法而得出的。所以，他的智勞結合基於這樣一種估價：知識份子在文明程度上是高於筋肉勞動者的，只有人類智慧才能真正改變和提高勞動者的低下處境。只是，知識的掌握者需要到服務的對象中得到驗證，並吸收他們的長處彌補自身的缺陷，以便更好地完成自我超越並實現全社會的超越。因此，知識份子與勞動階級的關係，至多是互補關係，而決不是由前者來改造後者的關係。

（三）外在模式：男女關係設置的兩重意義

張賢亮小說的外在模式更顯明。在他的小說世界裡，總是讓我們碰到一個落難的讀書人得到了一個外貌美好、心地善良的勞動女性的憐憫、同情、癡心地撫愛。我們不必指責它是作者的自我重複，而毋寧看成是張賢亮的創作個性。張賢亮筆下的許靈均、石在、周原、章永璘，無疑是作家本人的化身，他們從行為到心理都很真實。張賢亮小說中的女性，情況就不一樣，她們是張賢亮「這一個」男性作家所感受到的或幻想中的女性，所以它的真實更多的是心理的真實，也是藝術的真實。

從小說描寫中，人們看得出張賢亮是一個對異性美特別敏感的作家。他筆下的女性無不罩上一層動人的美麗光輝，總是對人產生不可抗拒的魅力，喚起人對生命和生活的熱愛，心靈也為之淨化。小說中的主人公總是以審美的眼光打量著女性，並且從心裡讚歎不已，這當然也是作家某種深意識的流露。佛洛伊德把文學看成是創作家的白日夢，而夢是人的願望的變相達成。那麼，張賢亮的這些描寫或者有他個人經歷的改寫，或者是他審美理想的藝術外化。

張賢亮小說中男女關係的設置，至少有兩重意義：第一，它是生命現象的描寫，是人的生活的寫實。第二，它是社會現象的象徵，用男人和女人來隱喻知識份子跟人民和土地的關係。

張賢亮想要表達這樣一種感受和困惑，人分為男和女這是不可解釋的生命之謎。男女互相依戀，產生愛情是生命活動的自然規律。在男性的眼光裡，「男人的一半是女人」這就是人的世界的本體構成。人成為人的標誌就是性意識的覺醒，男人需要由女人來確證為男人。《感情的歷程》的第一部《初吻》，用細膩的藝術感覺寫出了一個中學生性萌動到覺醒的過程。章家的少年同那個下肢癱瘓的少女在一個傍晚吻過了之後，他是這樣感覺的：

> 我覺得有一種無法用語言文字表達的神祕的情感和欲望在我身體內勃發起來。我既有隱秘的饑渴感……又有一種犯罪的原始恐懼，好像我從此墜入了一個深淵，將會在不知不覺中受到什麼懲罰。並且我開始感到我與媽媽、與我所有的親人、與我的同學和老師隔離開了，從今以後我在他們面前已經有了絕對不能告訴的祕密;我朦朧地意識到我開始成為一個人，一個個人；我的幼稚和天真都將從繭中蛻變而出，成為獨立的意志力。

在第三部《男人的一半是女人》裡，章永璘就是被黃香久證明為「廢人」，「半個人」，後來又是黃香久把他恢復為「好人」，「完全人」，「一個真正的男人」。張賢亮通過章永璘與黃香久的愛情糾葛，寫出了人類之愛的美麗與痛苦，寫出了在社會和文明的重壓下，男女情愛給人帶來歡娛、甜蜜、慰撫與寧靜，但也逃脫不了精神世界的永不滿足和騷動不寧。章永璘在孤獨與寂寞的歲月裡，愛情的方式、意向和審美觀念被低劣的生活方式改變了，野性的情欲因而俘獲了他。但當他得到了渴望的愛以後，一方面體味到無與倫比的幸福，同時卻又因精神未得到滿足而惶亂不安。在那個艱難的時代，這種愛的悖離性顯得更真實。小說有一段寫章永璘與黃香久在驟雨過後的林中做愛，寫得很有詩意，可與勞倫斯《查太萊夫人的情人》中最好的片斷媲美。在這裡，愛給予人無可替代的幸福，但又有比愛更高的東西召喚著男人辭她而去——

> 樹枝搖擺起來，我從縫隙中看到一點灰色的天空，一瞬間又消失了。幾串桔紅色的沙棗尚掛在枝頭，乾癟的果肉裡卻飽含著水分，我嘴裡也覺得甜絲絲的。一些雨水從枝葉上滴落下來，在蓋著我們的塑膠薄膜上結成晶瑩的水珠，像一個個有生命的物體不住地滾動。我們的身體貼得這樣緊。我的生命偎依著你的生命;你的生命偎依著我的生命。我的熱情和你的熱情在一起燃燒才使我們銷魂。在一霎時我們甚至都忘記了自已，只有我們，我們！我們是一個整體；我們共有一個生命。這就是愛情的含義，愛情的內容，愛情的歡愉，愛情的唯物主義。但過了這一剎那我們之間卻有了縫隙，有了詭計，有了窺避，有了離異的念頭。你要包圍我，我要脫出去。意識要反抗物質。愛情是一張溫暖的網，織成它需要你的耐性；而我的心卻是那一隻麻雀，你看它在那裡惶惶不安地跳躍。
>
> …………
>
> 啊，原諒我吧，理解我吧！你能原諒我、理解我嗎？我永不安寧的靈魂又劇烈地騷動起來；我耳邊總隱隱約約地聽到遠方有誰在呼喚。這裡是令人窒息的地方，這是個令人消沉的小村莊，就和你迷人的頸窩一樣。你賦予了我活力，你讓我的青春再次煥發出來，但這股活力卻促使我離開你！這次青春也不會是屬於你的……

章永璘執意離開給他注入了生氣的黃香久，特定的時代環境、人生際遇起了作用，這使他們的結合與離異有別於封建時代發生的「同是天涯淪落人」和「始亂終棄」的傳統文學母題。但在章永璘的深意識裡並非絲毫不存在為我著想的成分。從人性的角度來看，它揭示了男女情愛的非持久性。男女之愛不是沒有厭倦的時刻，它來自於自然賦予人的天性。

從第二重意義看，張賢亮的小說中的一個男人和一個女人的糾葛，是中國知識份子跟勞動人民及生存土壤的關係的隱喻。張賢亮不把人民與土地比作母親，而把知識份子同他們的關係，看作是男人與女人的關係，這體現了知識份子被扼抑已久、喪失已久的主體意識。中國的知識份子，必須到勞動大眾中確定他們的價值，從他們那裡獲取生命活力，但他們又不可能停留在後者的感性存在，而必須超越他們，並且是為了他們而超越。作為生命個體的章永璘，他的男性本能的喪失，從心理學意義上是長期心理壓抑的結果，而進入社會層次以後，就成了知識階層被唯心主義、教條主義閹割而不能成為獨立的有用的人的象徵描寫。防洪搶險中他的獻身舉動在群眾面前證明瞭他的價值。小說雖是描寫他和黃香久石破天驚地發現他的男性本能突然間恢復了，實際是跟搶險事件聯繫起來，說明知識份子能夠也只有在作為社會另一種主體力量的勞動人民那裡得到確證。而知識份子的特殊作用與職責便是在獲得承認之後義無反顧地擺脫感性層次，理性地奔向人類先進文明的召喚。雖然曾經有過的結合是命定的也是難忘的，勿需後悔的，而離異是痛苦的但也是必然的、命定的。章永璘預感到一次真正的人民運動必將到來，經過同羅宗祺商量，毅然做出同黃香久離婚的決定，回家路上的那一段內心活動，就把這一意義點明瞭：

> 這一年，是我短暫的一生中最美好的時光。我的預感告訴我，這一切都不會再演一遍了。今後我不可能遭到這樣的屈辱，經歷這樣的精神痛苦，但也從此不會再有這樣的快樂和這樣的幸福。
>
> 特定的感受在人生中只能有一次。
>
> 我走著，邁著沉重的步子。
>
> 我走回去。回去後就要離婚，這和我們必然會結婚一樣，也是一個命定。
>
> 啊！我的曠野，我的硝鹼地，我的沙化了的田園，我的廣闊的黃土高原，我即將和你告別了！你也和她一樣，曾經被人摧殘，被

人蹂躪，但又曾經脫得精光，心甘情願地躺在別人下面；你曾經對我不貞，曾經把我欺騙過，把我折磨過；你是一片乾涸的沼澤，把我多少汗水灑在你上面都留不下痕跡。你是這樣的醜陋，惡劣，但又美麗得近乎神奇；我詛咒你，但我又愛你；你這魔鬼般的土地和魔鬼般的女人，你吸乾了我的汗水，我的淚水，也吸乾了我的愛情，從而，你也就化作了我的精靈。自此以後，我將沒有一點愛情能夠給予別的土地和別的女人。

這一段抒情文字既是小說規定情境中主人公內心情感的湧動，是他向與他有過生命關連的異性的默默呼告，也是當代中國史上知識份子與勞動人民一段不尋常關係的真實寫照，是知識份子結束歷史關係，懷抱舊情前行時的表態，並且作者的主觀寓意是偏重在後一方面的。在這段抒寫中，人與物是互喻的。張賢亮唯恐人們不明白這裡的小說的象徵所指，不惜將「女人」和「土地」同位起來，提醒讀者注意領會他筆下的男女關係的設置是有兩重意義的。這兩重意義，在小說結尾的詩句中得到了統一：

啊！世界上最可愛的是女人！
但是還有比女人更重要的！
女人永遠得不到她所創造的男人！

五、「七月派」三位落難詩人的悲愴寫作

在知識份子被視為異己力量的年代裡，一批又一批詩人不僅被剝奪了歌唱的權利，甚至失去了做一個正常人的資格。長時間裡，他們沉落於社會的底層，忍受著被拋棄的煎熬，也因此從一個特殊的角度，體味到人生的不幸，看清了社會的變態。苦難加深了他們對歷史人生體驗的深度，在沉淪中以詩歌作為唯一的精神救贖方式時，對社會歷史的感知也就融入了個人生命形態，於是向社會發出訴求便無不以自我的存在為出發點，它表達的是有著獨特遭遇的個人對這個世界的滿懷疑惑的印象以及無辜獲罪的憤懣，而詩歌寫作運用的象徵手法又使抒情形象超越了具體所指而具有普

遍性因而成為對一代人生存困厄的寫照和對一個昏昧時代的抗議與批判。

綠原、牛漢、曾卓這三位「七月派」的重要詩人，在「胡風事件」中落難，到文革「又一次沉淪，／沉淪，／沉淪到了人生的底層」（綠原詩句）。正如他們自己所說，「他們是在一個苦難的年代開始寫詩，又為寫詩進一步蒙受苦難」，詩和苦難是他們共同的忠實伴侶。[8]這幾位長期身處「煉獄」的詩人，即使是在最荒誕最絕望的年月，「迫於一種生活的激情」，他們也沒有從生活中放逐詩，相反，對苦難的深刻體驗，使思想凝成的詩歌更有深度和震撼力。綠原在八〇年代分正集和續編出版的收有他幾十年詩作的選集《人之詩》裡，最引人注目的就是他寫於受難的日子裡的那幾首詩，如《又一個哥倫布》（1959）、《重讀〈聖經〉》（1970）等。二十世紀的這個哥倫布（受難詩人的自況），「形銷骨立，蓬首垢面」，他的「聖瑪利婭」不是一隻船，而是監獄的四堵蒼黃的牆壁；他的「發現一個新大陸」的堅貞信念，不過是等待著「時間老人」的「公正」判決。而時間加給人類的永恆局限比空間帶來的神祕更難以突破，說明歷史時間雖推移既久，但是人這一自覺個體在追求和獲取自由的道路上遭遇的卻是比龐大自然更可怕的人類社會自身的茫昧。這個智識被囚禁的怪誕事實也告訴我們：歷史發生了令人難以理解的倒退！

同樣是在中西對比中來批判時代的逆行，《重讀〈聖經〉》公佈了詩人在「牛棚」裡為排遣愁緒，於夜深人靜時在倍感淒清中讀《聖經》，對當今世道人情的發現。進入《聖經》，詩人發覺：「論世道，和我們今天幾乎相仿，／論人品（唉！）未必不及今天的我們。」正是感受到當下生存環境中人格普遍下降乃至淪喪，作者才不僅敬重為人民立法的摩西、推倒聖殿的沙遜、充滿人性的大衛、聰明的所羅門，不僅熱愛有顆赤子之心的赤腳的拿撒勒人和心比鑽石堅貞的馬麗婭・馬格黛蓮，他甚至佩服那嘲笑「真理幾文錢一個」和殺害耶穌的羅馬總督彼拉多，甚至同情出賣耶穌的猶大，因為彼拉多敢於宣佈耶穌無罪，猶大面對十字架勇於「悄悄自縊以謝天下」。詩人痛感今日正義感和良知的嚴重匱乏，不由寫下：

---

8 參見楊鼎川：《1967：狂亂的文學年代》，山東教育出版社1999年5月版，第162頁。

今天，耶穌不止釘一回十字架，
今天，彼拉多決不會為耶穌講情，
今天，馬麗婭・馬格黛蓮註定永遠蒙羞，
今天，猶太決不會想到自盡。

只有無辜蒙難陷入孤立無援的絕境中的人，才能真正體味到這種可怕的世情，詩歌冷峻地揭示出一個時代靈魂之柱的坍塌，在歷史的對照中，這嚴重的現實更引人深思。

由思想藝術個性所決定，苦難在曾卓的詩裡起的是另一種作用。1955年胡風事件發生，詩人被囚禁，這突如其來的災難煎熬著善良的詩人的，是被拋棄的孤獨。早在1957年，曾卓寫過一首詩《我期待，我尋求……》，披瀝的就是一個被集體拋棄的孤獨者的痛苦掙扎和近乎絕望的祈求。渴望在群體事業中實現自己，而偏偏被「神聖的集體，偉大的事業」所拋棄，孤獨感是那樣刻骨銘心：

我的身外是永遠的春天，
河流解凍，田野閃射著彩色的光芒。
到處是歡樂的人們，和他們的
歡樂的歌聲。

而我的心有時乾渴得像沙漠，
沒有一滴雨露來灌澆。
我將嘴唇咬得出血，掙扎著前進，
為了不被孤獨的風暴壓倒。

…………

詩歌提供了五〇年代人民大眾一片歡騰，而被宣佈為對立面的少數知識者卻在被「遺棄」的孤獨中煎熬的象徵性情境，真切地記錄了時代的「畸零者」的被忽略的內心風暴。表現知識份子在大時代的孤獨感的詩，五〇年代還有何其芳、穆旦等人寫過[9]，但是曾卓把這一主題持續到了七〇年代。1970年創作的《懸岩邊的樹》，以詩的象徵獲得了高度的概括力，表現了知識份子在當代中國的不利處境及靈魂姿勢。在前一詩裡，「我」還抱有希望，因而現身出來，向集體發出「不要遺棄我啊」的懇求，結果是歷史的風暴無情地拒絕了個體的請求。現在，「我」既無名也無言，猶如一棵遠離群體、處於危境的樹：

> 不知道是什麼奇異的風[10]
> 將一棵樹吹到了那邊——
> 平原的盡頭
> 臨近深谷的懸岩上

[9] 何其芳在1952年發表了用三年時間寫成的《回答》一詩，回答人們對他的沉默提出的「新的生活開始了，詩人為什麼不歌唱？」的疑問。讓等待者失望的是，詩裡表現的不是對新生活的毫不遲疑的認同，而是一種充滿矛盾的心境。詩的開頭就這麼寫：「從什麼地方吹來的奇異的風，／吹得我的船帆不停地顫動；／我的心就是這樣被鼓動著，／它感到甜蜜，又有一些驚恐。／／輕一點吹呵，讓我在我的河流裡，／勇敢的航行，借著你的幫助，／不要猛烈得把我的桅杆吹斷，／吹得我在波濤中迷失了道路。」當令人目迷心亂的新生活開始時，深沉的詩人憑著直感意識到自己的內心不能與生活的表面保持平衡，他不肯讓有著自己的航向和航程的生命的小船在別人的河流裡隨波逐流。選擇投身改造舊社會、開闢新生活的革命行列的知識者何其芳，在骨子裡並沒有放棄對於自我生命價值的思考。因此，在詩裡他禁不住表現出這樣的認知和態度：社會從總體上發生了根本的變革，這是歷史的巨大進步，但是，歷史的進步又怎麼可以以個人的全部喪失為代價，所以他明白自己不可能毫無痛苦地把自己消融到龐大的群體當中去。這顯然是對徹底否定個體存在價值的時代要求的不無猶豫的懷疑。
穆旦寫於1957年的《葬歌》也坦陳了一個有著沉重的歷史負擔的知識份子決心改造舊世界觀，與舊我訣別的真誠卻又曲折複雜的思想鬥爭過程。當「歷史打開了巨大的一頁」，他決心「以歡樂為祭」，讓過去自己的「陰影」永遠安息。然而，下這樣的決心時，他要經過一場怎樣痛苦的「自我搏鬥」啊。而當「希望」與「回憶」爭奪著他，他已註定選擇前者時，卻仍然懷疑它的要他埋葬舊我的「規勸」，問：「我怎能把一切拋下？／要是把『我』也失掉了，／哪兒去找溫暖的家？」正是意識到自我的存在，所以當那麼多人「在天安門寫下誓語」，他也「在那兒舉起手來」時，他感到——「洪水淹沒了孤寂的島嶼。」同何其芳不隱瞞面對新社會產生的惶惑一樣，穆旦把知識份子在民眾崛起的時代裡的複雜的內心世界表露得十分真切。

[10] 又是「奇異的風」！對於中國現代知識份子來說，二十世紀的來勢兇猛的革命運動與鬥爭，是使他們無法把握自己命運而無法理解的社會風暴。

它傾聽遠處森林的喧嘩
和深谷中小溪的歌唱
它孤獨地站在那裡
顯得寂寞而又倔強

它的彎曲的身體
留下了風的形狀
它似乎即將傾跌進深谷裡
卻又像是要展翅飛翔

這肯定不是一棵普通的樹。不然「奇異的風」不會把厄運施加於它。「一棵樹」和「森林」，是個體與群體的關係，當然喻指了知識份子和人民大眾（即前詩中「我」與「集體」）的關係。在以階級論為理論基礎的革命運動中，知識份子被冠以「資產階級」的屬性，[11]這就不難理解「深谷」的含意，也不難理解「風」將「樹」置於「臨近深谷的懸岩上」用意的可怕。像艾青《魚化石》中的「魚」一樣，「樹」的生命被不可抗拒的災難「固置」在悲劇的形態。渴望歸附於一個集體，卻被逐離成為「零餘者」。然而，「樹」終是在厄運中證明瞭自己。一旦被拋逐到邊緣位置反而能冷靜地審視和對待對它來說只能是災難的環境，它懂得了真實的可貴

[11] 1954年批判俞平伯的《紅樓夢》研究時，毛澤東在《關於紅樓夢研究問題的信》裡，有一個提法就是「俞平伯這一類資產階級知識份子」。據李銳講，「毛澤東在《中國革命與中國共產黨》一文中，是將「現代中國知識份子和青年學生的多數」，「歸入小資產階級範疇」的。波匈事件之後，他的說法就不同了。在1957年3月召開的全國宣傳工作會議上，也就是發動反右派鬥爭的前三個月，他兩次談到知識份子階級屬性問題，一次是同文藝界代表的談話中說的：『有人問資產階級思想同小資產階級思想的區別，我就分不出來。資產階級和小資產階級在經濟上屬於一個範疇。』『對資產階級知識份子，不光看出身，我指的是他們接受的是資產階級學校教育，而資產階級是按照它的利益來教育人的。』（《毛澤東文集》第七卷，第252頁）」「幾天之後，毛澤東在大會上又把這意思說了一遍：『我們現在的大多數知識份子，是從舊社會過來的，是從非勞動人民家庭出身的。有些人即使出身于工人農民的家庭，但是在解放以前受的是資產階級的教育，世界觀基本上是資產階級的，他們是屬於資產階級的知識份子。』（同上書，第273頁）」——參見李銳《毛澤東與反右派鬥爭》，載《炎黃春秋》2008年第7期。

（「深谷中小溪的歌唱」）並選擇了（「傾聽」）它作為精神的支柱。「樹」改變不了狂暴的外力對它的左右，但外力也無法改變它所代表的類的生存願望與生命意志。內在的堅毅與精神騰越已經改寫了「風」肆意扭曲的結果，「寂寞而又倔強」、「像是要展翅飛翔」，說明「風」的意圖最終落空。《懸岩邊的樹》是受難的一代的命運寫照，也是曾卓用苦難生涯和象徵藝術鍛鑄成的一座不朽的知識份子的精神雕塑。

在「七月派」詩人裡，甚至在新時期「歸來」的眾多詩人中，能夠在八〇年代後期和九〇年代仍保持創作活力且在藝術上又有新的拓展的，牛漢是相當突出的一位。牛漢也是苦難磨礪出來的詩人。外在的打擊使心靈更豐富，生命受重創而靈魂愈挺倔，這是詩人牛漢給我們的印象。牛漢在1955年胡風事件發生後一度被囚系。「文革」中在湖北咸寧的文化部系統「五七幹校」勞動改造，在艱苦的體力勞動中仍不知疲倦地尋找、發現和捕捉詩。「復出」於詩壇後，他首先發表的就是寫於「文革」期間的作品。它們「大都寫在一個最沒有詩意的時期，一個最沒有詩意的地點」，卻「為我們留下了一個時代的痛苦而崇高的精神面貌」。[12]在不允許表達真實的思想感情的背景下，這些詩，大都借助自然界的物象，且多是被摧傷、遭殘損的形象，來寄託他的性情和感慨。牛漢說在「古雲夢澤」勞動的五年，[13]「大自然的創傷和痛苦觸動了我的心靈。」但如一位文學史家所說，這可以看作：「他所體驗到的人生的創傷和痛苦，在創傷的『大自然』中尋找到構形和表達的方式。」[14]牛漢在落難時期寫的這些詩，有著詠物詩的傳統表現方式，而又富於現代感性，抒情主體帶著飽受打擊和屈辱而強化著內在抗爭性的精神特性，投射出來後往往在殘損中看出內在的生命強力，《華南虎》、《半棵樹》最為典型。

寫於1973年的《華南虎》，具有如《懸岩邊的樹》一般的受難者的精神自傳的特性，而又有著更強的鞭擊靈魂的藝術震撼力。在這裡，孤立的樹與森林的關係已經變成了羈於籠中的老虎和圍觀的人群的關係。傳統

---

[12] 綠原為牛漢詩集《溫泉》寫的序：《活的歌》。轉引自洪子誠：《中國當代文學史》，北京大學出版社1999年8月版，第290頁。

[13] 指1969年9月到1974年12月。咸甯屬古雲夢地區。

[14] 見洪子誠：《中國當代文學史》，北京大學出版社1999年8月版，第284頁。

的倫理關係在這兒被切斷，庸眾的人性中的怯懦與殘忍在對比中凸現了出來。老虎這威猛的生靈，被囚於動物園的鐵籠中，「膽怯而絕望的觀眾」或用石塊砸它，或向它厲聲呵斥，或苦苦勸誘，它都一概不理！當詩人試圖用受過傷的心靈去接近它時，頓然有了震驚人的發現：「我看見你的每個趾爪／全都是破碎的，／凝結著濃濃的鮮血！」「我看見鐵籠裡／灰灰的水泥牆壁上／有一道一道的血淋淋的溝壑／像閃電那般耀眼刺目！」——這些是殘害的證據和對拘禁自由進行不屈反抗的痕跡！這種發現使詩人終於明白對於一個生命來說最重要的是什麼。虎用自由不羈的靈魂笞擊、喚醒了人類：

> 我羞愧地離開了動物園，
> 恍惚之中聽見一聲
> 石破天驚的咆哮，
> 有一個不羈的靈魂
> 掠過我的頭頂
> 騰空而去，
> 我看見了火焰似的斑紋，
> 火焰似的眼睛，
> 還有巨大而破碎的
> 滴血的趾爪！

這一首虎的頌歌從屈辱而悲憤的心靈中發出，對一個時代裡馴服、苟安、樂於當看客的國民性，不失為一道醒目的指證。馴服、苟安、樂於當看客的國民，正是造成虎一般的強者也會遭受羈縛、凌辱與戲弄的由眾數所形成的力量。有過無辜罹難、飽受凌辱的詩人，在深刻體驗著的悲劇性的社會人生情境中，感知到了國民性與強者的悲劇之間的關係。不難想見有過被囚系的經歷的牛漢，面對籠中的老虎，產生的憤懣而痛苦的情感。只有有著相類似的遭遇的人，才關注並有可能進入虎的精神世界：「哦，老虎，籠中的老虎，／你是夢見了蒼蒼莽莽的山林嗎？／是屈辱的心靈在抽搐嗎？／還是想用尾巴鞭擊那些可憐而可笑的觀眾？」「你的趾爪／是被人活活地鉸掉的嗎？／還是由於悲憤／你用同樣破碎的牙齒／（聽說你的牙齒是被鋼鋸鋸掉的）／把它們和著熱血咬碎……」與其說是對不幸落入異質環境的老虎的屈辱與悲憤的心情的理解，不如說人從老虎身上聯想到自己的不幸，激起難以抑制的悲愴之情。與老虎為自由而不屈抗爭的行為相比，作者為他這一代受難者的只是無言地接受社會的打擊而感到羞愧。而被虐害者的反省，反襯的是作為多數的觀眾充當幫兇性質的看客卻渾然不覺：這一對比更引人深思，詩的象徵因而獲得了更深刻的社會批判力量。

《半棵樹》寫於1972年，地點仍是咸寧。在社會的政治運動中遭受嚴重打擊，渾身創傷無法復原的生命，於大自然中看到了另一受了巨創的生命：

真的，我看見過半棵樹
在一個荒涼的山丘上

像一個人
為了避開迎面的風暴
側著身子挺立著

它是被二月的一次雷電
從樹尖到樹根
齊楂楂劈掉了半邊

春天來到的時候
半棵樹仍然直直地挺立著
長滿了青青的枝葉

半棵樹
還是一整棵樹那樣高
還是一整棵那樣偉岸

人們說
雷電還要來劈它
因為它還是那麼直那麼高

雷電從遠遠的天邊就盯住了它

「樹」因為直因為高而被「雷電」從樹尖到樹根齊楂楂劈掉了半邊，可見天庭的權威忌恨地面蒼生中的出類拔萃者，實際上不容許這些生命有自己的生存意志和發展的自由與權利。然而生命的自由意志（還有生存智慧）又是無法摧毀的。樹的外部形體的殘損與內在精神的完整，對天庭的暴虐是一種控訴也是一種反諷。令人悲愴的是，暴虐而陰險的雷電不允許它的權威受到挑戰，已身受重創的樹，隨時還會遭到毀滅性的打擊。樹的「倔強」程度，與遭受打擊的程度，幾乎是成正比的，「半棵樹」比「懸岩邊的樹」更富有性格和命運的悲劇性，它是當代知識份子精神人格的映射，它的遭遇觸擊到當代社會衝突的一個深隱的層面，也就揭示了知識份子在當代中國命途多舛的真正原因。

也許三位落難詩人的隱匿寫作告訴我們，即使在「文革」那樣的時期，文學界的知識份子也並沒有完全放棄文化批判與思想抵抗的責任。政治打擊與社會迫害，逼使「五四」精神在無聲的中國悄然延續。

第三章

從廢墟上崛起的新詩

一、新詩潮：從「朦朧詩」到「新生代詩」

（一）文學轉型與「新詩潮」

1976年清明時節爆發於天安門廣場的民間詩歌運動，拉開了二十世紀八〇年代中國大陸的詩歌造山運動的序幕。經過1978年思想解放運動的洗禮，在建國後歷次政治運動中經受凌辱困頓的不同年齡段的詩人，群體性地崛起於詩壇，以對「文革」詩風的有意識的背棄，改變了當代新詩的創作面貌。雖說新詩群的崛起和詩歌的藝術變革也受到過來自傳統力量方面的質疑，雖然詩歌在文學中的位置後來趨於「邊緣化」，但在「新時期」的初始階段，詩的發展為人廣泛矚目，詩的狀況受到普遍關注。因為詩歌「不僅為詩本身，而且為整個文學脫離『文革』模式的轉型，對文學觀念和方法的探索、革新，起到推動作用」[1]。在政治變動帶來的歷史反省時期，詩歌作為時代最敏銳而充分的導體，率先承擔了表達社會情緒的職責，另一方面，詩在藝術上的探索與創新也使它一度在文學諸樣式中處於引領潮頭的前沿位置，其「先鋒」姿態在文學界引起了有意義的反應。在這一時期的詩歌藝術變革中，青年詩歌的湧現反響更大。七〇年代末，一個青年詩人群的集結及其向傳統的衝擊與現代詩藝的突進，就形成了新時期詩歌的第一次最有革命意義和影響性的浪潮。以謝冕為旗幟的新派評論家，把這股應運而生的現代詩潮稱為「新詩潮」。[2]在一場因這一詩潮的湧起而引發的詩歌論爭中，青年詩人的創作被加以「朦朧詩」的稱號。不管當時的詩界對它的看法有多大分歧，「朦朧詩」的崛起都是新時期詩歌運動中最重要的事件。

（二）形成過程：從地下到地上

朦朧詩或曰新詩潮以不可推拒的氣勢興起並震動詩壇是在八〇年代初，而作為一種藝術變革則發端於七〇年代初或更早的時間。[3]後來公之

---

[1] 洪子誠：《中國當代文學史》，北京大學出版社1998版，第246頁。

[2] 謝冕後來還明確解釋：「新詩潮」就是「新詩藝術變革的潮流」。

[3] 食指（原名郭路生）1968年就寫下了《相信未來》、《這是四點零八分的北京》等

於世並引起劇烈反應的「朦朧詩」代表作，多半有一段地下存活的生涯，即以手抄和油印的方式流行。十餘年的潛伏期積累了一朝噴發的力量。1978年底，同人文學刊物《今天》[4]在北京創刊，朦朧詩潮的主角「今天詩派」，也就從半祕密的狀態中破土而出。《今天》聚集的是「文革」中有過曲折的心靈歷程的青年詩人，他們是新時期前期最重要的詩人，有北島、芒克、多多、舒婷、食指、方含、江河、楊煉、嚴力、曉青、顧城、林莽等。《今天》是一種民間傳播方式，但這批青年詩人的創作，在城市的知識青年中影響逐漸擴大，而文學變革的潮流也成難以遏制之勢。從1979年開始，他們有的作品開始為部分公開刊物審慎地、有限度地接納。中國作協主辦的《詩刊》這一年刊登了北島的《回答》和舒婷的《致橡樹》。1980年第4期，又在「新人新作小輯」的欄目下，發表了十五位青年作者的詩。當年8月，《詩刊》邀集了舒婷、江河、顧城、梁小斌、張學夢、楊牧、葉延濱、高伐林、徐敬亞、王小妮、陳所巨、才樹蓮、梅紹靜等參加「改稿會」，並在該刊第10期上，以「青春詩會」的專輯，發表他們的作品和各自的詩觀。自此，青年詩人的創作在公開詩壇上的影響不斷擴大，而詩歌界關於它們的評價的尖銳分歧，也表面化起來。1979年末，復出的詩人公劉發表了題為《新的課題——從顧城同志的幾首詩談起》[5]的文章，提出青年詩人創作中的思想傾向及表達方式問題，認為應加以理解並予以「引導」。1980年4月在廣西召開的全國詩歌討論會，為已議論紛紛的青年詩歌評價問題提供了集中發表意見的場合。青年詩人的創作和產生的影響，成為對當前詩歌狀況作出不同評價的共同依據。隨後，批評家謝冕將整理的發言，以《在新的崛起面前》[6]為題發表。作者

重要詩篇，可看作朦朧詩的源頭。北島後來說，他就是聽人朗誦食指的詩而受到震撼後開始詩歌創作的，他在多個場合稱食指為「朦朧詩真正的先驅」。北島的創作始於七〇年代初。六、七十年代之交，北京知青芒克、多多、根子、林莽等人到河北省白洋澱插隊，致力於新詩寫作，形成「白洋澱詩群」，北島參與了這一文學活動，「朦朧詩」群體的核心，此時即已形成。這一時期，作為朦朧詩的源頭存在的還有北京「地下沙龍」裡徐浩淵、依群等人的現代詩。（參見楊健《中國知青文學史》，中國工人出版社2002年1月版，第198頁。）

[4] 由北島、芒克創辦。該刊在中國大陸共出了9期，另出了3期交流資料。

[5] 刊于《星星》1979年復刊號。這篇文章，後來被看作朦朧詩論爭的開端。

[6] 見《光明日報》1980年5月7日。

滿懷激情地以「五四」為參照，對新潮詩給以熱情肯定，呼請評論界的「寬容」：主張「對於這些『古怪』的詩」「聽聽、看看、想想、不要急於『採取行動』」。1980年，關於新詩潮的論爭已在較寬的範圍內展開，《福建文學》以本省詩人舒婷的詩為對象，展開了長達一年的「新詩創作問題」的討論，涉及到對詩潮的分析和新詩六十年來的經驗和問題。這一年的8月，《詩刊》刊載了章明的《令人氣悶的「朦朧」》一文，文章從閱讀感受上批評新潮詩的朦朧、晦澀、難懂，引發了詩歌論爭的全面展開，青年詩人的創作也因該文而獲得「朦朧詩」的共名。[7]在此後長達三四年之久的「朦朧詩」論爭中，孫紹振、徐敬亞先後發表了與謝冕持同一態度的文章，[8]對青年詩歌潮流給予熱情支持。儘管青年詩歌在論爭中被反對者斥為詩歌逆流，這三篇支持青年詩歌的文章在1983至1984年間的「清除精神污染」事件中，也被看作是有代表性的錯誤理論而受到嚴厲警告，但由於八〇年代文學環境已大為改善，堅持以政治方式解決文學問題的做法已收不到什麼效果，「朦朧詩」的影響由之迅速擴大，並確立了它在中國當代詩歌轉折期的地位。一大批受「今天」詩影響或有著相同藝術取向的青年詩人（主要是七七、七八級大學生）匯入新潮詩歌隊伍，如王小妮、梁小斌、呂貴品、王家新、島子、許德民等，相繼切入者年紀愈來愈輕，生生不息的藝術湧流又孕育著下一次更有氾濫性的詩潮的到來，新時期詩壇由此出現了新詩史上前所未有的激動人心的興盛局面。

（三）「朦朧詩」：觀念差異的產物

新時期的青年詩人及他們的創作被冠以「朦朧詩」的名稱作為一個整

---

[7] 章明的文章指出：「有少數作者大概受了『矯枉必須過正』和某些外國詩歌的影響，有意無意地把詩寫得十分晦澀、怪僻，叫人讀了幾遍也得不到一個明確的印象，似懂非懂，半懂不懂，甚至完全不懂，百思不得一解。」接著，作者稱斷：「為了避免『粗暴』的嫌疑，我對上述一類的詩不用別的形容詞，只用『朦朧』二字；這種詩體，也就姑且名之為『朦朧體』吧。」章明在給出一種詩體名稱後，還舉出兩首發表在當年的報刊上的詩歌（杜運燮的《秋》，李小雨的《海南情思・夜》）為例，故做不懂詩的樣子，作了一番頗有意味的分析。

[8] 孫紹振《新的美學原則在崛起》，《詩刊》1981年第3期；徐敬亞《崛起的詩群》，《當代文藝思潮》1983年第1期。謝冕、孫紹振、徐敬亞的這三篇帶有「崛起」字眼的文章，後來常被合稱為「三崛起」。

體，即被當作一個詩人群體及詩歌類型來看待，在很大程度上是八〇年代的詩歌論爭的結果，或者說，「朦朧詩」這一指稱是觀念差異的產物。烏托邦政治實踐在七〇年代末的解體，必然帶來被權力意識形態長期挾持的文學的解放，詩歌的藝術變革就在這樣的背景上發生。實際上，詩歌理論已滯後於創作。「文革」中，公開詩壇上「假、大、空」的標語口號式韻文氾濫，而在民間，「落難」詩人的苦難的生命汁液痛苦地分泌而為真的詩；一些在迷惘中覺醒的青年作者，憑著善感的心靈和有限的新詩知識，嘗試著個人化的審美世界的建立。而理論界，因為公開的表達受制於一體化的意識形態，必須與後者保持大體一致的步調，所以要到「思想解放」運動興起以後才能有「突破」。而即使在這種情況下，仍然有人出於各種考慮會繼續站在政治意識形態立場上看待文學與詩歌，形成與棄舊圖新的審美立場的文學觀的對立。雙方的存在，都依賴於對正在發生變化的文學（詩歌）現象的理解、闡釋與批評。當一種背棄了「文革」表述模式的詩歌在獲得解放的詩壇上出現，自然會引起不同的反應與評價。1980年章明的《令人氣悶的「朦朧」》一文裡所引的兩首「朦朧體」詩，其實並不難懂，它只不過是運用了詩歌通常用的象徵或借意象表現情緒感受的手法，作為詩人的章明對這類詩的反應，顯得沒有道理而又有一定的代表性，說明詩歌偏離了意識形態要求，看上去是與一體化文學時期形成的詩歌閱讀習慣相扞格，而在深層上是觸動了依附於意識形態的文學利益因而遭到抵制。隨後有人將這種新品格的詩稱為「古怪」詩，甚至說成是二、三〇年代「現代派」詩歌「沉渣泛起」，這進一步說明新潮詩在與一種詩歌傳統相「斷裂」時，恢復的是新詩史上另一已中斷的傳統，而它的批判者不過是在竭力維護前一傳統，這是一種在幾十年時間裡逐步意識形態化的文學傳統。

詩的新變，歷時地看，是在復活中斷了的現代詩，而在共時的視野裡，它是詩的審美本質的顯現，而這正是「文革」後在「廢墟」上從事清理工作的理論家們急切要尋找到的不知被湮埋到哪裡了的象徵著藝術創造的珍品。與章明們不同，不滿於文學政治化的審美本位的理論家們，對詩的新變表現出本能的興奮，他們毫不遲疑地站出來為「讀不懂」的詩辯護，籲請對青年詩人給以「寬容」，在歡呼叫好中為詩的反叛推波助瀾。一方面，詩歌確實在更新，另一方面，新潮理論家們要借創新的詩表達自己的文學變革願望：這在變革時代，既是一種必然的要求，又有了現實的可能。如果說，質疑變革了的詩是在維護某種觀念的話，支持詩的新變就是一種欲望的實現。「朦朧詩」，就在這種變革時代的觀念交鋒中被「構造」了出來。

（四）被遮蔽的詩人

「朦朧詩」這一概念的出現，意味著對具有藝術新質的詩歌的拒斥。而在它所引發的詩歌論爭中，這種新詩的藝術特性得到了愈來愈充分的揭示和理論上的論證，「朦朧詩」因而擴大了影響，也激發了新潮評論的熱情，評論又進一步促進了創作，在相互的建構中，「朦朧詩」遂成為新詩變革的潮流而得到廣泛的肯定。在這一過程中，「朦朧詩」的概念耐人尋味地由最初的貶稱演變為褒稱，用來指稱寫作帶有現代傾向的新詩的青年詩人群體和他們的創作。一些在詩歌論爭中被討論和推崇的作者及其作品成為「朦朧詩」的代表，在詩歌界有著廣泛影響，尤其是在青年詩界很快建立起權威地位。頗有意味的是，當初被章明作為「朦朧體」詩歌例子的杜運燮、李小雨的詩，在論爭中並沒有被看成是朦朧詩。這也說明以「崛起論」為代表的新潮理論是按他們意識到的現代詩的標準來塑造「朦朧詩」的。

然而也正是在八〇年代前期，被作為「朦朧詩人」來談論且在詩界確曾產生深刻影響的青年詩人主要是北島、舒婷、顧城、江河、楊煉、王小妮、梁小斌等，其中前五位被公認為「朦朧詩」的五大強力詩人[9]，而作為「今天」詩派前身的「白洋澱詩群」的主要成員芒克、多多，在「朦朧詩」運動中人們對他們卻所知不多，儘管他們在白洋澱「插隊」時就寫過不少詩，芒克還是《今天》的主要創辦者之一。這可能與他們在「朦朧詩」熱潮中相對沉默，而他們在「文革」期間的創作又不被更多讀者瞭解有關。此外，他們在七〇年代所寫的更帶「個人性」特徵的詩歌未必十分符合八〇年代文學思考的闡釋需要，也是一個值得考慮的因素。

多多原名栗世征，七〇年代初期從北京到白洋澱插隊期間，在詩友根子（岳重）的激發下，寫出《陳述》、《致太陽》、《烏鴉》、《當春天

---

[9] 作家出版社1986年出版了他們的詩合集《五人詩選》。

的靈車穿過開採硫磺的流放地》、《北方閒置的田野有一張犁讓我疼痛》等一批帶著青春的憤激色彩的詩。多多的詩「從思想到形式都是對當時主流活語權威的徹底反叛」[10]。常用一些象徵性的詩句，從一個血腥的時代提煉出殘酷的詩意，如：「歌聲，省略了革命的血腥／八月像一張殘忍的弓」（《當人民從乾酪上站起》，1972）；「一個階級的血流盡了／一個階級的箭手仍在發射／那空漠的沒有靈感的天空／那陰魂縈繞的古舊的中國的夢／當那枚灰色的變質的月亮／從荒漠的歷史邊際升起／在這座漆黑的空空的城市中／又傳來紅色恐怖急促的敲擊聲……」（《無題》，1974）；「花仍在虛假地開放／兇惡的樹仍在不停地搖曳／不停地墜落它們不幸的兒女／太陽已像拳師一樣逾牆而走／留下少年，面對著憂鬱的向日葵……」（《夏》，1974）；「啊我記得黑夜裡我記得：／天是殷紅殷紅的／像死前熾熱的吻／城門也在祕密開啟／讓道路通向自由」（《我記得》，1976）等。這些詩句反映的心像，同「文革」通過紅色宣傳營造的社會生活幻象具有完全不同的性質，它有力地說明詩歌這種心靈史更能保存歷史的真相和揭示出歷史的本質。

芒克，原名姜世偉，1970年開始寫詩，代表作有詩集《心事》、《舊夢》、《陽光中的向日葵》，長詩《群猿》，組詩《沒時間的時間》等。跟多多的詩一樣，芒克的詩歌意象都打上了那個暴虐時代的烙印，如「太陽升起來，／天空血淋淋的，／猶如一塊盾牌。」（《天空》，1973）芒克是從「文革」思想專制中較早覺醒過來的青年，他的詩歌因而塑造了一些叛逆者和思考者的形象。《陽光中的向日葵》一反「朵朵葵花向太陽」的時代話語，寫了一棵有著強烈的叛逆性格的向日葵：「它沒有低下頭／而是在把頭轉向身後／它把頭轉了過去／就好像是為了一口咬斷／那套在它脖子上的／那牽在太陽手中的繩索」。這棵敢於「怒視著太陽的向日葵」，是拒絕思想專制的一代的形象寫照。在造神運動如火如荼的背景上，詩人卻指認出一棵「它的頭即使是在沒有太陽的時候／也依然在閃耀著光芒」的向日葵，提出的是與蒙昧主義相對抗的人的覺醒的命題。這正是「朦朧詩」的思想核心。

---

[10] 楊鼎川：《1967：狂亂的文學時代》，山東教育出版社1998年版，第188頁。

《燈》也是一首啟蒙詩。作者虛擬了一個燈的事件：「燈突然亮了／只見燈光的利爪／踩著醉漢們冷冰冰的臉／燈，撲打著巨大的翅膀／這使我驚愕地看見／在它的巨大的翅膀下面／那些像是死了的眼睛／正向外流著酒……」一群被無邊的黑暗所包圍的醉漢，昏天黑地狂飲爛醉，有意麻醉自己，以至於拒絕燈光的飛來，因為「燈光」這光明的誘惑，這人的理想和創造之光，突然間帶給這些已經被黑暗所包圍所囚禁著的人的，只能是巨大的痛苦。詩不去直接指責環境的黑暗，而通過醉漢們的選擇產生了強烈的社會批判性，它讓人想起魯迅的關於「鐵屋子」的議論。芒克的詩並不拘限於社會啟蒙，後來的創作涉及到人的生存本質，因而靠近現代主義詩歌主題，如《死後也還會衰老》等。

在知名度不高的「朦朧詩人」裡，嚴力的詩更富於現代主義品性，如《以人類的名義生存》。「綻開笑臉的花朵不表現我的土地／我去嘗試掀開一個枕頭／但是夢也凋零了／我不再乞求春天被我征服／假如又出現一個一見鍾情的人／假如她在我滿是皺紋的風景區／投下炸彈一樣的吻／我只能想起防空洞」，彷彿一切都事與願違，映現的恰是生存的荒誕。嚴力的詩，都有一點這樣的「黑色幽默」。他的詩歌的主要操作方式就是惡作劇地拉脫人與人之間表面的聯結關係，再隨意地對生活行為進行組裝，還原出令人啼笑皆非的真實的存在狀況，這在新詩潮中具有拓荒意義。

（五）錯位的寫作

被看作「朦朧詩」的主力作者的北島、舒婷、顧城、江河、楊煉，他們寫於「文革」中的詩歌，在「新時期」被人們驚異地發現，贏得眾多的讀者，引起廣泛的共鳴，受到新潮評論家的全力推崇，主要是他們詩中的思想情感表達符合社會轉折期政治批判、歷史反思和人文價值重建的需要。在「文革」政治的沉重壓力下，遭受過愚弄而後覺醒的一代青年作者，選擇了用藝術的反叛來對抗社會對人的抹殺，率先在詩歌世界裡復歸正義和人性。這些「地下詩歌」不約而同表達的這種人的自覺的主題，正是「文革」結束後全社會共同訴求的時代性命題。[11]舒婷詩中對人與人之

[11] 在這個意義上，朦朧詩運動可看作是八〇年代新啟蒙思潮的組成部分。

間的理解、溫情和友誼的呼喚，北島詩中的覺醒者對舊世界的決絕反叛，顧城對個人夢境的執拗守護，江河、楊煉將自我與民族歷史融為一體的英雄衝動，經思想界的發掘與闡釋，與新的時代構成了熱烈而曖昧的歷史想像關係。而實際上，進入「新時期」後，除舒婷較為幸運之外，其他幾位詩人的生存位置都頗為邊緣，在煥然一新而又突然湧進一大批新乘客的生活車廂裡，他們遭遇到的是找不到座位的尷尬。在這樣的情境下，他們的詩歌寫作出現了與思想界熱烈想像的時代氣氛不協調的現象。北島最為典型。

北島在八〇年代的詩歌創作，給他詩歌的典型性賦予了新的含義，顯示出思想的深刻，而在另一些人那裡，北島的詩被視為與時代不和諧而受到批判。北島的詩是黑色的，這一質地並沒有因進入「新時期」而改變。這一是因為歷史轉折給人的生存機會並不均等，「文革」一代被劫掠的青春無從追還，在社會整體面貌發生變化時，他們的人生又一次被錯置而倍覺尷尬。二是在「文革」後的歷史反思中，北島不僅堅持一貫的獨立思考精神，而且堅持著要求於合理社會的一貫標準。《履歷》是北島為同代人所作的自畫像：「我曾正步走過廣場／剃光腦袋／為了更好地尋找太陽／卻在瘋狂的季節／轉了向……當天地翻轉過來／我被倒掛在／一株墩布似的老樹上／眺望」。熱情被利用，受騙後更盲目，因之覺醒後只能對過去的滑稽行為自我揶揄，但調侃中有憤激，幽默中有沉思，喜劇化的形式中滲透著深刻的悲劇精神。詩作表明北島從自我命運的體驗中獲得了對世界的荒誕感。

在歷史反思中，隨著英雄情結的消解，北島也意識到一代人對自己的命運悲劇也負有責任：「我們不是無辜的／早已和鏡子中的歷史成為／同謀」（《同謀》）。這一階段，他的詩歌明顯拓寬了情緒幅度，文化思慮代替了政治關切，自我反省超越了個人抗爭。《古寺》、《十年之間》、《傳說的繼續》、《隨想》等詩作，都是從文化這個大背景上反思民族命運，表達了一種更深沉的憂慮，歷史文化對民族的更生產生的嚴重惰性幾乎難以擺脫，流露出詩人的某種悲觀情緒。這些作品，也顯示出詩人北島從宏觀的角度來處理民族的歷史進程的能力。如《隨想》一詩，捨棄了具名的人物、事件和細節，但人們看到一個民族艱難求生的沉重而不屈的影子在歷史的螢幕上浮動。彷彿是超現實的夢境，但又是有限的文字記載所忽略和遺漏了的更真實的種族生存情狀和文化氛圍。淚水與希望，生存的本能與盲目性，生命力的頑強與死亡的紛沓降臨，傳統與自我感覺，因襲的重負與反叛的衝動……共處為蒼茫的東方情調。北島雖然沒有標舉寫作「現代史詩」，但他的這類詩，比江河、楊煉以及後來的四川的一群年輕詩人的文化史詩，更能溝通歷史和現實，而且顯得自然。

大約在1982年左右，北島對超現實主義方法發生興趣，運用這一新的藝術思維創作了一批現代主義色彩很強的詩歌，如《八月的夢遊者》、《詩藝》、《觸電》、《可疑之處》、《在黎明的銅鏡中》和長詩《白日夢》[12]等。這些詩歌的意象局部清晰而整體朦朧，看得出它訴諸於整體結構的是一種情緒。它是詩人對於現實世界的體驗在無意識領域中的沉積而後在創作過程中通過幻想形式的釋放。由於它承續了前期詩歌的內在衝突形式，詩歌的不可捉摸的非理性形式中就不斷閃現出不難把握的理性思考的內容，這些內容更多地留有「文革」創傷的印記，創作主體彷彿是一個無望釋放的「人質」，被一個時代永遠扣留。

《履歷》所勾畫的「文革」一代個人身世與歷史轉軌相錯位的情景，在顧城的詩中也有類似的表達。「文革」結束，顧城已帶著他在荒原上寫下的詩集《無名的小花》回到了城裡，做過街道大集體的工人，後來大集體解散，他就成了一名待業青年。儘管在「朦朧詩」運動中他已獲得了詩名，但社會從沒有真正接納過他。《我是一個任性的孩子》（1981）表露了不得其用的無奈與悲涼：「我想塗去一切不幸／我想在大地上／畫滿窗子／讓所有習慣黑暗的眼睛／都習慣光明」，「但不知為什麼／我沒有得到一個彩色的時刻／我只有我／我的手指和創痛／只有撕碎那一張張／心愛的白紙／讓它們去尋找蝴蝶／讓他們從今天消失」。對於這個「被幻想媽媽寵壞的孩子」來說，現實難以進入，更難於改變，它是嚴酷而僵硬的，因而不如經營一個高於現實的夢幻世界。於是詩歌被當成生命的最高形式，詩與生命合一：「我要作完我的工作，在生命飄逝時，留下果實。

12 《白日夢》彙集了北島前期詩歌的主題而思考更為深入，而超現實主義方法的運用使得它呈現了一種由人性合成的文化本質。這是北島寫於八〇年代中期的一首重要作品。

我要做完我命裡註定的工作——用生命建造那個世界，用那個世界來完成生命。」（《詩話散頁》（之一））在八〇年代的學歷社會裡，因「文革」而失學只有小學學歷的顧城，被證明為缺少進入主流社會的憑證，這樣對他來說，詩歌就具有確證人生價值的意義。詩的地位在自我意識裡被提升，鼓勵著顧城不僅在思想上也在行為上掊擊物質，抨擊城市，鄙棄世俗生活，試圖遠離人群。當他按照幻想的方式去處理人的生活時，悲劇就不可避免。

在「朦朧詩」人中，江河也是較早告別「社會意識」的，與顧城取了相近的「撤離」姿態。他由寫「英雄史詩」轉向寫「文化史詩」，實質上是在特定的生存位置上對於個人與時代關係的一種機智而無奈的文化表白。八〇年代的江河，淡化了「公民意識」，撇開了對歷史衝突的思考，從遠古的人與自然的關係（按照他的需要和理解而重構的）來重現生命的本真意義，在經過4年的沉默之後，於1985年發表了以中國古代神話為題材的組詩《太陽和他的反光》。詩人想用宇宙自然的背景上活動著的人的身影，喚醒我們的某種記憶。這種縱向的追尋，很自然地導致詩人對東方文化精神和哲學觀念（也許是八〇年代興起的文化保守主義思潮構造的神話）的歸附，一時間，青銅器的靜穆、莊嚴與和諧成了包括詩人在內的一些人所崇服和欣賞的最高美學風範。江河創作上的變化，是歷史批判的必然結果，因為反思的眼光稍加延展，便不難衡量出文化創造和現實鬥爭之於個體生命的不同價值。另外，在現實生活中，他們在思想上的角色認同與實際的社會位置事實上已出現嚴重的分裂，先前選擇的「鬥爭就是我的主題」（《紀念碑》）並無從落實，這樣，據守詩歌藝術之塔便不失為人生的證明了。

（六）「新生代」的嘩變

「朦朧詩人」因不滿於單調劃一的詩歌現狀而聚集到藝術變革的旗幟下，也就意味著他們的詩歌寫作一開始就具有個人特色，努力用自己的方式建立獨特的審美世界是他們的藝術追求。這也決定了作為一個詩歌群體，其內部的結合是鬆散的。事實上，當「朦朧詩」作為一種詩歌現象被熱烈地討論著的時候，這一「群體」因藝術上的分化正在「失散」。一批比起「朦朧詩人」更年輕的作者開始涉足詩歌並表現出新的藝術取向，新詩潮由此向著另一階段展開，即「新生代」的崛起。為了走出「北島們」的強大影響而形成的「陰影」，也出於新文學的慣例，「新生代」採取了反叛「朦朧詩」的姿態發動了對詩壇的集團衝鋒，實際上是起自新詩潮內部的一場不無策略性的「嘩變」。「新生代詩」也有一段潛伏期，但比起「朦朧詩」時間要短得多，而崛起的面積要大得多。1984、1985年，一些詩歌社團開始以民間的方式活躍和集結。以大學生為主的詩歌社群遍佈全國各大城市，油印、列印或鉛印的詩報、詩刊、詩集多不勝數。到1986年，全國的詩社就有二千多家，非正式列印發行的鉛印詩刊和詩報有二十二種。這些有著明顯探索意向的更為年輕的詩人，一時不被公開詩壇接納，但他們自信地組成了自認為更有價值的「第二詩界」，在這一「詩界」裡，詩藝交流已極為頻繁，1985年，老木（劉衛國）、貝嶺等人就在北京積極從事「朦朧詩」的詩歌作品的編選。[13]為了衝破「正式」詩界對新一代詩歌實驗者的壓抑，以有效果的方式顯示自己的存在，1986年10月，經徐敬亞等人策劃，《詩歌報》和《深圳青年報》聯合舉辦了「中國詩壇：1986現代詩群體大展」，介紹了「一百多名『後崛起』詩人分別組成的六十餘家自稱『詩派』」[14]，其中，聚集在華東、四川兩地的一些社團最有實力，在日後的幾年中產生了較大影響。他們是：南京的「他們文學社」，主要成員有韓東、于堅、呂德安、王寅、小君、陸憶敏、丁當、于小韋、朱文等人；上海的「海上詩群」，主要成員有默默、劉漫流、孟浪、王寅、陳東東、陸憶敏、鬱鬱等；四川的「新傳統主義」，宣導者為廖亦武、歐陽江河；「非非主義」，發起者為周倫佑、藍馬；「莽漢主義」，主要成員是萬夏、胡冬、李亞偉、馬松等。這些實驗性詩歌社團，大多從1984年就開始實驗詩歌活動。1986年北京的文學刊物《中國》，已注意到詩歌界的這一新生力量，負責編發詩歌的詩人牛漢，還為他們寫了推介文章，題目就是《詩的新生代》。「新生代」名稱由此而來。他們自

---

[13] 老木所編《新詩潮詩集》（北京大學五四文學社內部印行）下冊收的就是「新生代詩」，貝嶺編有《當代中國詩三十八首》等。

[14] 《深圳青年報》1986年9月30日。兩年後，參與大展策劃的徐敬亞，以及曹長青等，在稍作補充後，將「大展」的材料彙集為《中國現代主義詩群大觀1986-1988》一書，由同濟大學出版社出版。

己則自稱為「第三代人」[15]，詩歌命名為「第三代詩」。通過「大展」亮相後，他們又獲得了「後朦朧詩」、「後新詩潮」、「後崛起」、「當代實驗詩」等稱謂。

八〇年代中期集群式崛起的「新生代」詩歌，有著比「朦朧詩」豐富得多的精神資源。七〇年代末開始的對西方文學、哲學與文化思想及成果的全面譯介，以及在「發現」西方以後對東方文化的反觀式發現，使「新生代」詩人一開始就置於一個多元文化景觀和有多種選擇性的文學環境之中。詩人所接受的文學和文化的影響，比「朦朧詩人」的遠為複雜；在為確立自我而借詩歌來表達上，他們也自由得多。當代中國，到「新生代」詩人才第一次有了文學結社的自由。[16]有著不同價值取向和詩歌觀念的青年人，不受任何約束地尋找同仁，打出旗號，在詩壇上亮相，發出自己的聲音。加入「現代詩群體大展」，實際上是以一次共同行動來實現不同的藝術追求。以1986年的「大展」行動為標誌的「新生代」詩歌運動，加入人數之多，在新詩史上是空前的，而在創造主體自我意志表達的充分程度上，也超過了此前的任何一次新詩運動。這一次在許多方面都使詩歌藝術的探索有了推進的現代實驗詩創作潮流，的確給人以眾聲喧嘩而又五彩繽紛的印象。然而，也由於它出現得過於集中，且帶有自我張揚的主觀色彩，「宣言」與創作並非都同步或相洽，因而它的亂哄哄的氣氛在當時乃至以後一段時間裡，都影響了這次潮流中有純詩品質的藝術思考與創作成果的應有的美學效應的發揮，而詩人、讀者及評論家的更新換代又加劇了「新生代」詩的自我遮蔽。

（七）生命詩學

新生代詩試圖超越朦朧詩，一個重要理由是這些在新的文化氛圍中成長的更年輕了一代的詩人，感到朦朧詩的詩學裡有較多的社會學因素，而他們自己所要追求的是窮索詩歌這種語言形式與人類生存或自我生命的本

---

[15] 這是對新中國詩人的劃分。五〇年代活躍的詩人為「第一代」，「文革」中開始寫詩的北島等人為「第二代」。

[16] 1957年，江蘇幾位青年，陸文夫、高曉聲、方之、陳椿年等，僅因籌辦「探求者」文學社，就被打成「右派」，付出了沉重的代價。

質關係。在尋找詩歌本體的過程中，新生代詩歌群體憑藉自身文化構成上的優勢，並利用了開放時代提供的機遇，對新詩建構生命形式的可能性進行了全面的嘗試。「大展」推出的六十多個自立名目的詩派，都提供了「藝術自釋」，這些類似於「宣言」的「自釋」，表達的不只是詩歌藝術觀，也包括哲學觀、文化觀和對現實的心理反應及人生態度。從總體上看，它是對新時期社會現實尤其是精神文化的全息反映，西方現代主義、後現代主義的文化思潮在上面打上了明顯的烙印，而東方文化精神也有較深入的滲透。它也集中體現了八〇年代文學思潮的演變，即生命意識的覺醒，改變了詩歌創作中以社會批判作為主導傾向的狀況。不妨說，「新生代」的詩學，是生命詩學。

以生命作為詩學觀的基礎，「新生代」這一異常紛雜的詩歌集群，形成為兩大支脈，一是與後期朦朧詩[17]的文化尋根有淵源關係的「新傳統主義」思潮，一是帶有「後現代主義」特徵的寫作風尚。前者力圖穿越現代文明的表象而回到民族文化精神中去，通過對民族文化深層結構和人類複雜經驗的把握，在更廣闊的背景上表現人的自由本質和生命力。體現這一創作傾向的主要有四川的「新傳統主義」、「整體主義」，江蘇的「東方人詩派」，陝西的「太極詩」，福建的「大浪潮學會」，湖南的「東方整體思維空間」等團體和流派。後者更趨於平民化和世俗化，展示普通小人物日常的生存狀態和感受，帶有反文化或非文化和非崇高、審醜的藝術傾向。它包括了「朦朧詩」後新生代中絕大部分流派和社團，如四川的「非非主義」、「莽漢主義」，江蘇的「他們文學社」、「日常主義」、「新口語派」，上海的「海上詩群」、「撒嬌派」、「情緒流」，北京的「情緒獨白」、「生命形式」，浙江的「咖啡夜」、「極端主義」，安徽的「世紀末」，雲南的「黃昏主義」，以及遍佈全國的「大學生詩派」等。他們人數眾多而富有生氣，對傳統詩學反叛最力，是生命詩學的主要實踐者。

---

[17] 指江河、楊煉的東方現代史詩。

（八）有待認識的實績

「新生代」詩群中的幾個主要團體和核心成員，在朦朧詩後的詩歌運動中展示了新詩的走向，為實驗詩留下了實績。有些詩人的創作延續到九〇年代，在詩界有重要地位。例如「他們文學社」就為詩的藝術自覺做出了貢獻。「我們關心的是詩歌本身，是詩歌成其為詩歌的，是這種由語言和語言的運動所產生美感的生命形式。我們關心的是作為個人深入到這個世界中去的感受、體會和經驗，是流淌在他（詩人）血液中的命運的力量。」[18]可見《他們》詩人是詩歌語言本體論的提出者和生命詩學的宣導者。他們不滿於朦朧詩的理想主義、英雄主義的外在承擔，而認為詩的本質是生命的語言呈現。「他們」中的靈魂人物韓東發表的一系列詩歌見解，不僅代表了《他們》的詩學主張，也是「新生代」詩學建設中的有開拓性的部分。韓東從根本上對傳統的詩學觀進行了清算。他在一篇文章[19]裡分析了中國人的三個世俗角色，認為中國人常被理解為卓越的政治動物、稀奇的文化動物和深刻的歷史動物，而我們以往的詩歌即是這三種角色的扮相。只有在全然擺脫了這三種世俗角色之後，詩歌才能真正地回到詩歌本身。韓東提出擺脫三個世俗角色，意在重新界定詩和詩人的本質和範圍，他清除了詩人身上的非詩的社會義務，讓其回到個人的生命本體。而詩，則是與詩人的生命有關，由語言和語言的運動所產生的生命體。確定詩的生命本質，同時也就確定了語言乃詩的本體。在理順詩與詩人及語言的邏輯關係後，韓東提出了「詩到語言為止」的著名命題。這一命題不僅動搖了傳統的詩歌本體觀，也賦予了詩歌語言以新的功能和特性，即詩的語言，是呈現生命的自然語言，是生命的感覺語言。作為新生代的發言人之一，韓東的詩歌主張是逃離詩人的社會承擔、逃離詩歌語言的文化語義的，帶有非文化和削平深度模式的後現代傾向。在創作上，他的實驗性詩歌提供了與朦朧詩迥異的藝術風貌。例如他的《有關大雁塔》就與楊煉的《大雁塔》形成鮮明的對照。在楊煉筆下，大雁塔被賦予了濃重的歷史感與人文色彩，它是民族命運的象徵，是民族苦難歷史的見證者。而韓東

---

[18] 參見《中國現代主義詩群大觀1986-1988》中韓東撰寫的他們文學社的《藝術自釋》。

[19] 題為《三個世俗角色》，見《百家》1989年第4期。

筆下的大雁塔就是一座平平常常的建築物，沒有被人格化，也沒有被賦予深層的崇高的文化內涵：「有關大雁塔／我們又能知道些什麼／我們爬上去／看看四周的風景／然後再下來」。他的另一首詩《你見過大海》，也是去除大海被通常賦予的象徵意義，而還原了人與認知對象的直接關係，作品還通過語言的強調性重複，突出了生命的瞬間狀態和真實感受。韓東口語風格的詩，八〇年代初（當時他還在山東大學哲學系就讀）即已出現在新詩潮中，如《山民》等，可看作是「新生代」、「平民主義」詩歌的濫觴之作。因對這一美學追求的理論提倡，韓東成為「新生代」詩的弄潮兒。

這一詩派的另一重要詩人于堅，其詩歌創作也獨具特色，在新時期詩壇中自成一家。于堅較早把「日常生活」帶進詩中，與「朦朧詩」的英雄主義格調、也與「新生代」詩中的辭賦般高華的文化詩形成極大差異。跟韓東一樣，于堅的詩通過口語來完成個人的詩化形式，不同的是，他的口語中更多反諷意味和夢幻色彩。代表作有《尚義街六號》、《遠方的朋友》、《避雨之樹》、《作品第39號》、《作品第100號》等。1994年，于堅在《大家》創刊號上發表了帶有很強實驗性質的長詩《0檔案》。這首被稱為「九〇年代最為奇特的詩歌景觀」[20]的長詩，通過對特定社會體制內操縱人的生死的「檔案」的戲擬式書寫，揭露了檔案書寫在定義人生時的悖謬與荒誕，而詩歌書寫過程中詞語組織權力的突出，又導致一切書寫的被質疑。非詩的形式在顛覆書寫時因澄現了「存在」而獲得了詩性。《0檔案》無論在于堅個人的創作歷程中，還是在新詩潮裡，都是具有重要意義的創作。

「新生代」詩人中不乏純詩寫作者，如陳東東。他的詩想像超奇，境界瑩澈，「石頭」作為中心意象，沐浴在水一樣清純的語言中，折射出人的想像力的審美本質。又如歐陽江河，這是一位自覺的詩人，也是一個神祕主義的玄學詩人，對於抽象的生命存在與現代詩的本質都有獨自的思考。他通過對語言的佔有而進入了存在。語言的奇特運用消除了生存和冥想世界的疆界，使詩成為一種既透明又是剛性的物質，顯現出人類智慧君

[20] 賀奕：《九十年代詩歌事故——評長詩〈0檔案〉》，見《大家》1994年第1期。

臨萬物的奇詭力量。1984年的《懸棺》是奠定他在新生代詩歌中的地位的名作。《玻璃工廠》則完成了一座難以摧毀的詩藝工程。

「新生代」的北京詩人群，並不以打旗號的方式出現，但他們當中產生了八〇年代以來在中國大陸當代新詩中有重要地位的詩人，有的從八〇年代一直活躍到九〇年代，展現出在變化的社會背景上詩人獨立的藝術精神確立的事實，尤其值得重視。這些詩人主要有海子、駱一禾（這兩人都不幸早逝）、西川、王家新、臧棣等。他們都接受過最好的文學教育，且處身於文化的中心，懷抱建設新詩的使命感而又具備與之相匹配的才華，他們精心煉造的長短詩篇，不愧為新詩在二十世紀八、九〇年代力求成為最高心靈藝術的實績，值得我們投身其間進行靈魂的探險。

（九）潮落潮起

在作家的自我表達相對自由的文學環境裡，詩歌愈是傾向於內在的精神性，它就愈有可能成為少數人的事業。新時期社會轉型帶來的文學商品化潮流，更是不可避免地削弱了詩的地位。這種情況在八〇年代中後期即已出現。社會日趨消費化，詩歌在消費文化中所占的比重就極其有限。在這樣的境況下，詩既不可能用以謀生，也不能換取名聲，寫詩成了特殊的愛好，更高層次的是為人文建樹的使命所驅動。詩歌不再可能如許多人所期望的那樣引起轟動。但這並不能成為詩歌存在危機的根據。實際上是，八九〇年代仍有不少執著者，特別是青年人，不計得失地鍾情於詩。一些八〇年代就已取得詩名或開始寫詩的詩人，如王家新、西川、藏棣、于堅、歐陽江河、肖開愚等，在九〇年代作為中堅力量推進著現代詩的藝術探索。在他們當中，出現「中年寫作」與「知識份子寫作」[21]的提法或追求，體現出沉積於學院知識份子之中的人文精神和承擔姿勢。伊沙[22]等人則以「民間寫作」的姿態在詩壇上呈現為另一種風貌。九〇年代末，詩壇這兩股力量還發生過一場論爭，[23]說明九〇年代詩歌並不單調，詩壇也不

---

[21] 程光煒所編《歲月的遺照》（社會科學文獻出版社2000年8月出版），可看作是對「知識份子寫作」成果的展示。

[22] 伊沙和他的成名作《餓死詩人》等，被看作九〇年代文學中「後現代主義」的代表。

[23] 參見沈奇《中國詩歌：世紀末論爭與反思》，《詩探索》2000年第1-2輯。該文中談到九〇年代詩歌力量的構成，將其描述為「大體而言，僅就九〇年代詩歌最有生

完全冷寂，何況一時的沉寂也許是另一次湧潮的潛伏期。[24]

二、北島：藝術對現實的超越

一位朋友在七〇年代末送給他一個筆名，暗示詩人居住在北國，有如一個孤獨的隔世者，想不到這個筆名竟如讖語般地跟隨著他，使他至今仍然需要忍受孤獨。作為新詩潮的先驅和中堅，同時也作為對於當代中國詩歌的發展具有「奇特的重要性」的詩人，北島的真正價值卻沒有為人們完全認識，儘管他的詩名早已在新時期的詩壇上四處迴響。

當北島的極為獨特的藝術個性被當作一種凝固了的風格來看待時，他的一貫的思想深度，他的不斷進取的藝術意識，他近幾年在詩歌藝術上所作出的新的選擇並從而取得的重大突破，就被很多人忽視了。

而實際上，北島並沒有成為傳統而有待拋棄。相反，他以獨特的藝術敏感，在一場東西方文化的空前規模的撞擊交會中，不失時機地更新了自我同時也更新了傳統，他的藝術活動始終處在一個動態的發展過程中。從早先創作中迫於環境而不得不運用象徵手法以對抗現實而不自覺地透露出一縷寶貴的現代感性之光，到後來迷戀於超現實主義的詩歌藝術，自覺實踐其藝術主張，營造現代色彩極濃但又並未脫離民族精神生活特點的詩歌世界，北島的藝術探索不僅為中國新詩貢獻了獨特的詩歌形式，提供了寶貴的藝術經驗，而且成功地溝通了中外文學藝術的共同道路，這就是作家

氣、最具詩學意義而形成較大影響的優秀部分來說，有以于堅、韓東、小海等為代表的『他們』詩派，以周倫佑、楊黎、何小竹等為代表的『非非』詩派，以西川、王家新、歐陽江河、張曙光、陳東東、臧棣等為代表的後來合成的『知識份子寫作』群體，以翟永明、王小妮等為代表的女詩人群體，伊沙、侯馬、余怒、馬永波、盛興等為代表的年輕詩人群，以車前子、樹才、莫非為代表的『另類寫作』群體，還有牛漢、鄭敏、昌耀、任洪淵、林莽等中老年傑出詩人和諸如楊克、阿堅、李漢榮等一大批堅持獨立寫作立場而品質不凡的詩人，以及創作於八〇年代而成名影響於九〇年代的天才詩人海子……」

[24] 本文的主要參考文獻有：廖亦武：《沉淪的聖殿——中國二十世紀七〇年代地下詩歌遺照》，新疆青少年出版社1999年版；吳開晉：《新時期詩潮論》濟南出版社1991年版；王家新、孫文波《中國詩歌 九十年代備忘錄》，人民文學出版社2000年版；孔範今：《二十世紀中國文學史》，山東文藝出版社1998年版；金漢：《新編中國當代文學史》，杭州大學出版社1997年版

詩人總是在藝術與現實之間尋找理想的人生答案的困難而富有意義的精神旅程。

（一）象徵：一個獨特世界的建立

北島在八〇年代初接受西方現代派文學影響，自1982年前後始專注於超現實主義以前，他的詩歌從總體特徵上基本可以概括為象徵詩。從七〇年代初開始創作，到以《回答》一詩震響新時期詩壇，確立詩名，是他詩歌創作的前期。在這一階段裡，象徵既是作為一種創作手法貫穿在他的詩中，部分地也成為一種美學觀念——詩人對現實生活的藝術處理，回蕩在他的創作意識裡。處身於惡劣的生存環境，他用詩歌這種精神形式來補償人生困厄。而象徵使詩歌獲得了獨特的功能：當現實生活出現反常狀態，與人類理性大相悖謬的時候，藝術卻可以依照人類恒在的合理尺度而建立一個精神家園。這是他的與當時流行的既使藝術也使人生深受其害的政治功利主義的文藝觀大相徑庭的詩歌觀：

> 詩人應該通過作品建立一個自己的世界，這是一個真誠而獨特的世界，正直的世界，正義和人性的世界。[25]

在一種完全服從抽象政治概念的演繹的淺白直露庸俗粗劣的偽詩氾濫於詩壇、真正的詩歌已不復存在的年代裡，北島從滿足生命的內在要求出發，用象徵、暗示和隱喻等藝術手法創造了一種獨特的詩，這不僅填補了當代詩歌的一段空白，同時，它還接續了中國現代詩史上的象徵詩傳統，使新詩史上枯萎了多年的象徵詩重放異彩。跟二、三〇年代的以李金發、戴望舒、穆木天、王獨清、梁宗岱等人為代表的中國初期象徵詩不同的是，北島不是如前者一樣，直接在法國象徵主義的影響下（該詩派成員多半與法國象徵派有直接接觸或精通法文而能閱讀法語原文詩歌）有意識地掀起以追求「美的世界」（李金發）、「純粹詩歌」（穆木天）、「最高的藝術」（王獨清）為藝術目標的純詩運動。北島是在一個極其封閉的文

[25] 北島：《關於詩》，見《上海文學》1981年第5期。

化環境裡開始寫詩的，在藝術準備階段，無緣接觸到外國象徵派作品。他的象徵詩在詩學觀念與藝術處理上與法國象徵派的某些類似或暗合，表現的是一種藝術世界裡的平行關係。然而哪怕是極其粗略地揭示這種現象的發生原因及二者之間的異同，也有助於估定北島的藝術價值，並進而認識當代文學的存在狀況。

首先，北島要通過詩歌來建立一個獨特的世界，這與象徵主義者在藝術觀念上較為一致。作為西方現代主義濫觴的象徵主義藝術派別最早在十九世紀末的法國出現時，它對人類藝術的一個重要貢獻就是它把詩歌作為一個可以自給自足的單元而從人類的其他精神活動更從物質活動中獨立了出來。象徵主義的先驅波特萊爾宣告，藝術作為精神世界是可以獨立存在的，在那裡，一切——形體、運動、色彩，同在自然界裡一樣，都是意味深長，彼此聯繫、互相轉換、感應相通的。[26]後期象徵主義的大師瓦雷里則公開聲言：「詩人的使命就是創造與實際制度絕對無關的一個世界或者一種秩序、一種關係體系。」[27]從人類藝術史的發展看，認識到藝術是一個特殊的領域，這是一種新的藝術自覺。而這種自覺在不同時代的不同國度的詩人身上以一致的要求表現出來，一個共同的原因乃在於，詩人總是比一般人更不滿足於現狀，更清醒地意識到自己與時代的矛盾，苦痛的現實生活逼使他們尋找一個比客觀事實的世界更能給人以精神安慰的歸宿，而文學史的積累又為他們提供了這樣做的可能。但是，同樣是追求獨立的藝術世界，北島與象徵主義者卻是有區別的。後者要掙脫客觀現實而轉向主觀世界，他們是要進入「純粹觀念」的領域，是要通過直覺去把握「永恆的真實」。他們的藝術意識同時是一種宇宙意識，二者相互生成。以波特萊爾的「感應」說為基礎的藝術世界的建立，必然是對一個客觀世界無可驗證、理智的實證不能到達的帶有神祕意味的彼岸世界的追求。北島的藝術觀念當時則沒有能夠進入這樣的本體層次。民族的文化傳統、時代的哲學空氣以及沉重的生活現實和他本人的生活遭遇決定了他的詩歌世界包

[26] 參見[法]波特萊爾：《對幾位同代人的思考》，《波特萊爾美學論文選》，郭宏安譯，人民文學出版社1987年版，第97頁。

[27] [法]保爾・瓦雷裡：《純詩》，《法國作家論文學》，王忠琪等譯，生活・讀書・新知三聯書店1984年版，第119頁。

含著這樣兩個方面的內容：對荒謬現實的批判和對理想生活的渴求，二者皆與現實生活緊緊相關。他的詩歌基本是由兩組對立因素構成的象徵情境。他用這些象徵性詩歌形象再真實不過地傳達出一個充滿著壓抑感的生活氛圍，也表現了重壓之下生存意願和發展要求仍然存在著的人對苦難現實的心理反叛，其中都浸透了詩人對於現實的情感評價，具有明顯的現實指向。但是，北島強調藝術的維護人生的獨特作用，這在文學完全墮落為政治附庸的當代中國社會來說，無疑是一種很寶貴的超越。人類需要藝術，從來就不是為了讓它適應現實關係，而是用以彌補現存關係造成的人生缺憾。

其次，在建築藝術世界的途徑上，北島與象徵主義者採用的都是象徵暗示的藝術手段。所不同的是，北島的象徵、隱喻的運用多半是迫於環境險惡的不得已，而且基本是一種比照性描寫。社會的超乎尋常的違反人性，使他只需選用一些很傳統的形象便可以其作逼真的不難解悟的寫照。政治的黑暗猶如漆黑的無所不在的夜，生活的束縛好比四處張開的網，希望的境界成了被堤岸阻隔的黎明，而覺醒者恰如被海水包圍的孤獨的島嶼。北島詩中的暗示，基本是告訴人們種種已然或應然的情況。他寫青春：「紅波浪／浸透孤獨的槳」，只用一個想像的情景就展示了一代人的悲劇性處境。他寫生命：「太陽也上升了」（《太陽城札記》），意謂有生命的人更渴望生長。象徵主義者卻不同，象徵、暗示的運用，更多地是要消融主客觀的界限，用幻覺的方式透入另一個世界，與真宰冥合。通過暗示，主觀境界就過渡到了詩的世界。馬拉美就說：「與直接表現對象相反，我認為必須去暗示。對於對象的觀照，以及由對象引起夢幻而產生的形象，這種觀照和形象——就是詩歌。」[28]但儘管二者存在上述的區別，象徵作為一種藝術方式在北島的詩裡普遍運用，表明瞭詩人對於世界的獨具的感覺能力與豐富的再造性想像。中國的建立在機械反映論的基礎上的功利主義文學要求，缺乏的正是精神的獨創性，因而難以具有提升人的精神生活的特殊價值。

[28] 轉引自胡經之、張首映：《西方二十世紀文論史》，中國社會科學出版社1988年版，第55頁。

另外，由於心理感受的真實的外象化，北島的詩歌敷上了一層陰冷的色澤，給人以冷峻悽愴的感覺。而最深刻的藝術只能是一種憂慮重重的氛圍。波蘭文學家切・米沃什曾指出：「本世紀詩歌的陰鬱日益嚴重。」[29]而這種陰鬱正源於十九世紀末誕生的象徵主義。波特萊爾在汲取了以悲愴為美學風範的愛倫坡的藝術神髓之後，「給藝術天空帶來的就是說不出的陰森可怕的光線，並創造出新的戰慄。」[30]北島詩歌的陰悒的冷峻雖不是象徵主義的直接感染，但他卻從生命感受這一共同層次上驗證了現代藝術的本質，也反映了他的藝術感性。

（二）超現實主義：無意識閾下的自我發掘

北島藝術觀念的真正現代化，是在他接受西方現代派文學的洗禮之後。

七、八〇年代，隨著國家對外開放政策的實施，西方各國眾多的現代主義文藝蜂擁而入，猛烈地衝擊了長期在自我封閉的文化環境裡的中國文學，給新時期文壇上一大批真正渴望中國文學翻身進取的人們帶來了不可遏制的興奮與激動。它成為一種觸媒使中國當代文學從原有的框架中發生了明顯的裂變，也改變著新時期文學的面貌與進程。北島就是在這樣的中西文化大交匯的歷史性機遇中及時地棄舊圖新，開始了他的新的藝術探索期。令人感興趣的是，在眾多的現代主義文學流派中，北島為什麼獨獨看中了超現實主義，而且成為新時期詩壇上唯一對此種文學方法樂此不疲的人？超現實主義用什麼樣的魅力吸引了北島？

超現實主義是現代世界文學中的先驅藝術，也是西方現代派文藝中影響最大、最有涵蓋性的「超級文藝」。一個本來具有強烈政治色彩（它的主要代表人物阿拉貢、勃勒東、艾呂雅、佩雷等都參加過法國共產黨）的藝術團體，能夠產生世界性影響，引起廣泛共鳴，其主要精神滲入多種文學流派，原因就在於它的以佛洛伊德和榮格的精神分析學說對人類自身奧秘的發現為理論依據的強烈的反理性態度，以及由此帶來的對藝術思維的空前解放。超現實主義這樣定義自己：

---

[29] ［波］切・米沃什：《詩的見證》，見《外國詩》（5），外國文學出版社1984年1月版，第212頁。

[30] 參見錢春綺譯《惡之花》中《七個老頭子》一詩的注解。

> 一種純粹的心理無意識化，人們有意識地利用它以口頭、書面或任何其他方式，表達思維的真實過程。這是一種不受理智的任何控制，排除一切美學的或道德的利害考慮的思想的自動記錄。[31]

二十世紀上半葉的西方社會，普遍存在著不堪理性主義帶來的失望，強烈要求擺脫文明的束縛，而追求自身內在的「無理性王國」，並進而尋找新的價值的思想傾向。在這樣的精神氣候裡，超現實主義的排除理性控制，走向內心真實的主張自然迅速風靡，產生很強的搖撼力。

阿波利奈爾曾自信地宣稱：「法國向各國人民貢獻了詩歌。」[32]要是從摧毀心理機械論，在更深的層次上啟動藝術家的想像，啟發他們對心理潛能的自我發現這一點上來說，超現實主義在藝術更新上的意義則遠遠超過了它的思想意圖。勃勒東在《超現實主義宣言》裡完全基於自身創作體驗描述的超現實主義的信筆直書法，是可以在每一個藝術創造者的意識裡打開一扇能夠窺見意料不到的奇異景象的窗戶的：

> 在你盡可能舒服地在一個地方坐定下來之後，使你自己的頭腦完全集中於自身，並讓人把寫作用的紙筆放在你的面前。盡一切可能讓自己的思想處於一種被動的，或者對一切都相容並收的狀態之中。忘掉自己的天才，忘掉你的才能和任何別人的才能。隨時讓自己記住文學是一條可以通向任何地方的悲慘的道路。不要預先想定任何主題，儘量迅速地寫下去，寫得越快越好，這樣你就不會記得住你已經寫下的東西，也不會老想回頭看看你寫下了什麼。第一句話自會自動出現，真實所具有的巨大強制力將使每一秒鐘都會有一個我們的意識完全不知道的句子呼喊著要我們聽到它的聲音……你可以就這樣願意寫多久就寫多久。完全相信那不知來自何處的聲音是永遠不會停歇的。[33]

---

[31] [法]勃勒東：《超現實主義宣言》，見《法國作家論文學》，第67頁。
[32] [法]吉約姆・阿波利奈爾：《新思想和詩人們》，《法國作家論文學》，第56頁。
[33] 轉引自愛德華・B・傑曼：《超現實主義詩歌概論》，見《外國詩》（2），外國文學出版社1984年1月版，第211頁。

這樣一種完全從創作活動本身出發的嶄新的藝術技巧和新鮮的藝術經驗，一旦傳入長期為機械反映論苦害的中國，像北島這樣的素來注重涵養心理能量，變革了的現實又促使他尋找新的思考方式的詩人，其驚喜的程度可想而知。一種內在的要求決定了他與超現實主義一拍即合，同時也是一種選擇性的認同。

北島跟同時代大部分人一樣，通過翻譯過來的材料接觸到現代派的理論和作品，而他又跟很多人不一樣，唯對超現實主義一見傾心，則是因為他的思想發展有獨特的軌跡，他的藝術期待也已經到了一個突破的前沿。超現實主義對北島產生最大的吸引力的，是它對無意識的偏愛，是它對詩歌幻想性的重視，是它對藝術思維的反邏輯、反理性的強調。而北島看重這些，並不是要從現實世界中徹底逃避出去，恰恰相反，社會變動，中西文化的再度撞擊，為他提供了思索領會人生的契機。他的思想需要深化，他的藝術也需要昇華，他必須找到一種更為有效的方法來透視我們的生存狀況。在這之前，也就是1980年到1982年之間，北島思想的一個明顯轉變就是，文化思慮代替了政治關切，自我反省代替了個人抗爭。但也有很重要的一貫性（同時也是他的獨特性），那就是北島的詩歌始終沒有同主流文化隨聲附和。當社會雖然出現了新的轉機，但民族文化的惰性卻以另一種形式表現出來，阻礙著民族歷史的儘快更新時，他堅持不描繪生活表面的色彩以討好或自慰自娛，而是依然以冷峻的目光審視包括自己在內的這個民族的精神情狀。《古寺》、《十年之間》、《夜：主題與變奏》、《傳說的繼續》、《履歷》、《同謀》、《隨想》等這些情緒幅度大大拓寬了的很有分量的作品就產生在這一時期，在早於同時代的其他詩人進行的從十年動亂的歷史結局出發，對民族文化進行鉤沉的過程中，北島觸摸到了民族精神中的悲劇性的暗流，於是一種悲觀情調在他的詩中時時起伏。這固然有心理定勢的作用，但後來思想界文化反思的全面展開，也證明瞭北島對民族精神的批判性認識比一般人清醒而且更早。民族文化中一個荒謬不過的表現是，社會總是不惜犧牲具體的生命個體而維持表面上的和合；對於抽象觀念的膜拜大大甚於對於生命姿態的熱愛，戕害了生命反而振振有詞。正是深感文化的虛飾性和偽善性，北島才接過了超現實主義反邏輯反理性的武器。反邏輯是為了突破習慣而趨近真實，反理性是為了打破無理性而求得合乎人性的生活。打開無意識之門，浮現遠比現實真實得多的人性世界。而北島固有的藝術質地，如注重潛意識，瞬間感受和夢境（夢在超現實主義那裡有無比重要的意義），想像奇特，富於超驗感覺，不僅為超現實主義的藝術主張所確認，而且受其影響而加強著，反過來幫助它實現希望擺脫現實本身的纏繞而從它的背面透視它的創作要求。

（三）白日夢：兩個世界之間的永恆困惑

經過幾年時間的超現實主義的嘗試，北島的詩藝得以精進，結束了他的藝術過渡期，而一個總結性的成果是，他向當代詩歌奉獻了一部不可多得的藝術作品——《白日夢》。在這首由許多令人驚愕的意象和奇警的語言以及富有戲劇化的片斷組成的完全具有超現實風格的詩歌裡，北島真正完成了他的獨特世界的建立。這是一個建築在顯在的生活世界與潛隱的意識世界之間的精神空間，堅實硬朗又難於捉摸。

跟北島的所有創作一樣，《白日夢》同樣帶有個人經驗的痕跡。但它絕不局限於個人，它更多的是通過個人的心理感覺來勾畫一個民族的歷史遭遇，甚至是人類文化的或然性以及由此導致的特定情境中人們的生存狀態，命運圖景。《白日夢》的基本內容還是對一直困惑著詩人的關於生命和愛情、理想與自由、生活及藝術、文化和傳統等等關涉人生內容的思考，是對個人和民族經驗的藝術反省。「文化大革命」那場歷史災難仍然作為最痛苦的記憶被時時勾起，但又從歷史文化的運行和生存意志的衝突來反顧和透視它，因而增添了歷史厚度和哲理深度。同代人的人生失落是長詩的主要關切對象，但它更著眼於一種集體的迷失——「我們終將迷失在大霧中」，一個民族因為自身文化衍變的無目的性而導致的生存困境。詩歌向我們展現了一個文化世界，一種作為「共生現象」的「包括羊的價值／狼的原則」的吃與被吃相維持的文化世界，但它用的不是寫實手法。作為現實的現象是並不真實的現象，是已經按照傳統的習慣、文化的壓力矯飾了的人的欲望，只有意識的深層特別是無意識的隱秘地帶所隱藏的才是最真實的情況，——這正是北島從超現實主義那裡得到的啟示。《白日夢》就通過白日夢的超現實主義方法還原了一個真實的文化景觀。

《白日夢》可以當作史詩來讀。跟新時期一部分試圖構築現代史詩，但卻令人失望地棄近追遠，對於遠古神話和破碎陶片的興趣大甚於現代當代的社會事故的詩人的做法不同，北島沒有規避這一段作為幾千年中國封建文化的終結形態、濃縮形象的現代中國社會的歷史。雖然他沒有以外部事件為經緯來架構這一段民族史，但他用他特有的藝術方法，為我們展現了一部民族的心史，一種意識化了的民族史。在今天由於各種原因現代中國歷史還無人敢於正面切入的情況下，北島卻用銳利的藝術解剖刀不留情面地解剖了它，體現了北島嚴肅的藝術責任感和令人欽佩的藝術勇氣。勃蘭兌斯說：「一個國家有文學就是為了擴展它的視野，把關於人生的理論用生活本身加以驗證……文學是或者說應該是一個特別的領域，這裡官樣文章應當廢止，成規陋習應當拋棄，假面具應當撕掉，可怕的真理應當講出來。」[34]北島通過《白日夢》揭示的就是發人深省的人生真義和令人警悚的民族生存實況！而北島能夠完成他對自身和民族的精神生活的藝術思考，又在於他找到了且成功地改造運用了超現實主義這一外來藝術方法。這方面的啟示，在某種意義上甚至超過了作品本身的深刻的意識內容。因為《白日夢》的成功很有說服力地表明中國新時期的作家完全有可能立足於本民族的生活需要，以吸取外來文化營養並完成自我超越。

《白日夢》是一種世界性的藝術思潮影響下的產物，但它又全然是從現實的中國土壤上生長出來的純正的中國新詩。北島接受了外來影響，但這種影響已經通過自身的審美需求和藝術感覺融化到創造主體的血液裡，成為一種藝術增殖的酵素。作為富於獨立意識與創造意識的詩人，生吞活剝外來方法的情況已不存在，也不可能存在。《白日夢》這首彙集了他的前期詩歌的社會主題而成為一個多聲部的人生交響樂的長詩，展現的是一個超現實的世界，但它又明顯區別於西方現代派。這種區別不僅僅是一種語言符號上的民族戳記，更在於它的生活內容、情感特質上的東方的和時代的印痕。起決定作用的是：有壓抑生命的文化在，就勢必有為生命而抗爭的詩人出現；多數人仍然為流行觀念和習慣意識所蒙蔽，詩人就必然痛苦地感受著精神的孤獨；現實政治不能為民族活力敞開更寬闊的道路，詩

---

[34] 勃蘭兑斯：《十九世紀文學主流》第一分冊，人民文學出版社1980年版，第103頁。

人的藝術視野就難免逼仄為一種政治關注。不堪回首的歷史記憶與夢寐以求的真的人生，在類似夢幻的詩歌語言中交纏，凸現出的是強烈的現實感。超現實主義的宣導者們提倡自動寫作，使用夢境中的語法創造出這樣的語言：

> 那個長著兩個貂皮乳房的女人站在朱夫洛伊過道歌聲的光線之下……
>
> 她已超出了我們的情欲之外，像火焰，她正是，好比說，火焰的女性季節的第一天，恰恰是一個佈滿雪和珍珠的三月二十一。[35]

這樣的形象能給人以新鮮奇妙的甚至很美的感受，但它與現實生活基本無涉。而北島的這樣的類似的夢境的情節——

> 終於有一天／謊言般無畏的人們／從巨型收音機裡走出來／讚美著災難／醫生舉起白色的床單／站在病樹上疾呼：／是自由，沒有免疫的自由／毒害了你們

卻讓你為現實的荒誕而感到沉重、無奈和憤怒。超現實主義作為本世紀帶有前驅性的藝術，它在各地的成功，總是先刺激獨特的藝術創造主體，然後作為一種觀念和方法被該民族的文化傳統和彼時的藝術風尚所同化。埃利蒂斯使超現實主義適應悠久、豐富而柔韌的希臘傳統，阿萊桑德雷將傳統西班牙抒情詩與超現實主義結合，都創造出獨具一格的詩歌，都因此而榮獲諾貝爾文學獎。日本的清岡卓行，熱衷於超現實主義的創作方法，但他的詩仍然深受長於抒情式敘事的日本文學傳統風格的滋養和慣於秩序性的民族心理的制約。北島亦如是，他借助超現實主義確證了他潛在的藝術能力，同時也便於在一個艱難的文學環境中實現自己的文學生存，但他的詩歌首先體現的仍然是中國當代最有深度的藝術家與處在痛苦的蛻變期的中華民族的現實生活的割不斷的血肉聯繫。

---

[35] 轉引自愛德華・B・傑曼：《超現實主義詩歌概論》，見《外國詩》（2），外國文學出版社1984年1月版，第211頁。

一個超現實的藝術世界對北島而言充滿了誘惑。對世界文學的心領神會，使他越來越意識到文學世界是區別於現實的另一個世界，在那裡可以得到獨立的自由，探索生命的真諦。但現實境遇又使他深深感到這兩個世界是交叉的，一個世界不斷受到另一個世界的壓抑，因而產生條件反射，致使詩中有意無意地帶有明顯的社會意識和政治情緒。他希望能夠超越現實世界，通過作品與之劃清界限，但他遇到了困難。「我感到了一種困惑，在兩個世界——一個現實世界和一個是想達到的世界中選擇，很困難。」[36]不單是作為詩人應有的孤獨的自由不斷遭到干擾破壞，更因為詩人所想往的合理的社會的出現總是受到各種因素的阻礙，都不能不使他焦灼而憤激。在他這裡，文化的批判總是起因于現實的憂慮。兩個世界都使他不得安寧。藝術家既然要發現或回答困擾於生活的人們不曾明白或渴望理解的問題，他就只能首先在兩者之間徘徊、困惑。

三、顧城：一種唯靈的浪漫主義

顧城是一個不大好捉摸因而常常引起爭議的青年詩人。天真，孩子氣，執著地營造一個沒有被污染的童話世界，這是他的藝術活動給人以鮮明印象的一個方面。人們根據這一印象習慣地把他稱作「童話詩人」。但是，顧城還有另外的一面，這就是他有時候似乎有點「鬼」，有些故弄玄虛，甚至近乎神祕怪僻。

新詩潮剛剛興起時，在那場勢所難免的詩歌論爭中，顧城的幾首筆記型小詩就作為「朦朧詩」的標本被人猜索，引起爭論。上海一青年詩人後來還頗有趣味地描述過當時的情景：「那時，詩人和詩人一見面就提起『朦朧詩』，判決它的生或死，報紙紛紛加入『朦朧』的討論，而這種『討論』一般說來總是讓被討論的對象死不了活不成。可是，翻來覆去能舉出的『朦朧』詩例只有《弧線》、《遠和近》。顧城躲在樹上，畫了一些神奇的解釋，哄得贊成或反對者都以為那幾句詩大有思想隱藏。」[37]隨

[36] 引自1986年12月21日北島在北京大學首居學生文學藝術節上的演講記錄（未經演講者本人審閱）。

[37] 《遠帆》，見老木編：《青年詩人談詩》。

著新詩革新浪潮的進一步激盪，「朦朧」的困惑早已被證明為不過是當代人藝術思維長期僵固的必然結果，而顧城的那些本無深意存焉的印象式小詩也不再被認為有多麼難以理解。但是，顧城本人，顧城的詩和詩話，卻仍然在新時期詩壇上製造著謎。1980年以來，他一直在家待業，唯一可幹的事，便是寫詩。文壇風風雨雨，他卻隱身在一個避風港中，做著百合花般的詩的夢。他擁有著一個小小的角落。他躲在一個玻璃瓶子裡，時不時伸出頭來看一看世界。他就在這樣一個小天地裡，源源不斷地製造著語言和境界都愈來愈純淨透明也愈來愈缺少生活氣息的詩。與此同時，他又用其美學價值決不遜於他的詩歌的語言來談論詩，也談論宇宙人生。他不放過一切可能的機會滔滔不絕、行雲流水般地宣揚他的藝術觀、美學觀。他的那些話，在我們這些充塞著塵世紛爭、現實征戰的噪音的耳朵聽起來，簡直是一種喃喃的囈語，簡直是只有不食人間煙火的人才可以說的話，簡直就顯得幼稚可笑——顧城因而為人詬病。凡是富有社會責任感的詩人、作家或評論家，不是善意地輕看就是鄙夷地嘲笑他的精緻純美且不知所云的詩，以及他的完全不合時宜的談詩論文的譫語。更不用說比他更年輕一代的詩歌新生力量幾乎無庸遲疑地要把他和他的時代一同拋掉。一般讀者，可以出於對詩人的名字的好奇而不無欣喜地購買他的新近問世的詩集——《黑眼睛》，但是當你讀完他從先後十幾年創作的近萬首詩裡選出來的這九十餘首詩，你也不一定沒有迷離和困惑，甚至某種程度上的失望。顧城究竟是什麼樣的詩人？他的詩歌創作又是為何種美學思想所支配，屬於何種精神現象？他的在當代詩壇上獨具一格、卓爾一家的詩風到底有何審美價值？我們應該選擇一個什麼樣的視角才能真正接近和燭察這位天真而又神祕的藝術創造主體以及他的美麗而又空靈的藝術世界？——這是對發展著的當代新詩投以關切與厚愛的目光的人們所面臨的問題。

「知人論世」，這也許是一個老而又老的批評方法。然而當我們試圖解開顧城這一文學之謎時，我們卻採用了這種看來有些過時的方法。特殊的批評對象決定著我們這樣做。十九世紀的歷史批評學派的建立者查理斯・奧古斯丁・聖佩薇（Charles Augustin Sainte-Beuve）所強調並應用的傳記法，即尋索由作者的個性進而建立作品的個性的方法，不一定在所有的批評活動中都靈驗，但對於我們討論顧城其人其詩來說，卻十分適合。聖佩薇說，「對我來說，不知道那人本身而要判斷他的作品，是困難的」[38] 這句話也可以移用於今天想要確切一些地把握顧城和他的詩歌的讀者。甚至有關顧城的軼聞趣事，也具有與詩歌本身同等重要的意義。因為顧城首先是一個有獨特個性的人，然後才是一個獨具風格的詩人。不僅是獨特的生活道路，而首先是獨特的性格氣質、思維類型決定了他感受世界、理解世界、應對世界的方式。他的詩歌創作既是世界作用於他，也是他重構世界的精神活動的產物。抓住這一點，顧城的文學存在的價值、他在當代生活中的位置、他的藝術活動的得與失，才能在現實生活與文學運動的二度空間中確立和顯現出來。

顧城的全部奧秘在於，他是中國當代文學中絕無僅有的唯靈的浪漫主義詩人。

顧城的浪漫主義，不是我們通常理解的那種所謂以誇張和想像為特徵的創作方法，也不是那種熱切呼喚高於現存生活的理想世界的激情洋溢的藝術態度，更不是那種曾經氾濫一時的用空洞的豪言壯語作精神的集體膨脹的文學異化。不，這些都不是！顧城的浪漫主義是一種嚴格意義上的文學精神。顧城的這種在獨特的心理品質上形成的唯靈的浪漫主義，不僅在當代文學中無與類同者，就是在整個「五四」以來的新文學史上，也只有在郁達夫等少數的新文學先驅那裡曇花一現過。假如可以在全部的世界文學的範圍內來尋找這種精神現象的特殊形態的話，那末，我們只能在十八世紀末、十九世紀初的德國浪漫派那裡找到它的「原型」，並且會發現二者之間那種驚人的相似之處。這不僅表現在根本的美學思想——「人生與詩合一」（弗・施萊格爾《盧琴德》的基本觀點）上完全一致，就是詩人的性格氣質中表現出來的在自視常態的人們看來的病態特徵上，也十分相近。

德國浪漫主義是人類文化史上一個很值得注意的精神現象。如果在古典文學之後以浪漫主義、現代主義、後現代主義為基本形態大致劃分近代以來的西歐文學過程的話，那麼在十八世紀末十九世紀初興起的世界範圍內的浪漫主義思潮，唯有德國浪漫主義作為一種文學精神未曾中斷地貫穿

[38] 格瑞柏斯坦拜編：《現代文學批評面面觀》，李宗瑾譯，臺灣出版。

下來，並在當代得到新的發展，而決定著它的生命力的精神內核乃是藝術與人生在本質上的不可分離，或者說藝術的人生本體論。從早期浪漫派的弗・施萊格爾、瓦肯羅德爾、諾瓦利斯、蒂克等追求詩化的世界，用人生的詩意化對抗生活的散文化，到後期浪漫主義的里爾克、蓋奧爾格、特拉克爾、黑塞等進一步尋求靈魂的歸趨之所，用詩來拯救人心的沉淪，以擺脫歷史的迷誤。其共同的關切就在於人何以為人，怎樣才能使人不忘記、不喪失自己的精神存在。他們最關心不是自己的肉體的存在狀況，而是時刻擔憂人類文明的發展侵害或者剝奪了人之為人的精神領域。焦慮於人的自我（個體的也是類體的）的喪失，正是西方現代文學的一個帶普遍性的深層主題，而這樣一種終極關切在德國早期浪漫派詩人那裡就成為最根本的困擾，這只能歸因於德國民族的沉思性格。只有在富於內省精神、執迷內在關注的人們那裡，幻境、夢、彼岸、有限和無限等等這些不可見的精神存在才會成為喋喋不休的話題。耐人尋味的是，這些浪漫主義詩人作家，多半是體質上比常人虛弱而在精神氣質方面比一般人古怪，或是憂鬱神祕（如瓦肯羅德爾），或是充滿迷誤和幻覺（如蒂克）。對於他們來說，肉體是不該承受的外殼，而心靈、幻想、自由、憧憬才無比重要。這種人往往堅持自己的生活態度而同流行的習慣格格不入，因而被人視為不正常，甚至乾脆就發展為「精神病」（如荷爾德林）。勃蘭兌斯在描述這些浪漫主義詩人時就引用大量有關他們個人的軼聞趣事來說明他們的精神特點及其文學實質。而我們則可以根據他們這種極端地凝視內心，把藝術視為精神得救的唯一方式的特徵而將他們稱作唯靈的浪漫主義。顧城就是屬於這一精神類型的詩人。

顧城的這種浪漫主義內質使他區別於新詩潮的其他主要代表詩人。跟北島相比，他不像前者那樣對現實始終充滿批判精神與參與意識，富有強烈的現實感和責任感。顧城也不同於同樣具有浪漫情調的舒婷，後者的浪漫精神更多的是基於痛苦的生活體驗而對可以預期的美好的人際關係的呼喚，為情感性所浮托，屬於一種理想型的浪漫主義，二者的區別有點近乎德國的浪漫派與英美的浪漫派的差異，精神層次有深淺之分，詩歌意指有隱顯之別。顧城的浪漫主義的最主要的內容，是他對於生命的幻想與沉思。詩與生命的二位一體，既是他的文藝觀，也是他的人生本體論。

「詩・生命」，是他最近一再強調的話題，表現的是強烈的生命意識。在近幾年的新時期文學中，生命意識的覺醒是較普遍的現象。但是，跟一般人要麼描寫外在的生存狀態，要麼表現內在生命力的騷動的生命關注不同，顧城的生命思考則集中在對生命本原的領悟上，值得指出的是，顧城的生命意識遠比同時代人覺醒得要早。它不是受社會思潮影響的結果，而是先天賦予的內在悟性使他一開始就注視著靈魂，體驗著人與世界的同一性，關心著生命的來源和歸宿。「生命」這個字眼，很早就在他的詩中出現。十二歲那年，他隨著被流放的父親從大都市到了山東北部的一個荒灘上放豬，在河灘上他用手指在水邊的沙地上寫下了那首至今可以看作是他的最好的作品的《生命幻想曲》，這首詩固然流露了一個被社會無故遺棄的少年的無所歸依的淒涼感，但更是處處表現了一個幼弱生命對於世界的超驗感覺。「我把我的足跡／像圖章印遍大地／世界也就融進了／我的生命」，這是對那個悖逆人性的黑暗社會的婉曲抗議，也是一種超越現實的對於人與世界的關係的理解。他已經為生命找到了另一種存在形式：「我要唱／一支人類的歌曲／千百年後／在宇宙中共鳴」。

寫詩對於顧城來說，首先不是用以對生活發言，產生什麼作用，而是生命的一種內在完成，是一種自我求證的方式。他說：「我要做完我的工作，在生命飄逝時，留下果實。我要完成我命裡註定的工作——用生命建造那個世界，用那世界來完成生命。」[39]他要建的那個世界就是他多次說的，「高於世界的天國」，「一座詩的童話的花園」。顧城所營造的這個藝術世界，是外擴的，他利的，反映的是一種人類理想。但它更是內縮的，自足的，是人生的自我實現的途徑。顧城一度也有過較強的社會感，特別是思想解放運動興起之初，當表現自我、呼喚人性的復歸成為一個時代的渴望時，他也曾大談「新的自我」（他得意地解釋當前引起驚奇和爭議的新詩之所以新，是因為在一片瓦礫上誕生了「相信自己應作自己的主人走來走去」的「新的『自我』」），並且寫了一些明顯富於社會批判性的詩作。他用「黑夜給了我黑色的眼睛，／我卻用它尋找光明」來概括覺醒的一代的形象。他用這種「有色」的眼睛去觀察世界，自然物便

---

[39] 顧城：《詩話散頁》之一，見《青年詩人談詩》。

發生了變形，成為某種社會現象的再現：傾斜的石壁也充滿了「灼熱的仇恨」（《石壁》），江中緩緩走過的帆船，展開的是「暗黃的屍布」（《結束》）。他歌唱為真理而獻身的勇士，抨擊劊子手的罪惡，為蘇醒了的「希望者」而欣慰（《犧牲者・希望者》）。他滿懷同情和理解地為自己的父輩唱著《北方的孤獨者之歌》，詛咒了一個禁錮自由、扭曲人生的昏濁的時代。他還以可貴的勇氣寫下了《永別了，墓地》，為同代人的悲劇命運作出了大膽的思考。但是，也就在這一段時期內，顧城仍然明確地表示，這個覺醒了的「新的『自我』」，「他的眼睛，不僅僅是在尋找自己的路，也在尋找大海和星空，尋找永恆的生與死的軌跡」，用複雜的現代藝術手法，來表現「對無盡的宇宙之謎的思索」[40]。他的這些話，在當時被現實的政治革新所激動興奮的詩壇上，完全是另一種聲音。而且很快，以《永別了，墓地》一詩的完成作為他的社會感的終結，他的意識愈來愈脫離現實生活層次，趨入一個純粹的精神境界。從1980年以戀愛的開始為標誌，他踏上了思索、尋找愛的道路，正如德國浪漫主義者把愛作為人生的一種寄託一樣，顧城以「愛」作為他在這個充滿了不幸的世界上仍然存在下去的理由。愛不僅僅是狹義的個人情愛，也是對於生命的博愛。在《我是一個任性的孩子》裡他寫道：「我想塗去一切不幸／我想在大地上／畫滿窗子／讓所有習慣黑暗的眼睛／都習慣光明」。他的心「愛著世界」（《我的心愛著世界》），他的眼睛關注著生命（《生命的願望》）。這一階段，他的詩中也不停地勾起對於遭受凌辱的少年時代的記憶，用悲涼的語氣訴說他的十二歲的「長滿荒草的廣場」（《十二歲的廣場》），他的「被粗大的生活／束縛在岩石上」的過去（《也許，我不該寫信》）。他也偶爾透露他的生存渴望：「是呵，我們的夢／也需要一個窩了／一個被太陽光烘乾的／小小的安全角落」（《在大風暴來臨的時候》），「黃羚羊需要空地／天空需要彩色」（《兩組靈魂的和聲》）。然而這些感歎雖然針對過去的遭際或現實境遇而發，但卻沒有憤激。也許是認識到個人的力量無法改變生活的苦難，他只希望在人的有限的生命過程中體味出一些什麼。即使是愛，也不過是走向生命的歸宿的路途上的一

---

[40] 《請聽我們的聲音》，見《詩探索》1980年第1輯。

種相互依戀（《那是冬天的黃土路》），在天國的鐘聲的回蕩中，生命的愛得以完成（《我會疲倦》）。

1983年以後，顧城思想向著形而上的世界更加突進了一步。對於生命的沉思必然導致對「靈魂」的探討。這一年，他重新理解了惠特曼，大談靈魂、彼岸、本體世界，強調萬物眾生都不過是本體上長出的草葉，宣揚事物無差別。早在1981年他就已經認識到生命不過是一個由生到死的短暫過程（《回歸》），而1982年他已透徹於人們為宿命而奔忙——「人們走來走去／他們圍繞著自己／像一匹匹馬／圍繞著木樁」，但在死亡面前沒有差異：「被太陽曬熱的所有生命／都不能遠去／遠離即將來臨的黑夜／死亡是位細心的收穫者／不會丟下一穗大麥」（《在這寬大明亮的世界上》），而現在，死亡對他來說，是可以以平靜的心情面對生命的必然歸宿：

在秋天
有一個國度是藍色的
路上，落滿藍熒熒的鳥
和葉片
所有枯萎的紙幣
都在空中飄飛
前邊很亮
太陽緊抵帽檐
前邊是沒有的
有時聽見叮叮咚咚
的雪片
我車上的標誌
將在那裡脫落

（《淨土》）

一個青年人，何以這麼早就說到生命的歸宿；他的一雙又大又黑的眼睛，怎麼就透過擾擾攘攘的紛亂生活，看到了那個清淨的，澄澈的，虛無的靜界！我們是不是就可以到生活本身當中去找原因？回答是也可以。顧城剛剛告別金色的童年時，就遭遇了那場史無前例的文化浩劫。失學，被抄家，隨全家人一起流落到荒涼的鹽鹼灘上寂寞度日。後來回城當臨時工，參加「大集體」。1980年所在單位解散，他又成為待業者，只有在社會的空隙中飄遊。他用他細瘦的腳步，丈量了生活的艱辛困頓；他用他耽思的眼睛，閱讀了世事的變幻無常，他應該悟得出人生的真諦。但是，一場罕見的歷史災難，造成過多少人生困厄、青春失落、命運沉浮，為什麼別的詩人作家不像他一樣避實就虛，癡情彼岸。這裡我們就要從顧城獨特的思維類型來考慮。

顧城多次談到他小時候有過的一次經驗。那時他還很小，有一次大人都出去了，他一個人被關在一個亮著燈的屋子裡。忽然，他從被燈光照著的牆壁上看見了一雙雙眼睛像從霧裡慢慢浮起來，這些眼睛都是空洞洞的，一種迷茫的無可奈何的感覺。他感到害怕，而且馬上知道，人死了就要變成灰燼塗在牆上，他自己遲早也會這樣。他說他從那一刻起，對世界的看法就形成了。他的短短的一生就充滿著對於生命和死亡的啟示。只要說到詩，他首先想到的就是死亡。我們可以明白了，為什麼生命意識成為顧城詩歌的縈繞不絕的主旋律，為什麼他的詩勾勒的只是一條永恆的生與死的軌跡，這完全為一種生命的直覺體驗所決定。已故的朱光潛先生很早就曾中肯地概括過，中國人「偏重實際而不務玄想」，「哲學思想平易」，「宗教情操淡薄」。[41]這既是中國文化的主導性格，也是這一文化自身形成和衍亙的原因。封閉的落後的農業社會，決定了多數人為粗重的生活所捆縛而無暇耽思自我存在的理由與價值。長期的封建專制統治又規定著書面文化只能反復論證宗經、崇聖、尊君的合理性，知識人的工具性地位限制了他們的思想去追問生命本體。這兩方面互為因果，循環推演，投射到文學世界便是實用主義、功利主義成為中國文學的基本性格。誰逸出了這樣的規範，就毫無例外地不是被批評指責就是被鄙夷嘲笑。人類創造了文化而為文化所桎梏，成為它的奴隸。越堆越厚的文化史，使生命個體自慚形穢。在龐大笨重的文化甲殼面前，活生生的生命被掩蓋和忘卻，

---

[41] 見《詩論》，生活・讀書・新知三聯書店1984年7月版，第76頁。

出現嚴重的本末倒置。人類在這樣的集體迷誤中越陷越深，不能自拔。只有少數注重內在生活的性靈，才為此而擔憂，並呼喚人們救救生命，救救靈魂。顧城就是這樣的固執於一種意念，老向著一個莫名其妙的地方高喊前進的「唐・吉訶德」。

終極關切一旦成為涵蓋一切的精神內容，藝術又被當作生命回歸的形式，那麼詩歌就難免較少攝取現實生活的過程與場景，而主要是對一個超越世俗的本真世界的設定。用純真的童話形式，負載著形而上學的哲思內容。「生命」、「靈魂」在詩中一再被提到。「火焰」、「灰燼」、「海水」成為詩歌中的重要意象，在這些意象中蘊涵著遠比字面要深刻得多的內容。「『火』與『水』是一種古老而新鮮的生命體驗……它是心象、本質，最最其次才是視覺。」[42]「鐘聲」在他後期詩作中一再震響。「夢」更是從頭到尾貫穿於他的詩中，具有特殊的意義。北島的詩中也多次出現過「夢」，前期作為一種希望世界的代名詞，後期則具有超現實主義的用夢來展現更真實的潛意識世界的作用。而顧城的「夢」對於他的詩來說則更有不可忽視的作用。它是一扇視窗，透過它可以窺見一個本體界；它同時又本身就是，是實在。顧城小時候就跟夢結上了緣。很小時，他有一個異常習慣，每天早上在飯桌上都要向大人講他頭晚做過的夢。久而久之，大人覺得不吉利，不讓他講，他就只好一個人跑到一間屋子裡把門關上，對著牆壁講完了夢再出來。長大以後當了詩人，夢也就成了詩的內容。不少詩句得之夢中，如「你將孤身前往／許多空穴在風中同聲響起」（《靜靜的落馬者》）。有的全詩都在夢中完成，如《空襲過後》。夢使他的不少詩作帶上了很強的超驗色彩。《夢園》就十分典型。「超驗的感覺對於我來說是一種天然的感覺」（同前），顧城說。特殊的心理質地，決定著詩人的感覺方式、思維內容以及詩的語言特點、意象構成。

顧城熱衷於生命的色彩與芳香，而不大注重外在生活的流動過程，這正是勃蘭兌斯所一語道破的浪漫主義的特點：「浪漫主義者對於物質的現實真實不屑一顧。明顯的實體，固定的造型，甚至感情狀態的具體表現，都是他們不能接受的。他們從不追求這些東西。在他們的心目中，有形的

---

[42] 引自詩人給筆者的信。

一切都俗不可耐。所以，每個明確的面貌都淡化為dissolving views（英語：漸次溶暗的景物）。他們生怕喪失了他們可能在有限形體中獲得的無限性和深遠性。」[43]顧城的詩歌內容已較少有物質現實的成分，他的詩歌語言又因受西班牙詩人洛爾伽的影響而流暢、純靜，富於音樂性，因此他的藝術世界可以說是晶瑩剔透，是一個獨立自足的有藝術價值的精神實體。但它卻缺乏現實生活氣息，這又有點像勃蘭兌斯在描述德國浪漫派時所批評過的：「他們從詩人的心靈中排除了整個外部現實，而用它的詩意的憧憬創造出一個詩與哲學的體系。他們並不表現人生的廣度和深度，只表現少數才智之士的夢幻。」[44]作為當代富於獨特性的詩人，顧城的思想與詩，其審美價值與自身的局限性更是統一在一起的，是一塊銅鏡的兩面。我們甚至不必引用勒韋爾迪的話來為他辯護：「詩人不是先知，一般地說，他們既不具有現實感，也沒有深深扎根於現實的能力。但他們有時對非暫時的現象，對一切在當時和以後可能是非常有價值的東西卻有敏銳感覺，他們對未來從不預言什麼，但常常能在現實的事物中，感覺到對大家來說只有在將來才能清楚的事物。」[45]

顧城至今耽戀著他的生命說，樂而忘返。以前他把寫詩當作生命存在的一種方式，現在他更進了一步。認為寫詩本身並不重要，寫詩只是為了使人想起，想起一片「光明」。所謂「光明」就是生命與自然和諧一體的本原狀態，是生命的來源和感覺。人若都能想起那片百合花般的光明，人們就不至於在狹小的觀念存在中競相爭奪，釀造仇恨，世界上就會少很多的麻煩。他說：「世界是廣大的，生命和存在的可能是無限的。詩、美、那一片光明，正是把人從狹小的觀念存在中解放出來，歸於自然。屈原、但丁、惠特曼、洛爾伽這些偉大的詩人都不是現存功利的獲取者，他們在生活中一敗塗地，而他們的聲音，他們展示的生命世界，則與人類共存」（《答問》）。顧城的這種「想起」說，很類似於海德格爾的「高揚回憶」。作為德國後期浪漫美學的詩人哲學家，海德格爾深深體會到西方

---

[43] 勃蘭兌斯：《十九世紀文學主流》（第2分冊），劉半九譯，人民文學出版社1981年版，第110頁。

[44] 勃蘭兌斯：《十九世紀文學主流》（第2分冊），第234頁。

[45] 參見王忠琪譯：《法國作家論文學》，生活・讀書・新知三聯書店1984年版，第140頁。

形而上學的哲學傳統的迷誤（即把存在當作一種認識對象，當作一個存在物來思考因而事實上遺忘、喪失了存在本身）所造成的技術統治世界，嚴重地危害了人的生存世界，神性的光芒從世界歷史中消失，人生在世的留居喪失根基。世界之夜的貧困時代將達至夜半，而要使遮蔽已久的存在再度「澄明」，發出光亮，只有通過感性個體的「高揚回憶」。[46]海德格爾所揭示的，是西方人存在的精神危機，中國跟西方存在一個時代差，對於他們已迫在眉睫的必須解決的機器文明的發達所造成的存在失落，在科學技術的發展成為當務之急的中國也許構不成生存的主要矛盾。那麼類似顧城這樣的憂慮是否為時過早？不！這是兩個不同層次的問題。科技文明是我們當前在物質世界裡應追求的頭等目標，然而這並不等於說在精神世界裡中國人就不存在「存在」的遺忘。正像海德格爾等人已經透闢地揭示出唯理主義的哲學是存在失落的總根源一樣，中國文化積垢甚久的負面未必沒有遮蔽民族的生命活力，忽視生命個體的價值。所以顧城最近一再提示要「閱讀自身」，說世界上所有的一切都在你自身，你本身就是。這正是為了喚醒被文化習俗窒息了的生命感覺，撥正被抽象理論顛倒了的主客關係。顧城在此之前並未接觸尼采、海德格爾、瑪律庫塞等人的理論，但他卻從切身體驗中感受到了中國人的存在問題，難道我們可以把生命的自在要求看成是癡人說夢嗎？

顧城感到悲哀。他對於生命的凝思被人當作神經不正常，還因此被送進精神病院就診。他只好說，「多數人瘋了，就把少數沒有瘋的人當成瘋子。」[47]他也意識到自己難於被理解。幾年前他就說過，觀念是最糟糕的層次，它使人忘記了自身，是產生一切罪惡的根源。當我們明白了這種苦心孤詣之後，他的以下的話才不失為一種提醒：

> 我們相信習慣的眼睛，我們視而不見，我們常常忘記要用心去觀看，去注視那些只有心靈才能看到的本體。[48]

---

[46] 參見劉小楓：《詩化哲學》，山東文藝出版社1986年版。

[47] 引自顧城在北京大學首屆學生文學藝術節上談詩的記錄。

[48] 《黑眼睛・詩話錄》，人民文學出版社1986年版。

四、舒婷：溫情與愛的歌吟

舒婷是「朦朧詩」詩人群中最引人注目、影響最廣泛的女詩人，有一個時期，大學生對她唱起了聖母頌。舒婷原名龔舒婷、龔佩瑜，1952年出生於福建省漳州市石碼鎮，之後一直生活在廈門，祖籍為晉江泉州。曾就讀於廈門一中，初中二年級時遇「文革」。1969年插隊落戶於閩西太拔，1972年返城，做過泥水工、漿洗工、擋車工、焊錫工等。1980年底調福建文聯。舒婷在插隊務農期間就開始寫詩，得到過老詩人蔡其矯的幫助，直到1979年她的詩才得以公開發表。著有詩集《雙桅船》、《會唱歌的鳶尾花》、《舒婷顧城抒情詩選》。《雙桅船》獲全國第一屆新詩詩集優秀獎，奠定了她以朦朧詩人的身分入主詩壇的地位。

舒婷是「當代詩人中比任何人都更富於浪漫主義氣質的詩人」[49]，一部分是先天遺傳，一部分是文學薰陶和生活施加壓力的結果。她從她媽媽那裡承繼了豐富的感情和纖弱的性格，敏感善良，依戀溫情。從小就貪戀於讀書，如饑似渴地吮吸中外文學名著的營養，不僅強化了她好憧憬和幻想的天性，更培養了她的正義感和同情心。她有過一代人都經歷過的萬花筒一般多彩而單純的童年生活：夏令營、歌詠比賽、演唱會；又成長在一個殘破的家庭中，父親因為被劃為「右傾分子」，害怕影響孩子的前程，不得不離開他們。少女時代剛剛結束，就碰上政治動亂。她不得不以一顆脆弱而自尊的心去體味沉淪的生活，體味希望和絕望，痛苦和甘甜。在那種一切都變態了的環境裡，她最渴望的莫過於人與人之間的友誼、溫情和愛。她的詩就從這裡開始，尋找通往心靈的道路：傾訴自己的心曲，撫慰周圍困倦的靈魂。一方面，她呼喊「人啊，理解我吧」，一方面，她這樣地做了：「我願意盡可能地用詩來表現對『人』的一種關切。」[50]她用浪漫主義的形態，表達了時代性的詩歌主題。

在文學絕對回避自我的年月裡，舒婷首先是以心靈的真誠的傾吐贏得讀者的。她真實地抒寫理想與現實的矛盾和由此產生的悲劇感。在《致大

[49] 謝冕：《中國現代詩人論》，重慶出版社1986年10月版，第300頁。
[50] 《青春詩論》，見《詩刊》1980年第10期。

海》中，作者描寫了自己不被社會接受（回城後沒有安排工作）而產生了擱淺的感覺，常常在冷寂的海岸邊彷徨：「從海岸到巉　岩，／多麼寂寞我的影，／從黃昏到夜闌，／多麼驕傲我的心」。這是一種孤寂感，同時也透露了她不屈服於命運的探求精神。正因為有追求，也就常感到理想的追求與現實的阻礙存在著矛盾。《船》典型地概括了現實和理想那不可超越的一步之遙。一隻擱淺在荒涼的礁岸上的小船，與滿潮的海面只有幾步之遙，卻「喪失了最後的力量」，船的「飛翔的靈魂」渴望投入大海的懷抱，然而它卻只能與大海「悵然相望」，極富哲理地展示了人生願望與其實現之間的永恆的距離的悲劇。舒婷把這一悲劇感用空間的形式凝定下來，因而超越了個人而進入普遍性的視域，喚醒人們「普遍的憂傷」，永恆的象徵產生了深刻的動人力量。《四月的黃昏》則是用時間來負載人生的遺憾：

四月的黃昏
彷彿一段失而復得的記憶
也許有一個約會
至今尚未如期
也許有一次熱戀
永不能相許

不只是像黃昏一樣淒迷憂傷，並且由於在時間中綿延，一種不確定感因而隨時都給心靈造成折磨。《海濱晨曲》也是寫未能及時地投向大海的召喚而產生的「淡淡的憂愁」，這種憂愁為時間和空間所交織：「望著你遠去的帆影我沛然淚下，／風兒已把你的詩章緩緩送走。／叫我怎能不哭泣呢？／為著我的來遲，夜裡的耽擱，／更為著我這樣年輕，／不能把時間、距離都衝破！」本來是事與願違，卻加之以濃重的自責之情，使悲劇更富有震撼心靈的力量。

人們從舒婷的詩中，可以窺見一個南國少女充滿同情和愛的透明的心靈。她以優美的文筆把女性的柔情表達得細膩委婉，熱烈而有節制。她的豐富的情感，多半傾注在人與人之間的關係上。作為中國女性，一方面，她在詩裡表達這樣一種感情，即需要溫暖，渴望友誼，企盼得到值得信賴的保護和依靠，如《中秋夜》所寫的：「要有堅實的肩膀，／能靠上疲倦的頭；／需要有一雙手，／來支持最沉重的時刻」，又如《贈別》寫到的：「人的一生應當有／許多停靠站／我但願每一月臺／都有一盞霧中的燈」。同時，她又將自身的痛苦上升為同情別人的淚，伸出手去扶持別人，以人道主義的情懷，真誠地鼓勵和撫慰同代人──或是因為窒息人的思想環境而造成的孤獨的先覺者，或是因為富有才華而屢遭困頓壓抑的困倦的靈魂，或是苦於青春流逝而無所作為的奮鬥者。她寫了一系列這樣的詩，如《寄杭城》、《秋夜送友》、《贈》、《春夜》、《小窗之歌》、《兄弟，我在這兒》。《贈》讓人驚歎少女的心如此柔軟而又如此博大，她把關切主動地投向遭受挫折的異性朋友：「我為你扼腕可惜／在那些月光流動的舷邊／在那些細雨霏霏的路上／你拱著肩，袖著手／怕冷似地／深藏著你的思想／你沒有覺察到／我在你身邊的步子／放得多麼慢」。但特殊的處境又使她矛盾異常：

如果你是火
我願是炭
想這樣安慰你
然而我不敢

劇烈的內心衝突，戲劇性地揭露了一個壓抑才華和人性的沉重時代。

衝突在舒婷的詩中無處不在。它是抒情主體經驗到的生活衝突，如個人與環境、理想與現實、情心與世俗，或心理二重性，如悲哀與自負、擔憂與驕傲、獻身革命與需要溫柔。在她的詩裡，衝突總是被推展到爆發的邊緣而又突然剎住，強烈的心理勢能被迫細緩地內釋，最終透過語言結構的形體揮發出動人的「美麗的憂傷」。例如《雨別》，分明是忍耐到了極限──

我真想摔開車門，向你奔去，
在你的寬肩上失聲痛哭：
「我忍不住，我真忍不住。」

可結果還是把要噴發而出的情感壓伏到胸內，一再迴旋：「我的痛苦變為憂傷，／想也想不夠，說也說不出。」

舒婷的詩思從個人的憂患開始，但決不停留在一己的悲怨，而是描述著一代人的覺醒、鬥爭和責任感。如《致大海》中可以看到詩人寂寞徘徊在海邊的孤獨的影子，但詩人又自負地宣告生活的險惡風濤並沒有把一代人全部埋葬：「這個世界／有沉淪的痛苦，／也有蘇醒的歡欣。」《也許》表達了一種對真理的堅定信念。《一代人的呼聲》和《獻給我的同代人》更是鮮明地表現了他們追求藝術和真理的勇氣，一種承擔歷史使命的自覺。後者寫道：

為開拓心靈的處女地
走入禁區，也許——
就在那裡犧牲
留下歪歪斜斜的腳印
給後來者
簽署通行證

在《土地情詩》、《祖國啊，我親愛的祖國》、《風暴過去以後》、《遺產》等詩中，抒發了作者與大地與祖國和人民的血肉聯繫，個人的命運之慨是同國家、民族的現實和未來的憂患疊合在一起的。其中《祖國啊，我親愛的祖國》還因個人悲歡與民族命運、憂患意識與愛國情懷的完美結合而獲得全國中青年詩人優秀新詩獎。

只不過，舒婷的富於理性精神的浪漫主義詩情，總是生發於個體生命的價值。她把從讀書和感應時代嬗變而獲得的人本思想落實為特定情境中的自我感覺或獨特發現。不少詩直覺地記錄個人特有的生活經驗，或者是男女之愛的隱秘的心靈顫動，如《往事二三》、《路遇》、《車過紫帽山》，或者是日常勞動對人的心靈產生的影響和感受，如《流水線》。在一些象徵性藝術形象裡，往往複合著與特定的詠唱對象相關的具體的感受以及從中昇華起來的更有普泛意義的命題。名作《致橡樹》，宣示了她的平等的愛情觀：

我如果愛你——
絕不學攀援的凌霄花，
借你的高枝炫耀自己；
我如果愛你——
絕不學癡情的鳥兒，
為綠蔭重複單調的歌曲……

愛不再是一種依附，而必須保持獨立的人格和自由：「我必須是你近旁的一株木棉，作為樹的形象和你站在一起」。這樣，詩歌的內涵就不再是男女愛情所能容括，它昭示的是蹂躪人的時代過去之後人的覺醒。

《神女峰》進一步肯定了活生生的人的價值。「神女峰」作為女性忠貞的象徵，多少年來被人們歌頌和詠贊。而舒婷卻對這一流傳千年的神話傳說做出了現代人的新的價值判斷。透過神女峰，她看到了民族潛意識中那已成為惰性的封建倫理道德，看到了神的面紗遮蓋下並非石頭的心。詩人以獨具的慧眼發現了以婦女和愛情為題材的詩篇中這一個「被遺忘的角落」。封建社會結束了，而封建意識仍然以自然塑像的形式奇跡般地殘存在人們的頭腦裡，就是在八〇年代的現代人中，也還有那瞻仰神女風采，揮動各色手帕的遊客。然而，在麻木的遊人中也有覺醒者，抒情主人公為遊人的舉動感到恥辱、痛心、目不忍睹。「是誰的手突然收回」，暗示出轉折時期意識的覺醒和對傳統的背叛。當遊人四散離去，她仍獨站船尾，在「高一聲，低一聲」的江濤中陷入了沉思的潮水之中。這潮水終於洶湧為叛逆的洪流：「與其在懸崖上展覽千年／不如在愛人肩頭痛哭一晚。」這是詩人對人性復歸的激越呼喚，是千百年來第一次對掩蓋了女子的生命隱痛的神話傳說的質疑。詩歌揭開了神的面紗，摧毀了「美麗的夢」（那委實是一個美麗的謊），留下那個「美麗的憂傷」（為扮演既定的角色只能將生命的渴望抑壓於內心），將神還原成人，大膽地表達了要求獲得現世實際的幸福的強烈要求。只要是可以確認的愛，那麼女性表現的將是義無反顧的決絕態度。

《「？。！」》一詩，女詩人對禁錮人性的歷史與現實的合力的心理反叛，就得到了壯觀的爆發。它以層層推進的方式，展現了女主人公由探問到證實、肯定，最終作出驚人抉擇的心理過程。為堅貞的愛情而無視世俗、勇敢獻身的女性形象，從容而莊嚴，飄逸而悲壯：

現在，讓他們
向我射擊吧
我將從容地穿過開闊地
走向你，走向你
風揚起紛飛的頭髮
我是你驟雨中的百合花

詩人總是透過現實生活的冷漠和虛假的表面，把感覺深入到生命的內部，為人的最真實的要求而呼籲。《惠安女子》在同情為傳統舊俗所束縛的年輕女子的悲苦時，再一次向社會發出了要求恢復追求人生幸福的權利的吶喊。女詩人把一貫的對人的命運的關切投注給了這些不幸的姊妹，指出了社會對女性命運改善的忽略。在對傳統社會文化心理的思考與否定中，也滲透了自我經驗過的憂傷。婀娜嬌羞美麗溫情的少女，束約於古老的歷史傳統、道德觀念，承受著失落的悵惘與難言的淒婉。在為人豔羨的風情和優美中，掩蓋著的是女子的世代不易的不幸與痛苦。但詩歌並未停留於同情與哀歎，毋寧說掙脫習俗的桎梏，張揚女性的生命之火，是這首詩中頑強燃燒的心焰。「野火在遠方，遠方／在你琥珀色的眼睛裡」，外在的環境和內化了的道德律都無法窒息生命的欲念。「少女的夢／蒲公英一般徐徐落在海面上」，這是畫面上看不見的語言，但它不正是寄寓著覺醒了的女性對人生權利的肯定。那無邊無際的浪花，感應的是主人公內心渴望的無聲喧嘩。也許真正的悲劇在於，女性的難以覺察的痛苦和流露痛苦的姿勢，最終仍然被當作欣賞物：「在封面和插圖中／你成為風景，成為傳奇」。這首題畫詩的巧妙就在於它的起點和終點都在一幅畫框裡。這種封閉性的事實，使女詩人的溫和的憤激給人以強烈的震撼力。

舒婷的詩以跌宕搖曳的情感與無處不在的美麗憂傷而產生很強的藝術感染力。矛盾的內容進入詩中，使詩歌既容易喚起普遍性的人生經驗，又因情感的外張與內斂對閱讀者的心靈產生更高的振頻和更寬的振幅。在藝術表達上，她常常用表示假設、讓步或轉折關係的虛詞來組接詩句，從而造成了「靈魂的奇觀：溫婉而堅韌、纏綿而果決、柔情而熱烈」（謝冕語）。舒婷的詩歌藝術以浪漫主義為基調，而又融入古典韻味和現代手法，浪漫派詩人的影響，表現在她的詩裡是不避情感的直接抒發，經常出現規定情感的詞語，如「痛苦」、「悲哀」、「傷心的笑顏」、「淡淡的哀愁」……並且為這樣的情感狀態渲染氣氛，製造環境，如「冷淡」、「寂靜」，「月光流蕩」、「柔和如夢」、「藍色的霧」、「遲滯的風」……詩歌還慣常描寫表現內心情感的動作，如「哭泣」、「感歎」、「懺悔」、「記憶」、「醒悟」。這些意象往往又是以截然對立的內涵，同時出現在抒情形象的感情領域裡，形成了一種張力，加強了詩歌的抒情濃度。現代詩注重的象徵、通感等表現手段，在她的詩裡也得到了普遍的運用，詩的內蘊也就超越了具象變得含蓄而深邃。舒婷詩「美麗的憂傷」，也得之於作者喜歡的古典詩詞婉約之風（她曾說過她喜歡讀李清照和秦觀的詞）的陶潤。詩裡經常出現「溫馨」、「溫柔」、「甜柔」、「寧靜」之類令人感到舒適的柔性詞彙。跟女性相連的「淚水」、「淚容」、「淚珠」、「沛然淚下」等富有感染力的詞語也成為詩的鑲嵌。舒婷創造了獨特的詩歌世界，風格溫麗典雅，情感深謐而又幽婉，急於噴湧卻又時有節制。它的特殊魅力，如驟雨中的百合花，如日光岩下的三角梅，是少女懷中的金枝玉葉，美得叫人心顫。

舒婷是一個為特定的人生際遇所造就的詩人。當個人生活發生大的轉變，她的詩歌創作似乎隱入了某種程度上的困頓。1981年秋天，就在「朦朧詩」登上它的峰巔之際，作為這個詩群的主要代表，舒婷創作了一首帶有總結性的長詩《會唱歌的鳶尾花》，融會了她前期詩歌的多種旋律，組成了一支富有時代氣息的人生交響曲，把愛情與事業、理想與現實、個人與環境的矛盾以及由此引起的憂傷與痛苦表現得錯綜交織，深切感人。但這首詩與另一首小詩一起遭到了惡意的道德化批評。此後，詩人一擱筆就是三年。再寫詩時，詩風有了一些變化，注意從客觀生活中提煉出詩歌意象來凝定激盪奔放的情感，以較冷鬱的色調和跳躍性更大的詩句來表達曲折、幽微的情致。詩的數量不多。隨著詩壇的更新換代，詩人急流勇退，客串起散文，出版了散文集《心煙》。然而舒婷始終是新時期詩壇上最受歡迎的詩人，在1985、1986年由《拉薩晚報》和《星星》詩刊社分別舉辦的民意測驗——由讀者投票選舉全國最受歡迎的十名中青年詩人時，舒婷都名列榜首。

第四章

尋根作家的創作意識

一、立足本土：尋根文學的思想遺產

作為新時期的一個重要文學事件，1985年由作家自己提出理論主張並進行群體性創作實踐而激蕩文壇的文學尋「根」（文化），過去了整整三十年。三十年來，以文學思潮和流派形式出現的文化尋根文學，一直是當代文學研究的重要物件，對它進行的全方位考察早已進入了文學史，或許是出於對一個時代的懷念，它的緣起及意義，仍不斷為人所提起，這個文學運動的重要的當事人，也頻頻接受訪談或主動著文加以回顧和解釋。「尋根文學」從亮出旗號到出現一批代表性作品，持續不過兩年時間，但它對新時期的影響卻是持久的，不僅參與這一文學運動的作家三十年來一直是當代文學最有實力也最有成就的創作群體，佔據新時期文學的主流地位，它留下的思想資源更是在中國文學的建設中越來越顯示出它的導向性意義和思想史價值。集中出現於1985年的文化尋根理論文本，主要是韓少功的《文學的根》（《作家》1985年第3期）、李杭育的《理一理我們的根》（《作家》1985年第4期）、阿城的《文化制約著人類》（《文藝報》1985年7月6日）、鄭萬隆的《我的根》（《上海文學》1985年5月號）、鄭義的《跨越文化的斷裂帶》（《文藝報》1985年「理論與爭鳴」專欄第1期）等，作者都是知青作家。這些宣言式的理論隨筆，一個共同的主張是文學創作要有「文化」內涵，而文化要從傳統、從民間去尋找。他們對「文化」內涵的理解以及對傳統文化的態度不盡一致，但發掘本民族的傳統文化資源以創造富有當代意識和民族性的文學而走向世界，卻是這一青年作家群體的共同意向。在十九世紀八〇年代以批判和反思為思想主調，以創新文學性格的時代背景上，尋根主張並不見得得到知識界的一致認同，尋根話語所包含的思想資源也沒有得到準確而充分的闡發，儘管後來有成就的創作（如莫言、賈平凹）無不印證著通過反思回歸傳統，在確立自我中借鑒他人是文學創造和發展之正途的思想。正因為如此，在作為文學新潮的尋根文學成為歷史以後，文化尋根的主要宣導者韓少功在九〇年代和新世紀，還在闡釋尋根文學裡的核心思想，即文學應立足本土，深掘民族的傳統文化資源，同時以開放的姿態吸收外來文化，進行富有主體意識的創造，以實現不同文明之間的對話。

韓少功的《文學的根》一文，是尋根文論的發軔之作，在主張文學進行文化尋根上旗幟最為鮮明。它猛然地發問——「絢麗的楚文化到哪裡去了？」和論斷性地提出一個文學命題——「文學有『根』，文學之『根』應深植於民族傳統文化的土壤裡，根不深，則葉難茂。故湖南的作家有一個『尋根』的問題。」[1]看似標新立異，實則經過了深思熟慮。作者策略性地從個人經驗和地域站位出發，使問題的提出更有說服力，然而也更帶有普遍性，因為地域性正是民族性的基礎。在對文化尋根命題的展開論證中，韓少功腳踩本土而放眼異域，始終從全球化的視野來討論現代化衝擊下的民族傳統文化的存廢，從人類文明的視角來看取變革時代的文學創新，這是他比同時代的作家和評論家更有遠見卓識的地方，因為「八五新潮」的文壇同時還出現有「方法熱」和「現代派」（以劉索拉的《你別無選擇》為代表）熱，而這些都是在現代化的名義下主要取法西方文學和文化的。八〇年代的中國文學，與國家現代化的主旋律是密切呼應的。老作家徐遲在現代派文學論爭中寫過一篇文章，題為《現代化與現代派》[2]，也不無策略性，無非是讓需要借鑒西方現代藝術的文學搭一搭改革開放這輛車以獲得合法性，說明現代化是八〇年代文學的價值目標。八〇年代的國家現代化建設，是與批判所謂極左政治的社會思潮相並行的，因此，浪潮更迭的文學，從「傷痕文學」，到「反思文學」，再到「改革文學」，在由被政治奴役而向文學自身回歸的過程中，仍然充滿了政治色彩，實際上是在批判一種政治（烏托邦的）的同時，營造的是另一種政治（實用主義的）。在這種有八〇年代特色的思想氛圍中，文學現代化的主要參照是西方現代派文學，也就是十九世紀末以來的西方現代主義和後現代主義的文學。從1978年開始的外國現代派文學譯介，極大地刺激了中國作家走向世界的渴望和雄心，而走向世界的標誌就是登上諾貝爾文學獎的殿堂，這

[1] 韓少功：《文學的根》，《作家》1985年第4期。以下引自該文的不注出處。

[2] 載《外國文學研究》1982年第1期。在這篇文章裡，作者發表了對西方現代派文學的肯定意見，提出應該聯繫西方世界的經濟發展來看現代派文學藝術的興發，認為是生產力的發展造成了文學藝術的變化多端。他由此推論，中國將實現社會主義的四個現代化，並且到時候將出現我們現代派思想感情的文學藝術，而且是「建立在革命的現實主義和革命的浪漫主義的兩結合基礎上的現代派文藝」。

就是為什麼1985年前後譯介的《喧嘩與騷動》和《百年孤獨》會橫掃中國文壇的原因。現在看來，八〇年代的純文學熱，帶有嚴重的西方主義傾向。正是在這樣的背景上，尋「根」的主張出現了，它的出現不啻給西方主義兜頭潑了一盆冷水，新時期文學的現代派熱自此有所降溫。

在新啟蒙思潮盛行的背景上，《文學的根》大談「傳統的骨血」的重要，這委實有點逆潮流而動。而換一個角度看，它正符合八〇年代的文學性格——勇於懷疑、反思和創新。難怪文化尋根的幕後推手李慶西，要將尋根派稱為「先鋒派」[3]。韓少功在考察中外文學創造的基礎上，發現了成功的文學莫不是固然不拒絕外來影響，但一定是以民族傳統為根基。他舉例說，「十九世紀的俄羅斯文學以及本世紀的日本文學，不就是得天獨厚地得益於東、西方文化的雙重雙面影響嗎？如果割斷傳統，失落氣脈，只是從內地文學中『橫移』一些主題和手法，勢必是無源之水，很難有新的生機和生氣。」有了這樣的認知，他自然從同代人賈平凹的「商州」系列小說和李杭育的「葛川江」系列小說看到了值得欣喜的現象：「作者們開始投出眼光，重新審視腳下的國土，回顧民族的昨天」。他把這樣的做法稱為「新的文學覺悟」。他對這樣的文學自覺抱有理性的態度，評價道：「他們都在尋『根』，都開始找到了『根』。這大概不是出於一種廉價的戀舊情緒和地方觀念，不是對方言歇後語之類淺薄地愛好；而是一種對民族的重新認識、一種審美意識中潛在歷史因素的蘇醒，一種追求和把握人世無限感和永恆感的物件化表現。」可見他的理性精神並沒有阻礙文化資源的審美轉化，相反，來自歷史深處的文化進入作家的生命，只會強化文學超越現實的精神品質。

文學不能是無源之水，無根之木。這裡的源和根，在韓少功看來就是作為文化母體的傳統文化。然而《文學的根》的思想見地在於，重視傳統絲毫也不意味著對傳統文化照單全收，而是對文化傳統在加以辨析後選擇有生命力的一脈，於是傳統文化便有規範與不規範之分。而尋根要尋的就是不規範的文化，它更多地隱存於鄉野世界，但它是規範文化得以再生和存在的基礎：

---

[3] 李慶西：《新筆記小說：尋根派，也是先鋒派》，《上海文學》1987年第一期。

鄉土中所凝結的傳統文化，更多地屬於不規範之列。俚語，野史，傳說，笑料，民歌，神怪故事，習慣風俗，性愛方式等等，其中大部分鮮見於經典，不入正宗，更多地顯示出生命的自然面貌。它們有時可以被納入規範，被經典加以肯定。像浙江南戲所經歷的過程一樣。反過來，有些規範的文化也可能由於某種原因，從經典上消逝而流入鄉野，默默潛藏，默默演化。像楚辭中有的風采，現在還閃爍於湘西的窮鄉僻壤。這一切，像巨大無比、暖昧不明、熾熱翻騰的大地深層，潛伏在地殼之下，承托著地殼——我們的規範文化。在一定的時候，規範的東西總是絕處逢生，依靠對不規範的東西進行批判地吸收，來獲得營養，獲得更新再生的契機。宋詞，元曲，明清小說，都是前鑒。因此，從某種意義上說，不是地殼而是地下的岩漿，更值得作家們注意。[4]

這一知識化而又形象化的理論表述，揭開了人類文化構造的祕密，有如地質學家勘探到了開採不完的富礦一般，為尋求新的突破的文學界指明了掘進的方向，同時也為藝術創造設立了新的限制。重要的是這樣的理論發現，不是思考的結果，而取決於主體的文化立場，重視非正統的文化倫理，回護的是民間存在應有的歷史地位。由現實轉向傳統，由官方話語轉向民間存在，知青作家的文學轉向借助的正是對「不規範」文化的理論發明，它的核心是把本土立場具體化，在現代化實則是全球化洶湧而來之際，從文學這一角度率先思考民族文化的命運，無論對內對外，這一思考都有反叛性。以傳統文論的角度看，發掘和呈現「不規範」文化，豐富的是文學創作的題材，但從題材的性質來看，尋找不規範文化予以表現，是將文學從社會學領域拓展到人類學領域。後來此類尋根作品被研究者從人類學的角度加以研究就是證明。地域文學的人類學價值正是文化尋根文學在抵禦全球化時為民族文學獲得人類性的秘寶。

與八〇年代實驗小說重形式創新的文學自覺不同，尋根派的文學自覺是以復興民族文化的使命感為文學探索的動力的。在《文學的根》裡，韓

[4] 韓少功：《文學的根》，《作家》1985年第四期。下引此文不注出處。

少功把中華文化的衰敗歸因於五四以來我們不停地學西方，而毀滅也意味著再生，故而他引用西方觀點表達文化復興的自信：「西方歷史學家湯因比曾經對東方文明寄予厚望。他認為西方基督教文明已經衰落，而古老沉睡著的東方文明，可能在外來文明的『挑戰』之下，隱退後而得『復出』，光照整個地球。」出於文化復興的使命感，韓少功借這篇文章表達了他面對中西文化再度撞擊時的深沉思考和殷切期待：

> ……這裡正在出現轟轟烈烈的改革和建設，在向西方「拿來」一切我們可用的科學和技術等等，正在走向現代化的生活方式。但陰陽相生，得失相成，新舊相因。萬端變化中，中國還是中國，尤其是在文學藝術方面，在民族的深層精神和文化物質方面，我們有民族的自我。我們的責任是釋放現代觀念的熱能，來重鑄和鍍亮這種自我。

由此可見韓少功發起文化尋根，的確是對八〇年代「文化熱」的一種反應，在現代／傳統、西方／中國的矛盾關係中，他採取辯證思維，巧妙地從官方／民間的辯證關係中找到了確立「民族自我」的途徑——立足本土，從地域和民間文化裡尋找可以進行審美轉化的創作資源。復興中國文化，乃是知青一代的「中國夢」。2001年出版的《新時期文學二十年》一書，在論析文化尋根思潮與尋根文學的關係時就有這樣的評判：「文化尋根思潮的興起有助於對『復興民族文化』這一歷史母題思考的深入與多元，是其意義之二。近代以來，民族文化的重建與更新、現代化與走向世界，是在時代的挑戰與壓力下縈繞國人心頭的『中國夢』。」[5]對於韓少功這代人來說，文學不可能是純粹的個人夢想的呢喃或一己悲歡的傾訴，而必然關乎國族的運命。從他為尋根文學提供的經典作品《爸爸爸》來看，丙崽不可能從現實生活中找到原型，而只能是堪為民族寓言的象徵性形象。在這個意義上，韓少功的文化尋根理論，其思想史價值高於文學價值。由於在中西文化撞擊交匯的背景上作為文化載體的知識份子應該作何

---

[5] 王鐵仙、楊劍龍、方克強、馬以鑫、劉艇生：《新時期文學二十年》，上海世紀出版集團、上海教育出版社2001年4月出版，第79頁。

選擇是整個二十世紀並延續到二十一世紀的大命題，因此，作為一份思想遺產，韓少功的立足本土的文學與文化思想，具有持續的生發性，並且在新的思想環境裡得到呼應。

九〇年代初，中國開始了建設社會主義市場經濟的社會轉型，國家的經濟發展速度大大加快，隨之而來的是社會急劇分層，既得利益集團與底層大眾在經濟利益上的巨大懸殊日益嚴重地撕裂著中國社會。在這一發展與問題並存的歷史進程中，知識份子這一夾在統治階級與底層人民之間的階層，作為社會運動的文化角色也開始發生思想分化。分化的原因主要在於對中國社會發展道路持有不同的看法，具體表現為對社會問題的診斷有不同的結論。一部分人將社會貧富分化和道德沉淪歸咎於新自由主義鼓吹西方的市場經濟發展模式，放棄了社會主義的人民本位，滑向了資本主義道路。一部分人則將經濟主義盛行導致貪腐成風歸因於體制不健全，政改與經濟制度改革不同步，以致社會管理上落後於西方。如果說，在九〇年代知識群體關注的更多是道德問題和精神問題，面對消費文化的興起不由慨歎文學引領社會的風光不再，試圖挽留文學清潔靈魂的社會地位，表現出強烈人文關懷的話，那麼，進入新世紀後，面臨無法坐視不顧的社會危機，文學知識份子要麼希望文學恢復其現實功能，要麼在文學之外直接關心體制改革，表現出執著的制度關懷。而在制度關懷上，上述的兩部分知識份子在制度與人的關係上看法發生了分歧，一種著眼於群體，一種著眼於個體。不同的著眼點反映了不同的立足點，從不同的立足點放眼開去，在世界範圍內，所有的問題就又變成了中西關係問題。在認同社會主義思想遺產的文學家那裡，對內，關注底層才是正確的文學倫理，對外，文學必須表現中國經驗、中國問題和民族特色。不用說，八〇年代尋根文學的思想遺產在不斷被重新發現，持續發酵。這就是為什麼作為尋根派的靈魂人物韓少功，在新世紀的思想文化視頻上，還會頻頻出鏡的原因。任何時代，文學思想都是時代思想的折射。

不管是否情願，在新世紀裡，韓少功不僅接受文學史研究者的訪談，談論《文學史中的「尋根」》（《南方文壇》2007年第4期），還發表了《尋根群體的條件》（《上海文化》2009年第5期）、《文化尋根與文化蘇醒》（《文匯報》2013年8月15日11版）等文章，在新的文化語境裡對當年的文化尋根思考進行了自我解釋與闡發，突出和強化了其中符合今天思想建設需要的基本觀點，其關鍵字還是本土，因為本土是民族與民間的代名詞，也是中國的代名詞。在接受李建立訪談的文章《文學史中的「尋根」》裡，韓少功就明言「『尋根』討論中的一個重要概念是中國傳統文化」，「尋根」的「要點是在政治視角之外再展開一個文化視角，在西方文化座標之外再設置一個本土文化座標」。他把尋根文學的意義總結為「推動讀者關注和思考本土文化資源」，使「漠視中國傳統文化這一巨大的世紀性『遮蔽』，在這一個程中得到了逐步破解」。[6]在《尋根群體的條件》裡，他也明確指出：「一種另類於西方的本土文化資源，一份大體上未被殖民化所摧毀的本土文化資源，構成了『尋根』的基本前提。」[7]強調本土，容易被誤認為是堅持民族主義，而韓少功的本土思想恰恰是視界融合的產物，是從中國看西方，又從西方看中國，最後從人類文明創造的角度思考問題的產物。所以在《文化尋根與文化蘇醒》裡，他進一步指出：「『尋根』牽涉到東西文化的比較，牽涉到多種文明之間的對話關係。」「文明是一條河，總是新中有舊，舊中有新，或者說化舊為新，化新為舊，在一個複雜的過程中重組和再造。我們之所以要討論西方、東方的文化傳統遺產，只是把它們作為資源，作為創造者的現實條件。」[8]正由於具有創造者的性格，尋根派的本土主義才是開放的而不是封閉的，是進步的而不是保守的，因為在他們看來，「真正有生命力的文明不可能簡單複製，只能依據內因外緣等各種條件進行創造。如果說我們要重視學習，創造才是最好的學習」。[9]與一些後繼者相分野的是，韓少功告別了非此即彼的二元對立思維，以平等的態度看待不同的文明，冀圖通過文明創造達到文明對話，而不是文明對抗。他的小說創作，從八〇年代到新世紀，多以他下鄉的湖南農村為書寫物件，體現了對民族歷史和既有文明的尊重。在他看來：「中國有漫長的農耕史，是一個巨大的農業國，包括農耕文明在內的各種本土文化資源，需要我們尊重，需要我們仔細清理，包

---

6 韓少功：《文學史中的「尋根」》，《南方文壇》2007年第4期。
7 韓少功：《尋根群體的條件》，《上海文化》2009年第5期。
8 韓少功：《文化尋根與文化蘇醒》，《文匯報》2013年8月15日11版。
9 韓少功：《文學史中的「尋根」》，《南方文壇》2007年第4期。

括必要的繼承、批判以及再造。」[10]對本土文化資源近乎崇拜而又理性地對待，毋寧說對「根」的態度實則表達的是知青一代真摯的人文情懷。

在對本土化思路的形成進行解釋時，韓少功指認，「本土化是全球化激發出來的，異質化是同質化的必然反應」，「所謂『尋根』……就其要點而言，它是全球化壓強大增時的產物，體現了一種不同文明之間的對話，構成了全球性與本土性之間的充分緊張，通常以焦灼、沉重、錯雜、誇張、文化敏感、永恆關切等為精神氣質特徵」。[11]這自是精闢之論，它交代的是一部分知青作家在八〇年代西化潮和文化熱中的精神狀況與思想行為，揭示了尋根思潮的時代意義：「『尋根』是一個現代現象，是全球化和現代化所激發的現象，本身就是多元現代性和動態現代性的應有之義」[12]。但值得追問的是，為什麼在八〇年代的兩支文學勁旅——歸來的作家與知青作家——中，唯有知青作家對擁抱全球化和現代化敏感地持審慎的態度？有論者認為，「『五七』一代作家自有屬於他們一代的整套成型世界觀，他們對於自身和歷史的關係有著堅固的信仰，因此『文革』一結束，他們便能夠立刻借助『傷痕文學』的控訴重新獲得身分認同，確立自己的歷史主體性。而知青一代本身便是成長於破碎的歷史，對『五七』一代作家的歷史他們無法認同，可是又還沒有能力敘述出屬於自己的歷史，而缺乏自己歷史觀的作者在他人的歷史敘事面前將永遠是蒼白和邊緣的。他們必然不能再滿足於在『五七』一代的歷史敘述框架裡講述知青的或悲涼或慷慨的往事，而需要另起爐灶，做另外一鍋粥。」[13]這樣的分析不無道理。知青作家獨特的成長史，決定了他們具備應對全球化和現代化的主體條件。所以，有論者如此描述：「八〇年代告別了政治一統天下的局面，文學呼喚文化的回歸。同時在全球化與現代化的聲浪中，各國傳統文明面臨著巨大的衝擊，中國知識青年開始思考如何在全球化與現代化的浪潮中葆有中華民族的文化特徵，如何使中華民族在國際上樹立民族話語空間。傳統／現代、民族化／世界化成為知識青年對民族文化、民族未

---

[10] 韓少功：《文學史中的「尋根」》，《南方文壇》2007年第4期。
[11] 韓少功：《尋根群體的條件》，《上海文化》2009年第5期。
[12] 韓少功：《文學史中的「尋根」》，《南方文壇》2007年第4期。
[13] 叢治辰：《選擇與遮蔽：文學史敘事背後的文學現場》，《上海文學》2012年第8期。

來思考的關鍵問題，在創作群體方面，『知青』作家『上山下鄉』的經歷使其對現代文明燭照下的鄉土中國、原始文明有了更客觀、更理性的認識與深刻的反思。」[14]似乎上山下鄉的經歷給了知青作家獨特的文明觀察能力，因而在特定的機遇中能夠負起文明反省和文明再造的使命。韓少功自己也是這樣解說的。他從一代人的特殊的經歷解釋了鄉土-不規範文化這種「特殊資源」被發現、被喚醒、被啟用的機緣，說：

> 我們不妨看一看通常頂著「尋根」標籤的作家，比如賈平凹、李杭育、阿城、鄭萬隆、王安憶、莫言、烏熱爾圖、張承志、張煒、李銳等等。無論他們事實上是否合適這一標籤，都有一共同特點：曾是下鄉知青或回鄉知青，有過泛知青的下放經歷。知青這個名謂，意味著這樣一個過程：他們曾離開都市和校園——這往往是文化西方最先抵達和覆蓋的地方，無論是以蘇俄為代表的紅色西方，還是以歐美為代表的白色西方；然後來到了荒僻的鄉村——這往往是本土文化悄悄積澱和藏蓄的地方，差不多是一個個現場博物館。交通不便與資訊蔽塞，構成了對外來文化的適度遮罩。豐富的自然生態和艱辛的生存方式，方便人們在這裡觸感和體認本土，方便書寫者叩問人性與靈魂。這樣，他們曾在西方與本土的巨大反差之下驚訝，在自然與文化的雙軸座標下摸索，陷入情感和思想的強烈震盪，其感受逐步蘊積和發酵，一遇合適的觀念啟導，就難免嘩啦啦地一吐為快。他們成為「尋根」意向最為親緣與最易操作的一群，顯然有一定的原因。
>
> 他們是熱愛本土還是厭惡本土，這並不重要。他們受制於何種寫作態度、何種審美風格、何種政治立場，也都不太重要。重要的是，他們的「下放」既是社會地位下移，也是不同文化之間的串聯。文化蘇醒成了階級流動的結果之一——這種現象也許是一個有趣的社會學課題。於是，這些下放者不會滿足於「傷痕」式政治抗議，其神經最敏感的少年時代已被一種履歷鎖定，心裡太多印象、

[14] 李珂瑋：《再論1980年代「尋根文學」的緣起》，《中國現代文學研究叢刊》2014年第5期。

> 故事、思緒以及刻骨痛感在此後的日子裡揮之不去。不管願意還是不願意，他們筆下總是會流淌出一種和泥帶水翻腸倒胃的本土記憶——這大概正是觀察者們常常把他們混為一談的原因，是他們得以區別於上一代貴族作家或革命作家，更區別於下一代都市白領作家的原因。那些作家即便讚賞「尋根」（如汪曾祺，如張悅然），但履歷所限，就只能另取他途。換句話說，所謂「尋根」本身有不同指向，事後也可有多種反思角度，但就其要點而言，它是全球化壓強大增時的產物，體現了一種不同文明之間的對話，構成了全球性與本土性之間的充分緊張，通常以焦灼、沉重、錯雜、誇張、文化敏感、永恆關切等為精神氣質特徵，與眾多目標較為單純和務實的歷史小說（姚雪垠、二月河等）、鄉村小說（趙樹理、劉紹棠等）、市井小說（鄧友梅、陸文夫等）拉開了距離。[15]

這大概是尋根發生學最權威的版本。它以一代人精神自傳的形式揭示了一種文化認知的規律，即外來者更容易發現某種自在文化的特性及價值，同時，也論證了代際差異構成時代思想文化豐富性的合理性。當代中國的知青上山下鄉運動，給數百萬知識青年帶來一段充滿困苦的人生經歷，改變了他們的人生軌跡，對於絕大多數人來說，都是人生的悲劇，但是也有少數後來成為國家幹部甚至是文化名人的幸運兒，發生在青少年時代的生存位置的移動，構成了他們認知中國社會和文化的難得的視角，極大地改變了他們的認知結構，處在特殊認知關係中的認知物件，成為他們永久的精神內容，不用說也是可以隨時動用的思想資源。韓少功的《爸爸爸》和《馬橋詞典》無不是對這種精神資源的藝術加工，「雞頭寨」的生存樣態和「馬橋」的語言化石，都來自他下鄉在湖南汨羅的所見所感。它是知青遭受人生困苦的意外收穫，也是沉默的楚地文化的幸運。

需要指出的是，對於知青的鄉土情結不可一概而論。尤其需要加以甄別的是，知青有下鄉和回鄉的區別，下鄉知青與回鄉知青有著很不相同的鄉村經驗，所以他們對鄉村人和鄉村文化的理解會大異其趣，他們用文學

---

[15] 韓少功：《尋根群體的條件》，《上海文化》2009年第5期。

來表現鄉村時也會有不同的情感態度。韓少功所舉出的賈平凹、莫言和張煒，都不會以外來者的眼光看待鄉村和鄉村人，他們的鄉土經驗是浸透骨子的，對鄉村人在當代中國社會裡的遭遇有切膚之痛，鄉村人的命運也就是他們的命運，因而他們的創作無法回避中國農村的當代生活，他們書寫鄉村生活也就書寫了現代中國歷史、現代中國文化和現代中國社會，而不必讓它負載超出民族生活觀照以外的文明對話的功能。其實更應該提到路遙。路遙是純粹的回鄉知青，同樣具有鄉村和城市的兩種文化感受，但兩種文明的對比使他更清楚地看到鄉村生活的落後與沉重，因此不會把它看作多麼了不得的文化寄居所。這就是先鄉後城與先城後鄉的區別。先鄉後城，仰望一種文明，追求現代化，急於走向世界。先城後鄉，俯視一種文明，反思現代化，拒絕被世界同化。兩類知青的文學，都不是只有文學，而是都寄託了他們對中國現代歷史進程的政治性評價。正如韓少功所說，「不能只從有關文學的討論來認識文學，包括認識文學的實際思潮和具體實踐，否則就只會看到一些表面現象」[16]。下鄉知青韓少功屬意於鄉土，絕不是一種外來者的文化獵奇，而是以更深遠的歷史眼光和更寬闊的文化視野來看待地域文化對於文明重建的積極作用，而民族文化的地域因素再造文明的能動性必須靠外部力量去啟動。這就是韓少功的尋根思想之於當代文學發展的可寶貴之處。可是並不是所有的下鄉知青，都會把鄉土審視上升為民族文化傳統守護和文明再造的高度。韓少功的本土主義還應該有其思想來源。

著名的知青文學理論家李慶西2009年在《上海文化》上發表了《尋根文學再思考》一文，對尋根文學的文學史意義及文學理論價值進行了相當全面的論述和充分的論證。在這篇文章裡，他分析了尋根文學作家在特定的文化語境裡採用了「文革」修辭方式，說到這樣的一段話：

> 尋根派作家的藝術思維確實滲透著注重主體超越的中國文化精神，這可能在相當程度上受諸毛澤東話語方式的影響。八〇年代初，儘管現代西方各種文化思想已紛至遝來，但是毛的思維方式和

---

[16] 韓少功：《文學史中的「尋根」》，《南方文壇》2007年第4期。

> 精神趣味卻對他們薰陶已久，仍是他們所能獲取的最直接也最豐富的思想資源。[17]

這對我們尋繹韓少功的本土思想所自不無啟發。五〇年代出生的知青一代，他們的精神成人完成於毛澤東時代，用毛澤東思想培養可靠革命接班人的學校教育和社會政治運動，對他們的世界觀、思維方式和精神情操，的確起到了塑型的作用，一代人在高強度的思想灌輸下形成的精神圖式，如果沒有在新啟蒙時代得到修正，必然在呼喚革命的社會情勢中頻頻向對抗性的宏大話語回首。毛澤東是產生於農業中國土壤上的偉大的革命家和思想家，他領導的武裝奪取政權的革命能夠成功，說明他的革命思想符合中國國情，他改造中國社會的理想符合勞苦大眾的願望。革命的成功使革命具有合法性，革命思想也因革命的成功而具有真理性。毛澤東終身致力於階級革命和民族鬥爭，這使他成為一個貨真價實的民本主義者和民族主義者。在個人崇拜的時代，這樣的思想質地塑造了一代青年，這一代就是知青。經過八〇年代的思想解放運動和愈演愈烈的全球化的衝擊，他們當中有人背叛了自己的歷史，有人則對城市與鄉村、個人和集體、西方與中國地位相顛倒的社會潮流持懷疑和批判態度。知青作家的文化尋根對本土、民間和民族文化的重視，不能說與當代中國的毛澤東思想遺產沒有關聯。事實上，韓少功的立足本土的思想，頗受熱衷民間本位和中國話語的七〇後一代的擁戴，它反映了全球化和現代化壓力下一類知識人的價值取向。儘管他們在「中國模式」的召喚下發出的應答，可能回避了真正的中國問題，也規避了知識份子在艱難時世裡應該承擔的質疑權力侵奪權利的使命，但是，敢於不合時宜地持護革命思想資源的合理成分，這對避免反思歷史的絕對化，認識社會訴求的複雜性具有重要的制衡作用，它使當代文化思想富有多元性，也為中國的道路選擇指明了多種可能性。

[17] 李慶西：《尋根文學再思考》，《上海文化》2009年第5期。

二、文化：與生存同義

阿城是新時期文壇上富有獨特性和標誌意義的作家。他以為數不多的小說作品加入「文化尋根」的合唱而取得突出的藝術成就。在1985年前後新潮文學喧鬧之際，他冷然抖出的韻味無窮的故事以及他獨到的藝術風格，引起了普遍的驚異。老作家汪曾祺如是激賞：「讀了阿城的小說，我覺得，這樣的小說我寫不出來。我相信，不但是我，很多人都寫不出來。」[18]阿城，原名鐘阿城，1949年生於北京，祖籍四川，1968年到山西、內蒙插隊，後去雲南農場。1979年調回北京，曾當工人，後任《世界圖書》編輯。小說代表作有《棋王》、《樹王》、《孩子王》以及《遍地風流》系列小說。

人生本位的文化意識是阿城小說藝術的中樞。他的小說多涉及知青人事，但作者卻宣稱，「我寫人生不是寫知青」[19]。事實是，知青生活作為被動而深刻的經驗，為透視社會人生提供了最切近的角度，同時也確定了他歷史評價與審美觀照的立足點，即為生活底層的普通人寫相，並抉剔湮沒在低度生存中的以充盈的精神能量為標識的生命價值。阿城所鍾愛的顯然是生活在窮鄉僻鎮、荒蕪野林的平凡百姓，他專心刻寫的是那些不入經傳、埋沒江湖的「野林子裡的異人」，宣揚「寒門出高士」、「遍地有風流」，藉此顯示出與權力文化相左的價值觀，為被實際上貶抑了的社會—歷史主體翻案。這一意向無疑針對一個凌空蹈虛、戕天役人的過往時代。阿城小說世界裡的主人公，面對的是使他們備遭困頓的現實環境，這是他們的人生所承受的「物質現實」，而他們用以應對這一物質現實的「精神方式」則來自于深遠的文化背景。主、客觀的這種縱橫交叉，成為小說的內在結構，他的藝術世界也就形成生活寫實與文化寓意的互逆互動的兩個層面。在藝術追求上，阿城以文化感為創造目標，認為「文化是一個絕大的命題。文學不認真對待這個高於自己的命題，不會有出息」[20]。而從創

---

[18] 汪曾祺：《人之所以為人——讀〈棋王〉筆記》，《光明日報》1985年3月21日。
[19] 阿城：《一些話》，載《中篇小說選刊》1984年第6期。
[20] 阿城：《文化制約著人類》，見《文藝報》1985年7月6日。

作實踐來看，阿城所屬意的文化，乃是凡俗人生應對既定現實境遇的一種方式，或者說，阿城的「文化」與生存是同義的，是一種有歷史傳統的生存信念、生存態度。他的人生價值觀就確立在這樣的文化行為上。為人生辯護的深層動因表現在審美上則是對文化的追慕，小說大多圍繞這一中樞提取經驗，結撰故事，調理敘述語言。

首先，阿城在小說裡不事渲染而又叫人觸目驚心地展示出特定時代芸芸眾生面臨的生存困境，這是物質和精神雙重匱乏的現實。沒有什麼比缺吃更能說明物質的極度窘困了。《棋王》寫王一生對吃的高度敏感和他的異常的吃相，令人想見他對飢餓的慘痛經驗。王一生的生存窘境是社會性的。知青們所在的農場，「因為常割資本主義尾巴，生活就清苦得很」，沒有油水，竟至「下雨時節，大家都慌忙上山去挖筍，又到溝裡捉田雞」，「尺把長的老鼠也捉來吃」。《會餐》寫到吃。那是由畸形的吃透露出來的缺吃真相，生產隊好不容易得到一次集體「打牙祭」的機會，全隊老少便把這次會餐視若賽會，興奮不已。人們煞費苦心也掩蓋不了那難以忍受、不可遏止的饞欲。從越來越濃的吃的氣氛，從得便者的先嘗為快，從「有的人捏一塊肉在嘴裡，並不嚼，慢慢走開，孩子跟了去，到遠處，才吐給孩子」，從餐桌上的人吃完散席後「女人和孩子們早已湧入屋裡，並不吃，只是兜起衣襟收，桌上地下，竟一點兒不剩，只留下水跡」等等這些不動聲色不事議論的細節描寫中，我們不難想像出農民們在貧困線上煎熬的令人震驚的情景。滑稽的是，這樣的會餐被賦予了政治意義，隊長在會餐開始時虛應故事的講話中還得告誡人們「要想著世上還有三分之二受苦人過不上我們的日子」。「民以食為天」的最高社會原則在那個時代裡怎樣為「革命」所嘲弄啊！難怪阿城在他的創作談裡要再一次強調「小至個人，大至中國，衣食是一個絕頂大的問題」[21]這個似乎很淺顯的道理。膨脹的主觀意志和社會政治狂想造成了經濟的崩潰，也限制著人們的精神需求。《棋王》裡知青們在山溝裡，只能忍受「沒書，沒電，沒電影兒」的無聊生活。《樹樁》記錄了那條流淌過生命的情韻的街子因「破四舊」而啞了歌聲。《孩子王》裡，學生念書沒有書，整個學校沒有一本

---

[21] 阿城：《一些話》，載《中篇小說選刊》1984年第6期。

學生字典；語文課被政治所取代，學生作文一字不差地照抄社論。推行蒙昧主義的結果，是學校培養出準文盲：書記的兒子念了八年書，連寫信封的格式都不懂。

描寫與人生相悖的外部現實，對那個業已逝去的時代生活當然有批判意義。但是，阿城的主要用意還在於刻畫平凡人在無可選擇的生存條件下的生存自衛性，他們以內在精神的頑強和踔厲而突破了環境的限制，為生命找到了一種證明形式，從而超越了有限的人生和滯澀的現實。正如季紅真在分析阿城的審美意識特點時所指出的：「他不以人的社會屬性作為唯一的人性內容，而更多地以其社會性為生命的外部形式。或者說他更重視在特定的社會存在制約中，表現超越制約的生命情致。以具體人生世相為媒介，以寄託自己對生命價值與人的理想。」[22]王一生出身寒苦，屢遭困頓，在無所作為的知青生涯中，以最擅長的下象棋為唯一的精神寄託，終於在九局連環、車輪大戰中力克群雄，完成了棋業中輝煌的一舉，也是人生的最高境界。為了這輝煌的一瞬，他投入了全部生命一搏。小說這樣描寫：

> 王一生孤身一人坐在大屋子中央，瞪眼看著我們，雙手支在膝上，……眼睛深陷進去，黑黑的似俯視大千世界，茫茫宇宙。那生命像聚在一頭亂髮中，久久不散，又慢慢彌漫開來，灼得人臉熱。

從鏖戰結束，王一生「猛然『哇』地一聲兒吐出一些粘液，嗚嗚地說：『媽，兒今天……媽——』」可以看出，他自己是把棋藝的驗證當作人生的證明的。小說結束，作者再一次用議論點明瞭對生命價值和人的本質的看法：「不做俗人，哪兒會知道這般樂趣？家破人亡，平了頭每日荷鋤，卻自有真人生在裡面，識到了，即是幸，即是福。衣食是本，自有人類，就是每日在忙這個。可囿在其中，終於還不太像人。」《孩子王》裡那個知青代課教師「我」，不在乎後果，堅持按自己的方式教書，特別是認真而憨直的小王福，執著而堅毅地識字求知；《樹樁》裡枯老如樹樁、為人遺忘的民間歌手老二，忽一日在風過春來之時，用他那叫「天似乎也

---

[22] 季紅真：《宇宙・自然・生命・人——阿城筆下的「故事」》，見《讀書》1986年第1期。

退遠了」的歌聲續上了當年的風韻，在萬人面前燦爛了一回；《樹王》中受著監管、沉默寡言的肖疙瘩，執拗得近乎頑梗地以身護樹，要為老天爺做過的事「留下一個證明」……無不是主觀對客觀的突越，是主體對精神性和生命的執意維護。

阿城小說人物因而具有了很強的論辯性和傳統民族精神。作者借這些尋常中有奇崛的人物表達了與皇權觀念相對立的「民（間）本（位）」思想。《棋王》寫到「我」為棋場上以命相搏的莊嚴氣氛所觸動而產生這樣的感悟：

> 我心裡忽然有一種很古的東西湧上來，喉嚨緊緊地往上走。讀過的書，有的近了，有的遠了，模糊了。平時十分佩服的項羽、劉邦都在目瞪口呆，倒是屍橫遍野的那些黑臉士兵，從地下爬起來，啞了喉嚨，慢慢移動。一個樵夫，提了斧在野唱。忽然又彷彿見了呆子的母親，用一雙弱手一張一張地折書頁。

一部為帝王將相功名利祿立傳的正史忽略了平凡的小人物在歷史的長廊中應有的位置，難怪小說要用「無字棋」、「無字碑」來肯定他們的生命價值。阿城確實是「把博大的人道精神與現代人的存在意識有機地結合起來」了，並且發掘出了「王一生」們身上所沉積的世代人生內容，和支撐這種人生的類的文化精神。在儒道互補的民族文化結構中，落寞困頓的人生往往選擇莊禪文化這一脈奉行為生存哲學。莊禪文化作為一種理論形態未免虛玄，且不無消極的一面，但作為一種應用性的人生哲學，它又給特定境遇中的個體人生帶來積極效果。這種形而上與形而下相統一的文化，在它的創始人那裡，本來就帶有策略意義，其實踐性超過了理論性。老莊哲學之為人生哲學，就在於它有意捨棄社會這一中介，而將生命與宇宙直接連通，在宇宙的宏觀背景中權衡人生，因之淡化了俗世功利，為沉重或失意的人生尋求到解脫或解釋。從「發生」的角度看，歷代處於逆境中的個人，不一定需要理論的影響，就可以產生道禪思想。王一生即使沒有承領那個神祕的揀破爛的老者的傳教，他的處世態度也必然帶上「無為而無不為」的道家色彩，就像《孩子王》中的「我」進亦不喜退亦不憂神態超然來去從容一樣。王一生以衣食為本，「以棋道為心道」，也可看出傳統文化精神對他所具有的平衡內心和應對現實的意義。《傻子》中老李對書道的前後截然不同的見解，反映的也是文化為人生作辯護的功利與超功利辯證統一的特性。阿城小說的民族文化氛圍正是從具象人生這一堅實層面上升起來的。

對傳統文化精神的體認，不僅使得阿城為筆下的不確定的人生在現實和歷史的交叉點上，以精神能量的爆發得到了一次確證，而且，中國古典哲學中的整體主義和有機自然觀啟發了作家從更深的層次上看待人同世界的關係，從而產生詰問狹隘社會學的強烈的生命意識。《樹王》是這一思想（哲學玄想？）最成功的藝術體現。作著借肖疙瘩與老樹的同生死和燒毀山林的大火「燒失了大家的精神」，傳達出他的融於宇宙自然的生命意識。在小說中，「阿城把具象的自然與具體的人物都放在宇宙時空的巨大背景中，以豐富奇特的感覺與聯想，暗示著生命存在的普遍聯繫。」[23]自然的物象在作者的筆下充溢著神祕的靈性，無言的大自然被人格化，其實它與人類本是相和諧的生命世界，那如生長在巨樹根間小人般的肖疙瘩則意味著人也是自然的組成部分。當這種聯繫與平衡被鋒利的砍刀和轟然的烈火打破，宇宙的永恆、自然的神祕與生命的莊嚴才悲壯地顯示出來。肖疙瘩與自然生氣相通的生命過程似乎是對「天人合一」的古代思想的遙應，他的平凡博大的人格，亦可看成是作者有意「賦予人物有限的存在以人作為生命的類意識，使之超越了那個畸形的時代，象徵著宇宙生命永恆和諧的理想」[24]。

阿城的小說藝術本身浸染了民族文化氣質。正如有的論者指出的，「阿城的藝術世界深處蟄伏著的寂寞和虛靜，正與中國古典詩歌中的空靜，中國畫中的空白異曲而同工。」[25]他不動聲色、悠遊不迫的敘述風格所體現的藝術人格，也可看出傳統文化精神的滋養。在語言表現上，阿城善於用自身具足的物象去呈現客體本身，避免說明性文字，以保持經驗的

[23] 季紅真：《宇宙・自然・生命・人——阿城筆下的「故事」》，見《讀書》1986年第1期。

[24] 季紅真：《宇宙・自然・生命・人——阿城筆下的「故事」》。

[25] 蘇丁、仲呈祥：《論阿城的美學追求》，見《文學評論》1985年第6期。

純粹性和完整性，使語言富有了彈性，這也反映了在「以物觀物」思維方式影響下的中國藝術家審美意識的基本特徵。他還往往活用中國文字以構成相當準確的意念和情緒，取得以少勝多的表達效果。通常是以詞性不穩定的單字作動詞，如「我覺得脖子粗了一下」、「笑容硬在臉上」，利用象形文字的多元性來保存美感印象的完整，在有限的文字中包含著豐富的意味。這樣的語言運用，顯然融入了從中國古典詩詞那裡吸取來的美感經驗。綜觀阿城小說的敘述語言，它融進了現代人的感性和民間口語而又近似古典小說的風貌。俗中見雅，樸拙瘦勁但又遍佈機巧，極富暗示性和藝術張力，形神兼備地表現出民族特色。

三、「最後一個」：南方文化的鉤沉

如果說阿城的文化意識是以對世界人生的整體認知為特點的話，那麼，李杭育則是側重於從特定的地域色彩出發進行文化尋根的。從1983年開始，他相繼寫出《葛川江上人家》、《最後一個漁佬兒》、《沙灶遺風》、《人間一隅》、《珊瑚沙上的弄潮兒》、《船長》、《土地與神》等短、中篇小說，用獨具魅力的「葛川江」世界，展現了「吳越文化」的風情和它在轉折時代的命運。

「葛川江系列小說」充滿了戲劇性，幾乎每篇小說都存在著衝突：人物同環境的衝突，傳統的生存方式同日趨現代化的生活洪流的衝突。後者在更深的層次上又反映了文化更替期間「精神」同「物質」的衝突，亦即同在「文化」之內的兩個層面之間的摩擦。由於這種衝突，作者筆下的文學形象單純明朗而又近乎曖昧，變得耐人尋味。它表現了作家感知生活的獨特發現和對歷史進程的複雜感情。

幾乎可以稱為李杭育對當代文學的一個獨特貢獻的是，「葛川江小說」向人們提供了「最後一個」的人物形象：最後一個漁佬兒，最後一個畫屋師爹，最後一個弄潮老漢……「最後一個」們都是些背時者，面臨著被新的生活潮流所拋棄、所改造、所淹沒的厄運，具體表現在他們一輩子所奉行並給他們帶來過稱意和驕傲的生活方式，無可逆轉地要被時尚取而代之。福奎（《最後一個漁佬兒》）曾經有過「江裡有魚，壺裡有酒，船裡的板鋪上還有個大奶子大屁股的小媳婦」的舒坦日子。可是，隨著新經濟的發展帶來的工業區域的延伸和工業污染，江裡的魚越來越少，村裡的漁佬兒紛紛轉業，只剩下他固守著下滾釣的原始的謀生手段，結果生存陷入窘迫，「越來越潦倒」。耀鑫（《沙灶遺風》）做畫屋手藝，原先在鄉里有著優越的地位：「在沙灶人眼裡，畫屋師爹是高尚的職業，有錢有勢的大戶人家都不敢怠慢」，「誰家造了屋，都要擺八桌大菜，請來畫匠尊為上首」。然而農村經濟一改革，農民富足起來，時髦的「二層洋樓」取代了老式瓦屋，畫屋師爹也就陡然失去了存在的價值。「別人都改行務農了，只剩下耀鑫獨自一個還捨不得丟了他那個『師爹』的身分」，這樣，他就不能不忍受同時勢拗勁的孤獨和失敗的懊惱了。前進著的歷史肯定要無情地淘汰不肯趨勢順時的「最後一個」。從個體人生來看，他們的命運是悲劇性的。然而，展現在「葛川江世界」活生生的性格化的「最後一個」，他們與環境、與生活的齟齬，以及他們自身心理與行動的矛盾，又都頗富喜劇色彩。作者似乎不單是為他們唱一曲挽歌，或者說不是為之唱一曲單純的挽歌。

但是這樣說又不意味著「最後一個」的藝術形象其意義在於對「時代潮流的揭示和預言」[26]。作家在人類生活中總是扮演著這樣的雙重角色：在物質世界裡隨勢所趨、隨俗沉浮，而在精神或道德領域往往站在潮流的岸邊評點或施以引導。誠然，從「葛川江小說」中我們毫不費力地感受到作家對時代變革的敏感、熱情和首肯。福奎為對岸新鋪的江濱大街那一溜恍如火龍的街燈而著迷，毋寧是作家為經濟改革的奇跡而感歎。正是這一敘事背景映現出「最後一個」的自信、頑梗和執拗有點盲目可笑，作者不由對他們的悖時乖世也給以溫和的嘲謔，差不多有意讓他們的保守行為在新生活的熱烈氛圍裡顯得尷尬、難堪，有時還出一點洋相。

儘管如此，作為李杭育的獨特發現，「最後一個」的人生戲劇有比為時代的前進作注更富有啟迪的寓意，由於它不僅僅代表著一種理應拋棄的實踐方式，由於作家不僅僅發現了行將過往或業已過往的人和事，而是發現了這些人和事所維繫、所負載的某種風俗和文化。倘若僅僅是一

[26] 程德培：《小說家的世界》，浙江文藝出版社1985年10月出版，第81頁。

種落後的生產方式，它的消逝就不必有太多的遺憾。而事實與此相反，在以「最後一個」為代表的葛川江人身上，李杭育以文學家特有的敏銳發現了只有在行將消亡時才顯出它的可貴和本不該被新生活方式所棄置的東西，這就是構造吳越文化形態的最堅硬的內核——「南方人的生命的元氣和強力」[27]。這種「南方的生力」在葛川江人身上多半體現為以頑強的自我確證、充分的自尊自信和執著的自我保持為特點的帶有強烈漢民族人格意識的「秦寨精神」[28]，在小說中，它每每突破人物自身這樣那樣的局限或弱點，閃耀出有持久魅力的性格光彩，並且同人物的處境與命運形成叫人無法不正視的對比。福奎所頑固堅持的，其實不是謀生手段，而是他的優越人格。「九溪的居民們唯獨對他不用『漁佬兒』這個帶點輕蔑的稱呼」，可見大江和滾釣乃是他的人生證明形式。為了這一榮譽，不論窘困寒酸到什麼地步，他也不肯撒網捕小魚，不肯棄船上岸，「他寧願死在船上，死在這條像個嬌媚的小蕩婦似的迷住了他的大江裡。」這是一種不肯抱屈的強者的性格。老畫師耀鑫看清了時勢和前途，悲哀而含蓄地向新生活勢頭服了輸，但是他不放棄「實現自己一輩子的最大心願」，仍然打定主意造一幢屋，「他一定要親手給自己畫屋，畫得比以往給別人畫的都要漂亮、考究，把他所有的本事都畫到他自己的屋上。」這豈止是心願的實現，分明是生命的實現！「老爹愛他這行手藝，就像人人都看重自己那條命一樣。」這不就是說手藝是生命的對象化麼？老藝人用他的行動所追求的，純然是人格的最後完成。《珊瑚沙上的弄潮兒》裡的那個死於弄潮的老頭，更是將人格意識和生命強力昇華到了極致。為了生命的餘興、餘熱的發散，老頭不顧家人的勸阻而執意弄潮。他在搶潮頭時抖擻、勃發、機敏、俐落和羨人的「手氣」，簡直叫人難以相信這是一個老人，你不由不驚歎生命的奇跡。整個弄潮中，他恪守著弄潮兒的「職業道德」和「傳統信念」，決不因利忘義，失去弄潮兒的風度和高格。為了理順弄潮兒們衝浪上岸的路數，他是那麼嚴肅認真地罵罵咧咧著對孩子們發號施令。而當他因為幫助別人而錯過了頭浪上岸的機會而又不肯做個逃命者，不假思索

27　曾鎮南：《南方的生力與南方的孤獨——李杭育小說片論》，見《文學評論》1986年第2期。

28　劉衛：《「秦寨精神」和漢民族人格意識的反省》，見《浙江學刊》1985年第5期。

地照例作出了「第二浪不上岸」的選擇，這時，他表現得是那麼從容不迫，被浪湧越捲越遠卻踩著水遠遠地對兒媳關照著看電視《碧玉簪》、蒸魚頭炒茭白、溫老酒……這些，無不令人感到從生命的力量和生活的信念中昇華起來的美。他的從容而莊嚴的死，「釋放出了一個葛川江的兒子、自然兒子的生命的能量。」[29]

不光是在「最後一個」身上，但凡葛川江之子，都不同形式地彌漫著在生存搏戰中凝聚起來的生命力量和人的自尊。《葛川江上人家》的秦寨人生活在原始貧困的環境中卻在苦難中頑強追求，且獲得了獨特的歡欣。大黑是秦寨人完善人格的典型：「他渾身是勁，渾身是膽。在船家眼裡，最好的男人就是這兩條。」生命自身的優勢給了他強烈的自豪感和自信心，他就憑恃這種優勢去追求被秦寨人奉為「供桌上的一尊仙女菩薩」、象徵著崇高價值的秋子姑娘的愛，以獲取自我人格的外部確證，為此他可以不顧性命。對於秦寨人來說，只要能證明生命的力量和人格的優越，生死利弊都不必計較，物質的損失在所不惜。大黑捨命下江搭救秋子母女性命，人是得救了，船卻撞毀在岸上成了一堆破爛。四嬸對有些喪氣的大黑這樣說：「破爛也是咱弄上來的！就憑這，咱就夠了不起的！」秋子也忘了自己沒撐篙造成過失的痛苦，讚美起大黑拋纜索套石柱的絕招。這委實是對自身生命力所創造的奇跡，對人類勇力智巧的讚美和陶醉。它表現的是一種豁達的超實惠、超實利的人生態度。《船長》的主人公「船長」，是個蕪雜、矛盾且有點滑稽的性格。他的一系列行為表現，不論是帶有傳統色彩的嫁妹、修空墳、不肯娶二婚頭，還是為現代文明所吸引的追求城裡派頭、吃麵餐、羨慕「畫家」和新式球衣、豎起耳朵聽新聞廣播、參加船舶保險等等，都是為了在他人的眼中樹立起自我的人格形象。正是這種自強不息的求證欲，決定著他可以豁出性命來顧衛榮譽。當他的船面臨覆沒的危險時，他硬是不肯棄船逃生坐等保險公司的賠償，而是捨命與風浪搏鬥，表現出驚人的勇敢和智慧。這種南方人內在的強項氣質和硬漢子性格，在《人間一隅》裡那個蘇北來的「偏要在同興城落腳、扎根」的姓仲的漢子身上也如浮雕一般凸現出來。

---

[29] 曾鎮南：《南方的生力與南方的孤獨——李杭育小說片論》。

李杭育用葛川江人物系列印證了他的「文化三大塊」[30]理論。他對帶有吳越地域色彩的南方文化的鉤沉，對傳統文化與現代文明的關係的思考，反映了他對時代變遷、文化衍進中的某些現象的憂慮。這種憂慮並非沒有根據。現代文明無疑地帶來了生活的整體進步，但從生命個體來講，物質文明的進步，是不是把人從內裡掏空了呢？那個曾經是「赤卵將軍」、從葛川江走出去坐了數年辦公室的康達，不就感到「他的身心，整個兒地像一隻抽空了的蛋殼」嗎？他的妻子也說他「沒有性格，麵團兒一塊」。同六十多歲了依然馳騁潮頭、發散出強烈的力和美的老弄潮兒相比，他失去的不正是葛川江人質樸自然的精神品質和直面風險的人格力量，那種人類在大自然中得以發展和繁衍的基本能力麼？問題的嚴重性又在於，在「觀潮」取代「弄潮」的今天，隨著最後一個老弄潮兒的覆沒，我們的民族、我們的文化會不會集體喪失一些本該保留的東西呢？李杭育關注、偏愛、依戀、惋惜於「最後一個」和「遺風」，有個人因素在內，即新生活格局打碎了保留在他的人生經驗中的「美好的記憶和情感」[31]，還有文學的責任感，即意識到「中國的文學總該有點中國的民族意識在裡邊」[32]才好面對世界，而在更大的範圍內，它出於對民族精神的尋求。他看到了倉促的歷史轉軌下傳統人物和傳統文化的命運，它的無可挽回的絕境對民族生活的今天和明天不能不產生影響。這樣，李杭育的看似懷舊、看似挽歌的小說就表現了當代意識的一種困惑，即對於「文明和古樸風尚的權衡不定」。而他的「文化尋根」的現實意義正在於：「他試圖在過往的舊人舊事和今天之間搭起座橋，使我們的視線得以延伸：我們從那裡看到了被保留到今天的東西，也看到了被今天廢棄了的東西，當然也有不該廢棄的東西。」[33]

---

[30] 李杭育：《理一理我們的「根」》，見《作家》1985年第9期。

[31] 李杭育：《化腐朽為神奇——關於「遺風」的斷想》，見《寫作》1984年第6期。

[32] 李杭育：《「文化」的尷尬》，見《文學評論》1986年第2期。

[33] 吳亮：《李杭育給我們帶來了什麼？——論「葛川江小說」中的當代意識》，見《西湖》1984年11期。

四、「異鄉異聞」：生命本質的思考

比起前兩位「文化尋根」作家，鄭萬隆的創作更帶有「尋」的特點。他從近距離地反映都市生活，突然轉過身去，循著保留在他的記憶中的「感覺」，到遠離文化中心的邊陲極地去開掘一個神奇的世界，令文壇著實迷惑、新鮮了一陣子。

鄭萬隆，1944年生於黑龍江愛輝縣黑龍江畔一個群山環抱的村莊，原籍河北省廊坊。他父親年輕時離開家鄉，闖關東做挖煤工，在此落戶。他七歲喪母，父親送他到遠離家鄉的北京，寄居親戚家讀小學。初中畢業後，進化工學校，畢業後分配在北京當工人。1975年春夏之間調到北京出版社做編輯，後任北京文藝出版社副主任，主辦《十月》長篇小說專輯。

鄭萬隆十八歲就開始發表作品，1975年出版了第一部長篇小說《響水灣》，在文學界產生了影響。進入新時期後，他以擅長寫城市青年題材著稱，代表作《當代青年三部曲》著重描寫八〇年代一種「思考」型的青年對自身價值和人生道路的探求，由於反映了該時代青年人的心聲而在青年讀者中頗受歡迎。1985年前後，鄭萬隆的創作方向發生重大轉折，他以《我的根》一文提出他的「尋根」主張，宣傳：「黑龍江是我生命的根，也是我小說的根。我追求一種極濃的山林色彩、粗獷旋律的寒冷的感覺。那裡有母親感歎的青春和石塚，父親在那條踩白了的山路上寫下了他冷峻的人生。我懷戀著那裡的蒼茫、荒涼和陰暗，也無法忘記在樺林裡面飄流出來的鮮血、狂放的笑聲和鐵一樣的臉孔，以及那對大自然原始崇拜的歌吟。那裡有獨特的生活方式、價值觀念和心理意識，蘊藏著豐富的文學資源。」[34]果然，與他的尋根主張相呼應，他在此前後一口氣拋出了十幾篇以「異鄉異聞」為總題的小說，把深藏在那片赫赫山林裡的文學資源轉化成了「陌生化」的藝術世界。

「異鄉異聞」是「化外之民」的人生故事。在此上演著非常態或畸態的人生戲劇的，或者是與現代文明存在落差的仍處在狩獵生活中的鄂倫春

---

[34] 鄭萬隆：《我的根》，見《上海文學》1985年第5期。

人，或者是被迫從中原規範文化區流落出去的漢族淘金者和「盲流」。獨特的地理環境和文明背景，迫使他們建立與之相適應的生存法則，並自行解決激化了的生存衝突，它去除了文明社會的脈脈溫情與繁瑣說教，而裸露出生命的欲望和實現欲望的直接方式。哲別的族人，毫不寬容異端，不由分說地砍殺了「踩神」的年輕人（《黃煙》）；行同俠客的陳三腳，仗義手刃了作孽太多的王鳳雄，自己也遭受重創（《老棒子酒館》）；失敗的男人福庚，不堪於毀滅性的剝奪，終於用槍從背後對準了毀了他一輩子的人（《野店》）；「三毛子」黃毛完全是以強力和蠻野來統治那個「盲流」小世界，「在這個世界裡，死了人像死個狍子那麼容易」（《火跡地》）……作者企圖通過這一偏離常規的、險惡的生存世界，來充分地表現一種生與死、人性和非人性、欲望與機會、愛與性、痛苦和期待以及一種來自自然的神祕力量。這些內容產生於獨特的地理環境而又超越了地域性，體現為一種人類行為和人類歷史，而表現它的終極目的，在於對人的本質的揭示。

在「異鄉異聞」眾多的故事中，人的本質意味著自我「佔有」。通過「靈」的佔有達到對形而上的「生存價值」與「存在本質」的佔有。在形而下的層次上，它往往表現為對於「物」的據有或對一種「念想」的實現過程。而這裡的「物」（通常是金子或女人）不過是虛化了的象徵物，是主觀「念想」的外化符號。它在據有者那裡，往往是「空」的形式或「空」的結局，然而「正因為其『空』而顯示出了無形的價值觀念」[35]。《陶罐》裡七十三歲的趙勞子，在驚心動魄的倒開江中，出沒於危險撞擊的冰排，冒死搶出那個紅布包著的陶罐，據他說那是「滿滿一罐子」金子。而結果在一聲悶響中破裂的陶罐卻是個空的。但是趙勞子一生的意義也在陶罐毀滅的一剎那顯示了出來。究其實，陶罐不過是一個「念想」。「人他娘一輩子就得活得有個念想」，淘金者趙勞子一輩子就靠這個念想所支撐而頑強地活著，「活得有滋有味的，腦門發亮，兩隻眼裡跳火，活現一股仙氣。」誰能說對於終歸要被時間帶走的生命而言，想像的據有同實際的據有不是等值的呢？《狗頭金》和《地穴》也都是寫金子夢的落

[35] 黃子平：《論「異鄉異聞」》，見《鐘山》1986年第2期。

空。王結實拼出最後的力氣刨了一夜狂笑著抱回的「狗頭金」，卻分明是一塊石頭。王六道捨命從有如夢幻世界的「地穴」裡帶回的用紅布包著的山金，竟也是石頭！希望的落空反襯出希望本身的實在。王結實在瀕死的絕境中恣肆出強暴兇悍的生命力，支配他的就有一個念想：「達拉拉台高家那個小寡婦正等著我呢！」還有跟肚子裡燒著「一股邪火」的王六道一起去覓金的李大燒，也是被「念想」帶到阿根布山上的。這裡，未曾佔有的金子物化了無形的佔有欲，它是人生行為的見證，又是對生存進行價值評判的有形的參照。

《老馬》、《野店》、《三塊瓦的小廟》寫的是對女人的佔有。它所昭示的是，形式上的佔有並不意味著人生價值的獲得，相反可能是殘酷的否定。小小的爸爸、福庚和劉友這三個人都沒有得到、或沒有完全得到他們所佔有的女人的心，因而逃不脫失敗感的折磨和來自價值觀的壓力。小小的爸爸一邊用老馬來寄託他的憎恨和報復，一邊還得用對坐騎和狗的懲罰來對「道德自我」施虐，說明他的靈魂從未得到過安寧。福庚用六兩金子佔有了本不屬於他的女人，可壓根兒沒得到她的笑臉和真心話，直至女人憔悴而死。非靈的佔有意味著失去一個男人的價值，他為此沮喪和惱怒，最後有了那未必有救益的一舉。《洋瓶子底兒》中三貴的爸爸也有類似的隱痛，因為以手段去佔有意味著佔有者的「缺席」。與此相反，《野店》裡的「他」，雖然因錯過了機會而未曾名義上佔有相好的女人，但在精神上卻是一個勝者。他懂得愛且執著於愛，不惜付出苦操奇行，以靈的昇華完成了愛的實現，他始終是一個真正的「在場」者。《三塊瓦的小廟》中的張發海，也是為了一顆能相互感應的心靈而甘冒風險，甚至甘願同凍死在雪地裡的紅顏知己相伴隨。總之，兩種不同的情況，一種是空空佔有，一種是佔有著空，人生的真諦和存在的本質卻從中顯影出來。

「念想」在「異鄉異聞」裡是生存意識的代名詞，它是人物的理想、願望、信念或榮譽感，是一種普遍性的人生動力。它以不同的形式出現在小說中，它決定著人物的行為並證明著人物的生存意義，最終指向那個「超感覺」的「在」。《黃煙》、《我的光》、《洋瓶子底兒》……無不高懸一個願望。為了這個願望，人物可以把艱險、危難、困苦甚至生死置之度外。哲別想要探明黃煙的祕密的執念，任何人也無法改變。他為之捨棄了母親，捨棄了美麗的未婚妻，也捨棄了他的生命，然而他贏得了真理。他的勇敢的探求和毀滅，簡直像被宗教法庭燒死在羅馬廣場上的布魯諾式的獻身，動人心魄。紀教授得到機會實現在心底沉積了三十多年的想法，以超乎年齡的活力爬上了等待了他幾十年的五馬架山，而「他爬的不過是他心中一座山」。在天階湖，他終於看到了自然界最輝煌的景象，於是他的生命也在這裡走進那一片輝煌之中，融入永恆。三貴以驚人的固執，掙回二十瓶老牌甯古塔酒，目的是掙回作為人的「出息」。「異鄉異聞」把對抽象的信念的堅守過程視為生命的本質形式。為此，它往往用人的肉體生命的死滅（有類於前述的「物」的成空）來顯示另一種「存在」。《老棒子酒館》裡最後一次出現的陳三腳，「不願意大夥兒看見他死」，想給認識他的人留下他過去的驕傲和光榮，拖著重傷悄然離「去」。令人一震的是，他的強悍性格和俠義精神後繼有人：少年劉三泰的鏗鏘之言就是他的精神品質的活脫脫轉世。從《空山》裡爺爺披著那件羊皮襖，一步一步走進大火奔騰的那堆木材中，我們不是憬悟到，爺爺幾十年不失約一絲不苟守著一堆巨獸般的原木，是何等看重他人的囑託，那是對他的信任！還有《峽谷》裡的申肯，堅決不用槍打懷了崽的老熊，以致丟掉了性命，可他活得硬氣，死得英雄，他恪守著鄂倫春人的信念和道德，使靈魂有了重量。

鄭萬隆憑著記憶中的「有生命的感覺」，利用神話、傳說、夢幻以及風俗為材料，建立了一個獨特的小說世界。這個世界不是寫實的而是表現的，甚至帶有「魔幻」特點。三貴從洋瓶子底兒裡發現一個奇幻的世界和莫里圖（《鐘》）對鐘的驚懼，叫人想起《百年孤獨》裡那兩塊吉普賽人的魔鐵。鄂族老人庫巴圖（《我的光》）與萬物通靈的超常感覺也似乎帶有神祕色彩。然而這類描寫不僅符合「異鄉異聞」世界裡「多種文化碰撞」，而「閃現了本世紀以來東北邊陲特異的神奇光彩」[36]的真實，而且符合人類文明進程和文化形成的真實。《鐘》最清晰、最典型地刻畫出了文明的時差帶來的文化行為的反差。從涉及這類內容的「異鄉異聞」小說裡，我們看到了人立足於一定的文明程度上建立並踐守相應的理想觀念、

[36] 黃子平：《論「異鄉異聞」》。

價值觀念、倫理道德觀念和文化觀念的歷史情景。「異鄉異聞」把不同的文明階段壓縮到一起，讓我們從人類的行為模式中看到了人是怎樣創造了文化，也創造了自己，創造了人類的歷史。不論處在怎樣的地理環境和文明程度的限制之下，人類都依靠自己大腦的想像力和創造性，產生出獨特的行為方式亦即文化行為。這大概就是鄭萬隆所說的「獨特的地理環境有著獨特的文化」[37]吧。它也是鄭萬隆文化尋根小說的特性和目的：從地域性出發，走向了人類性；以深山老林裡過往年代的「異鄉異聞」，觸發起當代人對於生命本質的思考。

五、「尋根」新面相：《馬橋詞典》與《怒目金剛》

（一）《馬橋詞典》的語言哲學

韓少功（1953- ），湖南長沙人。1968年初中畢業後到湖南省汨羅縣插隊，1974年調該縣文化館工作。1978年考入湖南師範學院中文系，1982年畢業後在湖南省總工會《主人翁》雜誌工作，後調湖南省作家協會任專業作家。1988年到海南省，先後任《海南紀實》雜誌主編、海南省作家協會主席、海南省文聯主席等職。主要作品有小說集《月蘭》、《飛過藍天》、《誘惑》、《空城》，長篇小說《馬橋詞典》、《暗示》，並有《韓少功自選集》及多個散文集出版。

在二十世紀八〇年代以來的「新時期文學」中，韓少功是一位貫穿性的作家。還在念大學的時候，他就發表了以知青經歷為題材或為視角的小說，並有《西望茅草地》、《飛過藍天》獲全國優秀小說獎。這些小說使韓少功被列入「知青作家」文學群體，但更值得注意的是「知青」的外來者視角後來在他的創作中一直成為他用以觀察、思考和批判一個由他發現和構造出來的像煞有介事的人的生存世界的神祕方式。也許是創作之初就有著與眾不同的銳意反思的特點，韓少功在八〇年代的文學探索大潮中，很快就找到了履行使命感的藝術思考領域。1984年，他和阿城、鄭萬隆、李杭育等知青同道一起，舉起了「尋根文學」的大旗進行文化尋根小說的

[37] 鄭萬隆：《我的根》。

創作。在1985年發表的一批宣導和闡釋「文化尋根」主張的理論文章中，他的《文學的「根」》[38]一文因帶有宣言性質而備受關注。在這篇文章裡，韓少功強調：「文學有根，文學之根深植於民族傳統文化的土壤裡，根不深，則葉難茂。」他所說的「根」，指的是「民族的深層精神和文化特質」，它們才是「民族的自我」。而文學尋根的目的就在於「釋放現代觀念的熱能，來重鑄和鍍亮這種自我」，韓少功把它視為自己從事文學創造的一種責任。作為文化尋根的實踐，韓少功接連創作了《爸爸爸》、《女女女》、《歸去來》等獨具特色的小說。其中《爸爸爸》成為最具代表性的尋根文學之作。小說借助作者插隊生活過的湘西作為藝術表現的空間，有意抹去它的歷史時間，通過一種不確定性的敘述，把一個久遠存在而又為我們所忽視甚至遺忘的民族生存狀態似真似幻地呈現了出來。由於象徵的力量，小說中雞頭寨人的原始愚昧的生存成了人類的一個縮影，而主人公丙崽的畸形狀態又隱喻了一個民族的悲劇性的歷史存在。顯然，韓少功對民族文化的審美觀照，更多一些批判的成分。

進入九〇年代，韓少功寫作了大量的文化隨筆，以崇高的人格力量、堅定的人文立場和沉潛的理想主義姿態，對社會轉型期浮靡的文化現實進行不妥協的精神反抗。與這種文化審視保持內在一致的，是他的文化關懷小說——他把八〇年代提出的文化尋根的主張一直貫徹到了九〇年代。九〇年代韓少功為當代小說提供的一部力作，是更具實驗性的長篇《馬橋詞典》。

《馬橋詞典》首先在文體上是漢語小說中的一個創舉。用「為一個村寨編輯出版一本詞典」[39]的方法，取代用傳統的情節小說表現「馬橋」的生活和人生，並不是作家僅僅為了藝術形式上的標新立異，而是起因於傳統小說形式阻礙了作家對生存感受和文化感悟的準確表達。韓少功就這部小說的創作在《天涯》編輯部與崔衛平的一次對話中就說：「我從八〇年代起就漸漸對現有的小說形式不滿意，總覺得模式化，不自由，情節的起承轉合玩下來，作者只能跟著跑，很多感受和想像放不進去。我一直想

[38] 韓少功：《文學的「根」》，《作家》1985年第4期。

[39] 《馬橋詞典・編撰者序》，見《韓少功自選集・馬橋詞典》，作家出版社1996年10月版。

把小說因素與非小說因素作一點攪和，把小說寫得不像小說。」[40]以「詞典」的形式做小說就是一種嘗試。「詞典」的自由度大多了，它有利於作家對他經驗中的歷史與現實、文化與人生、語言與事實進行散點透視，從中尋繹到它們與當下生活的本質聯繫。

在內容上，《馬橋詞典》也讓人耳目一新。因為作為小說敘述對象的首先不是人物和事件，而是語言。即靠語言進行敘述的小說，以語言為敘述對象。這也不是作者有意創新，而是基於韓少功對小說與現實關係的一種哲學理解：「認識人類總是從具體的人或者具體的人群開始」，「任何特定的人生總會有特定的語言表現。」[41]作家的本意是要打開一個不為我們所認識的「馬橋」王國，呈現它的歷史、地理、風俗、物產、傳說、人物及其隱藏在這一切背後的普遍的人類本性，但封閉「馬橋」王國使之變得神祕而有價值的有一道門，那就是「馬橋」語言。於是，作家要做的有意義的工作，就是清理和說明「語言和事實的複雜關係」、「語言與生命的複雜關係」，[42]語言不是作為道具而是變成一個個角色走到了小說藝術的前臺，吸引讀者認真觀看。能夠作為詞條列入這部《詞典》的，多是僻處一隅的「馬橋」的土語，這是跟我們所慣用的公共語言大異其趣的民間口語，一種有著久遠的流傳史或特定的使用範圍的有如化石或標本的語言。它的能指大多給我們以陌生感，如「打玄講」、「打起發」、「暈街」、「撞紅」等；它的所指對我們來說卻富有新鮮感或震撼力，如馬橋人收親忌處女，人的夭折被看成是活了「貴生」因而值得慶倖，黑相公不肯借種為輿論所不容終落下癔病，等等。馬橋語言向我們洞開了一個馬橋的世界（給人們當嚮導的還是那位知青）：馬橋人的生活與生存方式，馬橋人的思維方式與價值觀——這正是作家所要鉤沉的「詞語後面的人」、「語言中的生命意蘊」。[43]

韓少功用《馬橋詞典》建構了一部馬橋文化史，延續著他尋找流失了的楚文化的努力，也表現了他用寫作進行文化反思和現實批判時的矛盾與

---

[40] 韓少功、崔衛平：《關於〈馬橋詞典〉的對話》，《作家》2000年第4期。
[41] 《馬橋詞典・編撰者序》，見《韓少功自選集・馬橋詞典》。
[42] 同上。
[43] 同上。

困惑：馬橋人的生存至今是落後的甚至是愚昧的，但是馬橋世界裡的「異人」（如馬鳴）對不斷進化的人類生活不也是一個質疑嗎？。

（二）《怒目金剛》：傳統鄉村文化孤魂的祭奠與禮贊

在當代作家裡，像韓少功這樣始終關切鄉村文化命運，著意從民間尋找傳統道德人格來救贖時弊的並不多見。因此《怒目金剛》這篇思想者的小說出現在2009年，就顯得彌足珍貴。

《怒目金剛》講述的是鄉村文化人吳玉和想要討還個人尊嚴的故事。在鄉村裡備受尊重的玉和，一次開會遲到，遭到鄉書記老邱當眾罵娘，人格受到十分嚴重的侮辱與傷害，會後就要求書記道歉，書記發窘地逃開，自此以後，較真的玉和開始了漫長的等待，但到死也沒有等到後來仕途沉浮，由鄉書記當上了副縣長的老邱的一句當面親口認錯賠禮的話，竟然死不瞑目，令人震駭，終於贏得了加害者連夜趕來在靈前推金山倒玉柱的一跪。由一句當權者的行伍京罵，引起一場人格保衛戰，受害的一方不惜以生命為代價，直至在死後取得勝利，不僅讓人驚歎，也催人覺悟，原來即使一介平民，自我的人格尊嚴也至為神聖，不然，一個溫文爾雅的鄉村文化人，何以變成了死不甘休的怒目金剛！小說的形象刻畫與思想表達卓然不凡，非大家不能為。玉和與老邱這一對冤家，個性鮮明，躍然紙上，給人留下十分深刻的印象。《怒目金剛》的確是一篇思想與藝術價值相當高的短篇小說精品。

一篇好小說，它的思想意蘊不會浮現在故事情節和形象描繪的表層，《怒目金剛》也不例外。玉和與老邱的糾葛，因人格受傷而起，導致一句話成為玉和的心結，也成了故事的紐結，由於那句話遲遲不來，故事的推進也就一再延宕，在延宕中尊嚴二字變得越來越有分量，弱者的人格也越來越兀然。但是，這篇作品的思想意向似乎沒有停留在對失去的個人尊嚴的討要上，而是在遙望玉和這個人物所象徵的一種正在遠去的文化。玉和這個性格，其實是一種文化性格，一個今天已經失傳的中國傳統鄉村文化性格。玉和是個農村人，但他決不是普通的農民，而是鄉村士人。小說寫他「讀過兩三年私塾，他能夠辦文書，寫對聯，唱喪歌，算是知書識禮之士，有時候還被尊為『吳先生』，吃酒席總是入上座，祭先人總是跪前排，遇到左鄰右舍有事便得出頭拿主意」，並且他「在同姓宗親輩份居高，被好幾位白髮老人前一個『叔』後一個『伯』地叫著，一直享受著破格的尊榮」。知書識禮而又輩份高，在講究禮義和尊卑的傳統鄉村中國裡，玉和自然會享受到一般人沒有的尊榮。從玉和的年齡看，他是從舊中國過來的人，在傳統的鄉村文化還沒有被革命的社會主義文化取代的時代裡，玉和已經形成了自己的文化人格和身分認同，在進入新的文化場景以後，仍然以鄉村士人自居，自覺承擔著維護鄉村文化秩序和價值觀的責任。他心目中的文化秩序和價值觀就是講規矩，遵禮教；尊賢敬長，以孝為先；既講公道又愛私德；君子固窮，有人格尊嚴，不受嗟來之食，富貴不能淫，威武不能屈……我們所看到的玉和的所作所為，無不遵循這一整套鄉村文化規則，它是農業中國千年存續的穩固基礎，是千年中華文明官方與民間奇妙交合的精神地帶。只要把玉和還原為這樣的文化角色，他在同權力發生衝突後的反應——近乎迂執的等待與糾纏，他在待人處世上的不合時宜，就不會不好理解。「活閻王」邱書記，不問情由，在大年初六「當著上下百多號人指著鼻子罵娘」，使有身分的鄉村文化人玉和斯文掃地，丟盡面子，覺得無法做人，但同時使他獲得道德優勢的是罵人的書記觸犯了鄉村傳統道德的大忌。《孝經》曰：「夫孝者，天之經也，地之義也，人之本也。」「孝」在傳統道德中的地位決定了罵娘是不可容忍的行為，對罵人者的清算也就天經地義。玉和被罵娘，受傷害之深，莫此為甚，所以當場要書記道歉，這既是討回自己的尊嚴，因為「士可殺不可辱」，同時也為了維護孝道這一做人之本，沒有商量的餘地，傷害他的是罵人的話，話要話還，老邱必須說出那句認錯的話。玉和從頭到尾，從生到死，始終堅持著他所認同的文化規則，不因任何困難或誘惑所動搖。對這種規則，他絲毫不馬虎。仇人落難，他出於大義，上門撫慰；但對方升官為副縣長後，他反而避而遠之，且拒絕接受主動示好，不肯勾銷對方欠下的道德債務，公道與私德分得清清楚楚。再大的利益誘惑都不能讓他放棄做人的原則，例如兒子燒傷住院要錢救治，他寧願賣血也不接受權勢的施捨，以致後來為還債吃盡苦頭，甚至丟掉了性命。玉和不愧是一個用生命來踐履中國文化道德準則的鄉村士人。

可見，《怒目金剛》的確「是韓少功『鄉村』思考之延續。它承續的是自《爸爸爸》《馬橋詞典》《山南水北》一路而來的主題，即『鄉村』和它所代表的傳統文化在當代中國的意義」[44]。饒有新意的是，《怒目金剛》通過一個傳統文化人格形象的塑造，展現了鄉村傳統文化被強暴而走向潰敗的命運。文化人玉和與書記老邱之間的衝突，並不是因私人恩怨而起。玉和是為了做好事趕牛而在政治學習會上無端受辱，而老邱是由於主持馬克思主義哲學的學習受挫而借機發火的。但看似偶然，卻又是必然。到故事發生的六、七十年代（抗美援越時期），中國的鄉村早已更換了文化場景。已經集體化的新農村，不僅生產方式改變了，人與人之間的權力關係改變了，文化形態與道德體系也都被置換。陽剛的革命文化取代了陰性的傳統文化。玉和與老邱，就是這兩種文化的代表人物。玉和善良文雅，外柔內剛，老邱威猛雄壯，簡單粗暴。老邱出身行伍，口白粗俗，說話動輒砸糞團，缺文少墨，連批個條子都錯別字連篇，一家人都不懂禮數，他之能夠當官掌權，靠的不是文化，而是強力。他身手不凡，因而專制霸道，如小說寫到的：「這位書記霸氣太大，門框都容不下；也太重，椅子也頂不住，全鄉的門框和椅子都造了殃。」這一寓言化的描寫，象徵性地揭示了社會主義時代鄉村文化的本質，這是一種由本土強力和外來話語生硬結合起來政治文化，它是二十世紀暴力革命的產物。在這樣的文化強權下，玉和所代表的陰性文化難免不遭到強暴。事實是，原先在鄉村裡享受尊榮的堂堂君子吳先生，到了革命政治說一不二的年代，在邱書記的腳下，他就「成了茅廁板子說踩就踩」，「成了床下夜壺說尿就尿」，人格尊嚴遭到隨意踐踏。玉和在受辱後堅持要討得一句話，無異於弱者被施暴後需要得到精神上的補償。這就是傳統文化在當代鄉村中國的命運與處境。唯其如此，作為個體文化人格，玉和的孤獨反抗、以文峙野就顯得可悲而壯烈。玉和是跨在兩個鄉村中國上的，一個是以禮義廉恥忠信孝悌為核心價值的傳統文化主導人生的鄉村中國，一個是以馬克思主義為基本話語的現代政治主宰的鄉村中國，這樣的文化錯位決定了他與權力發生衝突的悲劇性質，但是它的悲壯也就在這裡。玉和是延伸了的「尋根文學」為我們奉獻的又一個具有典型意義的「最後一個」形象。這是傳統鄉村文化

[44] 季亞婭：《這一聲遲來的道歉——韓少功新作〈怒目金剛〉的一種讀法》，《北京文學》2009年第11期。

潰敗時代的最後一個文化鬥士。他的等待，既是守護，又是抵抗。他的雖死猶戰，戰之能勝，正說明瞭堅持是有意義的和傳統文化是有感召力的。玉和死後得到的仇人那感天動地的一跪，未嘗不是作家韓少功對這個寄託著他的文化理想的傳統鄉村文化孤魂的深情祭奠與由衷禮贊。

第五章

莫言小說的歷史批判

一、《紅高粱》的歷史哲學

在1985年前後的文學創新、藝術探索的大潮中，莫言是一個最富有身體性和衝擊力的作家。莫言原名管謨業，山東高密人。小學五年級輟學務農，後又到棉花加工廠做臨時工。1976年參軍，歷任戰士、班長、保密員、馬列主義教員、宣傳幹事。1984年考入解放軍藝術學院文學系，1986年畢業。1988年考入北京師範大學魯迅文學院創作研究生班，1991年畢業，獲文藝學碩士學位。原為總參文化部一級創作員，1997年10月轉業，在中國《檢察日報》社工作。1981年開始創作，著有長篇小說《紅高粱家族》、《天堂蒜薹之歌》、《十三步》、《酒國》、《食草家族》、《豐乳肥臀》、《紅樹林》等，中短篇小說集《透明的紅蘿蔔》、《爆炸》、《歡樂十三章》、《白棉花》、《懷抱鮮花的女人》、《神聊》等。另有《莫言文集》五卷。《豐乳肥臀》曾獲首屆《大家》紅河文學獎。

莫言是以噴發式的寫作卓異於喧嘩與騷動的新時期現代小說實驗場的。狂飆般的野性生命力和肆無忌憚的敘事體態，使他的小說讓人猝不及防而又留下深刻的印象。二十世紀七〇年代末開始培植並日益豐厚的現代主義文學土壤，成全了這位藝術潛質極好的新進作家。出身於上中農家庭，在政治高壓年代失去童年的幸福，從小就體味過貧困屈辱與艱辛，生存境遇突然改變後仍然背負著鄉村羈絆的痛苦與城市文明的紛擾，這樣的經歷在他的內心積鬱起孤寂、荒涼、憤懣與渴望，相對自由的反思與批判時代和以西方觀念文化為參照的現代高等教育使他成為一個情緒激烈的覺醒者，文學這一最能溝通現在與過去、個人與時代的精神形式又讓他找到了情緒宣洩和生命轉換的最有意味與價值的方式，莫言的創作遂而在強烈的個性中寓含著深廣的歷史內容。

或許，過於明顯的主觀性掩蓋了莫言小說重構的歷史客觀形象，然而正是出人意表甚或匪夷所思的主觀寫像，實現了莫言現實和歷史雙重批判的藝術創造目的。成名作《透明的紅蘿蔔》由一個夢中的意象衍化開來，展現的是恍惚莫名的背景上一個喑默而靈異的小男孩的內心視境，它與投射其中的外部世界的關係難以捉摸，然而，小說主人公黑孩的幾近神經質的變異心理，不難看出是作家心靈史的縮影。透過黑孩的性格成因，我們進而看到了個體生命與歷史場景的深刻矛盾以及作家對個人夢幻的肯定。以《紅高粱》為代表的歷史題材的創作，主觀體寫更是汪洋恣肆，成為作家處理實生活、呈示生命體驗的有效方式。小說的形象世界顛覆了我們舊有的評價體系，土匪與英雄的二位一體借助特設的敘述視角，衝擊了已成定勢的閱讀經驗，逼使讀者在起初的不適應之後重新看待民族生存群落的歷史關係。莫言小說的內在結構由此約略可觸，這就是用最具生命本質的個性生命姿態去瓦解觀念性的歷史圖式，它體現的是作家的一種「還原」的創作動機。

還原是從相互作用的兩個方面展開的。一是對人的還原，即通過生命情態的誇張式刻畫，把歷史的人從階級論和革命理念的長期囚禁中解放出來，還單面的人為複雜的人；一是還原歷史，也就是用具有複雜性的人的活動來回答什麼是歷史的真正驅動力這一久已混淆的歷史哲學命題。《紅高粱家族》（《紅高粱》、《高粱酒》、《狗道》、《高粱殯》、《狗皮》）、《豐乳肥臀》莫不是莫言藝術地對現代中國歷史的重新闡釋。

莫言在《紅高粱家族》中所建立的歷史哲學，根源於他這一代人切身的歷史感悟。歷史常常被改寫，權力意識形態會根據某個利益集團的需要將歷史抽象化、條理化、單純化。這種被篡改的歷史成了某種理論的注腳，它服務於某種政治目的，所以，歷史教科書提供給我們的未必是歷史的真相。只有文學可以通過具體的人的記憶複現歷史，還原歷史。歷史是特定情境中人的活動形態，而人的活動是人的原欲的不同方面、不同形式、不同程度的表現，因此，原欲既是人的本質，同時也是歷史的本質。生存，即食與性，是人類原欲的主要內容。人的超越和創造願望及能力，都是食與性這樣的原動力的昇華。處在歷史鏈條每一個環節上的人，他的活動都受原欲的支配。由於人類的生存、佔有的願望和榮譽感、爭強好勝、渴望超越的心理是共同的，因而勢必發生衝突。有時候表現為個人之間的爭鬥，余占鼇打死花脖子，九兒與戀兒的矛盾，就屬於這種情況。有時候，為了共同的利益，人們便暫時或較長久地結成群體，群體與群體之間相互對壘，余占鼇的土匪部隊與八路軍的膠高大隊、國民黨的冷支隊時而相互火拼，時而聯合起來共同對付日本人，在「生存」這一層次上，跟那三支又聯合又內訌的狗的隊伍，本質上就有類似之處。所不同的是，動物的原始需求的滿足是赤裸裸的，而人類卻可以給它穿上文化的外衣。人類的原欲可以提升轉化為文明創造，至少可以按照成者王侯敗者寇的歷史法則，用話語將勝利者的原欲的曲折實現形式，美化為崇高的精神形態。

然而問題也就在這裡。人類創造文明即標誌人類自身的進步，人類成為有理性、能夠區別善惡美醜的高級動物。但是文明的發展又會出現本末倒置的現象，即某種似是而非的理性，過分地壓抑了人的原欲，造成生命力的衰萎、創造力的匱乏，即種的退化。中國現代革命史的不虞效應於此為甚。以實現崇高社會理想的名義動員全社會參與革命鬥爭，結果造成人生被主義強姦，不僅文化人被集體閹割，普通老百姓的個體生命也失去應有的血性，這就是莫言的父輩和他的同代人的不幸命運。正是深感父輩與同代人在新禮教的碾壓下已毫無血性，莫言才召喚「爺爺」、「奶奶」輩的民族之魂。那一代人身上美醜陳雜，但畢竟有真實活潑的人生，敢愛敢恨，敢笑敢哭，敢生敢死。莫言以非常年代作為人物活動背景，原因在於，置於這種慘烈的環境中，人的本性才無可掩飾，人的本質從另一個側面得到確證。確證了人的本質，歷史之謎才能最後揭開。

《紅高粱家族》的這一逆向敘事（相對於十七年革命歷史小說的宏大敘事）功能，在《豐乳肥臀》裡得到了更淋漓盡致的發揮。《豐乳肥臀》再一次以「家族」（民族家國的混稱）作為社會力量相互間鬥爭的舞臺，也無非是揭示歷史衝突的欲望本質及其宿命般的悲愴。這部小說用書面歷史向欲望歷史的還原，解構了一個巨大的社會神話。可以說，發現原欲乃歷史實現的真正動機，是莫言小說創作對現代文學的一大貢獻，儘管其歷史判斷不無偏頗。

解構社會神話，是為了掙脫宏大的歷史敘事對生命和個性的嚴重禁錮。而創作本身就可以使生命欲望超越現實而獲得想像性實現。因故極度張揚野性的生命力在莫言的小說中就順理成章，小說成了創作家的白日夢，成了克服生活慘痛的快樂之源。莫言小說的人物洶湧著生命的欲望，通常是以飽滿而銳利的生命感覺來加以表現的。二者的關係，正如有人已經指出的：「生命欲望，把一個個瞬間的生命感覺組織起來，貫穿起來，使那些散金碎玉、斷簡殘篇都獲得一個強大的向心力，反過來，生命感覺又成為生命欲望的表現形式，成為心靈和肢體的運動。」[1]生命的最強烈的欲望和感覺莫過於性愛，所以莫言的小說經常寫到熱血漢子與風流女兒的結合，出現生機勃勃的生命力的撞擊，充滿強烈的生理性，生命經由肉體的感受而得到真正的解放。為了展現生命的至美，莫言還大寫特寫死亡，死亡也成了生命的自由與驕傲的證明。

莫言的創作顯然受到福克納、瑪律克斯等西方現代派文學大師的影響，但是，他的高密東北鄉的神話世界不同於約克納帕塌法縣和馬孔多鎮，由於他憑著敏銳的藝術感覺和與生俱來的形象記憶能力，融合外來藝術經驗，營創個人風格化的有機藝術文本，以載寓苦難的東方民族之魂。

二、《生死疲勞》：對歷史的深度把握

如美國猶太裔作家李比英雄先生所說，莫言筆下的高密東北鄉是一個「巨大的文學地理」[2]。自上世紀八〇年代以來，莫言以旺盛的、無與倫比的創造力，在這一文學地理上建造起氣象恢弘的小說藝術群落。而2006年年初問世的近五十萬字的長篇小說《生死疲勞》，被作者自己看作是高密東北鄉版圖上的「標誌性的建築」[3]。從中可以窺見作家在這部小說裡傾注的藝術追求，以及作者從創作效果中獲得的自信和這一創造所達到的藝術高度。著名評論家吳義勤在評論《生死疲勞》的文章裡說他始終認為「莫言的小說是中國當代文學中難得的『極品』」，並評價「《生死疲勞》無疑代表著小說寫作的一種難能可貴的境界，——一種完全沒有任何束縛和拘束的、隨心所欲的自由境界。這是一種能讓作家的想像力和創造力發揮到極致的境界，環顧中國文壇，能達此境界者，大概唯莫言一人耳」[4]。聯繫張清華將莫言在九〇年代創作的《豐乳肥臀》列為「新文學

[1] 張志忠：《莫言論》，中國社會科學出版社1990年版，第71頁。

[2] 《文學・民族・世界——莫言、李比英雄對話錄》，[日]小園晃司譯，《博覽群書》2006年第8期。

[3] 2006年3月15日，莫言做客新浪讀書名人堂談新作《生死疲勞》說到：「如果說我的作品都是高密東北 鄉版圖上的建築，那《生死疲勞》應該是標誌性的建築。」

[4] 吳義勤、劉進軍：《「自由」的小說——評莫言的長篇小說〈生死疲勞〉》，《山花》2006年第5期。

誕生以來迄今出現的最偉大的漢語小說之一」[5]來看，莫言以高密東北鄉為版圖的「新歷史主義」寫作，在以「詩學」的方式敘述「歷史」方面又找到了新的結構形式，為新世紀的漢語小說矗立起了一座高峰。

在借用佛教的六道輪回說作為小說結構的堪稱奇書的《生死疲勞》裡，莫言再一次對高密東北鄉的歷史戲劇進行了驚心動魄的藝術呈現。這的確是一部關於農民和土地的戀歌與悲歌，但小說首尾相銜的作為敘事起點的一個時間提示——「我的故事，從1950年1月1日講起」，表明瞭作者一貫的歷史意識。莫言又一次選擇一個完整的「歷史段落」來加以「重述」，是他的文學抱負的再一次實現，也是作為這一「歷史段落」的親歷者而又具有強烈的人文精神的小說家不能不傾吐的歷史詰問。與《豐乳肥臀》選擇了整個二十世紀來進行宏偉書寫相比，《生死疲勞》選取的是二十世紀的後半個世紀作為講述對象。1950年1月1日到2000年1月1日，這個西元紀年裡承載的正是新中國的歷史。高密東北鄉作為鄉土中國的縮影，對它的藝術重構，也就是對新中國歷史的文學形式的重寫。這一段跟我們十分貼近但正在時間裡被漸漸遺忘、變得陌生起來的社會史和人的命運史，在它的後果變成了嚴重現實的當下，對它的書寫顯得如此重要而緊迫。所以，與其說是莫言為了他的文學抱負的最大實現而不斷建構他的風格獨特的「歷史詩學」，不如說歷史冤孽壓在這一代人心上的沉重債務，在一個偶然的機緣中得到了償還的機會[6]。在人文學界，對1950年代以來的歷史進行重述的大有人在，其中包括了一批小說家，歷史記憶成為重要的思想資源，通過不同形式的書寫為一個價值混亂、思想貧乏的時代提供著微弱而寶貴的精神燈火。在這一批歷史的打撈者當中，小說家莫言的收穫無疑最有分量。因為他的歷史敘事是形象化了的歷史哲學，既宏偉又細膩，既磅礴又詭譎，既深刻又生動，特別是，既是對主流歷史敘事的反撥

---

5 見張清華：《境外談文・莫言的新歷史敘事》，花山文藝出版社2004年3月版，第151頁。2004年10月 在大連召開的「中國當代文學研究會第十三屆年會」的大會發言中，張清華再一次公開表達這一論斷：「《豐乳肥臀》是二十世紀最偉大的漢語小說之一。」

6 莫言半開玩笑說他創作《生死疲勞》看起來只寫了43天，但實際上醞釀了43年。而為它找到表現形式是在承德參觀一個廟宇，看到了有關六道輪回的一組雕塑才得到觸發，產生回憶。——參見《文學・民族・世界——莫言、李比英雄對話錄》，[日]小園晃司譯，《博覽群書》2006年第8期。

與解構，又確實是高度個人化的對歷史的各種異變因素的最有力的揭露。莫言的歷史書寫和拷問的最大特點，是他揮灑才華、濃墨重彩描繪波譎雲詭的歷史圖像，其中心位置始終是人，是處在民間的、享有自然生命倫理庇護的人民。《生死疲勞》正是在對人與歷史關係的藝術闡釋上，達到了對歷史的深度把握。

（一）歷史與人生

莫言這一代1950年代出生的人，是「革命歷史主義」的受害者。革命運動從對歷史的闡釋中尋找動力、依據與合法性，當歷史經過進化論、階級論「打扮」過以後，處在歷史活動中的人和人的生活就被高度簡化並失真，這一被裝進了某種政治理論模型的歷史圖像，又在線性歷史觀下變成了現實鬥爭生活的藍本，現實因而被規定在通往終極目標的一個特定歷史段落裡按照理論的預設去完成每一個規定動作，於是現實生活與生活主體亦即歷史主體——人，完全離開它／他的自在性與自為性，成為一個歷史戲劇腳本和這個腳本中的一個遠離自我本性和欲望的「角色」。人生就這樣被歷史所導演。在這個以「革命」為劇名的歷史戲劇裡，現實的歷史與觀念的歷史不能不被割裂，現實的人生與被派定的階級角色不能不發生分裂，處在這樣一種二重世界裡的「人」，因失去固定的位置和姿勢而只有等待無法預知的「錯位」的衝擊，領受的是比毀滅更可怕的恐懼，就像張賢亮小說《習慣死亡》裡所描述的那種革命歷史時期才有的心理即存在感。莫言出生於農村，家庭成分不好，在以「階級鬥爭」為主要衝突的歷史戲劇的一幕裡，作為一個次要角色，也刻骨銘心地感受過這種生存之痛。七〇年代後期，戲臺在「地震」中坍塌，莫言和同代人從荒誕劇的夢魘中醒過來，在八〇年代的文化啟蒙中獲得了對歷史的反省能力，更產生強烈的撕破假面還原歷史本性的願望。《紅高粱家族》就是他用小說來拆解和顛覆「革命歷史主義」（以及由它決定的紅色歷史敘事）的力作。

但是《紅高粱家族》的意義主要在於為莫言親歷過的將人生固化導致民族生命力衰退的當代歷史，構造與之相對的複雜化了且富於自然性的、駁雜而勃鬱的歷史圖景，它雖然酣暢淋漓地表現了莫言的人生本位和民間本位的歷史想像，痛快地宣洩了一回莫言長期被壓抑的生命欲望，然而並沒有釋放其在當代生活經驗中積鬱起來的歷史體驗和歷史認知相交混的精神與思想能量。應該說《豐乳肥臀》的當代史部分的書寫，是莫言對直接歷史經驗的一次有長度的詩性表述。但小說中選作歷史主體的來自現代史的主人公的象徵意指，限制了更多的當代史的承受者的出場。以這兩部重構現代中國歷史的小說所表現出來的藝術雄心，莫言一定對當代中國歷史的深層結構未找到對應的形象體系耿耿於懷。《生死疲勞》終於讓莫言完成了為當代歷史寫像的夙願。讓一個被消滅在「新社會」——歷史的新階段——門檻之外的悲劇主人公通過「六道輪回」的方式進入被替換了的歷史現場，充當演員、觀眾和講述者的多重角色，這一想像歷史和再造歷史的結構方法的確是神來之筆。小說讓按照社會進化理論鑄造出來的歷史開除了的「地主」西門鬧作主角，並讓其在冥界復活，開始它的生命／靈魂之旅，不僅意味著當代歷史是一個真正的主角缺席的虛假演出，也暗示了人生被歷史播弄的可悲現實。

靠勞動發家致富、本性善良的莊稼人西門鬧，在鬧土改的暴風驟雨中被扣上莫須有的罪名遭鬥爭、被槍斃，這個生世為人問心無愧的當事人，對這從天而降的毀滅性剝奪百思不解，到了陰曹地府也無法不大聲鳴冤叫屈，哪怕受盡人間難以想像的酷刑。西門鬧的不解正是歷史的玄奧、詭秘之處。歷史本由人的活動構成，但歷史一旦形成，它便有了自己的生命，綿長而巨大，有自我意志，凌駕於任何一個段落的社會活動之上，任何短促而渺小的個體生命都無法與它的意志和力量抗衡。它的任何一個乖戾的動作或表情，都會使它腳下的社會發生扭曲，人生出現顛倒。從宏觀上看，每一次社會運動都是歷史自體的一次痙攣，而進入微觀，歷史的每一次痙攣都會造成無數個體生命的人生悲喜劇。歷史和社會都不會有什麼收穫或損失，而生命個體的人生軌跡則因此被改變，嚴重的是被中斷。西門鬧從一個經營多年的有錢人，變成窮人的鬥爭對象，並且鬥爭轉瞬升級，他被五花大綁著，推到橋頭上，槍斃了，他的田產、房屋和積蓄，都被瓜分，連他的女人也成了「勝利果實」轉移到了窮人——一個是得過他的大恩惠的他的長工，一個是對他恩將仇報的下三濫——的手裡，這令人驚愕的殘暴剝奪，在「土改」運動的名義下，竟顯得那樣合理，那樣自然，從未遭到質疑。要不是《生死疲勞》掀開這塵封已久的、似乎已成定論的歷史的一頁，西門鬧們的冤屈永難得到伸雪。但莫言顯然不是要為那些在社會變故中的受害者討一個公道，而是對歷史導演人生的合法性提出疑問。西門鬧對好人遭惡報且不容申辯至死不解，只能在閻羅殿裡悲壯淒切地喊冤叫屈，身受酷刑而絕不改悔，難道不是對以「土改」為開端的歷史實踐提出的嚴正的質問！我們何曾直面過當代中國歷史這大有問題的一幕？若不是依靠文學的想像，我們又如何能看見這蹂躪人生的悲慘淒切的一幕?!

人生被歷史播弄，幾乎是「從來如此」。所以西門鬧並非沒有朦朧地意識到他遭受劫難的不可避免。他對自己無辜罹禍這樣感歎：「這是一個劫數，天旋地轉，日月運行，在劫難逃……」這無奈的喟歎，觸及到有長度的歷史與瞬間性的人生發生偶然碰撞的必然性，也表達了承受歷史報應的悲劇感。但是莫言對當代歷史的反省首先還是突出了這個歷史段落的特殊性，即這段歷史是「歷史主義」的產物，人按照一種歷史理論去創造歷史，因而打斷了作為歷史漂浮物的人生的漂流路線，——西門鬧的困惑不解其實來自這裡。歷史與人類生活史的自然依賴關係被人為割裂開來，才造成了歷史主體（人）的人生悲劇、喜劇或悲喜劇，如西門鬧、西門金龍、黃瞳、洪泰嶽等人那樣。這是一段人生被歷史觀、歷史意識和歷史理論強暴的歷史。上世紀七〇年代重返文壇的作家，如王蒙、張賢亮等，有過這方面的歷史反思，但由於要刻畫的歷史主體有些曖昧，因此其對進化論、階級論的二元對立模式的歷史觀念的藝術清算，就不如莫言的《生死疲勞》來得振聾發聵。

（二）時勢與人性

《生死疲勞》並未停留於「反思文學」的控訴性寫作的水準。小說按照佛教的世界圖像，虛擬出西門鬧這個被革命歷史觀虛構出來的敵人在另一個世界裡為巨大的屈辱所煎熬的慘痛情景，固然表現了人本主義作家對生靈固有的同情，也同莫言以前的「新歷史」寫作一樣，對他所經驗到的政治化歷史以「進步」的名義隨意踐踏個體生命表示了抗議，但是按人的情感邏輯複製出生命的痛苦情狀，在這部小說裡將在生命的轉換過程即時間中得到化解，這體現出小說家對人和歷史的關係、對歷史本質的另一種理解。生命輪回在《生死疲勞》中不只是形式結構和藝術創新的需要，它也是作家對歷史和人生的關係以及生命價值有了新的角度和更深層次的理解的體現。西門鬧帶著殺身之仇奪妻之辱下地獄又懷著滿腔仇恨要求回到人間問個明白，結果被掌管生死的閻王爺（造物）一次次欺騙、戲弄，讓他一遍遍在畜生道裡輪回。而這恰恰是造物有意的安排，為的是消解他的仇恨，以減輕人世間的生存衝突。事實上在輪回過程中，西門鬧的仇恨情緒大大緩解，最終平息（對小說描寫這一結果，可以做多重理解）。這固然是時間和遺忘在起作用，但也是註定要承受人間苦的生人應對「生死疲勞」最好的態度和方法。在輪回的生命圖景中，生與死是同一的，榮辱貴賤也互相轉換，那麼，現實世界裡為了利害得失而進行的殊死爭鬥，其意義又何在呢？從失望於當代人被政治去勢而喪失復仇的勇氣和能力，[7]到對社會仇恨心態持保留態度，這彷彿是從歷史批判立場上的後退，但何妨不可以將其看作是作家在歷史戲劇的人性表演中看到了複雜的情形，從而對歷史本體和歷史統制人生的有限性有了新的發現呢？

高密東北鄉以西門屯為主場上演的一場又一場慘劇和鬧劇，固然是歷史被利用、被導演的結果，但歷史在導演人生時並沒有真正實現它的目的，因為人性每每從細節上改變了歷史導演者的構思。1950年到2000年的社會主義革命多幕劇，並不是所有的人都成為了它的演員。長工出身的藍臉，就拒絕進入集體化的舞臺，他固執地站在場外，儘管受到要脅、擠兌，幾乎每一次運動到來，他都要受到衝擊，但他憑著十分簡單的信念，維護了一個土地主人的基本權利，保持了真正的農民本色，得以壽終正寢，從土地來，又回歸土地。他見證了西門屯的鬧騰史，在曲終人散時，他一一安頓了與他的生命發生關聯的不幸者的靈魂，收穫了平凡人生的價值。藍臉並不比他目睹的悲劇中的任何一個角色高明，更不比悲劇的導演高明，但他能最後勝出，完全基於人的本性，用他的話說，「……我就是想圖個清淨，想自己做自己的主，不願意被別人管著！」是人的自由本性和善良的天性成全了他。這既是對妄圖「創造歷史」的僭越宇宙法則的政治臆症的一劑良藥，也是對歷史旋渦中的人性投機的有力針砭。遺傳了乃

---

[7] 莫言的小說《復仇記》、《月光斬》都表現了這類主題，沿襲了《紅高粱家族》的關於「種的退化」即當代人遭政治閹割以致生命力衰退的當代民族生命批判思想。

父的樸實本性的藍解放，以另一種方式，獲得了生命的真值，在權力和愛情之間，毅然背棄世俗，選擇了愛情，雖歷遭磨難，但他無比幸福地嚐到了生命的芳醇，也得到了親人的理解和承認，真正實現了人生價值。在他回歸凡俗的人生歷程中，閃現的是摯愛生命的人性光輝。

與之形成對照，人性之醜在在時勢面前出賣靈魂的投機者身上得到表演。在西門鬧遭遇到難以逃脫的劫難時，他的三姨太太吳秋香在鬥爭會上編造了被主人欺侮的故事，以受害者的控訴和女性的眼淚，開脫了自己，卻不惜將自己的男人推進地獄，暴露了人性中的怯懦、自私、狡詐、卑劣和無恥。這醜惡人性沒讓抱了窮腿進入新社會準主人公行列的吳秋香少付出代價，連動物都不放過對她的懲罰。西門鬧之子西門金龍，在父親被鎮壓、母親改嫁的極其惡劣的人生情勢中，選擇了改姓、利用對自己可以起到保護作用的新的親倫名分，以誇張的姿態，在合作化、人民公社運動中投靠政治強勢，不惜與繼父決裂、與兄弟鬩牆，對家牛（那其實是他生父的化身）大施暴虐，表現出病態的政治積極性。一當政治形勢變化，非階級時代到來，他馬上將姓氏改回西門，利用對自己有利的政治資源，大肆鑽營，獲得政治權力，並報復性地進行經濟掠奪，聚斂財富，找補式地、一無顧忌地揮霍生命，貪婪到幾近邪惡，最後落得粉身碎骨的可悲結局，真可謂聰明反被聰明誤。

在歷史的構撰中植入對人性的悲憫，是莫言的歷史批判走向豐富和富於彈性的標誌。這是對文學現實批判的自我救贖。曾經被簡單化地政治編碼的歷史主體，並不全是歷史的受害者。將人生的不幸全然歸咎於歷史，有可能一樣墮入新的歷史決定論，那樣反而自我消解了歷史批判的力量。《生死疲勞》對當代小說和莫言自我創作的超越，在於它把人性擺到了歷史自我實現的關鍵之處。這是小說，特別是長篇小說，可以成為歷史詩學的重要理由，不然小說就只有歷史而沒有詩。就像創造歷史不是人生的目的一樣，書寫歷史也不是文學的目的。深諳文學真諦的莫言，用《生死疲勞》表現了當今文學理論批評界相當欠缺的文化自覺。

（三）欲望與疲勞

有人把《生死疲勞》看作「後現代消費主義的一個典範性文本」，認為「很難從中讀出批判性的意味」。[8]這不免低估了這部「混聲」型[9]長篇小說的藝術價值。這種讓人不敢苟同的來自「70後」批評家的批評意見，可能跟批評者自己受了「消費主義的語境」的影響，因而只從《生死疲勞》裡看到了「大量的消費符號」，眼球停留於這些符號，忘記了用心眼還原歷史生活圖像有關係。《生死疲勞》的確有後現代意味。這是由當代歷史本身的鬧劇性決定的。1950年代以來一場接一場的運動，土改，合作化，大煉鋼鐵，人民公社，四清，文革……過後看，有哪一場不是異想天開的窮折騰、瞎折騰！除了鬧劇形式，還有哪一種敘述方式更能表現那個歷史時代的喜劇本質？更應該注意的是，構成《生死疲勞》的歷史連續劇的基調的，不是喜劇而是悲劇。鬧是現象，悲是本質。有哪一次鬧，不付出血的代價！「文革」遊行中高音喇叭震落了天上的飛雁，引起廣場人群的自相踐踏，是典型的悲慘的鬧劇。鬧中有悲，鬧極更有大悲。君不見，經過二三十年的折騰，一個個飽經磨難的人生，好像熬出了頭，要得到生活的補償，卻又一個個墮進了欲望的深淵，走向了毀滅，西門金龍，龐抗美……就連年輕一代也不能倖免，歷史報應毫不留情地落到了他們的頭上，西門歡，龐鳳凰，藍開放……他們美麗的青春，在時代的混亂中，浸到了血泊之中，讓人頓生噬心之痛，讓人難抑傷情之淚。一度沸騰的鄉村，頃刻間落了個「白茫茫大地一片真乾淨」。一曲土地和人生的悲歌在鬧劇之後接踵升起，在頭頂盤旋，真個「悲涼之霧，遍被華林」，西門家族徹底淪落！不絕如縷的是誕生於新千年元旦的「世紀嬰兒」，以它遊絲般的、靠姨祖母的滲血的頭髮絲來維持（真個命懸一線啊）的脆弱生命，以近親繁殖而來的先天畸形之軀承續著西門（東方？）家族復興的夢想。

高密東北鄉最嚴重的悲劇是在「歷史主義」的籠罩下，在「紅色歷史敘事」[10]的假像裡，人變成了實現歷史目的的符號，個人消失在「人民」這個空洞的能指裡，生命在政治權力的驅使下失去了自主性和原始活力。從1950年代到1970年代，雖然全民性的運動不斷，但運動主體是歷史觀念

---

[8] 參見邵燕君、師力斌等《直言〈生死疲勞〉》，《海南師範學院學報》（社會科學版）2006年第2期。

[9] 張清華在《境外談文——中國當代文學中的歷史敘事》一書中對莫言小說的敘事藝術和詩學特徵有十分精彩、非常到位的分析，請參閱。

[10] 借用張清華的說法。參見《境外談文——中國當代文學中的歷史敘事》。

和社會理想，群眾只是被運動。所謂鬧，並沒有生命的狂歡。狂歡是在傳統農民西門鬧轉世的「西門驢」、「西門牛」、「西門豬」……等家畜身上生動地展現出來的。人畜生命情態的對比，顯出人的可悲。然而1980年代開始的「後革命」年代裡，革命理念總算失效，人似乎獲得了「解放」，但此際真正獲得解放的是欲望而不是人，出現價值真空的人很快墮入了物欲的囚籠，物欲的囚徒成了「時代英雄」。由欲望主體造出的狂歡必然通向悲劇。走出了「革命歷史主義」的人們，走進了永恆的「生死疲勞」。「生死疲勞，從貪欲起」，對歷史的解釋，還是落到了一個「欲」字上。20年前解讀莫言的《紅高粱家族》，我曾指出在莫言小說裡，「原欲既是人的本質，也是歷史的本質」。[11]那時的莫言，針對當代歷史造成人的普遍孱弱，而呼喚「既是英雄好漢又是烏龜王八蛋，最能喝酒最能愛」式的已失傳的人生。但是沒料到歷史很快又走向了另一極端。改革開放推動的人性解放的跑步前進，欲望的潘朵拉盒子被打開，受傷的還是人自身，社會也因為物欲的失控變得十分可怕。八〇年代的現實，讓莫言從歷史中復活具有野性生命力、美醜雜陳於一身的英雄；九〇年代的現實，讓莫言對生命欲望的膨脹感到驚訝。同樣是「既是英雄好漢又是烏龜王八蛋，最能喝酒最能愛」這句話，放在已經成為企業家、遭到權力與金錢的雙重腐蝕，在官場、商場、情場都遊刃有餘的昔日有志青年西門金龍身上，頓然變了味。西門金龍被他的兒子——少年西門歡目為時代英雄，是一種諷刺。

可見無論是社會主義革命歷史，還是改革開放歷史，都可能被物欲所利用。「文革」中天上掉大雁立馬造成人們互相踐踏的慘劇，隱喻歷史踩踏人生的悲劇根源乃在於個體生命的欲望（與其說禍從天降，不如說禍從己出）。同樣，改革的現實越來越讓人憂慮，也是因為欲望二字在作怪。欲望無論是潛於歷史的暗流，還是浮在現實的水面，都對人生之舟的航行帶來威脅，給生命帶來煩惱。或曰：沒有哪一種歷史可以讓人擺脫生存之苦，除非「少欲無為」。

---

[11] 參見畢光明、姜嵐：《虛構的力量——中國當代純文學研究》，社會科學文獻出版社2005年10月版，第177頁。

三、《酒國》：中國故事的一種講法

（一）《酒國》的詭異與詭異的「酒國」

在「新時期文學」的三個十年，莫言幾乎在每個十年都奉獻了重量級的作品，僅以長篇小說論，八〇年代有《紅高粱家族》、《天堂蒜薹之歌》，九〇年代有《酒國》、《豐乳肥臀》，新世紀有《檀香刑》、《生死疲勞》和《蛙》。在這些作品中，《酒國》有些例外，它沒有像其他幾部小說那樣，一問世就產生了較大的甚至很大的反響，被讀者和批評界關注，受到推崇或引發爭議，而是經過一段時間的冷落後才出現研究熱。這一現象值得玩味，重新對文本進行解讀也很有意義。

《酒國》從1989年開始創作，1992年完成，1993年2月由湖南文藝出版社出版。出版後，批評界未及時作出反應。2000年2月由南海出版公司及2002年9月由山東文藝出版社再版後，也沒有多大反響，只有為數不多的幾篇批評文章。莫言自己就說：「我的這部《酒國》，在中國出版後，沒有引起任何的反響，不但一般的讀者不知道我寫了這樣一部書，連大多數的評論家也不知道我寫了這樣一部書。」[12]莫言對《酒國》充滿了自信，一次在日本京都大學的演講中稱這部小說是他「迄今為止最為完美的長篇」，「是我美麗刁蠻的情人」。[13]莫言的這種自信或許表明《酒國》這部精心之作在敘事藝術上達到了完滿的境界，且具有高度的獨創性。事實上，就在《酒國》在國內受到冷遇之時，它的法譯本在法國引起了轟

[12] 莫言：《向格拉斯大叔致意——文學的漫談》，《小說的氣味》，春風文藝出版社2003年8月版，第34頁。莫言不止一次做過這樣的表述。在另一次出國演講中，他就說：「第三本書就是最近出版的《酒國》，這本書動筆於1989年，完成於1992年，出版於1993年。此書出版後無聲無息，一向喜歡喋喋不休的評論家全都沉默了。我估計這些葉公好龍的夥計們被我嚇壞了。他們口口聲聲地嚷叫著創新，而真正的創新來了時，他們全都閉上了眼睛。《紅高粱家族》和《天堂蒜薹之歌》我還有許多不滿意的地方，如果重新寫一遍，會寫得更好一些。但對《酒國》，即便讓我把它再寫一遍，也不可能寫得更好了。而且我還可以狂妄地說：中國當代作家可以寫出他們各自的好書，但沒有一個人能寫出一本像《酒國》這樣的書，這樣的書只有我這樣的作家才能寫出。」（莫言：《我在美國出版的三本書——在科羅拉多大學博爾德校區的演講》，《小說的氣味》，春風文藝出版社2003年8月版，第57頁。

[13] 莫言：《我變成了小說的奴隸》，《文學報》2000年3月23日第2版。

動，獲得了2000年度「盧爾・巴泰雍」獎。該獎的一位評委（俄裔作家沃羅丁）告訴莫言，他們認為，「《酒國》是一個具有創新精神的文本，儘管它註定了不會暢銷，但它毫無疑問地是一部含意深長的、具有象徵意味的書。」[14]一部真正優秀的作品，可能由於文學環境和閱讀時尚等方面的原因而遭到一時的冷落，但它的價值遲早會得到公認。進入新世紀以後，《酒國》的評論研究開始升溫，一批評論文章相繼發表，從不同的側面對小說的思想內涵、敘事藝術、創新精神及文學史意義進行了分析和闡釋，在不同的層面上發掘了這部富有想像力與創造性的小說與中外文學的深刻的精神聯繫和對轉型期的中國社會現實的批判性，肯定了它對漢語小說現代性寫作的獨特貢獻。這種以現代小說敘事理論和現代哲學思想為參照的專業化文學批評，把《酒國》推進了現代經典小說的行列。《酒國》受到遲到的關注，正是它的詭異之處。

《酒國》到底講述了什麼？——它講述了在一個詭異的社會裡發生的詭異的故事：一個叫做「酒國」的地方，以狂飲濫食為風氣，竟至官員烹食嬰兒以滿足口腹之樂，省檢察院派了一名高級偵查員前往偵破案件，結果不僅無功，且未得生還。偵察員的名字叫丁鉤兒，所以《酒國》這部小說的題目也可以叫做《丁鉤兒偵察記》。讓我們看看小說用敘述語言創造了怎樣一個詭異、神祕、令人恐怖而又具有吸引力的世界。這個世界叫做「酒國市」。酒國市自然以酒聞名，進入酒國，酒就是通行證。不言而喻，有酒即有食（有食亦必有色——飽暖生淫欲之故），醇酒美食而狂飲暴食就是酒國最大的特色。以酒食為國，才會發生駭人聽聞的事件——吃人。酒國市這個神祕的國度，原來是一個荒誕而邪惡的世界。邪惡之最便是官員為滿足口腹之樂而烹食嬰兒。荒誕的是，有上層社會的官員們偷偷食嬰，便有底層社會的貧困者為其提供食用材料——賣嬰充做肉孩，而收購和處理食用嬰兒的是這個國度裡的高等學府釀造大學裡的烹飪學院，烹飪學院裡的烹飪專業還為烹製嬰兒培養專門人才，用現代教育和科技知識為食嬰產業服務，一名女教授就能冷靜而理智地在現代化的課堂上向學生演示如何殺嬰做菜，一邊用所謂的學術語言為吃人行徑辯護。不過，無

[14] 莫言：《向格拉斯大叔致意——文學的漫談》，《小說的氣味》，春風文藝出版社2003年8月版，第34頁。

論酒國人如何沉湎於酒食之樂，烹吃嬰兒還是不為法律所容許，要受到追究。然而詭異的是，當省高級人民檢察院派出特級偵察員來酒國市調查食嬰案件，但食嬰一事始終撲朔迷離，真假莫辨，不給法律留下施加懲處的任何證據，最後，連作為法律化身的年富力強的特級偵察員也被這個酒氣沖天、肉欲橫流的國度所同化，並因對罪惡的一點殘存的警覺而被酒國的污穢所吞噬，一命嗚呼。

食嬰案的傳聞和偵查，只是酒國世界裡最突出的事件，《酒國》所展現的社會生活，遠比這個事件豐富、複雜、怪誕，令人駭異。酒國人有著強烈的末日心態，只要有可能，人們就發瘋般地追求生理的享受，不加節制，吃喝玩樂無不走到極致，不僅有宣傳部長連喝三十杯的無人能敵的豪飲，有用驢肉做成二十幾道菜的全驢宴和用公驢母驢的生殖器加工成的「龍鳳呈祥」名菜，還有腰纏萬貫的侏儒一尺酒店老闆×遍酒國市美女的情色交易和在美女的肚皮上跳舞的醜態。酒國市不僅創造了世所罕見的物質文明，還創造了可以解釋這種物質文明的精神文明：酒國市語言的膨脹和氾濫同樣令人歎為觀止——無論是在狂飲暴食的酒席上還是在謊言充斥的大學講臺上。酒國是一個政治、經濟與文化渾然一體的世界，社會和人與人之間的權力關係建基於一個酒國國民心照不宣的祕密——對貪欲的認同並用與之相反的話語加以掩蓋。酒國自成一體而又有很強的自我保護能力，對外來者和異見者本能地予以排斥，排斥不了就加以同化，同化不了就製造罪名或過失進行追殺。酒國世界的自我保護功能和可延續性正來自於它的同化能力和排異能力，它利用人人都有的原始欲望——抗拒不了食色的誘惑——這一人性的弱點，而實現了普遍性的同化，酒國社會因而愈來愈繁榮強大。它越繁榮強大也就越具有合法性和倫理欺騙性，也就更有同化力和腐蝕性，裹挾著共生性的官民在混亂和腐敗中集體沉淪。一個連嬰兒都可以端上餐桌的國度，是一個只有當下而沒有未來的社會，它不知道靠酒精（自我麻醉劑）刺激出的幻象正是末日的景象。

（二）「吃人」作為故事：對話經典

《酒國》的敘述焦點是吃食嬰兒，顯然是對魯迅《狂人日記》的互文性寫作。魯迅在《狂人日記》裡以中國現代知識份子的眼光發現了以禮教為社會精神形態的中國封建制度文化的本質。狂人晚上睡不著，翻開歷史書，在仁義道德的字裡行間，看到兩個字：「吃人」。魯迅給他的朋友許壽裳的信中說：為什麼寫《狂人日記》？因為偶讀資治通鑒，才醒悟到中國人尚是一個食人民族。聽說自己重視這發現，而知者尚寥寥也。[15]在雜文《燈下漫筆》裡，魯迅也把中國歷史、文明高度概括和比喻為「吃人的筵席」，而傳統中國成了「安排人肉的筵席的廚房」。[16]魯迅的概括，當然不是科學家的判斷，科學要用事實說話，我們在中國歷史上並找不出多少吃人的記載，除非大饑荒才有可能發生人相食的慘劇，倒是在魯迅去世多年後的「文化大革命」中在湖南道縣等地發生過公然吃人的獸行。魯迅的判斷是一個小說家對他所發現的非人社會本質的形象表述，他運用的是文學作品揭示事物抽象本質的象徵功能。同樣是小說家的莫言，他所創造的《酒國》，同樣是一個象徵的世界。在相隔大半個世紀之後，用《酒國》來講述一個吃人的故事，明顯是與《狂人日記》進行對話。後來的評論家，都注意到了莫言小說與魯迅小說的對話關係。張磊就以《百年苦旅：「吃人」意象的精神對應——魯迅〈狂人日記〉和莫言〈酒國〉之比較》為題對新文學史上相隔大半個世紀的兩部以「吃人」文化為批判對象的小說進行了比較分析，起因是「發現兩者在文化背景、意義指涉等方面驚人地相似」，感覺到「這兩部作品都是我們觀照整個二十世紀中國小說史投射出來的精神歷程不可或缺的一部分，因為從《狂》到《酒》代表現代知識份子一種艱難的精神傳承和跋涉」。[17]羅興萍的《試論莫言〈酒國〉對魯迅精神的繼承——魯迅傳統在1990年代研究系列之一》一文也是就「吃人」主題的表現談論《酒國》與《狂人日記》精神關聯，指出了兩者在批判指向上的區別，即「莫言批判的鋒芒不是像魯迅那樣指向幾千年的封建文化，而是指向商品經濟大潮衝擊下沉渣泛起的現實，這種現實批判的鋒芒首先指向了能夠支配一切而又腐敗變質的權力」。[18]《酒國》對

---

[15] 見魯迅1918年8月20日致許壽裳信，《魯迅全集》第11卷，第353頁。

[16] 魯迅：《燈下漫筆》，《魯迅全集》（第一卷），北京：人民文學出版社1981年版，第216頁。

[17] 張磊《百年苦旅：「吃人」意象的精神對應——魯迅〈狂人日記〉和莫言〈酒國〉之比較》，《魯迅研究月刊》2002年第5期。

[18] 羅興萍的《試論莫言〈酒國〉對魯迅精神的繼承——魯迅傳統在1990年代研究系

魯迅小說的指涉，不限於某一部作品，而是對魯迅筆下的奴役者和被奴役者共生的社會，從整體氛圍上做了攝取，而又降低視點，潛入內部，一一放大更有心理依據的細節，使魯迅對歷史本質的發現更加具象化。如託名酒國業餘作者李一斗創作的短篇小說《肉孩》，對貧困而愚昧的底層人金元寶夫婦起早賣兒子做肉孩的描寫，從涼森森的環境氛圍的烘托，到夫婦倆生怕兒子賣不了好價錢而擔憂和得錢後的激動的心理刻畫，都可看作是對魯迅名作《藥》的仿寫和補寫，二者相互生發，相得益彰，再現了二十世紀中國社會的精神奇觀。

《酒國》自覺地與文學史上的經典對話，自然不只是涉及中國現代文學，也包括中國古代文學與外國文學。香港學者周英雄1993年發表的《酒國的虛實——試看莫言敘述的策略》就將《酒國》的吃紅燒嬰兒一事提出來與《西遊記》相比較。[19]後來，臺灣學者楊小濱贊同周英雄在《酒國》序言中指出的「《酒國》同整個中國小說的傳統具有極為豐富的文本間聯繫」這一觀點，並在討論《酒國》的重要論文《盛大的衰頹——重論莫言的〈酒國〉》裡，將《酒國》與《西遊記》、《金瓶梅》和《紅樓夢》做了對照性分析，指出了它們的異同，如認為「兩部小說旅程都同樣充滿了誘惑。《西遊記》體現了清醒的頭腦——智慧、信念和美德——戰勝蠱惑人心的誘惑，《酒國》則表現了智慧、信念和美德被顛倒和毀滅的短暫旅程」。「《金瓶梅》、《紅樓夢》與《酒國》之間的親和性在於這些狂飲暴食場面都沒有呈現為孤立的景觀，而是在不同層面上被安置為結構性衰敗的預示。當然，《酒國》具有另一種特殊的激烈性，將狂歡的宴飲轉化為吃人鬧劇。在呈現從美食到吃人的墮落上，《金瓶梅》和《紅樓夢》並沒有像《西遊記》走得那麼遠。相比之下，《西遊記》同《酒國》更為接近，因為在《西遊記》中，吃人的主題幾乎一直縈繞在整個情節中，正如周英雄指出的那樣。由此可見，李一斗當然完全有理由將他的作品稱作『殘酷現實主義』或者『妖精現實主義』，因為它們與《西遊記》『殘

列，之一》，《安徽師範大學學報（人文社會科學版）》2002年第6期

[19] 參見周英雄：《酒國的虛實——試看莫言敘述的策略》，《當代作家評論》1993年第2期。

酷』和『妖精』的特點密切關聯。」[20]說明《酒國》涉及的民族的墮落的一面，有著久遠的歷史淵源，作家的藝術想像並非無據，而這種藝術想像的人性觀照在互文中有可能刺痛民族成員的集體無意識而起到針砭的作用。

莫言的文學之路始於西方現代文學大量引進的八〇年代，他的小說受到現代主義後現代主義文學的啟發，以荒誕的藝術形態表現荒誕的社會體驗，將對象寓言化，表現主觀化，從而形成了與世界文學對話的鮮明藝術個性，在《酒國》裡也得到體現。有人將《酒國》與卡夫卡的《城堡》進行比較，說「『酒國』與『城堡』一樣，也是個虛構的寓言世界」，「兩部小說透露出共同的主題意向：人的最大敵人乃是人類自身，因為災難般的生存環境和敵對的世界是由人類自己的活動造成的」，[21]準確把握住了《酒國》的現代文學品質和自我反省的深刻思想，無疑肯定了莫言小說與世界文學經典之間的張力關係。莫言創作與外國文學的關係是莫言研究中最熱烈而又敏感的話題，一般認為莫言主要受美國作家福克納和拉美作家瑪律克斯的影響，尤其是拉美文學的魔幻現實主義方法激發了莫言的文學想像力。莫言不否認他的創作在藝術上受到這些文學大師的啟發，但他更看重和著意追求的是藝術的獨創。莫言獲得諾貝爾文學獎之後，對他的創作方法有了新的界定，稱之為「幻覺現實主義」，以其藝術變形的主觀性區別於拉美魔幻世界的客觀性，符合莫言的創作特性。這也說明藝術作品的文本間性既豐富了文學世界而又凸顯了作家的藝術個性。《酒國》一開頭就描繪的偵查員丁鉤兒第一次踏進的礦山，簡直是一個陽光下的鬼魅世界，還有後來出現的種種事情，女司機與丁鉤兒之間的交往和性欲，李一斗的小說，鄉人育兒出售，烹飪學院收購嬰兒，官員偷食嬰兒，「肉孩」與侏儒餘一尺的離奇經歷，余一尺對美女的瘋狂追逐，丁鉤兒掉進糞坑溺斃，都荒誕不經、離奇古怪，讓人想起瑪律克斯和略薩筆下的拉美風情，足見越是風格化的寫作越能與某一類經典構成互涉的關係。文本互涉的強度決定作品的藝術高度，《酒國》就是一例。

---

[20] 楊小濱：《盛大的衰頹——重論莫言的〈酒國〉》，愚人譯，《上海文化》2009年第3期。

[21] 黃佳能、陳振華：《真實與虛幻的迷宮——〈酒國〉與〈城堡〉之比較》，《當代文壇》2000年第5期。

（三）故事的講法：多元敘述

莫言的《酒國》所虛構的一個令人難以置信，而又無處不讓人感到熟悉的世界，但它僅僅是一個用語言描述的虛擬世界，只能讓我們用意識去經驗的藝術世界。它的真實性取決於發生在這個世界裡的事件，其歷史過程（即小說情節）與現實世界的生活邏輯驚人地一致，這一過程中的人物行為動作（即細節）與人類經驗過的驚人地相似；它的價值在於，這個生動的世界讓人信以為真，並從中反視自己經驗過的現實世界，看到作為現實存在的歷史、社會、文化和人的某些本質方面，分享到作家的思想發現和形式創造。這樣的藝術世界首先是一個文本世界，它由個性化的、富有匠心的語言、意象、情節編排、細節描寫、人物和場景刻畫、結構方式和敘事設計構建而成，具有完整性和邏輯力量，自身具足，無可挑剔。官員食嬰，看似聳人聽聞，但在權力失控，人的貪欲發展到幾近邪惡且無以復加的社會裡，無論什麼樣的不人道的行為都可能產生，況且，即使不曾真的烹食嬰兒，但類似的毀掉未來的反人類做法何止是存在，只怕是多到罄竹難書。《酒國》文本世界的嚴密在於，對食嬰一案的偵察並無結果，酒國市官員烹食嬰兒的傳聞真真假假，但全民追求酒食聲色享受等物欲滿足的社會環境和這個環境裡的人的德性、社會風氣卻千真萬確，難以否認。而對酒國社會的全面展現，是與小說的主要情節推進相輔助的對酒國的文學書寫，及以敘述者身分出現的小說人物莫言同業餘作者李一斗的通信以及借此披露李一斗的小說（其實仍為作家莫言虛擬）來完成的。為了加強酒國社會環境的真實性，在故事講述結束處，小說以紀實手法讓作家莫言進入「酒國」，體驗腐敗社會的同化力量。這些是《酒國》具有文本自足性的所在。這個自足的文本世界同時又具有很強的他涉性，因而具有豐厚的歷史文化內涵和藝術含量。小說思想內涵的豐富性和社會批判的力度，是通過複雜的敘述方式——多元敘述——得來的。

一些評論者已注意到的小說採用了多視角敘述方法，達到主次互補的目的，取得虛實相生的效果。如黃善明就認為，《酒國》「用了三個完整的時空結構（形成三個互相關聯的文本系統），來支撐小說的敘事模式：結構一，敘述省人民檢察院高級偵察員丁鉤兒在酒國市的辦案經過。這一系統代表酒國市的外在（表層）生活狀態。結構二，敘述以專業作家身分出現的莫言和酒國市業餘作家李一斗的通信來往。這一系統代表了作為生活和藝術『中介』的創作主體（作家）的內外在生活狀態。結構三，以李一斗的九篇小說進一步補充系統一、二中相關人物和事件的背景、細節。這一系統代表酒國市內在（深層）生活狀態。這三重時空結構在小說中互相穿插、互為補充，立體化刻畫出『酒國』市真假難分、正邪莫辨的世態人相，恰如其分地傳達出一種『荒誕的真實』。」[22]又如李珺平認為，「《酒國》至少並存著四個視角：作為總敘述者、講述丁鉤兒故事的作家的視角，作為小說人物『莫言』的視角，莫言的崇拜者、業餘作者李一斗的視角，還有就是李一斗習作中一會兒第一人稱、一會兒第三人稱的視角。除第十章大收束外，這四個視角在每一章都作為四個獨立的部分出現」。他將其稱為「視角分立」，說「莫言試圖將真與幻、描寫與想像、敘事與抒情融為一體，從嶄新的角度予以突破」。[23]這樣的視角分立其實使文本在更深的層次上互相指涉，形成相辯證的思想內涵即「有著眾多的各自獨立而互不相融合的聲音和意識，由具有充分價值的不同聲音」[24]的複調呈現。

需要指出，《酒國》的多元敘述不同於一般的實驗性寫作，而是莫言領悟到敘述哲學的真諦後的論辯性寫作。君不見《酒國》的敘事花樣翻新，幾乎玩遍了八〇年代先鋒文學所使用過的所有的敘述方法和敘事技巧，在文體上還把小說、書信、紀實文學、寓言、傳記等雜糅在一起，但是妙筆生花的敘述者莫言，遊刃有餘地穿行於狂歡的語言叢林時，又不時地對先鋒小說的敘述套路加以調侃。而從整體結構看，《酒國》故事中套故事，故事的敘述者莫言和作為小說人物的莫言在文本中頻頻出現，又儼然是對元小說的模仿。在後先鋒時代，創造意識極強的莫言這樣做肯定別有意圖。實際上，莫言是要用貌似先鋒的敘事來打破對敘事的迷戀，讓所

---

[22] 黃善明：《一種孤獨遠行的嘗試——〈酒國〉之于莫言小說的創新意義》，《當代作家評論》2001年第5期。

[23] 李珺平：《換一隻眼睛看莫言——〈酒國〉印象三則》，《湛江師範學院學報》2002年第1期。

[24] 〔俄〕巴赫金：《陀思妥耶夫斯基詩學問題》，生活・讀書・新知三聯書店，1988年7月版，第2頁。

有的敘事方式都僅僅成為一種語言，共同完成對世界真相的探察和命名，同時對在敘事中忘記敘事目的的敘事主體及其敘事行為進行反省，讓敘事手段緊緊盯住情節線所要追逐的獵物，在酒國故事中，它就是食嬰案與酒（包括食與色）的關係。《酒國》裡其實有三個酒國。一個是投書給住在首都北京的著名作家莫言，拜莫言為師的業餘作者、酒國市釀造大學勾兌專業博士生李一斗所在的酒國市，這個酒國的真實情況，只在李一斗的信中有片段式交代，並在小說的最後一章裡得到描寫。這是虛構性最弱、與真實生活更接近的酒國，因為在這個酒國的，現實世界裡的莫言出現在其中，與虛構人物李一斗通信交往，獲得創作素材，最後作家莫言還從北京應邀到訪了這個城市。另外兩個酒國，是分別由出現在第一個酒國裡的專業作家莫言和業餘作者李一斗各自虛構出來的作為藝術世界的酒國，它們似乎都以李一斗信中提到和兩個作家最後會面的酒國為原型，所以這兩個酒國雖全係虛構，但人物和故事有交疊。這就是《酒國》文本裡三條敘述線索的由來。這三條敘述線索，處於中心地位的是丁鉤兒偵查記，只有它才是小說之外的作家莫言的講述衝動所在，因為食嬰事件最能反映作家所感受到的時代衝突和社會本質。小說的敘述設計無非是為了更好地達成生活批判和人性反思的文學寫作目的，有了這一道靈魂之光，三個酒國才輝映為一個絢爛的藝術世界。

（四）揭穿老底：酒是什麼？

莫言在紐約法拉盛圖書館為《酒國》英譯本簽名售書時說，《酒國》是「醉話連篇的小說」，是他所有作品描寫意識形態最完整的一部。[25]莫言的話道出了《酒國》藝術批判鋒芒的所指。許多論者都注意到《酒國》的現實批判性，有人還概括，《酒國》這個巨大的象徵體，其「文本的真實來源於現實的真實，而文本的荒誕也來源於現實的荒誕。文本與現實形成互證的意義結構，使文本『反思現實』的價值凸顯出來」。[26]這的確符

[25] 參見黃佳能、陳振華：《真實與虛幻的迷宮——〈酒國〉與〈城堡〉之比較》，《當代文壇》2000年第5期。

[26] 張磊《百年苦旅：「吃人」意象的精神對應——魯迅〈狂人日記〉和莫言〈酒國〉之比較》，《魯迅研究月刊》2002年第5期。

合小說文本與作家感知到的現實相關涉的實際。莫言自己也說「《酒國》這部小說，它最早的寫作動機還是因為強烈的社會責任感」。[27]《酒國》寫作於中國社會向市場經濟轉型之初，小說完稿的1992年，正是鄧小平南巡發表重要講話，催動經濟體制轉軌，全國開始大規模經濟建設之際，但文學家莫言超前地看到了一個經濟主義時代來臨的巨大隱患，即放縱物欲追逐帶來的社會全面腐敗，而縱欲正是這個社會的意識形態。就像懼怕世界末日的來臨一樣，莫言對這種意識形態的彌漫深感憂慮，因為正是這種意識形態造成了權力與金錢合謀吃人，還用它的迷惑性和力量拖人下水，不斷擴大吃人的筵席，使更多的人成為共犯，一邊還用它對吃人行徑進行辯解，加以掩蓋。這就不難理解，莫言為什麼要把為首吃人者設定為酒國市市委宣傳部長，因為宣傳部長正是主流意識形態的化身。宣傳部長吃人，就是意識形態吃人，這與魯迅揭露的禮教吃人有相同的性質但比後者更為邪惡無恥。酒國酒氣薰天腐爛透頂但有金剛不壞之身，靠的就是這種意識形態，因為它像烈酒一樣能使所有的清醒者靈肉分離，任人擺佈，失去對這個社會的反抗能力，更可怕的是連維護社會公正和安全的法律都可以被綁架，教育、科技和知識被利用更不在話下。酒國，酒國，何謂酒國？就是靠酒來做國家機器的潤滑劑的國度。酒國「矮人酒店」掌櫃余一尺就吐露：「你知道酒是什麼？酒是一種液體。屁！酒是耶穌的血液。屁！酒是昂揚的精神。屁！酒是夢的母親、夢是酒的女兒。還有點沾邊，他咬牙瞪眼地說，酒是國家機器的潤滑劑，沒有它，機器就不能正常運轉！」[28]酒的意識形態身分十分明瞭。宣傳部長金剛鑽就是靠著它無往而不勝，先是以酒為迷魂藥，讓偵察員丁鉤兒失去判斷力，成為食嬰疑犯，後又用女色做誘餌，一步步把這個偵察員逼成了因性嫉妒而殺人的真正的犯人，終至自蹈死地。在金剛鑽一般堅硬的為權力和金錢服務的意識形態面前，法律和正義顯得那麼無能，那麼渺小。

對這種意識形態，莫言為它找到了最能體現其本質的外在形式，即以誇張為主要修辭特徵的話語增生。為了通過戲仿的手法暴露這種話語的冗

---

[27] 參見曹學聰：《論〈酒國〉的「陌生化」手法》，《十堰職業技術學院學報》，2009年第3期。

[28] 莫言：《酒國》，湖南文藝出版社1993年2月版，第167頁。

贅、無聊和虛假，莫言不惜通過敘事語言的增生來類比「話語病毒引起的發燒和擴散」，以呈現這樣的話語現實：「主流話語的偉岸風格蛻變成高調的廢話、無恥的謊言，它既過於虛弱，又過於強壯：它的虛弱在於它的敘事沒有能力把握客觀現實，而它的強壯在於它的意識形態優勢有能力感召大眾。」[29]《酒國》裡李一斗的九個短篇小說，第一篇《酒精》，寫的就是被釀酒大學聘為客座教授的宣傳部長金剛鑽的語言表演。在一個春天的上午，金剛鑽給釀酒大學的師生做大型講座，介紹他這顆酒國市千杯不醉的酒星的成長史。小說採用了元小說的敘述體式，借暴露敘事行為補足人物金剛鑽演講活動的環境、對象與效果，無論是小說的敘述語言還是人物語言，都幾近狂歡化，放大了主流意識形態話語的誇誇其談、避實就虛、重複堆砌、引經據典、貌似真理、誇張空洞、編造故事煽情等特點。這種話語一不小心也會洩露它自我繁衍的祕密，那就是它與權力的伴生關係，例如金剛鑽自述的早慧神話，就無意中供出了他自我錘鍊為酒星的動力來自於在苦難的童年中憑藉本能和過人的天賦發現了擁有權力的好處。《酒國》裡的墮落、沉淪與荒誕，都與意識形態有關，意識形態是使中國社會至今停留在吃人歷史階段的罪魁禍首，而這種意識形態的本質是虛假的話語與人的原始欲望的合謀，這是莫言對中國社會問題的獨特發現。莫言用虛實相生的酒國故事表達了他的發現和思考，用文本世界的創造完成了他對現實社會政治以及文化與人性的藝術批判，提醒我們更重要的在於反省自我，因為你無論怎樣憤激地批判酒國世界，都不見得能抵擋它的誘惑，就像小說所寫的揭露酒國吃人的作家最後也一樣醉迷在酒國那樣。

四、《月光斬》：弱者復仇的白日夢

莫言的《月光斬》與魯迅的《鑄劍》（原名《眉間尺》）異曲同工，本於《列異傳》、《搜神記》等古籍所載的「三王塚」的故事，而「只取一點因由，隨意點染，鋪成一篇」（魯迅《故事新編・序言》），對故事原型表達的「復仇」母題進行了現代演繹。如果說，魯迅的這一「故事新

[29] 楊小濱：《盛大的衰頹——重論莫言的〈酒國〉》，愚人譯，《上海文化》2009年第3期。

編」在濃墨重彩演義古代傳說時，把原俠精神充分主體化，借藝術形象表現了自我的搏世經驗、人生態度與悲劇意識的話，那麼，莫言則有意與敘述對象保持一點距離，為現實傳聞尋找一些歷史因緣，以增強故事的神祕氣息與傳奇性，用喜劇形式召喚悲劇精神，曲折地表達了當今的某種社會情緒。

《月光斬》的敘事看似簡單，實際上十分講究。小說的主體故事是在郵件裡「轉述」出來的，由另一角色——「表弟」來講述故事，處在敘述者位置上的「我」就彷彿充當了一個聽者。這樣的距離設置既凸顯了時下知識者與民間社會的關係，也給小說故事留下了更大的闡釋空間。郵件傳遞來的故事離奇而富有刺激性，是一件發生在縣裡的大事：縣委劉副書記被人砍了頭，且身首異處，人頭被懸掛在縣委辦公樓前那棵最高的雪松頂梢，而無頭的屍體在縣城唯一的那家三星級飯店的一個豪華套間裡被發現；更為離奇的是，端坐在沙發上的屍體，「竟然沒有一點血跡」，「斷頭處，彷彿用烙鐵烙過一樣平整——也有人說彷彿用速凍技術處理過一樣平整。」故事於是立刻留下了不只一個謎：是什麼事、是誰使縣委副書記身首分離？是什麼樣的利器砍頭砍得如此乾淨利索？這就引出了一個又一個「傳說」：由當下的「月光斬」的傳說，追溯出關於發生在一九五八年大煉鋼鐵和「文化大革命」期間的故事傳說，最後又回到現實中劉副書記事件真相的傳說。這些謎一樣的、或完全出人意料的傳說，虛虛實實，實中有虛，虛中有實，傳達出十分豐富的現實與歷史生活內容。

用傳說來結撰故事，故事容易引人入勝。但是作家莫言的匠心獨運，還有更深層的敘述意圖。傳說不一定是真正發生過的事實，但它可能比真正發生過的事件更為真實，因為它是許多人心目中期待的事實，因此傳說總是不脛而走——「月光斬」不就「像風一樣吹遍了縣城的每一個角落」嗎？傳說總是被人們樂於聽到。傳說因人心而具有生命力。傳說只要發生了，虛也會成實且無可更改。所以，雖然小說末尾的傳說揭出真相，身首分離的劉副書記，其實是一個塑膠模特，縣裡發生的震動縣城、影響波及四方的大事，只是一個惡作劇引起的鬧劇而已，但是，按照傳說的真假悖反邏輯，劉副書記成為復仇對象已無可改變，他所代表的權勢製造了復仇者肯定是作了惡這一點也不用懷疑。因此，事件平息後縣委、縣政府試圖用篝火晚會挽回影響，只是加強了反諷效果。從「組織部長提起來的，主管幹部提拔任用多年，少言寡語，為人謹慎，有良好的口碑」的劉副書記的「好幹部」形象，由於一場惡作劇已經被徹底改寫，他之成為復仇對象的原因也不說自明（另一種理解是留給人們猜測的空間，因而讓大家在意識裡把當今為官者可能有的醜行與惡行統統審查一遍）。

然而傳說永遠是傳說。傳說在本質上是以虛為實，是以想像的方式實現迫切而深長的願望。掌權的劉副書記並沒有真的被他的仇人砍頭，被當作仇讎受到極端懲罰的原來是個塑膠替身。復仇只是象徵性地完成。當然，它的意義也許等同於復仇行為本身，它照樣達到了懲惡的社會效果。縣委副書記身首分家，不是因為情殺或圖財害命，而是另有原因，這個離奇的事件讓多少人莫名興奮啊。而「月光斬」標語的滿城出現且聲震遐邇，自然表達了民間借助超常力量懲處不義的壓迫者的普遍欲念。小說最精彩的部分，即借助傳說，發揮想像，從現實層面穿鑿到歷史層面，描寫鐵匠世家的父子四人捨命為擁有那塊曠世鋼材（人類知識與智慧的結晶）的女紅衛兵鍛打寶刀的故事，通過血與火交淬、充滿神奇和靈異的「鑄劍」過程，使復仇意志和原俠精神得到輝煌再現，表達了民間社會的一個夙願。在中國歷史上，每當權勢者與底層社會拉開了太大的距離，弱勢群體屢受損害而又投告無門，於是便借助劍俠代為復仇，給不義者以致命的懲罰。佛洛伊德說，文學是創作家的白日夢，而夢是願望的變相達成。那麼，用傳說鑄造的《月光斬》，正是弱者復仇的一個白日夢。

《月光斬》的傳說虛實相生，神祕而詭異，饒有意味而又不無寄託。它的雙重敘事使我們不得不深究作者虛構傳聞、改寫傳說的真實用意。莫言曾宣稱，他願意「作為老百姓寫作」，而不自命「為老百姓寫作」。但在這篇小說裡，莫言似乎更多一些「為老百姓寫作」的成分，至少是試圖將兩種寫作統一在一起。不過，我們還是看到了莫言對待他所同情悲憫的群體的複雜態度。《月光斬》雖不像《鑄劍》那樣有濃厚的「任個人而排眾數」的色彩，對「看客」始終失望與鄙夷，但莫言對世無真的復仇者也未免感到遺憾（他的另一篇小說《復仇記》表達過類似的思想）。所以在小說結尾「我」給「表弟」回的好像言不及義的郵件裡，他讓表弟為他祭奠眉間尺，一方面表明瞭他對古代舍生復仇者的景仰，一方面隱含了

「我」對鄉親和自己的缺乏古人那種復仇精神——只能永遠把復仇停留在願望裡，或寄託於他人身上——的不屑，——祭奠眉間尺多少帶有一點自我批判和懺悔的意味。

第六章

路遙小說的人生圖景

一、路遙小說的可闡釋性與路遙研究

路遙[1]小說描寫的是以陝北為中心的鄉村與城市相交叉、相關聯的生活，時間跨度超過三十幾年，主要人物形象的身分涉及農民、學生、教師、國家幹部（包括高級領導）和工人等。其扛鼎之作《平凡的世界》展現的生活畫面最是宏闊，用心刻畫的人物也最多，以至小說幾乎成為二十世紀七〇－八〇年代中國社會改革的全景圖，轉型時期中國人的命運史。但是，路遙小說世界裡的真正主角，還是農村知識青年[2]，作品著重表現的是他們在困苦人生裡的艱難奮爭，作家借助這些形象的塑造表達了他內心積鬱的強烈的人生感。不必說他的另兩部有分量的代表作《在困難的日子裡》和《人生》，主人公馬建強和高加林都是出身貧寒、遭受困厄的農村青年；就是形象記錄十年社會改革發展史的《平凡的世界》，作為主線貫穿的也是農村出身的知識青年孫少安和孫少平兄弟為改變命運而奮鬥的人生歷程和個人情感生活史。正因此，書中著力刻畫的其他重要人物形象，或者是作為這兩位主人公的社會關係決定著他們的生存條件，豐富著他們的人生體驗，襯托出他們的品性人格，或者成為他們的「願望對

---

1 與新中國同齡的路遙（1949-1992），出生於陝西省清澗縣石嘴驛鎮王家堡村的一個貧困的農民家庭，7歲時因為家庭生活困難，被過繼給在延川縣城關鄉郭家溝村的伯父。讀小學時取名王衛國。1963年考入延川縣立中學學習，1966年參加「紅衛兵」運動。1968年9月作為群眾組織代表，當選為延川縣革命委員會副主任，不久被宣佈停職，回鄉務農，擔任過民辦教師。1970年再到縣城，做一些宣傳和文藝方面的臨時性工作，第一次以「路遙」為筆名在油印小報上發表處女作。1973年進入延安大學中文系學習，開始公開發表文學作品。大學畢業後，任《陝西文藝》（今為《延河》）編輯。1980年發表《驚心動魄的一幕》，1981年獲得「第一屆全國優秀中篇小說獎」。1982年發表中篇小說《人生》，獲「第二屆全國優秀中篇小說獎」，改編成同名電影后，獲「第八屆大眾電影百花獎最佳故事片獎」。《在困難的日子裡》獲「1982年《當代》文學中長篇小說獎」。1988年完成百萬字的長篇巨著《平凡的世界》，1991年獲第三屆「茅盾文學獎」。1992年11月17日路遙因病醫治無效在西安逝世，年僅四十二歲。

2 本文中的「知識青年」專指出身於農村到城裡上過中學，而後又回到農村的有一定文化知識的青年（在路遙小說中主要是男青年），而非指「文革」中根據毛澤東的指示從城市去農村插隊落戶（又稱為「上山下鄉」）的知識青年（簡稱為「知青」），後者是一場政治運動的產物。

象」，彰顯著他們的生存目標與生命價值。難怪作家在書的結尾把他講述的形形色色的人生故事，歸結為「讚美青春和生命的歌」[3]。

農村知識青年在當代中國的命運和他們在苦難中奮鬥向上的人生體驗，是路遙建造小說藝術世界的動力之源。換一種說法，路遙的藝術創造衝動，來自農村出身的知識者的苦難經歷和創傷記憶。路遙英年早逝，很大程度上是由於懷著使命感和緊迫感，以犧牲健康為代價寫作人生的大書而耗乾了生命的結果。他之所以以生命為代價[4]來創作規模宏大的小說，是因為他深感人生的不幸、痛苦與磨難，以及奮鬥的艱辛與成功的喜悅，只有通過文學的精神轉換，才能與敬畏命運、熱愛人生的芸芸眾生共同體味與分享：只要大多數人還要面對生活的艱辛甚或人生的挫折，對苦難的體驗和超越就有必要通過文學轉化成慰藉沉重人生的心靈滋潤劑；只要有人對生活與前途感到迷茫，就需要人生跋涉的過來人告知其生活的道理，得到引領。而無論在什麼社會，底層人和青年人都會遇到人生的困境，他們對生存的啟悟就懷有期待。路遙深知，他所經歷過的苦難和自我人生奮鬥的生存感悟，不僅是文學創作的絕好原料，也是有益於普通人應對生存困境的難得的精神資源。路遙的寫作倫理就生成於這種人生與文學的互動關係之中。作為一名真正知曉中國農民和底層社會的全部苦痛與不幸的知識份子，路遙只能為普通人、為多數人寫作。他採取的創作方法也由此決定：有了現實主義就夠了。[5]他只能選擇為人生的文學，而不是純粹為藝

---

[3] 路遙：《平凡的世界》，《路遙文集》第3卷，人民文學出版社2005年5月版，第422頁。

[4] 路遙創作《平凡的世界》是抱著獻身的意志的，在動筆之前，他照例走進毛烏素沙漠進行神聖的「朝拜」，接受「精神的沐浴」，一個強烈的感受是：「在這裡，我才清楚地認識到我將要進行的其實是一次命運的『賭博』（也許這個詞不恰當），而賭注則是自己的青春抑或生命。」見路遙：《早晨從中午開始——〈平凡的世界〉創作隨筆》，《路遙文集》第5卷，人民文學出版社2005年5月版，第252頁。

[5] 路遙選擇現實主義出於一種文學自覺，而不同於一些抱殘守缺者在由歷史推動的文學變革時代本能地抗拒現代文學思潮。在《在早晨從中午開始》裡他就表白，「實際上，我並不排斥現代派作品。我細心地閱讀和思考現實主義以外的各種流派。其間許多大師的作品我十分崇敬。我的精神常如火如荼地沉浸於從陀斯妥耶夫斯基和卡夫卡開始直至歐美及偉大的拉丁美洲當代文學之中，他們極其深刻地影響了我。」只是由於題材表現和接受對象的需要，路遙才選擇了現實主義。並且這種選擇針對的是「雖然現實主義一直號稱是我們當代文學主流，但和新近興起的現代主義一樣處於發展階段，根本沒有成熟到可以不再需要的地步。」他還批評了那些標

術的文學。可見，路遙將自己定位為現實主義作家，這不單純是一種文學信念，在很大程度上，是更為寬泛的人文信念。路遙首先不是懷著文學的責任而是社會的責任在寫作。這就不難理解路遙的小說為何擁有最多的讀者，在文學被邊緣化的九十年代以來，他的小說仍成為長銷書，我們也不必為新時期文學裡出現的「路遙現象」[6]感到奇怪。

路遙講述苦難但並不展覽苦難，而是將苦難作為對人生的磨礪而讓青春生命去同它搏擊，從而獲取生命的尊嚴和生存的意義，讓生活和人生變得有品質。所以路遙的苦難敘事與反思文學的歷史批判和先鋒文學的人性審視都有區別。在他的小說世界裡，苦難既不是歷史向現實索取補償的資本，也不是人性難以超拔的深淵，而是年輕的人生奮鬥者成就自我、昇華人格的最好契機，它彷彿是命運加諸精神聖徒[7]的必須接受的考驗。出身於農民家庭的路遙，對貧困、艱辛、挫折、打擊、屈辱和痛苦有刻骨銘心的體驗，在取得人生的成功後比一般人更懂得苦難的含義和價值，他因此有資格向還在人生的道路上摸索的後來者宣示：遭受困苦不一定是人生的不幸；當然，苦難只把收穫交給那些不屈服於命運的堅強性格。在這個意義上，路遙珍視的不是生活中的苦難，而是苦難磨礪出來的生活意志，這正是平凡的世界裡不平凡的存在。受過專業文學教育，飽讀中外文學名著的路遙，諳悉文學特有的力量，他把從人生奮鬥中獲得的生存哲理和生活見解，投射進小說人物的命運沉浮中，通過那些與他的人格精神同構對應的典型形象，去詮釋社會下層人特別是年輕奮進者渴望得知的人生道理。由於從真實的生活和體驗出發，不管路遙抱著什麼樣的主觀意願進行藝術創造，他的苦難敘事都不能不帶有悲劇色彩，這就使得他的小說更能在處於弱勢社會地位的普通讀者那裡引起共鳴。路遙的文學敘事採取的正是

榜「現實主義」，而「實際上對現實生活做了根本性的歪曲」的「虛假的『現實主義』」、「假冒現實主義」。（見路遙：《早晨從中午開始——〈平凡的世界〉創作隨筆》，《路遙文集》第5卷，人民文學出版社2005年5月版，第254、257頁。）照此看來，路遙選擇現實主義是懷有文學責任感的。

[6] 「路遙現象」是指「一方面是因為學術界、評論界對路遙固執的冷漠，一方面是讀者對路遙持續的熱情。」參見趙學勇：《「路遙現象」與中國當代文壇》，收入《路遙再解讀——路遙逝世十五周年全國學術研討會論文集》，陝西人民出版社2008年9月版，第14頁。

[7] 路遙作品中在苦難中追尋的主人公常以「穆斯林」自擬。

讀者本位立場，這與他的底層關懷[8]的人文態度是一致的。他的小說因此在底層社會贏得了熱愛，而在高階文化共同體裡受到一些冷落。「期待視野」限制了路遙的創作，可以看作路遙小說評價產生分歧的原因之一。

路遙小說中的苦難，主要是鄉村的苦難，和主要由鄉村出身的人來承受的苦難。由於路遙想要表達的是苦難給予人的悲劇性體驗和確證人生價值的意義，因此他的小說在書寫這些苦難時並沒有深究造成種種鄉村和鄉村人的苦難的社會根源，儘管他的小說世界裡的人生痛苦已經指向了某種社會結構。誠然，他的小說對困厄和打擊農村青年奮鬥者的力量並不是沒有加以暴露和批判，比如致使高加林失去民辦教師資格和城裡工作的，是大隊書記高明樓的以權謀私和被他奪愛的張克南的媽媽的借機報復；又如生產隊長孫少安，為社員的利益而擴大豬飼料地受到公社組織的批判，是由於「左」傾思想肆虐到農村。有時，作家路遙在小說裡甚至議論到，對於青年人身上出現的人生挫折，「社會也不能回避自己的責任」，進而按捺不住地大聲疾呼：「我們應該真正廓清生活中無數不合理的東西，讓陽光照亮生活的每一個角落；使那些正徘徊在生活十字路口的年輕人走向正軌，讓他們的才能得到充分的發展，讓他們的理想得以實現。祖國的未來屬於年輕的一代，祖國的未來也得指靠他們！」[9]然而這裡所說的「生活中無數不合理的東西」，其中什麼是當代中國社會的根本癥結，作家還來不及進一步思考，況且，即使作家意識到了，它也不需要在小說敘述裡特別的說出來。

實際上，在小說寫作的八〇年代初，路遙未必能夠從社會批判的角度來進行文學創作。《人生》的出現，已經偏離了當時的文化語境和文學敘事，因為它沒有把「新時期」理想化，而是看到了歷史轉折並沒有結束多數人的生存困境，相反由於城鄉差別的依然存在，廣大的農村青年特別是有文化的青年，他們的人生進取還備受挫折。非常可貴的是，路遙在當時的文學探索潮流之外，開闢了自己的文學思考和藝術表現空間——「城鄉交叉地帶」。自此，城與鄉的矛盾關係成為他小說世界裡人生糾葛

[8] 1983年王愚就在評路遙的文章裡說：「他對生活在底層的人民傾注深沉的情愫。」——見王愚：《在交叉地帶耕耘——論路遙》，載《當代作家評論》1984年第2期。

[9] 路遙：《人生》，《路遙文集》第4卷，人民文學出版社2005年5月版，第160頁。

的制約性因素得到反復的表現。一直到他「畢其功於一役」[10]的長篇巨製《平凡的世界》，「城鄉交叉地帶」都是他苦難敘事裡人生故事的基本場域。路遙小說的可闡釋性因這一概念的提出而大大增強。路遙自己對「城鄉交叉地帶」的藝術生發價值有明確的意識。1981年在西安召開的關於農村題材小說的創作座談會上，路遙就談到「交叉地帶」[11]一詞，說：「農村和城鎮的『交叉地帶』，色彩斑斕，矛盾衝突很有特色，很有意義，值得去表現，我的作品多是寫這一帶的。」並對所謂「交叉」作了這樣的解釋：「種種的矛盾，縱橫交錯，就像一個多棱角的立錐體，有耀眼的光亮面，也有暗影，更多的是一種複雜的相互折射。面對這種狀況，不僅要認真熟悉和研究當前農村的具體生活現象，還要把這些生活放在一種更廣闊的社會背景和長遠的歷史視野之內進行思考。」[12]文學評論界也很快注意到這一概念在路遙創作中的結構性意義。陝西評論家王愚1983年就寫作了《在交叉地帶耕耘——論路遙》[13]一文，考察和闡述了路遙小說創作以轉折時期「城鄉交叉」生活為表現領域，「對生活中複雜矛盾狀態的把握，逐步深化起來」的過程。1986年第5期的《小說評論》，發表了大學生李勇的論文《路遙論》，文章的第一部分就是「獨特的創作敏感區——『交叉地帶』」，主要結合路遙的中篇創作分析了「交叉地帶」這個典型環境對典型形象產生的意義。這篇論文後來啟發了日本學者安本・實，使他寫出了路遙研究中的重要論文《路遙文學中的關鍵字：交叉地帶》，經劉靜翻譯，發表於《小說評論》1991年第1期。論文超越了對於「交叉地帶」所做的創作題材和作品內容性質方面的理解，而第一次從制度因素上理解路遙小說人物的悲劇性處境，即「封閉式的社會結構」所造成的「農村和城市的矛盾衝突」。2007年11月，延安大學召開「路遙逝世十五周年全國學術研討會」，安本・實在會上報告了論文《一個外國人眼裡的路遙文學

---

[10] 參見路遙：《早晨從中午開始》，《路遙文集》第5卷，人民文學出版社2005年5月版，第326頁。

[11] 路遙後來還說：「這個詞好像是我的發明」。參見路遙：《關於〈人生〉和閻綱的通信》，載《作品與爭鳴》1982年2月。收入《路遙文集》第5卷。

[12] 曉蓉、李星整理：《深入生活，寫變革中的農民的面貌和心理——在西安召開的農村題材小說創作座談會紀要》，載《文藝報》1981年第22期。

[13] 王愚：《在交叉地帶耕耘——論路遙》，載《當代作家評論》1984年第2期。

——路遙「交叉地帶」的發現》，又提出了新的概念——「農村和城市二元社會結構」[14]，對路遙小說中的「交叉地帶」做出了新的解釋，也就為路遙小說中的鄉村苦難原因的探討提供了新的可能性。

將制度安排視為鄉村苦難的根源，是對路遙小說研究的深化。在當代中國社會的城鄉二元結構裡，農村和城市被戶籍制度劃分為兩個完全不同的生存世界，「鄉下人」和「城裡人」因勞動方式、資源配置和社會保障上的巨大差異而處在一卑一尊的兩大社會等級內，而且很少有改變的可能。這兩個世界裡的人，一個受到國家和體制的保護，一個卻被拋棄且要遭受奴役，後者從肉體到精神，終生經受的是難以名狀的痛苦，這就是生為農村人的不幸。路遙小說世界裡被作家傾注同情的主角，都有著不幸的農村出身。但他們不是一般的農村人，也不是過去的農村人，而是在歷史轉折時期生活在城鄉交叉地帶的青年知識者。在他們的人生道路面前，橫著一條城與鄉的界線，但進城讀書，已經使他們從精神上突破了這個界限，他們斷然拒絕對農民身份的自我認同。可是，在不同於父輩的全新生存理想和無法改變的農民血統之間，那一道難以逾越的鴻溝始終存在，不斷刺激著他們奮越的欲望，也不時勾起他們對農民血統的自卑和沮喪。這是不合理的制度安排給底層社會造成的嚴重的精神後果。因此在路遙的研究中，結合路遙的主要代表作，運用文本分析和社會批評相結合的方法，或可發現路遙小說人生啟悟和道德訓誡之外的人文意義。而在改革時期社會急劇分層，農村的社會進步和底層人的發展仍然是最讓人揪心的時代課題面前，從一個新的角度探討社會結構形態與人生形式和生存體驗的關係，不失為文學研究從審美迷思中的自贖。根源於同一現實邏輯和作者的思想情感邏輯，不難找到如下的闡釋路徑。其一，城鄉分治下的困厄人生：新中國成立後，國家為發展工業通過「剪刀差」積累資金給農村造成貧困，和實行戶籍制度給農村人的職業選擇和自由流動造成限制，這就可以結合作品分析城鄉二元社會裡的農村知識青年的生存理想被挫敗的人生悲劇。其二，底層英俊的自我奮鬥：路遙小說反映的在城鄉二元社會以戶

---

[14] [日]安本・實：《一個外國人眼裡的路遙文學——路遙「交叉地帶」的發現》，見《路遙再解讀——路遙逝世十五周年全國學術研討會論文集》，陝西人民出版社2008年9月版，第101頁。

籍制和幹部體制為保護，對鄉村加以排斥和歧視的背景下，底層俊傑負重前行的生存形態和殉難人格，這樣可以分析城鄉關係中「城市」之於鄉村人的精神意義，揭示路遙對「歷史夾縫中的一代」人格氣質的藝術發現。其三，作為對應物的愛情：進而可以討論路遙小說中由城鄉二元社會結構決定的愛情描寫模式，並指出這一模式的功能性意義，肯定路遙對戀愛心理的真實刻畫，折射了社會壓抑機制下底層人的生命情態，由此還可以論述路遙愛情模式中涉及城鄉兩個生存世界裡的女性，作家進行藝術處理的特點是：城市女性作為鄉村英俊的願望對象突出了她們的現代性格，而農村女性則被塑造成民族傳統美德的化身。在這樣的考察和分析中，路遙小說和路遙研究的現實意義和文學史價值，將得到進一步的顯現。

路遙在獲得茅盾文學獎時說：「作為一個農民的兒子，我對中國農村的狀況和農民命運的關注尤為深切。不用說，這是一種帶有強烈感情色彩的關注。」[15]它表明路遙的文學責任感不僅是來自一種歷史經驗，也是對現實作出的積極反應。關注農村和農民，意味著關注底層。新世紀底層文學成為熱門話題，意味著已逝的路遙以他的底層關懷與現實思考活在當下，同時也意味著路遙關注過的問題有歷史的延續性。路遙研究悄然回暖，是現實對現實主義文學的呼喚，也說明現實主義文學需要被重新看待，路遙研究的理論價值和現實意義會在底層這個巨大「中國存在」上得到體現。

底層與制度相關，或者說是制度安排的結果。要解開路遙小說世界歷史蘊涵的祕密，制度因素是一把神奇的鑰匙。承續研究界已打開的思路，我們完全可以進一步考察路遙所關注過的農村如何被並不遙遠的歷史，建構在一種僵化的二元關係中，並對作為歷史主體重要構成的農民形成壓迫，通過這一考察重新敞開路遙小說苦難敘事的人文空間。在城鄉二元的壓抑機制裡，城市對農村青年知識者有特殊的精神意義，這一發現有利於對高加林們的「背叛」做出新的解釋。

路遙對「歷史夾縫中的一代」的精神氣質的發現，以及對人物性格現代性品質的注入，塑造出以孫少安、孫少平為代表的與「十七年文學」有

---

15 路遙：《生活大樹萬古長青》，載《文藝報》1991年4月13日。收入《路遙文集》第5卷，人民文學出版社2005年版。

否定關係的文學新人形象，是他重要的藝術貢獻之一。對此做出分析，有利於提高路遙的文學史地位。城鄉二元的社會結構，決定了路遙小說的愛情模式。路遙小說愛情描寫中的城市女性與農村女性對男性主人公的人生實現具有不同的意義，鄉村女性的愛情悲劇表現了作家的在歷史轉型面前的文化思慮。通過文本分析，路遙小說創作的投射機制也得到了發現和理論總結。雖然從理論上的探討還有待深入，但愛情作為人生形式的本體意義為路遙小說的文學性做了最好的詮釋。

二、城鄉分治下的困厄人生

路遙堅持以「城鄉交叉地帶」作為小說創作領域，並且主要表現農村知識青年的奮鬥、愛情和心理衝突，這與他自己的人生經歷有關係。他說過：「我是一個傳統的農民的兒子，一直是在農村長大的，又從那裡出來，先到小城市，然後又到大城市參加了工作。農村可以說是基本熟悉的，城市我正在努力熟悉著。相比而言，我最熟悉的卻是農村和城市的『交叉地帶』，因為我曾長時間生活在這個天地裡，現在也經常『往返』於其間。我曾經說過，我較熟悉身上既帶有『農村味』又帶著『城市味』的人，以及在有些方面和這樣的人有聯繫的城裡人和鄉里人。這是我本身的經歷和現實狀況所決定的。本人就屬於這樣的人。」[16]他還說過：「我的經歷中最重要的一段就是從農村到城市的這樣一個漫長而複雜的過程。這個過程的種種情態與感受，在我的身上和心上都留下了深深的印記，因此也明顯地影響了我的創作活動。我的作品的題材範圍，大都是我稱之為城鄉交叉地帶的生活。這是一個充滿矛盾的、五光十色的世界。」[17]由鄉而城的身分轉換，既瞭解新的生活世界，又保留深刻的鄉村記憶，這樣的經驗使得路遙的文學想像帶有兩極化特點，經過情感熔鑄的藝術世界因而充滿了張力。這個張力世界是沉重的，因為它烙上的是作家的苦難記憶和創傷體驗。從荒寒、閉塞、落後的陝北農村走出來的路遙，從童年開始感

[16] 路遙：《關於〈人生〉和閻綱的通信》，載《作品與爭鳴》1982年2月。收入《路遙文集》第5卷。

[17] 路遙：《路遙小說選・自序》，青海人民出版社1985年9月版。

受的就是生存的極端匱乏和被拋棄，令他說起來就情不能抑：「童年，不堪回首。貧窮飢餓，且又有一顆敏感自尊的心。無法統一的矛盾，一生下來就面對的現實。記得經常在外面被家境好的孩子們打得鼻青眼腫撤退回家；回家後又被父母打罵一通，理由是為什麼去招惹別人的打罵？三四歲你就看清了你在這個世界上的處境，並且明白，你要活下去，就別想指靠別人，一切都得靠自己。因此，當七歲上父母養活不了一路討飯把你送給別人，你平靜地接受了這個冷酷的現實。你獨立地做人從這時候就開始了。」「中學時期一月只能吃十幾斤粗糧，整個童年吃過的好飯幾乎能一頓不落地記起來。」[18]加上後來經歷的從農村到城市的漫長而複雜的過程，路遙的經驗世界裡保存了一個農村知識青年全部的苦澀和想往。他所創造的文學形象，既有過去的他的影子，也能在現實中的他的親人身上找到原型。[19]只要鄉村中國的苦難沒有終結，路遙的小說和對的它的闡釋就顯得相當重要。

（一）農村：「城市發展祭壇上的犧牲品」

鄉村和城市的差異是歷史形成的，它是人類生活的一種自然存在。但是，社會主義新中國建立以後，鄉村和城市的自然差別就被人為地擴大了，並且形成為一種基本的社會制度而不可動搖。正如安本・實在研究路遙小說中的「交叉地帶」時指出的：

> 「交叉地帶」原本沒有特殊的含義，僅是指農村的某些東西與城市的某些東西交叉。但是路遙賦予它以積極意義，之所以關注這個「地帶」是因為這個「地帶」作為農村與城市的生活空間，長期以來一直處於對立狀態，兩者間沒有平等的「交叉」，有的只是農

[18] 路遙：《早晨從中午開始——〈平凡的世界〉創作隨筆》，《路遙文集》第5卷，人民文學出版社2005年5月版，第280頁。

[19] 路遙說過，《在困難的日子裡》所反映的那段生活，那種情緒，幾乎就是他在上中學時的親身經歷。（見路遙：《東扯西拉談創作》，作協西安分會《文學簡訊》1983年第2期。）而像《人生》中高加林這樣的人物，在他兄弟身上就可以找到原型，他是懷著兄弟一樣的感情來寫這個人物的。（王愚、路遙：《談獲獎小說〈人生〉的創作》，載《星火》1983年第6期）

> 村處在城市的絕對優勢之下，因而被禁錮和封閉。由於生產方式不同，農村和城市在生活方式或其他方面當然會存在差別。對於農村和城市之間自然形成的差別，中華人民共和國成立以後，人為地將其固定化，擴大化，最終導致出現封閉式的社會結構。例如，1953年的糧食統購統銷政策，就阻礙了農村的發展。又如，基於《中華人民共和國戶口登記條例》（1958年）而制定的戶籍管理制度，限定了農村和城市間的人口流動。特別是農村戶口和城市戶口迥然有別，嚴格執行戶籍管理制度，限定農村人口流入城市是實現農村「支配結構」的重要環節。執行這一制度的最終結果是廣大農民長期被禁錮在得不到發展的、貧困落後的農村。從這個意義上來說，中國農村之所以落後，是由於在經濟、文化等所有領域，始終處在與城市有著巨大差別的狀態之下。坦率地說，是因為農村長久以來一直是城市發展祭壇上的犧牲品。[20]

所謂農村成為「城市發展祭壇上的犧牲品」，更準確地說，是由政黨領導的社會主義中國為了加速實現工業化，改變中國在國際上的落後地位，也為了體現社會制度的優越性，與資本主義世界抗衡，在生產力基礎薄弱的情況下，只有採取優先發展工業、發展城市的戰略，而採取的方式就是通過「剪刀差」為國家建設積累資金。剪刀差是來自蘇聯的經驗。蘇聯在1921年初走上和平建設軌道後，國家為加快積累工業化資金，人為地壓低農產品收購價格，使得部分農民收入在工農業產品交換過程中轉入政府支持發展的工業部門，當時人們把農業和農民喪失的這部分收入稱為「貢稅」或「超額稅」。[21]有一種說法，中國1978年以前，我們國家也是

---

[20] [日]安本・實：《路遙文學中的關鍵字：交叉地帶》，劉靜譯，載《小說評論》1991年第1期。

[21] 1923年蘇共中央召開了政治局會議和九月中央全會。會議在史達林的主持下第一次把農業流入工業的超額稅正式稱作「剪刀差」，並且在中央委員會下設了剪刀差委員會，專門從事研究和調整剪刀差的工作。從此，「剪刀差」這一名詞便流傳開來。另據網文解釋：「過去經濟學上所說的『剪刀差』是指工農業產品交換時工業品價格高於價值，農產品價格低於價值所出現的差額。用圖表表示成剪刀張開形態而得名，表明工農業產品價值的不等價交換，揭示了工業剝奪農業，農業做出犧牲支援國家建設的情況。也是工農差別，農村長期落後於城市的一種原因。」該文還指出，改革開放

靠工農業產品剪刀差積累資金的。根據國務院農業發展研究中心1986年的推算：「1953～1978年計劃經濟時期的二十五年間，工農業產品價格剪刀差總額估計在六千～八千億元。」到改革開放前的1978年，國家工業固定資產總計不過九千多億元。因此可以認為，中國國家工業化的資本原始積累主要來源於農業。[22]這樣的推算可能過高估計了剪刀差差額，誇大了國家對農業剩餘的索取。「實際上，改革開放以前主要的問題是統購統銷和農業集體生產制度束縛了農民的自主權，壓抑了其發展農業的積極性，限制了廣大農民向利潤高的非農產業轉移。換句話說，限制了農民把蛋糕做大，因此國家即使拿走不多，農民仍然很苦。假設如果現在繼續不讓農民從事非農產業和流動，仍然將其束縛於集體生產的農業，即使將全部農業剩餘都歸農民所有，其出售農產品價格與國際市場持平，農民仍然非常貧困。」[23]

這就是路遙和他的小說人物賴以生存的政治、經濟社會背景。路遙對這些國家行為未必知情，但他和他的小說人物不能倖免地承受了國家經濟政策帶給農村人的嚴重後果。統購統銷、農業集體生產方式、剪刀差和戶籍制度，把廣大農民禁錮在土地上而又發揮不了他們的主動性和生產積極性，這些命運由他人擺佈的農村人自然就成了不合理的城鄉分治制度的犧牲品。

在《平凡的世界》裡，主張支持農民自發改革農村生產方式的縣革委會管農業的副主任田福軍，在常委會上「很沉痛地論述了全縣的農業生產情況」，指出農村「已經貧困至極」，還列舉了一攤具體得讓人震驚的數字：

後中國出現新的剪刀差。「所謂新的『剪刀差』則是指政策失衡及造成的社會發展環境，導致農村財富集中流向城市所產生的巨大差別，這是現時造成農村落後城市的根源性原因。」「這些新的『剪刀差』是城市對農村、工業對農業全方位的剝奪和侵佔，是城鄉差距越來越大的體制性根源。」（《新的「剪刀差」——建設社會主義新農村需要解決的農村財富流失問題》，未署名，http://306202422.qzone.qq.com）

[22] 參見武力：《1949～1978年中國「剪刀差」差額辨正》，《中國經濟史研究》2001年第4期。

[23] 武力：《1949～1978年中國「剪刀差」差額辨正》，《中國經濟史研究》2001年第4期。

> 一九五三年全縣人均生產糧九百斤，而去年下降到六百斤，少了近三分之一。從五八年到七七年的二十年間，有十六個年頭社員平均口糧都不足三百五十斤；去年僅有三百一十五斤，而其中三百斤以下的就有二百四十一個大隊、四萬一千多人，占全縣人口的三分之一。四九年人均生產油品九斤二兩，去年下降為一斤九兩……社員收入低微、負債累累，缺吃少穿。勞動日值只有二、三角錢，每戶平均現金收入只有三、四十元。超支欠款的達二千三百戶。去年國家貸款金額近一千萬元，人均欠款五十多元。社員欠集體儲備糧一千三百多萬斤、相當於全縣近一年的徵購任務……[24]

這一筆在八〇年代初算出來的農村經濟賬，正印證了上面的剪刀差理論言之不妄，新中國的經濟政策確然使農民的生存與整個社會的進步相比走了下坡路。從「徵購」與「集體儲備」這些糧食處置方式，就知道在農村經濟體制改革前的「大幹社會主義」時代，農民並不能為自己的生存與幸福而勞作，不能自由地處理自己的勞動產品，不僅要貢獻糧食，還被迫貢獻生豬，「支援國家建設」，「支援第三世界」。[25]從「收入低微」、「超支欠款」可以看出，農民幾乎是無償地為國家勞動。由於受到非常徹底的盤剝，他們付出了牛馬力，也改變不了赤貧的景況。年輕力壯，還有些文化，一心通過辛勤的勞動養家糊口的孫少安，就遇到無法解開的困惑：

> 按說，他年輕力壯，一年四季在山裡掙命勞動，從來也沒有虧過土地，可到頭來卻常常是兩手空空。他家現在儘管有三個好勞力，但一家人仍然窮得叮噹響。當然，村裡的其他人家，除過少數幾戶，大部分也都不比他們的光景強多少。

---

[24] 路遙：《平凡的世界》，《路遙文集》第1卷，人民文學出版社2005年5月版，第414頁。

[25] 「公社每年根據國家的要求，給每個大隊硬行分配生豬交售任務。……國家要拿豬肉支援第三世界」。——路遙：《平凡的世界》，《路遙文集》第1卷，人民文學出版社2005年5月版，第164頁。

可見，農村的貧困由制度所造成，不是農民靠自身的努力可以改變的。孫少安在農業上付出的努力再多，也擺脫不了人生的窘境：

> 現在，孫少安更加痛切地感到，這光景日月過得太恓惶了！兒子來到這個世界上，他作為父親，能給予他什麼呢？別說讓他享福了，連口飯都不能給他吃飽！這算什麼父親啊……連自己的老婆和孩子都養活不了，莊稼人活得還有什麼臉面呢？生活是如此無情，它使一個勞動者連起碼的尊嚴都不能保持！[26]

少安後來經過撲騰，到底發家致富了。但那靠的是辦磚廠、搞企業，而不是靠種地出賣農產品，反過來說明農民、農業和農村，只要還姓「農」，就不能走出歷史宿命對他（它）的刻薄。

（二）缺吃少穿與心靈創痛

城鄉分治的國策，造成了農村普遍性的貧困。人民公社化以後，農民失去了土地，淪為國家經濟建設的集體雇傭勞動者，為國家生產農產品。無責任主體的集體生產方式抑制了農民的生產積極性，國家領導人的人民戰爭思維，將大量勞動力捆綁在一起，低效率地對土地進行掠奪性的耕種，以滿足國家工業建設、形象塑造和支援世界革命的需要。農業集體以低價格向國家出賣大部分農產品以後，所剩根本不能滿足生產者的基本生存需要，全國農村普遍缺吃少穿，土地貧瘠的地區尤其嚴重。飢餓由此成為路遙小說中慘痛的人生體驗之一。路遙小說裡有大量的飢餓描寫，這些小說裡的飢餓，不僅發生在全國大饑荒時代，也存在於「文革」後期。《在困難的日子裡》和《平凡的世界》就分別描寫處在身體發育階段的農家子弟馬建強和高加林所遇到的飢餓，在他們身上，我們看到的也是驚心動魄的一幕。

《在困難的日子裡》這個以第一人稱講述的故事，發生在1961年，「正是我國歷史上那個有名的困難時期」[27]。提到這個年頭，人們第一個

---

[26] 路遙：《平凡的世界》，《路遙文集》第1卷，人民文學出版社2005年5月版，第407頁。

[27] 路遙：《在困難的日子裡》，《路遙文集》第5卷，人民文學出版社2005年5月版，

想起的就是飢餓和餓死了很多人。歷史學家至今也沒有就這個歷史事件給出一個說法：到底餓死了多少人？為什麼會發生大飢餓？餓死的多數是城裡人還是鄉下人？難道當時國家真的沒有拯救飢餓的糧食？只有文學家，通過形象記憶，讓我們回到那個可怖的、讓人傷心慘目的歷史現場。

路遙將這個關於飢餓的故事放在縣城裡，讓我們看到，即使在那個全國普遍大饑荒的環境裡，城鄉還是有別。這樣，農村人被飢餓嚴重傷害和蹂躪的，就不只是身體，與城裡人一樣的血肉之軀；還有心靈，與城裡人一樣需要尊重的名譽和需要尊嚴的人格。

小說的主人公馬建強是一個才十幾歲的少年，在1961年那個難熬的艱難貧困的年頭，竟然以全縣第二名的成績考入了縣上唯一的一所高級中學。這對一個農村少年來說，是多麼幸運而又榮耀的事情！可是對他的農民家庭來說，卻成了不幸：貧病交加的父親、缺衣少食的家根本就拿不出糧食供他進城上學。後來還是崇拜功名的好心的鄉親救助了他，使他得以背著「百家姓糧」走進了他所熱烈嚮往的本縣的最高學府。進校後，又因為升學考試成績好而被分到「尖子班」，更嚴重的困難便接著到來——除了飢餓這一主要威脅，他在精神上遇到巨大的壓力：農家子弟的寒酸使得他在這個以幹部子弟居多的班集體裡抬不起頭來。給予他雙重壓力的，正來自他不得不接受的城鄉差別：

> 這個班除了我是農民的兒子，全班所有的人都是幹部子弟，包括縣上許多領導幹部的兒女。儘管目前社會普遍處於困難時期，但貧富的差別在我和這些人之間仍然太懸殊。他們有國庫糧保證他們每天的糧食；父母親的工資也足以使他們穿戴的體體面面，叫人看起來像個高中生的樣子。而我呢？饑腸轆轆不說，穿著那身寒酸的農民式的破爛衣服，躋身於他們之間，簡直像一個叫化子！[28]

第101頁。

[28] 路遙：《在困難的日子裡》，《路遙文集》第5卷，人民文學出版社2005年5月版，第101頁。

「農民的兒子」與「幹部子弟」處在同一個環境裡，立刻顯示出貧富的差別，而他們之間的差別不是來自於自身，而是來自於父母各自所處的生存世界，即城市或鄉村。飢餓和貧與富的殘酷對比，帶給這個農民子弟的是身心的雙重煎熬。由於只有開學時帶來的那點「百家姓」糧，鄉下毫無辦法的父親托人捎來話，說他這半年是再也無法送來一顆糧食了，「我」只能一再地壓縮每天吃糧的數量，「這樣一來，一天就幾乎吃不到多少糧食了。兩碗別人當湯喝的清水米湯就是一天的伙食」，以致餓得連路都走不動，「一陣又一陣的眩暈。走路時東倒西歪的，不時得用手托扶一下什麼東西才不至於栽倒。」[29]開始，為了不被餓死，在本能的驅使下，他只能走向山野，「在城郊的土地上瘋狂地尋覓著：酸棗、野菜、草根，一切嚼起來不苦的東西統統往肚子裡吞嚥。」[30]後來，餓得「連到野外的力氣都沒有了，因為尋覓的東西已經補不上所要消耗的熱量」。[31]飢餓使他對吃的東西產生病態的欲望，在課堂上產生幻想，結果無法堅持正常的學習，讓他引以為驕傲的學習成績一落千丈，失去了唯一的精神安慰。

由飢餓所反映的貧窮帶來的，還有心靈的傷害。處在對外界和異性最敏感的年齡，這個因貧寒而自卑的農村學生，最害怕的是被人看不起，被人欺負，損害尊嚴。但他害怕的情況偏偏發生了。「每當下午自習，我就餓得頭暈目眩，忍不住嚥著口水。而我的同桌偏偏就在這時，拿出混合麵做的烤饃片或者菜包子之類的吃食（他父親是縣國營食堂主任），在我旁邊大嚼大嚥，還故意吧咂著嘴，不時用眼睛的餘光掃視一下我的喉骨眼；並且老是在吃完後設法打著響亮的飽嗝，對我說：『馬建強，你個子這麼高，一定要參加班上的籃球隊！』」這個好惡作劇的同桌，有一天還在全班勞動時，「竟然當著周圍幾個女同學的面，把他啃了一口的一個混合麵饅頭硬往我手裡塞，那神情就像一個闊佬耍弄一個貧兒。」[32]像這樣的

[29] 路遙：《在困難的日子裡》，《路遙文集》第5卷，人民文學出版社2005年5月版，第114頁。

[30] 路遙：《在困難的日子裡》，《路遙文集》第5卷，人民文學出版社2005年5月版，第110頁。

[31] 路遙：《在困難的日子裡》，《路遙文集》第5卷，人民文學出版社2005年5月版，第114頁。

[32] 路遙：《在困難的日子裡》，《路遙文集》第5卷，人民文學出版社2005年5月版，第107頁。

侮辱傷害不斷發生。宿舍裡的一個同學丟了一個玉米麵饃，大家馬上懷疑他，因為只有他這號餓死鬼才會偷吃一個微不足道的玉米麵饃。這使他感覺到「無數鄙夷的目光像針一樣扎在了我的心上」。[33]國慶日學校食堂會餐，需要人幫灶，幫灶的人和炊事員一樣下午的飯菜不限量。班上的生活委員吳亞玲，好心地建議讓他去，引起同學們的哄笑，他覺得這又是一個侮辱，「全身的血轟地湧上頭，感到自己的意識和靈魂立刻就要脫離開身體，向外界飛去。」[34]他的自尊心又一次受到嚴重的傷害。而凡是人格像這樣受到踐踏，他都把它歸結為「僅僅是因為我家境貧寒」。實際上，因貧困出身給予他的自卑，其相反的方面是過於自尊，這樣的心理更易受到刺激，因而加深受傷害的痛苦：「痛苦已經使我如瘋似狂。在沒人的地方，我的兩隻腳在地上踢，拳頭在牆壁上打；或者到城外的曠野裡狂奔突跳；要不就躲到大山深溝裡去，像受傷的狼一般嗥嚎！」農村出身的印記，使闖進城市生存圈的馬建強要處處提防身分指認引起的嘲笑，這是比物質貧困更可怕的摧殘。「啊！饑腸轆轆這也許可以過去，但精神上所受的這些創傷卻折磨死人了。這個困難的歲月，對別人來說，也許只是物質上的短缺罷了；而對我來說，則是物質和精神的雙重的難關。我本來已經夠不幸的了，經常身無分文，那點可憐的『百家姓糧』也只能使我不至於馬上餓死。可現在還要在精神上承受這麼大的打擊和折磨！」[35]這是一個貧寒的鄉村知識青年，向盛氣凌人的城市世界發出的多麼委屈的感歎。

《平凡的世界》一開頭也是從貧困和飢餓寫起，主人公也是從農村到城裡上學的高中生。時間是1975年，跟大飢餓的尾聲[36]1961年相隔整整14年。十幾年過去了，「革命」熱熱鬧鬧，農村的貧困卻依然如故。與上

[33] 路遙：《在困難的日子裡》，《路遙文集》第5卷，人民文學出版社2005年5月版，第108頁。

[34] 路遙：《在困難的日子裡》，《路遙文集》第5卷，人民文學出版社2005年5月版，第116頁。

[35] 路遙：《在困難的日子裡》，《路遙文集》第5卷，人民文學出版社2005年5月版，第109頁。

[36] 五、六〇年代之交的全國範圍的大饑荒，發生在1959至1961年之間。產生的原因既有天災，如洪水、乾旱；又是人禍，如大躍進時的「浮誇風」、「大煉鋼鐵」和人民公社吃大食堂等。發生大饑荒的這一時期通常被稱作「三年自然災害」或「三年經濟困難」，也有人稱為「三年困難時期」，民間也稱「四年三災」。

面要求批判的資產階級、修正主義和孔孟之道相比，「對於黃土高原千千萬萬的農民來說，他們每天面對的卻是另一個真正強大的敵人：飢餓。」農民面臨的是生存的窘況：「生產隊一年打下的那點糧食，『兼顧』了國家和集體以外，到社員頭上就實在沒有多少了。試想一想，一個滿年出山的莊稼人，一天還不能平均到一斤口糧，叫他們怎樣活下去呢？有更為可憐的地方，一個人一年的口糧才有幾十斤，人們就只能出去討吃要飯了……」[37]從這樣的鄉村來到縣立高中的「農家子弟」孫少平，每天領飯菜，連跟同學們一起排隊都不敢。學生們預定菜是分為甲、乙、丙三等的。主食也分三等。可孫少平因為家貧，連清水煮白蘿蔔的丙等菜也買不起，主食訂的也是最低等的高粱饅頭。因為吃不起好飯，因為年輕而敏感的自尊心，他要躲避公眾的目光，趁人都走盡了，才悄然出現，取走自己那兩個不體面的黑傢伙，以免遭受無言的恥笑。這樣的吃食，怎麼能滿足一個還在長身體，要讀書，還要參加體力勞動的年輕人的需要啊！

> 像他這樣十七八歲的後生，正是能吃能喝的年齡。可是他每頓飯只能啃兩個高粱麵饃。以前他聽父親說過，舊社會地主餵牲口都不用高粱——這是一種最沒營養的糧食。可是就這高粱麵他現在也不充足。按他的飯量，每一頓至少需要四五個這樣的黑傢伙。現在這一點吃食只是不至於把人餓死罷了。[38]

肚子填不飽，還要參加「開門辦學」的勞動。「每天的勞動可是雷打不動的，從下午兩點一直要幹到吃晚飯。這一段時間是孫少平最難熬的。每當他從校門外的坡底下挑一擔垃圾土，往學校後面山地裡送的時候，只感到兩眼冒花，天旋地轉，思維完全不存在了，只是吃力而機械地蠕動著兩條打顫的腿一步步在山路上爬蜒。」[39]跟馬建強一樣，再嚴重的飢餓都還能忍受，讓孫少平「感到最痛苦的是由於貧困而給自尊心所帶來的

---

[37] 路遙：《平凡的世界》，《路遙文集》第1卷，人民文學出版社2005年5月版，第121頁。

[38] 路遙：《平凡的世界》，《路遙文集》第1卷，人民文學出版社2005年5月版，第7頁。

[39] 路遙：《平凡的世界》，《路遙文集》第1卷，人民文學出版社2005年5月版，第8頁。

傷害。他已經十七歲了，胸腔裡跳動著一顆敏感的心。他渴望穿一身體面的衣裳站在女同學的面前；他願自己每天排在買飯的隊伍裡，也能和別人一樣領一份乙菜，並且每頓飯能搭配一個白饃或者黃饃。這不僅是為了嘴饞，而是為了活得尊嚴。」[40]

路遙對飢餓體驗的描寫，跟張賢亮的《綠化樹》和阿城的《棋王》一樣[41]，達到了經典化的程度，通過藝術的刻畫，使飢餓這種身體和心靈的雙重體驗具有了很強的藝術效果。不過，路遙對飢餓和飢餓感的形象表現，看不到張賢亮、阿城的那種輕盈的筆意，看不到對飢餓心理的審美的玩味，因此，我們難以把它看成飢餓美學，而只能是飢餓社會學。飢餓是身體對物質貧困的最直接最深刻的體驗，而馬建強、孫少平們承受的不只是物質貧困給予的身體的痛楚，更有做人尊嚴受到打擊的心靈創痛。

以飢餓為最突出的經驗形式，路遙全面地寫到了黃土高原上的農村人在城鄉二元時代遭受的遠遠嚴重於城裡人的人生困苦。不僅缺吃，而且少穿。連自己最優秀的子弟，父兄們都無力給他們一身哪怕稍微像樣點的衣服。馬建強和孫少平都到了懂得講究點穿戴的年齡，但因為農村的家都窮到骨頭上，他們在學校裡不是穿得破爛不堪，就是衣不蔽體。路遙小說寫到農村的貧困和農民的生存景況，用得最多的詞就是「少吃沒穿」、「缺吃少穿」。吃和穿是人之為人最起碼的需要，可是就是這最起碼的需要對農民來說都存在問題。在那個年代，農村豈止是缺吃缺穿，住的，用的，花的……人過日子所需要的一切，哪一樣不缺？在《平凡的世界》裡，雙水村的人經常連鹽都買不起。生產隊長孫少安好不容易找到了個不要財禮的媳婦，卻連結婚的窯洞都沒有，還是生產隊借給他一間與隊上的一群牛驢為伍的飼養院破窯。他的弟弟妹妹長年都在別人家借宿。即使到了改革開放時期，村裡人吃飯的問題基本解決了，但純粹務農還是照樣貧困，「缺吃少穿是普遍現象。有些十七八歲的大姑娘，衣服都不能遮住羞醜。一些很容易治癒的常見病長期折磨著人；嚴重一些的病人就睡在不鋪席片的光土炕上等死……沒有什麼人洗臉，更不要說其他方面的衛生條件了。

---

[40] 路遙：《平凡的世界》，《路遙文集》第1卷，人民文學出版社2005年5月版，第8頁。

[41] 《綠化樹》和《棋王》的主人公分別是章永璘和王一生，他們各自在「三年困難時期」和「文革」中遭遇了饑餓。

大部分人家除過一點維持活命的東西外，幾乎都一貧如洗。有的家戶窮得連鹽都吃不起，就在廁所的牆根下掃些觀音土調進飯裡……」[42]這就是苦難鄉村的人生圖景，對於孫少平這樣的從城市裡看到了另一種世界的知識青年來說，它是苦厄中奮鬥的動力，也是永遠抹不去的心靈陰影。

（三）被折斷的理想

城鄉二元的社會結構，把農民圍困在農村中，「實際上就等於剝奪了農民選擇職業、隨意流動的自由」。[43]這種由戶籍制度造成的限制和圍困，對於農村知識青年來說是挫敗人生理想的強大力量。路遙在他的傑作《人生》裡，表現的就是農村知識青年理想受挫的悲劇。悲劇主人公高加林稱得上是新時期文學中的典型形象，這並不是因為這個人物可以在路遙弟弟身上找到原型，路遙是懷著兄弟一樣的感情來寫他的，而是在這個性格身上的矛盾，正是城鄉二元社會在農村知識青年身上造成的普遍性矛盾，高加林的悲劇是他們共同的悲劇，他們的命運也是共同的命運。

成長在城鄉交叉地帶的高加林，對於近在咫尺卻又形同天壤的兩個世界——鄉村和城市，都有切身的瞭解和複雜的感情。從農村到縣城讀書，高加林發現了與他出身的「小地方」不同的「大世界」，這個由城市所象徵並切實存在的「大世界」，就成了高加林的人生理想之所繫。受過現代教育，通過書本和報刊開闊了視野，懂得什麼是現代文明，況且切身體驗了城市生活，看到了跟當農民完全不同的生存方式的現代知識青年，不可能安心父輩的生存方式，窩在閉塞的農村。落後而貧困的鄉村，與現代化的城市，勞苦而貧窮的農村人，與快活而富足的城裡人，對比是如此強烈，差別是如此之大。高加林雖然出身於農村，但是經過教育和文化的塑造，高加林早就發生了精神的蛻變。精神的高加林，不僅不是他父親那樣的農民，甚至不是一般的城市市民，由於有讀書寫作的愛好和擁有人文和科學知識，高加林是比普通市民甚至某些國家幹部合格得多的城市人。高

---

[42] 路遙：《平凡的世界》，《路遙文集》第1卷，人民文學出版社2005年5月版，第348頁。

[43] [日]安本・實：《路遙文學中的關鍵字：交叉地帶》，劉靜譯，載《小說評論》1991年第1期。

加林不僅知道應該而且有能力到城市裡去發展自己，而不是屈居於閉塞落後的鄉村，從事極為原始的勞動，浪費自己的知識和才華，受制於愚昧，看不到前途，忍受肉體和精神的雙重煎熬。對城市的嚮往，其實是對現代文明的嚮往。所以，出身於農民而擁有現代知識的高加林，「雖然從來也沒鄙視過任何一個農民，但他自己從來都沒有當農民的精神準備」就很正常，「他十幾年拼命讀書，就是為了不像他父親一樣一輩子當土地的主人（或者按他的另一種說法是奴隸）」[44]也完全合理。從社會發展和人類文明的進步角度看，成長於二十世紀七、八〇年代的知識青年高加林是一個具有現代性的性格。這正是路遙對這一人物進行塑造具有歷史合法性的地方，也是作者對主人公的人生追求予以肯定的理由。但是，在小說世界裡我們看到的是，高加林的正當追求以失敗而告終，他的人生抱負和理想不可避免地遭到嚴重的挫折。

高加林的失敗，在於他的人生追求是一種超越了現實環境和歷史條件的個人奮鬥行為。橫亙在他奮鬥路途上的是政治權力和社會體制，這註定了他的人生之路艱難而孤苦，除非出現偶然性，不然他的被挫敗就是必然。被高考制度拋回農村的高加林，本來已獲得了逃脫當農民的機會：他憑縣中的學歷當上了民辦老師，取得了文化人的身分，繼續努力的前景就是轉為公辦老師，徹底成為一個「工作人」。有天分，有學識，本人又努力，高加林不愧為一名稱職的鄉村學校老師。可是，大隊書記高明樓，為了自己從學校畢業回村的兒子，竟利用手中的權力，與教育幹事勾結，悍然下掉了高加林的民辦教師，把他拋進了人生的深淵。高加林遭遇的是權力對知識的輕易的剝奪。它雖然只是國家政治權力在其神經末梢上的一次輕微的顫動，但一位滿懷理想的農村知識青年的前程頃刻就被斷送了。在政治權力面前，知識和它的主體，原來如此脆弱。雖然陷入了憤怒和痛苦的高加林，因為落難而意外地得到了純潔愛情的舔舐，但是被愛情撫慰減輕的傷痛並沒有完全消失，他在內心深處無法接受強加給他的農民身份，破滅了的理想仍時時碎玻璃片似的刺激著他，直到幸運再一次對他垂青。

---

[44] 路遙：《人生》，《路遙文集》第4卷，人民文學出版社2005年5月版，第5頁。

如果說，高加林在鄉村裡遭到權力的擠兌，被生生奪走適合於他並為他所鍾愛的教師職業，他的憤恨還有一個明確的對象——土皇帝、大隊書記高明樓——的話，那麼，他第二次遭到更嚴重的褫奪、更慘重的人生打擊，作為受害者的他以及所有惋惜、同情於他的人，就連想都沒有想過造成農村知青人生悲劇的究竟是一種什麼樣的力量。因叔父從部隊轉業到地區當勞動局局長，經媚權者操作，高加林一夜之間由農民身份變成了國家幹部，徹底脫離了農村，進了夢寐以求的城市，走上了既光榮又能發揮他的才智的工作崗位——擔任縣委通訊幹事。有知識、有能力、有進取心的高加林很快在這個崗位上施展出了他的才華，顯得那樣稱職。縣城的文化生活也讓他如魚得水。以記者身分頻頻出現於會場，以瀟灑的青春姿態活躍於週末的球場，他儼然「成了這個城市的一顆明星」[45]。城市給了他發揮生命潛能的最好舞臺，在這裡他的事業蒸蒸日上，另一種愛情也熱切地光顧，更美好的人生前景在遠方向這個本來就不安分的靈魂親切地招手……可是，這一切又轉瞬間化為泡影！高加林靠「走後門參加工作」的事被人告發，一夜間，從城市戶口到國家幹部身分，被剝奪得一乾二淨，城市毫不留情地把這個以不正當程序鑽進來的農村青年踢了回去。沉浸於對更美好的前途的熱烈幻想中的高加林，從絢麗的天空中跌到了冰冷的地面。與前一次的打擊相比，這一次對於人格尊嚴和人生理想的摧殘幾乎是毀滅性的。

那麼，是一種什麼樣的無形力量給高加林的人生奮鬥造成了悲劇呢？表面看起來，是高加林人生得意後，拋棄了一個字也不識、沒有文化的農村戀人巧珍，與老同學黃亞萍舊情複萌，從已經確定戀愛關係的張克南與黃亞萍之間橫刀奪愛，因而激怒了張克南的母親，這個本來就鄙視農村人的「國家幹部」，以「維護黨的紀律」為理由，給地紀委寫信檢舉揭發高加林，致使高加林走後門參加工作的問題，被地紀委和縣紀委迅速查清落實予以處置——立即堅決地把他退回了農村，這樣，高加林的人生挫折也就似乎主要是他自己私生活不道德造成的。連高加林自己也這樣認為：「這一切怨誰呢？想來想去，他現在誰也不怨了，反而恨起了自己：他的

[45] 路遙：《人生》，《路遙文集》第4卷，人民文學出版社2005年5月版，第112頁。

悲劇是他自己造成的！他為了虛榮而拋棄了生活的原則，落了今天這個下場！」[46]也就是他自己的人生失誤導致了這場悲劇。高加林為此悔恨自責，小說描寫也明顯地把高加林的人生奮鬥與失敗引向道德領域。[47]

其實，高加林的悲劇還有更深層的原因。高加林即使沒有移情別戀並開罪於人，他進城後的人生之路也不見得會一帆風順。對於突然由農村人一躍而為城裡人，高加林在喜極之餘不是沒有隱憂。「高加林進縣城以後，情緒好幾天都不能平靜下來，一切都好像是做夢一樣。他高興得如狂似醉，但又有點惴惴不安。」[48]說明在潛意識裡他已認同了對自己的農村出身不可隨意僭越。在終於被「組織」從身上扒走突然得來的一切，變得「像個一無所有的叫花子一般」，「孤零零的，前不著村，後不靠店」[49]之後，高加林「甚至覺得眼前這個結局很自然；反正今天不發生，明天就可能發生。他有預感，但思想上又一直有意回避考慮。前一個時期，他也明知道他眼前升起的是一道虹，但他寧願讓自己把它看作是橋！」[50]也說明胸懷遠大但出身卑賤的農村青年高加林，不是沒有意識到理想的實現對於他們這些人來說，存在多麼難以逾越的鴻溝。「他希望的那種『橋』本來就不存在；虹是出現了，而且色彩斑斕，但也很快消失了。」[51]這就是他不能不接受的現實。高加林縱有超群的才能，但他的命運被一種冥冥中的無形而強大的力量所控制，在他渴望成功的心靈裡，似乎埋伏著一種原罪感[52]，只要他的人生稍稍得意，懲罰就會隨即而至。

對這種籠罩在他頭上的無形力量，連他的父輩都早有感應。在赤手空拳離開縣委大院的前夜，高加林讓同村開拖拉機的三星事先將他的鋪蓋卷捎了回去，對於兒子的被逐，他的父母竟沒有感到意外和傷痛，「玉德老

---

46 路遙：《人生》，《路遙文集》第4卷，人民文學出版社2005年5月版，第168頁。

47 王富仁對《人生》由社會主題向道德主題的發展，有深刻的論述。參見王富仁《「立體交叉橋上的立體交叉橋」——影片〈人生〉漫筆》，收入馬一夫、厚夫主編《路遙研究資料彙編》，中國文史出版社2006年1月版。

48 路遙：《人生》，《路遙文集》第4卷，人民文學出版社2005年5月版，第97頁。

49 路遙：《人生》，《路遙文集》第4卷，人民文學出版社2005年5月版，第168頁。

50 路遙：《人生》，《路遙文集》第4卷，人民文學出版社2005年5月版，第159頁。

51 路遙：《人生》，《路遙文集》第4卷，人民文學出版社2005年5月版，第159頁。

52 這裡的原罪感包含的是背叛行為帶來的心理壓力，不安於農村就是對自己出身的背叛。

兩口倒平靜地接受了三星捎回來的鋪蓋卷，也平靜地接受了兒子的這個命運。他們一輩子不相信別的，只相信命運；他們認為人在命運面前是沒什麼可說的。」[53]被農業社會的歷史固置在土地上的老一代農民，不敢奢望他們的後代有更好的命運，自然也不具備懷疑現實合理性的思想能力。然而在城鄉交叉這樣的生存環境裡獲得了另一種人生參照的農村新人高加林，同樣不能理性地知解左右他們人生奮鬥成敗的社會歷史真相，足見當代中國形成的社會體制的慣性力量和它對於底層人的精神奴役作用有多麼強大。打擊高加林的無形力量，就是後來的研究者多有提及的城鄉分治社會體制。[54]這一體制造成的城鄉差別以及隨之形成的等級觀念，不知使多少出身農村的「英俊」，蒙受人生的屈辱（如高加林到城裡掏糞受到張克南母親的無理責難），失去人生進取的機會，甚至不得不承受遭到人生重創後的痛苦。路遙根據自己的人生體驗，通過高加林這一形象寫出了在城鄉二元社會裡的農村知識青年的人生悲劇，這種悲劇近似於英雄悲劇，因為它的主人公所要抗爭的是一種不可知的強大力量，所以它引發的就是帶有崇高意味的悲劇美感。高加林樂極生悲，從省城學習還沒回來就被縣委常委會撤掉了城市戶口和正式工作，變得一無所有，不得不離開這個給過他光榮和夢想更給了他打擊和恥辱的城市，向著他的來路逆行，「他走在莊稼地中間的簡易公路上，心裡湧起了一種從未體驗過的難受」，[55]回想已經走過的短暫而曲折的生活道路，後悔失去了巧珍「火一樣熱烈和水一樣溫柔的愛」，「他忍不住一下子站在路上，痛不欲生地張開嘴，想大聲嘶叫，又叫不出聲來！他兩隻手瘋狂地揪扯著自己的胸脯，外衣上的鈕扣『崩崩』地一顆顆飛掉了。」[56]這是壓抑後的爆發，多麼慘痛，又多麼苦澀。小說結尾，他撲倒在慷慨而寬容地再一次收留了他的故鄉土地上，發

[53] 路遙：《人生》，《路遙文集》第4卷，人民文學出版社2005年5月版，第164頁。

[54] 也就是日本學者安本・實表述的：「……中國存在的二元社會結構，即中國革命『在農村包圍城市』取得勝利之後農村所處地位。更直接地說，就是戶籍制度把農民限制在了農村，他們的自由被限制了。」——參見[日]安本・實：《一個外國人眼裡的路遙文學——路遙「交叉地帶」的發現》，收入馬一夫、厚夫、宋學成主編：《路遙再解讀——路遙逝世十五周年全國學術研討會論文集》，陝西人民出版社 2008年9月出版，第101頁。

[55] 路遙：《人生》，《路遙文集》第4卷，人民文學出版社2005年5月版，第169頁。

[56] 路遙：《人生》，《路遙文集》第4卷，人民文學出版社2005年5月版，第170頁。

出的那一聲沉痛的呻吟，其間包含著對錯誤地拋棄了巧珍的無比痛悔，但又何嘗沒有包含對無辜被城市拋棄的無限委屈。

三、城鄉二元的生存界域與底層英俊的自我奮鬥

「世胄躡高位，英俊沉下僚。」[57]這種已形成的權勢集團自身延續，對下層社會加以排斥的政治機制，在渴望進取的下層英俊那裡引起過強烈不滿。現代社會不再存在門閥制度，但是權利集團對底層社會進行封閉和排斥的現象還是會發生。城鄉二元社會結構裡的城市，就是高踞於鄉村之上的權利構成，它以戶籍制度和幹部體制為保護，對鄉村加以排斥和歧視，把鄉村變成了一個各方面都處於劣勢的底層社會。這樣的社會排斥機制使得體制外的底層俊傑失去了與體制內的人員公平競爭的機會，人生實現受到嚴重的影響。路遙小說裡的主角——農村裡的有為青年，都受到這種社會機制的排斥，得不到應有的位置，只能通過更艱苦的自我奮鬥在逆境中前行。馬建強、高加林、孫少平……一個個年輕英俊，不僅天資過人，而且有極強的進取心，不安於平庸，不停止奮鬥，但在試圖實現由鄉而城的夢想的努力過程中，不是遭到打擊，就是遇到冷漠，進入上層社會的路對於他們來說比登天還難，是那樣漫長、曲折而坎坷。路遙自己走過的就是這樣的人生之路，並且是幸運的成功者。他用他的成功證明了這條路只留給那些不墜青雲之志，不畏艱難困苦，經得起打擊和考驗，百折不撓，意志堅定的強者性格。他懂得出身貧寒的底層英俊只有靠自我奮鬥才能贏得尊嚴，得到承認。路遙在艱苦的奮鬥過程中領悟了人生的意義，於是把它的小說主人公推上了對人生理想的朝聖之路，延續了高加林被挫敗的進城之路的孫少平，就是一個甘受磨難、尋找「耶路撒冷」的執著的朝聖者。

（一）夾縫中的一代

路遙是靠自己的寫作才華和勤奮得到賞識，遇到伯樂，得以叩開體制的鐵門的。[58]所以他傾情關注並為之立傳的，是跟他一樣出身貧寒而又會

[57] 〔晉〕左思：《詠史》之二。

[58] 路遙參加「文革」的紅衛兵運動在政治上受挫後，回到農村當過民辦教師，後又

讀書的年輕人，因為自古以來會讀書的人，才被看作人中之傑。路遙小說裡得到欣賞的寒門翹楚，都是在讀書考試中顯示出他們的可貴天分和驕人資質的。馬建強生在荒僻的山村，從小喪母，靠病弱的父親在極端的貧困中把他拉扯大，他竟以全縣第二名的成績考上縣立高中。後來因為家貧而中途輟學的孫少安，初小考高小時，成績在全公社考生中，名列第一。高小畢業後，「他參加了全縣升初中的統一考試。在全縣幾千名考生中，他名列第三名被錄取了。」[59]全村人都說他是個念書的好材料，老年人都認為他日後一定會有光宗耀祖的大功名。她的妹妹孫蘭香，差點跟哥哥一樣為家人考慮準備放棄讀書，而她「頭腦特別聰穎，尤其有一種閃電般穿越複雜『方程式』網路而迅速得出結論的天賦」[60]，後來繼續讀書，成績一直冒尖，高中畢業考上全國重點大學，學習天體物理專業。這些沒有任何靠山和別的資本的農家子弟身上體現出來的學習天賦，正是他們有可能走進上層社會的唯一憑恃。令人扼腕可惜的是，同一血統的優秀農家子弟，高加林、孫少平們，卻沒有機會在讀書考試上發揮他們的天賦，也就沒有辦法直接取得進入「鐵飯碗」行列的資格，他們的人生奮鬥之路就格外艱辛，被理想與現實所撕扯的青春，異常沉重而佈滿傷痕。

孫少平們的不幸，在於他們是夾縫中的一代，是「文化大革命」和教育制度的犧牲品。高加林、孫少平這代人（路遙有個弟弟就屬於這一代），讀小學、讀中學的階段，正值「文革」教育革命時期。正規的學校教育，已經被革命思想教育取代，文化科學知識課本被廢除，代之以革命導師的語錄和政治宣傳材料，青少年的課堂知識學習也變成了「開門辦學」的體力勞動：

> 這年頭「開門辦學」，學生們除過一群一夥東跑西顛學工學農外，在學校裡也是半天學習，半天勞動。至於說到學習，其實根本

進縣城打工。1973年在申晹、申沛昌兄弟等人的幫助下，進入延安大學學習，取得「鐵飯碗」，改變了農民身份。——參見馬一夫、厚夫主編《路遙研究資料彙編》「前言」，中國文史出版社2006年1月版。

59 路遙：《平凡的世界》，《路遙文集》第1卷，人民文學出版社2005年5月版，第92頁。

60 路遙：《平凡的世界》，《路遙文集》第1卷，人民文學出版社2005年5月版，第316頁。

就沒有什麼課本，都是地區發的油印教材，課堂上主要是念報紙上的社論。開學這些天來，還沒正經地上過什麼課，全班天天在教室裡學習討論無產階級專政理論。[61]

一個人在成為專業人才之前應該接受的基礎教育就這樣完全被打亂了、破壞了。即使在這樣的環境裡，孫少平愛好學習的天性還是表現了出來。他不顧身體的飢餓，「迷戀上了小說，尤其愛讀蘇聯書」，後來還在田曉霞的影響和幫助下，堅持讀《參考消息》，經常談論國際問題，不僅有文學情趣，而且有了放眼世界的視野，具備比其他同學要優秀的內在品質，就像高加林身上有一種讓城裡的女同學感到驚奇的一般農村男生沒有的「氣質」一樣。可是他們畢竟沒有系統地學習過在中小學階段應該完全掌握的知識，當歷史發生轉折，高考恢復，這批人卻因原有的知識體系與高考的要求不對接而多半失利。「少平和他高中時的同班同學都去應考了，但一個也沒考上。[62]他們初、高中的基礎太差，無法和老三屆學生們匹敵，全都名落孫山了。這結果很自然，沒有什麼可難受的。當年不正常的社會生活害了他們這一茬人。在以後幾年裡，除過一些家在城市學習條件好的人以外，大學的門嚴厲地向他們關閉了；當老三屆們快進完大學的時候，正規條件下的應屆畢業生又把他們擠在了一邊。」[63]——孫少平這一代農村子弟就這樣被歷史的夾縫拽住了，無法邁向通往理想的人生坦途。

由於出身上的差異，孫少平與他那些同等個人資質的同學，走的就是完全不同的兩種人生道路，分別進入宛如天地之隔的社會階層。同學田曉霞和顧養民，出身於領導幹部或知識份子家庭，家都在城裡，學習條件好，稍加努力，就同時考上了大學，一個進了有名的黃原師專，一個進了省醫學院。而回鄉後沒能再參加高考的孫少平，等待他的就是當農民的命運。除了考大學，沒有權力背景，一個地道的農民的兒子，即使有再強的

---

[61] 路遙：《平凡的世界》，《路遙文集》第1卷，人民文學出版社2005年5月版，第7頁。

[62] 《人生》裡寫高加林也一樣：「很快，高中畢業了。他們班一個也沒有考上大學。農村戶口的同學都回了農村，城市戶口的紛紛尋門路找工作。」見《路遙文集》第4卷，人民文學出版社2005年5月版，第21頁。——引者注。

[63] 路遙：《平凡的世界》，《路遙文集》第1卷，人民文學出版社2005年5月版，第401頁。

能力也難以獲得為人豔羨的「吃官飯」、進入上層社會的機會。後來他自己進城在城裡打工做苦力時，他哥哥的昔日戀人，在團地委負責少兒部工作的田潤葉，給他謀了個短期差事，去帶地委行署的子女搞夏令營。又有文化又懂文藝的孫少平，「很勝任這個夏令營的輔導員」，把活動搞得有聲有色，家長的滿意都反映到團地委書記武惠良那裡了，滿意之下，他很快讓潤葉帶著來看了一次少平，對少平大加讚揚；並且感慨地對潤葉說：「咱們團委正缺乏這樣的人才！」潤葉乘機說：「那把少平招到咱們團地委來工作！」結果是——

> 武惠良苦笑著搖搖頭：「政策不允許啊！現在的情況就是如此，吃官飯的人哪怕是廢物也得用，真正有用的人才又無法招來。現在農村的鐵飯碗打破了，什麼時候把城市的鐵飯碗也打破就好了！[64]

讓武惠良感到無奈的難以打破的鐵飯碗，就是城鄉二元社會裡居於主導性地位的幹部體制，它是建國後實行的城鄉支配性結構造成的社會弊端，積重難返，它的危害性不亞於封建社會的門閥制度，因為它所形成的缺少流動性的僵化的生存界域，嚴重限制了底層俊傑生命潛能的發揮，最終阻礙了社會的進步。人的生存和發展的權利是生而平等的，但是城鄉二元體制卻以國家發展的名義，剝奪了許多有為青年的生存發展權利，這至少是不公平的。《人生》裡的高加林，走上縣委宣傳幹事的崗位後，以忘我的精神投入工作，很快取得成績，各方面都顯得比一般的幹部和城裡人優秀，但他卻被城市以「搞不正之風」的名義踢了出去！決定高加林去留的，不是他的工作能力和社會貢獻的大小，而是出身的貴賤，這是多麼不合理的用人機制！誰也沒有想過，應當受到譴責的，是剝奪青年人生存和發展權利的社會體制，而不是對工作滿懷熱情對未來滿懷憧憬的英姿勃發的文化青年。在一個本來就缺少公平公正的社會體制內，高加林和孫少平都一樣，缺少的僅僅是一張按照他們的天賦本來可以取得的書面憑證，但歷史形成的夾縫卡住了他們，斷送了他們原本可望擁有的另一種前程。

---

[64] 路遙：《平凡的世界》，《路遙文集》第1卷，人民文學出版社2005年5月版，第415頁。

對於有著特殊歷史境遇的這一代人，路遙以自己深刻的人生體驗發現了他們，並給予了深切的關注。在小說裡，作家還站出來，對他們加以評價：「是的，他在我們的時代屬於這樣的青年：有文化，但沒有幸運地進入大學或參加工作，因此似乎沒有充分的條件直接參與到目前社會發展的主潮之中。而另一方面，他們又不甘心把自己局限在狹小的生活天地裡。因此，他們往往帶著一種悲壯的激情，在一條最為艱難的道路上進行人生的搏鬥。他們顧不得高談闊論或憤世嫉俗地憂患人類的命運。他們首先得改變自己的生存條件，同時也不放棄最主要的精神追求；他們既不鄙視普通人的世俗生活，但又竭力使自己對生活的認識達到更深的層次……」[65] 路遙用青春和生命做賭注創作的百萬字巨著《平凡的世界》，以底層知識青年孫少平「帶著一種悲壯的激情，在一條最為艱難的道路上進行人生的搏鬥」為敘事主線，其創作動機與倫理意義在這段話得到了充分的揭示。

（二）為了遠方的召喚

孫少平們「不甘心把自己局限在狹小的生活天地裡」，意味著在這個天地之外有一個更廣闊的世界。這個世界就是城市。與貧窮、單調、簡陋、靜止的鄉村相比，城市是富有、多彩、豐富、動態的，它能夠滿足人無論是物質上還是精神上的需求，並給人以學習和創造的機會，使人最大限度地實現自己的價值。城市還不只是一個生存的場所，它還是一個具有不確定性的、充滿神祕感的文化存在，激起人探究的欲望。在城鄉分治的社會格局裡，由於鄉村處於被封閉和被支配的地位，作為壓抑機制的城市反而更具有召喚性，同時，作為一個陌生的世界，城市讓鄉村人對它比城裡人更為在意。

對於孫少平、高加林這些從鄉村到城市求學的農家子弟來說，城市給予他們的不僅是「震驚體驗」，也是美麗的誘惑和縹緲的想像——城市以它的全部豐富性，成為鄉村青年美好的人生願景。這樣，對於那些尚未成為城市的主人的人來說，城市不僅僅是一個物質的存在，也是一個精神的存在。而精神的存在對願望主體更有吸引力，更能成為一種折磨。一個城

[65] 路遙：《平凡的世界》，《路遙文集》第2卷，人民文學出版社2005年5月版，第173頁。

裡人不會像高加林、孫少平那樣對城市感到那麼興奮、激動。人對已擁有的東西不會產生想像，所以城市更能激發鄉村人的想像。親近過城市而後回到鄉村的高加林、孫少平，城市重又變成了精神的存在，在他們的精神世界裡，城市反而成了故鄉（故鄉原本就是心理的存在而不是物理的存在），就像他們要告別鄉村時才驀然產生對家鄉的感情一樣。這大概是高加林們眷戀和嚮往城市的心理上的原因吧。

承認城和鄉在心理上可以換位，才能對高加林和孫少平他們的離鄉行為作出客觀的評價。《人生》發表後，就高加林背離鄉土出現過有矛盾的看法。多數人肯定高加林的進城是現代意識的反映，也有把高加林背離鄉土與他背叛巧珍混為一談。今天看起來，在事業上肯定高加林的積極進取並同情他受到的打擊，與從道德上批評和譴責他在愛情上的不負責任的選擇和對巧珍的背叛，這兩者並不矛盾，[66]路遙自己也有意尊重生活寫出轉折時期一個青年人的性格複雜性。但同樣是社會變革時代生活複雜，難以完全看出它的流向，作家本身也處在由傳統向現代的蛻變過程中，對現實和類似小說人物的人生選擇有困惑難解之處，[67]他的鄉土觀念也在其中起了一些作用，那麼就可以看出小說對高加林人生奮鬥的態度不是沒有曖昧之處，而在1980年代的現代化敘事語境中，批評家認為路遙沒有堅持現代化訴求也不是沒有道理。然而，當時——甚至到後來——各種看問題的角度在這個問題上的一個共同的盲區，是忽視了高加林為了更好的前程而背叛鄉土背叛巧珍，既有功利因素，也是精神的原因，這是連高加林自己也把握、主宰不了的。它反映的是人類對未知世界不倦追尋的天性。高加林對黃亞萍說他聯合國都想去，自然到了縣城還想去南京。孫少平也一樣，從雙水村到原西縣城上過學，後來又追到地區城市黃原市，——目標永遠在遠方，人永遠在路上，這就是生命真正的存在方式，並無傳統和現代之

[66] 有人認為《人生》體現了作家的矛盾：「儘管高加林更應該到城市去，但最後還是回歸到土地；同時作為高加林離棄鄉里的對比與參照，作家又樹起了德順爺爺這個豐碑，又象徵了高加林的不該。作家剛剛觸及這個問題，顯得惶惑與不安。」——參見張喜田：《論路遙的農本文化意識的表現》，《河南師範大學學報》1999年第5期。

[67] 路遙說他寫作《人生》為其中涉及的「大量複雜的多重的交錯關係」和「對主題的發展線索沒有深邃的理解」而「苦悶了三年」。——參見路遙：《關於〈人生〉和閻綱的通信》，載《作品與爭鳴》1982年2月。收入《路遙文集》第5卷。

分，因為在傳統社會，漫遊正是文人士子的愛好。高加林、孫少平這些在城市裡真正打開了耳目的年輕人，他們總是感覺到遠方在召喚，那其實是自我心靈的呼喚。路遙對他描寫的鄉村知識青年的精神症候，未必完全自覺，但是他在價值判斷上的變化卻是明顯的。八〇年代前期，路遙還讓他的主人公在城市和土地之間選擇，接受道德審判。到了八〇年代後期，路遙讓他的主人公毫不猶疑地選擇了城市。孫少平離鄉進城再也沒有人從正當性方面加以質疑。孫少平進城不是享福，而是受苦，但他矢志不移，寧願做一個都市流浪漢，這只能用精神的需要來解釋。

城市和鄉村，既是自然形成，又受人為規限，既對立，又交叉，游走於其間的文化青年，就擁有了二元交叉的精神場所，這樣的精神場所必然造就出混合型的精神氣質。路遙對這種精神氣質把握得很準確。他這樣分析孫少平：

> 孫少平的精神思想實際上形成了兩個系列：農村的系列和農村以外世界的系列。對於他來說，這是矛盾的，也是統一的。一方面，他擺脫不了農村的影響；另一方面，他又不願受農村的局限。因而不可避免地表現出既不純粹是農村的狀態，又非純粹的城市型狀態。在他今後一生中，不論是生活在農村，還是生活在城市，他也許將永遠會是這樣一種混合型的精神氣質。[68]

路遙的這一藝術發現，毋寧是一種自我人格認同，但路遙刻畫在城鄉交叉地帶活動的文化青年，一個重要的藝術貢獻，就是彰顯了一種從社會劃定的人生界域裡洋溢出來的精神魅力。這種精神也可以理解為一種並不成熟的青春激情：「毫無疑問，這樣的青年已很不甘心在農村度過自己的一生了。即就是外面的世界充滿了風險，也願意出去闖蕩一番——這動機也許根本不是為了金錢或榮譽，而純粹出於青春的激情……」[69]但它已經

---

[68] 路遙：《平凡的世界》，《路遙文集》第1卷，人民文學出版社2005年5月版，第400-401頁。

[69] 路遙：《平凡的世界》，《路遙文集》第1卷，人民文學出版社2005年5月版，第401頁。

超越了功利的需要和感性的滿足，指向了一種獨特的富有理性色彩的精神類型，同時也是一種人格類型。孫少平把一個短期的夏令營輔導員工作幹得那麼認真那麼出色，並不是以「入公家的門」為目的，而是為了「證明他並不比其中自以為高人一頭的城市青年更遜色！」[70]孫少平到城裡來到底要尋找什麼，也許還是飄忽的，他只是覺得「人活這一輩子，還應該有些另外的什麼才對……」[71]但有一點是確定的，那就是「獨立地尋找自己的生活」。「這並不是說他奢想改變自己的地位和處境——不，哪怕比當農民更苦，只要他像一個男子漢那樣去生活一生，他就心滿意足了。無論是幸福還是苦難，無論是光榮還是屈辱，讓他自己來遭遇和承受吧！」[72]孫少平進城是為了尋找，而尋找的意義就在尋找本身。

對自我人格的關注，要求自立，是這一代農村知識青年最重要的性格特點。它是歷史場景轉換後，人格自覺的作家給他的小說人物注入的新質。從高加林到孫少平，路遙塑造了具有新質的人物形象，[73]給藝術世界提供了新的人物類型，是他在新的文學和文化語境裡堅持現實主義創作原則的勝利，也是當代文學的自我超越。伴隨著歷史的自我否定（農村從合作化運動到生產承包責任制，當年走合作化道路的帶頭人田福堂，成了孫少安帶頭改革農村生產方式的阻力），較之五〇至七〇年代的文學新人形象（如梁生寶），八、九〇年代的新人形象（高加林、孫少平）提供了新的社會資訊，那就是人生的路不再靠一種宏大的歷史觀念和理論話語來引導，而是靠具體的知識和自我的心靈來引導。

---

[70] 路遙：《平凡的世界》，《路遙文集》第2卷，人民文學出版社2005年5月版，第415頁。

[71] 路遙：《平凡的世界》，《路遙文集》第2卷，人民文學出版社2005年5月版，第347頁。

[72] 路遙：《平凡的世界》，《路遙文集》第2卷，人民文學出版社2005年5月版，第90頁。

[73] 雷達認為，高加林「是農民母體經歷十年內亂後誕生的一個『應運而生』的新生兒，雖然必不可免地帶著舊的胎記，但總起來看，他在精神上是一個新的人物，但不是通常所說的『新人』。（『新的人物』應該是與『社會主義新人』完全不同的概念。）」（見雷達：《簡論高加林的悲劇》，載《青年文學》1983年第2期。）如果說這一判斷把握住了高加林性格的複雜性和局限性，但同時也暴露了1980年代對「新人形象」的理解還受限於「十七年」文學觀的話，那麼孫少安、孫少平這些人物身上的個人實現新質，就給「新人形象」賦予了不同於「十七年文學」的全新內涵。

高加林、孫少平這代農裔知識青年，執意背棄父輩的活法，尋找自己的活法，[74]固然說明瞭城市的誘惑力，但誘惑能產生效果還是因為主客雙方具有相同或相近的屬性。高加林、孫少平能成為文化青年，都是文化的城市予以塑造的結果，是學校的現代文化科學知識和城市的現代文明對現代型人格主體的生成與建構。高加林和孫少平有一個共同的愛好，那就是關注國際問題，而國際知識的來源，都是《參考消息》，《參考消息》在那個年代就是世界的視窗。有意思的是，《參考消息》的來源，都是知識女性，分別是黃亞萍和田曉霞。知識、城市和女性三位一體，構成了對農村青年的不可抗拒的誘惑。讀高中時，因為有同鄉關係，又欣賞孫少平非凡的氣質，田曉霞主動借給他《參考消息》和各種在學校裡找不到的書籍，是她用知識把孫少平「引到了另外一個天地」，使「他的靈魂開始在一個大世界中遊蕩」[75]。正是憑藉身處城市，得知識的風氣之先，田曉霞才成了孫少平的精神導師（可見城市對一個人的文化生成有多麼重要）。城市、知識和女性，是渾融在一起進入孫少平心靈一生命之中的。城市就這樣成了他真正的精神原鄉。畢業後孫少平又從「大世界」回到原來的「山鄉圪嶗」在山裡勞動，一個人獨處地老天荒的山野，對另一個世界的懷想就不可克制地從內心升起，「他老是感覺遠方有一種東西在向他召喚，他在不間斷地做著遠行的夢。」[76]這種召喚他的東西，其實是城市和女性兩個形象的疊加，經過這樣的疊加，城市就有了女性的氣息，對她的追尋就是這些青年男性自我生命的對象化。

---

[74] 高加林進城後變了心，與巧珍斷絕關係，他父親拉著德順老漢進城規勸。德順老漢提醒他：「歸根結底，你是咱土裡長出來的一棵苗，你的根應該扎在咱的土裡啊！你現在是個豆芽菜！根上一點土也沒有了，輕飄飄的，不知你上天呀還是入地呀！」但得到的回答卻是：「你們有你們的活法，我有我的活法！我不願意再像你們一樣，就在咱高家村的土裡刨挖一生……」（《人生》，《路遙文集》第4卷，人民文學出版社2005年5月版，第140頁。）德順老漢的生活哲學沒有能夠說服沉浸在生活幻想中的高加林。

[75] 路遙：《平凡的世界》，《路遙文集》第2卷，人民文學出版社2005年5月版，第184頁。

[76] 路遙：《平凡的世界》，《路遙文集》第2卷，人民文學出版社2005年5月版，第92頁。

（三）負重前行與殉難精神

路遙小說世界裡的青年奮鬥者，精神昂奮，但身影沉重，不論走到哪裡，鄉村的苦難和低下的出身都如影隨行。但也正是經過苦難的磨礪，他們才變成了精神上的強者，堅忍不拔，為追問人生的意義而甘願負重前行。底層出身讓他們從小就浸泡在鄉村的苦難裡，他們幾乎不敢奢想城裡特別是吃公家飯那樣的輕鬆而有尊嚴的生活，相反，不見盡頭的苦難和隨時而至的打擊，使他們在精神上對苦難有一種依賴和期待。他們不僅習慣了負重前行的生存處境，也過分看重苦難對於人生完成的意義。[77]這不是一種很正常的生存價值觀。但是對於面對生活的艱辛和命運的挑戰，他們又別無選擇，因為固然理想可以在別處，但現實就在腳下。對於底層人來說，沒有體制內的資源可以分享，生活就是負重，哪怕它超過了血肉之軀的承受力，也只能咬緊牙關挺住。這些年輕知識者所承擔的責任和迎戰困難的勇氣、決心和毅力，以及所受到的折磨、屈辱和留下的創傷，跟他們的年齡很不相稱。為了生存，也為了肯定自我和對他人盡責，為了贏得對意志力、責任感、吃苦精神、做人的尊嚴和獨立人格的肯定，他們不惜以整個生命相搏，往往表現出崇高的殉難精神。

路遙偏好這樣的人物性格，在他的小說世界裡，有一個這樣的形象系列。《在困難的日子裡》的馬建強以路遙自己為原型，這個從小就飽受貧窮的農村少年，還沒有進城就做好了吃苦受難的準備並以此為安慰：「我知道在那裡我將會遇到巨大的困難，因為我是一個從貧困的土地上走來的同樣貧困的青年。但我知道，正是這貧困的土地和土地一樣貧困的父老鄉親們，已經教給了我負重的耐力和殉難的品格，因而我覺得自己在精神上是富有的。」[78]後來在學校的表現正印證了他的這種精神品格。《人

[77] 孫少平在給妹妹蘭香的信中說：「不要鄙薄我們的出身，它給我們帶來的好處將一生受用不盡……不要怕苦難！如果我們能深刻理解苦難，苦難就會給人帶來崇高感。」並引用名人的話：「痛苦難道是白忍受的嗎？它應該使我們偉大！」（路遙：《平凡的世界》，《路遙文集》第2卷，人民文學出版社2005年5月版，第329頁。）可見路遙非常看重苦難對於人格形成和人生完成的意義。發掘苦難的價值，是路遙重要的敘事動機。

[78] 路遙：《在困難的日子裡》，《路遙文集》第5卷，人民文學出版社2005年5月版，第105頁。

生》裡的高加林，雖然他因為耽於自我的人生的夢想，把自己和愛他的人的生活都搞得一團糟，招致道德譴責，但他本人也一直承受著現實給予的種種難以承受也不應該承受的壓力。高加林雖是讀書人，但吃起苦來讓莊稼人都感到震驚；當集體真的需要他時，他的胸中立即升起犧牲的豪情。進縣城當縣委宣傳幹事得到的第一次工作的機會，是在暴風雨中報導救災情況。他主動要求擔任這個任務，冒雨奔向救災現場，「他一路上熱血沸騰。他性格中有一種冒險精神——也可以說是英雄主義品格。」「他在這種時候，精力充沛，精神集中，動作靈敏，思路清晰，一剎那間需要犧牲什麼，他就會獻出什麼！」[79]讀過書、明白大義的高加林，在關鍵時刻一點也不含糊地表現出無畏的獻身精神。《平凡的世界》更是有意識地展現底層青年奮鬥者的吃苦精神和殉難品格：在磨難中通過犧牲獲得崇高感，是路遙賦予孫家兄弟少安、少平的最主要的精神屬性。

孫少安也是路遙傾注了心血塑造的典型，是《平凡的世界》裡與主角孫少平相輝映的主要人物形象。嚴格說來，孫少安在農村還算不上知識青年，而是一個有文化的青年農民，但他具有過人的天分和奮鬥精神。要不是因為家貧而中途輟學，孫少安完全可以有另一種人生。即如果社會正常的話，憑他的天資，絕對可以像他的妹妹蘭香一樣，叩開重點大學的門扉，成為國家的棟梁之才。少安是《平凡的世界》裡命運對他虧欠最多的人，因為鄉村的貧困荒廢了他的讀書天賦，還拆散了他最美好的愛情。作為人物形象，孫少安跟孫少平一樣都帶有理想的成分。在小說的一上場，他就扮演了負重前行的角色。少安十三歲高小畢業，知道上有老祖母，下有要念書的弟弟妹妹的貧窮的家，供不起他到城裡上中學，主動跟他父親提出回家一起勞動，一定要把弟弟妹妹的書供成，他們考到哪裡，就把他們供到哪裡。他自己只是有一個心願，就是進一回初中的考場，向村裡村外證明，他不上中學，不是因為考不上。把他的父親說得在他的面前抱頭痛哭，他自己也哭了。他多麼不情願放棄讀書，可是他更理解生活艱難的父親。就這樣，「他參加了全縣升初中的統一考試。在全縣幾千名考生中，他名列第三名被錄取了。他的學生生涯隨著這張錄取通知書的到來，

[79] 路遙：《人生》，《路遙文集》第4卷，人民文學出版社2005年5月版，第101頁。

也就完全終結了！」[80]他從此便心平氣靜地開始了自己的農民生涯，跟父親一起，扛起這個家庭的生活擔子。由於他的精明強悍和可怕的吃苦精神，十八歲被全隊社員一致推選為生產隊長，肩上的擔子變得更加沉重。為了完全負起生活的責任，他忍痛拒絕了跟她青梅竹馬，已進城當了老師但對他仍一往情深的田潤葉的愛情，為自己留下了又一難以忘卻的人生憾痛。為改變自家和生產隊不堪的生存景況，他使盡了渾身解數，不放過任何一個可能實現的機會，在家是主心骨，在外是帶頭人，大事小事一身擔，照顧老人，關愛弟妹，憐愛妻兒，幹農活，辦磚場，搞責任制，吃最差的飯食，幹最重最苦的活，雖遭到一次又一次的打擊和挫折，經受一重又一重的憂患和磨難，不知忍受了多少痛苦和煩惱，吞嚥了多少委屈和酸楚，仍不低頭，不放棄，為親人和鄰里奉獻了一個有一定文化，但視界畢竟有限的青年農民的全部智慧和能力。終於致富之後，他做的第一件善事就是用自己的血汗錢重修小學校……只有負重，而沒有安閒可言，孫少安當得上路遙的一句座右銘：像牛一樣勞動，像土地一樣奉獻。

如果說，孫少安主要給人負重前行的印象的話，那麼，孫少平就讓人看到一個近乎癡迷的用生命挑戰苦難的殉難者性格。在孫少平身上，寄託了路遙熱烈的藝術理想與人格理想。比起沒有上過中學的孫少安，孫少平受過城市的現代文明的薰陶，有開闊的視野，特別是有審視自我的能力。孫少安把生存和生活當作人生的重大任務，而孫少平更關心的是生命的價值和生活的意義。正是有孫少安作為映襯，孫少平性格內涵中最閃亮的一面才得以凸顯。孫少平對生活的認識，以及思考生活的習慣，既來自鄉村和家庭苦難的經歷，也來自書籍的閱讀。嚴酷的現實和出其不意的災難，加快了心靈的成熟。還在讀高中的時候，他就形成了對事變和磨難的看法：

> 以前，每當生活的暴風雨襲來的時候，他一顆年幼的心總要為之顫慄，然後便迫使自己硬著頭皮接受捶打。一次又一次，使他的心臟漸漸地強有力起來，並且在一次次的磨難中也嘗到了生活的另一種滋味。他覺得自己正一步步邁向了成年人的行列。他慢慢懂得，

[80] 路遙：《平凡的世界》，《路遙文集》第1卷，人民文學出版社2005年5月版，第84頁。

> 人活著，就得隨時經受磨難。他已經看過一些書，知道不論是普通人還是了不起的人，都需要在自己的一生中經受許多的磨難……[81]

這是一個苦出身的年輕人對於人生磨難的精神準備——對於一個農村人來說，你生下來就應該準備接受磨難。高中畢業回鄉教了幾年民辦後，他任課的初中部解散，孫少平沒有接受命運對他的安排，像他的哥哥一樣把自己交給家鄉的土地，甘心當一個合格的農民，而是循著遠方的召喚，走向前途難卜的世界，去同命運拼搏。他身上帶著十幾塊錢，背著一點爛被褥，來到了他心中的大城市——黃原城，開始了赤手空拳的打拼。跟高加林憑關係、以不合法的手續進城當幹部做文化人不同，孫少平來到城市並不想尋找依靠，儘管黃原城裡有他的好朋友金波，有對他家兄弟有特殊感情、在地區當團委幹部的潤葉姐，更有父親有權力而又與他在心靈上能真正溝通的異性朋友田曉霞。一無所有的他，寧願做一個城市漂泊者，在磨難中尋找證明自己的機會。他隱藏起自己的學生出身和當過教書先生的經歷，加入到社會的最底層，做了個城市裡的攬工漢，靠出賣苦力在這裡換得寸尺存身之地。他完全抱著一種聖徒的心理，匍匐在朝聖的路上，槌樸身體，咀嚼苦難，贏得精神的昇華。

作為一個「聖徒」，孫少平接受的第一個嚴酷考驗，就是當小工背石頭。這是建築工地上「最重的活」，根本不是讀書人的體力能夠承受的勞動。「背著一百多斤的大石塊，從那道陡坡爬上去，人簡直連腰也直不起來，勞動強度如同使苦役的牛馬一般。」[82]

> 每當背著石塊爬坡的時候，他的意識就處於半麻痹狀態。沉重的石頭幾乎要把他擠壓到土地裡去。汗水像小溪一樣在臉上縱橫漫流，而他卻騰不出手去揩一把；眼睛被汗水醃得火辣辣地疼，一路上只能半睜半閉。兩條打顫的腿如同篩糠，隨時都有倒下的危險。

---

[81] 路遙：《平凡的世界》，《路遙文集》第1卷，人民文學出版社2005年5月版，第41頁。

[82] 路遙：《平凡的世界》，《路遙文集》第2卷，人民文學出版社2005年5月版，第109頁。

> 這時候，世界上什麼東西都不存在了，思維只集中在一點上：向前走，把石頭背到箍窯的地方——那裡對他來說，每一次都幾乎是一個不可企及的偉大目標！
>
> 三天下來，他的脊背就被壓爛了。他無法目睹自己脊背上的慘狀，只感到像帶刺的葛針條刷過一般。兩隻手隨即也腫脹起來，肉皮被石頭磨得像一層透明的紙，連毛細血管都能看得見。這樣的手放在新石茬上，就像放在刀刃上！
>
> 第三天晚上他睡下的時候，整個身體像火燒著一般灼疼。[83]

粗硬而沉重的石頭，把年輕文化人還柔弱的身體，摧殘得皮開肉綻，讓人目不忍睹。但後來他換了一個地方幹活，還是背石頭，身上舊傷未愈又添新傷。「少平儘管脊背的皮肉已經稀巴爛，但他忍受著疼痛，拼命支撐這超強度的勞動，每一回給箍窯的大工背石頭，他狠心地比別的小工都背得重」。[84]對於底層勞動者的生存方式，這的確是毫不誇張的寫實。但放到一個讀過書、當過教師，而且有關係密切的女性朋友在同一個城市裡念大學的知識人身上，還是太殘酷，顯得太不公平。孫少平攬這樣的苦工，顯然超出了家裡有地可種的農村人的謀生需要，而具有認證自己的社會地位、鑒照自己的生活態度和考驗自己的生存意志的意義。而在潛意識裡，是對社會排斥和命運不公的一種身體反叛，是對自身文化價值被否定的血淚抗爭。而在這樣的反叛與抗爭中，一種殉難的衝動得到強化，於是更需要自虐式的體力勞動來壓抑內心的幽憤，暫時遺忘精神的痛苦，[85]就像高加林被人無端拿掉民辦教師的職位，斷掉了通往理想前程的指望之後，只能用摧殘身體的可怕的勞動來宣洩一腔孤憤，平衡理想與現實的傾斜那樣。

與一般的底層體力勞動不同，孫少平在承受牛馬般的勞動的同時，還利用打工生活的間隙讀書。這使他可以拉開距離，從書本世界裡審視自己

---

[83] 路遙：《平凡的世界》，《路遙文集》第2卷，人民文學出版社2005年5月版，第109-110頁。

[84] 路遙：《平凡的世界》，《路遙文集》第2卷，人民文學出版社2005年5月版，第109-110頁。

[85] 《平凡的世界》多次提到勞動轉移精神痛苦的作用。

的生活。「但無論如何，這使他無比艱辛的生活有了一個安慰。書把他從沉重的生活中拉出來，使他的精神不致被勞動壓得麻木不仁。通過不斷地讀書，少平認識到，只有一個人對世界瞭解得更廣大，對人生看得更深刻，那麼，他才有可能對自己所處的艱難和困苦有更高意義的理解；甚至也會心平氣靜地對待歡樂和幸福。」[86]讀書幫助他超越了人生的困厄，更重要的是使他在超越現實社會的文化裡獲得了對人生的理解。一個有了明確的人生目標、穩定的職業和安逸的生活的人，不需要天天去思考人活著的理由和生存的價值，但是像孫少平這樣的漂泊流離、不知道自己生存位置在何處，而又在書籍和上層人那裡找到了人生參照的畸零人，奮鬥並思考就是他的人生日課。

艱難困苦，玉汝於成。這是「文革」結束後在中國社會一度得到流行的古典價值觀。深受傳統儒家文化（如推崇「歲寒，然後知松柏之後凋也」（《論語・子罕》）、「苦其心志，勞其筋骨，餓其體膚，空乏其身」（《孟子・告子上》）的人格修成方式）和蘇聯革命文化的人生觀（以《鋼鐵是怎樣煉成的》為代表）影響的路遙，將另一種混合性氣質灌注進小說人物身上，鑄造了孫少平的殉難型人格。底層生活的艱苦歷練，孫少平的精神人格和生存能力都得到了鍛鍊和檢驗，同時收穫了豐厚的人生回報，贏得了曉霞的愛，還意外地獲得了正式工作——當煤礦工人。在離開黃原城的前夕，他來到他的攬工生涯開始並多次在這裡盤桓的勞務市場東關大橋頭，「他在那『老地方』佇立了片刻。他用手掌悄悄揩去滿臉的淚水，向這親切的地方和仍然蹲在這裡的攬工漢們，默默地告別。別了，我的憂傷和辛酸之地，我的幸運與幸福之地，我的神聖的耶路撒冷啊！你用嚴酷的愛的火焰，用無情而有力的錘砧，燒煉和鍛打了我的體魄和靈魂，給了我生活的力量和包容苦難而不屈服於命運的心臟！」[87]這是孫少平也是作家路遙對磨難成就人生的肯定。經過了這樣的洗禮，孫少平在此後新的人生考驗中才能繼續以犧牲自我的精神負重前行。

---

[86] 路遙：《平凡的世界》，《路遙文集》第2卷，人民文學出版社2005年5月版，第149頁。

[87] 路遙：《平凡的世界》，《路遙文集》第2卷，人民文學出版社2005年5月版，第421頁。

四、作為對應物的愛情

愛情是文學最重要的母題。路遙在描寫青年知識者的人生奮鬥和命運歸宿時，總要寫到他們的愛情。路遙小說的文學性在很大程度上來自愛情描寫。路遙寫這些農村出身的青年知識者的愛情，有一個基本的模式，那就是，與他們發生愛情的，一定有城市知識女性，且多半是他們的高中同學，最典型的是高加林與黃亞萍（《人生》），孫少平與田曉霞（《平凡的世界》）。有的沒有發展為情愛關係，只是情感糾葛，但也會是城鄉緣，如馬建強與吳亞玲（《在困難的日子裡》），高廣厚與盧若琴（《黃葉在秋風中飄落》）。它們的共同特點是，苦出身的農村青年，贏得了家境好的城裡姑娘的欣賞或愛。這些異性情感糾葛的另一個特點是，它往往是以三角戀的關係出現。最後，這些愛或情，都帶有悲劇色彩。

路遙熱衷於城鄉戀，與他自己的愛情經歷有關係。鄉村出身的路遙，年輕時在縣城裡先後兩次追求的姑娘，都是北京知青，最後與之結婚的是第二次追的北京知青。[88]我們無須猜測這位陝北青年當年追求北京姑娘的情愛心理，只要看看他在小說裡設置的一對對城鄉之戀，而且總是讓主人公以超越其出身的氣質、才情和奮鬥精神吸引了城裡的優秀女性，就知道路遙是如何把異性之愛看作人生的證明，用跨越社會階層的性際溝通來表達對生命平等的訴求，用愛情的悲劇美感來撫慰備嘗艱辛的人生。路遙小說的愛情描寫還寄託了對女性的道德理想和人格期待。這種理想的表達，體現了浸浴過黃土文化而又受到現代文化薰陶的作家路遙的複雜的女性觀。

---

[88] 參見曉雷：《男兒有淚》，收入馬一夫、厚夫、宋學成主編：《路遙紀念集》，人民文學出版社，2007年11月出版，第122-142頁。馬一夫（馬澤）、厚夫（梁向陽）還對「回鄉青年」路遙當年追求北京來的「插隊知青」的情愛心理進行過分析，說：「『插隊知青』與『回鄉青年』的巨大反差， 強烈地刺激了回歸土地的路遙與他的同類，也激起了路遙們沖決土地的束縛，改變自己命運的抗爭情緒；來自城市的女知青，也自然成為幻想浪漫愛情的路遙們追求的對象。」（馬一夫、厚夫主編：《路遙研究資料彙編・前言》，中國文史出版社2006年1月版。）這裡的分析還沒有指出這種低追高的愛情追求的深層心理原因。

（一）城鄉關係中的愛情

路遙小說中的優秀農家子弟，靠著學習上的天分，在進入城市新的生活環境後，首先感到困擾甚至痛苦的，是農村的經濟貧困帶給他們的窘迫與寒酸，具體表現在最基本的生存需要吃和穿方面。由於缺吃少穿，生活條件就與身邊的同學特別是城裡的同學，形成明顯的差距，在開始懂得注意形象的年齡，鄉村的物質貧困卻通過食物的匱缺與衣著的寒磣明確地寫在他們青春的身體上，昭告著經濟地位的低下，一種不平等的關係就在同學與同學之間建立起來，無形中使貧困出身的學生受到不公正的社會評價，這對於處在敏感的青春期的高中生來說，是莫大的精神打擊。人有自我意識就需要社會評價，這是自我認同最真實的含意。所謂自尊心受到傷害，就是社會評價因自身以外的原因而被嚴重降低，它是環境對象對主體價值的錯誤否定。無法由自己選擇的出身和經濟地位，就是這些農村學生被評價時的自身以外的因素。自卑會帶來過度的自尊。所謂自尊心的過度表現，就是主體強烈要求外界排除自身以外的因素，根據自身條件重新作出評價。對社會評價的期待，也是人的本質力量的對象化，是自我生命價值的實現。人的價值實現有多種方式和途徑，但是愛情無疑是最重要的形式。因為在雙邊的情愛關係中，通過對象被確證的正是主體自身的價值，包括作為核心價值的男人作為男人、女人作為女人的性別價值。路遙小說裡的青年主人公，後來都是通過愛情來走出困擾的，異性的熱烈的愛對他們自身的價值作了最好的肯定。當然，他們並沒有真正走出人生困擾，因為農村出身的陰影總是伴隨著戀愛過程。路遙小說的愛情模式，與農村出身的知識者的自我實現需求構成了對應關係。

在路遙的小說裡，農村出身的優秀知識青年，雖然出身貧寒，經濟困窘，無論在學校還是走到社會上，都處於艱難的境地，但是他們卻能贏得家在城裡的女同學的青睞，多半還發展為愛情，如高加林和孫少平。愛情突破了城鄉的界限，其內在的力量是生命自身的魅力，即這些農村青年身上的不凡氣質和抗爭命運的力量。愛情的產生，首先是自然性的，其次才是社會性的，即愛情是以性的吸引為基礎，接著才是對社會因素的綜合考慮。高加林和孫少平能夠吸引黃亞萍這樣的聰明美麗而又開朗大方的幹部子女，首先憑的是自身先天條件——年輕英俊和不同一般的氣質，即男性美。小說有很多這樣的描寫。如寫高加林：

> 他……是很健美的。修長的身材，沒有體力勞動留下的任何印記，但又很壯實，看出他進行過規範的體育鍛鍊。臉上的皮膚稍有點黑；高鼻樑，大花眼，兩道劍眉特別耐看。頭髮是亂蓬蓬的，但並不是不講究，而是專門講究這個樣子。他是英俊的，尤其是在他沉思和皺著眉頭的時候，更顯示出一種很有魅力的男性美。[89]

這正是他被農村姑娘劉巧珍熱烈愛戀，也讓城市姑娘黃亞萍動心的身體基礎。在學校裡黃亞萍對高加林說他有氣質，其實這是對高加林的混合進了文化知識和思想才情的男性特徵的讚美。雖然因為同班學習的時間不長，他倆沒有發展為愛情關係，但高加林的男性魅力已經在這個城市姑娘的內心刻下了很深的痕跡。後來高加林意外進城當了幹部，並大展才情，攪起黃亞萍回憶和激起她想像的還是高加林的男性美：「她現在看見加林變得更瀟灑了：頎長健美的身材，瘦削堅毅的臉龐，眼睛清澈而明亮，有點像小說《鋼鐵是怎樣煉成的》裡面保爾‧柯察金的插圖肖像；或者更像電影《紅與黑》中的于連‧索黑爾。」[90]這種男性美是黃亞萍這個富有好奇心的城市知識女性難以抗拒的，她不顧一切地堅決同已經確定關係，而且家庭條件比高加林要好得多的另一位同班同學張克南斷絕戀愛關係，而同高加林開始真正的戀愛。張克南在男性氣質方面，遠遠比不上高加林，所以他家庭條件再好，經濟地位再高，也不能贏得黃亞萍的心。

男性美是外表美與內在美的統一，這種統一的美具有更強的征服力。孫少平身上具有的就是這樣的美。城裡的幹部子女田曉霞在學校裡感受到他身上獨特的「氣質」，並拿他與她的堂哥田潤生相比，明確地揚此抑彼。但田曉霞一開始只是直覺地感到孫少平氣質不凡，根本就沒有想到會與孫少平建立戀愛關係，孫少平更是不敢奢望高攀田曉霞，他們實在

---

[89] 路遙：《人生》，《路遙文集》第4卷，人民文學出版社2005年5月版，第13頁。
[90] 路遙：《人生》，《路遙文集》第4卷，人民文學出版社2005年5月版，第110頁。

太門不當戶不對了。然而，在黃原城意外重逢後，地委書記的女兒大學生田曉霞與攬工漢孫少平在更大的社會差距上開始交往，竟然發展成十分深刻的戀情。而發生變化的契機，是曉霞被孫少平抗禦苦難的男子漢性格所震撼。一次田曉霞懷著好奇心，跟來黃原的少安一起去探訪住在工地的少平，意外地發現了少平的祕密，原來他住的地方是那樣差，他正在經受的磨難是那麼大，他身上的創傷那麼嚴重！曉霞和少安好不容易摸到少平住的建築中的樓房門口，他們不由自主呆住了，看到的是：

> 孫少平正背對著他們，趴在麥秸杆上的一堆破爛被褥裡，在一粒豆大的燭光下聚精會神地看書。那件骯髒的紅線衣一直卷到肩頭，暴露出了令人觸目驚心的脊背——青紫黑瘢，傷痕累累！[91]

這傷痕累累的年輕男子的背脊，是生命意志和男性強力的血淚書寫，是受難者對同情與愛的無聲呼喚，它讓曉霞感到無比的震驚。從孫少平的身上，田曉霞理解了什麼是真正的男子漢；困難打不倒的人才是真正的男子漢，男子漢主要應該是一種內在的品質。思想性格不同流俗的田曉霞終於找到了自己的「對應物」，對孫少平產生愛情。獲得愛情的孫少平，後來當了煤礦工人，在深深的礦井裡挖煤，條件的險惡和勞動的艱苦，不亞於在黃原背石頭，還時時有生命危險。大學畢業在省城當記者的曉霞，借採訪機會到煤礦看望自己的戀人少平，特意隨他下井，驚訝於他是怎樣在一個令人膽戰心驚的地下世界裡與困難、緊張、勞累和危險搏擊，再一次受到震撼，也再一次感受到了那些生活在條件優越的環境裡的人無法相比的男子漢品質。「在她迄今為止的生活範圍內，她感到只有少平哥具備她所要求的男人的素質。是的，他許多方面都無法和優越的顧養民相比。他沒有上大學。他是煤礦工人。但他強健的體魄，堅定深沉的性格，正是她最為傾心的那種男人。」[92]

---

[91] 路遙：《人生》，《路遙文集》第4卷，人民文學出版社2005年5月版，第344頁。

[92] 路遙：《平凡的世界》，《路遙文集》第3卷，人民文學出版社2005年5月版，第399頁。

孫少平和高加林這些農民子弟，靠自身稟賦即男子漢品質打敗了城裡人，[93]獲得了城市女性的愛情，這是對他們自身價值的最好的認可，但何嘗不是對人生缺失的補償。城鄉二元社會形成的排斥機制，不給他們施展抱負的機會，既然如此，在愛情裡把自己對象化，自身的優勢在異性那裡得到認可，受傷的心在女性的溫情裡得到撫慰，便是生命更深刻的體驗，也是人生最難忘的記憶。由於生存地位的懸殊，孫少平經常不敢相信他一個掏碳工與一個省報記者的愛情能夠成真，他不敢想像他們的結局，他甚至認定會是悲劇結局，可見他們的愛情如何超出了社會的限定。但是他仍然感到滿足：

> 當他第一次擁抱了田曉霞，並且親吻了她，飽飲了愛的甘露，立即覺得「他的青春出現了雲霞般絢麗的光彩。他真切地感受到了什麼是幸福。幸福！從此以後，他不管他處於什麼樣的境地，他都可以自豪地說：我沒有白白在這人世間枉活一場！」[94]

對他這樣的被社會拋棄的人來說，愛是對失意人生的最後的拯救：「哪怕他今生一世暗淡無光，可他在自己生命的歷程中，仍然還有值得驕傲和懷戀的東西啊！而不至於像一些可憐的鄉下人，老了的時候，坐在冬日裡冰涼的土炕上，可以回憶和誇耀的僅僅是自己年輕時的飯量和力

---

93 《平凡的世界》裡，孫少平在金秀和顧養民之間也構成了一個三角戀愛關係。考上省醫學院的金秀，本來已與她哥哥的高中同學、比他先考進省醫學院上學、現在已經考上了研究生、風度和學識俱佳的城市青年顧養民戀愛，但愛情的火燃燒一些時候之後，金秀漸漸感到他們之間有某種不和諧的東西，金秀覺得太學者氣的顧養民缺少男性氣質，而她「需要一個性格剛健的男友」。曉霞犧牲後，金秀去醫院護理在煤礦井下捨己救人受傷住院的孫少平，金秀才突然發現跟她家兄妹多年來一直親密無間的少平哥，「他強健的體魄，堅定深沉的性格，正是她最為傾心的那種男人」，「在她迄今為止的生活範圍內，她感到只有少平哥具備她所要求的男人的素質。」她熱烈而痛苦地愛上了少平，主動向她求愛。出身於知識份子家庭，又上過大學，各方面條件都比當煤礦工人的孫少平優越得多的顧養民，在靠自身男性氣質吸引異性方面，卻比不過孫少平。（參見路遙：《平凡的世界》，《路遙文集》第3卷，人民文學出版社2005年5月版，第399頁）路遙小說中的城鄉三角戀，往往是農村女性比不過城市女性，而城市男青年比不過農村男青年。

94 路遙：《平凡的世界》，《路遙文集》第2卷，人民文學出版社2005年5月版，第407頁。

氣……」[95]愛情確證人生的人文功能在這裡顯然被擴大了，它恰恰說明被確證的主體對自己沒有信心。愛情畢竟只是生活內容的一部分，再說愛情就是愛情，並且千差萬別，並沒有太多男女結合以外的意義，即使有意義，也各不相同。路遙把愛情模式化，並賦予它比較一致的功能，這說明路遙所著力刻畫的精神的強者，並沒有走出社會分層給他們造成的陰影密佈的心獄。孫少平真真切切地得到了田曉霞的愛，但他卻暗地裡自我折磨，對愛的心靈體驗一會兒飛到雲端，一會兒跌進深淵，擔心社會地位的差異遲早讓愛情夭折。他害怕這樣的結局，而提前做了脫逃的打算，以免到時候承受不了那樣的打擊。愛越是給他無與倫比的幸福，讓他心花怒放，他越覺得愛就像夢幻：

> 是的，夢幻。一個井下幹活的煤礦工人要和省城的一位女記者生活在一起？這不是夢幻又是什麼！憑著青春的激情，戀愛，通信，說些羅曼蒂克和富有詩意的話，這也許還可以，但未來真正要結婚，要建家，要生孩子，那也許就是另一回事了！
>
> 唉，歸根結底，他和曉霞最終的關係也許要用悲劇的形式結束。這悲觀性的結論實際上一直深埋在他心靈的深處。可悲的是：悲劇，其開頭往往是喜劇。這喜劇在發展，劇中人喜形於色，沉湎於絢麗的夢幻中。可是突然……[96]

他為此經常憂心忡忡，越考慮他們之間的差距，越覺得與曉霞「是不可能在一塊生活了」。曉霞「將永遠是大城市的一員」，而他自己絕不可能生活在她那個世界。現實中的孫少平很強大，再重的擔子也扛得起，但在愛情中，一句話也能把他壓垮。曉霞在信中提了一句報社裡有年輕同事（有高幹家庭背景自己又是大學畢業的高朗）對她有好感，他感覺天塌了下來，馬上陷入絕望，痛不欲生，暴露了他脆弱的一面。戀愛心理的真

---

[95] 路遙：《平凡的世界》，《路遙文集》第2卷，人民文學出版社2005年5月版，第402頁。

[96] 路遙：《平凡的世界》，《路遙文集》第3卷，人民文學出版社2005年5月版，第54頁。

實刻畫，折射了社會壓抑機制下底層人的生命情態。

（二）農村女性的愛情悲劇

路遙寫愛情，涉及城鄉兩個生存世界裡的女性。作家處理這些愛情中的女性有一個特點，即城市女性作為鄉村英俊的願望對象突出了她們的現代性格，而農村女性則被塑造成民族傳統美德的化身。[97]這裡略加考察，前者仍以黃亞萍、田曉霞為例，後者以劉巧珍為中心。

《人生》描寫城鄉交叉地帶的愛情，具體寫兩類女性，即農村女性和城市女性，與一個有著雙重身分的知識青年的情感糾葛。軸心人物是高加林，與他發生糾葛的分別是農村女性劉巧珍和城市女性黃亞萍。這是一個三角關係，三角關係在這裡有象徵意味，寓含了城鄉交叉的文化地帶和社會的轉型時期矛盾衝突的複雜性，以及人生選擇的困難。

高加林這個城鄉交叉地帶的主角，面臨的選擇首先是對人生歸屬的選擇，也就是做一個城裡人還是做一個鄉里人。由這一選擇便連帶出對愛情的選擇，即是與一個沒文化的鄉下女子一搭過，還是跟一個城市裡的現代女性共用文化人的現代人生。對於高加林來說，他的主觀願望是明確的，雖然他原先沒料到日後會跟城裡的黃亞萍戀愛，但他同樣也沒有想到自己會成為本村沒讀過書的劉巧珍的戀人。到城裡受過現代教育，見了世面，一心想往大世界的高中畢業生，早就從心裡告別了父輩們古老的鄉村生活，他的夢想在遠方。但他哪裡知道，他自己卻成了農村姑娘劉巧珍的對象，真個是他在橋上看風景，看風景的人在樓上看他。人生原來處在一種相對性的關係之中，局中人對它竟渾然不覺，其中的奧義局外人也難以索解。

在人生世界裡的高加林，不像平凡世界裡的孫少平那樣，需要女性的愛來證明自己——奔向城市在潛意識裡是奔向一個夢中的女性，倒是不知不覺間被不同階層的女性當作了願望對象。就他和劉巧珍的關係而言，是劉巧珍主動闖進了他的生活世界，而不是他利用了巧珍。從後來巧珍遭到他的拋棄也不怨恨於他可以看出，可憐的巧珍清楚，真正拋棄她的是命

---

[97] 路遙自己就把高加林在愛情選擇上的變化，上升到「資產階級意識和傳統美德的衝突」。在他的心目中，傳統美德存在於農村女性身上。——參見路遙：《面對新的生活》，載《中篇小說選刊》1982年第5期。

運，而不是她愛而不得的這個男人。

巧珍是路遙小說裡最富有悲劇性的女性人物。她的悲劇在於她是愛情的犧牲品，在更深層次上，她是現代化進程下的傳統道德的殉葬品。《人生》不是愛情小說，然而它花了那麼多筆墨來寫巧珍的愛情，以及她在愛情中體現出來的傳統美德，用以反襯高加林在人生選擇上的失誤和道德缺失。但由於作家在這一鄉村女性身上寄託了太多的審美理想和對鄉村失踞的憂思，巧珍的愛情悲劇就有了道德訓誡之外的意義。同時，由於凸顯了漢民族民間精神的豐富性，巧珍自身的人生悲劇更具有獨立的審美價值。

巧珍是高家村「二能人」劉立本的第二個女兒，「漂亮得像花朵一樣」，「看起來根本不像個農村姑娘」，是「川道裡的頭梢子」，被譽為「蓋滿川」。唯一的缺憾是，她的有錢的父親沒有讓她念書，害得她斗大的字識不了幾升。然而這個沒讀過書的美麗的鄉村女子，精神世界卻讓人想像不到地豐富。就像她「裝束既不土氣，也不俗氣」一樣，她對愛情的追求也有超越世俗的標準，而且一旦有愛便無比熱烈、執著。更可貴的是，她有一顆無比美好而又善良的心。外表美和心靈美，是那麼完美地統一在她的身上，她宛然是美的化身。沒有文化的確是她的缺憾，但正因為有缺憾才顯出她的美，就像斷臂的維納斯一樣。沒有文化，是生活世界裡的巧珍愛情不幸的根源。但是在藝術世界裡，因為沒有文化，巧珍在愛情追求中才綻放出她青春生命的全部美豔：

> 劉立本這個漂亮得像花朵一樣的二女子，並不是那種簡單的農村姑娘。她雖然沒有上過學，但感受和理解事物的能力很強，因此精神方面的追求很不平常。加上她天生的多情，形成了她極為豐富的內心世界。村前莊後的莊稼人只看見她外表的美，而不能理解她那絢麗的精神光彩。可惜她自己又沒文化，無法接近她認為「更有意思」的人。她在有文化的人面前，有一種深刻的自卑感。她常在心裡怨她父親不供她上學。等她明白過來時，一切都已經為時過晚了。為了這個無法彌補的不幸，她不知暗暗哭過多少回鼻子。[98]

---

[98] 路遙：《人生》，《路遙文集》第4卷，人民文學出版社2005年5月版，第27頁。

沒有讀過書的人，一樣有文化認同，一樣有強烈的自我意識，一樣有超越自我的願望，這正是巧珍這一個性給我們的文化啟示，是文學的屬人本性帶來的生活發現。與高加林一心走出農村，在事業追求中證明自己不同，意識到自己一輩子只能呆在農村的巧珍，能夠實現她的人生價值的只有愛情。「她決心要選擇一個有文化、而又在精神方面很豐富的男人做自己的伴侶。」而對於山村就是她的全部世界的劉巧珍來說，高加林就是這樣的男人。加林不僅有「瀟灑的風度，漂亮的體形和那處處都表現出來的大丈夫氣質」，並且，「吹拉彈唱，樣樣在行；會安電燈，會開拖拉機，還會給報紙上寫文章哩！再說，又愛講衛生，衣服不管新舊，常穿得乾乾淨淨，渾身的香皂味！」所以，「巧珍剛懂得人世間還有愛情這一回事的時候，就在心裡愛上了加林」，愛得那樣深，那樣專一，這個多情女子完全憧憬在迷人的愛情裡：「她曾在心裡無數次夢想她和這個人在一起的情景：她把她的手放在他的手裡，讓他拉著，在春天的田野裡，在夏天的花叢中，在秋天的果林裡，在冬天的雪地上，走呀，跑呀，並且像人家電影裡一樣，讓他把她抱住，親她……」[99]由於人類在歷史進化過程中給男女賦予了不同的使命，社會把所謂事業更多地交給了男人，也因此只有女性才能把全副的身心都交給愛。劉巧珍愛高加林就是傳統社會遺傳下來的女性心景的充分表現。這個鄉村女子對愛的熾熱與真誠是不容懷疑的，但她的愛既不盲目也不功利，而是明智的選擇。「就她的漂亮來說，要找個公社的一般幹部，或者農村出去的國家正式工人，都是很容易的；而且給她介紹這方面對象的媒人把她家的門檻都快踩斷了。但她統統拒絕了。」她要找的是真正「合她心的男人」。在她眼光所及的世界裡，只有高加林是這樣的人，「多年來，她內心裡一直都在為這個人發狂發癡。」[100]

可以看出，巧珍對高加林的愛，含有文化崇拜的成分，文化崇拜來源於文化上的差距，也出自人格認同的需要。高加林還在城裡讀高中時，巧珍就偷偷地喜愛上了他。但是這是一種無望的愛，因為巧珍知道，讀書的加林遲早要遠走高飛，她不可能得到他。癡情的巧珍就這樣被夢想和無望折磨著，而愛卻是不可改變的。文化上的差距也使巧珍在所愛的人面前產

---

[99] 路遙：《人生》，《路遙文集》第4卷，人民文學出版社2005年5月版，第28頁。
[100] 路遙：《人生》，《路遙文集》第4卷，人民文學出版社2005年5月版，第28頁。

生自卑感。自卑感一旦沉入潛意識，又成為尋求人格認同的能量，致使愛的欲求更加強烈，所以儘管「她的自卑感使她連走近他的勇氣都沒有」，「她的心思和眼睛卻從來也沒有離開過他」。就像城鄉有別是高加林實現人生夢想的鴻溝一樣，文化差距是劉巧珍實現愛情夢想的障礙。這一差距註定了她的愛情是一場悲劇，並且愛得越真摯越深沉，悲劇的色彩就越濃烈。

巧珍愛情的悲劇性首先在於巧珍對高加林的愛帶有太強的主觀性。巧珍明知他倆存在文化上的差距，但她以為靠自己的俊和對對方的愛，就可以贏得從高處跌下來的加林。殊不知作為有抱負的男性，高加林的精神世界是任什麼樣的愛情也填不滿的，再美好的異性之愛，也不能抹去他的功名欲和功利心。高加林在沉淪中被巧珍大膽表白的愛情所感動，在不幸的時候得到了幸福，但他很快又產生「懊悔的情緒」，「後悔自己感情太衝動，似乎匆忙地犯了一個錯誤。他感到這樣一來，自己大概就要當農民了」。[101]他認為自己是在「沒有認真考慮的情況下」接受了巧珍的愛情，親了巧珍的。他倆的愛缺乏基礎，是不對等的。這樣的愛，並不穩固。所以，進城之後，高加林與更有魅力的知識女性黃亞萍發生戀情就是正常的。他倆從高中同學時就相互欣賞，有共同的志趣和語言，性情相投，都喜歡浪漫，現在又不存在城鄉差隔，更何況黃亞萍還能幫助加林實現進入大城市的夢想，因此，從思想與感情基礎，到功利要求的滿足，黃亞萍都比到了城裡只知對愛人講母豬下了幾隻小豬的劉巧珍更適合於改變身分後的高加林。在功名欲的驅使下，本來就狠心的高加林，在道德與功利之間，毅然地選擇了後者，完成了巧珍被拋棄的命運。高加林拋棄巧珍是必然的，因為他的歸屬應該是城市而不是鄉村。跟巧珍是傳統美德的化身相反，黃亞萍是城市和它象徵的現代文化的化身。黃亞萍可以把高加林帶去更遠更大的城市，那裡正是文化青年所夢想的遠方。所以擁抱黃亞萍不只是愛欲的實現，也是男性佔有城市的欲望的最後滿足。無寧是城市、城市女人和城市現代文化合夥奪走了巧珍的最愛，因此她需要去文化化（因為文化遮住了她心上人愛美的眼睛）、去城市化（因為城市奪走了她的愛人）。她自己沒有這個能力，城鄉分治的體制幫助了她，每每高加林在城

[101] 路遙：《人生》，《路遙文集》第4卷，人民文學出版社2005年5月版，第36頁。

市的高牆上碰壁而歸，她既為自己愛的人受創而痛苦，同時又欣喜若狂，因為只要斷了高加林進城的路，她的愛情領域就有了安全。

巧珍愛情的悲劇性還在於巧珍的愛情同時也是傳統道德的犧牲品。沒有讀過書的巧珍，她的精神世界儘管豐富，但其主要內容不過是愛的幻想，也就是一心找個中意的人，把愛獻給他，用她的美貌和她的心靈。與其說是想愛別人，不如說只想被別人愛。這是一種沒有自我的、失去主體性的愛，是一種先愛人之憂而憂，後愛人之樂而樂的以徹底奉獻為目的的愛情。巧珍為高加林所做的一切，都是為討得他的喜歡，連穿著打扮也只為取悅於所愛的人，與舊時代的「女為悅己者容」沒有區別。在兩人的關係中，巧珍從來把自己置於依附性的地位，對於未來的婚姻生活，她最高的設計也無非是「將來你要是出去了，我就在家裡給咱種自留地、撫養娃娃；你有空了就回來看我；我農閒了，就和娃娃一搭裡來和你住在一起……」[102]只要能和加林「一搭裡過」，她就實現了全部的人生願望。以愛情為人生目的的巧珍，與以事業為人生目標的高加林，距離只能越來越遠，他們的愛情從一開始就存在危機，於是巧珍只能用加倍的奉獻去克服這樣的危機，這是中國農村婦女失去自我主體性的悲哀。由於在愛情追求裡包含有狹隘的自我認同的目的，巧珍對高加林的愛就沒有任何回頭的餘地，就像箭射出去以後，箭弓可以轉移到別的手裡，而箭頭只能朝著原來的目標飛去。高加林進城後有了新的人生目標，可以背叛她，而她只能為愛而犧牲自己。高加林找到新的戀人後，她忍痛把自己的身體嫁給了她並不愛的馬拴，而把心仍然留在了高加林那裡。當高加林再一次遭到人生的重創，落魄還鄉，她為心愛的昔日戀人的不幸而徹心徹肺地疼痛。為了加林，身為人婦的她特地趕回娘家，不僅跪求姐姐不要傷害加林，還央求姐姐一起去找姐姐的公公高明樓，並在他的面前哭求，讓他安排加林再去學校教書。在巧珍的心中，只有對加林的愛，而沒有自己和別的親人。她把自己的北方女子的美麗的身心當作祭品，供在了能夠證明她的美好的愛情祭壇上。在「癡心女子負心漢」的故事裡，被鄉土文化浸染過的路遙，無比傷感地為搖搖欲墜的鄉村譜寫了一曲深長的道德挽歌。

[102] 路遙：《人生》，《路遙文集》第4卷，人民文學出版社2005年5月版，第76頁。

（三）知識女性：愛情中的人格美

愛情中的城市女性跟農村女性相比，是完全不同的另外一種情態。黃亞萍和田曉霞（與她倆出身和性格很相近的還有吳亞玲）自小在城裡長大，父母是幹部，家庭經濟和社會地位都很優越，城市和幹部家庭給了她們良好的學習條件，這使她們視野開闊，性格開朗，聰明大膽，有獨立意識和自由精神，身上有農村女性沒有的丰采。對於生活和人生中的事情，她們喜歡根據自己的理解由自己來決斷。對於愛情，她們既相信自己的感覺，又加以理性地審視，尤其是田曉霞，愛情對於她來說，是兩個人一起對人生意義進行追尋的長途，是與力量相當的對手開展的一場愉快的思想博弈。如果說，囿於時代的思想格局，作家對黃亞萍的性格行為和現代愛情追求有些態度曖昧，既有讚賞，又有嘲諷，那麼，對田曉霞這位出身高貴的年輕知識女性，不敢有哪怕一點點的褻瀆。

作為一個城市女兒和幹部子女，她們在有農村學生的高中班裡，如鶴立雞群，尤其在農村同學的眼裡好像仙女。即使是在學習上冒尖的男生，也傾倒她們身上神祕的魅力。而在同齡人中，她們扮演了慧眼識珠的伯樂，毫不懷出身偏見地從那些農村同學裡發現了英才，有意同他們純潔地交往並給予熱心的幫助，以先行者的身份把他們帶進新的知識領地。也許是家庭出身和教養的緣故，她們在高中階段也不對異性作非分之想，而與同學保持單純的友誼。直到走出校門一段時間後，她們才在偶然的邂逅中發現與誰人相互傾慕的種子，早就在當初的共同探討中埋下，知識作了連接心靈的紅絲線。這就是路遙小說城鄉之戀的發生過程，不能說一點也不老套，但自己重複自己多少遮蔽了故事的新意。比如《人生》裡不光彩的「三角戀」，抹殺了黃亞萍追求心靈自由的正當性。又如《平凡的世界》裡的「公子落難，小姐搭救」的敘事原型，掩蓋了田曉霞超越世俗，擯棄門第觀念，以獨立意識和強大人格去撞擊社會區隔的人文實踐。田曉霞是路遙小說眾多女性形象中最富有現代品格的藝術形象。

田曉霞的現代品格主要體現在對獨立人格的尊重。首先是尊重自己的人格，有很強的主體意識。她出生在幹部家庭，父親田福軍最後官至省委副書記，兼任省城的市委書記。但田曉霞從不利用父親的權力抬高自己的社會地位，也不利用父親手中的權力謀取優越的生存位置。在黃原讀大學時，父親是市委書記了，但她隱瞞自己的社會關係，以免被庸俗包圍，浪費自己的生命。在愛情上，她的選擇是以雙方建立平等的對話為標準，真正使愛情成為自我本質的對象化。這種要求，在她和少平還沒有發展為戀愛關係時就已經提出來了：「生活不會使她也走和他相同的道路——她不可能脫離她的世界。但她完全理解孫少平的所作所為。她興奮的是，孫少平為她的生活環境樹立了一個『對應物』；或者說給她的世界形成了一個奇特的『座標』。」[103]這跟孫少平不斷通過愛情來檢討人生很相似。她希望精神的獨立使自己變得強大，但又不是一般的女強人，而是充滿生機勃發的女性魅力。因而她與少平交往中，既讓少平覺得她有頭腦，有主見，但不自覺地又讓堅毅的少平被女性的溫情所包圍所融化。

曉霞的主體意識還表現在有自己從生活的實際感受中形成的價值觀，而不是以流行的價值為價值，譬如對男子漢的理解。被少平受傷的背脊震撼後，她立即聯想到學校裡的流行的對藝術形象的可笑模仿：「現在，女同學們整天都在談論高倉健和男子漢。什麼是男子漢？困難打不倒的人才是真正的男子漢？男子漢不是裝出來的——整天繃著臉，皺著眉頭，留個大鬢角，穿件黑皮夾克衫，就是男子漢嗎？有些男同學就是這麼一副樣子，但看了就讓人發笑。男子漢主要應該是一種內在的品質，而不是靠『化裝』和表演就能顯示的。」[104]這正是她能夠排除世俗偏見，與一個攬工漢相戀的強大的精神基礎。

其次是對他人人格的尊重。她和少平相愛，兩人地位懸殊極大，但她從不懷優越感，不以同情、憐憫的態度對待少平，而在兩人間建立起絕對平等的關係，讓少平意識到自己在生活上處於窘境，但在人格上與任何人都平等。她打破城鄉等級觀，與一個農家子弟建立愛情關係，就是最有說服力的方式，證明少平的男性魅力和生命價值，在一個不平等的社會裡贏得精神上的平等。在經濟和文化地位落差極大的城鄉戀當中，儘管親眼見

---

[103] 路遙：《平凡的世界》，《路遙文集》第2卷，人民文學出版社2005年5月版，第174頁。

[104] 路遙：《平凡的世界》，《路遙文集》第2卷，人民文學出版社2005年5月版，第305頁。

到少平的苦難處境，她為之痛心不已，但她幫助而不施捨。愛人處在社會底層的苦力群體裡，她一次次去看他，甚至不顧危險，下到漆黑的礦井，送去女性的陽光，給他溫暖，給他榮耀，滿足他的自尊心和榮譽感，使驚人磨難中的少平感到人生的幸福。尊重他人人格還體現在尊重他人的生命。作為一個有責任感和冒險精神的女記者，在災害向人民群眾襲來時，她以職業尊嚴擠上省領導前去災區指揮救災的飛機，飛赴災區報導災情，在洪水中為救落水的小女孩獻出了自己年輕而美好的生命……

孫少平與田曉霞的愛情，同樣是悲劇結局，但這是另一種意義上的悲劇：曉霞的犧牲所顯現的人格美，使這一對地位懸殊而心靈相通的年輕愛人的生死之戀著上了崇高的色彩，讓人感到這樣的愛情更具有文化價值，更富有永恆的意味。曉霞的意外殉身，或許是作家為在愛情中並不完全自信的孫少平設置的從困境中得以解脫的方式，也讓懷疑這種愛情的世俗社會一睹真正的愛情所具有的精神內容，但也正是沒有最終結合的愛情，使愛情的當事人徹底體味了人生之愛的全部含義，它的難以言傳的美與痛。從這個意義上，曉霞的死不是少平與她愛情關係的終結，而是得到普遍認可的締結，它是路遙心目中的城鄉之戀最後的完成及其全部人生意義之所在。

第七章

新世紀純文學作品抽樣解析（一）

一、文學類型學視野中的純文學

（一）純文學及其研究的價值：對一種文學歧視的歧見[1]

「純文學」是一個可以作不同理解因而容易引起誤解的概念。上世紀八〇年代，審美主義文學思潮興起的時候，對純文學的追求是一種很光榮的事業。但是最近這幾年，熱衷純文學的人好像要背負一點罪感。確實，在社會轉型帶來的社會分層及其存在的問題讓人觸目驚心的時代背景上，當文學與知識份子的責任感、社會批判職能，與人文精神的重建與弘揚連在一起，當文學的文化研究成為一種風尚，並且確實顯示出它的力量與優越性的時候，繼續強調純文學，堅持純文學的立場和觀點，就有些落伍、過時，有些狹隘、自私，有些不負責任，有些偏頗，有些不合法。但這樣看問題可能是一種新的文學歧視。這種文學歧視源自於對「純文學」這一概念的較為狹窄的理解，即把純文學追求看成是與生活絕緣，沉浸於狹小的個人天地和遠離現實的純美世界。這種文學歧視，跟文學研究的進化論也有關，認為文化研究優於關注文學自身的研究，文化研究從文學現象中發掘出了更多方面的內容，這些社會的、歷史的、政治意識形態的、思想史的、文化類型的……內容就使得僅從審美角度理解的文學顯得促狹而單薄，文學獨立存在的價值也就變得可疑。

其實，純文學本不該被理解為不問民瘼的文人在象牙塔裡經營的藝術自足體。「純文學」不過是一個相對性的概念。就如同「文學」是與「非文學」相對而言的一樣，「純文學」是相對於一般的文學，也就是包含了不同社會功能的文學來說的。在特定的時代，我們把區別於政治報告、社論、法律文書、歷史或哲學著作、宗教經文、普通書信、廣告詞……的一種富於形象性、情感性、個性化並且多半帶有虛擬性的文字稱作文學，這只能是為滿足我們某種特殊需要而進行的一種認定，一種契約性的認定。這種認定是歷史性的生成，它會因時而異，在同一時代又因人而異，因為不同的時代、同一時代的不同的人會有不同的需要。但是，只要人性中有

[1] 本文發表於《文藝評論》2006年第2期。

共同的東西，且這種東西永不改變，那它就會使不同時代的不同的人產生共同的需求，作為語言作品的文學得以滿足這種共同需求的就是所謂的「文學性」吧。功能、形態可以有異，性質卻不變，或者說同一性質的東西可以有不同的形態和不同的用途，就如同「可以載著物體移動」這一性質不變，「車」卻有馬車、牛車、人力車、汽車、火車、警車、救火車、灑水車、嬰兒車、車間裡的行車、公園裡的過山車……可以裝貨也可以載人還可以既裝貨又載人，可以用於運輸也可以用來遊戲的分別一樣。大概就是由於這種緣故，古人的記事文本、史著、書信等實用的文字，也被後來人看成是「文學」的吧，因為它們具有文學性，能滿足我們的特殊需求。一個概念，總要對應於一種事物性質，它同時包含著人的意欲與事物功能之間的複雜關係。「文學」大概就是這樣一個相對於「非文學」被歷史性地指認的結果。那麼，「純文學」自然是在這一意義上對文學概念的延伸，也就是肯定在歷史生成過程中已被較為普遍地認定的文學的本質特性（討厭的本質論！），和更充分體現這一性質所發揮的特殊功能——審美功能。

所以，把文學分成「純文學」、「嚴肅文學」與「通俗文學」對於文學評論研究也許是必要的，雖然文學這三種類型只是相對而言，事實上它們之間既有相互交叉的情況，也存在相互轉化的問題，雖然對於文學創作來說更不必要為某一類文學的成規所束縛。一個歷史的經驗是，在二十世紀中國文學史上，很多次發生在文學主張、選擇和理論觀點上的爭端、衝突、矛盾與鬥爭，很多次本不應發生的對文學主體與文學生產造成嚴重傷害的文藝批判運動，都跟對文學缺少分類，對文學的功能認識過於單一，忽視文學可以、能夠也應當滿足多種社會訴求不無關係。文學的客觀性質、功能與人的主觀需求之間的多種關聯方式，決定著不同時代的文學形態。文學的形態當然不是穩定不變的，這是由個人、文學與社會，由主觀與客觀的互動關係決定的，文學向來就是社會存在與意識形態在一種歷史趨勢中的合謀，文學的實現是被歷史主體「選擇」的結果。正因為如此，把文學大致分為上述三類，就增強了文學批評、文學史研究、文學理論建構以及意識形態秩序和文化領導權的確立的理性精神，對出於不同文學需要而強調與把握某一類文學的人也有利。每一類文學的文化權利都可以得到維護，又不至於排他，社會的精神生態庶幾得到平衡。

對於文學形態與類型，不同的時代會各有側重，但文學的基本特性卻不可違背，因為不管哪一類文學，它的功能的發揮，都以文學特徵的突出為前提，這也說明，「文學性」是文學的靈魂。同時也說明，在社會選擇中並不具有普遍等級關係的三類文學，在文學的價值評判中，並非沒有高下之別——純文學因為對應於人的審美需求而具有更高的藝術質級：純文學從來就不是權力話語也拒絕權力話語而具有另外兩類文學不可相比的超越性，它以想像性的內心生活證明瞭人的自我生成本質。這正是二十世紀八〇年代審美主義（純文學）反撥政治功利主義（嚴肅文學）的深刻原因，所以百年新文學中的這一次轉軌是歷史的必然，而不能簡單地看成是二元對立思維的表現，前面所發生的反向的文學轉折不能與之等量齊觀。同理，我們不能因為九〇年代新的社會訴求出現，就對並沒有發育充分的純文學加以鄙視、指責和詬病。作家和批評家根據現實反應選擇嚴肅文學是完全可以理解的，且值得尊重，但那種選擇並不需要以純文學為對立面或假想敵。事實上，純文學並不比一種政治主張，一個改革措施，一聲廣場上的吶喊，一次公益性募捐，一次遊行，一場大批判，一篇報告，一份重要文件，一種文化姿態……容易過時，也不見得有哪一類文學比純文學對人類有更大的悲憫，對弱者有理解的同情，對社會和人生有更深刻的洞見，誰也不敢說虛構的藝術世界不比真實的生活更有魅力，更值得玩味，基於人性透視的歷史批判不是更有力量，更能引起我們對文化和自身的思考。

文學作品在藝術上有高下，並不決定對它的研究有無意義和價值。當代文學史上的革命功利主義文學創作，有不少作品在藝術上確有不小的欠缺，但研究這種創作與社會變革及權力意識形態建構之間的複雜關係，研究產生這種作品的文學傳統和文學生產體制，卻非常有意義，它通過解剖隱形的社會結構、揭露附身於文學的文化秘史和重現消逝了的人類精神圖景而提供給我們的知識與思想創見，給了我們極大的快感和啟迪，不僅有學術價值、思想價值，也有很高的藝術價值，因為做這種研究的主體莫不對「文學性」以及文學性的建構過程與方式有深刻的領悟。上世紀九〇年代以來，將當代文學研究真正引向學術化的洪子誠的中國當代文學史研究，以及李楊、孟繁華、程光煒、賀桂梅等為代表的以文化研究、權力意識形態分析拓寬了文學研究的思想空間，都說明不同類型的文學研究，其價值決定於研究主體的思想與方法。不可忽略的是，包括後來的做得頗漂亮的余岱宗等人在內的從返回歷史情境到形式意識形態批評的當代文學研究新學統，都沒有拋開「藝術性」這一文學分析的重要尺度，只不過有的把它藏在了背後，有的看上去特意尋找另一種藝術性。正像陳曉明所洞見的，「文學性」仍然是這個時代的各種文學批評話語的基礎，純文學的存在是所有文學作品的根基。這就為對純文學的研究留下了合法地位。純文學研究不過是多元研究中的一員，不過，是不錯的一員。研究純文學意味著對研究對象作了劃分，也意味著要對作為研究對象的文學進行提純，也就是從一時代眾多的作品中找出更好一些的作品。好的作品構成文學史連綿的山峰。文學史上的山峰不是靜止的而不斷變動，好作品因而是相對的。研究者的責任之一，就是為不停錯動的群山確認一個我們已經到達的高度和可以到達的高度。

（二）多元批評格局中的純文學批評

新世紀形態多樣與價值多元的文化現實，為文學批評實踐提供了較為廣闊的空間。面對消費文化催生的多種文學類型，在不同的利益主體的召喚下，批評主體從不同的文化體認出發，借助相應的文學，表達各自的文化價值觀，文學批評遂形成社會歷史批評、意識形態批評、文化批評、思想（史）批評、道德批評、純文學批評……等共存互補的多元格局。其中文化批評從九〇年代興起以來，產生了更強的輻射力。道德批評則以強烈的自我反省姿態而引人注目，對文學創作與批評自身同時構成一種隱約的壓迫。在八〇年代一度成為主流批評的純文學批評，在純文學遭到質疑後，位置移向邊緣，聲音變得微弱。

純文學批評的萎縮，主要來自文化批評的擠壓。文化批評因強旺的文化理論的支撐和現實社會文化生態的迎納而富有生命力。它把過去通常被看作只是對文學的發生發展產生影響的因素，或被認為是外在於文學自身的因素，諸如政治、經濟、宗教、自然、科技、意識形態等納入批評視野，歸類於文學的範疇，這就拓寬了文學研究的領域，使文學批評更為豐富與厚重。但文化批評因重文化而輕審美，故而模糊了大眾文化與精英文化、通俗文學與高雅文化的界限，影響了正常文化生態的建設，在取消文學的獨立性時削弱了文學、特別是純文學的文化批判力量。因此，對於新世紀文學來說，重振純文學批評既關乎文學自身的發展，也關係到人文精神的建設效應。

什麼是純文學？「純文學」是相對於「主旋律文學」、「通俗文學」而言，更關心人的精神存在的文學。同主旋律文學著眼於現實社會秩序的維持相比，純文學從更長遠的時間裡考慮人的自我實現、全面發展。同通俗文學供人消遣，替人宣洩相比，純文學促人自省，將人的靈魂提升起來，避免在物的世界裡完全沉淪。純文學的審美性在本質上與宗教的功能相近，反映的是「以審美代宗教」的精神意向。要是從文學總體來看，純文學是「文學中的文學」，是好的文學，是文學性寫作這種精神創造中最精緻最美好的產品。都是產品，好的產品價值自然更高，因為它是人類智慧的最高證明。無意義的人生因為能夠從事高級的精神創造才顯得有意義。純文學使文學同非文學的意識形態品種明顯地區別開來。正因為有獨特的作用與功能，純文學在人類社會生活中不可或缺也不可替代。純文學並不是像有些人所誤解的那樣與現實無關，不批判現實。純文學是拉開距離看現實，規避流行價值的影響，從一定的高度、在歷史視野裡批判現實，這樣批判才更準確更有力。純文學不把現實問題僅僅歸結為制度安排，而要追索它的文化的和人性的原因，它能夠回答為什麼有這樣的制度安排。這顯然是主旋律文學和通俗文學不可企及的。

純文學批評主要就是以好的文學作品為批評對象。夏志清就把批評家的責任看成是「發現及鑒賞傑作」，或者叫做致力於「優美作品之發現和評審」。這應當是文學理論批評界的常識。然而由於文化批評和思想史批評的興盛，批評自身顯得豐富而富有魅力，批評對象的審美因素被思想文化所湮沒，在文學意義上的傑作就難以凸顯了。尤其在文化理論的追光燈下，醜陋之物都可變得神奇奪目，甚至越是醜陋越有看頭，魚目混珠，良莠難分，真正富有思想和審美內涵的傑作其價值就無法體現，久而久之，普通讀者的對於作品的審美鑒賞力得不到引導和培養，面對市場推動下過剩生產的文學產品喪失選擇能力而一片茫然，社會公眾的心靈因而缺少美的滋養，文學作者也無以把捉美的創造的標準，創作陷於盲目，結果，專業化、學術化的文學批評愈加發達了，而文學借助審美安頓現代人靈魂的積極作用反而下降了。一方面，批評企圖通過文化的播撒消解權力對於人的控制，還自由與公平於大眾，一方面，文化理論與分析闡釋活動對審美的強暴，使普通人連精神享受的一點快樂也被剝奪了，生存的緊張感無由緩解，身心雙重地受到現實的捆勒。當制度安排和人心澆漓造成的不公與不快，向現實批判的文學發出期待和詢喚，審美就顯得更加蒼白無力了，文學與生活就這樣陷入惡性循環之中。這大概是審美主義退潮後，文學批評面臨的處境。可以說，新時期文學批評的最大問題就是純文學批評不敢理直氣壯地站出來，維護文學的審美批評的標準，以致文學在自我懷疑中失去好不容易獲得的一點獨立性和尊嚴。

那麼，純文學批評持有的判斷標準是什麼，也就是它依據什麼區分文學作品的優劣，判斷文學作品審美價值的高低？如同所有的判斷活動，尺度都是先驗性的，結果是相對性的。但先驗的尺規都來自於實踐主體的歷史經驗，並無可終結地處於主客體相互生成的過程之中。歷史生成的尺度，根據特定時空、情境中的主體的需要而暫態生效。所以，我們找不到普遍適用的批評標準，但我們可以在特殊需要中找到特定的評判尺度，這尺度不是沒有一定的穩定性。當民族生活和文化創造將文學逐漸分離為相互滲透的主旋律文學、通俗文學和純文學後，它們各自的特性也就在自我形態與作用和功能中體現出來，這是一種精神和文化的自性，也可以稱作「文學性」。只要我們不相對主義地把文化物的特性看成根本無法穩定，不粗心地或有意地混淆它們的特性，我們就不能否定純文學在一定的時間長度裡還是有可以得到公認的審美共同性。即使我們知道伊格爾頓的那個著名的說法，在今天還是可以毫不遲疑地承認莎士比亞的戲劇作品就是經典。[2]

[2] 伊格爾頓在討論「文學是什麼」時提出一個觀點，即不能把文學定義為具有高度價值的作品，那樣會推出「文學不是一個穩定實體」的結論，「因為價值判斷是極其變化多端的」。情況是，「人們可能會把一部作品在一個世紀中看作哲學，而在下一個世紀中看作文學，或者相反；人們對於他們認為有價值的那些作品的想法當然也同樣會發生變化。甚至人們對於自己用以進行價值判斷的依據的想法也會變化。」按照這一邏輯，可以推出，「所謂的『文學經典』，以及『民族文學』的無可懷疑的『偉大傳統』，卻不得不被認為是一個由特定人群出於特定理由而在某一時代形成的構造物」，「如果歷史發生極為深刻的變化，將來我們很可能會創造一

所謂「文學性」，就是從文學史篩選的經典中抽象出來的文學區別於非文學的一種特殊性質。今天誰也不會抱殘守缺地把俄國形式主義的「文學性」看成是我們所要談論的文學性。文學性不僅僅指形式因素，它也是對文學存在的內在意蘊的要求。什麼是純文學的思想內質？當然是人類從不放棄對它進行追求的人文主義。「偉大的文學作品（特別是小說）必須能夠挖掘精神痛苦的深度，找出人類罪惡的根源，以此建立人類的尊嚴。」（李歐梵語）這就是純文學最核心的內容。而形式創造當然是純文學的本體所在，因為形式乃是「完成了的內容」。從八〇年代到新世紀，當代文學已經在重內容、重形式上經歷了正反合的歷史過程。以「怎麼寫」反動「寫什麼」的歷史進步即使沒有被揪心的現實所質疑，新世紀文學也還是會走第三條道路——既講究「怎麼寫」，也注重「寫什麼」。這是歷經三十年的文學反思、探索與實驗後水到渠成的結果。關於純文學標準和文學性問題並不複雜，對批評標準的表述不妨大同小異。比如中國小說學會舉辦中國小說年度排行榜的評審標準就是「兼容歷史內涵、人性深度和藝術水準」，這是區別於主流意識形態和商業理念的第三種標準——純文學批評標準。順便一提，排行榜是新時期愈來愈有影響的一種建設性的文學批評活動，是一種特殊形式的文學批評，它是對文化批評氾濫導致審美批評邊緣化的一個拯救。

純文學批評工作本應由受過專業訓練的文學研究隊伍，主要是學院派批評家來承擔。但現在的情況卻是，大學文學教育特別是研究生教育和文學學科建設，正在促使文學批評遠離純文學，由於過分重視理論和批評活動的自足，而缺少對文學本原——作品的喜愛和尊重。這是號稱為「批評的世紀」——二十世紀遺留下來的一個問題，是一個全球性的學術現象。最近一期《當代作家評論》上刊發的美籍華人李歐梵先生2005年10月在美國哥倫比亞大學的教授會館舉行的「夏氏兄弟與中國文學」學術研討會上的論文就講到這種奇怪的現象，對我們很有啟發，不妨錄在這裡：「我們

個社會，它完全不能從莎士比亞那裡獲得任何東西。他的作品那時看來可能會是完全陌生的，充滿這樣一個社會認為是有局限性的和不相干的思想方法與感情。在這種情況下，莎士比亞也許不會比今天的塗鴉更有價值。」（見[英]特雷・伊格爾頓《二十世紀西方文學理論》，伍曉明譯，陝西師範大學出版社1986年12月出版，第14-15頁。）

應該記住夏先生明智的警告：理論並不一定就是一個好東西，理論閱讀之前，自己必須首先積累足夠的文本閱讀的經驗。對我而言，這意味著作為文學研究者首先應該進行大量的認真的文本閱讀，從而對與研究課題相關的所有原作文本都有深入的瞭解。事實上，我們必須讀足夠多作品，否則就沒有資格進行任何分析、做出任何判斷。……我認為不管哪個學派或信仰哪種觀念的理論大師，永遠都是偉大的讀者，至少他們都肯定了大量文本閱讀的必要性，而其大部分的後繼者卻未做到這一點。只有那些二流理論家或盲從者喜歡輕率地引用或闡釋理論大師們的觀點。因此，我得出一個結論，每個文學研究者都不應該光顧著『搞』理論而荒廢了文本閱讀。但是，現在的事實卻完全相反：如今美國學界一切都急於『理論化』，卻將閱讀置於腦後，特別是比較文學界已經成了比試各種理論，而非討論文學的場域，更不用說，在新的文化研究領域，文學自身幾乎被擱置一邊了。」[3]當下中國的文學教育和文學評論研究重理論、輕感悟的傾向令人憂慮，需要改弦更張了，不然我們這隻龐大的批評研究隊伍無力承擔品評新世紀文學傑作的重任。

純文學批評依賴於純文學創作，而創作品質取決於作家的文化含量與創造力。經過近三十年的學習、磨礪與實踐，新世紀已擁有一支頗有實力的創作隊伍。今天的創作環境還是比較寬鬆，以這些作家的生活積累和在開放時代得到的文化滋養，他們中有人已具備了寫出「優美作品」的精神力量。可是當今的評論研究隊伍，並不願意承認我們這個時代、在我們身邊就存在偉大的作家。我們欠少對他們的關心與愛。我們沒有更多地給他們以鼓勵和幫助。對創作者最好的鼓勵和說明就是品評他們的作品，很細緻、很精到地分析評價，讓他們感到他們埋藏在作品深處的最隱秘的心蹤都叫批評家揭露無遺，讓他們發現連他們自己都沒有想到的文學描寫中的深意和表現上的高妙處都被批評家闡發得精彩絕倫，讓他們找到真正的知音，藉著這樣的知音，他們的思想、激情和心曲，走向很多很多人靈魂的深處，讓他們由衷折服、深為感動，增強創造的信心。即使有了不足，我們也善意地給他（她）指出來，讓他（她）在新的創造中變欠缺為圓滿。

---

[3] 李歐梵：《光明與黑暗之門——我對夏氏兄弟的敬意與感激》，《當代作家評論》2007年第2期，第15-16頁。

說實在，我們還十分缺少這樣有誠意、有耐心和鑒賞能力的批評家。我們甚至不夠厚道。作品是人家的孩子，孩子生下來了，美醜本由不得父母，可我們不看人家的優點，專挑眼睛小了，嘴巴大了，鼻子塌了，脖子短了……這樣的批評又有什麼積極效果呢？其實純文學批評沒有必要對所有的作品進行評論，我們挑選好的文學品評推介就可以了，至於那些夠不上檔次的，就讓時間去填埋它們好了。

二、《兩位富陽姑娘》：陽光下的剝奪[4]

麥家的短篇小說《兩位富陽姑娘》，是新世紀文學中不可多得的傑作。小說發表於2004年，在中國小說學會主辦的中國小說年度排行榜上，這篇作品被列為短篇小說第一名，[5]可見它得到了權威性的認可。《中國現代小說史》的作者夏志清說：「文學史家的首要任務是發掘、品評傑作。」[6]《兩位富陽姑娘》的被發現，正顯示出文學研究的重要目的和意義，而對它的品評，則可以不斷呈現真正的小說傑作所包含的豐富的思想與美學的意蘊。

（一）悲劇的力量

《兩位富陽姑娘》講述的是一個美被無辜毀滅的悲劇故事。故事的背景是「全國學習人民解放軍」[7]，「一人參軍，全家光榮」[8]，穿軍裝戴領章帽徽最被人豔羨、追慕與景仰，青年人「幾乎都滿懷當兵的理想」的「文革」時期，具體時間是1971年冬天。被毀滅的這位富陽姑娘本來有著

---

4 本文發表於《海南師範學院學報》（社會科學版）2006年第6期，人大複印資料《中國現代、當代文學研究》2007年第4期全文複印。

5 參見中國小說學會、齊魯晚報社主編：《2004中國小說排行榜》，作家出版社2005年10月出版。

6 夏志清：《中國現代小說史》，復旦大學出版社，2005年版。

7 除了批判、鬥爭，「文革」也是一個全民學習的社會。當時的口號是「工業學大慶，農業學大寨，全國人民學習解放軍」。

8 徵兵時使用的極有影響力的標語口號。人民革命的勝利以及新中國成立後以文學藝術為主的意識形態領域裡的革命敘事，形成了當代社會的軍旅崇拜，至「文革」時期，對解放軍的崇拜達到高潮，這一口號更是常用常新，具有極強的號召力。

無比美好的人生前景，命運已經眷顧於她：作為一個美麗純潔但普普通通的農村姑娘，她被招了兵，穿上軍裝，到了部隊，即將戴上領章帽徽成為無尚光榮的女兵。但是災難卻在她毫無知覺的情況下遽然降臨。在到部隊後的複審體檢中，由於她的同鄉、跟她一起入伍的另一位富陽姑娘的嫁禍與軍醫的失職，她被錯當成「作風不好」、「有問題」的人而被遣送回家，回家後又被盛怒的父親毒打和嚴逼，蒙受巨大冤屈、遭到沉重打擊的她，無奈之下只有以死洗冤，喝農藥自殺。她死後才真相大白，她是那樣清白無辜！她的死因而讓人無比痛惜。在清楚了她蒙冤受屈的原因，目睹了她在橫禍飛來卻蒙在鼓裡，冤枉受到殘酷的打擊，無法反抗更不知道應該反抗什麼，無以申訴更不知道什麼需要申訴，面對伴隨著暴力的道德與倫理的巨大壓力和必須作出的生死回答，她只能無助地自己結束自己的生命的過程，這時，故事內外的每一個活著的人，都無法不產生巨大的惋惜與傷痛，也難以不受到良心和道義的譴責。這位富陽姑娘的遭遇，讓每一個有良知、有愛美之心、有惻隱之心的人不忍面對，不敢面對。這樣的悲劇故事，使《兩位富陽姑娘》成為新世紀文學，也是當代文學中最有悲劇藝術力量的小說。

亞里斯多德說：「悲劇是對於比一般人好的人的摹仿」。又說「喜劇總是摹仿比我們今天的人壞的人，悲劇總是摹仿比我們今天的人好的人」。[9]寫好人而產生悲劇效果，即引人產生憐憫與恐懼之情，是因為這裡所寫的是一個人遭受不應遭受的厄運，[10]也就是「好人受困難的折磨」[11]。《兩位富陽姑娘》的悲劇力量就來自於「比我們今天的人好的人」遭受不應遭受的厄運。故事的主人公是個十九歲的純潔的姑娘，皮膚白嫩，膽小聽話，「『就像一隻小綿羊一樣』，性格內向，懦弱，自小到大對父母親的話都言聽計從」，不會也不敢做出任何出格的事情，尤其在男女關係方面，事後也證明她還是個處女。但就是這樣一個清清白白的姑娘，受到天大的冤枉，被當成最為人不齒的「破鞋」，不僅有「作風問

9　亞里斯多德：《詩學》，人民文學出版社，1962年版，第37頁，第8頁。

10　亞里斯多德說：「憐憫是由一個人遭受不應遭受的厄運而引起的，恐懼是由這個這樣遭受厄運的人與我們相似而引起的。」（亞里斯多德：《詩學》，人民文學出版社1962年12月版，第38頁）

11　楊辛、甘霖：《美學原理》（第三版），北京大學出版社，2003年版，第239頁。

題」，而且有「欺騙組織的問題」，因而受到十分嚴重的處置，遭到劈頭蓋臉的打擊，在當時的境況下，除了死沒有什麼能證明她的清白，洗雪她的冤屈。無辜而被加害，清白受到玷污，弱者遭受暴力，真正是「一個人遭受不應遭受的厄運」。這個人越是美好，越是無辜，她所遭受的厄運就越有悲劇力量。美好、無辜的人遭受的厄運後果越嚴重，悲劇故事的感染力就越強。《兩位富陽姑娘》就具有這些基本的悲劇要素。在這個悲劇故事裡，不僅主人公是美好而無辜的，她遭受厄運的結果也讓人慘不忍睹。但它的藝術震撼力，還來自於更重要的悲劇因素，那就是富陽姑娘這個十分美好的生命，是被迫自己結束自己的生命的，並且是至親的人（他的父親）在誤會和誤解中致使她結束自己的生命的。悲劇衝突的雙方都是好人，而且是至親的人，這種在親人的誤會中造成的好人的悲劇，是悲劇中的悲劇。它引起的情感反應不是一般的憐憫和恐懼，而是巨大的憾痛與惋惜。對於悲劇的當事人來講，這種悲劇的結局更難承受的是施加毀滅性力量的一方，因為真相大白後他需要在悲劇無可挽回中承受無盡的悔恨。一個人在有生之年承受這樣的心靈折磨是比失去生命更可怕的厄運，因為失去生命等於磨難已經終止。只有在這個意義上，《兩位富陽姑娘》的悲劇效果中才帶有讓人恐懼的成分，它緣於「這個這樣遭受厄運的人與我們相似」。

藝術作品所創造的悲劇性，來自於悲劇敘事。麥家是個敘事意識很強且善於敘事的作家，《兩位富陽姑娘》這個故事，其強烈的悲劇審美效果，是從逼真而生動的場面、人物動作與心理的刻畫，形象和細節的描繪，以及事件經過與原因的敘述，也就是從敘事行為與過程中產生出來的。小說用十分富有匠心的結構一步步展現了悲劇事件的發生及其前因後果。鋪墊、蓄勢、懸念、突轉等手法的運用，讓故事在層層剝筍後顯露出它慘白的悲劇內核，使得故事內外的人心靈不由得不劇烈震顫。作品一開頭用陌生化的手法交代了事件的起因：一位富陽姑娘在部隊新兵複審體檢中被查出不是處女，於是按「老規矩」被退回原籍。接著就推出了它的後果：這位被遣送回來的姑娘服毒自盡了。出人意料的死的結局，是故事講述兀然出現的一個高峰。因為小說描述給我們的是痛苦而慘烈的死：她是喝了半瓶劇毒農藥敵敵畏七竅流血而死的。一個鮮活的生命，轉眼間變成了一具冰涼的屍體。這具屍體的姿態和顏色是那樣怪異，駭人，「讓人感到瘆人」，連「在戰場上什麼樣的屍體都見過」的軍人都「倒抽了一口冷氣」。小說這樣寫她死後的身體姿勢：

> ……說她是平躺著的，其實頭和腳都沒著地，兩隻手還緊緊握著拳頭，有力地前伸著，幾乎要碰到大腿。總之，她的身體像一張弓，不像一具屍體，看上去她似乎是正在做仰臥起坐，又似乎在頑強地做掙扎，不願像死人一樣躺下去，想坐起來，拔腿而去。

可見她死得多麼不情願，多麼不得已，多麼慘烈。小說還這樣寫她服毒而死後身體的顏色：

> ……她臉上、手上、脖子、腳踝等裸露的地方，綿綿地透出一種陰森森的烏色，烏青烏青，而且以此可以想像整個人都是烏青的。……她本來是很白嫩的（這一帶的姑娘皮膚都是白嫩的，也許是富春江的水養人吧），想不到一夜之間，生變成了死，連白嫩的皮肉也變成了烏青，像這一夜她一直在用文火烤著，現在已經煮得爛熟，連顏色都變了，吃進了當歸、黑豆等佐料的顏色，變成了一種烏骨雞的顏色。

這是一種多麼可怕的死。不僅白嫩的身體變得烏青，「她的嘴角、鼻孔、耳朵等處都有成行的蜿蜒的汙跡」——「這是血跡」。可以想見這是多麼痛苦的死。就算她有道德問題，不夠資格當兵，難道應該接受這樣的懲處，領受這樣痛苦而可怖的死亡？在死亡，而且是自殺帶來的死亡面前，生命的尊嚴和價值陡然凸顯出來，原有的是非觀念被質疑，悲劇性事件通過情感的衝擊喚醒了人們對死者的同情心，同時也就瓦解了小說開始時設置的道德評判。而這種情感的衝擊是由小說敘事的文字創造的強烈的視覺衝擊力帶來的。

自殺是生命對無法承受的存在困境的徹底逃避，是一個人留給世界的最後的語言。對於陷於罪錯壓迫的個體而言，消極的自殺是對蒙受冤屈的最有力的申辯。根據小說敘述的暗示，這個富陽姑娘的死就可能屬於這種情況，它意味著這一悲劇事件另有隱情。它引起讀者新的閱讀期待。隨後的敘述和交代，就證實這個姑娘的死是被逼的，她在死前留下了遺言，告訴她的親人，她是冤枉的。既然是被逼死的，自然需要回答是誰逼死了她。又一次讓人感到意外和吃驚的是，作出回答的是她的父親，父親說：「是我把女兒逼死的。」小說敘事把事件程序引向了悲劇的內核，即悲劇衝突發生在親人（在這裡是「父親」和「女兒」）之間，並且是強者對弱者施加不應施加的暴力招致悲慘的結果。這一次是通過人物動作的描寫來製造悲劇效果的。還沉浸在女兒參軍的榮耀裡的當村長的父親，突然遭遇到讓他發懵的變故——她剛參軍的女兒被部隊退了回來，由人武部的同志送到家裡，還「白紙黑字告訴她女兒犯了什麼錯」。女兒當兵未成，反有辱家門，這巨大的打擊使他又羞愧又惱怒，於是有了根本不問情由，完全喪失理智的思想和行為。據敘述人描述：

> 他不知道說什麼好，也不想說什麼，只想打死這個畜生。他這麼想著，上去就給女兒一個大巴掌。後來，在場的人武部同志告訴我，那個巴掌打得比拳頭還重，女兒當場悶倒在地，滿嘴的血，半張臉看著就腫了。但父親還是不罷手，衝上去要用腳踢她，幸虧有人及時上前抱住他。

父親的暴行還不只如此。懾於人武部的警告，他一時不敢再打女兒，而是盤問女兒「是哪個狗東西睡了她」，女兒一再否認並說是冤枉的，這樣他愈加認定錯在女兒，忍無可忍，再一次對女兒暴力相加：

> 當時一家人剛吃過夜飯，桌上的碗筷還沒收完。父親抓起一隻碗朝她擲過去。女兒躲開了。父親又操起一根抬水杠，追著，嘴裡嚷著要打她。開始女兒還跑，從灶屋裡跑到堂屋裡，從堂屋裡跑到豬圈裡，又從豬圈裡跑回堂屋，跑得雞飛狗跳，家什紛紛倒地。回到堂屋裡，父親已經追上她，但沒有用手裡的傢伙打她，而是甩掉傢伙，用手又扇了她一耳光。還是下午那麼嚴重，她也像下午一樣倒在地上，一臉的血，不知是嘴巴裡出來的，還是鼻子。

如果說前面描寫的這個姑娘死後的樣子讓人慘不忍睹，那麼在這裡，懦弱、聽話的女兒在不知道自己到底闖了什麼禍犯了什麼錯的情況下，只能毫不反抗、連躲避也不可能地承受盛怒的父親的痛打，被最應憐愛自己疼惜自己的人打得那麼嚴重，這樣的情景令人更其不忍。

人倫中最可寶貴的父女親情，被野蠻懲罰的暴行所替代，實是人心中最美好神聖的感情遭到了殘酷的踐踏，這也是一個人可以捨棄這個世界的最大理由。突然而至的悲劇衝突要以死亡來平息了，於是故事講述出現了最富悲情的一幕。當狂怒的父親高喊著「打死這個畜生」，被母親奮力擋住，母親喊女兒快跑時，「女兒爬起身，卻沒有跑，反而揚起一張血臉朝父親迎上來，用一種誰也想不到的平靜的語調，勸父親不要打她，說她自己會去死的，不用他打。」無辜受辱被逼，她只有以死維護自己的尊嚴，也讓受累的親人得到解脫，何況不明真相的父親暴怒若狂，沒有留給她活路，父親要她做的選擇是：「你要麼報出那條狗的名，要麼死給我看。」她無法再用語言為自己辯護，只有選擇死才能證明自己的清白（她不知道是什麼說明她不清白，因而不知有簡單的辦法可以證明她十分清白）。她做出死的決定，意味著她與父親的悲劇衝突宣告結束，因此她說出這一決定是那樣冷靜，冷靜得「讓在場的人都吃了一驚」。急管繁弦的敘述突然出現一個靜場，視覺衝擊被內在的悲情替換，悲劇故事向人們的良知發出了詢喚，悲劇本來有了迴旋的餘地。但可惜沒有人聽懂這樣的詢喚，因為誤會這只製造悲劇的魔掌使人們閉目塞聽，沒人能夠抓住改變事情結局的機會。悲劇不可逆轉，悲劇衝突的雙方都受著蒙蔽。直到人死後對屍體進行檢查，才發現是把人弄錯了。經過幾經起伏的鋪墊和峰巒迭起的蓄勢，敘事用一個突轉，解開了懸念，暴露出事件的悲劇實質，讓人大驚吒，大悔恨，大遺憾。小說敘事這樣揭示事件形成過程與真相，使悲劇效果更強烈，它的確是「將人生有價值的東西毀滅給人看」[12]，喚起人們對悲劇主角的大同情。在知道真相後再回頭看這個不明不白受冤枉而死的姑娘，原來是一個多麼純潔美好的生命，真正是一個「比一般人好的人」。她被部隊弄錯檢查結果後，是在親人的逼迫下，在親人拋下她之後，一個人死

---

[12] 魯迅：《魯迅全集》（第一卷），人民文學出版社，1981年版，第279頁。

在自己的家裡的——不，不是家裡，而是在她家的豬圈裡。她不願意她的死玷污親人的房屋，就是死，她也為活著的親人著想，可見她一點也不埋怨（她自殺前一個人在堂屋裡嗚嗚哭了半夜那是委屈和傷心以及對親人挽留的等待）誤解她和為了自己的名聲而不惜傷害她的親人。特別是父親對她那樣兇神惡煞，把她往死裡逼，她不但不反抗，甚至不怨恨，而甘願遵從父親的意志，以死作答，僅給她的嚴父留下令人心痛的遺言：爸爸，我是冤枉的，我死了，你要找部隊證明，我是冤枉的。事實證明，她的確是冤枉的。好人受冤枉得到悲慘的結果，這是人類最恐懼的悲劇。作者在進行這樣的悲劇敘事時，故意採用不介入的態度和冷靜的語調，與他的當事人身份和故事的離奇、悲慘形成反差，造成悲劇敘事的方法與悲劇事件的視覺的和心靈的衝擊力之間的藝術張力，強化了悲劇效果。《兩位富陽姑娘》的悲劇力量大概來自於這些方面吧。

（二）誰是加害者

中國小說學會的小說年度排行榜評委會自稱有「學會的標準」，即「兼容歷史內涵、人性深度和藝術水準」。[13]《兩位富陽姑娘》能以第一名進入2004年度中國小說排行榜，想必符合中國小說學會的這一評審標準。除了上面所談到的藝術魅力之外，《兩位富陽姑娘》這篇小說應該有豐富的歷史內涵和一定的人性深度。

有價值的東西被毀滅的悲劇，往往由人性與歷史的合謀造成。《兩位富陽姑娘》這個悲劇，又是有哪些因素導致的呢？或者說，是誰加害於那位清白無辜的富陽姑娘，使她斷送了鮮花般美好的人生呢？

從小說向我們講述的事情經過，我們似乎不難找出把這位富陽姑娘推上絕路的幾個人。一是她的父親。如果不是她的父親得知她有作風問題而被部隊退回，惱羞成怒，發狂般地對她施以暴行和威逼，她最多是蒙羞而活，斷不至於丟掉性命。設若她的父親珍視女兒的生命勝過珍視自家的名聲，理智地對待和處理這件事情，說不定還可以查清問題，還女兒清白，女兒重返部隊也不是不可能。是父親的不理智和狂暴將她逼上了死

---

[13] 陳駿濤：《兼容歷史內涵、人性深度和藝術水準——寫在中國小說學會〈2004中國小說排行榜〉前面》，見《2004中國小說排行榜》，作家出版社，2005年版，第1頁。

路。父親是最直接的加害者，也惟有他的加害使這個故事最富有悲劇性。二是跟她一同參軍的同鄉，另一位富陽姑娘。她才是失去貞操、有作風問題、且不老實、應該給遣返回家的人。她在部隊對新入伍的女兵進行例行複檢時，被查出已不是處女。由於心虛、感到丟臉和害怕，她在體檢軍醫的詢問下，謊報了她老鄉的姓名（剛剛入伍，在女兵中她只知道她最熟悉的老鄉的名字），藉以逃脫肯定有的歧視和可能有的處罰。是她的嫁禍於人，使自己的同鄉蒙受冤屈，不明真情，無法回答父親的責問，以致更加激怒了父親，無端與父親形成悲劇衝突，最後在道德、倫理和暴力的多重壓迫與打擊下悲慘死去。這個富陽姑娘犯了女性當兵的禁忌而又不敢承擔責任，是這場悲劇的起因，所以她是真正的肇事者。不管是否出於故意，都是她害死了自己的同鄉。所以，「用軍醫的話說，即使把『她』槍斃都夠罪！」三是曾經診斷死者「有問題」的那位軍醫，一個牛高馬大的膠東人，軍區某部長的夫人。是她的粗心大意、簡單從事，以致張冠李戴，讓好人受冤領罪。悲劇發生後，她被派到死者的家鄉再度查體，發現弄錯了人，一臉驚恐，說明她不是沒意識到自己充當了悲劇製造者的同謀。事實上，對於姑娘的冤死，她犯有不可推脫的過失。她在誇大別人的罪錯時，其實是在掩蓋自己的草菅人命。四是作為悲劇事件的見證人，負責遣返姑娘回鄉的司令部軍務科長。他是被動地捲入這個悲劇事件的。為執行公務，他經手了這件事，經歷了他先前沒有料到的變故，美差變成惡夢，也因此瞭解了悲劇的全部過程以及悲劇產生的原因。本來姑娘的死跟他沒什麼干係，儘管人是他送回的，人死後是他處理的善後。但當真相查清後，他始而震驚緊張，繼而厭倦恐懼，最後也反思了自己，不由懺悔起他也加入了製造悲劇的行列。在送這位姑娘回富陽的火車上，不明何故遭到遣返、十分畏懼的姑娘，曾懇求他告訴她犯了什麼錯誤，他也完全可以告訴她，然而在一念之間他卻打了官腔，致使這個姑娘失去了洗清冤屈、糾正錯誤處置的最好的、也是唯一的一次機會，才墮入本來可以避免的命運的深淵。

我們似乎有理由認定這幾個人就是悲劇主人公富陽姑娘的不同性質的加害者，他們在不同程度上對好人遭受厄運負有責任。雖然他們並不是惡的化身，他們並未料到自我開脫、自我保護、對榮譽的顧惜、對恥辱的規避等等這些情有可原的做法，會致他人於死地，但是他們身上存在的人性的弱點，也就是人的自私本性，吊詭地趨善行惡，合夥製造了悲劇。然而，麥家講述這個發生在特定年代裡的悲劇故事，肯定還帶有拷問歷史的意向。從敘述的設計就可以看出，故事在引導我們追索悲劇的真正導演。這個故事的起點，是一種反諷表達。作為語言多義性的一種形態，反諷是「語境對於一個陳述語的明顯的歪曲」[14]，它「表示的是所說的話與所要表示的意思恰恰相反」[15]。在小說的反諷式敘述中，文字與意義並不相配。「反諷可以毫不動情地拉開距離，保持一種奧林匹斯神祇式的平靜，注視著也許還同情著人類的弱點；它也可能是兇殘的、毀滅性的，甚至將反諷作者也一併淹沒在它的餘波之中。」[16]《兩位富陽姑娘》的故事之所以成為悲劇，它的邏輯起點今天看來十分荒誕，女兵到了部隊首先要接受檢查，看處女膜是否完好。這個荒謬的做法，在小說敘述中並沒有受到質疑，相反它是作為一個真理在故事中被所有的人所維護，不管是製造悲劇，還是承受悲劇，或是製造悲劇同時又承受悲劇的人，都絲毫不懷疑它是否合理。敘述者正是毫不動情地拉開距離，平靜地、克制地講述這個以處女膜為軸心的故事的，處女膜好像一面鏡子，照出了人性的弱點。處女膜問題是一個敘事前提，從這個軸心開始，展開了驚心動魄、傷心慘目的悲劇，但它自己卻安然無恙地注視因為它所發生的一切。這就是這篇小說的高妙之處。只有真正理解小說的特點與功能的人才會這樣處理有價值的題材，這樣講故事。只要我們感受到敘事的反諷意味，就能領悟這篇小說真正的思想意蘊。就是說，只要逆著悲劇展開的方向，回到故事的軸心上去，製造悲劇的黑手就能被我們捉住。處女膜是故事的紐結。處女膜竟決定一個人的生死禍福，它也就成了禍源，悲劇的誘因。

小說的歷史批判意識，也在這裡得到顯露。姑娘處女膜完好才有資格當兵，這不是軍人職業的需要（鴨板腳不能當兵才是，因為鴨板腳影響行軍），而是道德需要。處女崇拜反映的是一種道德觀念。女性參軍需接受處女膜檢查，體現了部隊對入伍者嚴格的道德要求。這樣的要求發

---

[14] ［美］布魯克斯：《反諷——一種結構原則》，見《新批評文集》，中國社會科學出版社，1988年版，第335頁。

[15] 參見朱立元主編：《當代西方文藝理論》，華東師範大學出版社1997年6月版，第111頁。

[16] ［美］華萊士・馬丁：《當代敘事學》，北京大學出版社，1990年版，第227頁。

生在「在靈魂深處鬧革命」的「文化大革命」時期不足為怪，它表明革命隊伍追求人的高度純粹化。這一道德要求來自於毛澤東思想，是毛澤東號召中國人做「一個高尚的人，一個純粹的人，一個有道德的人，一個脫離了低級趣味的人，一個有益於人民的人」[17]。解放軍一度被視為革命的大熔爐，毛澤東思想的大學校，就是革命道德的建設被置於崇高位置而產生的價值觀。然而革命化和道德至上的結果又是什麼呢？《兩位富陽姑娘》以個案形式作出了回答。由於處女膜檢查的失誤，害得一位姑娘自殺，兇手不就是殺死過無數中國婦女的貞操觀念嗎？原來，革命的政治道德裡，摻雜的竟是極為腐朽的封建舊觀念。是觀念假人之手殺死了這個本該有著美好人生的姑娘。革命追求純粹化，卻是在戕害生命，它的泛道德化的本質是反人道。這就是小說貌似平淡的故事講述中隱含的革命的悖論。《兩位富陽姑娘》從一個全新的角度，以獨特的方式檢討了二十世紀的革命歷史。

處女崇拜又是一種權力崇拜。道德標準說到底是權力意志的體現。「新兵入伍後，部隊要對他們作一次身體和政治面貌的複審。」複審合格，才能戴上領章和帽徽，真正成為部隊的人，領章和帽徽象徵著一種政治榮譽和權利。所以在新中國的很長一段時間裡，當兵不是公民的義務，而是一種政治權利的享受。部隊無形中演變為一個利益團體，它實行嚴格的准入制。身體和政治面貌就是兩個基本尺度，也是絕對尺度。作為男權社會的遺存，女性進入這一團體，還有貞操這個附加條件。失去了貞操，就失去了當兵的資格；失去了當兵的資格，也就失去了一種政治權利。這種政治權利具有巨大的誘惑力，在反復的強化中，它的重要性和價值可以超過人的生命自身。那位女兒被部隊遣送回家的父親，在得知的女兒是因為有作風問題而被退回，立即羞愧難當，惱怒至極，一方面是新舊合一的道德感使他蒙受恥辱，更重要的是已經獲得的政治利益的喪失使他發急、感到絕望。所以，在逼死女兒，醒悟到女兒受了冤枉，經過堅持，為女兒洗清了不白之冤後，他向部隊提出的唯一要求竟是讓部隊帶走他的才十五歲、不夠參軍年齡的小女兒。這樣的頂替，既可以挽回家族的榮譽，又能

[17] 毛澤東：《毛澤東選集》（第二卷），人民出版社，1991年版，第653-654頁。

夠獲得失去的權利。只要達到這個目的，就算已經知道部隊對女兒的死負有主要責任也無需提出賠償要求了。

對權利的趨附是人類的本性，但富有悲劇色彩的是，追求權利，必為權利所役。況且在道德化的權利分配背後，往往隱藏著君臨一切的權力意志。《兩位富陽姑娘》最有價值的地方，就在於展示了權力意志通過道德召喚來實現對人的思想控制。八名女兵中的一位富陽姑娘被查出處女膜是破的，這就說明有作風問題了。不僅有作風問題，還有更大的問題，由於她只有十九歲，自己說連男朋友都沒有談過，說明她表上填的和嘴上說的都有問題，這是欺騙組織的問題，比作風問題更大。「欺騙組織，就是對組織、對黨、對人民不忠誠」。所以她的問題被看得比那個查出是鴨板腳的男兵的要大得多，「大得到了簡直嚇人的地步」。就是說，道德缺陷比生理缺陷更嚴重，因為生理止於身體，看得見，道德關乎思想，不好控制。這裡的反諷洩露了革命時代的祕密：加入革命（隊伍）的首要條件是「忠誠」，所謂「忠誠」就是交出自己的靈魂。在這樣的要求下，人的隱私自然是不能保留的，女兵檢查處女膜於是天經地義。政治榮譽和權利的獲得，是以隱私權的被剝奪為代價的，其後果是人的生存被扭曲。小說裡自殺而死的富陽姑娘的被痛苦扭曲變形的身體，極富象徵性，那是道德化的統治意志對生命的扭曲與戕害，也是生命對非人道德的控訴與抗議。死者是被扭曲的，活著的人也無不被扭曲。死者扭曲的身體，折射出加害於她的人靈魂的扭曲。「父親」是最突出的例子。女兒遭人所害遇到危難，最能給予安慰、保護和解救的是父親，但恰恰是父親給了女兒致命的打擊，萬萬不該地親手掐滅了女兒生的希望，也表明道德觀和利欲早就潑熄了他人性中愛與善良的火焰，這是追求人民解放的革命權力意志對人實行普遍剝奪帶來的結果。

三、《賣女孩的小火柴》：元小說抑或反元小說

鬼子的短篇《賣女孩的小火柴》是2004年裡最為奇特而又饒有意味且富有敘事震撼力的小說，是一篇最有小說性——小說的基本特性是虛構——的小說。小說是敘事的，這篇小說所敘之事是一篇小說如何虛構一個

故事的故事，也就是它是關於敘事的敘事，作為一種虛構行為，它所虛構的是虛構。因此，它是一種元敘事，這篇小說似乎是一篇典型的元小說。

（一）元小說？

「元小說」當然是外來的概念，是西方敘事學理論中的一個引人注目的名詞術語。上世紀八〇年代就被引進，九〇年代初美國文論家華萊士・馬丁的《當代敘事學》被翻譯出版後，更是為我國的理論批評界所熟知，並在文學批評中得到運用。元小說又稱為「超小說」、「自覺小說」、「自戀文本」、「自我意識小說」、「自反小說」。這是一種「一種充分自覺的、以虛構和敘述行為本身為虛構與敘述對象的小說新文體」[18]，它「在一篇敘事之內談論這篇敘事」[19]，公開討論「『虛構敘事／現實』之間的關係」，「將敘事本身加以主題化」，[20]有意顯示「敘事的成規性」[21]，總之，它是「關於小說的小說」。

元小說的出現，標誌著小說藝術自身的進步，因為「如果我談論陳述本身或它的框架，我就在語言遊戲中升了一級」[22]。但元小說決不只是代表著一種有意味的小說技法，也不意味著寫小說的目的就在於遊戲。產生於後現代文化背景中的元小說，蘊含著深刻的藝術哲學，它有目的地顛覆了傳統的、主要是現實主義的文學觀，對文學這種語言陳述與世界的關係給予了新的解釋，回答了什麼才是我們所要追尋的意義這個人類行為的基本問題。現實主義文學為追求真理而要求小說必須真實地反映現實，但是現實主義小說通過隱藏敘述行為以求得似真性的閱讀效果，其實是在掩蓋

---

[18] 參見王夫明：《後現代主義詩學與「自覺小說」》，《外國文學評論》1989年第4期。轉引自陶東風：《文體演變及其文化意味》，雲南人民出版社1994年5月出版，P190。

[19] [美]華萊士・馬丁：《當代敘事學》，伍曉明譯，北京大學出版社1990年2月版，第229頁。

[20] [美]華萊士・馬丁：《當代敘事學》，伍曉明譯，北京大學出版社1990年2月版，第226頁。

[21] [美]華萊士・馬丁：《當代敘事學》，伍曉明譯，北京大學出版社1990年2月版，第222頁。

[22] [美]華萊士・馬丁：《當代敘事學》，伍曉明譯，北京大學出版社1990年2月版，第229頁。

小說是一種虛構這一基本的事實，它所追求的真實仍然值得懷疑。與之相反，元小說有意暴露敘述行為，揭穿講故事的虛構性本質，反而突出了故事講述者態度的真誠，也保證了話語本身的真實性。正所謂「『小說』是一種假裝。但是，如果它的作者們堅持讓人注意這種假裝，他們就不再假裝了。這樣他們就將他們的話語上升到我們自己的（嚴肅的、真實的）話語層次上來。」[23]正是意識到「對於幻覺的揭露把意識提升到一個新的層次」，華萊士・馬丁才給予了這樣的辨正：「現實主義的許多擁護者認為寓言、元小說和滑稽模仿（總之，任何一種顯示一篇敘事的成規性的公開標誌）都是某種形式的遊戲，顯示著一位元作家或批評家實際上的不嚴肅。但這種看法是不對的；自我意識小說的提倡者們也像其他人一樣，可能是輕浮的，也可能是明智的，或者可能比我們大多數人更加嚴肅（例如喬西普維奇）。」[24]更重要的是，現代小說將注意力從現實世界轉移到語言陳述自身上來，是以新的（主要是後現代主義的）哲學與文化觀為基礎的，這才是元小說的革命性意義之所在。

對此，陶東風的《文體演變及其文化意味》一書，有較為全面的論述。它告訴我們，從結構主義的語言觀到後結構主義的語言觀，文本與現實的關係被徹底否定。根據德里達、巴爾特等人的見解，本文之外沒有任何東西，語言本身無所謂真假，那麼「語言的意義是由語言自己創造的，相應地文本的意義也是由文本自己決定的，它與外在世界無關。」[25]依照這樣的語言哲學觀念，自然可以接受這樣的判斷：「任何用語言說出來的話，寫出來的句子，文章，就只能是虛構。」（吉羅德・格拉夫語）虛構是本體論意義上的，生活本身也是虛構。因而，「文學（包括小說）是虛構的這一文體學的命題是與世界是虛構、人生是虛構、意義是虛構等文化哲學命題聯繫在一起的，它深刻地揭示了人類對於人生與世界之真實意義的懷疑，揭示了小說家對於文學可以揭示人生真諦這一傳統使命感的背

[23] [美]華萊士・馬丁：《當代敘事學》，伍曉明譯，北京大學出版社1990年2月版，第229頁。

[24] [美]華萊士・馬丁：《當代敘事學》，伍曉明譯，北京大學出版社1990年2月版，第222頁。

[25] 陶東風：《文體演變及其文化意味》，雲南人民出版社1994年5月版，第193頁。

棄。」[26]承認這一點，就等於承認了虛構可以使意義成為可能，只不過它選擇的是另一種成規慣例。所以陶東風認為「在現實主義小說文體與後現代小說文體之間的選擇，實際上是在兩種文化價值觀念之間的選擇」，元小說代表的文體變遷具有這樣的文化意義，即「從現實主義的藏匿敘述行為到後現代主義暴露敘述行為的文體變化，深深地折射出文化的變遷，如果說文化賦予人以本質，而文化的本質又是語言，那麼，文化、人以及世界的真實性都取決於語言慣例，即取決於虛構的方式。」[27]

有了上述理論背景，《賣女孩的小火柴》的敘事類型及其意義應該說就不難認識了。小說的題目有點「滑稽模仿」的味道，看上去不嚴肅，讓人覺得有意取巧，耍小聰明吸引眼球，但也暗示這將是一個荒誕的故事，或許會帶給我們喜劇的快樂。同時它也提示，這個故事將是「一個有關於講故事的寓言」（華萊士·馬丁語）。小說也的確是敘述了一個叫做吳三得的地方作家按照當地報紙文學版給定的題目編故事的故事。雖然這個關於小火柴賣女孩的故事並沒有編完，沒能最後形成一個符合小說敘事成規的完整的文本，但作為小說敘事的言語-行為都發生過了，它（小說——故事）已經講故事了，並且講了不只一個故事，準確地說，它講了一個故事從發生到結局的多種可能性——要是按照現實主義的要求，文學應該給我們以知識的話，這個故事的多種講法給了我們更多的知識。小說裡的小說作家吳三得如何構思《賣女孩的小火柴》這篇命題小說，成了《賣女孩的小火柴》這篇小說的主體部分，小說完整地記述了這一構思；這一構思再清楚不過地讓這篇小說的讀者進入小說作坊觀賞了小說虛構故事的過程。它首先介紹了故事主人公（叫「小火柴」的小男孩和嬰兒——小女孩）的身分、來歷，接著就按小說的敘述程序／敘事成規，從開頭（小火柴在街上擺賣小女孩）講到故事的緣由（賣女孩的緣故，這是故事的核心部分，它講了可供選擇的五種緣故）及過程（出於「擬作者」的意圖——拷問人性），最後是出人意外的結尾。通常，讀者只能看見藝術家的「手中之竹」，這一次卻目睹了豐富多彩的「胸中之竹」。關於虛構的虛構比一個讓人信以為真的故事似乎有著更大的魅力。

---

[26] 陶東風：《文體演變及其文化意味》，雲南人民出版社1994年5月版，第195頁。

[27] 陶東風：《文體演變及其文化意味》，雲南人民出版社1994年5月版，第197頁。

這篇小說的元小說特點，還體現在故事的構思過程中，作者（或敘述者）不斷地對構思的情節加以評論。這種評論在敘事學裡被稱為「自我意識評論」。「所謂自我意識評論，確切地說，是指敘述者在文本中對敘事話語本身的評論，又稱為元敘事。」[28]1980年代中期先鋒小說興起時，元敘述也就是對敘事行為本身加以評論，成為「新時期文學」文體自覺的主要標誌。[29]馬原、洪峰、葉兆言都非常成功地運用過這一敘事方式，有意識地「裸露技巧」，強調藝術符號本身的性質，極大地更新了人們的文學觀念，反映在「把文學同生活區分開了，不再過高地估計文學對生活的作用」[30]，也就是改變了對文學文本與現實的關係的看法。鬼子在《賣女孩的小火柴》裡，對元敘事手法運用得很頻繁。比如寫到在構思「小火柴」的來歷時考慮要不要設計一個與小火柴有關的老教師時，就發評論：「當教師的，血脈裡總是多多少少地流著一些安徒生的血液的……當然也可以與安徒生無關……無關可能更好一些，加了安徒生就等於加了文化，可加了文化也就等於加了酸水，顯得有些做作。現在的小說，很多毛病就出在做作上……」這不只是在考慮在這個故事裡要不要加進文化因素，實際也評價了文化因素給小說帶來的閱讀效果，進而也評價了當今讀者的期待視野。又如，在構思「賣女孩的緣故①」時，寫到誰幫小火柴寫賣其妹妹的求告書的字時，敘述者又出面說話了：「……寫字的人怎麼可以眼睜睜地看著一個小男孩要把自己的妹妹拿到大街上活生生地擺買？……良心呢？……當然，也不必什麼事都往良心上靠，都有良心了世界哪裡還有那麼多的糟糕的事情？……可以把人物推到最陰暗的地方去，越陰暗的地方才越有深度……文學名著裡的很多人性深度都是這麼出來的，這是一個大道理，只是，這樣的大道理，很多中國作家早已經拋棄了，問題恰恰在

---

[28] 羅鋼：《敘事學導論》，雲南人民出版社1994年5月版，第230頁。

[29] 參見王陽：《小說藝術形式分析：敘事學研究》，華夏出版社2002年版。

[30] 畢光明：《文學復興十年》，海南出版社1995年10月版，第195頁。其理由是：「敘述世界同事實世界並非沒有聯繫。但二者發生於不同的時間，空間更有本質的不同，前者只是獨特思維主體受某種觸發對經驗到的事實世界的某一角度的符號化的重新組織和編排，它是作為審美客體提供給人們的閱讀材料，並且它只提供給那些有特殊興趣的人們。它不可能是對已逝事實世界的全面反映和全部解釋，同樣，它也不奢望對正在進行和將要發生的社會生活施加指導，產生作用。」（參見畢光明《文學復興十年》，海南出版社1995年10月，第195～196頁。）

此，他們越是將這些東西拋棄，他們的作品就越寫越是淺薄……」這不僅表現了敘述者對現實事件的道德倫理態度，借題發揮批判了世道人心，也對當今社會包括文學界對於文學的淺薄見解進行了反諷。又如，故事的敘述者在考量走「寫實」還是「荒誕」的思路時，有這樣一些評斷：「荒誕常常比寫實更有深度」，「……但荒誕沒關係，荒誕可以是任何人，寫實則要小心……如果要表現有什麼美的東西在裡邊，那最好是表現在小火柴身上……否則小火柴這個人物的意義就會被他人奪走……」敘述者對文學的理解及處理故事的能力好像頗為自信、很有把握，但文化環境給予他的這種自信與把握並非不值得懷疑，所以又是一個反諷。

類似的帶有反諷性的自我意識評論在小說裡頻頻出現，增強了小說的元敘述色彩，小說因而越發像一個地地道道的元小說。然而引起我們疑惑的是，在元小說在新時期文壇一度走紅20年之後，鬼子來這麼一下，酣暢淋漓地操作一把元敘述，他就不怕人家笑他炒別人的現飯嗎？鬼子若真的認同元小說，那麼這篇小說要訴諸讀者的只是敘述言語行為即文本自身的意義生成而不是通過故事讓讀者走出文本，直面現實，追問我們的生活意義何在嗎？

（二）反元小說

答案不難找到。

《賣女孩的小火柴》確然敘述了一個如何講故事的故事，小說的「豬肚」部分用呈現代替了敘述，敘述中又遍佈自我評論。然而這些都是作者有意模仿、有意製造的假像。小說的寫作目的正是要破除這些假像，讓讀者抵達被敘述的叢林所遮擋和掩蓋的生活現實，一個真實存在的世界，一個我們許多人自以為瞭解、其實並不瞭解的世界。

如果我們不是只注意小說敘述中呈現的故事的講述（即【構思備忘】部分），而從整體結構著眼，留心反諷語句的真意，我們就會發現，鬼子的這篇小說不是「敘述如何講賣女孩的小火柴的故事」，而是「敘述寫《賣女孩的小火柴》這個故事的故事」，這篇小說的真正主人公是瓦城作家吳三得，而不是賣女孩的「小火柴」，小說的主題不是講故事的技巧，不是敘述行為本身，而是吳三得講故事發生的心理挫折，造成自命不凡的作家遭受打擊的外部力量。雖然小說中經常有對敘事行為的評價，符合元小說的要件，但它多半並不是由敘述者來評價敘事行為，而是由作為敘述對象的人物來評價，來自反。[31]它的確暴露了敘事行為，但它所暴露的是虛構的，暴露也就墮入虛假。因此結論可能是，這篇小說是以元小說為題材的小說，是關於元小說的小說，而不是元小說。準確地說，這是對元小說進行戲擬的小說，從主觀意圖看，是要解構元小說，因此可看作反元小說，儘管在主題表現上它成功地利用了元小說的技巧增強了藝術效果。

那麼這篇小說的真實意圖（犯忌了——意圖謬誤）是怎樣曲折（文似看山不喜平——難怪鬼子故弄懸殊）實現的呢？

首先給我們以迷惑的是它的題目《賣女孩的小火柴》。對婦孺皆知的童話作家安徒生的名著進行改寫，的確異想天開而又別出心裁。它誘導我們猜想、關注這個不無蹊蹺的故事。而實際上，它是兩個小說題目的重合。《瓦城晚報》的編輯給了這個題目，讓吳三得作文，這是小說情節中的內容，是作品中的主人公即小說人物需要處理的題目，而不是作家鬼子要處理的題目，也就是說是吳三得需要講一個賣女孩故事，而不是鬼子（實為擬作者）要講一個賣女孩的故事。鬼子要處理的題目應該是《吳三得與〈賣女孩的小火柴〉》，他要寫的故事（大故事）是：一個叫做吳三得的作家寫《賣女孩的小火柴》這篇命題小說的經歷。《賣女孩的小火柴》是作家鬼子這篇小說之中的一個小故事的題目，結果把它用作講述吳三得的經歷的小說的題目，就讓人把故事中的故事當作故事本體了。實際上，鬼子這篇小說的敘事策略，是「虛構中的虛構」，而不是「關於虛構的虛構」，因此它的本體不是元小說。元小說是這篇小說的題材，而不是它的體性。

其次，故事用了嵌入式，而又將嵌進去的故事作為主體部分重點呈現，也起了「誤導」作用。作家為了達到一種反敘事的敘事效果，有意誇張小說中的人物吳三得的敘事行為，極力描寫他對於小說操作的良好的自我感覺，他對自己的虛構能力的滿足，因為只有這樣，他的想像與虛構遭

---

[31] 要是套用華萊士・馬丁的比喻就是：敘述者沒有讓我們注意造成逼真效果的眼鏡和框架（技巧與結構），實際上是讓我們的興趣中心或曰興奮點放在畫面的中央，而畫面的中央畫的是一個鏡框。

到現實的否定，他突然遭受的心理打擊才有力。但在閱讀過程中，作者所設置的敘述圈套確實容易使讀者迷失其間。只有當我們走出這一迷宮之後，才有可能恍然大悟作家的真實用意所在。

再次，由於小說採用了故事之中有故事的敘事設計，「擬作者」、敘述者和人物就容易發生混淆，它導致的是反諷敘事的所指不明確。特別是吳三得在小說裡具有雙重身分——既是人物、又是敘述者，在以他的名義進行敘事時，他所做的自我意識評論對待事件及文學自身的態度，他的價值觀就變得複雜起來。簡單說，他的觀點不等同於《吳三得與〈賣女孩的小火火柴〉》這篇小說的敘述者的觀點，也不等同於「隱含的作者」的觀點。只有在否定之否定的邏輯關係中，才能找到小說「擬作者」和作家鬼子的價值觀，也就是可以較為確切一些地把握到這篇小說的主題指向。

《賣女孩的小火柴》就是通過上述種種敘述策略，先將我們誘入一個「元小說」形態的走迷宮的遊戲裡，在迷宮的出口處，再讓我們猝然同一個完全超出我們想像的現實世界相遭遇。作者讓「元小說」在作品裡盡情表演，不是要肯定這種小說的敘事功能與文化意義，而恰恰是要顛覆這一曾經被賦予文體和文化創新意義的敘事迷戀。「元小說」像一個精靈，在我們的眼前那麼活躍，那麼眩目，而轉瞬之間，她就被殺死。「元小說」在這裡被謀殺，背後的敘事意圖在於借此反省當今的文學。文學如果真的一味自戀於敘述行為和文本，那麼作品的花枝在現實生活的風雨裡很快就會枯萎。吳三得自以為「善於瞎編」，不到一個晚上，就編出了賣女孩的小火柴的故事，而且真像他自恃的——「不管什麼點子，只要交給他，好像一分鐘之內，就能給你想出五六個方向的思路來」，一口氣為小火柴賣女孩編出了五種緣故，還為小說編出了自以為出人意外的寫實、荒誕各兩種結尾。而結果呢？第二天在菜市場從他身邊發生的事情，遠比他編的故事要離奇！「善於瞎編」是吳三得自謙的話，真正的意思應該是「富於想像」，這足以使他自得。是故吳三得編這個故事，當然以為窮盡了所有的可能性，然而他哪裡想到，現實世界的變化、生活的複雜遠遠超出了作家的想像！吳三得是比他老婆聰明，一拿到報社編輯給的《賣女孩的小火柴》這個題目，就想到「小火柴」不是物而是人，是一個「頭大，脖子瘦，怎麼看都像根火柴似的」小男孩，因而他一開始就把故事的主人公理所當然地確定為一個小男孩在街上擺賣女嬰。他壓根兒也不會想到，故事的主角也可以是小女孩。所以，發生在他身邊的小女孩拐走小女孩的事件讓他那樣震驚，不由「愣在了那裡」。生活現實推翻了作家自鳴得意的構思：他只構思得出「賣女孩的小男孩（瘦的像小火柴）」，生活中卻有「賣女孩的小女孩（瘦的像小火柴）」。它不僅超出了作家的想像範圍，也超出了作家的想像能力。[32]作家自以為高明，自以為對生活瞭若指掌，而實際上他對生活、對社會是那麼無知！生活的複雜、人的異變遠遠超出了作家的想像！吳三得的智慧被現實殘酷地否定了，這使他沮喪、氣惱甚至憤怒！反省文學的出發點是對現實的關切與批判。回過頭看，《賣女孩的小火柴》這個有失嚴肅的小說題目，隱含的是作家對當今這個世界的深重憂患。同安徒生筆下的那個不幸的小女孩（可能是虛構的吧）相比，今天的許多兒童面臨的又是什麼樣的生存威脅呢？發生在菜市場馬蹄攤邊的母親一不留神小孩就被拐走的事，決不是虛構。假如這樣的事，在光天化日之下隨時都會發生，那麼安徒生童話中哪個可愛的小女孩不用等到半夜就要被人販子搶走吧（也許有人會說，被搶走總比凍死餓死強吧）。小說中讓我們不能釋然的是那個被比她才大一點點的小女孩帶走的小女孩的命運。何止是她。那個把他帶走的小女孩，承受的又是一種什麼樣的命運呢？不難想像這個賣女孩的小女孩後面的成人的黑手。小女孩是個工具，也是受害者。假如連兒童都得不到保護，時刻面臨各種危險（小說寫到：「小孩被拐的事，菜市場裡已經發生很多次了」。證之以現實社會，人販子的猖獗，已到了無以復加的地步），那麼我們又是生活在一個怎樣糟糕的世界裡呢？面對這樣的世界，安徒生的童話顯得太為輕飄，太過單純（難怪吳三得的老婆說「這年月還有誰喜歡在報紙上讀童話呢？」——不只出於世風日下造成趣味低下之故），吳三得們的「瞎編」又不夠嚴肅，那麼，作家要麼仍然躲進自己「熟悉」的隱私世界裡，繼續做一個養尊處優的當代生活（多麼混亂的生活！）的局外人，寫諸如《貧民張大嘴的性生活》之類的題目供人取樂，要麼——只有重新撿起現實主義的武器，搏殺生活，提取意義：敘述行為並非不能產生意義，但是生活逼得至少是一

---

[32] 小說的歐・亨利式結尾，產生了強烈的敘事震撼力。「元小說」對之還是起了重要的鋪墊作用。

部分文學保持及物的敘述——「語言」固然具有本體意義，「經驗」也不必廢棄。——這大概就是《賣女孩的小火柴》這篇奇特而複雜的小說，通過雙重敘述的爭辯[33]，無奈地啟示給我們的吧

四、《說話》：權力對人生的敗壞

新進女作家陳蔚文的短篇小說《說話》，講述的是一個知識女性因為說話的欲望遭到壓抑，滿肚子的語言找不到出口，而感到憋悶、難受，以致身體出軌，家庭生活遭到嚴重敗壞的故事。

這是一個充滿了強烈的感性色彩的普通人的生活故事，真實得叫人覺察不出一絲虛構的痕跡。女主人公在崩潰前，有過漫長的掙扎，這掙扎是心靈的，也是肉體的，是生命的自然需求被遏抑和扭曲而發生量變的過程。小說的感性化，來自於造成倫理悲劇的生命能量的積聚與生活的壓強成正比地增長。它的一朝爆發是對生活的報復，而報復的結果當然是兩敗俱傷，原本有的幸福和幸福感在不正當的補償行為中被一併毀壞。小說結尾主人公的逃避，意味著曾經有過的希冀徹底破滅，因為純潔的感情已經在生存壓力造成的生命迷亂中被玷污，就如同本該完美的詩篇中出現了無可刪除的敗筆。

《說話》讓人驚歎於女性感受的細膩與持久。敘述者與小說人物在身分上的同構，使文字所表達的女性內在感覺有如水一般豐盈、溫暖而柔韌，同時又十分尖銳有力。陳蔚文的小說，並不停留於一般女性作家常犯的沉溺於感性經驗，她喜歡探討人生糾葛中的一些命定的因素，常感歎於

[33] 小說大故事的主人公（作家吳三得）在構思小故事時，始終「考慮到了給老婆的閱讀和與老婆的對話」，「老婆」這個「隱含讀者」實際上代表了作家所處時代的市民文學趣味，作家與之進行的「對話」，形成了兩個敘述層面中的敘述者（各自與「擬作者」的距離不同）的價值觀的爭辯，實質上是在與流行的文學觀與社會成規進行爭辯。這種爭辯，也表現於兩個故事層面上角度不同的「自我意識評論」以及大故事裡夫妻辯論中，由於「敘述聲音」複雜，這些「評論」大大增強了小說的藝術張力和文本意蘊的豐富性。如果深入分析，這篇小說有很強的複調性。這種複調性使我們不能簡單評判作家對待不同文學傳統與敘事成規的態度。一個善於操作元小說，有元敘述能力的作家，不會不知道言語行為和藝術觀照現實的限度，因而其價值觀更具包容性，這是需要注意的。

生活悲劇背後的那種無可規避的冥冥中的力量。《說話》的女主人公，無論生活賦予她怎樣的境遇，似乎都無法改變她將要遭遇的陷落。不過，在這一次的男女故事裡，陳蔚文給了生活悲劇以更多的現實解釋，是現實社會的力量左右了人生，敗壞了生活，作品因此增強了現實批判力量，更具有典型性。故事的衝突，建立於「說話」這一邏輯起點上，表現了作家獨到的藝術發現。

說話，是一種再普通不過的生命行為。只要是一個健全、正常的人，就需要說話。說話是運用語言與人、與外界進行交流。能運用語言，是人之為人的最基本的也是最重要的標誌。就是說，運用語言——說話，是人的本質的體現。正因為是人就應當能夠說話，說話也就是人的一種權力。人不僅可以而且應該說話，人還應該而且可以自由地說話。正所謂人生而自由。然而在陳蔚文這個故事裡，人並沒有獲得這個權力。主人公應碧，是個大學畢業生，而且是學文科的，並且是在宣傳部門裡工作，做的就是說話的事情。可她居然沒有得到說話的權力。不僅沒有一般的政治話語權，甚至連日常聊天的自由都要遭到干涉。小說裡所寫的說話，基本上是一種日常生活語言，聊天，拉家常，一些無關他人更無關大局的私人性的生活語言。誰知連這樣的日常談天在單位裡也犯了忌。這讓她不可思議，感到憤激。但憤激歸憤激，她生活中的一份不可缺少的快樂，更重要的是她作為一個公民的起碼的權力，都生生地被剝奪了。

對於出身鄉村，大學畢業後留城，在人際關係並不能讓她適應的單位裡工作的應碧來說，談天說話不僅是釋放女性生命能量的天性中的需要，也是緩解環境壓力，排解現代都市帶給人的孤獨感的不可或缺的生存需要：

> 從縣中考進省城大學，應碧一直是個願說話的女孩。她不喜歡悶著，一悶久她就覺得像溺水，呼吸一點點被堵嚴實了，心裡一點點暗下去。話越說心裡才越亮，這是母親說的。應碧母親是個對著石頭也能說話的女人，無論點秧種菜還是餵雞採瓜，她嘴巴從沒閑著，她說你爸跟個悶罐子一樣我再不說說話不就憋屈死了！[34]

---

[34] 陳蔚文：《說話》，《天涯》2006年第1期。第111頁。以下出自同一作品的引文，只在文中標注頁碼。

從這段話裡，幾乎可以看出說話聊天對於一個落入城市單位生活中的鄉村女子所具有的生命哲學和文化反抗的意義。應碧的愛說話與其說是得了母親的遺傳，不如說在悠久的男權文化歷史下，通常被冷落、懸擱的女性，惟有說話是對靈肉寂寞的最方便最有效果的自我慰撫：

> 談天，哦，這是多麼溫暖放鬆的事啊，比美容院的SPA更令人放鬆，它像一雙溫柔按摩減壓的手，將積在胸口的話一點點釋放出來，然後人就暢亮了，鬆快了，像海綿浸潤在水中那樣，每個細胞都吸足了水分，搖曳著，舒展著。（109頁）

並無實際的話語意義的聊天，竟是如此富有詩意，它帶給生命無與倫比的快感。它也說明，生活本身可能太欠缺詩意。豈止欠缺詩意，它還給人帶來難以承受的精神壓力，不然何以有那麼多「積在胸口的話」！胸有鬱積，就需要排遣釋放，談天說話就是釋放的重要方式，它會帶來心理和生理的雙重享受，沉悶而無趣的人生，會因了這樣的一點快適而變得可以承受。從這個意義上說，說話關乎應碧們生存，至少可以提高她們的生存品質。要是連這樣的說話也被禁止，那麼現實對於她們就未免太過殘酷了。

我們很難把知識女性應碧的內心積郁完全看成是本體性的，因為在她的自述裡，我們看到了環境如何一次次冷落或灼傷了試圖舒展的自我。應碧的自我是自然、純樸而鮮潤的，但生存環境並沒有給她太多的陽光和水分。她的主要的生存與活動空間——家庭和單位，沒有給她應有的（也是一個像她這個年齡的女性特別需要的）欣賞、照拂與友愛。在家庭生活中，應碧本當處在最甜蜜最幸福的人生季節。一對大學畢業的年輕夫妻，在省城裡有了穩定的工作，這已經很理想，多少人為之夢寐以求。有了這樣的生存基礎，青春還握在手中的二人世界，該如何充滿勃發的生機與爛漫的色彩！用生命準備著愛的瓊漿玉液的少婦，只等著愛人扎進懷抱。然而實際上，小公務員的家庭生活是黯淡而無聲的，讓人十分失望。好不容易鑽營上物資局辦公室副主任的丈夫趙群，為了生存也為了男人的面子，一心撲在仕途前程和「以柔克剛」的政治抱負上，被「水庫中轉站」式的角色搞得疲憊不堪，回到家裡，連話都不想說，要說也是言簡意賅，發展到後來，「回了家嘴巴就閉得死緊，像打死我也不說的革命黨人，應碧如果顯示出準備跟他談些什麼的姿態，他的神色就像要就義一般。」（110頁）除了吃飯、睡覺，他下班在家的時間全都投到電腦桌前，用上網下圍棋來消釋工作的疲累和內心的壓力，忘記了他的另一半需要關愛，需要交流。應碧不僅從丈夫那裡得不到交談的機會，得不到精神上的撫慰，甚至得不到身體上的愛撫。捲入行政機器，被仕途夢壓扁的趙群，「白天玩的是世界上最庸俗的一種遊戲……才三十三歲的人，兩鬢就有星點的白了。他的身體像在沙塵裡走了半日的人，或是一條使用過度的麻袋，流露著早衰的疲憊跡象。」（110頁）與年齡不相稱，他過早地出現對夫妻生活的淡漠，「他一上床便蒙頭大睡，偶有那事也通常省略掉前戲，亦無話，像協同對手完成任務。」（115頁）這不能不讓應碧感到失落。在十分逼仄的生存空間裡，最貼近的人在心靈和身體上反而疏離開來，生命欲望無法對象化，必然加劇內在能量的膨脹，天生柔弱的女性生命，最難承受的就是這種內外關係的失調。

家庭生活不能給植物般的生命以正常的吐納循環，對單位就更別作什麼指望了。事實上，單位是沉悶的，由於存在利害衝突，人間關係就很虛偽、很不正常，「同事間雖有說有笑，私下你踩我壓相互編派都上緊著呢，科室間傾軋也厲害」（113頁），農村出身、生性怕事的應碧在這種環境裡，幾乎沒有說話機會，只覺得孤獨無比。正因為這樣，她說話的欲望、交談的欲望就變得異常強烈。所以，當她終於得到了伍師傅這個交談對象，兩人可以母女般一無顧忌地盡興交談，在無人可與交流的環境裡悶得難受的應碧，就好比溺水的人抓住了拯救者伸來的竹竿，猶如沙漠中焦渴的旅者發現了甘泉。每到下班，「辦公室人差不多走盡了，伍師傅就會到她辦公室坐坐聊聊，這是應碧一天中最暢快的時候。」（112頁）家和單位，缺少溫情的夫妻關係、不正常的人際關係帶給人的失望和對人生造成的缺憾，在這裡得到了彌補。與伍師傅互為對象，促膝談心，讓應碧感到放鬆，覺得溫暖。日常交談聊天也就是說話的人文意義在這裡凸現了出來：它具有人情味，它意味著人與人之間的信任友善關愛，而生命，尤其是女性生命，多麼需要這種人情味和友善關愛：

> 應碧不會太恣肆地光顧自己說，她也聽伍師傅說，並時常提出一些問題，以使伍師傅聊的談興更加盎然。就像冬天坐在火爐旁邊，為保持火焰的溫度，應碧常會不自覺地撥動一下盆裡的燃料。在語言燃起的溫度裡，應碧清晰地看到自己的渴望，是的，她渴望說話，渴望交談，這渴望像氣流鼓盪在她胸口，她一張嘴氣流就湧了出來，它們幾乎是跳著跑著向前行進，像活潑的水珠，水珠越滾越大，在空中如一個透明晶體般向前跑去，她追趕著它們，和它們一道奔跑，渾身發熱，起初有些僵硬的四肢越來越暖，血液汩汩流動，身體裡寒氣全都一點點呼出來了，一直暖到指尖。（114頁）

這是語言對於生命／人的本體意義的最真切、最詩性、最令人感動的表達！而對於女主人公這一個案來說，交談願望的達成竟然產生如此強烈的身體感受，只能說明她的現有生活中存在的匱缺已經對她的生命造成了無形的摧殘，要是沒有伍師傅這個交談對象的出現，她的生活危機將無可避免。有了這一鋪墊，作為小說的中心事件的禁語，就合乎邏輯地將危機變成了現實。它裸裎了高度體制化社會裡人的悲劇性存在，也暴露出體制力量粗暴干涉私人生活的反人文性質。

小說中禁語事件的發生，看上去匪夷所思，但它在我們的生活中又無處不會遭遇。毋寧說，它是體制逼使所有人喪失自我的一個縮影。透過這一事件，我們不僅真切地看到了體制如何通過單位和人際關係對個人實行了全面的控制，而且也看到了這種控制給生命個體帶來的嚴重後果。這是《說話》這個短篇對生活進行截取的最成功之處。它在藝術創造上富有力度的地方，又在於始終不無渲染地精心刻畫女性自我的強烈感受。僵化的體制與感性的生命構成衝突，前者的非法性就顯露無遺。更為深刻的是，小說通過生動描述感性存在的艱難困頓，揭示了權力處處敗壞人生的社會真相。

要不是權力借助體制對個人的日常言語交流橫加干涉，應碧的說話欲在同伍師傅的交談中得到一定的滿足，她的沉悶的生活還是有清新的氣流日日貫通，敏感的女性生命就不至於感到窒息。讓應碧意料不到的是，她好不容易獲得的抒發積郁的聊天機會，竟然遭到剝奪，因為兩個女性的不懷任何現實功利目的的談天拉家常，無意間捲入了單位的權力之爭。就在應碧還沉浸在與伍師傅的親切交往中，科裡的程科長顯然奉上面的意思，代表組織，鄭重其事地找應碧談話，表情嚴肅地用社會主義體制特有的行政語言給她打招呼，分析了她和伍師傅「過從甚密」的危害，並以影響個人前途相威脅，提醒應碧注意身分，提防對方的不良用心。兩個女人下了班的家常聊天，被上升到大是大非的「立場」問題，而程科長在談話中道出的真實的邏輯關係和問題實質是：「伍師傅是通過辦公室主任介紹來的，她和孫主任原是老鄰居，孫主任呢，又和張副局長關係好，張副局長素來和劉局長面和心不和，一直搞幫派鬥爭，最近較勁更頻。這麼一推呢，應碧和伍師傅走得太近，就是有加入張副局派系的傾向，就是和劉局不一條心，就是脫離了大多群眾的意願，這樣下去，能有個好嗎？」（116頁）原來，是複雜的權力關係把簡單的人際關係搞複雜了！在這裡，權力之爭以組織的名義出現，所謂「立場端正」，所謂「政治敏感性」，都是掌權者為了鞏固自己的權力巧妙利用組織，對個人施行政治威脅，哪怕個人是完全無辜的。應碧就這樣成了權力鬥爭的犧牲品。儘管她對於張科長談話中的荒唐推理感到吃驚，難以置信也無法接受，清楚地知道「什麼是立場？權力就是立場！劉局就是立場！」（116頁）因此下定決心，不管什麼「立場」，哪怕為此組織上對她前途不看好，但是，她與伍師傅溫暖的言談關係，還是被冷冰冰的政治權力切斷了。就等於生命呼吸的唯一通道被強行堵塞，從此她完全被了無生趣的家庭生活和沒有呼應者的孤獨所包圍，窒息得「難受」，終於發生身體的「病變」。

從《說話》可以看到，權力的作用是依賴體制的公務員－小市民灰色生活的根源。特殊的社會體制為權力的濫用提供了便利，其結果是公共權力不但不能保障、反而危害了公眾的生存，破壞了正常的人際關係，直接影響到社會成員的個人生活。應碧之所以未能在家庭生活裡得到關心與愛，原因是他的丈夫趙群身不由己地為權力所異化，為了地位的改變不能不竭盡全力，以致忽視了妻子的感受。其實趙群也是政治鬥爭的犧牲品。他深知機關裡權利之爭充滿了玄機，為了可以看得見而且可望接近的目標，他把一個男人的全部心眼和精力都賭了進去，但因押錯了棋局落得全盤皆輸——由於頂頭上司的臨時更換讓他所有的努力付之東流，這與其說是如戲的人生戲弄了他，莫如說在特殊的體制設計裡，根本不會有真正的贏家，因為所有的入局者都不過是體制的奴隸。這個體制以權力為誘餌，叫上鉤者付出喪失人格的代價。不甘於做一個小科員的趙群，在局套中全力掙扎，還是輸掉了他指望得到的辦公室主任的位置，輸掉了兩居室的住房，更重要的是，他輸掉了本來擁有的幸福——由於耽於仕途而疏淡了夫妻之愛，導致被別的男人鑽了空子，使人生蒙上了永難洗雪的恥辱。是誰敗壞了他的人生？還是神龍見首不見尾的權力。

如果說，明知世事如局的趙群，作為一個棋子硬要往裡鑽，招致失敗固然可悲但也是咎由自取的話，那麼，不脫鄉村本色的應碧在毫無戒備中遭到組織的粗暴對待，因與人聊家常而被談話、打招呼，受到威脅，使心靈受創，身體越軌，就該由缺乏人情味、不尊重人的基本權利的現實社會負主要責任了。在這個意義上，《說話》是對權力失控的社會的一份指控書。它最有力的證據就是人的正當生活願望遭到無理扼制後，美好的生命被孤獨和虛無所蹂躪。當最基本的存在方式——用語言同外界交流受到干涉和制止，人就被逼到了一個無聲的世界。感性化的、天性愛說話的應碧，在單位裡被禁語後，回到家裡面對的是更加冷漠、麻木、絲毫不顧及她的感受的丈夫，完全掉進了一片死寂裡，可以想像，無邊的孤獨怎樣攫住了她：

> 一個人找不到可說話的人，沒有呼應，什麼都吞嚥在肚子裡，像被床厚棉被死死捂著，或者被縛上石頭沉入最深的暗無天日的海底，那是要讓人瘋掉的窒息。應碧想起以前大學時看的茨威格的《象棋的故事》，裡頭那個男人被長期隔絕在一間小囚室裡，這比起幾十人擠在一間骯髒的小屋或者是幹最重的苦力還可怕！因為，這是種「更加精緻的，險惡的酷刑」——世上沒什麼東西比虛無更能對人的心靈產生迫害！（118頁）

這裡給人的心靈以嚴重迫害的虛無，不是存在主義的本體性的虛無，而是感性生命實實在在感受到的虛無。它是現實中的某種社會力量對人的言語權力加以剝奪的結果。在宗法制、官本位的社會裡，這種剝奪是普遍性的，因為權力（實質上是對社會資源的控制）的集中、維護與再分配，需要以無數個體自我的自由本性的喪失為代價，禁語與失聲就是剝奪與喪失的一種方式和結果。它的嚴重後果便是對無意於權力遊戲規則的感性生命個體施加了「更加精緻的，險惡的酷刑」，使之不堪忍受而發生身體的病變。應碧是小說中提供的活生生的例子，失去交談對象後，她在心理上感到孤獨、虛無，生理上也開始失調，發生間歇性暈眩，還有些噁心（讓人聯想到存在主義大師薩特的小說名），隨著無聲的生活的延續，她的病情也在加劇，最後到醫院檢查，被診斷為患上了美尼爾綜合症，一種內耳疾病，是一種疑難病症，醫生說「病因目前還不明確，可能內淋巴回流受阻或吸收障礙，或者內分泌紊亂導致……」（120頁）這正是人為地限制生命的聽說功能所引發的症候，它寓意置人於孤獨這種「酷刑」下，是對人的本質的殘忍否定。由禁語而引起「內分泌紊亂」的應碧，失去自控能力，終於在強烈的說話欲望的衝擊下靈肉分裂，失身於人，為病態社會裡權力敗壞個人生活留下了抹不去的汙記。

五、《子在川上》：大學的權力生態及其他

在阿袁的系列性大學敘事小說裡，2011年發表的《子在川上》是一個新的突破。此前的《長門賦》、《虞美人》、《俞麗的江山》、《老孟的暮春》、《蝴蝶的戰爭》、《湯梨的革命》、《妖嬈》、《魚腸劍》、《小顏的婚事》、《顧博士的婚姻經濟學》等中短篇小說，多寫高校知識份子的婚姻家庭男女情事，特別是知識女性的相處關係及心靈世界，題材獨特，藝術表現別具一格，展現了高校世俗化的一面。雖然對平庸瑣碎，抑或令人不堪的日常生活和情感事故進行細緻的描繪，更能揭示生活的本質和人性的真實，事實上阿袁從高校生活經驗和女性生存體驗出發的對知識女性為情愛、虛榮和生存位置而爭戰的移情化講述，展現的是女性在道德沉淪、生存競爭失序時代裡悲劇性的生存處境及由此引起的心靈困惑，等於用文字的手術刀，挑出了女性人人都有的隱藏的傷痛，為性別書寫注入了社會分析和道德思考的精神內涵，然而，由於阿袁的這些生活故事都發生在大學這一特殊的文化場所裡，而上世紀末以來社會沉淪最嚴重的

莫過於大學精神的喪失，因此批評界有理由不滿足於阿袁的大學敘事對飲食男女故事的重複。有論者就指出：「阿袁小說的故事核心，是那些校園中作為主體的教師（知識份子）們的『情事』，集中寫知識份子安貧樂道的傳統觀念被解構後，人類知識繼承、質疑、創新的知性精神完全變成了個人欲望的掙扎、追逐。」「在阿袁的小說中，我們不僅看到作者放棄了知識份子政治品格的書寫，同時更看到作者放棄了知識份子文化品格的書寫。直接將背景限制在『情事』與『家事』的空間中，限制在只是戀愛婚姻戰爭中組成『三角』的三方，而校園文化的主體活動，如教學、交流、學術、科研也完全被取消，故事嚴格封閉在戀愛婚姻的事件之中。」[35]這樣的批評，毋寧是文化界對以大學敘事著稱的阿袁在大學書寫裡加強政治文化批判的期待。《子在川上》或許滿足了這種期待。小說通過師範大學中文系裡兩種文化人格的知識份子的矛盾衝突，反映了當今高校裡行政權力對學術權力的擠壓，大學權力生態嚴重不平衡，不僅威脅到人文知識份子的生存，也影響到大學精神的存亡的可悲現實。小說訴諸讀者的，不再是瘋狂時代的生活之痛，而是曠絕古今的文化之痛。

《子在川上》的矛盾衝突主要發生在中文系的普通教師蘇不漁和系主任陳季子之間。蘇不漁和陳季子都教古典文學，兩個人發生矛盾很正常，一般會被理解為文人相輕。但是作家賦予這兩個人的，不只是現實中不平等的政治身分，更重要的是他們與生俱來的不同的文化品格，因此，他倆的不和，就現實看，是校園政治實現[36]的必然結果，往深裡說，是有著深遠歷史淵源的文化衝突。就其文化成分而言，兩個人從不同的側面承載了中國知識份子的道統[37]，在蘇不漁的身上，更多的承載著老莊的無為無不

---

[35] 錢旭初：《「去知識份子化」及其言說危機——談阿袁的小說敘事》，《江蘇社會科學》2010年第3期。

[36] 上世紀八〇年代末以來，中國的大學校園再度政治化，且愈演愈烈。其外在標誌是學校由法律形式規定為高校實行黨委領導下的校長負責制，它體現的是政黨主宰國家文化教育的權力意志。

[37] 道統也就是一種在歷史中形成並延續的精神傳統。對中國知識份子的精神傳統，資中筠在《中國知識份子對道統的承載和失落——建設新文化任重而道遠》（載《炎黃春秋》2010年第9期）一文裡有十分精闢的概括。主要有三：（1）「家國情懷」，以天下為己任，憂國憂民。（2）重名節，講骨氣。（3）「頌聖文化」。但這是以處於主流文化即儒家文化中的知識份子為對象的，處於社會邊緣的道家文化

為的具有自由主義精神的道家文化，而在陳季子的身上，承載的是被統治階級改造過的功利化、官場化的儒家文化。在漢以來的中國社會政治史和民族文化史上，這兩種文化以互補的形式共存於社會意識形態之內，並內化為知識份子（古代稱為「士」[38]）的人生態度與價值觀，支配著生存個體的社會應對方式。在社會意識形態層面，這兩種文化有主次之分，且與知識份子的命運相連。秦始皇統一中國，為掃清治國行政的文化障礙，焚書坑儒，結束了知識份子自由思想、引領社會的黃金時代，知識創造和思想成為讀書人的原罪。漢代董仲舒為帝王獻策，罷黜百家獨尊儒術，原生態的儒家思想學說被過濾，簡化為服務於統治階級需要、建立等級制社會的倫理道德學。從此，儒家文化成為中國社會的主導文化，深刻影響著知識份子的現實人生態度和價值取向，因為讀書人要生存、要實現自我價值，必須認同專制集權社會的文化規則。科舉制興起後，儒家文化規範進一步意識形態化，也更加功利化，為精神文化的主要承傳者和創造者——知識份子所遵循。儒家文化的正統地位遂牢固不移，與之相依存的就是知識份子忠君愛國、積極進取、遵規守矩、道德至上、重社會輕個體的克己型文化人格。經過二十世紀新文化運動和「文化大革命」政治運動的一次次衝擊，儒家文化的正統地位被顛覆，代之以從蘇俄輸入、經過本土化的革命文化。在革命文化領導權的建構過程中，作為文化承載者知識份子在二十世紀後半葉遭到政治暴力的反復摧殘，傳統儒家文化精神在知識主體身上遂蛻變為損人自保、屈身求進的投機術。即使在高校這種文化保存的聖地，能看到的也多是儒家文化的負遺產，比如從宗經崇聖演變來的唯上唯大、阿諛權貴，從修齊治平演變來的謹言慎行、明哲保身、結夥營私、排斥異己。《子在川上》的中文系系主任陳季子，怎麼看都像是個變味了的儒家知識份子。跟儒家文化不同，道家文化重自然而反人為，縱大化而輕社會，熱愛生命自由而鄙棄現實功利，在社會秩序的建立和維護中有消極作用，所以在社會意識形態中只能處於次要地位。一般說來，承襲道家文化精神的知識人，在難以認同或受到排斥的社會政治或文化環境裡，會

傳統需另行界定。

[38] 用資中筠的話說，中國知識份子略相當於古之「士」。參見資中筠：《中國知識份子對道統的承載和失落——建設新文化任重而道遠》，《炎黃春秋》2010年第9期。

有意疏離主流文化，不依附權勢，不俯仰世俗，以思想的異端、行為的放誕和性格的乖張來維護個體的獨立和精神的自由。魏晉時期以竹林七賢為代表的文人就最為典型，他們是道家文化人格在中國文化舞臺上的一次集體出演，[39]對後世的潛在影響甚大。而更多的時候，這樣的人格在崇拜儒家的社會裡要付出孤獨的代價。在知識份子處於依附地位的集權制社會裡，道家文化人格不與體制合作，只能處在邊緣的位置，他們遺世獨立的情懷，並不為世俗所理解，甚或容易遭到誤解，這樣他們仍然不得不與世俗發生精神的聯繫——對他們所討厭的精神形態感到厭惡，對誤解他們的看法感到憤懣。因此，認同魏晉風度而又在北大這個以自由為靈魂的新文化發源地薰陶過的蘇不漁——道家文化人格的孑遺，同陳季子產生矛盾就是必然的了。他倆的衝突，不是現世利益上的衝突，而是兩種文化性格的衝突，故而有著深厚的歷史內涵。

既然各自秉持不同的文化性格，蘇不漁和陳季子本可以河水不犯井水，各自在寄存形骸的社會裡出入，那為什麼兩人的矛盾後來會激化到你死（蘇不漁被排擠出教師隊伍）我活（陳季子在蘇不漁罷教事件中與校長的關係更密切，因為替校長和自己報了一箭之仇）的程度呢？這就是文化與體制合謀的結果了。文化從來就不是靜態的存在，而是在人與環境、人與對象的互動中動態生成的。《子在川上》這部文化味十足的小說，之所以具有很強的現實批判性，就在於它把蘇不漁和陳季子這兩類文化性格，放在當今高校的政治文化環境裡建立起悲劇性權力關係，從而通過一個典型性格的命運，展現了知識份子群體以及由他們共同承載的大學文化和大學精神的命運，引起社會對高等教育和民族命運的深切的憂思。

---

[39] 孫光的《竹林七賢與魏晉玄學思潮》（載《北方論叢》2005年第4期）一文對這一群體有較為全面的介紹和準確的分析。文中指出：「竹林名士生活在正始後期黑暗的政局和天下『名士減半』的恐怖氛圍中，其理論探索完全轉向了個體的精神超越和理想人格的塑造，明確提出『越名教而任自然』，否定王權、拋棄儒學禮法，把個體的精神超越與存在的社會現實置於對立的矛盾衝突之中，具有明顯的反傳統、反社會的特徵，更偏愛莊學的境界，帶有濃厚的理想色彩。」「他們選擇了更多關注人本體的道家學說作為新思想的基石」。「道家的重個體、任自然與儒家的重社會、講名教之間就不可避免地會產生矛盾、發生衝突，解決這些矛盾衝突的不同方式構成了玄學的不同派別；而對待這些矛盾衝突的不同態度，又深刻地影響了其時士人的人生理想、生活情趣、行為方式，從形成了他們不同的生活道路。」

在《子在川上》的故事講述裡，我們看到今天的中國大學，正在日益背離現代大學精神。近些年教育界內外對大學的行政化、官僚化已多有非議，有憤怒的譴責也有理性的分析。但是當小說用一個作為大學精神的化身的優秀教師被排擠出教師隊伍，來活生生地呈現出關乎國家和民族未來的大學教育正在毀於利益集團之手時，讀者受到的精神震撼還是大大超出了文學閱讀的期待。《子在川上》的故事，發生在一所省屬師範大學裡，這個大學是省屬重點大學，規模不算小，國家和個人投入的資源[40]不算少。師範大學主要是培養教育人才，而教育決定國民的素質、國家的前途和民族的未來。師範大學尤其需要堅持博雅教育，培養具有高尚的情操、廣博的知識、鮮明的個性、自由的人格和創造的能力，有人文情懷的未來的教育從業者，這樣的教育目標的實現，必需有相應的現代大學制度來做保障。可是，小說寫的這個「師大」，又是什麼樣的管理體制和教育行為呢？實際情況是，大學完全被行政化、官僚化、產業化。其表現形式是大學真正的辦學目的和教育目標被懸置，教師的教育主體地位被剝奪，學生的求知願望被忽略。學校的教育教學活動，完全由行政主導，包括教授在內的全體教師都處在被動的境地。學校教育的內容被虛化，形式成了實體，因為一切教育活動都是為行政領導鋪路的形象工程、面子工程、政績工程。教學檢查只看進度是否與大綱相符，「該講曹操的那一周就要講曹操，該講陶淵明的那一周就要講陶淵明，不然，督導下來聽課，一聽，好嘛，掛羊頭，賣狗肉。往上參一本，就算小小的教學事故了。」蘇不漁不管這一套，上課講到他喜愛的阮籍就沒完沒了，讓系主任陳季子十分頭痛，因為一旦被「無欲則剛」、「童言無忌」的督導老先生們發現了，將會影響他的美麗形象。教學內容和方式是否有利於人才培養目的的達成其實是不被管理者考慮的，科研成果的多少成了衡量教師業績的唯一指標，而所謂科研成果的評價並不遵循知識創新的科學研究規律，而只看論文發表的數量和刊物的級別，因之對教師稱職與否的評價就演變成了以有無科研成果為唯一標準，並且是以年度為週期進行量化，而考核的權力都由行政部門掌握，被考核者沒有任何發言權。這樣的教育管理模式，把教師引向了重研

---

[40] 省屬公辦大學的經費來源有二，一是省政府撥給的生均經費，一是學生交的學費。

輕教的失職之路，甚至拖進了悖情逆性應付科研的痛苦深淵，不僅無助於人才的培養、知識的創新和科學的發展，還惡化了人際關係，敗壞了生活的興致，使人生失去了應有的樂趣。中文系年輕美麗性情活潑的女教師朱小黛，就覺得自己被科研壓力折騰得被扭曲，變得不是本來意義上的朱小黛——「真正的朱小黛愛錦衣玉食，愛風花雪月，愛燈紅酒綠，甚至還愛在男人面前風情萬種」，只得怨恨是系主任陳季子迎合學校的科研獎勵政策和管理體制，公權私用，打通發表環節，把人參當蘿蔔生產而形成的導向，破壞了她的幸福人生。正是科研一票否決制，使優秀的古典文學副教授蘇不漁被剝奪了碩士生導師資格，導致憤而辭教，讓人看到了高校管理上的荒謬。

蘇不漁北大研究生畢業，受過良好的教育和嚴格的專業訓練，學術水準高於一般同事，儘管他述而不作。對授課人的文化知識結構要求很高的《中國文化概論》課，藏書豐富、知識淵博的他是最合適的人選，系主任懾於蘇的個性不敢直接交給他，而總是用曲線救國的方式先排給年輕教師，最終還是由他主動接受過來。博士出身的朱小黛遇到科研上的難題，總是採用暗渡陳倉的方式在他這裡得到解決。他不是沒有能力寫論文，而是寫論文成了與權力交換利益，跟人的自由精神想違背，他就決不同流合污，而堅持超功利的人生信念和任自然的生存方式。他的教學水準在師大是一流的，小說介紹「蘇不漁的課，在中文系的口碑很好，至少在學生中的口碑很好」。他的自由、散漫、天花亂墜的教學風格備受學生喜愛。他「上課從來不遮遮掩掩，總是傾其所有」的教學態度，和率真任情毫不偽飾的做人風格，贏得了青年學子的一致崇拜。當他出現在全校文學大獎賽的頒獎典禮上時，學生們給他的掌聲，竟「如潮水般，席捲而來，一波未平，一波又起，且一波比一波更聲勢浩大。其熱烈的程度，絕對十倍於校長」，讓本來想借機捉弄、促狹他的系主任陳季子意外失算、尷尬難堪。最重要的是，作為大學教師，蘇不漁有很高的教學熱情和高度的敬業精神。對於他來說，沒有什麼比教學更重要的。蘇師母吳素芬回憶：

當年他們談戀愛，躲在又陰暗又逼仄的教工宿舍裡親熱，哪怕在最熱烈的時候，最神魂顛倒的時候，熱烈到顛倒到吳素芬經常忘

> 了上班這回事——有時是忘了，有時是欲罷不能。但蘇不漁從來沒有忘過，或者欲罷不能過。他總能在上課的前十分鐘戛然而止——十分鐘是極限，因為整理衣服和整理教案最快要二分鐘，而從宿舍疾走到教室，要五分鐘，剩下一分鐘，要喘息，還要喝口水，然後再整理整理思路。不然，唇乾舌燥，又神思恍惚，沒有辦法開始上課呢，蘇不漁和吳素芬這樣解釋。但吳素芬惱了，又羞，有幾次就使壞，故意在上課前愈加做出千嬌百媚的樣子，蘇不漁那時還年輕，身體的免疫力很差，但他意志力卻很強大。每次都能行於當行，止於當止。

這簡直是個視知識傳授高於自我生命的教員。因為沒有一個真正的大學老師不敬畏知識，不重視文化薪火的傳遞。作為最稱職的大學教師，蘇不漁最能與大學這一名稱相當的，還是他的獨立人格和自由精神。蘇不漁並不缺少文化資本，但他並不以之漁利獵名，要利也是利他，要名也是清名。這源於他從老莊道家文化傳統裡承續來的宇宙人生觀。對於渺小的個體，短暫的人生來說，沒有什麼現世的實利值得抓住不放，唯有物我齊一的精神在天地間永恆。既然以人文學為職業，當以探討宇宙人生的存在真理為務。所以他能把儒家文化創立人孔子「逝者如斯夫」的惜時之歎，解讀為天地悠悠人生若寄的形而上的本體之思，提醒世人放眼大千，放棄對眼前小利的孜孜計較。對他來說，與朱小黛這樣的知音坐而論道，比著述獲利更有意義更快樂。但是，他的世界觀與價值觀以及守護這種觀念的行為表現，總是被現實環境所否定。尤其是陳季子的到來，讓他不屑於做教研室主任的清高無法證明反引起他人的誤解，簡直是「不知腐鼠成滋味，猜意鵷雛竟未休」，害得他不清不白。這讓他對小人之心之性與行，由鄙視而憤怒，於是以倨傲而偏激的態度對待之。他喜歡作為名士的阮籍，以之為偶像，為之心醉神迷，在行為方式上也暗有師法，想必不只是出於價值認同，還有找到一種社會姿態來抵抗庸俗和維持內心平衡的需要。與儒家文化人格具有兩面性不同，服膺魏晉風度的蘇不漁，把真情至性袒露在世人面前，公開表示不與系主任陳季子同上一個飯桌——道不同不相為謀，即使被「騙」到了一起也絕不喝陳的敬酒（後來當然要喝罰酒了）。

他甚至孩子似的，為小狗的命名而與陳季子的兒子鬥氣，固執得可愛地不讓內心的美被人褻瀆。系主任夥同主管校長借機報復，把他送上了黑名單，剝奪了他的碩導資格，他也絕不向權勢妥協。像這樣的人格個性，在今天的大學裡，真是鳳毛麟角。而這樣的人格個性，必不為行政化的大學體制所容。蘇不漁的無為，就是一種作為，是對流行的教育文化體制的拒絕和挑戰。他的文化敵人陳季子不用太多的手腕，就可以抓住對方的弱點，利用體制的力量把這個高校教師隊伍中的異類排擠出去。

陳季子能夠輕易取勝，借助的是高校裡不公平的權力關係。這種不公平主要是行政權力和學術權力的不公平，即在國家權力日益擴張的今天，在很多地方高校裡，行政權力完全壓倒了學術權力，違背了大學本質。有教育專家研究中國大學的行政權力之爭與學術權力之爭，注意到，「就權力的性質論，中國大學是事業單位，大學教師是幹部編制。黨委書記、校長及學校中層領導都具有一定的行政級別，隸屬於國家權力系列，有著嚴格的等級。所以，中國大學內部的行政管理人員不只是代表學校管理大學，更是代表國家管理大學，體現為國家政治權力在大學內部的延伸。」[41]這說明，中國大學裡的行政權力是有國家背景的，而這種國家背景又包含著強大的政治因素，因為，「中國現行的大學管理制度實行的是黨委領導下的校長負責制」。[42]所以，不同於在西方國家裡大學的行政權力與學術權力的矛盾是一種內部矛盾，中國大學裡的矛盾實際上是一種外部矛盾，如學者所分析和指出的，「是外部的國家政治權力在大學內部的直接滲透，從而導致大學官僚化而忽視或弱化了學術權力的存在，主要體現為外部矛盾」。「中國大學的行政權力主要是外部政治權力的滲透而形成的官僚權力，這種權力甚至改變了中國大學的性質，限制了中國大學學術和科研潛力的發揮」。[43]的確，「當大學領導人具有了不同的行政級別成為政府官員，大學的性質就發生了根本改變，大學不再是學術組織而

---

[41] 黃英傑、田蜀華：《論中國大學的行政權力與學術權力之爭》，《徐州師範大學學報》2011年第2期。

[42] 黃英傑、田蜀華：《論中國大學的行政權力與學術權力之爭》，《徐州師範大學學報》2011年第2期。

[43] 黃英傑、田蜀華：《論中國大學的行政權力與學術權力之爭》，《徐州師範大學學報》2011年第2期。

成了行政單位，大學教師也不再是教學和學術人員而成了政府公務員。內部大學人之間的關係以及大學與其外部的主管行政機構的關係就成了直接的上下級關係，大學的自治和學術自由必然成為空話。大學與政府教育主管部門實行零距離接觸，惟行政命令是從，就必然會忽視教育規律和市場規律，它不僅會忘記大學傳承文明、創新知識的使命和宗旨，而且會失去積極性、主動性和創造性，無法應對社會變革。」[44]在這樣的現實背景上再來看《子在川上》的文化衝突，就可以理解，蘇、陳的矛盾，是一種力量不均等而結局沒有懸念的衝突。蘇不漁是純正的大學教授，而陳季子具有雙重身分——既是教授，又是準行政官員，他不僅可以利用職務之便為自己謀取學術資源和利益，還可以利用行政力量置自己的對手於死地，並且不承擔任何責任，也沒有道德風險。他所棲身的文化和體制都可以幫他的忙，他投靠的是一個「無主名無意識的殺人團」[45]，殺人不留血痕。戴有儒家人格面具的系主任陳季子，不僅有知識，還有涵養，胸懷大度，溫文爾雅，同時，也陰險，狠毒。由於知識結構、性格、價值觀和為人處世的不同流俗，蘇不漁的存在就是對陳季子的得罪，這註定了蘇不漁在握有公權又有儒家風範的道德優越感的陳季子手下，只能是個敗將。蘇不漁未完成科研任務，不符合碩導的業績要求，先是上了黑名單，後又被大白於全校師生，這對極為看重人格尊嚴的他來說，無疑是奇恥大辱，他明知鬼出在哪裡，但這個鬼的魔力太大了。他唯一的反抗方式就是罷教、辭教。他爆發前凝重的神情，流露了他內心的愴痛。他那篇用賦體寫成的《告全校師生書》，表白了他對這個時代的徹底失望和他的文化追求不被理解的巨大的孤獨。他的結局讓人覺得不可思議：忍痛離開了心愛的講壇的北大才子、古典文學教授蘇不漁，被發落到蕭條敗落的中文系資料室做了資料員，接替即將退休的姚老太太，與「白頭宮女」為伴，真個是黃鐘毀棄。

蘇不漁用凜然辭教與大學行政化和官僚化相抗爭，他是一位堅持大學精神和知識人自由個性的孤獨鏖戰的文化英雄。但是這樣一位英雄在屬於他的叢林裡失敗了，敗得那樣悲壯，敗得那樣令人痛惜和傷感。這個蘇不

---

[44] 黃英傑、田蜀華：《論中國大學的行政權力與學術權力之爭》，《徐州師範大學學報》2011年第2期。

[45] 魯迅：《我之節烈觀》，原載1918年8月15日《新青年》5卷2號。

漁，身上閃射過那麼迷人的道家文化精神的魅力，而他的對手陳季子，也攜帶來儒家官場文化（實質上是專制文化）的魔影，他倆的矛盾衝突，說大了是知識份子的人文主義文化與統治階級的政治文化相博弈的一個個案，而前者的失敗，是大學權力生態嚴重惡化的證據，也是中國知識份子全面淪亡[46]的一個訊號。

[46] 近有周非所著《中國知識份子淪亡史——在功名和自由之間的掙扎與抗爭》（上海三聯書店2012年1月出版）一書在坊間流行，對中國知識份子的沉淪和墮落的歷史有生動的描述和深入的剖析，《子在川上》可作為是書歷史判斷的一個例證。

第八章

新世紀純文學作品抽樣解析（二）

一、文學面對現實的兩種姿態：以「底層敘事」為例

「底層敘述」是不是當前文學的「主流性敘述」還有待考察，但近兩年來，「底層」問題的確已「成為當代文學最大的主題」[1]。王曉明斷言「最近一年半的文學雜誌上，差不多有一半小說，都是將『弱勢群體』的艱難生活選作基本素材的」[2]，說得可能有點言過其實，但這句話點明瞭「弱勢群體」的艱難生活與「底層敘述」的關係，也就是文學思潮與社會現實之間的關係。在「弱勢群體」、「沉默的大多數」這些概念在散文隨筆、社會評論和報刊用語中頻率很高地被運用了一陣子之後，「底層」作為一個問題在小說創作和評論中凸現出來，說明現實中存在的問題已到了文學不能不關注的地步。文學和文學家（包括評論家）從來就對被侮辱和被損害者寄以特別的同情，傾注富有感情色彩的筆墨，因之以「弱勢群體」的艱難生活選作基本素材也就本無特別之處，然而當「底層」成為一種「敘事」，也就是一些人文學者需要借「底層」和「底層敘述」來說事，那就說明文學已經形成一股思潮，而這在實質上是慣以社會良心自命的人文知識份子正被迫對他們生存其中的嚴重現實作出了反應。王曉明就點破了作家（不如說是作為文學評論家的知識份子）借文學以自贖的玄機：

> 眼前的這個全世界人都沒有領教過的巨大而艱難的現實。正是這個現實的壓迫和挑戰，給了文學取之不竭的活力，刺激我們的作家瞪大眼睛直面人世，用自己的筆狠狠地戳破這現實。[3]

什麼是「巨大而艱難的現實」？這正是要由文學（主要的小說）描繪和呈現給我們的。雖然自上世紀九〇年代以來伴隨社會「發展」而出現的各種各樣的社會問題，其昏亂怪誕程度愈來愈超出人們的理解能力，甚至超過了作家的藝術虛構與想像，但是要想對令人驚吒或喟歎的社會和個人

---

[1] 邵燕君語。參見她的文章《「底層」如何文學》，載《小說選刊》2006年第3期。

[2] 王曉明：《對現實伸出尖銳的筆》，《上海文學》2006年第1期。

[3] 王曉明：《對現實伸出尖銳的筆》，《上海文學》2006年第1期。

的生存景況有真切的瞭解，對各種讓人匪夷所思的生存事件進行品味與審視，還得依賴文學敘事去重構充滿因果關係的生活戲劇，也就是提供一個經驗化了的事序結構，以象徵實存世界裡真實而堅硬的邏輯關係。

然而，當「底層敘述」升級為「底層敘事」，即文學寫作的話語性加強以後，文學的分化也就產生了，或者說在文學（小說）的身上，寄予了不同的願望主體。要是套用莫言的話來說，就是有人著意「為老百姓寫作」，有人甘心於「作為老百姓的寫作」。[4]這兩種寫作，體現了不同的寫作倫理，自然也表現為不同的文學姿態，反映出在複雜而沉重的現實面前，文學家選擇了不同的角色自認。

「為老百姓寫作」，就是為「沉默的大多數」代言。沒有人代言，「沉默的大多數」永遠失語，他們的生存利益就難以得到保障，而在掌控社會命脈的權力得不到有效監督的情況下，處在社會底層的沉默者，他們的痛楚無法表達，攲側的社會車輪給予他們的將是更沉重的碾壓。弱者的生死不被顧及，受傷害的就不僅僅是這些不幸的人，社會嚴重失去公正既久，誰也難以保證路基已經沉陷的歷史列車不會傾覆。畸形的社會層構為社會自身帶來了危機，底層的掙扎與僵硬的車輪發生摩擦的事故前兆讓人揪心，這時，處在特殊位置上、最富有人道意識和理性精神的知識份子就不能不挺身而出，為底層人呼喊，向公眾發出警告。在專制制度延續最久的中國社會，歷代都有文學家堅持為生民歌哭，這並不是傳統自身可貴、有效、值得驕傲，而實在是知識人繞不過現實的苦苦詢喚。一方面是同情憐憫的人之本性使然，一方面是現實危機的促逼，知識份子愛管閒事，且不改悔，只能說明知識份子無論在什麼樣的社會情境裡，都更多地保留著人性，更為理智。所謂擔當，原義就是這個行當應該挑的擔子。在社會分工裡，知識份子從事的是言論、思考、質疑和批判的職業，這一職業決定了為弱勢群體表達集體訴求以維護社會公正和社會的平衡穩定對於他義不容辭。

在這個問題上，知識份子並沒有太多的選擇，否則他就會喪失在人類社會中已歷史生成的知識份子的規定性。可以有所選擇的，僅僅是為弱勢

---

[4] 參見莫言：《文學創作的民間資源——在蘇州大學「小說家論壇」上的演講》，《當代作家評論》2002年第1期。

群體代言時的表訴方式。文學是與政論相區別的一種更有感染力、更容易為人接受的表訴方式。但對於以文學為手段來表達某種社會意願的公共知識份子來說，文學極有可能成為一種陷阱，它會誘使你從關注、思考並急欲解決現實社會問題的緊張焦慮中緩解出來，心態、看法與意向都可能發生變化，比如：從社會批評聚焦於當下，到從歷史輪回中接受教訓；從注意階級衝突，到發現矛盾雙方的關聯與同一性；從急於解決問題，到尋找問題的根源特別是文化和人性的根源；從堅持護佑群體的倫理立場，到篤信個人本位和熱愛生命姿態；從批評純文學，到欣賞語言和想像創造世界的神奇；從拯救苦難，到拯救靈魂等等。如果這種誘惑被抵制，那就顯示了進入文學領域的知識者的人格力量與道德修養，因為人生情態越真實、越是具有超越品格的文學，越能消磨人的與現實抗爭的意志，而關注個體生存形態和生命自身的價值。自然，也存在另一種情況，那就是繼續充任代言人無關乎人格，而是在特定文化情勢中，話語主體依靠審度後選擇的姿態收取話語效益。不管由哪一種衝動決定為老百姓寫作，都可以說，這樣的寫作主體應得的和他願意得的名分，是「知識份子」，而不是「作家」。「知識份子」與「作家」並不存在等級關係——儘管有包容關係（作家是知識份子的一類），他們從不同的方面為社會和文化作出貢獻，兩者不必要互相排斥。但實際情況卻是，新世紀文學就在現實關懷上，不僅現出了兩類寫作主體的分野，並且讓人不明就裡地存在以另一方為對立面甚至否定對方的現象，思想文化的多元性在知識份子內部遭到輕視。

正是針對這一現象，在創作上具有很強的歷史批判精神的小說家莫言，才公開表白自己信奉「作為老百姓的寫作」，表現出另外一種寫作姿態，一種絲毫不減損其小說的現實批判力量的低姿態。其實莫言並沒有能夠、也沒有必要做到以一個普通老百姓、弱者、社會底層人的身份去進行文學創作。事實上如張清華很有見地地指出的，「真正的老百姓是不會寫作的，他們根本沒有可能和條件去寫作」，他解釋「莫言的說法的潛臺詞是要知識份子去掉自己的身份優越感，把自己降解到和老百姓同樣的處境、心態、情感方式等等，這樣才能最大限度地接近他們，並且傾聽到他們的心聲」，所以他「在事實上仍然願意將其看作是知識份子寫作的另一種形式」。[5]在我看來，莫言清醒、自然而執著地保持著知識份子中的一類——作家的角色，這是中國當代文學在付出了沉重的歷史代價，社會改革開放後經過二三十年的藝術實踐在思想上真正走向成熟的標誌。惟其成熟，才不需要端著姿勢，因為已經熟諳文學批判現實、支持人生的門徑，懂得了語言藝術的力量及有限性。評論家也有不少人對這一文學態度給以肯定和認同。陳曉明對「小敘事」[6]的意義作了充分揭示，其獨到發現建立於對文學的特有存在方式及其特殊的精神價值以及由這種價值決定的在現今文化語境和社會意識結構中的特殊地位的全面而深刻的把握的基礎之上。孫郁十分冷靜地看到了「作為老百姓的寫作」這一文學姿態的積極效果，說，「大凡在寫作中盛氣凌人地教訓別人者，文本都有點做作。倒是以普通人的視角進入創作的，給人留下了真切的印象。」「這一些人的寫作姿態是自然的，非道德說教者的宣言。」[7]「作者們作為百姓的一員的敘述口吻，它拉近文本與讀者的距離，人們接近於它們，是感到了親緣力量的。」[8]之所以有這樣的做法和效果，首先是作者並不把自己看成是可以解決社會問題而可以自信而無愧地為人代言，相反他認識到作家和文學的力量是有限的，這樣反而使創作收效更大。「一個作者敢於正視自我的有限性時，文本的張力就自然呈現出來。」「消解自己和低調地看待自己，至少把敘述者的精神和對象世界拉開了距離，那是有著重要的不同的。」[9]證之以近兩年的「底層敘事」，同樣是現實關懷的寫作，高昂的代言人的宏大寫作與低調的貼近普通人的「小敘事」意義互見。

近幾年的「底層敘事」最富有「為老百姓寫作」色彩，並且作為一個

---

[5] 張清華：《「底層生存寫作」與我們時代的寫作倫理》，《文藝爭鳴》2005年第3期，第51頁。

[6] 其特點是「都是小人物，小故事，小感覺，小悲劇，小趣味……這些小人物小故事不再依賴高深的現代思想氛圍，它僅僅憑藉文學敘述、修辭與故事本身來吸引人，來打動我們對生活的特殊體驗」。稱其為「小敘事」是與現代性的宏大歷史敘事相對而言的。「小敘事」是後歷史時代新的文學需要催生的文學品質，它「是歷史事件的剩餘物，也是宏大文學史的剩餘物」。這些小敘事或剩餘的文學想像，「更接近文學性的本質，更具有文學的真實性」。——見陳曉明：《小敘事與剩餘的文學性——對當下文學敘事特徵的理解》，《文藝爭鳴》2005年第1期。

[7] 孫郁：《寫作的姿態》，《文藝研究》2005年第2期，第22頁。

[8] 孫郁：《寫作的姿態》，《文藝研究》2005年第2期，第23頁。

[9] 孫郁：《寫作的姿態》，《文藝研究》2005年第2期，第25，26頁。

湧浪復活了「現實主義」的，莫過於曹征路發表於《當代》雜誌2004年第5期的中篇小說《那兒》。這是一篇在藝術性上被許多人質疑的小說。但它在文學界乃至整個知識界引起的反響，與文學整體上在市場經濟和大眾文化興起的背景上的邊緣狀況顯得不太協調。小說發表後的兩年裡，囊括了當代最有影響的批評家的專題研討會開了就不止一次，《文藝理論與批評》、《當代作家評論》、《海南師範學院學報》（社會科學版）等在現當代文學界有影響的刊物，都開闢了研究專欄。對這部直接描寫國有企業改制過程中工人階級的不幸命運的小說，提倡人文精神的中年學者和帶有新左派特色的青年學者反應最熱烈，這已經說明「底層」被書寫並作為一個「問題」引起強烈關注，它既是小說正在調整自己和現實的焦距的一種文學現象，同時又大大超出了文學的一般審美範疇。《那兒》的寫作、發表與對它的討論，傾注進了當代人文知識份子的高度的社會責任感、豐沛的現實批判激情和溢於言表的憂患意識，它滿足了文學對「現實主義」回歸的呼喚，更展演了一批未被名利收買和未犬儒主義化的思想者抵抗現實的激越文學姿態。

曾經作為領導階級的產業工人群體，一夜之間淪為失去了起碼的生存保障的社會棄兒（有些命不好的下崗女工還要靠賣淫維生），並且在歷史進步的名義下一再被欺騙、被玩弄、被剝奪，每一次試圖維權的掙扎都不過是落入權力階層和資本勾結設下的圈套，作為他們的真正代表的工會負責人的悲壯努力，在權力機器的威逼利誘和工人兄弟的誤解的夾擊下一場糊塗地潰敗，終至無路可走，只有帶著巨大的困惑、茫然、無奈和悲憤，用自己的生命殉了那個遠去了的輝煌理想——他是用自製的氣錘砸去自己的腦袋的，死前還打了一大堆鐮刀斧頭。他的自殺最後成了一個籌碼，稍稍改變了一場生意的結局。這就是《那兒》給我們講述的令人震驚的底層現實。這觸目驚心的現實，對讀者的同情心、正義感、良知和道德感都構成了挑戰，使那些與底層相隔絕的人一下子嚴肅起來，認真關注這種現實並思考它的前因後果。作家的創作目的非常明顯，虛構一個慘烈的故事，不是為賺取淚水，而是要讓大家正視、思索，撥開市場意識形態的迷障，看清與概念化的現實完全不同的嚴酷的生活真實，從習慣和麻木中警醒起來，共同抵抗和改變現今社會已經非常不合理的現實。也由於創作目的過於明顯，由於表達對另一階層的倫理態度的心情過於急切，《那兒》在實現思想主題時留下了生硬的痕跡。為了掩蓋這些痕跡，作家不惜在各種場合對作品以及自己的創作追求進行闡釋。一些與曹征路持同樣的現實批判態度的批評家，也對小說進行了過度闡釋。「為老百姓寫作」的問題——闡釋大於創作，在這裡暴露了出來。對這一現象加以考察，有助於認識知識份子的倫理立場和擔當意識的可靠性及其在文學活動中的限度。不處理好創作意圖與文學表現之間的關係，思考與寫作都可能成為一種僭越，既無助於激起道德憤慨的現實問題的解決，也不能實現文學獨特社會作用的發揮。

曹征路明確表白過自己的文學創作意圖：「寫小說是表達我個人對時代生活的理解和感慨。」他把自己定位在「真實地記錄下我能感受到的時代變遷」[10]。在他的文學選擇中，知識份子的責任意識佔據著中心和主導位置，他說：「我認為文學是人類進步事業的一部分，一個作家倘若對社會進步不感興趣對人類苦難無動於衷，是可恥的。」[11]有這樣的角色自認和文學選擇，勢必排斥過分專業化的、與底層人民隔絕的知識份子和突出審美價值的純文學。他知道「知識份子在這個時代總體上是得益群體，這就決定了他們的立場，他們對底層人民的苦痛是很難感同身受的，至多也就是居高臨下的同情而已」[12]，作為知識份子的一員，他不能滿足於「退回書齋從事更加專業的活動」，因為那是知識份子整體科層化以後精神上潰敗的表現。對於純文學，他也有看法，指出「八〇年代一些學者提倡純文學，主張心靈敘事是對的，但九〇年代以後把它推到極端，說文學擔當了社會責任就不叫藝術則離譜了」[13]。出於對現實批判功能的確認，他質疑「文學回到自身」這一文學史判斷。這種由「巨大而艱難的現實」激起的憤怒情緒左右（曹征路說他寫底層就是為了憤怒一回，在寫《那兒》時

[10] 本刊特約記者（李雲雷）：《曹征路訪談：關於〈那兒〉》，《文藝理論與批評》2005年第2期，第17頁。

[11] 本刊特約記者（李雲雷）：《曹征路訪談：關於〈那兒〉》，《文藝理論與批評》2005年第2期，第18頁。

[12] 本刊特約記者（李雲雷）：《曹征路訪談：關於〈那兒〉》，《文藝理論與批評》2005年第2期，第22頁。

[13] 本刊特約記者（李雲雷）：《曹征路訪談：關於〈那兒〉》，《文藝理論與批評》2005年第2期，第20頁。

寫著寫著就被憤怒左右了）的不無褊狹的文學觀，被他帶進了小說創作。小說的敘述者「我」在為「小舅」的悲劇撼動後，央求「寫苦難的高手」西門慶寫一寫「小舅」，已經被「小舅」的遭遇修改了文學觀的西門慶，在拒絕請求後，一邊撒尿一邊不無惡意地調侃、揶揄、諷刺了現代派主題的純文學。作者寫道：「他甩著他的傢伙笑起來，說你呀你呀你呀，你小子太現實主義了，太當下了。現在說的苦難都是沒有歷史內容的苦難，是抽象的人類苦難。你怎麼連這個都不懂？那還搞什麼純文學？再說你小舅都那麼大歲數了，他還有性能力嗎？沒有精彩的性狂歡，苦難怎麼能被超越呢？不能超越的苦難還能叫苦難嗎？」這是一段帶有侮辱性的很不雅的文字，是小說作品的硬傷。可見非文學的情緒對作家和文學都會產生傷害。

為表達「對時代生活的理解和感慨」去寫「底層」，不見得就已經消除了跟「底層」的隔閡。為寫底層而寫底層，小說就可能成為願望和概念的產物。事實上，小說以《那兒》為題，就是對一個象徵一種已逝理想的概念的詮釋，它試圖傳達作者的一個理念，即工人階級的命運與共產主義理想相依存。工人階級從領導階級一下子墮入社會底層，意味著共產主義理想被拋棄；理想被拋棄，工人階級才無處存身。這一概念的循環在邏輯上就有悖謬。在小說的故事裡，自殺並不是「為民請命敢於擔當」的工會主席朱衛國的唯一結局，即使因為一次次好心辦壞事無以做人，自殺方式的選擇也不符合這位並無太多政治關懷的工人的思想行為邏輯。作者明明知道「在我國說『無產階級的主體性』也許只是一個幻覺」，還硬要讓在社會改革的亂石滾落中看清了自己和所屬階級的能耐，僅僅掛著工會主席頭銜的幹粗活出身的一個工人，「真誠地迷失在概念裡」，[14]是不是有欠真實。如果說，「小舅」朱衛國以死抗爭時被強加進那麼多的政治想像，那麼是否可以說，是作者為了製造駭人的悲劇效果，把這個工人利益的維護者推上了斷頭臺！從小說的理念化命名，到主人公悲劇結局的創新，這個作品確實達到了預期的效果。它很快被一批洞察以企改為代表的經濟體制改革背後的政治黑幕的人文學者看中，作為他們表達社會判斷的契機和

[14] 本刊特約記者（李雲雷）：《曹征路訪談：關於〈那兒〉》，《文藝理論與批評》2005年第2期，第22頁。

依據，因為不管作品怎樣呈現不足、敘述有餘，但比起類似汪暉的談企業改制的有理有據、邏輯嚴密的論文表述來，小說無疑是批評者更好的思想容器。看一看韓毓海、曠新年等思想型學者對《那兒》的精彩闡發，[15] 我們感到，《那兒》的備受關注，引起熱評，主要不是小說為文學把握現實提供了多少新經驗，而是它成功地促成了一次思想者的集會。《那兒》思想大於形象的特點，跟興盛於上世紀三〇年代的「左翼文學」有相似之處。其實它們本來有血緣關係，有人把這類創作稱為「新左翼文學」並非沒有道理。概念化、公式化、以性愛為人物行為的內驅力（《那兒》也不例外，舊日戀人杜月梅是朱衛國性格爆炸的火藥引子），是左翼文學的通病，原因很複雜。從一個方面看，文學是載離愁裝別恨的舴艋舟，塞不進攻城掠地的兵馬，硬要把烏托邦的秩序強加給人情欲望撞擊的世界，文學的自然風景也就變成了打仗才用的沙盤，目標明確，路線清楚，中用不中看。

倒是「作為老百姓的寫作」提供了「底層敘述」的理想形態。這類寫作，作者不高高在上，不擺出悲天憫人和拯救者的姿態，不為別人的生活和世界作什麼設計，不為改變現實改良社會提什麼方案，而站在底層社會的同一地面上，鄰居般地關心攝入他的小說世界裡的主人公的命運遭際，跟他們一起體味生活的苦樂悲歡，對不幸者的悲哀即使掬一把同情的眼淚，也娓娓道完那彷彿命運安排的人生故事，決不用自己的好惡打斷它、扭轉它。例如排在2005年中國小說排行榜前三名內的兩個短篇，方格子的《錦衣玉食的生活》和黃詠梅的《負一層》。

《負一層》明顯是底層敘事，作者把視點放到了比樓房底層更低的地下車庫，追攝一個無人肯予聽取的「失語者」的生命的低弱聲音。因為無人傾聽，她才「失語」。因為無處訴說，她才一次次在暗夜裡升上樓頂，把一個個問號——那是無人肯為解答的生的疑問和困惑——掛在天上，這是沉默者的無言的「天問」。她並不是沒有溝通能力，是社會沒有給她溝通的機會，在地下看車場，有車的有錢人，誰也沒把她看成是能說話、有感情、需要溝通的人。在無人可與溝通的情況下，她只能聽車子與車子交

[15] 請參見韓毓海的論文《狂飆為我從天落——為〈那兒〉而作》，吳正義、曠新年的論文《〈那兒〉：工人階級的傷痕文學》，均載《文藝理論與批評》2005年第2期。

談。車子與車子都需要交談，溝通，何況是人。這個不屑於與她溝通的社會，跟她早已沒有共同的語碼。一次倉促間偶爾的溝通，出了致命的錯，她因語言的誤會得罪了老闆，被辭了工，失去了生存的基礎，只有最後一次升上樓頂，從三十多層的樓頂上飛了下來……作者始終不為她代言，所以她至死沉默，無人知道她的心願和委屈。連她的父親也不理解她，導致在她冤死後連賠償的權利也被剝奪掉。小說不是沒有一點觀念性，但作者就是不把敘事意圖說出來，而讓讀者去領悟。《錦衣玉食的生活》的主人公艾芸，也是個不幸的女子。她本來有丈夫，有兒子，有工作，生活中不乏指靠和歡樂，她向來自尊自愛，有上進心，不虛擲生命。但不知為什麼——其實是為了生計，那些屬於她的東西一樣一樣地倒多米諾骨牌似地失去了。因為生存壓力加大，她失去了性趣。由於不能滿足丈夫的需要，導致丈夫偷情，她與丈夫離婚，丈夫走了，兒子也被帶走了。在說不清來頭的商業交易中，單位散夥，她丟了工作。當所有的掙扎都失效後，她把希望交給了來世。但殘酷的是，生命被奪去後連在來世過錦衣玉食生活的卑微願望也被打破。作者沒有出面指責現實，但從一個弱女子只能以虛妄為希望，不是可以窺見現實是多麼令人絕望嗎？筆者在為這篇小說寫短評時，認為《錦衣玉食的生活》在當下十分引人關注的底層敘事中，提供了新鮮的創作經驗。

二、沉默者的故事：《錦衣玉食的生活》與《洗車場》

（一）《錦衣玉食的生活》：當活著失去理由

人活著是需要理由的。只是當我們還沒有失去活著的理由時，我們並不覺得活著居然需要理由，自然也就不覺得擁有活著的理由有多麼可貴，就像當我們沒有失去自由所以不知道自由多麼重要一樣。

要是一個人無辜地失去了活著的理由，那該是怎樣的悲哀。要是一個對生活十分認真的弱女子由於她不知道的原因而竟至失去了活著的理由，讓我們看著她一步步墮入絕望，一樣一樣地失去原本屬於她的一切，直至喪失她美好的生命，那麼，我們感受到的又是怎樣的人世的悲哀。

在方格子的《錦衣玉食的生活》裡，我們目睹的就是一個勤勉於生活的有家少婦，在當下這個社會轉型期，不明不白一連串失去生活的支撐，再也找不到活下去的理由，最終連對於來生的一點卑微願望也被殘酷地碾碎的過程。看著這個女子無端地喪失她鍾愛的一切，那麼恓惶、孤苦、無助，我們感到的是幾乎無法承受的噬心之痛。

故事的主人公艾芸，原本有工作——在工藝美術公司畫屏風，有家庭——有丈夫、有兒子，「有過一段安逸的生活」。但不知何故變得沉重起來的生計，使得她從家庭和社會裡雙重下了崗，先是「在丈夫曹木那裡下了崗」——因滿足不了丈夫的需要，丈夫偷情導致離婚，她一下子失去了丈夫和兒子；後是因為工藝美術公司被城東磚瓦廠買了去，她「終於像一片黃了的菜葉，被掰下，丟了」。從此她一個人東奔西走，「每天出門就是找口吃的」。生活無情地改變了她。「艾芸以前多麼積極向上，走路挺起胸膛來精神很好，看到別人搓麻將，常常是目不斜視」，還說「人沒有了意志就是廢物了」，而現在的她，「整個人像一隻被掐了頭的蒼蠅，旋來旋去沒有目標」。

如果只是沒有工作而不是失去了家庭，像艾芸這樣的追求人的尊嚴、要求生活有些品質的女子，斷不會走上後來那樣的絕路。從丈夫那裡「下崗」似乎是艾芸人生悲劇的開始。但造成悲劇的真正原因是什麼呢？是日益艱難的生計。「艾芸以前是離不了曹木的，每到晚上，只要她的身子骨一挨著曹木，整個人都活起來了，那張臉呀，粉紅粉紅，桃花一樣。」而後來「卻好像變了一個人」——「整日為生計皺眉的艾芸，好像身上的某個器官也下了崗，床上的事對她來說，是忍無可忍和痛苦不堪，難得有回把房事，艾芸那眉頭就像被扭了一把，整個聳起來，欲哭無淚的樣子。」生計問題竟至讓「艾芸連自己最喜歡的一口都戒了」，她自己都覺得「好像為了過得像個日子，連最基本的男女之歡也丟棄了」。多麼可怕的力量啊：它從根本上摧毀了一些人的生活的興趣，它殘忍地捉弄那些雖然貧賤但一樣有著渴求幸福的權利的生命。

艾芸的人生變故，起因於經濟秩序的變動導致的下層勞動者生計上的艱難。生計的壓力使她失去了性趣，因而失去了丈夫和兒子，並失去了維持起碼生活的工作機會，她也就失去了活著的理由。對於芸芸眾生來說，活著的理尤其實是那麼簡單。然則一旦連最簡單的活著的理由都難以找到，一個無依無靠的弱女子又到哪裡去尋找希望呢？令人感到既悲哀又震撼的是，女主人公將她卑微的願望寄託給了縹緲的來生：「既然這輩子什麼盼頭都沒有了，就盼著來生好了。」小說讓走投無路、陷入人生絕境的主人公絕處逢生：一本從美國來的廢紙裡偶爾翻到的宣揚人生輪回的舊雜誌拯救了她，讓「她忽然覺得自己的生活有了新的目標」，「一個偉大的目標」——錦衣玉食地死去，以求下輩子過上錦衣玉食的生活。

絕處逢生實則生而求死。以虛妄為希望，更見現實之讓人絕望。主人公為錦衣玉食地死去而舉債縫製鑲有珍珠的織錦緞壽衣，買回軟底繡花鞋，做得越是認真，越說明她在現實世界裡已經失去了生存的根據，小說敘事的現實批判性也就越強烈而又越有隱蔽性。在故事的編織中，人物的大白天的靈魂出竅、獨自活動越是栩然如生，作品的文化意味便越是濃郁。小說似乎假裝認同了一個荒謬的邏輯，用反諷的語言呈現著主人公的意向誤置，但實際上，悲劇主人公的確從反向的生命活動中獲得了欣喜，因為只有宗教的幻型世界能夠幫助她逃避現世的生存窘境。這實際上也是佛教在苦難的底層世界作為不幸人生精神調節的普遍性的歷史圖景。這樣，小說不僅披露了當下生活的令人震驚的嚴酷，對弱者表達了深厚的人道主義關懷，同時也揭示了由文化的惰性決定的社會結構中人本觀念匱乏造成弱者自弱的悲哀。小說結局寫到艾芸對來生的希望也遭到破滅，不能不讓人體味到宿命難以逃脫的永恆的哀傷。

在當下十分引人關注的底層敘事中，《錦衣玉食的生活》提供了新鮮的創作經驗。小說沒有直接反映轉型期經濟調整、社會分層過程中存在的嚴重的社會不公，而是聚焦於特定的生命個體，逼真地刻畫社會政治與經濟運作給處於弱勢地位的人們造成的嚴重後果。小說雖然也涉及弱肉強食的無理與蠻橫等社會現象，寫到職工不僅經濟上受到盤剝，而且人身受到傷害，但是，作品更多的是寫艾芸這一個女子在遭遇到命運的不公時產生的情感反應，突出她的生活意志不斷被外部權力所否定產生的尷尬、無奈和悲傷，以及人生願望被嘲弄後自我突圍的虛熱與疼痛。小說多次寫到艾芸為自我、為親人流淚傷心的細節，尤其寫到她深夜裡準備孤身離開這個世界之前忍不住打電話與已離婚的丈夫淒然告別的情景（其實對原本屬於她的那些多麼不舍）。這種弱者在歷史過渡期的混亂腳步踩踏下的無聲輾轉，遠比敘述者站出來憤然抗議有藝術感染力，因為它不事張揚地表達了對現實的拒絕與批評，它引起我們思考是什麼改變了艾芸們的生活。這是一種純文學的寫法，一種更有藝術生命力的表現方式，一種相信讀者的悟性和判斷力的文學態度。

（二）《洗車場》：天寒地凍有溫情

「不論杜光輝寫什麼，都滲透著辛酸而溫暖的人文關懷，閃現著樸厚的人性光輝。」這是著名文學評論家雷達對杜光輝近年創作特點的準確概括。短篇小說《洗車場》打動於我們的，就是底層生活的艱辛中透出的人性的溫熱。要是沒有讀過這篇小說，我們不會想到像洗車場這種再普通不過的勞動場所裡，竟有那麼艱難的生存掙扎，更不知道在我們往往不肯或不屑於正視的平民世界裡，才保留著人類不該失去的良知與溫情。

在這個洗車場裡，兩個工人、一個老闆構成了出乎我們想像的勞資關係。與其說他們之間是資本和勞工的關係，不如說是在一個他們這種人無路可走的社會裡大家共同謀生、相濡以沫而已。三個人的出身，一個是工人，一個是農民，一個是學生，但是現在都屬於一個被體制排斥在外的弱勢群體，每個人都是這個群體中的一員，窮困，低賤，得不到任何社會保障，只能懷著卑微的夢想，靠賣苦力維持生存。五十幾歲的「老闆」張富貴是個下崗工人，用買斷三十年工齡的兩萬塊錢開了這個洗車場，掙的錢「勉強供給在讀大學的孩子的花費」。為了掙這錢，他和工人完全幹一樣的苦活。四十五、六歲的劉狗順，在農村老家被隱瞞國家政策繼續亂收費的鄉書記逼得跳崖摔斷了腿，出來打工也是為了供在北京上大學的兒子念書。二十二、三歲的黃天朝，靠家裡的親戚朋友湊錢讀完了技校卻找不到工作，只得來洗車場打工，最大的願望是攢夠錢在西安開個電腦修理店用上自己的所學。不同出身的兩代人，社會和時代給了他們相同的命運，來到城市的邊緣，在一個狹小的空間裡，上演他們的血淚人生。在嚴寒的冬天，為了低微的收入，他們千方百計攬活，拼命地洗車，唯恐丟了生意，低三下四地向車主點頭哈腰，為了洗好車連手套都不戴，以致「手上全是凍瘡，裂得像老樹皮，顏色發黑，呲著很多口子，口子裡流著膿血。在火爐上一烤，痛得鑽心」。小說描寫的發生在這個小小的洗車場裡的人生困苦，簡直令人觸目驚心。它讓我們真切地看到，在我們這個建設與發展的圖景日新月異的國家，還存在一個掙扎在生存線上的勞動者群體。這個體制外的群體，並沒有分享到改革的成果，相反，在越來越嚴重的社會分化中，在失去教育和醫療保障，物價不斷上漲的情況下，他們遭到了既得利益集團的無形的經濟剝削和公開的人格歧視，在城鄉二元、體制內外有別、貧富懸殊的不平等的社會環境裡，他們隨時都受到有權有錢者的肆意欺凌，生存境況極為惡劣。杜光輝用毫不誇張的藝術描寫揭露了這樣的社會現實，他絲毫也不準備掩蓋由於政治改革滯後、經濟改革成果被權力瓜分所導致的日益嚴重的社會矛盾。小說刻意渲染了官民對立、貧富對立引起的社會情緒，反復寫到學無所用的待業青年黃天朝不正常的沉默和總是「眼睛裡迸射出一股毒氣」，這分明是被社會排斥機制拋棄的青年一代對社會不公的仇視，對不給人出路的體制的憤恨，這是需要引起重視、需要加以化解的底層民眾對不合理現實的怨毒仇恨。《洗車場》從社會的一角，發現了普遍存在、需要正視和解決的社會問題，體現了強烈的社會責任感。

但是，如果僅僅停留於揭出病苦，暴露問題，《洗車場》還算不上是有思想和藝術魅力的作品。這篇小說的可貴，在於它不以展覽悲苦為目的，而是以發掘充溢在窮苦人之中的善良而溫暖的人性人情為主，以此給我們以生活的信心，並引起我們思考解決社會問題的更好途徑。眼下的政治經濟社會格局，對於沒有體制作保障的人群來說，的確不啻是天寒地凍的嚴冬，這些物質資源極為匱乏的人不知如何才能熬過。然而，這並不意味著他們完全墮入了絕望的深淵。說到底，物質的滿足甚至享受，是人類文明進步歷史地塑造出來的生活需求，具有相對性，在不危及生命存在的前提下，如果不附著上精神的因素，物質的多寡並不能決定主體快感的強弱。事實上，《洗車場》讓我們感動的，是在洗車場這個社會角落裡幾個苦命人的相依為命，相互關愛，真情相待，在苦難中得到了溫暖的情景。窮老闆和一大一小兩個工人，不分彼此，共同打拼，爭著多幹活怕別人受累受罪。在利益分配上，老闆毫不欺詐，對工人公平相待，盡可能照顧別人；工人同樣體諒老闆，賣力地勞動，為老闆著想，分錢時怕虧了老闆。在吃喝上，他們像是一家人，老闆娘負責為洗車場做飯送飯，總是提著籃子急急慌慌地朝洗車場走，為的是怕飯菜涼了，工人們吃了生病。送來的儘管只有一葷一素，但量多肉多，米飯也是滿滿的一盆子。後來收入增加了，飯菜品質馬上隨著提高。吃飽飯後，諞閑閑傳，十分愜意。晚上歇下來時，老闆娘用鐵壺燒開水泡茶，大家就著一個茶壺輪流滋滋響地喝茶，喝到陶醉處便吼秦腔發抒命運和社會帶給的內心鬱積。正是這種苦情中的溫馨，給了艱辛生存以綿綿不絕的精神支撐，它來自這個重人際關係的民族的悠久的文化傳統，在國家形象變得僵硬起來時，民間仍不肯泯滅它的遺存。

人與人之間的樸素的溫情，不僅抵抗了艱辛勞作造成的身體的傷痛，它也軟化了被社會不公所扭曲的心靈。在這個只有幾個人的洗車場裡，黃天朝是晚輩，又是讀書人，得到的關愛也就最多。知道他不該做個洗車工，兩個長輩都支持他攢錢以實現在西安城裡開電腦修理店的願望，還寄希望於自己在北京讀書的兒子留神著為天朝找進京發展的機會，甚至幻想等兒子發達後再同天朝分享成功，有點「苟富貴，勿相忘」的意思。冬天北方奇寒，室外洗車受凍，老闆囑咐天朝保護好自己的手，免得凍壞影響以後到電腦公司上班。老闆娘總是拿天朝與自己的兒子比，為他受苦而歎息。天朝的衣服破了，她滿懷母愛，為他貼身縫補。天朝因勞累過度，患了急性肝炎，老闆夫婦和劉狗順，拿出供孩子念書的全部積蓄送他去醫院救治，挽救了他年輕的生命。天朝出院後，老闆娘又立即買老母雞燉湯給他補身子。這來自身邊的自然而濃厚的人情，是冰凍了的社會土壤上開出的美麗的人性之花，觸動了也改變了天朝。剛走出校門就親眼目睹並親身體驗到社會的種種不公的技校畢業生，面對權錢橫行、知識貶值、社會資源被權力壟斷、沒有地方講理的社會，眼裡總是迸射著憤恨的毒氣和有所思謀的賊亮的光，而現在，身邊不是親人勝似親人的長輩給予的傾情關愛，竟使他一次次感動得落淚，心靈上的凍瘡似乎被人情的春風治癒了些許。杜光輝用「畫眼睛」的方法透露了社會裂變（小說敘述時對有錢人用「人家」來稱謂亦可看出中國社會的具有緊張關係的貧富分野）形成的民眾心理，也肯定了民間道德自救的社會凝合作用。天朝後來反哺於洗車場，把關心他的長輩帶上知識經濟之路，不能不說是底層社會自然性的人文關懷使知識主體發現了自我價值的結果，它意味著權力集團的社會封鎖並不能完全左右社會歷史的進程，儘管小說藝術刻畫的潛話語（這也是小說的藝術智慧和思想性所在）告訴我們，張富貴、劉狗順們在二十一世紀還沒有擺脫認命思想、清官意識和皇權觀念，可悲可笑地陷在阿Q式的「我的兒子會比你強」的循環論中，說明對於這個習慣了重壓和失語的民族來說，啟蒙之路還多麼漫長。

三、革命的面影：《人面桃花》與《紅色娘子軍》

（一）《人面桃花》：關於時間的小說

革命與人面桃花有什麼關係呢？

格非的一部寫革命的小說幹嘛要用人面桃花做書名呢？

興許由於那個也算轟轟烈烈革了一場命的主角是個女性，那個叫做秀米的江南女子。

人面桃花該同那首詩有關係吧，那首廣為傳誦的唐詩：

去年今日此門中，人面桃花相映紅。
人面不知何處去，桃花依舊笑春風。

一次春天的邂逅，一個少女的顧盼有情，一種無處抵達的表白。多美啊！一種散發著春的芬芳、春的氣息和書卷香的美，一種遺憾的美。遺憾的美是叫人更加難以釋懷的美。

是誰造成了這樣的遺憾？是時間。桃花還是去年的桃花，人面卻已杳然，錯過了的就不可復得。走出這首詩，走出那兩個人的故事，就無人沒有這樣的悵惘：年年歲歲花相似，歲歲年年人不同。

於是人面與桃花，人與花，就成了人與自然的對比，生命被拋進了時間的河流：人生短暫，宇宙永恆。就像曹植吟詠的「天地無終極，人命若朝霜」（《送應式》）；就像阮籍感慨的：「人生若塵露，天道邈悠悠」（《詠懷詩》）；就像蘇東坡籲歎的：「羨宇宙之無窮，哀吾生之須臾」（《前赤壁賦》）。

格非想是在這樣的意義上借用了人面桃花的意象吧。人面是女性的代稱，也指代人的生命，進而指代人生、人的命運遭際；桃花象徵春天，象徵時間，象徵美好，象徵人力所無法改變的自然：桃花源的夢想無不在時間的沖刷下破碎。格非的這部小說，確然是關於革命與烏托邦的小說，關於歷史與個人欲望的小說，但也是關於時間的小說。

桃花不是沒有象徵空間。陸侃得到的桃源圖，王觀澄經營的花家舍，張季元們構想的大同世界，秀米建造的普濟學堂，是性質相同的烏托邦，都是人的執念的空間化。但他們都需要在時間中被顯現，而又在時間中被否定因而在時間中永存。烏托邦永遠不可能真正企及（因為人的欲望無止境），它也因此被時間化。桃源常在——桃花依舊笑春風，而生命不長在——人面不知何處去，這是一代又一代人的遭遇，它形成歷史的循環和輪回。所謂「光陰流轉，幻影再生。一波未平，一波又起」。

秀米在臨終前，從陸家的寶物——忘憂釜裡看到的，就是這種循環和輪回。她看到了一朝出走、渺不知所終的父親（那是她的過去），也看到了她早已失散、無法認識的兒子（那是她的未來）。時間在收穫秀米的生命時，把歷史和人生的真相驟然出示給她，就那麼短暫的一瞬。讓她明白，人生如冰花般脆弱，而人不經歷一趟人生又不知道滿足；臨了方才徒然明白哪些是真，哪些是幻。

在格非的小說裡，我們看到了兩種時間。一種是宇宙的時間，一種是人類歷史的時間。這兩種時間很不相同，前者無始無終無窮無盡，後者只是其中極其有限的一段。前一種時間因為悠長而緩慢得多（情如大齒輪套小齒輪，小的轉了幾圈，大的像是沒動）。《述異記》記，晉時有個叫王質的人到山中伐木，見有幾個童子在下棋，一邊還唱著歌。王質就在那兒聽歌看棋，童子還給了他一個棗核樣的東西讓他含在嘴裡。就那麼一小會兒，待童子催他走時，他起身一看他的斧頭，柄竟爛得沒有了。他回到村裡，跟他同時代的人，也都死得一個沒有了。王質是誤入了仙界，踏進了宇宙時間。仙家一刻，世上百年。秀米從瓦釜的冰花裡，看到的也是發生在宇宙時間裡的事情——他父親在與人下棋。小說結尾寫若干年後，她的當了縣長的兒子從車窗中偶然看見兩個老人盤腿坐在一棵大松樹下對弈，暗示著每一代人生都將在宇宙時空裡被觀照。

感悟到時間的相對性，用心眼看見了相對性的時間，才能換一個位置來看看我們幹了什麼，在幹什麼，才能對歷史、人生、社會和自我進行反省，才能超越迷惑我們、讓我們苦惱的現實。秀米的父親是在囚於閣樓的孤獨的日子裡，對時間產生了細微的感受，感到生命真正無法掙脫的是時間，最後才選擇了對塵世時間之網的逃離。秀米革命落敗，回到凡俗的日常生活，開始悔恨自己「錯認陶潛作阮郎」，也是在踩完了歷史時間劃給她的那一段鋼絲之後才有了覺悟。而讓她悲哀的是：「當她意識到自己的生命可以在記憶深處重新開始的時候，這個生命實際上已經結束了。」本來，「她不是革命家，不是那個夢想中尋找桃花源的父親的替身，也不是在橫濱的木屋前眺望大海的少女，而是行走在黎明的村舍間，在搖籃裡熟睡的嬰兒。」然而，人面不知何處去——秀米不復是那個尚未展開的秀米，她不可能再獲得一次人生，

站在屬於自己的時間的末端，秀米能回望自己的人生。站在另一個時間層面，秀米能看到很多人的生命情景。但設若讓秀米重新選擇，面對一個對她守住了一切祕密的世界，面對那些偶然闖到她面前的人和事，秀米能像徹悟後那般清醒，就可以不出錯了嗎？秀米自己這樣問過自己：「假如一隻跳水蟲被遍地的落英擋住了去路，那麼，它會不會像武陵源的漁戶一樣，誤入桃源？」秀米沒有把握。我們遇到了，我們也沒有把握。與生俱來的欲望會背叛我們，身體會背叛意志。像秀米，桃花般豔麗的容顏，也給她帶來過災難。可見並不是什麼都由自己來把握，在生命的旅程中，人經常很盲目。「她覺得自己就是一隻花間迷路的螞蟻。生命中的一切都是卑微的，瑣碎的，沒有意義，卻不可漠視，也無法忘卻。」秀米的反思，透著生命的無奈。而我們大家，還在人類歷史的時間之中……

（二）《紅色娘子軍》：難以告別的革命

蔣韻的短篇小說《紅色娘子軍》的確是一部關於青春歲月的革命記憶的小說。小說中的革命，發生在上世紀的五〇至七〇年代，那是二十世紀的又一個紅色的年代，它與一代人的青春相連。在今天這個消費主義時代，那一場革命早已成了被主流意識形態所拋棄的歷史謬誤，與革命相關聯的青春人生也自然地被人諱莫如深。也許受這種後革命文化語境的壓抑，作者討巧地將這個與紅色年代相關的故事，放到了異國他鄉，這樣既

避開了與當下的文化禁忌正面爭辯，又與近些年在民間事實上存在的在革命歷史的評價上的思想分歧進行了暗中的對話。更富於匠心的是，小說借紅色年代的親歷者來講述一個在革命中發生的哀婉動人的愛情故事，從而增強了故事的真實性，同時增強了敘事的複雜性，使故事的闡釋空間具有開放性，庶幾實現了作者的敘事意圖。

故事發生在新加坡，主人公是「學長」。在上世紀那個紅色年代裡，其生命風采天然地對女性具有魔力，但又懷有左翼的革命的理想，天生要做領袖的「學長」，自然不可抗拒地被革命所裹挾，並且做了「洪常青」式的指路人。的確，「在那個風起雲湧的年代，革命，似乎是所有熱愛自由、仇視不公的熱血青年的宿命。」遊行，集會，抗爭，被捕，身陷囹圄……學長和追隨他的熱血青年，在那個歷史時代不可規避地擁有了「血火的酷烈青春」。如果沒有與這樣的革命相伴隨的、甚至超越了革命的生死不渝的愛情，學長的革命青春說得上是壯麗而悲慨、值得驕傲的。然而有了愛情，有了與嚴峻而酷烈的革命完全不相容的青春的戀情，作品對學長的故事傾注了更多筆墨、呈現得更真實生動的正是他的愛情，與「膽小，嬌柔，不關心大世界大事情」的安靜的姑娘唐美玉的生死戀情。這是人世間罕見的悲劇性的愛情。美玉無瑕的姑娘，把她全部的生命獻給了愛情。她沉浸於對學長的愛，又懼怕「黑夜」將愛人奪走。愛人的果然失蹤，讓她精神失常。當苦苦的等待和尋找變成絕望，她把自己投進了大海，以身殉情——愛情是她生命的全部，生命只能隨愛情而去。這樣的愛情，是否給了學長真正的、終生的疼痛？是的，學長對美玉愛得也很深切。在那個出事的晚上被軍員警帶走時，他沒忘了向身邊的人交待：「告訴美玉，讓她忘掉我。」在孤島上被監禁多年，任漆黑的海浪一浪一浪耐心地淘捲著他的青春和生命，在幾千個日夜裡他無時不思念美玉。後來擔心耽誤了她，給她捎去寫在撕下來的一塊襯衫布上的血書，告訴「美玉，好姑娘，把我忘掉吧，好好生活！」出獄後當他終於從朋友那裡得知美玉為他蹈海的結局時，「一夜之間，他像文昭關前的伍子胥一樣徹底地白了頭。」以後雖然結了婚，成了家，但他「再也不吃芋頭糕」，怕觸動對往事的回憶。在酒喝過量後，還做出「荒唐的醉事」：從臥房的窗口吊下想像中的竹籃，「向另一個世界傳遞消息」。在學長身上，有時候似乎分不清愛情與革命孰輕孰重，但又分明讓人看到他在革命與愛情之間，首先選擇了革命，為革命而犧牲了愛情，而愛情也因此更具有悲劇性，給予他更加刻骨銘心的感受，彷彿讓人思忖革命讓個體人生付出的代價有多高昂。可見，正是這種對位式描寫，使小說的複調敘述產生豐富的思想意蘊和多種理解的可能性。

讓愛情與革命對位，也許是為了反思革命之於個體人生到底意義何在。但是僅有這樣的描寫，還不能說明個人在特定時代的選擇不可掙脫的兩難性。為此，小說將革命放在不同的歷史時空中加以考量，顯示它的有限性和對個體人生的影響。小說讓「學長」和他那一代人的故事穿越了革命時代和後革命時代，也就是讓主人公在兩個不同的歷史場景中處理自我與外界的關係。在紅色年代，為了理想、自由和公正，「學長」那一代人不顧人生道路的崎嶇險惡，奮鬥抗爭，叱吒風雲，充滿了為信仰和社會做犧牲的豪情。而在一個物質發達，社會繁榮，似乎沒有什麼需要用鬥爭去換取的消費主義時代，當年的熱血青年都成了邊緣化的畸零人，蒼老，落魄，淡漠世事，借酒澆愁，寂寞地寫作，在寫作中寂寞。歷史彷彿給他們這代人開了一個玩笑。當初他們為爭取用漢語寫作的權利而不怕罹難，不惜犧牲青春和愛情，而現在，「漢語不再是禁忌，甚至，變成了學校裡必修的語言，它不再需要誰去為它犧牲和獻身了。它變成了堂皇的困難，讓如今的年輕人望而生畏和頭疼。」在兩種現實境遇的對比中，革命和革命者的人生與歷史發生錯位，顯得尷尬。況且，一切都變成了消費對象，連學生模樣的青年都成了觀光客，革命的作用何曾留下什麼標記。「生活在繼續著」，那麼歷史真的是革命可以創造和改變的嗎？——似乎不是革命者，倒是革命本身成了悲劇性的，值得反省的了。事實上，小說的複調講述就在《紅色娘子軍》這一主旋律就要響亮起來時，插進了另一種革命記憶的表述，這是發生在相同的時代卻是不同的空間裡的故事：「葛華」的故事和「我」的故事。前者復現了革命對人的可怕的扭曲，後者說明瞭革命時代給人留下過恥辱。這些以第一人稱講述的發生在本土的與革命相關的故事，跟「學長」的故事構成什麼樣的關係呢？

其實，當初「學長」在選擇革命時不是沒有受到質疑。他的戀人唐美玉問她「你怎麼能不敬畏黑夜？」恰恰說明這些富於激情和理想的唯物主義者不懂得敬畏強大的、不可知的力量，在於輕忽了歷史（即時間）本身是有限的人生和渺小的生命不可穿透和戰勝的。在這個意義上說，學長的自覺選擇其實是不自覺的，革命的思想行為裡總是包含著將世界剛性化和簡單化的成分。這從學長在同嬌小的唐美玉戀愛時，「彷彿是藉著她的眼睛看見了從前常常被他忽略的事物，比如流雲的美麗，比如露珠的晶瑩，比如花的千姿百態」，就看得出來。花的世界是「另一個世界，他從前無暇顧及的，瑣碎、細微，卻另有一番遼闊和幽深」，而唐美玉是「花朵般嬌嫩的女孩兒」，都值得看取和珍惜，然而為了革命，學長捨棄了這樣的美，並從捨棄的痛苦中獲得一點「英雄的豪情，犧牲的豪情」。這似乎是革命給予革命者的誘惑與慰藉，他幫助革命者從兩難的境地解脫出來。如果是這樣的話，像上世紀六、七〇年代在本土上所發生的那種革命，真的可以也應當告別了。

然而，這篇小說讓我們看到，革命是難以告別的，因為革命已經是歷史的一部分，革命更在親歷者的人生經驗和生命記憶之中，只要有一個觸媒，現實的人生與過去的經歷在猝然相撞時就會爆發出驚人的火焰，照亮晦黯的生存，閃露出存在那迷人的一角。革命芭蕾舞劇《紅色娘子軍》就是這樣的觸媒。對於消費時代的多數人來說，《紅色娘子軍》這個紅色經典，只是個文化消費品——革命通過藝術變成了消費品，給他們帶來聲色之娛。但是對於學長這種曾經有過血火青春、擔當過「常青指路」角色的革命過來人來說，《紅色娘子軍》就是引爆他青春（「激昂珍貴卻又無比脆弱」的「不能被觸碰的東西」）記憶和革命記憶的火藥。洪常青在烈火中英勇就義的崇高場面，足以喚醒曾經奔湧在他青春生命中的犧牲的激情，那是他人生中最壯麗的一幕。但是這個輝煌的紅色經典，也一定讓他看清了為信仰而犧牲所付出的全部代價，那是他這一生裡無可彌補的損失，是無法重寫的人生中最大的憾痛。誰能說得清這位「入獄、出獄、十一年監禁的歲月，四千多個被海浪吞噬的黑夜，甚至，聽到鮮花般的唐美玉蹈海的死訊，他都沒有哭過，人人都以為，他骨硬如鐵」的學長，疾步走出劇場，控制不住，在路燈下發出「撕心裂肺的、泣血的長嚎」，包涵的是怎樣複雜的感情，他「蹲在地上，號啕痛哭」，宣洩的是多麼深重的隱痛。每一個時代，都有不同的人生選擇，而無論哪一種選擇最後都必須由時間來轉化成精神價值。藝術往往是某種精神取價的象喻。《紅色娘子軍》這個革命舞劇，就這樣打通了革命時代的遺民回到另一個歷史空間，與革命生涯重逢並重審它的價值的通道。而對於革命時代的受害者，這個被時代改寫了的時尚化的藝術文本，也引起她（「我」）的強烈反應，則說明革命歷史變成藝術後，具有的只是審美作用，革命的本來面目變得曖昧了，真實的歷史也就更加難以窺見，這就再一次從對立的角度與屈居意識形態邊緣地位的革命記憶發生爭辯。

值得指出，小說《紅色娘子軍》從頭到尾存在著兩種以上的聲音。小說的核心故事，被置於多重視角之下，這些視角包括講述者「小黃先生」，直接的聽者「我丈夫」，還有轉述故事的即小說的敘述者「我」，他們以各自的歷史經驗和現實態度，在一個特定的話語環境中與這個故事相逢。「我」有意退隱到「我丈夫」的身後，似乎想做一個局外人，但又不斷借機講述另一種青春記憶，實際想表達關於革命、人生和歷史的另一種聲音。在「我」的背後，其實還隱含了一個對於紅色時代的群體視角，即後革命時代的樂於擺「POSE」，「做出時尚畫報中那些經典的小資的動作、手勢和表情」的「觀光客」（消費者）。如果說「我丈夫」、「小黃先生」包括「學長」，與「觀光客」處在對立位置的話，那麼，「我」則有意超越於兩者之上，在歷史和現實中找到人文主義的結合點。小說有意將擬作者與敘述者合一，正是為了使不同的聲部在對立的行進中達成具有統一性的生命關懷和生存追問的旋律。

四、「存在」的詮釋：《我疼》與《我們都在服務區》

（一）《我疼》：無藥可治的生命之疼

自上世紀八〇年代存在主義哲學與存在學說被再次介紹進來後，當代文學在不小的範圍內受到了感染，有無觸及「存在」，在文學批評裡幾乎成了用以判斷一個作家在創作的思想主題上是否深刻的標準。本來，小說就是小說，小說不是哲學論文，但是，只要小說越來越深切地表現人生與生存的體驗和感受，它就必然要指向存在哲學，因為後者所關注、探究、思考與解釋的正是人和人生，它「專心於某些特定的體驗」（讓・華爾

《存在哲學》）。對於不能被定義，也不能被客觀地認識的「存在」而言，感性地呈現獨特個體經驗的小說，更有可能使之現身。新進作家陳希我的短篇小說《我疼》就是很好的例證。

陳希我被謝有順稱為「一個有存在感的作家」。他的一些小說既不流於對社會問題的文學性報導，也未專注於敘事形式的自我關照，而是將人置於一個不是由他所控制的「世界」（不是「社會」）中，遭受無法逆料的困擾和打擊，體會在這一無法逃避的折磨過程中的感受——尷尬、恐懼、緊張、痛苦、被動，讓人通過這種尖銳的感受，識破人的生存和存在的本相。小說中的人物被強調的是，每個人都是單一性的個體，他（她）成了一個存在者，只與他（她）自身相關，並無限地關切他自身，他（她）被世界所包圍，又與之隔絕，在既定的關係網絡中，他（她）的掙扎與選擇就意味著與環境、與他人相衝突，其間的感覺、感受自然是高度封閉，但正因為封閉而又在本質上被敞開。小說並不需要直接講述存在，它只突出感覺與感受便抵達了存在。存在哲學認為，在人身上應當而且必須有某種能使他達到實在本身的東西，這種東西不是智慧，而是感覺，海德格爾稱其為「現有性」。所以小說依其文體功能，它不直接講述存在，但表達了存在感。《我疼》在作者的這類小說中，就最有代表性地表達了存在感。它通過一種趨於極致的肉體感覺——疼痛，表達了難以表達的存在感，讓我們驚愕地面對了存在和在。

肉體的疼痛被賦予意義，這的確令我們意外。疼痛可以成為記憶的證明，而生命在本質上是記憶的連綴，那麼生命在本質上就是疼痛（這與「存在先於本質」不矛盾）。這是梁小斌最近在他的《梁小斌如是說》（載《大家》2005年第2期）裡告訴我們的道理。梁小斌在這篇奇文裡描述了他關於疼痛的記憶，那是一次意外——被哥哥摟著去露天電影場看電影，途中跌破了頭——帶來的真真切切的痛感體驗。他寫道，「在我的記憶裡不僅是記下了疼痛的滋味，而且還記下了在什麼部位疼痛。疼痛的意識知曉、疼痛的時間長度，深深感到我正沉浸在疼痛感受中倍受煎熬……。」從他的疼痛故事裡，詩人得到了一個本體性的認識：「我疼痛故我在。」而陳希我的《我疼》則更自覺地用「疼痛」這種極為可怕的生命感受，顯像了人在世界裡的位置與狀態，和人的可能性在這個世界裡無以實現的悲劇境況和遭遇。由於他思考的深致以及藝術表現力的匹配，「疼痛」從他這裡開始由生命體驗擢升為一個概念，與「煩惱」、「孤獨」、「畏懼」等一起，指代了「存在」這一難以表述的人類生存的屬性。

存在哲學要思考的是人自身的問題，在某種意義上是人的主體性問題，是要確認人一自我是否在場、如何在場。然而「在」只能在意識裡被確知。當我們意識著，我們也就存在；只有意識著，我們才存在。但是意識的載體和動力又是什麼呢？當然是肉體生命。存在哲學在這裡得以與「我思故我在」的理性哲學區別開來，而成為一種回到個體生命感受的詩化哲學。這就是小說《我疼》建構起「我疼故我在」的形象／意義雙重結構的思想—精神來源。《我疼》所記述的疼痛，一種是公共性的疼痛——牙疼；一種是特殊類型的疼——痛經。這兩種疼，都是生命的疼痛，它是如此尖銳，無法逃避，且只能由個人承受，哪怕是最親近的人、最可倚靠的人（母親或愛人）也不能給以解脫。相反，疼痛要遭到誤解，疼痛甚至不被允許。疼痛還讓你出醜丟人，讓你扭曲變態。疼痛首先逼得你放棄人生許多應有的享受（比如吃糖）。生命的疼痛屬於單一性的個人，它使人嘗受到的是痛苦、恐懼、憤怒、窒閉和痙攣（猶如薩特筆下的「禁閉」和「噁心」）。生命的疼痛無藥可治。唯一能幫人擺脫痛苦的是麻醉。但一經麻醉，生命便「忽然感到一種奇特的空虛」，這意味著「沒有疼的人生」也就失去了意義，生存就是一個悖論。可見，《我疼》真切地記述了生命的疼痛，同時又意指了存在的疼痛，它與生命的價值相關。

《我疼》具有存在品格，但小說裡追求主體性的人並沒有表現多少積極選擇的能動性，而更多地是被動地承擔著生命之疼。疼痛會猝然降臨，疼痛跟遺傳基因有關，是痼疾。（疼痛引起的）「這感覺是那麼刻骨銘心。我一生都擺脫不了這夢魘一般的感覺。」因為種種痛因，「我的人生就如此尖銳而赤裸裸。」這還不是最可怕的，可怕的是一個人的痛癢得不到他人的關心，人與環境、與他人是脫節的。造成這情況的原因之一是人們篤信「道理」，被社會所定義，以他人的價值為價值，重虛榮而輕生命，依從慣例而不是根據生命的需要和感受來行事（如：媽媽「只相信預防，教育。……總是相信教育。」她自己有疼強瞞著還不准別人喊疼；「他」以七證書八證書為資本，陶醉於其中，還分不清愛與不愛，更不敢接受愛），無意中對他人和自我形成精神暴力，這又是多麼可悲！更可悲的是人自身也是分裂的。「我」為了「把快樂和痛苦扯平」而「不要感覺」，陷入毀滅自我的又一個悖論。當她宣告「對這世界來說，我瘋了，對我來說，這世界死了」時，她也就把生命的能動性與存在的可能性當作抗爭的代價放棄了，這樣抗爭也便失去了意義，——動機與結果正相反。

（二）《我們都在服務區》：被掌控的現代人

早在上世紀八〇年代，隨著以西方現代哲學為思想基礎的現代主義與後現代主義文學的湧入，中國作家就對社會或現代科技造成人的異化的文學主題有了領悟，並產生表現的衝動。不過，由於中國是現代化的後發國家，「新時期」的主旋律是建設現代化，因此在國人的經驗裡，現代科技文明一直是個魅力形象。經過三十餘年的學習與追趕西方，現代化早已極大地改變了我們的生活，尤其是現代科技產品幾乎無所不能、無處不在地滿足著我們的生活需要。也正是在這樣的情況下，現代化的日益擴張開始引起人們的警惕，而作家自然更敏感地發現了現代科技文明對人的異化，主要是給現代人帶來的精神危機。範小青在一次題為「當下的文學與創作」的演講上就提出了「改革開放以來，物質飛速發展。為什麼人們還是有很多煩惱和不快，經常感到空虛呢？」[16]的問題。這樣的問題使她思考：面對物化社會，作家該怎麼辦？短篇小說《我們都在服務區》就是這一反思的結果。小說講述的是人被手機掌控、失去自我的故事，不僅在物與人的不正常關係中凸顯出了現代人的生存困境，也通過人的被動性和精神焦慮，暴露出了隱藏在現實關係背後的支配生存主體的各種力量。

以手機這一通訊工具為現代生活戲劇的道具，來糾結人際關係，展示被欲望驅動的現代人在生活之網中無望地掙扎衝撞，體現了作家獨到的眼光和把握現實世界的能力，劉震雲的《手機》是這方面的首創，它讓人看到給我們的生活帶來極大便利的手機，一方面輕易地消除了資訊交流的時空阻隔，另一方面卻可以傳遞虛假資訊而拉大心靈之間的距離，甚至毀掉我們的生活。範小青的《我們都在服務區》在意識到同樣的問題後，再次

---

[16] 陸利華、金瑩：《範小青：物化社會更需關注內心》，《文學報》2010年8月19日。

啟用了手機這一道具。在她導演的這個物化時代的輕喜劇裡，現代科技文明更加反客為主，壓抑著人的自由本性，無時無刻不在支配人的行動，人的掙扎反抗徒勞無果，結局是馴服於物的奴役。作品的主人公桂平，是改革委辦公室主任，這一社會角色好比處在交通中轉站上，需要與更多的人打交道，即需要處理更多的資訊，而處理資訊用得最多的工具就是手機，於是一天到晚有接不完的電話，回不完的短信，連休息的時間都沒有，讓他疲憊不堪，煩不勝煩。但不管他怎樣煩，手機裡的電話和短信還是一刻也不放鬆地追著他，他自己也害怕錯過重要的資訊，自然而然就「機不離人，人不離機」，並且從不隨便關機，成了出了名的「桂不關」。小說寫桂平的那只手，「永遠是捏著手機的」，好像手機這個高科技的通訊工具是掌握在他手中的，人儼然是現代文明的主人，而實際上，這個以服務工作為主的現代人，已經被手機掌控，做不了自己的主。桂平也試圖掙脫這種掌控，消除煩惱，在實在不可忍受時狠心關過手機，後來還聽信手下的，先後採取過把手機設置在不在服務區狀態從而拒接來電，按對方的身分及與自己的關係儲存號碼以便有選擇地接聽，輸入所有領導的電話號碼以免遺漏重要資訊，更換手機號碼以逃避無謂的打擾等辦法，但所有這些逃避手法，無不給他帶來更大的麻煩。令人哭笑不得的是，即令有時候逃避有效，他自己卻反而因不見有電話和短信而極不習慣，為之坐立不安。直到最後還是恢復了從前的生活，「手機從早到晚忙個不停」，他才感到回到了正常狀態。如此不可救藥，以反常為正常，說明手機所代表的現代科技文明不只是在支配現代人的行為，也掌控著他們的靈魂。在小說中，被手機掌控的何止桂平一人，他的那些同事，甚至包括副市長，也都在「服務區」，都無奈地承認玩不過手機，幾乎無人沒有淪為工具的工具。這是范小青審視現實、反思現代性的獨到發現，是這個手機故事所揭示的現代人的生存悲劇。

　　但是，如果停留於上述的主題抽繹，還不算完全理解了「我們都在服務區」的象徵意蘊。不錯，現代科技文明的確造成了人的異化，然而處在行政機關服務工作的一個關結點上的桂平，被手機弄得焦慮不安，難道沒有說明社會的異化？桂平對手機帶來的資訊高度敏感，其實是有選擇的。他之所以手機一不在手就「神魂不定，坐立不安」，「身上長了刺似的難受」，是因為對他來說每一天都有不同的意義，他在擔心今天「會不會有什麼重要的電話或資訊找他，會不會有什麼重要的事情要他去做，有沒有什麼重要的工作忘記了」。一連三個「重要」表明，真正使桂平這個上傳下達的角色感到緊張焦慮的不是手機資訊，而是手機資訊裡提示的利害關係。手機電話和短信裡交代的「事情」與「工作」重要與否，取決於利益集團的需要，而利益集團由一定的權力關係構成，這就是現實社會為小說提供的典型環境，而手機以及被它同化的機主，自然成為典型環境中的典型性格。由此可見，造成人的異化的不是手機，而是權力，手機只是權力的載體而已。與其說是通訊網路把辦公室主任搞得團團轉，不如說是以權力為核心的人際關係網路叫處在權、利交易網站上的桂平頻於應付。桂平置身其中的利益集團，權力關係等級森嚴，他不得不下倨上恭。譬如一次電話沒接，竟遭到領導的一頓臭罵；他的手下一個小小的失誤，同樣被他臭罵一頓。又譬如一個組織部長就讓他誠惶誠恐，而絡繹不絕求他辦事的熟人或同學他總是沒好氣地打發。這個集團的權力構成有自己的規則，從一個民主黨派的水產局專家陰差陽錯地當上副市長（正好政府換屆時需要這樣一個人，就選中了他，後來聽說他還跟人開玩笑說，我做夢也沒有想到我會當副市長哎）就看得出來。而發生在這個副市長身上的權力運作過程（手機由秘書代替用，個個電話由他接，樣樣事情由他安排佈置，聽他擺佈，一點主動權也沒有，一點自由也沒有）也讓人啼笑皆非，桂平偶然從他這裡獲得談話機會簡直荒誕不經，又說明在權力關係的網路中，所有的人都受制於無形的權力意志而聽任擺佈，喪失人的自由本質。「我們都在服務區」，在「服務區」裡是沒有自由的，更可悲的是，我們甚至沒有選擇是否在服務區的自由，則桂平想要的「活回自己」、「自己掌握自己」談何容易。或許，範小青使用的小說題目，其深層的象徵涵義就在這裡。

無論是手機對人的捉弄，還是權力對人的壓迫，最終都使人喪失自我意識，變成一個陀螺，在外在力量的抽打下不停地旋轉，這是每個現代人都難以逃脫的真實處境。在這個意義上，《我們都在服務區》以寫實的力量砍伐出了一片林中空地，讓我們看到了存在的澄明。由「生存」而達至「存在」，這是它的去蔽動能所在。一個短篇小說，足以喚起我們對文學的自信。文學幫我們看清真實的生存處境，也就把我們暫時從迷失其間的物質世界和權力關係中引領了出來，回復到生命的自由狀態，獲得人的自由本質。小說多次寫到辦公室主任桂平的心理感受——「煩」。「煩」在這裡既是普通人承受外在壓力而產生的常見的一般心理反應，但它與海德格爾所說的彰顯存在的「情緒」也很相近。桂平被手機電話和短信持續刺激，精神處在巨大的壓力之下，到了不可忍受的地步。一開始他還本能地反抗，一次次扔手機，關手機，逃避需要他做出反應的各種指令。當他把手機扔掉了，立即感到「手空空一身輕鬆地坐在會場上，心裡好痛快，好舒坦，忍不住仰天長舒一口氣，好像把手機煩人的惡氣都吐出來了，真有一種要飛起來的自由奔放的感覺」。這說明由手機所象徵的生存壓力與人的自由本性嚴重乖悖。具有悲喜劇意味的是，在外在生存壓力的反復作用下，人反而在心靈上對壓迫力量產生了依賴，靈魂彷彿甘願屈從於異己力量的掌控。桂平曾一度有效地逃出了「服務區」，「手機終於安安靜靜地躺在辦公桌上」，但想不到的是，這個時候「桂平心裡卻一點也不安靜，百爪撓心，渾身不自在。手機不干擾他，他卻去干擾手機了」。直到最後，這個現代人終於被完全顛倒：「桂平又恢復了從前的生活，手機從早到晚忙個不停。那才是桂平的正常生活，桂平早已經適應了這樣的生活，他照例不停地抱怨手機煩人，但也照例人不離機，機不離人。」小說最重要的藝術發現和審美創造，就在於它借人和手機的故事揭示了現代人的異化過程，並從而引起我們的存在之思。

不過，《我們都在服務區》又不像是有意表現現代主義文學的思想主題，因為桂平這個角色的現代性處境，攪合進了太多的中國文化因素。辦公室主任這個當代中國利益集團中的獨特位置，使桂平對權力之於自我生存的利害關係更為明瞭，因而對通過手機傳遞的權力資訊有異常的敏感和準確的判斷。小說有一段最出彩的描寫，由於聽信手下人小李的餿主意，有選擇地接聽電話，結果錯過了組織部長送來的一個親近權力的機會，桂平為之懊惱萬分。組織部長與他的一席對話，最充分地體現了即使在經濟全球化的時代，中國權力集團內部的人際關係仍基本停留在宗法制時代，組織部長把他這個改革委辦公室主任稱作「大內總管」，不全然是戲言。這也是一種中國經驗，它給當下中國社會造成的困擾，比存在意義上的生命個體的煩惱，更值得思想者關注。

五、軟弱的肋骨：《手術》與《像鞋一樣的愛情》

（一）《手術》：欲望時代的愛情病理分析報告

在一個「以炮為禮」的欲望橫流的時代，愛情與婚姻變得虛弱、蒼白而可疑。婚姻與愛情本來就不一定統一，何況無論是在婚姻還是在愛情上，同為關係主體的男性與女性持有不同的態度，最終容易導致各種危機特別是婚姻危機。但當時代果真變化到「婚姻當中的愛情，可有可無」時，愛情因失去婚姻的屏護而也要受到威脅，這威脅來自視婚姻為桎梏的人的自由天性，即欲望宣洩的本能。欲望本能是一把至為鋒利的雙刃劍，它不安分地總想挑破婚姻的窩巢，同樣的它也會宿命般地時時傷及以它為原動力的愛情。缺少婚姻遮罩的愛情，顯出了它的脆弱，甚至暴露了它存在的可疑。當愛情更多地為欲望所驅動，摻進了更多的欲望成分，這愛情或許早已變質，至少已經出了問題，它勢必使陷身其中而又篤信愛情的人受到傷害。不用說，這受傷害者命定的是女性，因為在欲望的對陣中，女性不能不成為犧牲品：情欲的蘇醒使女性成為更便利的欲望對象，於是愛的本能被利用，在最美處留下傷痕，生命不復完整；收穫僅僅是讓她們似乎從幻想中清醒，回到現實中來，真正感受到因愛而留下的創痛。——這就是青年女作家盛可以的短篇小說《手術》剖示給我們的欲望時代的愛情病相。

小說的女主人公唐曉南，原本是個獨身主義者，到二十八歲這年，才發覺做別人的炮友太虛無，於是想要一個家庭，一個固定的男人。在準備瓦解「婚姻出現極為嚴重的漏洞」的江北，「在廢墟上建立自己的城堡」，但終因兩人在性愛問題上觀點不合而一拍即散之後，她在火車上與小她五歲的「標緻的男孩」李喊相遭遇，產生愛情，並很快同居。同居使唐曉南在一連三個月的從未試過的頻繁的做愛中得到了痛快的享受。但她並不滿足於這樣的同居。她需要的是結婚，「不結婚只同居，她覺得就像荒山野嶺的孤魂野鬼似的。」在同居兩個月後，唐曉南與李喊談到結婚問題，得到的卻是李喊的無賴般編造種種藉口加以拒絕，並再一次以動人的許諾將她拖入愛情馬拉松之中。也就在這個時候，唐曉南的左乳被發現出了問題——患有良性纖維腺瘤，以至躺到了手術臺上，遭受不知多少支手指的捏摸，和無比鋒利的刀剪的切割。手術做得很艱難，為尋找作禍的直徑一釐米的纖維腺瘤，唐曉南的「異常敏感」、「在性愛中推波助瀾」的左乳，在手術醫生的反復搜索下被搞成一團亂麻，面目全非，幾乎慘遭蹂躪，最後被掏空，彷彿是對它先前太過淫蕩的懲罰。小說以精心的構思，交錯進行的敘述，將女主角唐曉南接受乳房手術的過程以及她的感受，同她的戀愛史和愛情期待，建構在一種互為闡釋的雙層關係之中。接受手術的是唐曉南的物質性的女性軀體，她的乳房，而跟隨手術進程一層層打開的，是唐曉南的愛情生活和情感世界。被切除的是她左乳內的沒什麼大問題的瘤塊，值得進一步分析的則是真正給人以疼痛的愛情的隱形病灶。在對愛情細節的重播過程中，墜入欲望叢林中的已成問題的愛情，它的癥結被受害者約莫感受到。小說從女性視角去尋探女愛男歡的生命行為中女性易於沉溺的原因及進無望、退無據的隱痛，隱隱約約為我們提供了一份倫理失序時代的愛情病理分析的初步報告。

首先，小說在愛情雙方及男性與女性的對比中，揭示了女性在愛情倫理秩序中的弱勢地位。在愛情問題上，男女存在歷史性的差異：女人的愛情以婚姻為歸宿，男人的愛情則以性愛先行。唐曉南與江北相互求取的失敗就源於這一差異。唐曉南與李喊的愛情看似深厚，實際上也是建立在這一差異之上，因而對於唐曉南而言，無異於將她心目中的婚愛大廈建立在流沙之上。愛情意向的差異，導致在道德解禁時代，女性更容易成為男性的欲望對象。女性任何一點點開放的表示，都等於主動向男性敞開了大膽進佔的大門。李喊對唐曉南道出「婚姻只是世俗留下的東西」一語欣喜不置，立即曲解說者原意地加以利用，就是例子。男女在對待愛情上的差異還表現於雙方的心理形態不同，即女性偏重感性，而男性偏於理性，致使女性墜於情網後更難自拔，因而更為被動，處處受制於男方。唐曉南一次次感動於李喊的無法兌現的諾言，且自相矛盾（如明知李說過不談結婚，欣賞「婚姻是世俗留下的東西」這句話，還要委身於他），正是女性的重情特性所致。

其次，小說不忘將人性解剖的手術刀引向女性生命的原在層面，挖掘了造成女性愛情悲劇的自身原因。如前所述，女性以婚姻為愛情歸宿的功利目的，使她們反而對現實愛情抱理想主義態度，在處理愛情問題時以感情代替理性，在小事上敏感而在大事上犯糊塗。在愛情中以幻想代替現實，這是女性往往遭受傷害的一塊軟肋。而女性的這一弱點是難以克服的，它是先天性的，是原罪的標記（乳房是它的象徵）。這一先天性的柔弱之處，乃是女性的生命原欲。在男性對妻子和情人持雙重標準，男性欲望橫衝直撞的人文生態環境裡，女性的情欲稍一失控就會給自己帶來麻煩，既有快樂也有煩惱，既有希望也有痛苦。在昏暗的火車臥鋪車廂裡，唐曉南禁不住男色的誘惑，首先伸手鉤住了對鋪男人的手指，引火上身，越燒越迷糊，在結婚的要求遭拒後仍抱著虛幻的希望投入聰明男人略施小技設置的馬拉松「愛情」。像這樣在遭受傷害之後，依然執迷不悟，似乎表明女性情欲頑症的難以克服，小說因而好像檢討了女性對愛情悲劇應負的責任。但是，它對女性執著於真愛而得不到回報，未嘗不是深情而無奈的歎惋，對造成女性的悲劇性愛情遭遇的現實環境，未始不是憤然的質疑和批評，儘管小說的敘述語調好像很平靜。

《手術》為了分析縱欲時代的愛情病理，以引起讀者對存在的反思，在交替進行的雙線敘述中，處處運用了暗示手法，使小說具有複調性（例如在乳房內遊走的手術刀真正引發的心靈的劇痛，手術器械的聲響與靈魂的聲響相互作用）和反諷性（例如李喊拒絕唐曉南的結婚要求時叫出的「光有愛是不夠的啊」就與《傷逝》構成反諷關係）。儘管有些點題之筆顯得急切了一些，然而，不少警句的確精彩。有些話從反面說出來都有警示作用。比如李喊嬉皮笑臉說的「愛，就是最敏感的部位，無可替代」，我們再接上一句——最敏感的部位容易出問題，不就把女作者對她的姐妹們發出善意提醒的小說主旨給點明瞭嗎？

（二）《像鞋一樣的愛情》：愛情裡的人生哲學

方格子的小說描寫女性的情愛心理，有著令人驚歎的真切與細膩。《像鞋一樣的愛情》講述一個已婚女性情感出軌的故事。小說把整個過程寫得那樣合情合理，讀者不自覺地認同了作者的敘事立場，在跟隨她的講述感受這個女子發生外遇的經歷時，不會對出軌者的行為加以道德譴責，而是跟作者一樣，對她充滿了理解的同情。這樣的敘事效果源於人性的魅力，源於女作家從心靈的最深處體察到現代女性的生存惑痛。

小說以愛情為題，但愛情故事的意義卻溢出了愛情，而指向了人生，因為用鞋來比況愛情，揭示的不只是愛情哲理，而是穿透進人生哲學：愛情對生命的不可抗拒的佔有，結果正說明愛情作為生命所渴望的經驗最終顯現出的是人生的空曠與虛無。這不一定是作者有意要表達的對人生的思考，但小說以其深切的女性生命體驗和豐滿的感性形象，確然把我們引向了形而上的思考。這是好的小說才會有的審美效應。創作應該來自生活的觸發，作家只需忠實於生活體驗與內心感受，作品自然蘊涵進本真的人性、生活的真諦與人生的哲理。小說裡的真理，不需要直接說出，也忌諱先有一個理念然後加以演繹。從這個意義上說，方格子的小說是本色而純正的小說。

正因為忠實於女性的生存體驗，方格子才能塑造出陳小綃，通過她透露女性的感情生活祕密和女性情愛心理特徵——《像鞋一樣的愛情》幾乎成了女性隱秘性心理的自供狀。已婚的江南（富春工藝廠）女子陳小綃，本來有一份屬於自己的愛情，花樣翻新的床戲就是證明。丈夫厚愛於她，但是女人的天性使她並不滿足於她已經得到、且已固定在婚姻中的多少有些循規蹈矩的愛情。她自己就說，「婚姻中最不穩定的因子其實還是女人，女人對婚姻的態度有時就像換鞋。」陳小綃的癖好，是喜歡買各式各樣的鞋子。這是不是某種女性潛意識在生活行為中的轉移和流露？所以她與南方城市裡的男人伯年發生情愛糾葛，應該是命中註定的事。兩個陌生人第一次相見，就有異乎尋常的感覺。陳小綃一見到伯年那張「結實，富有彈性」，「特別健朗的黝黑的男人的臉」，就覺得「似曾相識，但又想不起來」。伯年對她說的也是，「小綃，那天一見你，我總覺得以前我們見過。」這種「身在一個陌生的地方遇上一個陌生的人才會產生的感覺」，是一種危險的感覺，因為它正是對於異性的深層渴望和期待，最容易碰撞出愛的火花。當男女雙方同時產生這種感覺並相互表白，就等於表達和交換了對對方的欣賞和需要，不一定與婚姻相關的「愛情」實際上就已經發生了。後來伯年把害怕水的小綃拉到海裡，也隱喻了小綃被拉下水與其說是不可推拒的，不如說失身於水乃是前生註定（她自己就說「我的前世是在水裡淹死的」）。陳小綃對水「抱著敬而遠之的態度」，緣於她十二歲那年的一次經驗，她看到倒影著天空的江水，「像是一個巨大的窟窿，具有強烈的吸引力」，因而被嚇著了。女人如水，陳小納為什麼會對水產生恐懼呢？恐懼水，是害怕水的誘惑。水的誘惑，就是女性的原始欲望對一個在道德社會裡的女性角色的誘惑。可想而知，對水的恐懼，其實是對自我本性的抗拒。陳小納越是對水感到恐慌，刻意地逃避水，越說明她的潛意識裡的原始欲望十分強烈，被誘惑的可能性也就越大。男性若是大海，她就逃不掉要做一條海裡的美人魚。海邊的一次不經意的摟抱，她的愛欲被喚醒，就再也無法擺脫有一搭沒一搭的「別樣的情懷」。骨子裡渴望浪漫的女性，不再滿足於原有婚姻的由同學而夫妻的簡單的過程，而想往於在南方的海灘上萌發的「浪漫的愛情故事」，在丈夫的身邊也不忘「伯年那一身強健的肌肉摟住自己」。得到手機裡短信示愛，伯年便千里迢迢從南方來尋愛了，陳小納終於因了一雙鞋的緣分，而偷嘗了禁果，得到了份外的、富有刺激性的愛情。

但是，讓人宿願得償的婚外情就能使獲得者得到心靈的滿足嗎？小說告訴我們，沒有。有溫馨幸福的二人世界，有丈夫徐政的呵護與疼愛，陳小納卻「不知道自己要什麼，日子是越來越無聊了」，「心裡總是空空的」。這正是叔本華所說的「永恆的欠缺」，是海德格爾所界定的「畏」和「煩」，它是人生的「永恆的痛苦」的根源。「小納一直以為在汪洋一般的人世，有一場轟轟烈烈的愛情人生就是美好的，她好像得到過了，雖然只有三個小時。只是，事過境遷，就像腳上的鞋，最初的激動過去後，也只是一雙鞋而已。又能說明什麼。」這正是一個婚外情故事因乏味而精彩的地方，是這種並不罕見的女性越軌體驗帶給我們的人生啟示。因空虛而追求滿足，滿足之後依然是空虛。但是這樣的生存領悟，不是靠哲學家的提醒得來的，而是獨特的生命個體在不由自主的欲望追尋中親身經歷了才頓悟到的。有了這樣的體悟，用鞋比喻愛情才脫了俗套而具有「存在」的意味。故事告訴我們，相對於裹小腳作為男性附屬品的舊式女性，有了「自主權」的現代女性陳小納，也不見得能夠自主，即使為了情感需要可以逸越婚姻道德，但她恰恰是被無法控制的人性所左右。不管經歷了什麼，小納還是找不到實實在在的感覺。用愛去填補「空蕩的身軀」，並不湊效；回到繁雜的、踏實的世俗生活中來，又有所不甘。婚外的激情平復後，回到了溫暖而寬容的丈夫的懷抱，此時的小納竟「內心又一次絞起一陣疼」，說明愛的惶惑與生之疼痛，並沒有因為激動人心的愛情而得到緩解，因為生命無法「從時間這扇門裡突圍」。小說結尾，「小納在微暗的房間裡閉上了眼睛，用被角悄悄拭去了流淌下來的淚水」更是意味深長。小納的流淚，不僅有對丈夫的歉疚，也是對一段消失的情事的哀惋，但又何嘗不是對美好的期待變了質的失望，對人生依舊空虛的恐懼。至此，我們似乎可以把捉到這篇巧兮倩兮的女性小說的內在邏輯：鞋譬如愛情；愛情等於女性；女性代表人生；人生意味著虛空與疼痛。不是嗎？小說家給我們的是一雙具像的「鞋」，聰明的讀者發現的是抽象的「存在」。

附錄一

執著的堅守與開闊的視野
——序畢光明、姜嵐的
《純文學的歷史批判》

畢光明先生一直是我所尊敬的學者。在當代喧囂浮躁的批評環境中，畢光明先生一直有著安靜的研究心態，有著堅定的學術立場。他的一系列研究成果，不僅紮實厚重，樸實穩健，更重要的是始終貫穿著其堅定的「學術之骨」，即毫不含糊的「純文學歷史批判」的價值立場和精神向度。這本《純文學的歷史批判》就是他和姜嵐近年來研究成果的結晶，他的純文學是對於文學啟蒙化審美維度的堅守，他對文學的評判、衡量和褒貶，都是建立在啟蒙化的審美性探尋之上的。這種姿態和風格，延續著上個世紀八〇年代以來的學術理想與學術熱情，在文學價值面臨巨大分歧的當下文學研究界，可謂旗幟鮮明，獨樹一幟。

上個世紀九〇年代以後，新一輪研究方法論的更新熱潮，在當代文學研究領域，你方唱罷我登場，各領風騷三兩天，無論是文化研究，還是「後」思潮，大都來勢洶洶，有席捲天下之勢，這也使得求新、求變的研究界趨之若鶩，很多學人，特別是中青年學人，罔顧文學的基本特性和存在價值，試圖在不斷的學科越界和方法論更新上吸引眼球，博得關注，卻往往對理論囫圇吞棗，生搬硬套，在邊界的泛化中喪失文學應有的價值，既很難實現所謂的「大學科綜合」，也很難達成文學研究的真正繁榮。對研究對象的選擇上，有些批評家故弄玄虛，生拉硬扯，喪失了文學審美的基本判斷，將文學批評淪為其他學科的輔助闡釋工具。這其實是「種了別人的菜園子，荒了自己的地」，無疑值得文學研究者高度警惕。在這種背景下，畢光明先生的研究就尤為難能可貴。他對純文學性的堅守，並不是一種固步自封，而是在堅定的文學立場之上，追求海納百川的從容、為我所用的氣度和爭鳴創新的勇氣。用畢光明的話說，就是「選取當代富有藝術創新價值的作品，將其置於社會歷史變遷和文學思潮演變的背景上，運用多學科的知識構建，多角度地進行深入細緻的分析解讀，著力闡釋作家從人文主義立場出發對革命話語及其社會實踐規制人生和扭曲人性的藝術批判，論證純文學以想像性的內心生活證明人的自我生成本質的獨特價值」。無論是具體的文本細讀，還是對文學史的梳理和總結，畢光明總是在文學性的標準之上，充分運用歷史的、發展的觀念，對評判對象進行歷史的批判。他不排斥諸多闡釋方法的運用，但闡釋的目的，在於對作品的文學性，或者說，文學性如何「發生」，如何「構成」，如何「顯現」，進行細緻紮實、有理有據的論證。他的研究同時又不失史的視野，他追求闡釋的歷史化與反思性。他注重還原文學文本具體複雜的歷史境遇，並以「理解」的姿態，找尋它們內在的文學規律，探究它們獨特的文學品質以及在文學史上的地位和價值。

《純文學的歷史批判》涵蓋範圍廣博開闊，研究視角細緻獨到，話語闡述明晰準確，學術態度嚴謹認真，做到了審美性與文化性的統一，從整體概念到研究細節，都為純文學研究開拓了廣闊的話語空間。既有對宗璞、王蒙、莫言、蘇童、韓少功、鐵凝、範小青、池莉、路遙、牛漢、曾卓、北島等當代實力作家的研究，也有對麥家、鬼子、陳希我、王手、盛可以、阿袁、方格子、陳蔚文等新進作家的解剖，既有對社會主義革命實踐背景下文化衝突與人性實現問題的審美思考，也有對思想解放語境中純文學寫作的新的可能性的挖掘。畢光明的研究是以他對「純文學」的理解為出發點和基礎的。他對「純文學」作出了新的界定，他所謂的「純文學」，不是一種語言學化的，精英化的純文學觀念，也不是對新時期以來的文學秩序的單方面認可，而恰恰是建立在歷史性地反思文學史和文學體制的基礎上的。畢光明既對新時期文學體制中遺傳自十七年文學生態的「遺毒」，抱有懷疑和批判的態度，又對當下無限制、無邊界的解構狂歡持否定態度。對於純文學性提法的局限，很多批評家都表達過真知灼見，例如，李建軍就指出：「純文學」一般被用來強調文學的美學品質，尤其是被用來對抗文學上的極端功利主義主張——作為一種反抗的力量，它有助於克服庸俗的拜金主義對文學的扭曲，有助於對抗壓抑性的外部力量對文學的異化，顯示出一種抵抗和解放的性質，這就是說，這個概念具有很強的「語境性」和「工具性」，是一個權宜性的概念。如果無限制地用它來闡釋文學，就容易用「唯美主義」誤導人們對文學的理解，容易將一個時代的文學引入一個脫離現實的純粹「想像」的世界，從而將自己時代的文學引入格局卑淺的困境甚至死胡同裏。[1]而在畢光明看來，純文學的定義，並不隱含著這樣一個邏輯，即純文學與現實批判性的天然二元對立——純文學就不關心現實，批判現實的就不是純文學。在畢光明的視野

1　李建軍：《純文學、小說倫理與「新國民性」》，《文藝報》，2009年9月5日。

中，當代文學可以分為嚴肅文學、通俗文學和純文學三個版塊。純文學從來就不是權力話語也拒絕權力話語而具有另外兩類文學不可相比的超越性，它以想像性的內心生活證明瞭人的自我生成本質。它對審美性的追求要大於其他兩種文學類型。這正是二十世紀八〇年代審美主義（純文學）反撥政治功利主義（嚴肅文學）的深刻原因。而他又馬上認定，純文學研究不過是多元研究中的一元，它對審美性的關注，是它永遠的合法性基礎。而純文學的標準，又是歷史建構而成的，但正是不斷重構又瞬間穩定的文學現實，在層構性的動態關係中，呈現了純文學的價值。由此可見，畢光明對純文學的定義可謂煞費苦心，他試圖在永恆的普適性價值標準和歷史性的構成主義之間，找到自己的文學理想之地。其實，畢光明對於純文學的審美性品質的認定，無疑擴大了通常流行的審美性的概念。這種純文學的理想，包含著他對經典啟蒙文學形態的偏愛，即普適的人性標準和不斷創新的藝術形式的統一。畢光明堅持的是一種開放的「純文學性」，既堅持文學性基本功能與中國文學的啟蒙精神，又能在歷史的反思維度上，利用多種方法論，以開放的姿態，對多樣化的文學形態進行有效闡釋和引導。

這種雙向的堅持，是與畢光明對當代文學史的看法一致的。在《社會主義倫理與「十七年」文學生態》的長文中，畢光明對十七年文學形成的革命文學體制的問題，有著清醒的認識。比如，他認為，十七年形成的紅色寫作，成了無與抗衡的文學主流，成功地建構了新民主主義革命成功後的社會主義政治文化形態，成為現代民族國家著意追求的新型文化生態的象徵。紅色寫作的成就是以可以與其在民族新文化建構中形成功能互補的其他各種寫作的胎死或夭折為代價的。這種從倫理的角度，介入十七年文學本相的方法，非常有勇氣，也很有眼光。更重要的是，畢光明對十七年文學的這種解讀，不僅是關乎當代文學的整體構架、分期和價值判斷，而且關乎著對於新時期以來文學的各種問題和症候，比如後現代問題，價值雜糅問題，欲望化寫作症候問題等的「關鍵點」所在。畢光明認為，正是十七年革命文學的倫理結構，導致的這種不正常（不平衡）的文學生態，才造成了當下文化困境與文化頹敗。他大膽指出，由社會主義倫理衝動支持的十七年的以政治教化為目的的文學，並沒有實現它的宣導者毛澤東所希望的讓勞動人民登上歷史舞臺的理想。因為社會主義與封建主義在文化上的同構對應（群體本位、政治道德化與強求人的聖化），決定了集體主義的價值取向不可能完成人的覺醒（人被鼓動投身革命集體，成為社會主人，獲得的是外加的主體性，而不是自省的主體性）。另外，階級鬥爭的鼓吹，嚴重地惡化了人性，破壞了人際關係，從根本上傷害了社會道德。所以，我們有理由把新時期的私人化寫作、欲望化寫作看成是十七年社會主義文學背棄了文學的人文傳統、切斷文化血脈，用階級性和鬥爭意識取代人性、人情和人道主義帶來的後果，是十七年文學批判運動營造的紅色文化生態的後遺症。

這種「看似舊的，卻是新的」純文學觀點，具有很強的精神指向性，對整個當代文學史的解讀提供了新的角度。在本書中，對於十七年文學經典的重讀，是畢光明最有突破性的研究成果。比如，對於王蒙的小說《組織部來了的青年人》的新解，就是一個非常經典的細讀個案。在這篇長文中，畢光明敏銳地從小說題目的變化中，發現王蒙小說的一種心理和精神衝突的人格類型，並發現小說以林震的心靈為端點，形成一個扇形結構。它有兩極，一極是與韓常新、劉世吾的衝突，這是與機械力量的摩擦。另一極是人的糾葛，即與趙慧文的心靈感應，兩者相遇引發的情緒波流。這種從小說的細微處見創作主體心理，從細節處考察潛文本的功夫，十分精到。而從「林震是個個人主義者」、「被組織：劉世吾的悲劇」等人物角度的分析，既有紮實的細讀和形象解剖，又有比較新潮的對福柯權力關係的洞察和對文化研究的社會學分析視角的運用，顯得視野開闊，論證有力。更重要的是，這種分析和闡釋，其目的和旨歸在於說明十七年文學體制的倫理化機制是如何對一個有獨特個性的作家進行馴服的過程，以及這個過程中作為文化權力的內部複雜關係，即抵抗和規訓的雙向過程，是如何發生的，其中洋溢的是評論家的真誠的啟蒙精神和對現實制度的反思。在對《山鄉巨變》的解讀中，畢光明通過複調理論，發現在該小說文本中，存在著風景描寫對主流階級話語的抵牾，而潛文本中讓擬作者虛化為國家幹部和革命作家身分，將敘述立場偏向農民，不加掩飾地表現他們對這場要拿走寄託他們發財致富夢想的土地的革命運動的懷疑態度和抵觸心理。正是建立這個堅實解讀的基礎上，畢光明認為，《山鄉巨變》的文學性要高於和當時主流意識形態更為同質化的《創業史》，這種發現的獨到眼光和勇氣，無疑令人欽佩。對楊朔散文的解讀，曾呈現出一邊倒的道德化批評態勢，認為楊朔的散文，是典型的主流宏大敘事，存在著敘事的虛假和誇飾，從而遠離文學的本質。然而，在畢光明的闡釋中，卻對楊朔的散文，進行了充分「歷史化」的批判，即既能看到他創作中的問題，又能以歷史化的批判態度，以歷史的「同情」的目光，看到楊朔散文中殘存的「憫農意識」真實成因和表現形態，一方面肯定楊朔的真誠，另一方面，更看到這種真誠是如何被統治階級的紅色革命話語方式「改造」的，這種改造如何變成作家內在的感恩之心的。類似的分析，還有對國統區的詩人和作家臧克家是如何在建國後通過新詩革命話語的權威化過程，隱藏並消蝕自我個性的精彩闡釋。這些具體的作家和作品研究，從不同層面豐富了當代文學的闡釋空間，對當代文學史建設起到了良好的效果。

在《純文學的歷史批判》中，最令人印象深刻的還是對於路遙的解讀。路遙是中國當代文學史上的一個非常特殊的人物，說他特殊，是因為他的創作，具有一種濃厚的現實主義啟蒙精神，路遙的創作，實際上是新時期啟蒙文學精神最後的光芒。路遙以理想主義的道德品質，打動了廣大讀者的心。但二十世紀九〇年代以後，隨著啟蒙的退卻，文學的碎片化、娛樂化導致了啟蒙精神的慢慢衰落。而畢光明和姜嵐恰恰抓住這一點，來闡明自己對中國當代文學史重寫的衝動，對啟蒙精神的推崇。他們以對路遙小說中的城鄉差距、路遙小說的愛情模式及其人文功能的揭示，來說明路遙小說的現實主義啟蒙品質。對路遙的小說，在八〇年代，多強調他的現實教育功能，而在九〇年代，則因為它的現實主義筆法和柳青等小說的聯繫，而被視為一種落後的文學實踐。到了新世紀，在新左派的興起的背景下，新的路遙熱和柳青熱作為對社會主義文學實踐的一種遙遠的祭奠和追憶，被用以批判當下理想主義的喪失和巨大的社會貧富差距。畢光明和姜嵐的解讀則與此有著明顯的不同，他們從啟蒙的精神來考察路遙的小說，認為這些小說的主題是反映農村知識青年在當代中國的命運和他們在苦難中奮鬥向上的人生體驗。他們認為，路遙對「歷史夾縫中的一代」的精神氣質的發現，以及對人物性格現代性品質的注入，塑造出以孫少安、孫少平為代表的與「十七年文學」有否定關係的文學新人形象。這種對路遙的認可，和新左派的價值姿態有很大差別，但同樣具有現實批判性，他倆的批判姿態是歷史化的，將社會主義制度對農村的不合理安排作為農村的苦難根源，這是非常有勇氣和見地的。也就是說，他倆對路遙小說的再解讀，不僅重新發掘出了路遙小說對新時期中國社會結構的批判眼光，而且，通過在新世紀的語境下的再解讀，表現出了批評家本身對歷史問題延續性的理性憂慮。城鄉差距還在不斷擴大，甚至有些地方的鄉村在房地產的狂潮下，已漸漸地消亡，出現了郊區化等新的情況。胸懷理想而在現實中苦苦掙紮的鄉村新一代孫少平和孫少安們，他們的出路在哪裡？在肯定路遙小說的現實主義啟蒙品質的同時，論文作者依然將「審美性」作為現實主義純文學性的內在要求，對路遙小說的現實主義美學特質的發現和總結，也有利於深化我們對路遙作品的認識。

除了對新時期文學和十七年文學的精彩解讀之外，對當下作品的現場跟蹤，對當下優秀作品的及時推介，對當下文學思潮和文學現象的準確批評，無疑也是畢光明和姜嵐的學術研究值得稱道的地方。畢光明他們並沒有因為現場批評的瑣碎和龐大的閱讀量而望而生畏，反而將對文學史的顛覆性思考，貫穿到了他們對現實的人道主義的啟蒙文化關懷之中。他們對當下作品的批評，不隱惡，不溢美，不抱名作家的粗腿，對於盛可以、王手、麥家等新銳作家的解讀，令人耳目一新，從沒有對普通作家有高高在上的態度，而是懷著一顆對文學的謙卑和好奇之心，客觀分析，大膽論斷。他們的批評追求，對於建立綠色的、生機勃勃的批評，無疑具有非常重要的啟示意義。

《純文學的歷史批判》是近年來中國當代文學批評最具有建設性的重要成果之一。對於如此堅實的著作，除了表達佩服和敬意，其實是不敢多言的。但光明兄囑為之序，堅辭不允，只好寫下以上文字充數了。

吳義勤
2012年秋匆就於中國現代文學館

附錄二

重返、重釋與重構
——評畢光明的《純文學視境中的新時期文學》及其純文學研究

梳理新時期以來中國當代文學史發展脈絡，眾多的文學史研究者總是選擇一種歷時性的宏觀社會歷史框架作為文學研究的總體性原則和依據，將紛繁複雜的各種文學思潮作為社會歷史進程的文學表像和文學隱喻進行線性的時間闡釋，並形成一種慣性力量橫亙在文學研究的肌體中。儘管這種闡釋有其內在的合法性、合理性和科學性，但對文學本身的探尋缺乏應有的自覺性、精準性和深入性。在某種意義上，文學命脈中隱藏的是人類生命的私語、精神的躍動、思想的流淌、道德倫理等內在因素，文學是極為私人化、個人化和差異化的存在；同時，文學演進的每一個階段、每一種思潮和每一部作品，又都潛隱著某一歷史時期的總體趨向、精神指向和價值旨歸等意識形態因素的外在規約。因此，文學本質上是「向內轉」和「向外看」的雙向結合，而非是「內」與「外」的對峙和撕扯。

畢光明的新著《純文學視境中的新時期文學》（中國社會科學出版社2013年6月出版）精準地探察到了新時期以來中國文學的命脈，以「純文學」作為研究新時期以來中國文學的「內在」支點，以新時期以來中國歷史的總體性規約作為「外在」支點，澄清文學與歷史、文學與社會、文學與世界、文學與人生、文學與文化等方面的複雜關係，試圖通過對新時期以來中國純文學進行一次全面徹底的清理和巡察，來揭示文學演變與社會歷史演進之間迎合、疏遠與背離的過程，及其內在極為繁複和糾纏的關係，洞悉純文學話語的常量與變數所攜帶的諸種文學本相和歷史真相。但《純文學視境中的新時期文學》的意義不僅僅在於完整地還原新時期以來中國純文學的發展脈絡，及其繪製的中國當代文學的生動圖景，它的真正意義在於對中國當代文學研究進行了一次突圍性的挑戰和嘗試：在純文學研究中提純出「八〇年代精神」這一核心精神體驗和價值觀念，將「八〇年代」的批判精神作為中國當代文學研究的精神底色和根基，為中國當代文學研究招回了魂魄；在對純文學思潮的梳理中對中國當代文學研究本身進行了再創造，提出了文學概念的重新闡述、文學批評與文學創作的關係、文學批評的日常化、細節化等中國當代文學批評一直存在但始終沒有解決的問題，並對其進行了深入論述，「尋找一個更具備文學意義的批評系統」[1]；以

---

[1] ［美］夏志清：《中國現代小說史》，劉紹銘譯，上海：復旦大學出版社，2005年版，第317頁。

自身的純文學研究為中國當代文學研究的經驗積累、學科建設、發展路徑等問題提供了一種方法、參考和借鑒。

一、「批判精神」的重返

純文學研究對於畢光明而言，始終是一種無法規避的存在，他憑藉著《文學復興十年》、《虛構的力量——中國當代純文學研究》、《純文學的歷史批判》、《純文學視境中的新時期文學》、《批評的支點——當代文學與文學教育》等專著，以及一系列關於純文學研究的文章，構建了自己的純文學研究脈絡和譜系，並在中國當代文學研究領域引爆一股純文學研究熱潮，誠如謝冕先生所言：「畢光明文學批評的這種純文學立場是一貫的，我以為只有具備了文學史的時空感的人才能做到這一點。」[2]翻檢畢光明二十多年的純文學研究，我們會發現在其厚重而綿長的純文學研究脈絡中，橫亙著一條貫穿始終的精神線索和思想指向，也是其文學研究志趣和人生訴求所在，那就是對「批判精神」的皈依和闡釋。毋庸置疑，探尋畢光明的純文學研究的前提就是重返「八〇年代」，我們既需要仔細爬梳和挖掘其純文學研究中彰顯的精神內涵，也需要用心去體察在其對純文學的闡釋中迸發的生命激情和批判力量，並對其純文學研究的美學思想作出恰切的判斷。眾所周知，二十世紀八〇年代是中國現代文化史上的重要節點，經歷了「文革」十年囚禁之後的中國現代文化重新與「五·四」文化接續，「美學熱」、「人道主義討論」、「文學熱」、「哲學熱」、「西學熱」等一系列極具社會轟動效應的文化事件集體引爆，「八〇年代是一個社會的整體性的精神風貌，是思想與現實、政治與歷史、領導與民眾在人類理性和激情的基礎上，實現少有一致的時代」[3]，或者說，「八〇年代」對於中國民眾更為重要的意義是「八〇年代」重新召回的民主、科學、解放、啟蒙、自由、現代等精神和思想重新搭建了人們的精神結構和思想邏輯。

---

[2] 謝冕：《文學復興十年·序》，海口：海南出版社1995年12月版。

[3] 張福貴：《新世紀文學的哀歎：回不去的「八〇年代」》，《當代作家評論》，2013年第1期。

而畢光明的純文學研究的根基和底色就是在這些紛繁複雜的精神事件和思想邏輯中鋪展的，「八〇年代」構成了畢光明純文學研究不得不直接面對的問題。畢光明精準地捕捉到了「八〇年代」的一切文化事件的前提條件是現實批判精神的重新回歸，政治精英、知識份子、普通民眾都是圍繞著「批判」展開了一系列話語事件。因此，他選取了「批判精神」這一關鍵字來洞悉「八〇年代」，展開自己獨特的純文學研究，正如其所言：「作為一場文學復興運動，『新時期文學』以不作宣告的文學革命否棄了當代政治主體營建的文學規律及其表現形式，而與『五四』文學時代遙相呼應，承接其新文化運動前期確立的現實批判精神、生發於個體體驗的浪漫主義想像力以及人生關懷和心靈自由的藝術品格。」[4]在畢光明的話語中我們發現，畢光明對新時期文學有著獨特的理解和認識，新時期文學主體的確立經歷了「社會歷史變革——知識份子批評——純文學想像」的過程，而這一過程的關鍵節點在於知識份子批判精神的發酵和推動，知識份子批判精神成為重新構建新時期文學不可或缺的關鍵環節。在這樣的邏輯線索下，畢光明對於新時期文學有了獨特的體察和感悟：新時期文學主體的確立和存在構成一個豐富的場域，我們從中既可以感受到社會變革所裹挾的巨大歷史衝擊力，又可以體悟到知識份子對於歷史異端思潮的激進批判，也可以傾聽到個體生命發出的傾訴和呢喃，新時期文學既有歷史的「骨感」又具備生活的「肉感」。例如，在「八〇年代的文學潮流」一章中，畢光明的視域並非集中在對「史」的宏觀建構上，也並非拘囿在對八〇年代多元文學思潮的脈絡梳理上，而是將闡釋核心放置在新時期文學主體的確立、生成和演變及其表述意義與八〇年代知識份子對政治異化、國家專制、群眾暴力、狂熱運動等非人性、非理性等歷史異端思潮批判的關係上。在畢光明看來，「八〇年代文學」書寫的根本目標在於重新構建一個新的歷史主體，在全新的歷史主體背後不僅暗含著現代性文學的全部內涵和意義，也攜帶著作家的批判精神和審美訴求，同時還折射了八〇年代的整體精神形態，「選取當代富有藝術創新價值的作品，將其置於社會歷史變遷和文學思潮演變的背景上，運用多學科的知識構建，多角度地進

[4] 畢光明：《歷史轉折與文學復興》，《純文學視境中的新時期文學》，北京：中國社會科學出版社，2013年版，第6頁。

行深入細緻的分析解讀，著力闡釋作家從人文主義立場出發對革命話語及其社會實踐規制人生和扭曲人性的藝術批判，論證純文學以想像性的內心生活證明人的自我生成本質的獨特價值。」[5]也就是說，畢光明以人文主義為立場，以知識份子批判精神為武器直接刺入「八〇年代文學」，以此來闡釋和把握八〇年代歷史社會總體，探尋社會歷史發展的整體走向和精神動向，從而構建自己的純文學研究世界。這種研究策略和路徑既適時地還原了歷史本相，又有效地敞開了知識份子主體的精神空間，並呈現了文學與歷史主體之間的複雜關係。在《歷史轉折與文學復興》一文中，畢光明擺脫了空洞的政治意識形態批判策略，把文學批評的觸角返伸到毛澤東文藝思想和「左翼文學」，在極左文藝政策內部尋找解構文學政治化的引爆點，以此來勘察新時期初期純文學的意義。同時，在對「傷痕」、「反思」、「尋根」、「先鋒」文學思潮的梳理過程中，畢光明敏銳地捕捉到了知識份子批判意識的回歸與文學類型轉變的關係，知識份子的批判精神啟動了新時期文學由「文學工具型」向「文學思考性」[6]轉變的密碼，無論是「傷痕」、「反思」文學對「文革」集權專制的意識形態化批判，還是朦朧詩歌以現代藝術形式解放政治對文學的禁錮，抑或是尋根文學對中國傳統文化的反思，以及先鋒文學在文學本體實驗中獲得的自由體驗，都與知識份子的批判精神有著密切的關聯。更為重要的是，畢光明並將這種批判精神進行了延伸和放大，將八〇年代的批判精神從宏大歷史敘事中鬆綁，返還給日常生活，在日常生活的微觀細節中感受批判精神的存在，並對當下文學批評現狀進行了反思。當下文學批評是一種進步還是倒退？在《謝冕北島會談記》中，畢光明為我們預設了答案，作為八〇年代一系列文學事件的親歷者，對謝冕和北島紀念的最好方式就是理解和詮釋他們的精神和思想，在這篇回憶性的文章中，我們感受到畢光明以思想碰撞思想，以激情對話激情，以深刻回應深刻，以詩意描述詩意的生命哲學。同時，畢光明在解讀、闡釋北島、顧城、舒婷、張賢亮等中國當代最富有創

---

[5] 畢光明、姜嵐：《虛構的力量——中國當代純文學研究》，北京，社會科學文獻出版社，2013年。

[6] 畢光明：《歷史轉折與文學復興》，《純文學視境中的新時期文學》，北京：中國社會科學出版社，2013年版，第16頁。

作生命力和批判意識作家的時候，不僅指涉了在當代文學寫作中存在的現代主義與現實主義、革命文學與後革命美學、文學寫作與文化歷史等相關問題，重要的是，深入思考了思想、精神、理性、感性、詩意與文學批評之間的關係，從而再次確認了純文學研究存在的意義，「從並沒有完全消除的思想鉗制下爭取一個獨立思想和自由表達的精神空間。」[7]

二、「審美意識」的重釋

中國當代純文學作為畢光明持續關注的對象，在長期的闡釋和解讀過程中，產生了對純文學特殊的理解和認知，以及複雜的感情。作為一種類型化文學，以往的文學批評對純文學的關注點大多集中在純文學的主題設置、語言形式、修辭方式、敘述特徵、文體結構等外在審美形式上，以此來指認純文學的意義和價值。但畢光明卻採取了一種「反向」認知的方法，將思考的座標從外在審美形式挪移到內在審美意識的挖掘和重釋上，撥開外在審美形式的遮掩，在純文學審美意識內部打撈一種感性的力量和生命的質感，這種感性力量和生命質感是人的命運沉浮，以及在沉浮中個體的歡愉與啜泣、堅強與哀歎、吶喊與沉默、崇高與卑劣等情緒構成的豐富人生景象；是人的存在方式，以及在人與歷史、人與社會、人與文化、人與人的相互糾纏中呈現出來的認同與疏遠、迎合與背離、堅守與放棄、融合與對峙的複雜人生關係；是人的生活經驗，以及在社會變革、政治更迭、經濟轉軌、文化變遷過程中，生活經驗在面對宏大歷史主體時的失效和有效，及其困境和出路；是人的存在意義，以及在人的多樣化的生活經歷、生命經驗和生存感受中生發出來的實在感和在場感。同時，這些在純文學審美意識中的感性力量和生命質感既是個體的又是人類的，既存在差異性又具有同一性，既彰顯本土性又指向全球和世界，更為關鍵的是，純文學審美意識的闡釋依賴於批評者自身的人生經驗和生命感悟，也就是說，在畢光明的純文學審美意識研究中並行和交錯著兩種審美意識：文學虛構的和現實感悟的。文學審美意識照亮了畢光明的人生體驗，畢光明的

---

[7] 畢光明：《精神的八十年代》，《純文學視境中的新時期文學》，北京：中國社會科學出版社，2013年版，第99頁。

人生體驗又放大了文學審美意識，二者相互依偎相互慰藉，正如畢光明自己所言：「純文學家們必定從過去幾千年的中外文學史中獲得人類文學經驗與語言藝術經典意識，當他們基於自我人生經驗、審美趣味和創造能力進行創造和闡釋時，也必定從構想中的未來向今天投來挑剔的目光，這決定了他從事文學活動的超越性，即楊春時所概括的『超越現實層面，觸及更為根本的生存意義問題』，他們追求的是文學的最高價值——審美價值，即『人的自由追求』和『生存意義的實現』，而『突出的審美價值使純文學突破了歷史的局限，具有了永恆的價值』」，「守住文學批評與研究的邊界，在與文學創作的對話中發揚人性中的善，滿足心靈對美與自由的渴望，幫助更多的人獲得對生命本質與人生價值的認知，從而在想像性的內心生活中生成人格自我。」[8]

因此，我們需要以別樣的視角進入到畢光明的純文學研究世界和主體精神空間。畢光明對中國當代純文學的認識不是根源於某種邏輯預設，而是生發於一個文學研究者對純文學所產生的感性力量和生命質感的切身感悟，他對自己的研究對象有著獨特的理解，能夠對其審美意識進行有效的闡發，能夠提供給人們以靈魂的震顫和思想的衝擊，能夠為人們提供人生的另一種可能性，通過對文學審美意識的重新開掘來回應對文學研究存在的意義的質疑，在文學研究面臨終結的歷史境遇中，為文學研究注入新的血液和生命。在《〈拾嬰記〉：人世溫度的一次測試》一文中，畢光明選取了蘇童的一篇被人幾乎遺忘的關於遺棄嬰兒故事的小說進行論述，對當下「寧養羊，不養人」的社會倫理進行尖銳批判。在論述的鋪展過程中，使我們精神戰慄的不是批判所展現出來的刺痛感，而是畢光明對於人的份量的輕飄、人性重量的輕浮、人的存在的輕蔑等問題的真切體驗和悲憫。這些時刻存在又總被忽略和掩蓋的問題始終流淌在畢光明的敘述中，這些感受和情緒在畢光明的內心中衝突、對峙，最終凝結成粘連著情感溫度的文學批評。而我們在閱讀這些文字的時候，我們面對的不是文學批評技術的炫耀，文學批評辭彙的繁瑣堆砌，文學批評內容的空洞玄虛，而是被這些具有感性力量和生命質感的文字所感動，被畢光明的生命感悟所折

[8] 畢光明、姜嵐：《純文學的歷史批判·後記》，北京：北京大學出版社，2013年版，第320頁。

服，被畢光明營造的文學研究世界所吸引，彷彿畢光明不僅僅是在闡釋一個故事，而是在文學批評中又重新講述了另外一個故事，一個關於文學批評倫理的故事，一個以人性之善去擁抱冷漠社會的故事。《「七月派」三位落難詩人的悲愴寫作》一文選取了綠原、牛漢、曾卓三位老詩人進行闡述，與以往文學研究將三位詩人作為批判「反右」、「文革」政治運動的道具，宣洩知識份子的精神痛苦和肉體創傷不同，畢光明對「歷史」與「人」進行了區分和剝離，提升了個體生命經驗和生存體驗在文學研究中的重要性，將三位老詩人所經歷的人生波瀾、人性的變異、生活的苦難、生存的堅硬、精神的孤獨作為闡釋的核心內容，為我們重現了中國現代知識份子的人生縮影，以及他們生命的堅韌和堅強。尤為獨特的是，畢光明在有意規避歷史宏大敘事的同時，精心翻檢出被文學史遺漏和忽略的生活細節，並將其意義進行放大，以此來確認中國現代知識份子存在的價值和意義。例如，畢光明在解讀曾卓的《懸崖邊的樹》這首經典詩歌時，勾連出何其芳的詩歌《回答》，但其並沒有關注詩歌本身，而是返回到何其芳在創作這首詩歌之前長達三年時間的「失語」這一被文學史忽略的事件上，將何其芳內心的迷亂、猶豫、彷徨，最終決然投身革命洪流的心路歷程清晰地勾畫出來。正是這樣的生活細節決定了中國現代知識份子的命運走向，他們的苦難和悲愴也許來源於不可逆轉的社會歷史進程，但更值得我們體悟和品位的卻是這些個人化的不可複製的生活細節。而畢光明純文學研究的另一種意義就是凸顯這種生活細節，描繪這種不可重現的獨一無二的生活細節的軌跡，敞開抵達個體生命深入的通道，在這其中生命的感覺得以舒展，生命的意義得以追問，生命的經驗得以審視。我們在閱讀畢光明的文學批評過程中，在表象上是被其所宣導的對純文學中的感性力量和生命質感進行提升和放大所感動，實際上，是被畢光明作為一個文學研究者本身所展現出來的生命氣質和生存態度所感動：文學研究的根本使命是闡釋我們的生活和生命，並以此來承擔起生活的艱辛、命運的沉浮和人性的美好。

三、「純文學研究」的重構

長期以來，純文學研究的主要功能是對純文學思潮、純文學現象、純文學事件和純文學作品進行闡釋和解讀，而關於純文學研究本身的體系建設、理論構建和發展規劃卻很少被提及和論述，這表明純文學研究仍然存在局限和亟需解決的問題：純文學研究應該擺脫跟隨純文學創作的存在狀態和從屬地位，重新返回自身，在純文學研究內部檢測自身存在的問題，破解自身發展的難題，指明自身推進的方向，探尋自身發展的路徑，這樣才能夠形成純文學研究自身的知識體系。

畢光明長期以來堅持的中國當代純文學研究，就是對這項工作的可貴嘗試和有益探索，他對純文學研究存在的問題進行了深入的思考和構建，在他看來中國當代純文學研究想要從一個長期的研究熱點，拓展為新的學術發展空間，成為真正具有學術威懾力和信服力，在根本上破解純文學研究存在的困境，需要解決三個問題：一、為純文學研究構建一個合理的理論框架，理清純文學研究中存在的概念混亂、理論無序、方法繁雜的現狀；二、彌補和修正純文學研究中長期被人遺漏和忽略的關於純文學研究的意義、價值、地位、功能、可能性等基本問題；三、如何使單向度的純文學研究呈現出宏觀的歷史效果，將純文學研究演變成勘察中國社會歷史的意義綜合體。在這種問題意識和思維邏輯的推演下，畢光明在中國當代純文學研究中確立了「機制」和「差異」兩個基本研究範式和路徑。

「機制」是指中國當代純文學的生成、確立和演變與中國社會新的政治、經濟、文化體制的建立和變革緊密關聯，是推動純文學發展的諸多社會現實因素的結合，在純文學中既有社會的結構性因素，又有政治的制度性因素，也有文學的審美性因素，還有作家的精神性因素，它們共同作用，相互交織，構建了純文學的獨特存在。無論是新時期初期的「傷痕」、「反思」文學，還是八〇年代初期的「朦朧詩潮」，抑或是八〇年代中期的「尋根文學」，或者是新世紀初期的「底層文學」，都發生在中國社會進程的關鍵節點和轉捩點上，中國社會結構發生了巨大轉變，政治體制、經濟結構、文化趨向的深刻變革對中國當代純文學產生了不可規避的影響。在這種情景之下，畢光明對純文學的概念和意義、純文學批評的功能和標準等問題進行了重新考量和確認，「什麼是純文學？『純文學』是相對於『主旋律文學』、『通俗文學』而言，更關心人的精神存在的文學。同主旋律文學著眼於現實社會秩序的維持相比，純文學從更長遠的時間裏考慮人的自我實現、全面發展。……純文學使文學同非文學的意識形態品種明顯地區別開來。正因為有獨特的作用與功能，純文學在人類社會生活中不可或缺也不可替代。純文學並不是像有些人所誤解的那樣與現實無關，不批判現實。純文學是拉開距離看現實，規避流行價值的影響，從一定的高度、在歷史視野裏批判現實，這樣批判才更準確更有力。」[9]在畢光明的話語中，一方面，無論社會歷史如何變動，純文學沒有放棄自身的非意識形態性和精神性特徵，依然堅守文學的純粹性、自足性和封閉性；另一方面，純文學又難以避免地被社會歷史變革所裹挾，在純文學肌理中攜帶了大量的社會歷史變革資訊，並參與到社會歷史變革之中，純文學並不是一個依靠自身循環形成的概念，而是一個現實性的、歷時性的雜糅概念，既是文學內部因素的推動，又是現實外部力量的重組。因此，純文學研究的理論支撐點不可能僅僅局限於類似「現代性」、「文學性」、「審美性」、「精神性」等單一的理論框架內，而是歷史學、社會學、政治學、文化學等多元化的理論提取，只有如此才能實現純文學研究的價值和意義，通過純文學研究闡釋文學與歷史、文學與社會、文學與政治、文學與世界、文學與自然、文學與文化、文學與人之間的複雜關係，從而使純文學研究產生一種宏觀效果，使純文學研究突破自身局限，突出純文學研究的社會汲取能力和歷史開放姿態。

「差異」是指「純文學」作為中國當代文學整體的一種類型和一個側面，與「嚴肅文學」、「通俗文學」等其他文學類型相比較雖然不存在等級尊卑和地位高低的劃分，但在共用相同的社會歷史語境和文化思想資源中卻存在著明顯的內在差異性，對相同的社會、政治、經濟、文化事件有著不盡相同的理解和講述，同時，純文學在自身發展過程中由於社會歷史語境變動和文學觀念更新，也存在著內部的差異性。因此，畢光明的純文

[9] 畢光明：《多元批評格局中的純文學批評》，《純文學視境中的新時期文學》，北京：中國社會科學出版社，2013年版，第372頁。

學研究十分注重對這種差異性的強調和凸顯：純文學與其他類型文學相比較在主題話語、人物形象、語言修辭、敘事模式等方面具有差異性，但這種差異並不是純粹的審美形式的區別，而是作家在面對社會現實發言的策略和選擇，因此，這種差異性已經演變成為一種精神現象，折射的是二十世紀中國知識份子的文化性格和精神特性，彰顯的是他們的生命意義、價值觀念和生存體驗等主體性內容。在這種差異性視域內，一些文學作品、文學現象和文學事件得到重新闡釋和評價，《北島：藝術對現實的超越》一文雖然闡釋的是北島詩歌審美形式的差異性和超越性，但著陸點仍然是對「精神」的關注，北島詩歌藝術形式的背影是八〇年代知識份子生命際遇的縮影，他們的思想意識、價值觀念、存在方式和精神指向反射出中國八〇年代社會的整體風貌，畢光明通過文學審美形式的差異性研究為我們還原了八〇年代的真實圖景。同時，在這其中我們能夠感受到在畢光明的精神中彌散著一股哀歎的情緒，八〇年代知識份子所具有的理想、激情、擔當、責任等精神內容已經成為無法返回和複製的歷史，只能在文學想像中咀嚼和回味。

楊丹丹

參考書目

1 洪子誠・當代中國文學的藝術問題・北京：北京大學出版社，1986。
2 洪子誠・中國當代文學史・北京：人民文學出版社，1999。
3 謝冕・共和國的星光，瀋陽：春風文藝出版社，1983。
4 謝冕・地火依然運行——中國新詩潮論・上海：上海三聯書店，1991。
5 張炯・新中國文學史，福州：海峽文藝出版社，1999。
6 許志英、鄒恬・中國現代文學主潮・福州：福建教育出版社，2001。
7 丁帆，許志英・中國新時期小說主潮・北京：人民文學出版社，2002。
8 陳平原・中國小說敘事模式的轉變・上海：上海人民出版社，1988。
9 嚴家炎・中國現代小說流派史・北京：人民文學出版社，1995。
10 楊義・中國現代小說史・北京：人民文學出版社，1986。
11 曹文軒・中國八十年代文學現象研究・北京：北京大學出版社，1988。
12 佘樹森・中國現當代散文研究・北京：北京大學出版社，1993。
13 樂黛雲・比較文學與中國現代文學・北京：北京大學出版社，1987。
14 溫儒敏・中國現代文學批評史・北京：北京大學出版社，1993。
15 錢理群・心靈的探尋・上海文藝出版社，1988。
16 王富仁・中國反封建思想革命的一面鏡子・北京：北京師範大學出版社，1986。
17 劉再復・文學的反思・北京：人民文學出版社，1986。
18 劉再復・性格組合論・上海：上海文藝出版社，1986。
19 楊匡漢・繆斯的空間・廣州：花城出版社，1986。
20 何西來・新時期文學思潮論・南京：江蘇文藝出版社，1985。
21 陳駿濤・在傳統與現代之間・桂林：灕江出版社，1992。
22 宋耀良・十年文學主潮・上海：上海文藝出版社，1988。
23 朱寨主編・中國當代文學思潮史・北京：人民文學出版社，1987。
24 高行健・現代小說技巧初探・廣州：花城出版社，1981。
25 楊聯芬・中國現代小說中的抒情傾向・北京：北京師範大學出版社，1996。
26 洪子誠，劉登翰・中國當代新詩史・北京：人民文學出版社，1993。
27 孫玉石・中國初期象徵派詩歌研究・北京：北京大學出版社，1988。
28 謝冕・中國現代詩人論・重慶：重慶出版社，1986。

29 謝冕·新世紀的太陽·長春:時代文藝出版社,1993。
30 王光明·艱難的指向·長春:時代文藝出版社,1993。
31 程光煒·朦朧詩實驗詩藝術論·武漢:長江文藝出版社,1990。
32 吳開晉主編·新時期詩潮論·濟南:濟南出版社,1991。
33 老木編·青年詩人談詩·北京:北京大學五四文學社,1985。
34 梁宗岱·詩與真·詩與真二集·北京:外國文藝出版社,1984。
35 朱光潛·詩論·北京:生活·讀書·新知三聯書店,1984。
36 朱自清·新詩雜話·北京:生活·讀書·新知三聯書店,1984。
37 馮文炳·談新詩·北京:人民文學出版社,1984。
38 楊匡漢,劉福春編·中國現代詩論·廣州:花城出版社,1985。
39 葉維廉·秩序的生長·臺北:臺灣時報文化出版有限公司,1986。
40 陳超·20世紀中國探索詩鑑賞·石家莊:河北人民出版社,1999。
41 中國社會科學出版社文學編輯室編·小說文體研究·北京:中國社會科學出版社,1988。
42 新時期作家談創作·北京:人民文學出版社,1983。
43 王蒙·當你拿起筆……·北京:北京出版社,1981。
44 王蒙·漫話小說創作·上海:上海文藝出版社,1983。
45 王蒙·王蒙談創作·北京:中國文聯出版公司,1985。
46 郭小東,等·我的批評觀·桂林:灕江出版社,1987。
47 陳曉明·無邊的挑戰——中國先鋒文學的後現代性·長春:時代文藝出版社,1993。
48 李楊,[美]白培德(Peter Button)·文化與文學:世紀之交的凝望·北京:國際文化出版公司,1993。
49 李楊·文學史寫作中的現代性問題·太原:山西教育出版社,2005。
50 黃子平·沉思的老樹的精靈·杭州:浙江文藝出版社,1986。
51 季紅真·文明與愚昧的衝突·杭州:浙江文藝出版社,1986。
52 吳亮·文學的選擇·杭州:浙江文藝出版社,1986。
53 南帆·理解與感悟·杭州:浙江文藝出版社,1986。
54 蔡翔·一個理想主義者的精神漫遊·杭州:浙江文藝出版社,1987。
55 程德培·小說家的世界·杭州:浙江文藝出版社,1985。
56 周政保·小說與詩的藝術·杭州:浙江文藝出版社,1986。
57 陳劍暉·新時期文學思潮·廣州:廣東高等教育出版社,1989。
58 陳遼·新時期的文學思潮·瀋陽:遼寧大學出版社,1986。
59 周曉風·新時期文學思潮·天津:天津社會科學院出版社,2000。

60 中國社會科學院文學研究所當代文學研究室・新時期文學六年（1976.10-1982.9）・北京：中國社會科學出版社，1985。
61 楊健・文化大革命中的地下文學・濟南：朝華出版社，1993。
62 洪子誠・中國當代文學史・史料選（1945-1999）・武漢：長江文藝出版社，2002。
63 于可訓等・文學風雨四十年——中國當代文學作品爭鳴述評・武漢：武漢大學出版社，1989。
64 白燁・文學論爭20年・武漢：華中師範大學出版社，1998。
65 中國社會科學出版社文學編輯室・小說文體研究・北京：中國社會科學出版社，1988。
66 陳徒手・人有病　天知否——一九四九年後中國文壇紀實，北京：人民文學出版社，2000。
67 塗光群・五十年文壇親歷記，瀋陽：遼寧教育出版社，2005。
68 金觀濤・在歷史的表象背後，成都：四川人民出版社，1984。
69 王元化・文學沉思錄・上海：上海文藝出版社，1983。
70 王若水・為人道主義辯護・北京：生活・讀書・新知三聯書店，1986。
71 李澤厚・中國近代思想史論・北京：人民出版社，1979。
72 李澤厚・中國現代思想史論・北京：人民出版社，1987。
73 孫隆基・中國文化的深層結構，桂林：廣西師範大學出版社，2004。
74 龍應台・龍應台評小說・北京：作家出版社，1988。
75 李健吾・李健吾創作評論選集・北京：人民文學出版社，1984。
76 吳元邁，鄧蜀平・五、六十年代的蘇聯文學・北京：外語教學與研究出版社，1984。
77 中國社會科學院外國文學研究所蘇聯文學研究室編・蘇聯文學論文集・北京：外語教學與研究出版社，1982。
78 劉小楓・詩化哲學・濟南：山東文藝出版社，1986。
79 張國義編・生存遊戲的水圈：理論批評選・北京：北京大學出版社，1994。
80 羅鋼・敘事學導論・昆明：雲南人民出版社，1994。
81 陶東風・文體演變及其文化意味・昆明：雲南人民出版社，1994。
82 申丹・敘述學與小說文體學研究・北京：北京大學出版社，1998。
83 張京媛・新歷史主義與文學批評・北京：北京大學出版社，1993。
84 王嶽川・後殖民主義與新歷史主義文論・濟南：山東教育出版社，1999。
85 張岩冰・女權主義文論・濟南：山東教育出版社，1998。
86 陳順馨・中國當代文學的敘事與性別・北京：北京大學出版社，1995。
87 郜元寶・拯救大地・上海：學林出版社，1994。

88 王曉明・人文精神尋思錄・上海：文匯出版社，1996。
89 楊鼎川・1967：狂亂的文學時代・濟南：山東教育出版社，1998。
90 孟繁華・1978：激情歲月・濟南：山東教育出版社，1998。
91 尹昌龍・1985：延伸與轉折・濟南：山東教育出版社，1998。
92 張志忠・1993：世紀末的喧嘩・濟南：山東教育出版社，1998。
93 朱寨・行進中的思辨・石家莊：河北教育出版社，1998。
94 楊匡漢・時空的共用・石家莊：河北教育出版社，1998。
95 劉錫慶・散文新思維・石家莊：河北教育出版社，1998。
96 陳思和，楊揚・90年代批評文選・上海：漢語大辭典出版社，2001。
97 孟繁華，林大中・九十年代文存（1990～2000）・北京：中國社會科學出版社，2001。
98 許志英、鄒恬・中國現代文學主潮・福州：福建教育出版社，2001。
99 丁帆，許志英・中國新時期小說主潮・北京：人民文學出版社，2002。
100 張清華・境外談文——中國當代文學中的歷史敘事，石家莊：花山文藝出版社，2004。
101 蔡翔・何謂文學本身・瀋陽：春風文藝出版社，2006。
102 陳曉明・不死的純文學・北京：北京大學出版社，2007。
103 賀桂梅・「新啟蒙」的知識檔案——80年代中國文化研究・北京：北京大學出版社，2010。
104 程光煒・當代文學的「歷史化」・北京：北京大學出版社，2011。
105 程光煒・文學講稿：「八十年代」作為方法・北京：北京大學出版社，2009。
106 洪子誠，程光煒・重返八十年代・北京：北京大學出版社，2009。
107 洪子誠・文學與歷史敘述・河南：河南大學出版社，2005。
108 程光煒・文學想像與文學國家——中國當代文學研究（1949-1976）・河南：河南大學出版社，2005。
109 賀桂梅・人文學的想像力——當代中國思想文化與文學問題・河南：河南大學出版社，2005。
110 劉復生・歷史的浮橋——世紀之交的「主旋律」小說研究・河南：河南大學出版社，2005。
111 劉錫誠・在文壇邊緣上——編輯手記・河南：河南大學出版社，2004。
112 徐慶全・風雨送春歸——新時期文壇思想解放運動記事・河南：河南大學出版社，2005。
113 查建英・八十年代訪談錄・北京：生活・讀書・新知三聯書店，2006。
114 [美]夏志清・中國現代小說史・香港：友聯出版社有限公司，1982。

115 王德威・想像中國的方法：歷史・小說・敘事，北京：生活・讀書・新知三聯書店，2003。
116 王德威・當代小說二十家，北京：生活・讀書・新知三聯書店，2006。
117 [美]本尼迪克特・安德森《想像的共同體：民族主義的起源與散佈》，上海世紀集團出版社，2005。
118 [日]柄谷竹人：《日本現代文學的起源》，三聯書店，2003。
119 [法]蜜雪兒・福柯《規訓與懲罰》，劉北成、楊遠嬰譯，北京：生活・讀書・新知三聯書店，1999。
120 [法]蜜雪兒・福柯《知識考古學》，謝強、馬月譯，北京：生活・讀書・新知三聯書店，1999。
121 [英]弗里德里希・奧古斯特・哈耶克《通往奴役之路》，王明毅、馮興元等譯，中國社會科學出版社，1997。
122 [丹]勃蘭兌斯・十九世紀文學主流・北京：人民文學出版社，1982。
123 [美]馬克・斯洛寧・蘇維埃俄羅斯文學史・上海：上海譯文出版社，1983。
124 [英]特里・伊格爾頓・審美學意識形態・南寧：廣西師範大學出版社，1997。
125 [美]瑪律庫塞・審美之維・北京：生活・讀書・新知三聯書店，1995。
126 [美]拉爾夫・科恩・文學理論的未來・程錫麟等譯・中國社會科學出版社，1993。
127 [英]愛・摩・福斯特・小說面面觀・蘇炳文譯・廣州：花城出版社，1984。
128 [英]喬納森・雷班・現代小說寫作技巧——實用文藝批評集・戈木譯・西安：陝西人民出版社，1984。
129 [英]佛吉尼亞・伍爾夫・論小說與小說家・瞿世鏡譯・上海：上海譯文出版社，1986。
130 [捷]米蘭・昆德拉・小說的藝術・唐曉渡譯・北京：作家出版社，1993。
131 [美]馬克・斯洛寧・蘇維埃俄羅斯文學・蒲立民，劉峰譯・上海：上海譯文出版社，1983。
132 [法]丹納・藝術哲學・北京：人民文學出版社，1983。
133 [丹麥]勃蘭兌斯・十九世紀文學主流・劉半九，張道真，等譯・北京：人民文學出版社，1981。
134 [法]德・斯太爾夫人・德國的文學與藝術・丁世中譯・北京：人民文學出版社，1981。
135 [美]雷・韋勒克，奧・沃倫・文學理論・劉象愚，等譯・北京：生活・讀書・新知三聯書店，1984。

136 [英]特雷・伊格爾頓・二十世紀西方文學理論・伍曉明譯・西安：陝西師範大學出版社，1986。
137 [美]弗・傑姆遜・後現代主義與文化理論・唐小兵譯・西安：陝西師範大學出版社，1986。
138 [荷蘭]佛克馬，易布思・二十世紀文學理論・林書武，陳聖生，等譯・北京：生活・讀書・新知三聯書店，1988。
139 馮黎明，陽友權，周茂君・當代西方文學批評主潮・長沙：湖南文藝出版社，1987。
140 [英]安納・傑弗森，大衛・羅比，等・西方現代文學理論概述與比較・陳昭全，樊錦鑫，包華富譯・長沙：湖南文藝出版社，1986。
141 [美]艾布拉姆斯・鏡與燈，北京：北京大學出版社，1989。
142 法國作家論文學・王忠琪，等譯，北京：生活・讀書・新知三聯書店，1984。
143 [俄]巴赫金・陀思妥耶夫斯基詩學問題・北京：生活・讀書・新知三聯書店，1988。
144 [法]茨維坦・托多洛夫・批評的批評・王東亮，王晨陽譯・北京：生活・讀書・新知三聯書店，1988。
145 [法]阿爾貝・蒂博代・六說文學批評・趙堅譯・北京：生活・讀書・新知三聯書店，1989。
146 [美]雷納・威萊克・西方四大批評家・林驤華譯・上海：復旦大學出版社，1983。
147 [美]丹尼爾・霍夫曼主編・美國當代文學・北京：中國文藝聯合出版公司，1984。
148 [美]威廉・范・俄康納編・美國現代七大小說家・張愛玲，林以亮，葉珊，於梨華譯・北京：生活・讀書・新知三聯書店，1988。
149 [法]布呂奈爾，等・20世紀法國文學史・鄭克魯，等譯・成都：四川文藝出版社，1991。
150 [美]L・J・賓克萊・理想的衝突——西方社會中變化著的價值觀念・馬元德，陳白澄，等譯，北京：商務印書館，1984。
151 [德]恩斯特・凱西爾・人論，上海：上海譯文出版社，1985。
152 灌耕・現代物理學與東方神祕主義（根據F・卡普拉的《物理學之道》編譯）・成都：四川人民出版社，1984。
153 [美]道・霍夫斯塔特・GEB——一條永恆的金帶・樂秀成編譯・成都：四川人民出版社，1984。
154 [美]悉尼・胡克・歷史中的英雄・王清彬，等譯・上海：上海人民出版社，1984。

155 [美]悉尼・胡克・理性、社會神話和民主・金克，徐崇溫譯・上海：上海人民出版社，1985。
156 [美]MORRIS DICKSTEIN・伊甸園之門——六十年代美國文化・方曉光譯・上海：上海外語教育出版社，1985。
157 [美]MALCOLM COWLEY・流放者的歸來——二十年代的文學流浪生涯・張承謨譯・上海：上海外語教育出版社，1986。
158 [美]赫伯特・瑪律庫塞・單面人・左曉思，張宜生，肖濱譯・長沙：湖南人民出版社，1988。
159 [英]羅德里克・麥克法誇爾・文化大革命的起源・文化大革命的起源翻譯組譯・石家莊：河北人民出版社，1992。
160 [俄]別爾嘉耶夫・俄羅斯思想，雷永生、邱守娟譯・北京：生活・讀書・新知三聯書店，1995。
161 [美]林毓生・中國意識的危機・穆善培譯・貴陽：貴州人民出版社，1986。
162 [美]蘇珊・朗格・藝術問題・滕守堯，朱疆源譯・北京：中國社會科學出版社，1983。
163 [美]喬治・桑塔耶納・美感・繆靈珠譯・北京：中國社會科學出版社，1982。
164 [英]克萊夫・貝爾・藝術・周金環，馬鐘元譯・北京：中國文聯出版公司，1984。
165 [英]伊利沙白・朱・當代英美詩歌鑑賞指南・李力，余石屹譯・成都：四川人民出版社，1987。
166 王恩衷編譯・艾略特詩學論文集・北京：國際文化出版公司，1989。
167 趙毅衡編選・「新批評」文集・北京：中國社會科學出版社，1988。
168 [法]茨維坦・托多羅夫編選・俄蘇形式主義文論選・蔡鴻濱譯・北京：中國社會科學出版社，1989。
169 [波]羅曼・英加登・對文學的藝術作品的認識・陳燕穀，曉未譯・北京：中國文聯出版公司，1988。
170 張黎編選・布萊希特研究・北京：中國社會科學出版社，1984。
171 李文俊編選・福克納評論集・北京：中國社會科學出版社，1980。
172 [英]馬・布雷德伯里，詹・麥克法蘭編・現代主義・胡家巒，高逾，等譯・上海：上海外語教育出版社，1992。
173 柳鳴九主編・薩特研究・北京：中國社會科學出版社，1981。
174 柳鳴九主編・未來主義　超現實主義　魔幻現實主義・北京：中國社會科學出版社，1987。
175 柳鳴九主編・新小說派研究・北京：中國社會科學出版社，1986。

176 [法]阿爾貝・卡繆・西西弗的神話・杜小真譯・北京：生活・讀書・新知三聯書店，1987。
177 [法]讓・華爾・存在哲學・翁紹軍譯・北京：生活・讀書・新知三聯書店，1987。
178 [奧]佛洛伊德・精神分析引論・高覺敷譯・北京：商務印書館，1984。
179 [美]喀爾文・斯・霍爾等・佛洛伊德心理學與西方文學・包華富，陳昭全，等編譯・長沙：湖南文藝出版社，1986。
180 [法]羅貝爾、埃斯卡皮・文學社會學，於沛選編，杭州：浙江人民出版社，1987。
181 朱立元主編・當代西方文藝理論，上海：華東師範大學出版社，2001。
182 陳焜・西方現代派文學研究・北京：北京大學出版社，1981。
183 袁可嘉・現代派論・英美詩論・北京：中國社會科學出版社，1985。
184 石昭賢，馬家峻，等編・歐美現代派文學三十講・貴陽：貴州人民出版社，1982。
185 陳慧・論西方現代派文學及其他・天津：南開大學出版社，1987。
186 周敬，魯陽・現代派文學在中國・瀋陽：遼寧大學出版社，1986。
187 何望賢編選・西方現代派文學論爭集・北京：人民文學出版社，1984。
188 張隆溪選編・比較文學譯文集・北京：北京大學出版社，1982。
189 張隆溪，溫儒敏編選・比較文學論文集・北京：北京大學出版社，1984。
190 [美]J・Spence（史景遷）北大演講錄・文化類同與文化利用：世界文化總體對話中的中國形象・廖世奇，彭小樵譯・北京：北京大學出版社，1990。
191 [美]克萊德・克魯克洪，等・文化與個人，高佳，何紅，等譯・杭州：浙江人民出版社，1986。
192 [美]華萊士・馬丁・當代敘事學・北京：北京大學出版社，1990。
193 張寅德編選・敘述學研究・北京：中國社會科學出版社，1989。
194 北辰編譯・當代文化人類學概要・杭州：浙江人民出版社，1986。
195 莊錫昌等・多維視野中的文化理論・杭州：浙江人民出版社，1987。
196 劉小楓編・中國文化的特質・北京：生活・讀書・新知三聯書店，1990。
197 崔道怡，朱偉，等編・「冰山」理論：對話與潛對話・北京：工人出版社，1987。
198 楊春時・文藝理論新編・北京：北京大學出版社，2007。

後　記

去年六月，我去臺灣參加一個學術研討會，在臺北誠品書店看到同輩的大陸學者王堯先生研究文革文學的書在裡邊擺賣，不免心生羨慕，想往有一天自己的書也能走進臺灣的書店。不承想未到半年，這一願望就有了實現的機會，剛從武漢大學畢業不久的韓晗博士為臺灣秀威資訊股份公司主編「秀威文哲叢書」，問我能否加入，我求之不得，連忙應承，於是輯錄舊作，有了這本側重於文本解讀的書。

我一直以為，大陸與臺灣兩岸文學的交流是不對稱的。自上世紀七〇年代末大陸實行改革開放，臺灣文學就緊隨鄧麗君的歌聲登上大陸文壇，引起評論研究界的關注，在持續開展的研究活動中，臺灣新文學幾乎得到全面的介紹和越來越深入的研究，即今臺灣文學與港澳文學研究一起已成為中國現當代文學學科的一個重要分支，與之相應的是研究臺灣文學早就形成一支龐大的學術隊伍。然而，大陸1949年以後的文學，特別是改革開放以來的文學，臺灣的文學界、學術界尚未給予全方位的關注與成規模的研究。造成這種狀況的因素有很多，無需細究，重要的是兩岸學者都有責任通過實際的努力改變現狀。這正是我想要在臺灣出一本書的初衷。

本書所描述與論析的，是1978年以來的大陸文學，也就是中國大陸的後毛澤東時代的文學，在中國現當代文學的歷史分期裡通常被稱為「新時期文學」。「新時期文學」是從去除毛的文學為政治服務的主張而起步的，經過「文學回到自身」的努力，終於成為具有一定獨立性的精神創造領地。在這個領地裡，每一個拿筆寫作的人都可以是無冕之王，能夠照著自己的理解去書寫歷史，描繪人生。在歷史被塗飾，人生被扭曲的社會裡，他們的書寫與描繪，為一個民族和它的文化保持了尊嚴，毋庸置疑，只有在文學書寫裡，被二十紀一度盛行的歷史主義所顛倒了的歷史與人生的關係才顛倒了過來，文學家所持的個體與生命本位的文學觀才是兩岸精神聯繫的結實紐帶，也是中國文學與世界文學相通的有力憑據。「新時期文學」主要是以二十世紀的民族生活史與心靈史為書寫和表現對象的，內容駁雜而豐富，形成巨大的體量，是現代中國社會變遷的人性化記錄，對於因歷史原因而生疏於大陸社會的臺灣讀者來說具有別樣的認識價值，而由一路跟進新時期文學的大陸學者將研討所得公之於同好，或許能起到一點導讀的作用。

有三十幾年的創造歷程及成果積累的後毛澤東時代文學，其作品之浩繁與現象之紛紜，非個人之力所能把握，是故每個熱愛並從事近三十年大陸文學研究的學者，不能不有所選擇。我從上世紀八〇年代起，選取從純文學視角對行進中的新時期文學進行考察與評析，多少受了夏志清先生學術思想的影響，以為做文學研究應該選擇傑作加以品評，這固然是八〇年代審美主義文學思潮灌溉的結果，也是像我們這類五〇後生人的文化宿命。從毛澤東時代走進後毛澤東時代，極權主義的陰影會持續制約文學從業者的思想旨趣，在文學研究的審美活動中無法不以歷史批判為中心意向。純文學區別於嚴肅文學的現實性和通俗文學的娛樂性，跟主流意識形態和流行的價值觀念能夠保持一定的距離，因而具有較大的反思歷史和拷問人性的自由空間。純文學要維護的是個人的權利、尊嚴和夢想，所以它天然地與危害這一切的社會現實相衝突，比嚴肅文學更有批判性。由純文學的特性所決定，純文學作家和研究者永遠站在社會惡和人性惡的對立面。所以，只要不把純文學誤解成逃避現實，重形式輕內容，就不難看出純文學研究者所堅持的人文主義思想立場。

本書的寫作始於八〇年代中期，幾與「新時期文學」的發展進程相同步，然而倍感遺憾的是，雖說跟蹤新時期文學發展步伐多年，但論作並沒有對新時期文學創作成就做出全面的反映，而是受偶然因素的作用，只有所側重地評述了八〇年代重要的文學思潮及代表作家的創作，解讀了新世紀的一些小說傑作，因此不能把它看作是新時期純文學的鳥瞰圖。實際上，有三十幾年行程的新時期文學，八〇年代是創作潮流此起彼伏的文學變革時期，純文學追求成為新文化的象徵，而九〇年代受市場經濟的刺激，在大眾文化興起的同時，純文學走向了成熟，到了新世紀，社會現實向文學發出召喚，「純文學」一度遭到質疑，但延續至今的社會主義文學體制保障了純文學隊伍朝既定的藝術目標推進，可以說，後毛澤東時代是新文學興起以來最好的文學時期，其總體創作成就超過了以「五四」文學革命為起點的「現代文學」三十年，僅以小說創作論，其成績與諾貝爾文學獎得主莫言相去不遠的作家至少有十數位之多。所以，在選取新時期純文學作家作品作為討論對象時，本書可謂掛一漏萬，雖說在文本分析上花了一些力氣，但也不敢奢望能夠起到借一斑而窺全豹的效果。

構成本書主體的八〇年代文學論述與新世紀作品分析，前者是來源於當代文學教學的講義，後者是我自2003年以來連續擔任中國小說學會年度小說排行榜評委按分工為上榜作品寫的點評，批評的色彩更為濃厚，談不上有學術性，儘管我個人的興趣在於將文本置於文學思潮和文學史的背景上加以分析，以窺探作家的思想指向與作品的藝術新質。對本書的覆蓋面較窄這一不足有所彌補的，是收入了由內人姜嵐撰寫的一些當代文學評論文章，即第六章《路遙的人生圖景》及第七章裡的《〈兩位富陽姑娘〉：陽光下的剝奪》《〈賣女孩的小火柴〉：元小說抑或反元小說》《〈說話〉：權力對人生的敗壞》《〈子在川上〉：大學的權力生態及其他》諸篇。人在高校，受大學教學與學術體制的約束與擺佈，近十多年來，我的很大一部分精力都耗在省重點學科建設、博士點建設和學報的教育部名欄建設上了，其中超出個人身體負荷的很大一部分工作量，皆有內人承擔，沒有她的協助，我是不可能完成學科和學報的大量事務性工作的，此次重編新時期文學評論集，首先應該感謝她。這些年，我們的確是把公家的事放在了第一位，個人的學術研究不停地讓路，以致成果微薄。不過，文學研究的快樂也許不在成果的豐碩，而在於與傑作相會，調動自己的人生經驗與文學史知識儲備與之對話，錘鍊自己審美發現能力的過程之中。

最後，再次感謝韓晗博士、蔡登山先生與宋政坤先生成全了我的一樁心願，他們的照拂或許將為我的文學活動辟出一片新的天地。責編羿珊小姐為本書的完善付出了大量心血，她的熱忱和細緻加快了出書的進度且保證了編校品質。在她之前還有蔡曉雯小姐和李書豪先生也為出版手續的辦理以及書稿的排版和一校費心不少。我對他們滿懷感激之情。著名學者丁帆先生在百忙中為本書寫序，高屋建瓴地指出大陸新時期文學研究的意義、路徑與方法，對我啟發很多，他的支持和幫助令我感激不盡。

2015年1月22日於海口

語言文學類　PG1363　秀威文哲叢書14

歷史與人生

——中國大陸純文學三十年

作　　者 / 畢光明
主　　編 / 蔡登山
叢書主編 / 韓　晗
責任編輯 / 李書豪
圖文排版 / 楊家齊
封面設計 / 蔡瑋筠

發 行 人 / 宋政坤
法律顧問 / 毛國樑　律師
出版發行 / 秀威資訊科技股份有限公司
114台北市內湖區瑞光路76巷65號1樓
電話：+886-2-2796-3638　傳真：+886-2-2796-1377
http://www.showwe.com.tw
劃撥帳號 / 19563868　戶名：秀威資訊科技股份有限公司
讀者服務信箱：service@showwe.com.tw
展售門市 / 國家書店（松江門市）
104台北市中山區松江路209號1樓
電話：+886-2-2518-0207　傳真：+886-2-2518-0778
網路訂購 / 秀威網路書店：http://www.bodbooks.com.tw
國家網路書店：http://www.govbooks.com.tw

2016年2月　BOD一版
定價：500元

國家圖書館出版品預行編目

歷史與人生：中國大陸純文學三十年 / 畢光明著. -- 一版. -- 臺北市：秀威資訊科技, 2016.02
面； 公分. -- (秀威文哲叢書；14)(語言文學類；PG1363)
BOD版
ISBN 978-986-326-358-6(平裝)

1. 中國當代文學 2. 文學評論

820.908 104021268

讀者回函卡

感謝您購買本書，為提升服務品質，請填妥以下資料，將讀者回函卡直接寄回或傳真本公司，收到您的寶貴意見後，我們會收藏記錄及檢討，謝謝！
如您需要了解本公司最新出版書目、購書優惠或企劃活動，歡迎您上網查詢或下載相關資料：http:// www.showwe.com.tw

您購買的書名：______________________________

出生日期：________年________月________日

學歷：□高中（含）以下　□大專　□研究所（含）以上

職業：□製造業　□金融業　□資訊業　□軍警　□傳播業　□自由業
　　　□服務業　□公務員　□教職　□學生　□家管　□其它______

購書地點：□網路書店　□實體書店　□書展　□郵購　□贈閱　□其他

您從何得知本書的消息？

□網路書店　□實體書店　□網路搜尋　□電子報　□書訊　□雜誌
□傳播媒體　□親友推薦　□網站推薦　□部落格　□其他__________

您對本書的評價：（請填代號　1.非常滿意　2.滿意　3.尚可　4.再改進）

封面設計____　版面編排____　內容____　文／譯筆____　價格____

讀完書後您覺得：

□很有收穫　□有收穫　□收穫不多　□沒收穫

對我們的建議：______________________________

____

____

____

請貼
郵票

11466
台北市內湖區瑞光路 76 巷 65 號 1 樓

秀威資訊科技股份有限公司 收

BOD 數位出版事業部

(請沿線對折寄回，謝謝！)

姓　　名：＿＿＿＿＿＿＿＿　年齡：＿＿＿＿　性別：□女　□男

郵遞區號：□□□□□

地　　址：＿＿＿＿＿＿＿＿＿＿＿＿＿＿＿＿＿＿＿＿

聯絡電話：(日)＿＿＿＿＿＿＿＿＿＿(夜)＿＿＿＿＿＿＿＿＿＿

E-mail：＿＿＿＿＿＿＿＿＿＿＿＿＿＿＿＿＿＿＿＿